CLAUDIA WINTER

Ein Lied für Molly

Lesen erleben

Claudia Winter
Ein Lied für Molly

Roman

GOLDMANN

Originalausgabe

Sollte diese Publikation Links auf Webseiten Dritter enthalten,
so übernehmen wir für deren Inhalte keine Haftung,
da wir uns diese nicht zu eigen machen, sondern lediglich auf
deren Stand zum Zeitpunkt der Erstveröffentlichung verweisen.

Penguin Random House Verlagsgruppe FSC® N001967

1. Auflage
Taschenbuchausgabe Mai 2022
Copyright © der Originalausgabe 2022
by Wilhelm Goldmann Verlag, München,
in der Penguin Random House Verlagsgruppe GmbH,
Neumarkter Str. 28, 81673 München
Dieses Buch wurde vermittelt von der Literaturagentur
erzähl:perspektive, München (www.erzaehlperspektive.de)
Umschlaggestaltung: buxdesign GbR
Umschlagmotiv: buxdesign | Lisa Höfner unter Verwendung von Motiven
von © GettyImages/Rob Tilley, GettyImages/ Roberto Moiola/Sysaworld,
Getty Images/Carol Avila/EyeEm, Shutterstock und buxarchiv
CN · Herstellung: ik
Satz: Uhl + Massopust, Aalen
Druck und Bindung: GGP Media GmbH, Pößneck
Printed in Germany
ISBN: 978-3-442-49296-1
www.goldmann-verlag.de

Besuchen Sie den Goldmann Verlag im Netz

Für Moni.
Regentänzerin, Kämpferherz.

**Eine gute Geschichte
kann alles ändern.**

Claudia Winter

Prolog

CAMPBELL PARK SCHOOL. DUBLIN, SEPTEMBER 2001.

Robert.
Die Frau war zunächst nur eine Silhouette, die für einen flüchtigen Moment das ohnehin schon spärliche Licht in der Bibliothek verdunkelte. Robert sah auf und blinzelte zu dem vergitterten Fenster, unsicher, ob er nicht über seiner Lektüre eingenickt war und es sich nur um ein Trugbild handelte. Dass sie keine Halluzination war, erkannte er, als das Quietschen des Putzwagens durch den Säulengang hallte, in dem es zu dieser Uhrzeit sonst nur eine Form menschlicher Präsenz gab: die Gedanken großer Männer und Frauen, versteckt hinter ledergebundenen Rücken. Natürlich hatte er die Bücher der Schulbibliothek nie gezählt, doch es waren gewiss an die zehntausend. Penibel sortiert nach Fachbereich und Autor reichten sie über die Galerie hinweg bis zu dem imposanten Tonnengewölbe hinauf, das ihn stets an eine gekenterte Arche Noah denken ließ.

Das Wägelchen rollte unaufhaltsam näher. Instinktiv machte Robert einen Buckel für den ebenso peinlichen wie unsinnigen Versuch, sich hinter dem grünen Glasschirm der Schreibtischlampe unsichtbar zu machen. Insgeheim ärgerte er sich über sich selbst. Er hatte jedes Recht, hier zu sitzen, auch nachdem die Bibliothekarin ihm mit einem mütterlichen Lächeln einen schönen Feierabend gewünscht und hinter sich abgeschlossen hatte, wohl wissend, dass jeder Lehrer einen Zentralschlüssel besaß. *Feierabend.* Ein Wort aus seiner Heimat, das schon lange nicht mehr für ihn galt. Hatte es nie, wenn er ehrlich war.

Eine geraume Zeit hatte er auf die Tür gestarrt und sich vorgestellt, wie Mrs Finnegan zu ihrem Mann und den Kindern heimkehrte, gedanklich bereits bei den Zutaten fürs Abendessen, auf den Teelöffel korrekt wie die von ihr geführten Verleihlisten. Vermutlich würde es Irish Stew oder irgendwas anderes mit Kartoffeln geben, denn kein Kochtopf in diesem Land kam ohne die heilige Knolle aus.

Sein Magen knurrte, im Gang klapperte ein Plastikeimer, Wasser plätscherte. Wie lange war die Finnegan schon weg? Zwanzig Minuten? Eine Stunde? Die Putzfrau summte beim Wischen vor sich hin. Obwohl sie nicht alle Töne traf, erkannte er den Song sofort. »Ain't No Mountain High Enough«. Er war ein Fan von Marvin Gaye und ein noch größerer von Diana Ross.

Neugierig setzte er sich auf. Es war eine Frage von Sekunden, bis sie ihn in der Nische hinter der Shakespeare-Büste entdecken würde, *oul Will*, wie ihn die Kollegen scherzhaft nannten. Aber noch genoss er den Vorteil des heimlichen Beobachters, was ihn nur so lange beschämte, bis er sich ins Gedächtnis rief, dass nicht er hier der Eindringling war.

Sie war ungewöhnlich groß für eine Irin. Schlank, sofern er das unter dem unförmigen Kittel, den sie trug, beurteilen konnte, aber kräftig genug gebaut für die beschwerliche Arbeit. Brandrote Strähnen lugten unter dem blassblauen Tuch hervor, das sie sich als Turban um den Kopf gebunden hatte.

Etwas enttäuscht registrierte er ihre elfenbeinfarbene, makellose Haut. Keine Sommersprossen.

»Jesus Christ!«

Er zuckte bei ihrem leisen Schrei zusammen. Hastig schloss er das Buch und erhob sich von dem Holzstuhl, auf dem er eindeutig zu lange gesessen hatte. Wie versteinert klammerte die Frau sich an ihren Wischmopp und starrte ihn aus schreckgeweiteten Augen an. *Grün. Sie sind grün*, dachte er und zog den Bauch ein, ein Reflex.

Sie öffnete den Mund, ohne dass ihm ein Laut entwich, und fing dann zu lachen an, über ihre eigene Schreckhaftigkeit oder den fremden Mann, der sich auf die Shakespeare-Büste stützte, als sei der gute alte William sein Saufkumpan. Ihr Gelächter war laut, ungeniert und verstörend schön. Es tat ihm beinahe leid, als sie damit aufhörte.

»Meine Güte, haben Sie mich erschreckt!«

»Tut mir leid, Madam. Das lag nicht in meiner Absicht.« Mit einer vagen Geste zum Schreibtisch bemühte er ein Halblächeln, das sich genauso steif anfühlte wie sein Rücken. »Ich habe ... gearbeitet.«

Die Pause in seinem Satz war winzig gewesen. Nicht winzig genug, denn ihr Blick folgte seiner Handbewegung. Aufmerksam musterte sie den Buchdeckel des Romans. *Der Club der toten Dichter*. Sein Herz klopfte.

»›Ain't No Mountain High Enough‹ stammt aus dem Haus Motown. 1967. Der erste Hit des Labels.« Er wusste nicht, warum er das sagte. Doch diese Frau hatte etwas an sich, das ihn glauben ließ, er müsse davon ablenken, dass er die Buchvorlage eines Hollywoodfilms inspirierender fand als die Fachwälzer, zwischen denen er den Roman entdeckt hatte. Da das Buch keine Registernummer trug, musste es jemand an Mrs Finnegans Argusaugen vorbeigeschmuggelt haben. Ein Seelenverwandter, ein Schüler vielleicht, oder jemand, der unerkannt zwischen den biederen Gestalten im Lehrerzimmer saß. Einer, dem die verstaubte Gesinnung der katholischen Privatschule genauso gegen den Strich ging wie ihm selbst.

Er schnaubte. Trotz der beruflichen Neuausrichtung war und blieb er Musiker, eine kreative Seele. Ihm grauste vor Regelwerken. Das hatte der Schuldirektor gewusst, bevor er ihm den Anstellungsvertrag über den Schreibtisch geschoben hatte, in der Hoffnung, ein ehemaliger Konzertpianist könnte etwas Glitzer auf die bröckelnde Fassade der Campbell Park School stäuben. Das Problem war nur, dass Robert Brenner längst nicht mehr glitzerte.

Die Putzfrau hob eine Braue. Nicht verwundert oder pikiert, nur abwartend. Das spontane Bedürfnis, sich ihr wegen des Buchs zu offenbaren, verwarf er dennoch. Wenn zum Lehrerzimmer durchsickerte, dass er sich von derartigem Stoff inspirieren ließ, würden sie ihn demnächst mit »O Captain! My Captain!« begrüßen und sich grölend auf die Schenkel klopfen. Die Iren lachten gern. Vor allem über andere.

»Der Song, den Sie da vorhin gesummt haben«, erklärte er hastig. »Wussten Sie, dass er ...«

»Haben Sie ihn gesehen?«, fiel sie ihm ins Wort. Sie hatte den Mopp in die dafür vorgesehene Halterung am Wägelchen gesteckt und kam näher. »Den Film zu diesem Roman, meine ich. Er ist wunderbar.«

Sie trocknete sich die Hände am Kittel und nahm das Buch vom Tisch. Ihm rutschte das Herz in die Hose, als sie die von ihm mit einem Eselsohr markierte Seite aufschlug.

»Nein, ich kenne den Film nicht. Aber der Roman ist interessant.« Nervös musterte er die senkrechte Falte, die beim Lesen auf ihrer Stirn erschienen war. »Ich gehe nicht oft ins Kino.«

»Sie sind Deutscher, oder?«, murmelte sie, die Augen fest auf eine Textpassage gerichtet, die er frevelhaft mit Bleistift unterstrichen hatte:

Die meisten Menschen führen ein Leben in stiller Verzweiflung. Finden Sie sich nicht damit ab. Brechen Sie aus. Stürzen Sie nicht in den Abgrund wie die Lemminge. Haben Sie den Mut, Ihren eigenen Weg zu suchen.

»Deutscher, ja. Ich stamme aus Freising«, antwortete er unbehaglich. »Das liegt in der Nähe von München.« Er war nicht gut darin, mit Leuten, die älter als fünfzehn waren, Small Talk zu betreiben. Nicht spontan. Und schon gar nicht mit hübschen Frauen, denen man spätabends in einer Schulbibliothek begegnete.

Schweigen kroch über den feuchten Steinboden, dickflüssig und schwer verdaulich wie der Lammeintopf, der in diesem Moment vermutlich auf Mrs Finnegans Herd vor sich hin köchelte. Was sollte er jetzt tun? Die Frau machte keine Anstalten, mit der Arbeit fortzufahren. Stattdessen musterte sie ihn neugierig, das Licht der Schreibtischlampe sprenkelte Gold in ihren Blick. Sie war höchstens Mitte dreißig. Rund fünfzehn Jahre jünger als er.

»Haben Sie es getan? Sind Sie ausgebrochen?«, fragte sie unvermittelt und tippte auf die Textstelle.

»Nun, ich bin in Irland, Madam«, entgegnete er und beschloss, die Herausforderung zu diesem erstaunlichen Gespräch anzunehmen. »Wie sieht es mit Ihnen aus?«

»Ich bin Irin, Sir.« Um ihre Augen bildeten sich Fältchen. »Wir gehören zur ersten Sorte in dem Zitat. Wir führen ein

Leben in stiller Verzweiflung und finden uns damit ab. *Could be worse.* Könnte schlimmer sein.«

»Could be worse. Das habe ich in den letzten Monaten öfter gehört.«

»Der Spruch passt zu allem«, erwiderte sie achselzuckend. »Zum Regen, dem verspäteten Bus ... Im Zweifelsfall sogar zu einer Beerdigung.«

»Zu einer Beerdigung?«

»Solange man nicht selbst in der Kiste liegt und es zum Leichenschmaus genügend Guinness gibt?«

»Verstehe.«

»Nein, das tun Sie nicht«, erwiderte sie sanft. »Ich habe gehört, Sie sind erst vor Kurzem nach Irland gekommen. Aber wenn Sie erst eine Weile in unserem Land sind, werden Sie es bestimmt selbst erleben. Bis dahin sollten Sie genau dort weitermachen, wo Sie aufgehört haben.« Mit dem Daumen glättete sie das Eselsohr, ehe sie das Buch auf den Schreibtisch zurücklegte. Aufgeschlagen dort, wo seine Bleistiftmarkierung war. Eine Aufforderung. »Tut mir leid, dass ich Sie bei der Arbeit gestört habe, Professor.«

»Aber Sie haben mich überhaupt nicht gestört.« Zu viel Atem, zu viele Pausen im Satz. Sein Protest überzeugte kaum, das wusste er schon, bevor sie sich mit einem wissenden Lächeln dem Putzwagen zuwandte. Dabei hätte er eigentlich froh sein müssen. Das Gespräch fand ein Ende, bevor er sich hinreißen ließ, mehr über sich und seine Beweggründe, Deutschland den Rücken zu kehren, preiszugeben. Einzuräumen, dass er keinen Professorentitel besaß, die falsche Anrede aber nie korrigierte, weil sie ihm schmeichelte.

Er überlegte, wie er das Gespräch wieder aufnehmen könnte, während die Frau den Wischmopp routiniert aus der Verankerung löste und fortfuhr, den Boden zu wischen. Verflixt, ich weiß nicht mal, wie sie heißt, dachte er, ehe er, vollkommen entgegen seiner Natur, das Denken einstellte. Er drückte sich an *oul Will* vorbei und trat, den bohrenden Blick des Dichters im Rücken, in eine Pfütze aus Seifenlauge.

»Ich bin Robert«, sagte er und streckte ihr die Hand hin. »Robert Brenner. Der neue Musiklehrer.«

Sie hielt inne, sah aber nicht auf. »Oh, ich weiß, wer Sie sind, Professor Brenner. In dieser Schule sprechen sich Neuigkeiten schnell rum. Sogar bis in die unteren Ränge.«

Sprachwitz. Selbstironie. Er öffnete den Mund, doch es kam nichts heraus, weshalb er ihn rasch wieder zuklappte, damit er nicht aussah wie ein Karpfen. Weiß Gott, er erinnerte sich nicht daran, wann ihn ein Mensch zum letzten Mal überrascht hatte. Er wollte, nein, er musste diese Frau näher kennenlernen.

»Ich heiße Molly.«

Ihre Finger waren feucht vom Wischwasser, ihr Händedruck fest. Kein Ehering, was ihn mit einer kindischen Freude erfüllte.

»Molly. Und weiter?«

»Nichts weiter. Einfach Molly.« Ihre Augen funkelten. »Das muss für die erste Viertelstunde genügen, Robert.«

Sein Herz klopfte, während er ihr nachsah. Die Campbell Park School war nicht besonders groß, und Molly gehörte zum Reinigungspersonal. Es lag in der Natur der Sache, dass sie einander erneut über den Weg laufen würden – vorausgesetzt, er machte es sich zur Gewohnheit, den Feierabend in der Bibliothek zu verbringen. Warum auch nicht? Zu Hause warteten ohnehin nur ein paar ungeöffnete Umzugskartons auf ihn. Er lauschte dem gleichmäßigen Wischgeräusch im

Gang. Draußen war es dunkel geworden, Regen rauschte, das Licht der Schreibtischlampe reichte kaum drei Regalreihen weit.

»Sehen wir uns morgen wieder? Um die gleiche Uhrzeit?« Seine Frage hallte durch den Saal wie eine falsch gestimmte Violinsaite. Früher wäre er nie auf die Idee gekommen, bei einer Frau den ersten Schritt zu machen. Es war schlichtweg nie notwendig gewesen.

»Gut möglich, Professor Brenner«, kam es fröhlich aus dem Halbdunkel.

Ihr Name ist Molly. Und ich werde sie morgen wiedersehen.

Er zog den Tweedmantel an und verstaute den Roman zusammen mit dem Federmäppchen in seiner Tasche. Beim Hinausgehen – er beherrschte sich, sich nicht nach ihr umzudrehen – fühlte er sich ungewöhnlich beschwingt.

Eine Viertelstunde. Das waren läppische fünfzehn Minuten. Oder neunhundert Sekunden, wenn er die Begegnung mit Molly-nichts-weiter auf ein paar Atemzüge herunterbrach. Ein lächerlich kleiner Zeitraum, gemessen an den zwei Dritteln Lebenszeit, die hinter ihm lagen. Als die Glastür in seinem Rücken ins Schloss fiel, lächelte er.

Gott wusste, dass er kein schicksalsgläubiger Mensch war. Aber in diesem Augenblick war er davon überzeugt, dass fünfzehn Minuten genügen konnten, um die Dinge auf Anfang zu stellen.

1. Kapitel

Dublin. September 2019.

Bonnie.
Das Wasser lief aus der Wand. Im ersten Augenblick war sie fasziniert. Ungläubig, dass so etwas überhaupt möglich war, trat Bonnie näher an die Flurwand und streckte die Hand aus. Ma's geliebte Rosentapete. Sie war warm und fühlte sich merkwürdig aufgebläht an. Stellenweise löste sie sich bereits vom Mauerwerk.

»Ach du heilige Scheiße«, murmelte sie.

»Ich hab's dir ja gesagt. Ist ein Desaster.« Sheila, die kaugummikauend am Türrahmen lehnte, deutete mit dem Kinn auf das Linoleum. »Das Wasser kam schon unter der Tür raus. Reiner Zufall, dass ich grad den Müll rausgebracht hab, sonst hätte ich dich früher angerufen. Nachbarschaftshilfe und so, is doch klar.«

»Danke, Sheila, ich…« Die Blütenranken bewegten sich, als würden sie Atem holen. Mit einem entkräfteten Seufzen blätterte eine Tapetenbahn ab. Ihr Herz zog sich zusammen, während Sheila ungerührt weiterplapperte.

»Unglaublich… Das wird ein Scheißgeld kosten… Wenn du willst, kann ich… Igitt! Haben die damals die Tapeten mit Spucke festgeklebt, oder wieso kommen die runter?«

Benommen starrte Bonnie auf die entblößte Steinwand. Sie war dunkel vor Nässe und von Stockflecken übersät.

»Mam? Was ist hier los?«

Joshs zittrige Stimme holte sie sofort in den Hausflur zurück. Seine Augen wirkten ohnehin schon riesig hinter den dicken Brillengläsern, jetzt schienen sie sein Gesicht geradezu auszufüllen. Erschrocken sah ihr Sohn zu, wie das Wasser über seine roten Sneaker schwappte. Im ersten Moment schien er nicht zu wissen, ob er besorgt oder entzückt wegen der Überschwemmung sein sollte, die ihr Haus in den Drehort eines Katastrophenfilms verwandelte. Ein übel gelauntes Maunzen aus der Küche signalisierte, dass Sir Francis das Entzücken keinesfalls teilte. Das arme Tier.

Bonnie atmete aus und zog die Mundwinkel hoch. Ungeachtet des dampfenden Wassers, das ihre Knöchel umspülte, ging sie in die Hocke und musterte das blasse Kindergesicht, das ihrem eigenen so unglaublich ähnlich sah: eine spitze Himmelfahrtsnase, darunter ein schmaler Mund, in dem die unteren Schneidezähne fehlten, die hohe Stirn, die für einen Sechsjährigen viel zu oft knitterte. Nur seine tintenblauen Augen gehörten zu einem anderen Menschen, der schon lange aus ihrem Leben verschwunden war.

Josh zwinkerte rasch hintereinander. Das tat er oft, wenn er verunsichert war. Dagegen half nur ein Abenteuer.

»Bereit für die Mission?«, flüsterte sie und beugte sich nach unten, um Joshs Hosenbeine hochzukrempeln. »Klingt, als bräuchte unser Smutje dringend Hilfe. Traust du dir zu, Sir Francis aus der Kombüse zu retten, bevor unser Schiff untergeht? Die Katzenbox ist in der Besenkammer.«

Kurz wirkte Josh unentschlossen, ob er sich auf das Spiel einlassen sollte, doch dann nickte er heftig und salutierte.

»Aye, aye, Sir! Bin schon unterwegs.« Er überlegte und fuhr dann feierlich fort: »Falls uns die Haie fressen, war es Smutje Francis und mir eine Ehre, unter Ihnen gedient zu haben, Captain.«

»Die Ehre ist ganz meinerseits, Erster Offizier Milligan. Ich bin mir sicher, dass wir uns unversehrt wiedersehen, sobald ich das Leck gestopft habe. Dieser dämliche Eisberg.«

»Dieser dämliche Eisberg!«, echote Josh mit leuchtenden Augen.

»Soll ich vielleicht ein Schlauchboot und eine Pfeife besorgen? Oder Schwimmflügel?«, kam es belustigt von der Tür, dann imitierte Sheila mit hoher, zittriger Stimme aus dem Film *Titanic*: »Jack! Jack, da ist ein Boot! Jack!«

Bonnie schnappte nach Luft, um ihre Nachbarin in die Schranken zu weisen, doch ihr Sohn war schneller.

»Ich kann doch schon schwimmen! Mam hat's mir letzten Sommer beigebracht, im Schwimmbad.« Er verzog den Mund, als habe sie eine wirklich dumme Bemerkung gemacht. »Schwimmflügel sind was für Babys.«

»Natürlich sind sie das«, erwiderte Sheila seufzend. »Kann ich sonst etwas tun?«

Sheila vergötterte Josh. Trotzdem sprach ihr Blick Bände, als der Junge, armrudernd und Dampfergeräusche nachahmend, in die Küche watete.

»Es wäre lieb, wenn du Eimer und Lappen besorgen könntest.« Bonnie drehte Sheila den Rücken zu, bevor sie weiterstichelte. Ihre Nachbarin meinte es gut und war bestimmt eine großartige Verkäuferin. Allerdings reichte ihr Feingefühl höchstens bis in die betonierten Vorgärten ihrer Kundinnen, denen sie ihre Tupperdosen aufschwatzte. »Und einen Schrubber«, warf sie über die Schulter zurück, bevor sie die Tür aufstieß und mitansehen musste, wie ihre grimmige Entschlossenheit zusammen mit dem Wasser die Kellertreppe heruntergespült wurde.

Als ob ich nicht selbst wüsste, dass das Leben kein Spiel ist. Es ist eine Ansammlung kleiner und großer Katastrophen, von denen man nie weiß, welche als Nächstes kommt. Und das liegt nicht nur daran, dass wir in Finglas wohnen. Es ist nicht das Viertel und auch nicht das Haus, sondern die verzwickte Gesamtsituation, in der wir stecken, seit Ma nicht mehr da ist.

»Bonnie?«

»Ja?« Sie drehte sich nicht um. Wenn sie Sheila jetzt ins Gesicht sah, würde sie sich nicht mehr beherrschen können. Aber Tränen halfen niemandem. Sie musste das Desaster rational angehen, sich sammeln, die klatschnassen Sneaker auf die Erde drücken. Schleunigst den Hauptwasserhahn abdrehen und beten, dass der Schaden nicht allzu groß war.

»Der Kumpel von meinem Cousin Nathan ist Klempner. Er ist ein elender Halsabschneider, aber ich kann dafür sorgen, dass er direkt vorbeikommt. Soll ich ihn anrufen?« Sheilas heisere Raucherstimme klang ungewohnt sanft und goss etwas Warmes in ihr Inneres. Sie schloss die Augen und gab sich für einen Moment dem tröstlichen Gefühl hin, doch nicht ganz allein zu sein.

»Das ist der erste vernünftige Satz, den ich heute von dir höre, Sheila.«

Ihre Nachbarin erwiderte ihr Lächeln, und zum ersten Mal fiel Bonnie auf, wie müde sie unter dem blondierten Pony aussah. Zuerst schien sie etwas Aufmunterndes hinzufügen zu wollen, aber in Finglas war Trost etwas, mit dem man unter Erwachsenen sparsam umging. Jeder in diesem Viertel hatte eigene Sorgen, und wenn nebenan eine Schüssel zu Bruch ging, redete man dem anderen nicht ein, sie habe bloß einen Sprung. Man stellte sich dem Offenkundigen – besonders wenn Tapeten von Wänden abpellten wie Mandarinenschalen.

»Freu dich nicht zu früh, Kleines.« Sheila bohrte ihren mit Strasssteinen verzierten Fingernagel in eine aufgeweichte Rosenknospe und verzog angewidert den Mund. »Das da braucht vermutlich mehr als einen Klempner, der dich finanziell bis auf den Schlüpfer auszieht. Mach dich also besser auf in den Keller zum Haupthahn, bevor wir tatsächlich ein Schlauchboot organisieren müssen, um deinen Sohn aus der Küche zu fischen.«

* * *

Ian Mahony war Ende dreißig, trug einen Trainingsanzug und einen Dreitagebart, der unter seinem Kinn mit einem Tribal-Tattoo verschmolz. Er war mit zwei Kollegen in einem klapprigen weißen Van ohne Firmenlogo aufgekreuzt, der jetzt mit heruntergelassenen Fensterscheiben und aufgedrehtem Radio auf dem Gehsteig parkte. Zu einem anderen Zeitpunkt hätte Bonnie sein Gangsta-Gehabe amüsiert, aber die Flüche, die er beim Betreten ihres Hauses ausgestoßen hatte, hatten ihr verdeutlicht, dass es überhaupt nichts zu lachen gab.

Nachdem sie die Überschwemmung mit Schrubbern und Bodenabziehern aus dem Haus gekehrt hatten, rissen die Männer auf der Suche nach dem Leitungsleck den Flur auf und meißelten sich wie Drogenspürhunde an der Küchenwand entlang in den ersten Stock, wo sie ihr zerstörerisches Werk fortsetzten. Bonnie flüchtete unter dem gestammelten

Vorwand, den Männern einen Tee kochen zu wollen, nach unten. In der Küche stellte sie den Wasserkessel auf den Herd und schmierte Erdnussbuttersandwiches, während über ihr die Fliesen zu Bruch gingen, die Ma und sie angebracht hatten. Sie machte zu viele Sandwiches, aber die Tätigkeit war so beruhigend alltäglich, also fuhr sie fort, bis das Erdnussbutterglas leer war.

Danach stand sie am Fenster und starrte auf den gepflasterten Vorgarten, in dem außer Fugenunkraut nichts blühte, und versuchte sich daran zu erinnern, dass es genügend gute Dinge in ihrem Leben gab. Das Wetter war für den Dubliner Herbst zum Beispiel ungewöhnlich mild. Sie waren trocken zur Haltestation gekommen, und der Bus war pünktlich gewesen. Sie hatten ein Zuhause, und der Job in O'Driscolls Fish-'n'-Chips-Imbiss brachte sie einigermaßen über die Runden. Ihr Chef Paddy erlaubte ihr sogar, Josh mit zur Arbeit zu nehmen, weil sie sich derzeit keine Kinderbetreuung leisten konnte. Sheila nicht zu vergessen, die sich bei aller Kaltschnäuzigkeit trotzdem um ihr Wohlergehen scherte, obwohl sie sich vorhin unter einem fadenscheinigen Vorwand davongemacht hatte, als es ans Aufwischen ging. Und dann war da natürlich noch ihr kleiner Jackpot, der in diesem Augenblick mit der Katzenbox auf dem Schoß auf der Grundstücksmauer hockte und dem fauchenden Kater einen Vortrag über seenotrettungstaugliches Verhalten hielt.

Wie erwartet war ihr Ablenkungsmanöver erfolgreich gewesen. Es zählte nicht, dass Sir Francis die Katzenbox hasste und das sinkende Schiff für Bonnie gallebittere Realität war. Ihr Sohn genoss einen glückseligen Kindheitsmoment, und sie konnte sich einreden, es sei ganz normal, dass sein einziger Spielgefährte ein einäugiger Streuner aus dem Tierheim war.

»Miss?« Ein gekünsteltes Räuspern in ihrem Rücken signalisierte, dass Mahony bereit für den geschäftlichen Teil des Gefallens war, den er Sheila schuldete.

»Auf dem Tisch steht was zu essen, in der Kanne ist Tee. Bedienen Sie sich ruhig.« An den Fenstersims gelehnt beobachtete sie, wie Mahony sich ein Sandwich nahm. Der andere Teil ihrer Aufmerksamkeit blieb bei den beiden heranschlendernden Jugendlichen hängen, deren Gesichter ihr nicht fremd waren. Der eine trug das grüne Trikot der Irish Rugby Football Union, sein Kumpan steckte in einer überweiten Jogginghose, in die locker zwei von ihm reingepasst hätten. Sie presste argwöhnisch die Lippen zusammen, aber an diesem Tag schienen die beiden Taugenichtse sich ausnahmsweise einmal nicht für *den kleinen Freak aus der 59 Berryfield Road* zu interessieren. Umso neugieriger beäugten sie Mahonys Van.

»Sie haben hoffentlich keine Wertsachen auf dem Beifahrersitz gelassen«, murmelte sie und bemerkte zu spät, dass der Handwerker neben sie ans Fenster getreten war – zu nah, als angenehm gewesen wäre. Nicht mal die Erdnussbutter überdeckte seine süßlichen Ausdünstungen, typisch für einen Kiffer. Überwältigt von einem Bild aus der Vergangenheit, an das sie sich eigentlich nie wieder erinnern wollte, rückte sie von ihm ab.

»Also, Mr Mahony. Wie schlimm ist es?«

»Auf 'ner Skala von eins bis zehn?«, entgegnete Mahony kauend und winkte den beiden Halbstarken zu, die einen überraschten Blick wechselten. »'ne glatte Zwölf, würd ich sagen.«

»Und das bedeutet?«

Mahony sah sie aufmerksam an. Sie kannte diese Art von

Blick. Er checkte sie ab, versuchte herauszufinden, ob er eine Frau vor sich hatte, die man über den Tisch zog oder besser gleich dort flachlegte. Sie klebte ein Lächeln auf ihr Gesicht, woraufhin Mahony zurück zum Tisch schlenderte und sich Tee einschenkte. Offenbar fand Mr Gangsta es spaßig, sie zappeln zu lassen.

»Wir haben das Leck gefunden, und das war's mit den guten Nachrichten. Handelt sich um 'ne verrostete Wasserleitung, oben im Bad.« Mahony klaubte ein weiteres Sandwich von der Platte. »Hinter dem Waschbecken ist 'ne Menge Wasser ausgetreten. Boden, Wände ... Sieht übel aus. Man müsste das Haus trockenlegen und danach das komplette Leitungssystem erneuern.« Er zeigte auf die hässlichen Wunden, die seine Jungs der Küchenwand zugefügt hatten. »Sonst haben Sie nächste Woche das gleiche Problem woand...«

»Wie viel, Mr Mahony?« Bonnie zog die Schultern hoch und drückte die Fingerkuppen so fest in die Oberarme, dass es sicher blaue Flecke geben würde.

»Zehn, sollten Sie eine Rechnung für die Versicherung brauchen. Neun, wenn ich's schwarz mache«, kam es wie aus der Pistole geschossen zurück.

Neuntausend Euro! Ein glatter Bauchschuss, nur mühsam gelang es ihr, nicht nach Luft zu schnappen.

»Ich habe keine Versicherung«, erwiderte sie leichthin, während die Gedanken in ihrem Kopf umherflitzten wie Kugeln in einem Flipperautomaten. Sie hatte die Hausratversicherung gekündigt. Ebenso wie die Lebensversicherung, den Festnetzanschluss und das Zeitungsabo. Eine Beerdigung war teuer.

»Dann kennen Sie jetzt den Preis. Neuntausend, und Sie kehren in drei Wochen in ein nagelneues Haus zurück.« Ian

Mahony beäugte die bunt zusammengewürfelte Kücheneinrichtung, die kein einziges Möbelstück ohne Kratzer oder abgeschlagene Kanten vorzuweisen hatte. »Na ja, so gut wie.«

Drei Wochen. Es dauerte, bis die Information bei ihr ankam, nachdem sie die schwindelerregende Summe verdaut hatte. Jetzt würde also ihr Sparbuch dran glauben müssen. Siebentausendvierhundert Euro und einundzwanzig Cent hatte sie gespart, das Geld war eigentlich für Josh gedacht gewesen. Für die Reparatur reichte es trotzdem nicht, selbst wenn sie Mahony um einen Tausender runterhandelte. Von den zusätzlichen Kosten für ein Hotel- oder Pensionszimmer ganz zu schweigen.

Bonnie schluckte schwer. Wo sollten sie drei Wochen lang unterkommen? Sie hatten keine Familienangehörigen, ihre ehemaligen Schulfreundinnen waren nach und nach in bessere Gegenden gezogen. Bedingt durch Ma's Krankheit und wegen des Schichtdiensts im Imbiss war es nur eine Frage der Zeit gewesen, bis ihre losen Kontakte schließlich ganz abgebrochen waren. Das war die traurige Wahrheit. Es gab niemanden, den sie um Hilfe bitten konnte.

»Können wir während der Sanierung nicht hierbleiben?« Sie wunderte sich, wie gefasst sie klang. Sozialfürsorge, Mutter-Kind-Heim, Obdachlosenunterkunft. Manche Wörter juckten wie Ausschlag auf der Haut.

»Miss.« Jetzt schaute Mahony mitleidig. »Mal ganz davon abgesehen, dass wir vom Wasser bis zur Elektrik alles abstellen müssen... Hier werden Trocknungsgeräte und Ventilatoren vierundzwanzig Stunden lang den Krach von Laubbläsern machen. Glauben Sie mir, das wollen Sie weder sich noch Ihrem kleinen Jungen antun.«

»Aber ich kann nicht drei Wochen...«

»Sie zahlt siebentausend und keinen Cent mehr!« Sheilas Stimme ließ die ohnehin schon arg mitgenommene Küchenwand erzittern. Mahony schrak zusammen, als ihre Nachbarin mit langen Schritten auf den Handwerker zumarschierte.

»Hi Shee.« Er lächelte. Nicht besonders erfreut, sondern eher so, als müsse er einen knurrenden Pitbull beschwichtigen.

»Ian Thomas Mahony!« Ihr Zeigefinger berührte fast Mahonys Stirn. »Muss ich dich wirklich daran erinnern?«

Mahony bereitete es sichtlich Schwierigkeiten, den letzten Bissen des Erdnussbuttersandwiches herunterzuschlucken.

»Logo. Siebentausend sind ein fairer Preis«, stammelte er und wich Bonnies Blick aus.

»Das will ich meinen. Deine Jungs können gleich loslegen. Und du...«, Sheilas Ton wechselte übergangslos von Minusgraden in Frühlingstemperatur, als sie Bonnie ansprach. »Du und Josh, ihr kommt vorläufig zu mir. Bequem wird's nicht, aber für ein paar Nächte wird die Wohnzimmercouch schon reichen – bis wir eine andere Lösung gefunden haben.«

»Die findet sie bestimmt«, versetzte Mahony. »Mrs Doyle versteht sich nämlich meisterhaft darauf, andere genau dorthin zu bringen, wo sie garantiert nicht sein wollen.«

»Halt die Klappe, Ian, sonst steck ich dem alten Hugh O'Neill, wer damals seinen Kiosk ausgeräumt hat.«

»Das ist zwanzig Jahre her!« Mahony lief rot an. »Nate und ich waren halbe Kinder und... Herrgott, die Sache ist doch längst verjährt.«

»Mal sehen, ob Hugh das auch so sieht.«

»Schon gut.« Seine Schultern sanken herab. »Ich sag den Jungs, sie sollen die Entfeuchter aus dem Van holen.«

»Das ist der erste vernünftige Satz, den ich heute von dir höre, Ian.« Sheila grinste sie triumphierend an, und erstaunlicherweise – trotz allem, oder vielleicht gerade weil die ganze Situation zum Verzweifeln war – fiel Bonnie in das heisere Gelächter ihrer Nachbarin mit ein.

Mahony verdrehte die Augen und stiefelte nach draußen. Durchs Fenster beobachteten sie, wie er den Männern händefuchtelnd Anweisungen gab. Die Teenager hatten sich getrollt, vermutlich suchten sie auf dem nahen Sportplatz ein anderes Opfer, dem sie das Taschengeld abnehmen konnten. Josh sammelte Kieselsteine im Hof. Diejenigen, die ihm gefielen, steckte er in die Brusttasche der Latzhose, die anderen warf er Sir Francis hin, den er inzwischen aus der Box befreit hatte. Ob er das Ausmaß der Katastrophe begriff, die ihrem Spiel eine traurig reale Kulisse bescherte? Plötzlich wünschte sie sich brennend ein kleines Stück seiner Unbekümmertheit. Was auch geschah, er war stets felsenfest davon überzeugt, dass seine Mam alles in Ordnung brachte. Es mochte komisch klingen, aber das Urvertrauen ihres Kindes hatte ihr im letzten Jahr viel Kraft gegeben.

Entschlossen straffte sie die Schultern. Sheila hatte recht. Sie würde eine Lösung finden, und bis dahin würde sie so tun, als sei ihr Leben lediglich ein bisschen in Schieflage geraten. Nichts Wildes, nichts, worüber ein Sechsjähriger sich Gedanken machen musste.

»Okay, Kleines. Packst du ein paar Sachen und kommst nachher mit Josh rüber? Ich hab Shepherd's Pie für meine Jungs gemacht und mich mal wieder mit den Mengenangaben vertan.« Sheila zog eine Grimasse. »Wär cool, wenn ich behaupten könnte, ich hätte absichtlich für ein halbes Rugbyteam gekocht.«

»Dienstag«, murmelte Bonnie mit einem abwesenden Blick auf die Wanduhr über der Spüle. »Heute ist Dienstag.«

Es dauerte einige Augenblicke, bis sich Verstehen auf dem Gesicht ihrer Nachbarin zeigte, dem sie durch pfundweise Make-up und grellbunten Lidschatten ein paar Jährchen Jugend abtrotzte.

»Stimmt, heute ist Dienstag.« Die Finger auf ihrem Arm waren kühl und unbeholfen, aber das machte nichts. Sheilas Stimme war voller Zuneigung. »Wir werden mit dem Essen auf euch warten.«

2. Kapitel

Dublin, September 2019. Eine Stunde später.

Bonnie.
Kurz nach vier betrat sie mit Josh den Glasnevin Cemetery. Wie jedes Mal benutzten sie den Eingang an der Ostseite des Friedhofs, weil man am Kiosk auf dem Prospect Square günstigere Blumen als bei der Konkurrenz am Haupteingang bekam. Außerdem entgingen sie so den Touristen, die sich hauptsächlich für den alten Teil des Friedhofs interessierten, den man in den Reisebroschüren als Dublins Antwort auf Père Lachaise in Paris belobhudelte. Dort, wo der Weg zum Besucherzentrum und zu den Toiletten am kürzesten war, warteten die klickstärksten Fotomotive für die sozialen Medien: monumentale Grabmäler, Keltenkreuze und vermooste Grabplatten, unter denen all die berühmten Leute lagen, die das heutige Irland geprägt hatten.

Ganz anders gestaltete sich der neue Teil neben dem Botanischen Garten. Zwischen dem dunklen Grün von Eiben, Zypressen und Wacholder herrschte militärische Ordnung, alle Gräber befanden sich in Reih und Glied. Still war es, friedlich, so wie man es von einem Friedhof erwartete. Nur in der Ferne brummte ein Rasenmäher, Vogelgezwitscher erinnerte daran, dass das Leben auch dort war, wo der Tod wohnte. Es war ein guter Ort, und jeden Dienstag, wenn sie Ma besuchten, fühlte Bonnie sich nicht nur näher bei Gott, sondern auch ein klein wenig so, als kehrte sie heim.

»Ein Eisberg ist für Schiffe deswegen so gefährlich, weil man nur seine Spitze sieht. Unter Wasser kann er siebenmal größer sein.« Josh hopste an ihrer Hand auf und ab. »Weißt du, dass es grüne Eisberge gibt, Mam?«

»Ernsthaft? Grün?« Sie riss die Augen auf, allerdings nicht allzu weit. Josh besaß ein feines Gespür dafür, ob Erwachsene ihn ernst nahmen. Übertriebene Begeisterung steckte er rasch in denselben imaginären Schuhkarton, in dem er bereits die Babysprache seiner ehemaligen Kita-Erzieherin und das Essiglächeln von Mrs Drake aus Hausnummer 7 verwahrte. Er wusste ja nicht, dass seine Mam innerlich hin- und hergerissen war. Sollte sie stolz auf ihren Sohn sein, weil er all diese unglaublichen Dinge wusste, von denen sie keine Ahnung hatte? Oder musste sie ein schlechtes Gewissen haben, weil sie einen Sechsjährigen lieber stundenlang vor dem Fernseher parkte, statt ihn in die Schule zu schicken? Was für eine Art Mutter war sie in den kritischen Augen anderer Mütter?

Eine, die ihr Kind zur Arbeit mitnehmen muss und froh ist, dass ihr Boss für ihren Sohn eine Spielecke eingerichtet hat und einen Doku-Sender im Fernseher über dem Tresen laufen lässt. Ich bin die Sorte Mutter, die keine Wahl hat und trotzdem nicht aufgibt. Eine, die aus den Brotkrumen, die ihr das Leben hinwirft, das Beste macht. Den Rest erledigen Bücher, Lieder und zusammengesponnene Geschichten von Antarktis-Expeditionen, Eisbergen und sinkenden Schiffen. Und was die Schule angeht... Could be worse. Es könnte schlimmer sein.

»Mam! Du musst fragen.« Josh zog an ihrem Arm.

»Was denn?«, antwortete sie zerstreut. Auf einer Bank, etwa zwanzig Meter vor ihnen, saß ein Mann in einem dunkelblauen Anzug.

»Warum sind manche Eisberge grün, Josh?«, soufflierte ihr Sohn und verdrehte die Augen wie bei Sheila, wenn sie mal wieder nicht kapierte, wovon er redete.

»Warum sind sie grün?«, wiederholte sie gehorsam.

Der Mann trug Bart und Sonnenbrille, was es unmöglich machte, sein Alter zu schätzen. Sein Anzug wirkte altmodisch und eine Nummer zu groß, ein Kleiderschrankhüter, den man nur zu besonderen Gelegenheiten herausholte. Er sah aus, als würde er seit Stunden auf dieser Bank sitzen und auf jemanden warten, der nicht kommen würde.

Sie hatte kaum zu Ende gedacht, als er unvermittelt den Kopf in ihre Richtung drehte. Beschämt senkte sie den Blick und ging schneller. Ein Fehler. Kaum hatten sie den Mann passiert, stolperte sie in den ungewohnten Absatzschuhen und ließ Joshs Hand los. Er trabte los wie ein Pony, das man nach tagelangem Boxenaufenthalt endlich vom Halfter befreite.

»Algen!«, warf er über die Schulter zurück. »Es sind umgekippte Eisberge, die an der Unterseite mit Algen bewachsen sind. Deswegen sind sie grühün!«

Beinahe hätte sie laut aufgelacht. Doch dann purzelte noch ein Satz aus seinem Mund, so beiläufig wie die Frage nach einem Schokoladenkeks, den man sowieso nicht bekam.

»Müssen wir jetzt draußen schlafen, Mam?«

Er hatte sie schon einmal so erschreckt, vor einigen Tagen. Da hatte er gefragt, ob sie wegen des Mikroplastiks in der Nahrungskette alle sterben müssten.

»Ob wir draußen…? Aber nein!«, rief sie ihm nach, obwohl er längst in den Seitenweg zu Ma's Grab eingebogen und aus ihrem Sichtfeld verschwunden war.

Warum sie sich nach dem Mann auf der Bank umdrehte, wusste sie selbst nicht genau. Vielleicht, um sich zu vergewissern, dass er keine Illusion gewesen war, geboren aus ihrer eigenen Trauer und dem Bedürfnis, sich mit jemandem verbunden zu fühlen, dem es so erging wie ihr. Doch die Bank war leer. Enttäuscht sah sie seinem Rücken nach, bis er zu einem unscharfen Fleck am Ende des Kieswegs zusammengeschrumpft war.

Was hatte sie erwartet? Dass er sie herwinkte und zu einem Plausch aufforderte? Dass er einen Tullamore aus der Jackentasche zauberte, um mit ihr auf die Toten anzustoßen? Auf manchen irischen Beerdigungen war es üblich, dass die Trauergäste einander abklatschten und so ihre Erleichterung kundtaten, dass es sie selbst nicht erwischt hatte. Tatsächlich besaß die Vorstellung eines High five mit diesem Fremden etwas verboten Tröstliches. Ma hätte es ganz sicher gefallen. Mit einem selbstvergessenen Lächeln schloss sie die Faust fester um den Nelkenstrauß und setzte ihren Weg fort.

***

Josh saß mit baumelnden Füßen auf dem Grabstein seiner Großmutter. Glatter schwarzer Marmor mit goldener Inschrift. Sie hatten extra einen ausgesucht, der nicht so hoch und ein bisschen breiter war, damit ein sechsjähriger Junge genau das tun konnte. Eigentlich gehörte es sich nicht, auf Grabsteine zu klettern, aber Ma hatte es gemocht, wenn sie einander nah waren. Auf der gepolsterten Küchenbank, auf der Couch. Sonntagmorgens im Bett mit aufgebackenen

Tiefkühl-Scones und dem Kreuzworträtsel aus der Sonntagszeitung, die jetzt nicht mehr im Briefkasten lag.

»Rutschst du ein Stück für mich beiseite?«

»Nur wenn es heute Abend Boxty gibt«, erwiderte Josh. Sein hoffnungsloser Tonfall erinnerte sie daran, dass es wirklich kein gewöhnlicher Dienstag war. Normalerweise machten sie nach dem Friedhofsbesuch Kartoffelpuffer – zwei für sie, drei für Josh, die er unter einer dicken Zimtzuckerschicht begrub und mit den Fingern essen durfte.

»Tut mir leid, Kumpel, aber das müssen wir verschieben.« Sie steckte das Nelkensträußchen in die Grabvase. »Wir essen bei Sheila. Du magst Shepherd's Pie doch, oder?«

Josh nickte lustlos und rückte ein paar Zentimeter nach rechts, sodass sie mit dem halben Hinterteil auf den Stein passte. Automatisch befühlte sie die Vertiefungen der schnörkellosen Schrift in der Oberfläche unter ihr. *Ruth Milligan* stand dort, auf ein Porträtfoto im Stein hatte sie nicht nur aus Kostengründen verzichtet. Sie brauchten kein Bild, um sich an sie zu erinnern, und es wäre ihr falsch vorgekommen, das sanfte, immer etwas erschöpfte Lächeln ihrer Mutter der morbiden Neugier irgendwelcher Leute auszusetzen, die Ma nicht mal gekannt hatten.

»Die Sache ist die, Josh…«, wagte sie einen Vorstoß. »Im Moment können wir nicht nach Hause zurück. Wäre es sehr schlimm für dich, wenn wir ein paar Tage bei Sheila wohnen würden?«

Josh blinzelte und schob die Brille nach oben.

»Wir müssten allerdings im Wohnzimmer schlafen«, fuhr sie fröhlich fort, »es könnte also ein bisschen kuschelig werden.«

»Kann Sir Francis mitkommen?«

Die Frage hatte sie befürchtet. Sheila war ohnehin schon keine große Katzenliebhaberin, doch seit Sir Francis ihr eine kopflose Amsel auf den Fußabtreter gelegt hatte, hielt sie ihn für den reinkarnierten Jack the Ripper.

»Ich weiß es nicht. Aber es wird ihm nichts ausmachen, draußen zu schlafen. Er ist daran gewöhnt, schließlich hat er auf der Straße gelebt, bevor wir ihn adoptiert haben.«

»Aber ich bin es nicht gewohnt!«

Das stimmte. Josh war erst zwei Jahre alt gewesen, als Ma das schicksalhafte Flugblatt des Tierheims aus dem Briefkasten gezogen hatte. Nach den Weihnachtsfeiertagen platzte die Auffangstation aus allen Nähten, und man suchte verzweifelt neue Familien für all die unbequem gewordenen Geschenke, die von ihren überforderten Besitzern ausgesetzt oder gleich im Müllcontainer entsorgt worden waren. Obwohl sie stets gegen ein Haustier gewesen war, hatte Ma darauf bestanden hinzufahren. Bis zu diesem Tag hatte Bonnie den Anblick vor Augen, gestochen scharf, als sei es erst gestern passiert: ihre völlig entrückt vor dem nach Katzenpisse stinkenden Käfig kniende Mutter, an dem kein Besucher stehen blieb.

»Er ist genauso beschädigt wie ich«, hatte sie geflüstert, und ihre Augen waren feucht geworden, während der dreifarbig gescheckte Katzenteenager sie mit flach angelegten Ohren anschrie. Er besaß etliche kahle Stellen im Fell und nur ein hasserfülltes Auge, in dem zweifelsohne die Absicht schwelte, seine zukünftige Familie im Schlaf umzubringen. Doch jeder Protest wäre verlorene Liebesmüh gewesen, Ma hatte ihre Wahl getroffen. So hatten sie das beschädigte Tier mit nach Hause genommen – und mit ihm zog an jenem eisigen Januarnachmittag in der 59 Berryfield Road etwas ein, das ihre Mutter im Nachhinein als ihr verspätetes Weihnachtswunder bezeichnet hatte.

Anfangs ließ das Wunder jedoch auf sich warten. Kaum hatten sie die Box geöffnet, flüchtete Sir Francis wie ein geölter Blitz unter die Couch. Dort blieb er vier Tage, zitternd, fauchend, und schlug mit ausgefahrenen Krallen nach allem, was sich in seine Nähe traute. Weder Schmeicheleien noch Beschimpfungen konnten ihn hervorlocken, sogar den Thunfisch verschmähte er, den Ma ihm hingestellt hatte. In der fünften Nacht jedoch – mittlerweile waren sie überzeugt, dass das unterernährte Tier in seinem Versteck verhungern würde – wartete in Joshs Zimmer eine Überraschung auf Bonnie. Zu einer Fellkugel zusammengerollt lag der Kater im Gitterbettchen, eng an ihren schlafenden Jungen geschmiegt. Das war der Beginn einer wunderbaren Freundschaft gewesen.

Aus den Augenwinkeln verfolgte Bonnie, wie Josh ein paar Steine aus der Hosentasche nestelte und sie in einer schnurgeraden Reihe neben sich auf den Grabstein legte. Er wirkte bedrückt, und sie bekam ein schlechtes Gewissen. Sir Francis hatte Josh sozusagen mit aufgezogen, ihm seine vernarbte Straßenkaterseele geschenkt, ihn durch seine Liebe stark und selbstbewusst gemacht. Darüber hinaus hatte er ihn Geduld, Nachsicht und Pflichtbewusstsein gelehrt und ihn getröstet, viele, viele Male – und sie auch. Er war Ma's Vermächtnis.

»Ich regele die Sache schon. Notfalls bleibt er eben in der Box.« Sie versprach vermutlich zu viel. Sir Francis verwandelte sich in einen teuflischen Mr Hyde, sobald man ihn einsperrte. Trotzdem musste sie es auf einen Versuch ankommen lassen.

»Ich mag Shepherd's Pie, glaube ich.«

Seine Worte erwärmten ihr Herz. Ihr Sohn war kein großer Fan von Aufläufen, aber er wusste, dass er ihr einen Gefallen tat, wenn er das Gegenteil behauptete. Sie zog ihn an sich und genoss es, wie sein Körper weich in ihrem Arm wurde.

»Machen wir uns auf den Weg?«, flüsterte sie in sein Haar, das nach Mandelshampoo und süßem, sauberem Kinderschweiß roch. »Nehmen wir den Hundeschlitten, das U-Boot oder den fliegenden Teppich?«

»Den Teppich!«

»Das hab ich befürchtet.« Mit einem gekünstelten Seufzen stand sie auf. Sie wartete, bis Josh sich aufgerappelt hatte und wie ein Seiltänzer auf Ma's Grabstein balancierte, den Blick erwartungsvoll auf ihr Gesicht gerichtet. Er ist wieder gewachsen, stellte sie wehmütig fest. Lange würden sie dieses Spiel nicht mehr spielen können. »Flieg, Aladin«, sagte sie leise und breitete die Arme aus.

***

Der Bus tauchte mit einer halben Stunde Verspätung an der Haltestelle auf und war so überfüllt, dass der Fahrer die Leute, die nach ihnen einsteigen wollten, mit einem gleichgültigen »Nächster Bus!« im Regen stehen ließ. Er fuhr an, noch während sie ihren Sohn durch das nach Feuchtigkeit, Aftershave und langem Arbeitstag riechende Meer aus Mänteln und Regenparkas schob und die missmutigen Gesichter zu ignorieren versuchte, die dem Busfahrer jede gestohlene Minute ihres Feierabends übelnahmen. Sie mussten sich bis ins Oberdeck vorarbeiten, bis sie endlich zwei freie Plätze erspähte.

»Sorry, Sir«, sprach sie einen älteren Herrn an und wies auf seinen Nachbarsitz, der von einem Packen Unterlagen belegt war. »Dürfte mein Sohn sich dorthin setzen?«

»Kann ihn wohl kaum davon abhalten«, brummte der Mann, ohne von seiner Zeitung aufzusehen. Sie bereute es sofort, ihn *Sir* genannt zu haben.

»Wären Sie dann so nett, Ihre Papiere vom Sitz zu räumen?«

Er bedachte sie mit einem abschätzigen Blick, der alles erfasste: die abgewetzte, zu groß gewordene Jeans, den Primark-Mantel und ihr aschblondes Haar, das seit Monaten keine Tönung mehr gesehen hatte. Gleich darauf zappelte sie bereits kopfüber in einer Schublade, an der das Etikett *Brennpunktviertel* klebte.

»Das Zeug gehört mir nicht«, erwiderte der Mann feindselig, als hätte sie ihn aufgefordert, ihr seine Brieftasche zu geben.

Sie unterdrückte ihren aufkeimenden Zorn und sah sich hilfesuchend um. Die junge Frau auf der anderen Seite wich ihrem Blick aus und drehte den Kopf zum Fenster. Ergeben dirigierte Bonnie ihren Sohn auf den zweiten freien Sitz, sammelte die Unterlagen ein und nahm selbst neben dem unfreundlichen Herrn Platz. Gewisse Menschen wollte sie lieber so weit weg wie möglich von Josh wissen. Leider kam es oft vor, dass diese Leute feine Anzüge und Kaschmirschals trugen, dabei hieß es doch, Geld und Status zählten für die Iren nicht viel. Aber die Wirklichkeit – ihre Wirklichkeit – sah anders aus. Sie lächelte den Mann herausfordernd an. Seine Zeitung raschelte empört, während er von ihr abrückte.

In ihrem Schoß lagen nun die aktuelle Ausgabe des *Irish Independent,* ein Faltplan von Dublin und ein abgegriffener blauer Hefter, prall gefüllt mit Papieren, die lauter Eselsohren hatten. Kurz spielte sie mit dem Gedanken, den lästigen Fund unauffällig unter die Bank zu schieben, doch dann begegnete sie Joshs fragenden Augen.

Sei nett, sei geduldig, kümmere dich. Mach die Welt ein bisschen freundlicher, besonders dann, wenn sie unfreundlich zu dir ist.

Im Nachhinein würde sie nicht mehr sagen können, ob sie den Hefter aus Trotz, Ratlosigkeit oder Neugier aufschlug – vielleicht war von allem etwas dabei. In den hauchdünnen, pergamentartigen Seiten erkannte sie instinktiv etwas, das jemand schmerzlich vermissen musste. Viel verstand sie nicht davon, aber es handelte sich um Musiknoten, eindeutig Originale, da die Blätter mit Radiergummi bearbeitet und mit Randbemerkungen versehen waren. Wie zum Teufel landete so etwas in einem Linienbus?

»Was ist das?« Josh beugte sich zu ihr herüber. »Hat da jemand etwas verloren?«

»Sieht ganz so aus.« Sie hielt ihm die Notenmappe hin, damit er hineinsehen konnte. »Das sind Lieder, die jemand geschrieben hat.«

»Cool.« Josh strich ehrfürchtig über die Seite, als ahnte er die Bedeutung all der Punkte und Striche, die auf den Bleistiftlinien hockten wie Spatzen auf einer Leitung. »Da wird derjenige aber bestimmt sehr traurig sein. So wie Ben, als er in der Kita das Bild vergessen hat, das er für seine Schwester gemalt hat. Als er weg war, hat Mrs McPhillips es zerknüllt und in den Mülleimer geworfen, aber das hab ich ihm am nächsten Tag nicht gesagt, weil er sonst geweint hätte.« Er kaute auf der Unterlippe und sah zu ihr auf. »War das falsch, Mam? Hätte ich es ihm sagen müssen?«

»Bei manchen Dingen weiß man nie hundertprozentig, was richtig ist.« Sie klemmte ihm eine Haarsträhne hinters Ohr. Sein Haar war zu lang, aber er weigerte sich standhaft, dass sie es ihm kürzer schnitt. »Wenn dir dein Bauchgefühl gesagt hat, dass du Ben lieber nichts erzählst, um ihm eine Enttäuschung zu ersparen, dann ist das okay, glaube ich.«

»Und was sagt dir dein Bauchgefühl, Mam?« Josh legte den Kopf an ihre Brust. Bonnie schlang die Arme um ihn und drückte ihn an sich, spürte die instinktive Anziehung, die es nur zwischen einer Mutter und ihrem Kind gab. Dann schob sie ihn sanft auf seinen Sitz zurück.

»Alle mal herhören!«, rief sie in den Gang und hielt den blauen Hefter in die Höhe. »Sieht aus, als wär hier was verloren gegangen. Vermisst jemand ein paar Unterlagen oder hat eine Ahnung, wem sie gehören?«

»Müssen Sie so rumbrüllen, Miss?«, zischte der Mann neben ihr. »Warum kümmern Sie sich nicht um Ihren eigenen Kram?«

»Richtig! Was schert Sie die Vergesslichkeit anderer Leute?«, fragte eine Frau in den Vierzigern über die Kopfstütze des Vordersitzes. »Lassen Sie den Müll liegen, das Zeug landet sowieso im Container.«

Enttäuscht betrachtete sie die unbeteiligten Gesichter ihrer Mitreisenden. Zwar hatten alle auf ihren Ruf reagiert, aber die meisten Fahrgäste sahen sie nur mit einer Mischung aus Argwohn und Mitleid an, ehe sie sich erneut ihren Handys widmeten oder ihre Gespräche wiederaufnahmen. Bloß ein Mädchen mit pinkfarbenen Haaren und Nasenring reagierte.

»Der lag schon hier, als ich am Liffey Valley Shopping Centre eingestiegen bin. Gut möglich, dass die Sachen schon den ganzen Tag im Bus hin- und herfahren«, sagte sie in einem

Ton, der wohltuend mitfühlend klang. »Am besten geben Sie den Hefter bei der Fundstelle ab, wenn Sie unbedingt was für Ihr Karma tun wollen.«

»Was ist Karma, Mam?«

Ihr Nachbar schnaubte und murmelte Unverständliches in seinen Kaschmirschal. Über ihnen trommelte der Regen auf das Dach des Doppeldeckers, das Wasser schlug in den Radkästen, als der Bus durch Pfützen fuhr. Bonnie spürte ein Dröhnen im Bauch, ein aufsteigendes Gefühl, wie wenn ein Flugzeug vom Boden abhebt.

»Es bedeutet, dass du alles, was du tust, irgendwann einmal zurückbekommst«, antwortete sie lauter, als nötig gewesen wäre. »Deshalb werden wir mit den Liedern das machen, was man eben so macht, wenn man ein netter Mensch ist.«

Zugegeben, es überraschte sie, einen Anflug von Betroffenheit im Gesicht ihres Sitznachbarn zu entdecken, aber Jesus, es fühlte sich gut an. Das pinkhaarige Mädchen grinste verstohlen das Display seines Handys an.

»Bringen wir die Lieder zur Fundstelle?« Josh beugte sich tief über die Mappe. »Ff...üür Moo...lly«, buchstabierte er eifrig den Titel des ersten Stücks. »Für Molly.« Als er lobheischend zu ihr aufsah, rutschte ein Zeitungsausschnitt zwischen den Seiten heraus und segelte zu Boden.

Bonnie bückte sich, überflog die Schlagzeile und den Text, bis ihre Augen an einem Namen hängen blieben. Ihre Mundwinkel zogen sich nach oben. Sicher war dieses Lächeln ein bisschen selbstgefällig, doch sie war längst nicht fertig mit dem Kaschmirschal-Mann. Auf einmal fühlte sie sich fast euphorisch, als stünde sie im Begriff, ganz Dublin den Kampf anzusagen, dieser scheinheiligen Stadt, die sehr wohl zwischen Arm und Reich unterschied. Natürlich sollte sie ihre Energien auf ihre eigene Situation konzentrieren, doch die kam ihr im Augenblick wesentlich aussichtsloser vor. Das Problem mit diesen Noten zu lösen war hingegen ein Kinderspiel: Sie musste nur einen Namen in eine Internet-Suchmaschine eingeben, um eine vorbildliche Mutter zu sein.

»Nein, wir gehen mit der Mappe nicht zur Fundstelle. Wir machen etwas viel Besseres«, sagte sie und kramte ihr Smartphone aus der Manteltasche, während das Flugzeug in ihrem Bauch Loopings schlug. »Wir bringen sie ihrem Besitzer zurück.«

»Echt?« Josh rutschte aufgeregt auf dem Sitz herum. »Wir bringen sie zurück, einfach so? So, als würde ich Ben sein Bild zurückgeben?«

»Genau so.«

»Aber wie sollen wir das machen, wenn kein Name draufsteht?«

»Ich lass mir was einfallen.«

»Versprichst du's?« Die Pupillen ihres Kindes glänzten wie ein schwarzer See, auf dem Sonnentupfer flimmerten. Plötzlich war alles andere unbedeutend. Die Leute im Bus, die bevorstehenden Nächte auf Sheilas Couch, das leere Bankkonto. In diesem Blick lag alles, was sie brauchte, um jeden Tag neu zu schreiben: Vertrauen, Zuversicht. Unendliche Liebe. Sie würde den Teufel tun und ihn enttäuschen.

»Ich verspreche es, Josh.«

3. Kapitel

CAMPBELL PARK SCHOOL. DUBLIN, OKTOBER 2001.

Robert.
Blauer Kapuzenpulli, Turnschuhe. Rote Trainingshose, die dem pubertären Wachstumsschub ihres Besitzers nichts entgegenzusetzen hatte. Jeden Dienstag in der fünften Stunde spielte sich in der letzten Reihe am Fensterplatz dasselbe Spiel ab: Auf einem Bleistift kauend kippelte Mark O'Reilly mit dem Stuhl und wartete mit gelangweilter Miene darauf, dass ihm jemand erklärte, was er in diesem Klassenzimmer sollte.

Schuluniform ist Pflicht, mit Stühlen kippeln ist verboten.
Robert schwankte zwischen Belustigung und Resignation. Wozu sollte er dem Jungen Vorschriften machen, an die er sich an seiner Stelle ebenso wenig gehalten hätte?

»Der Quintenzirkel ist die systematische Anordnung aller zwölf Dur- und Molltonarten. Tonarten, die sich nur um ein Vorzeichen unterscheiden, liegen stets eine Quint auseinander. Wir bezeichnen sie deshalb als quintverwandte Töne.«

Er fing an, vor der Tafel auf und ab zu gehen, während er den drögen Stoff herunterbetete, den er damals selbst nur schwer hatte ertragen können. Inzwischen wusste er, dass die

Musiktheorie unerlässlich war, wenn jemand das Handwerk des Musizierens erlernen wollte. Doch das traf offenbar auf keinen der zweiundzwanzig Schüler in diesem Raum zu.

Ein Papierflieger segelte knapp an seinem Ohr vorbei und legte an der Tafel eine Bruchlandung hin. Jemand rülpste ungeniert, zweite Bankreihe Mitte, den Namen hatte er vergessen. In der ersten Reihe stießen sich zwei Mädchen an und kicherten, der lang aufgeschossene Scott unterhielt sich über den Gang hinweg mit seinem Kumpel Rufus. Aus dem Augenwinkel beobachtete Robert, wie Mark abschweifte und aus dem Fenster schaute, wo die Mittagssonne gleißendes Licht auf die Kreidekästchen auf dem Schulhof warf. Die waren hier ebenfalls verboten, weshalb der Hausmeister jeden Nachmittag den Dampfstrahler bemühte.

Mit zwei Fingern schob Robert den Ärmel des Jacketts übers Handgelenk und linste auf seine Armbanduhr. Fünf Minuten bis zur Pausenklingel, auf dem Flur waren bereits Stimmen zu hören. Er sollte erleichtert über das nahende Ende seines Martyriums sein, war es aber nicht.

Gedankenverloren musterte er den mit Tonarten beschrifteten Kreis auf der Tafel, eher ein Oval oder ein angeschlagenes Osterei, je nachdem. Der Englischlehrer aus *Der Club der toten Dichter* hätte jetzt eine Textstelle aus einem literarischen Werk zitiert und seine Schüler aufgefordert, auf die Tische zu steigen, damit sie die Dinge aus einer anderen Perspektive betrachteten. Aber er war nun mal keine Romanfigur. Er konnte nur versuchen, diese jungen Menschen mit einer Version von Robert Brenner zu erreichen, die er selbst gut leiden konnte.

»Okay, und was soll der ganze Scheiß jetzt?«

Die ungläubige Stille, die sich mit seinen Worten in den

Raum legte, besaß etwas Befriedigendes. Leider währte sie nur so lange, bis am Fensterplatz in der letzten Reihe ein Bleistift auf die Tischplatte fiel und klackernd über die Holzfläche rollte.

»Das frage ich mich schon den ganzen Morgen, Professor Brenner«, sagte Mark im Tonfall eines Fünfzehnjährigen, der bereits alles von der Welt wusste. Zum ersten Mal in den vergangenen vierzig Minuten sah ihm der Bub ins Gesicht. Seine Augen waren dunkelbraun wie sein Haar und ebenso rebellisch; das hämische Gelächter seiner Mitschüler schien sein Selbstbewusstsein noch anzufeuern.

Jetzt bloß nicht einknicken. Entschlossen hielt Robert dem lauernden Blick des Halbwüchsigen stand, als habe er es mit einem bissigen Köter zu tun, den er aus undefinierbarem Grund mochte.

Wahrscheinlich war er der einzige Lehrer an dieser Schule, der in Mark O'Reilly mehr als den ewigen Störenfried sah. Laut Walter, dem Schuldirektor, war der Junge nur deswegen noch hier, weil seine Noten zu überragend und seine Vergehen zu nichtig für einen Rauswurf waren. Zumindest die, bei denen er sich hatte erwischen lassen. Aber Robert wusste, wozu dieser Junge imstande war, seit er vor drei Wochen mit der Musikklasse »Hello, Goodbye« von den Beatles einstudiert hatte – ein Schnellschuss zur Verabschiedung eines Kollegen, die Walter verbummelt hatte. Das Lied musste innerhalb weniger Tage stehen, doch die meisten Kinder kannten das Stück nicht, weshalb er es zu Demonstrationszwecken auf dem Piano vorgetragen hatte.

Mark hatte es mühelos auf seiner Geige nachgespielt. Fehlerfrei, vom ersten bis zum letzten Ton. Perfekte Tempi, exakt gesetzte Pausen, ohne einen Blick auf das Notenblatt zu verschwenden. Das absolute Gehör. Eine Gabe, die O'Reilly so egal war wie der sprichwörtliche Sack Reis am anderen Ende der Welt.

Drei Minuten bis zur Pause. Robert bückte sich und hob den Papierflieger auf. *Fly home Prof!* hatte jemand mit Bleistift auf einen Flügel gekritzelt und ein Hakenkreuz daruntergesetzt. Er seufzte und zeigte in die zweite Reihe, drittes Pult von links. Der blonde Junge nahm widerwillig die Kopfhörer seines Discman ab.

»Wie lautet dein Lieblingslied auf der CD, Nathaniel?«

Nathaniels Adamsapfel hüpfte. Verunsichert sah er sich um, aber seine Mitschüler wussten ebenso wenig, worauf der Lehrer hinauswollte. Gut so.

»›It's Raining Men‹ von Geri Halliwell… Sir.« Die Antwort des Jungen provozierte allgemeines Gestöhne, Nathaniel zuckte die Achseln.

»Du hörst also gern Musik.« Eine Feststellung, keine Frage, die von dem Angesprochenen mit einem vorsichtigen Zahnspangen-Lächeln beantwortet wurde. Wann hatten sie eigentlich damit angefangen, Kindern das Gefühl zu geben, dass sie ständig vor den Erwachsenen auf der Hut sein müssten, um in der Welt klarzukommen?

»Um auf Mr O'Reillys Frage einzugehen…« Aus dem Augenwinkel sah er, dass Marks Stuhl endlich mit vier Beinen auf dem Boden stand. Im Gesicht des Teenagers lag skeptisches Interesse.

»Wir alle lieben Musik, ganz gleich welcher Art. Das tun wir aus gutem Grund.« Er zwinkerte Nathaniel zu, der seinen Discman mit knallrotem Kopf im Rucksack verstaute. »Neben der Malerei und der Literatur ist die Musik eines der wenigen Dinge, das uns Menschen seit Jahrtausenden verbindet. Sie funktioniert wie eine Art sozialer Klebstoff: Wenn wir zusammen musizieren, singen und tanzen, schenkt uns das ein Gefühl von Gemeinschaft und Zugehörigkeit. Das macht die Musik so wichtig, für uns als Gesellschaft, aber auch für jeden Einzelnen.« Er ließ seinen Schülern Zeit, das Gehörte zu verdauen. Sein Puls war erhöht, er fühlte sich fiebrig und kurzatmig. So war es jedes Mal, wenn er über seine große Leidenschaft sprach. »Doch wir wären keine Menschen, wenn wir uns nicht die Frage nach dem Genie stellen würden. Viele Menschen in Ihrem Alter träumen von einer Bühne. Doch was unterscheidet diejenigen im Scheinwerferlicht von all den anderen in den Zuschauerreihen? Natürlich können Sie eine Ballade von U2, einen Folksong der Dubliners oder eine Sinfonie von Mozart lieben. Sie können eine gewisse Begabung für ein Instrument haben. Aber steckt deshalb ein Musiker oder eine Musikerin in Ihnen? Sind Talent und die Liebe zur Musik die einzigen Zutaten im Rezept für Ruhm und Ehre?« Fragend sah er die Mädchen in der zweiten Reihe an. Die Dunkelhaarige wechselte einen Blick mit ihrer Banknachbarin und schüttelte zögernd den Kopf. »Korrekt, Miss Clarke!« Er schnalzte. »Die Antwort ist ein klares Nein. Im Alphabet kommt Anstrengung vor Erfolg, und wer in der Welt der Musik Fuß fassen möchte, muss die Melodien visualisieren können.« Er tippte auf das Tonarten-Schema an der Tafel und hob die Stimme. »Nur wer die Musik sieht, ist imstande, sie zu erschaffen. Vielleicht sogar für die Ewigkeit.«

Jemand klatschte. Laut und provozierend langsam, aber das Geräusch kam nicht vom Fensterplatz in der letzten Reihe.

»*Excellent*, Herr Kollege! Das nenne ich mal einen ambitionierten Quintenzirkel-Vortrag.«

Robert drehte sich um und begegnete dem spöttischen

Grinsen von Alan O'Keefe, dem einzigen Kollegen, den er mit Freuden siezen würde, hätte ihm jemand bei Dienstantritt die Wahl gelassen.

Wie lange O'Keefe schon an der Tür lehnte, vermochte er nicht zu sagen. Ihm war nur klar, dass das Wort *ambitioniert* nicht als Kompliment gemeint war. Wut kochte in ihm hoch, aber zu Alans Glück durchbrach die Pausenklingel die eingetretene Stille. Er hätte sonst für nichts garantieren können. Auch nachdem die Schüler den Raum verlassen hatten – Mark O'Reilly war mit schleifenden Schnürsenkeln an ihm vorbeigeschlendert, als könnte er durch sein gemäßigtes Tempo Überlegenheit demonstrieren –, fand Robert, dass seine Faust hervorragend in die blutarme Visage seines Fachkollegen gepasst hätte.

»›*Was soll der ganze Scheiß?*‹ Das war nicht gerade pädagogisch wertvoll ausgedrückt, Robert.« Alan trug weiterhin sein gönnerhaftes Lächeln zur Schau, das so falsch war wie eine von einem Anfänger gespielte Sonate.

O'Keefe gönnte ihm nicht den Dreck unter den Fingernägeln, was Robert auf dessen eigene musikalische Mittelmäßigkeit zurückführte. Darüber hinaus war Alan bislang der einzige Musiklehrer an der Campbell Park School gewesen. Dass er für den Starpianisten Robert Brenner zur Seite rücken musste, war ein Drops, an dem er schwer schluckte, zumal sein Konkurrent keinerlei pädagogische Qualifikation vorzuweisen hatte. Insofern war Robert der Unmut des Kollegen sogar verständlich. Doch O'Keefe, zerfressen von Neid, Missgunst und Minderwertigkeitsgefühlen, hatte von Anfang an keine Gelegenheit ausgelassen, sich ihm gegenüber wie ein Arschloch zu verhalten.

An diesem Tag würde er sich jedoch nicht provozieren

lassen. O'Keefes bohrenden Blick im Rücken packte er seine Tasche.

»Ist sonst noch was, Kollege?« Er konnte sie nicht vermeiden, diese winzige Pause, ehe er das Wort *Kollege* herauswürgte.

»Walter will uns sehen. Dringende Lagebesprechung für den Fachbereich.«

Robert nickte, in Gedanken war er längst zu der zurückliegenden Schulstunde zurückgekehrt. Etwas war im Klassenzimmer passiert. Ihm wollte nur nicht einfallen, was.

Die Erkenntnis überfiel ihn, als sie das Hauptgebäude erreicht hatten und O'Keefe vor ihm in den blassgrün getünchten Gang des Verwaltungstrakts einbog. Den betäubenden Geruch von Holzpolitur in der Nase blieb Robert wie vom Donner gerührt stehen, den Blick ans Mitteilungsbrett geheftet, wo die Aushänge zu unleserlichen Flecken verschwammen. Sein Herz klopfte, während er sich Mark O'Reillys Gesicht ins Gedächtnis rief, seine aufsässigen Augen und die winzigen Kreolen an seinen Ohrläppchen, die ihm etwas irritierend Mädchenhaftes verliehen. Vielleicht täuschte er sich, womöglich spielte sein Wunschdenken seiner Wahrnehmung einen Streich. Aber im Nachhinein war er sich fast sicher, dass ihm der Junge beim Verlassen des Klassenzimmers anerkennend zugelächelt hatte.

***

O'Keefe saß auf dem Besucherstuhl vor Walters Schreibtisch, als Robert das Schulleiterbüro betrat. Eine weitere Sitzgelegenheit gab es nicht, weshalb er sich neben dem Aktenschrank postierte und das Zigarettenpäckchen auf dem Tisch anstarrte. Sein Gaumen zog sich zusammen. Drei Monate war seine letzte Zigarette her, geraucht am Münchner Flughafen, ein symbolischer Abschied vom Nikotin und seinen Depressionen. Aber er hatte die Sucht unterschätzt. Das Verlangen kam stets wieder, und manchmal war es so stark, dass ihm Tränen in die Augen traten.

»Nimm dir eine«, sagte Walter, der seinen Blick bemerkt hatte. Er bemerkte immer alles, auch die Spannungen, die zwischen seinen Lehrkräften herrschten. Robert lehnte höflich ab, was O'Keefe die perfekte Gelegenheit bot, einen auf Kumpel mit dem Chef zu machen.

»Ich bin so frei, Walter«, sagte Alan und ließ sich von seinem Vorgesetzten Feuer geben.

Der Schulleiter zündete sich ebenfalls eine Zigarette an und lehnte sich im Schreibtischsessel zurück. Blauer Dunst stieg auf, dem das typische einträchtige Schweigen der gemeinsamen Raucherpause folgte. Robert atmete so flach wie möglich und überlegte, ob er vollends den Spießer mimte, wenn er das Fenster öffnete. Doch er sah, dass Walter Cunningham – dieser schwergewichtige Mann, der so viel besser auf den Rugbyplatz da draußen als in dieses sterile Büro gepasst hätte – nach Worten suchte, obwohl er sonst nie um Worte verlegen war. Also verharrte Robert geduldig an Ort und Stelle, während O'Keefe belangloses Zeug von defekten Tamburinen und verloren gegangenen Musikschrankschlüsseln plapperte und nicht mitbekam, dass keiner ihm zuhörte.

Die Warteschleife endete, als Walter den Stummel seiner Zigarette in dem Tonaschenbecher ausdrückte, ein verbeultes, schiefes Gefäß, das zweifellos im hiesigen Töpferkurs entstanden war. Robert fand, es sagte viel über seinen Chef aus, dass er das hässliche Ding auf seinem Schreibtisch duldete.

»Ich will nicht um den heißen Brei herumreden, meine

Herren.« Der Schulleiter legte Daumen und Zeigefinger auf dem Tisch zu einer Raute zusammen. »Unser Förderverein, der einen Großteil der finanziellen Mittel für unsere Schule bereitstellt, wünscht sich eine Neuausrichtung, die eine stärkere Gewichtung der naturwissenschaftlichen Unterrichtsfächer vorsieht. Das bedeutet, wir müssen in allen anderen Fächern massive Einschnitte vornehmen.« Walter verzog das Gesicht, als bereite ihm allein der Gedanke Zahnschmerzen. »Der Vorstand hat mit Verweis auf die letzte grauenvolle Vorführung des Schulorchesters beschlossen, dass euer Fachbereich zuerst unters Messer kommt. Personalkürzungen, Reduzierung der Stunden für Musiktheorie, kostenpflichtige Privatstunden statt allgemeinem Instrumentalunterricht. Um es kurz und schmerzlos zu machen: Einer von euch beiden wird uns zum Ende des zweiten Trimesters verlassen müssen.«

Da war sie also, die kürzeste Anstellung in seiner beruflichen Laufbahn. Den Studentenjob in der Schraubenfabrik ausgenommen, wo er es auf vier Monate am Fließband gebracht hatte. Robert starrte auf die Zigarettenpackung, die ihn anzog wie ein Magnet. Obwohl er sich an manchen Tagen der Herausforderung kaum gewachsen fühlte, wollte er die Anstellung an der Campbell nicht verlieren. Er unterrichtete gern, weil er fand, dass diese Arbeit wirklich Sinn ergab. Dann war da noch diese sehr viel persönlichere Sache, die mit seiner allabendlichen Studienzeit in der Bibliothek und einer bezaubernden jungen Irin namens Molly zusammenhing. Aus den Augenwinkeln sah er, wie O'Keefe die Beine übereinanderschlug.

»Wie bedauerlich für den Kollegen Brenner«, sagte Alan mitleidig, ohne mitleidig zu klingen.

»Wer sagt, dass Robert auf dem angesägten Ast sitzt?«

Robert hielt den Atem an, doch Walter Cunninghams hochrote Wangen bestätigten, was er hinter den scharfen Worten des Schulleiters vernommen hatte. Offenbar war er nicht der Einzige in diesem Raum, dem Alans Selbstherrlichkeit gewaltig auf den Zeiger ging.

Das joviale Lächeln seines Kollegen wurde eine Spur gezwungen. Er öffnete den Mund, zweifellos, um seine Doktorwürde, die unzähligen Zertifikate und seine zwanzigjährige Dienstzeit in den Ring zu werfen, doch Walter brachte ihn mit einer unwirschen Geste zum Schweigen.

»Ich habe lange überlegt, wie ich mit dieser leidigen Personalsache verfahren soll. Dabei bin ich zu der Entscheidung gekommen, dass ich keine Entscheidung treffen werde.« Sein Blick ruhte kurz auf Robert, ehe er seine rund zweihundertfünfzig Pfund Lebendgewicht aus dem Sessel stemmte. Er füllte das schmale Fenster mit dem Anzugrücken fast vollständig aus, Sonnenlicht ließ seinen spärlich behaarten Hinterkopf aufleuchten.

»Zum Trimester findet in der National Concert Hall der alljährliche Landesmusikschulwettbewerb statt. Unsere Schule hat es nie unter die ersten zehn Plätze geschafft. Ich will, dass sich das ändert.« Ruckartig drehte Walter den Kopf. In seinen gutmütigen grauen Augen lag eine grimmige Entschlossenheit. »Ihr werdet dort mit einem Schüler oder einer Schülerin eurer Wahl antreten. Ich erwarte keinen Pokal, aber die beste Platzierung in der Endrunde behält den Job. Mit etwas Glück und der Aufmerksamkeit der Medien können wir den Vorstand so vielleicht überzeugen, dass es sich doch lohnt, in die musikalische Ausbildung unseres irischen Nachwuchses zu investieren.«

»Das ist doch lächerlich! Ich unterrichte seit zwanzig Jahren an dieser Schule.« Alan sprang auf und zeigte auf Robert. »Der da ist gerade mal fünf Wochen hier!«

»Eben«, entgegnete Walter sanft. »Genau deswegen dürfte dieser Wettbewerb ein Klacks für dich sein.«

»Aber ...«

»Du kennst mich lang genug, Alan, um zu wissen, dass es mir völlig einerlei ist, ob jemand einen Doktortitel, eine Goldene Schallplatte oder ein Diplom im Flötenschnitzen hat. Der Beste gewinnt, und genau den möchte ich an dieser Schule haben. Alternativ erwarte ich ein Kündigungsschreiben, dann habe ich die Sache vom Tisch.«

Roberts Hände waren schweißnass, als er die Tür des Schulleiterbüros hinter sich zuzog. Im Flur sah er dem davonstürmenden O'Keefe hinterher, bis er um die Ecke verschwunden war. Weitere Sekunden verstrichen, die in seinem Kopf tickten wie die Schläge eines Metronoms. Hinter irgendeiner geschlossenen Tür übte jemand »Greensleeves« auf der Geige. Bei »*Your love and goodwill for to have*« ging es schief. Bestürzt brachen die Töne ab, dann begannen sie zaudernd wieder von vorn. Robert lehnte sich gegen die Wand. Er nahm die Brille ab, nestelte ein Stofftaschentuch aus seiner Hosentasche und atmete endlich durch.

* * *

Mollys Lieblingsplatz war ein kaffeebraunes Lederbänkchen, das auf der Galerie zwischen den Regalreihen L und M eingebaut worden war. Die wenigsten Bibliotheksbesucher wussten von seiner Existenz, und falls doch, so hatte man es gewiss nur zufällig entdeckt, da es sich farblich kaum von der Mahagonivertäfelung der Fensternische abhob.

Sie saß meist seitlich darauf, die ausgestreckten Beine an den Fußknöcheln überkreuzt, während Robert rittlings vor ihr auf einem dreistufigen Tritt hockte. Manchmal rückte er die Leiter neben sie, um ihr die Orte im Atlas zu zeigen, die er auf seinen Konzerttouren bereist hatte. Den Duft ihres Maiglöckchenparfums in der Nase, das ihn stets zurück in seine Kindheit und in den Garten der Großeltern katapultierte, konnte er sie unbemerkt ansehen, wenn sie im Gespräch abschweifte und verträumt aus dem Fenster sah. Als befänden sich die Orte aus seinen Erzählungen gleich hinter den dunkelgrünen Wipfeln der Parkbäume. Mailand, Barcelona, Sydney, Tokio, New York.

Mittlerweile war ihm nahezu jedes Detail ihres Gesichts vertraut, der Hügel auf dem Nasenrücken, die rauchblauen Augen, das viereckige Kinn. Wenn sie lächelte, stachen zwei Grübchen tiefe Kerben in ihre Wangen, und da war diese Locke, die ihr ständig in die Stirn fiel, egal wie oft sie sie in den Dutt zurücksteckte. Es hätte genügend Möglichkeiten gegeben, diese Haarlocke anzufassen, dabei versehentlich ihr Ohr zu streifen oder den Nacken, der von rotblondem Flaum bedeckt war. Doch diese Art von Nähe lag hinter dem unsichtbaren Graben, den sie zwischen ihnen gezogen hatte, ebenso konsequent, wie sie alle persönlichen Themen aus ihren Gesprächen ausklammerte.

Bislang kannte er weder Mollys Nachnamen, noch wusste er, wo sie wohnte oder ob es einen Mann in ihrem Leben gab. Stattdessen erzählte sie ihm, dass sie gerne englische Thriller las und den Fahrplan der Pariser Metro auswendig kannte, obwohl sie nie aus Dublin herausgekommen war. Ihre Lieblingsfarbe war blau, und sie fand roten Lippenstift sexy, glaubte unerschütterlich an Gott, war aber zu sehr Irin, um die Existenz von Feen und Elfen zu leugnen. Sie liebte Cheddar, trank lieber Bier als Wein, ging einmal die Woche mit einer Freundin ins Kino und wollte als Kind Tierärztin werden, bevor sie von einem Hund gebissen wurde.

Drei Wochen waren seit ihrer ersten Begegnung in der Bibliothek vergangen, achtzehn Abende, die Sonntage ausgenommen, in denen er alles und doch nichts über diese Frau erfuhr. Achtzehnmal Herzflattern, schwitzige Hände und weiche Knie, dazu die unerträgliche Vorstellung von einer Wohnung in einer namenlosen Straße, wo ein anderer auf sie wartete. Ja, es machte ihn wahnsinnig, all das Ungesagte, ihr rätselhaftes Lächeln, dem ein stummes Kopfschütteln folgte, wenn er sich mit einer Frage mal wieder in die Tabuzone gewagt hatte. Doch er gab zu, dass das Geheimnis um Mollys Person den Zauber ihrer heimlichen Begegnungen erst perfekt machte.

Der Reiz des Unbekannten. Vielleicht hatte er deshalb nur halbherzig nachgeforscht. Walter hielt er aus beruflichen Gründen lieber raus, und Mrs Finnegan fand seine abendlichen Arbeitssitzungen schon verdächtig genug, da wollte er die Gerüchteküche nicht anheizen, indem er sich bei der neugierigen Bibliothekarin nach einer der Putzfrauen erkundigte. Als er schließlich die städtische Reinigungsfirma angerufen hatte (irgendeine Anstrengung musste er ja unternehmen), war er beinahe froh gewesen, dass die Sachbearbeiterin ihm aus Datenschutzgründen die Auskunft verweigerte.

Trotzdem würde er eines Tages das Unerhörte wagen. Irgendwann würde er seinen Mut zusammennehmen, über diesen verfluchten Graben springen und dieses wunderbare irische Mädchen küssen, nachts in der Bibliothek, auf der Galerie zwischen den Regalreihen L und M. Vorausgesetzt, er war lange genug an dieser Schule, um dieses Vorhaben in die Tat umsetzen zu können.

»Wo bist du?«

»Hm?«

»Du starrst seit ungefähr fünf Minuten auf denselben Absatz. Also noch mal. Wo bist du, Robert?«

Er wurde rot und klappte das Buch zu. *Didaktische Konzepte zum Musikunterricht.* Es kam ihm vor, als sähe er den Einband zum ersten Mal.

»Wann hast du eigentlich Geburtstag?«, fragte er, weil es das Erste war, das ihm in den Kopf schoss.

»Soll das die Antwort auf meine Frage sein?«

»Nein, aber ich möchte es trotzdem wissen.«

»Wieso? Willst du mir einen Kuchen backen?«

»Du klingst, als würdest du mir das nicht zutrauen.«

»Oh, ich traue dir eine Menge zu, Professor Brenner.«

»Tust du das?« Er zog ein Gesicht, das hoffentlich nach Pokermiene aussah. Sie musste nicht wissen, dass er tatsächlich noch nie gebacken hatte.

»Ha! Da ist es wieder.« Sie zeigte auf seine Stirn und imitierte eine aufgeregte Radiosprecherin. »Senkrechte Alarmfalte verkündet Stimmungstief mit Starkregen und Gewitterstürmen. Windstärke acht. Uh, korrigiere: zehn.«

»Du bist ein verrücktes Huhn.«

»Und trotzdem hast du gelächelt.« Geschmeidig glitt Molly vom Bänkchen und ging vor ihm in die Hocke. »Erzähl mir, was dir Kummer macht«, sagte sie sanft.

Wie paralysiert starrte er auf ihre Hand, die zum ersten Mal auf seiner lag. Fast war ihm, als könnte er durch ihre Handfläche ihren Herzschlag spüren. Ihre Finger waren rau und rissig, die Nägel bis auf die rosigen Kuppen kurz geschnitten. Wärme breitete sich auf seinem Handrücken aus, floss in seinen Arm.

»Es ist dieser Junge. Ein Schüler von mir.«

Die Antwort war nur halb gelogen, denn selbst wenn Mark O'Reilly weiter unten auf seiner Prioritätenliste rangierte, bereitete er ihm durchaus Kopfzerbrechen. Doch er wollte mit Molly weder über das dringende Bedürfnis, sie zu küssen, sprechen noch an die Ratlosigkeit erinnert werden, die das Gespräch mit Walter bei ihm hinterlassen hatte.

Nicht dass er sich vor einem Wettbewerb fürchtete. Er hatte nur keine Idee, wer der potenzielle Kandidat sein könnte, der ihn vor dem Rauswurf bewahren sollte. In puncto Talent fiel ihm leider nur ein Name ein, der wiederum geradewegs zu seinem Problem mit O'Reilly führte. *Herausforderung*, korrigierte er sich mit schlechtem Gewissen. Pädagogen sollten niemals von Problemen sprechen, wegen der eigenen inneren Haltung dem Kind gegenüber.

Nun, seine Haltung änderte nichts daran, dass der Bengel nicht als Kandidat infrage kam. Zu aufsässig, zu selbstverliebt, null Ausdauer. Robert war nicht bereit, seine Zeit zu verschwenden, Job hin oder her. Er bemerkte zu spät, dass er tragisch tief geseufzt hatte.

»Ein schwieriger Fall, nehme ich an?« Jede andere Frau hätte mitfühlend geklungen. Molly blieb sachlich, was er ungemein wohltuend fand. So lange, bis sie den Frontalangriff auf ihn startete. »Liegt es an ihm oder an dir?«

Er kniff die Augen zusammen. »Der Junge ist in der Pubertät, und zwar gewaltig.«

»Verstehe.« Sie wirkte tatsächlich so, als ob sie genau wüsste, was er meinte. »Du lässt dich also auf seine Machtspielchen ein.«

»Nein, aber ich kann niemanden unterrichten, der nicht unterrichtet werden will.«

»Was genau sagt dir denn, dass er nicht will?«

»Dafür genügt ein Blick ins Klassenbuch.« Robert begann an den Fingern abzuzählen. »Einträge wegen Zuspätkommens, Leistungsverweigerung und wiederholter Störung des Unterrichts, unentschuldigten Fehlens, unangemessenen Tons bis hin zu grober Beleidigung des Lehrkörpers ...«

»Hast du mal hinterfragt, was genau er damit in dir auslöst? Welche Gefühle?«

»Ich bin sein Lehrer«, gab Robert gereizt zurück und bereute es bitter, das Thema angeschnitten zu haben. »Er löst überhaupt keine Gefühle in mir aus.«

»Das ist Unsinn. Wir haben gegenüber jedem Menschen ein Empfinden. Sympathie, Respekt, Neugierde, Abneigung, Neid, Zorn. Angst. Liebe.« Sie legte den Kopf schief und musterte ihn aufmerksam. »Unsere Gefühle sind der Schlüssel dazu, wie wir anderen begegnen. Vielleicht sendest du unbewusste Signale aus, und der Junge reagiert darauf.«

Sie redete mit ihm, als gehörte er auf die Couch. Sakradi, sie war Putzfrau, keine Psychologin. Was nahm sie sich raus?

»Ich habe keine Angst vor einem Kind!«

»Und ich hab nie behauptet, dass du welche hättest.« Sie hob eine Braue. »Kein Grund, ungehalten zu werden. Aber vielleicht denkst du mal darüber nach, wieso du dir von all den Dingen, die ich aufgezählt habe, ausgerechnet die Angst ausgesucht hast.«

Er schwieg verblüfft.

»Entschuldige, Robert. Ich wollte dir nicht zu nahe treten.« Sie stand so abrupt auf, dass er zusammenfuhr. »Ich kenne diesen Jungen nicht, aber ich kenne dich. Du trägst eine große Begeisterungsfähigkeit in dir und bist in der Lage, sie weiterzugeben. Ich glaube, dass du ein ganz wunderbarer Lehrer bist.« Ihr Blick fiel auf das Lehrbuch, das er auf dem Boden abgelegt hatte. »Vergiss die Theorie. Sei du selbst und nicht der, der du nach Meinung anderer sein sollst.«

»Warte!« Sein Puls hämmerte, als er nach ihrem Arm griff. Er erinnerte sich an die heutige Unterrichtsstunde. Daran, was er diesmal anders gemacht hatte. »Es stimmt ja. Er macht mir Angst, weil ... weil ich mich selbst in ihm erkenne.« Seine Stimme war lauter als nötig, als müsste er seine Betroffenheit übertönen. »Ich war wie er. Begnadet, überfordert, aufsässig, unbelehrbar. Wütend auf mich, die anderen, auf die ganze Welt.«

Sie sah ihn stumm an. Schließlich befreite sie sich aus seinem Griff und fischte ihren Trenchcoat aus dem Regal. Taubenblau. Ihre Lieblingsfarbe.

»Es ist spät geworden. Ich muss nach Hause.«

»Molly?«

»*Aye?*« Sie wich seinem Blick aus.

So konnte und wollte er sie nicht gehen lassen. Benommen von der Wucht der Selbsterkenntnis suchte er nach versöhnlichen Worten, während sie unbeirrt den Mantel zuknöpfte.

»War das jetzt unser erster Streit?« Nur der Himmel wusste, wann er sich zuletzt derart schwach gefühlt hatte.

»Wir haben niemals Streit. Nur Diskussionsbedarf.« Molly schloss den letzten Knopf und sah auf. »Mein Geburtstag ist am zehnten Januar«, fügte sie hinzu. Dann, ganz unerwartet, erschien ein Lächeln auf ihrem Mund, diesem schönen, rätselhaften Mund. »Ich hätte gern eine Kerze auf dem Kuchen, damit ich mir etwas wünschen kann.«

4. Kapitel

Dublin, September 2019.

Bonnie.
Sie nahmen die Buslinie 1 nach Sandymount, einem der besten und teuersten Wohngebiete der Stadt. Von der Endstation aus war die Irische See nur einen Steinwurf entfernt. Früher waren sie regelmäßig mit Ma zum Sandymount Beach gefahren, um dem Spiel der Gezeiten zuzusehen. Josh liebte das Meer, und als sie jetzt wieder die von viktorianischen Häusern mit gepflegten Gärten gesäumten Straßen entlanggingen, fragte Bonnie sich, wann genau sie eigentlich damit aufgehört hatte, all die schönen Dinge mit ihrem Sohn zu tun, die sie sonst so gern getan hatten. Jetzt war der Sommer fast vorbei, und Josh hatte weder eine Sandburg gebaut noch sich jauchzend in die Brandung stürzen dürfen. Das würde sich zukünftig ändern, nahm sie sich vor, und umfasste Joshs Hand fester, um an der St. Mary's Church in Leahy's Terrace einzubiegen.

Die Nummer sieben sah mit ihrer Backsteinfassade und den weißen Sprossenfenstern aus wie alle anderen Häuser entlang der Baumallee – von den bunten Türen abgesehen, von denen böse Zungen behaupteten, sie hätten deshalb unterschiedliche Farben, damit die Hausbesitzer nach einer durchzechten Nacht im Pub heimfanden. Unschlüssig blieb sie vor dem niedrigen Eisentor stehen, hinter dem ein Kiesweg zwischen Buchsbaumhecken zu einer himmelblauen Haustür führte. Das Anwesen gehörte zweifellos gut betuchten Leuten, wies jedoch im Vergleich zum Nachbargrundstück Zeichen von Vernachlässigung auf. Die Fuchsienhecke hatte länger keine Gartenschere mehr gesehen, Unkraut wucherte in den Beeten, und die Pflanzenskelette in den Steinguttöpfen wirkten wie traurige Denkmäler an einen viel zu heißen Sommer. Mit einem Blick auf ihr Handy vergewisserte sie sich, dass sie an der richtigen Adresse waren, ehe sie Josh erlaubte, die Gartentür zu öffnen. Er lief voraus, wartete aber artig vor der Treppe, bis sie zu ihm aufschloss.

Robert Brenner. In das Klingelschild war der Name aus dem Zeitungsartikel eingraviert. Bonnie drückte zögernd auf den Messingknopf und betrachtete das gestickte *Céad Míle Fáilte* auf der Fußmatte. Man las die Begrüßungsformel überall in der Stadt, aber wenn hinter dieser Tür wirklich ein berühmter Musiker wohnte, war ein hunderttausendfaches Willkommen dennoch kein schlechter Anfang.

Es dauerte ewig, bis sich im Haus etwas regte. Schleifende Pantoffelschritte näherten sich, jemand hustete, dann hörten sie, wie die Kettenverriegelung geöffnet wurde. Ein Gesicht voller Falten, umrahmt von ungekämmtem weißem Haar erschien im Türrahmen.

»Sie sind früh dran, Mr ... Oh.«

Ihr Lächeln war reiner Reflex. Der Mann trug einen karierten Pyjama unter dem Frotteebademantel und schaute sie über den Rand seiner Lesebrille derart verblüfft an, dass sie nicht anders konnte. Er sah überhaupt nicht berühmt aus. Eher wie ein ganz normaler alter Mann, dem jemand das Mittagsschläfchen verkürzt hatte.

»Guten Tag, Mister!«, krähte Josh fröhlich.

Der Blick des Alten fiel auf Joshs Scheitel und sprang fragend zu ihr zurück. Ihm war anzusehen, dass er sich angestrengt zu erinnern versuchte, ohne Erfolg natürlich.

»Entschuldigen Sie die Störung, Mr Brenner. Wir kennen uns nicht. Mein Name ist Bonnie Milligan, und das ist mein Sohn Joshua. Wir...«

»Wir haben deine Lieder im Bus gefunden«, plapperte Josh dazwischen. »Und wir wollten sie dir zurückgeben.«

»Josh!« Sie schaute ihren Sohn mahnend an, was er mit einem gekränkten Welpenblick kommentierte.

»Was denn? Wir sind doch deshalb hier.«

»Ja, aber man sollte sich zuerst vorstellen, bevor man fremden Leuten...« Ihre Wangen brannten, als Robert Brenner sich räusperte. Sie erwartete Argwohn in seinen Augen, aber er wirkte freundlich.

»Warum kommen Sie nicht auf einen Sprung herein, Mrs Milligan? In einer halben Stunde schaut der Klavierstimmer vorbei, aber für eine Tasse Tee reicht es gewiss.« Einladend wies er in den Flur. Holzdielen, eine antike Kommode, Designerwandleuchten und ein cremefarbener Läufer, der bestimmt nie die Bekanntschaft mit verdreckten Kinderschuhen oder Katerkrallen gemacht hatte. Jesus, sie hätte für einen solchen Flur gemordet.

»Hast du bitte auch Kakao, Sir?«

»Josh...«, setzte sie seufzend an.

»Ich war höflich, Mam. Ich hab *Sir* und *bitte* gesagt.«

»Natürlich habe ich heiße Schokolade im Haus, junger Mann.« Brenner lachte, aber es war schwer zu sagen, ob er den Jungen in dem verwaschenen *Star Wars*-Hoodie niedlich oder einfach bloß vorlaut fand.

Bonnie verstärkte den Griff um den abgeschabten Henkel ihrer Handtasche, in der sie das Gewicht der blauen Mappe spürte. Ganz egal was der Alte über sie dachte, sie hatte ein Versprechen einzulösen, bevor sie sich wieder mit Dingen beschäftigen musste, an die Robert Brenner sicher keinen Gedanken verschwendete, er mit seinem makellosen Teppich und den vornehmen Lampen, die mehr kosteten als ihre gesamte Einrichtung.

»Wir nehmen gern einen Tee«, sagte sie und packte Josh am Kragen, bevor er einen Fuß auf den Läufer setzen konnte. »Zieh deine Sneaker aus«, bat sie und öffnete den Reißverschluss ihrer Stiefeletten, ohne Brenners Einwand zu beachten. Der flüchtige Ausdruck auf seinem Gesicht sagte ihr jedoch, dass er die Geste zu schätzen wusste. Vielleicht war sie tatsächlich nicht umsonst hierhergekommen.

* * *

Brenner führte sie ins Wohnzimmer, einen Raum mit Fußbodenheizung und hohen Fenstern, der von einer Sitzgarnitur aus blauem Samt und einem schwarzen Flügel dominiert wurde, der sicher an die zehn Fuß lang war. In der Luft hing der unterschwellige Geruch nach Baumharz und Pferd. Einen Fernseher suchte man hier vergeblich, in dem Raum gab es nur Bücher, gerahmte Urkunden und Schallplatten. Unzählige Musikinstrumente hingen aufgereiht an der Wand wie kostbare Gemälde. Es handelte sich überwiegend um Streichinstrumente in allen Größen und Farben, in der Ecke lehnte sogar ein Kontrabass, ein riesiges, unhandliches Ding. Es war ihr ein Rätsel, wie jemand darauf spielen konnte, ohne davon erdrückt zu werden. Sie nickte stumm, als Brenner sie bat, Platz zu nehmen. Dann entschuldigte er sich kurz und verließ den Raum.

»Fass bloß nix an.«

Josh protestierte, weil sie ihn neben sich auf das Sofa nötigte, bevor er auf die Idee kam, auf Erkundungstour zu gehen. Das Möbelstück gab kein Geräusch von sich, als sie in die samtenen Polster sanken. So war das also. Teure Dinge waren weich und warm. Und leise.

Nach zehn Minuten kehrte der alte Mann mit einem Teetablett zurück. Er trug jetzt einen Seitenscheitel und ein graues Jackett, das über seinem Bauch spannte, die Pantoffeln hatte er gegen schwarze Schnürschuhe eingetauscht. Er schenkte den Tee englisch ein, indem er die Milch zuerst in die Tassen gab. Josh beäugte argwöhnisch die dunkle, dickflüssige Schokolade, bevor er an seinem Becher nippte. Es dauerte eine Weile, bis das ungewohnte Geschmackserlebnis bei ihm ankam.

»Das ist lecker!«

Brenner nickte und nahm in einem Sessel Platz, wo er die Hände im Schoß faltete und sie abwartend ansah. Angezogen wirkte er wie ein anderer Mensch: kultiviert, selbstbewusst, respekteinflößend. Zusammen mit der Anzugjacke und dem locker gebundenen Paisleyschal war er zu dem Mann aus der Zeitung geworden: ein prominenter deutscher Pianist, dem die Dubliner Universität die Ehrendoktorwürde für sein Engagement in der musikalischen Nachwuchsförderung verliehen hatte. Ehrlich gesagt hatte sie den Großvater im Bademantel sympathischer gefunden.

In der eingetretenen Stille wirkte Joshs ungeniertes Schlürfen unnatürlich laut. Sie stupste ihn an. Verflixt, sie würde ihn nie wieder mit Tescos Billigkakao zufriedenstellen können.

»Also. Womit kann ich Ihnen behilflich sein?« Vielleicht bildete sie es sich ein, aber Brenner hatte eine Spur gönnerhaft geklungen, wie jemand, der auf der Grafton Street nach einem Almosen gefragt wurde. Bonnie zog den Hefter aus der Tasche, ihr Nacken prickelte.

»Diese Mappe haben wir heute im Bus gefunden.«

Brenner sah sie ausdruckslos an. »Was verleitet Sie zu der Annahme, dass sie mir gehört?«

»Na ja, es befinden sich Musiknoten darin.« Sie stockte, verunsichert, weil er so ungerührt wirkte. »Zwischen den Notenblättern steckte ein Artikel über Sie, also habe ich eins und eins zusammengezählt. Im Telefonbuch gibt es nur zwei Robert Brenner, und laut Wikipedia leben Sie in Sandymount. Sie sind ziemlich leicht zu finden.«

»Es tut mir leid, Mrs Milligan, aber ich ...«

»Miss, bitte.« Ihr Blick flog zu Josh. Er war aufgestanden und inspizierte die Instrumentengalerie. »Ich bin nicht verheiratet.«

»Obwohl ich Ihr Engagement bemerkenswert finde, muss ich Sie enttäuschen, Miss Milligan. Ich sehe diese Mappe zum ersten Mal.« Er verzog den Mund. »Davon abgesehen benutze ich in dieser Stadt keine öffentlichen Verkehrsmittel. Ich hänge an meinem Leben.«

»Sind Sie sicher? Sie haben nicht mal reingesehen. Vielleicht irren Sie sich.«

Brenner seufzte. Sie kannte diese Art von Seufzen: Er fing an, sie lästig zu finden. Trotzdem nahm er die Mappe entgegen, aus Höflichkeit oder weil sie ihm leidtat. Kein Wunder. Sie benahm sich wie eine Schülerin, die nicht einsah, dass sie knapp an der richtigen Antwort vorbeigeschrammt war. Wäre die Sache nicht so wichtig gewesen, hätte sie sich jetzt geschämt. Doch Josh verließ sich auf sie, und sie selbst brauchte nach diesem furchtbaren Tag dringend ein Erfolgserlebnis. Wenn es ihr mit diesen lächerlichen Musiknoten schon nicht gelang, wie sollte sie dann das eigentliche Problem lösen, das vor ihr aufragte wie der Millennium Tower? Sie klaubte ein dunkelblondes Haar vom Polstersitz – offenbar ihr eigenes – und verfolgte angespannt, wie der alte Mann den Hefter öffnete.

»Ist das da eine Geige für ein Kind?«, fragte Josh in ihrem Rücken, neben ihr gab Brenner einen erstickten Laut von sich. Erschrocken drehte Bonnie sich zu ihrem Sohn um, der an den Saiten einer kleinen honigfarbenen Violine zupfte.

»Häng die sofort wieder zurück!«, rief sie scharf, erkannte ihren Fehler jedoch zu spät. Josh zuckte zusammen, und das Instrument schlug mit einem dumpfen Geräusch auf dem Holzboden auf.

Robert Brenner warf die Mappe auf den Couchtisch und stemmte sich eilig aus dem Sessel. Er wirkte aufgewühlt, als er die Geige aufhob und sich ihrer Unversehrtheit vergewisserte, doch aus unerfindlichem Grund beschlich Bonnie das Gefühl, dass seine Nervosität nichts mit dem Missgeschick ihres Sohns zu tun hatte.

»Es ist alles in Ordnung, junger Mann.« Er ging vor dem Jungen in die Hocke und trommelte leicht mit dem Finger auf das Holz. »Und du hast recht, es handelt sich um eine Geige für ein Kind, eine sogenannte Ein-Viertel-Violine. Soll ich dir zeigen, wie man sie spielt?«

Josh schaute schuldbewusst zu ihr herüber, die Augen riesig wie die eines Madagaskar-Äffchens hinter den Brillengläsern. Sorry, formte sie mit den Lippen, und er wagte ein vorsichtiges Nicken in Brenners Richtung.

»Das ist der Korpus. Weil in ihm der Ton erzeugt wird, heißt er Resonanzkörper.« Der alte Mann pustete sanft über die Holzfläche und drehte an den Feinstimmern am Saitenhalter. »Auf dem Griffbrett liegen vier Saiten, G, D, A und E. Sie werden mit einem Bogen gestrichen oder mit den Fingern gezupft, so wie du es gerade schon ausprobiert hast. Um das Instrument zu spielen, musst du es aber zuerst in die richtige Position bringen.« Er legte Josh die Violine auf die Schulter und pikste ihm den Zeigefinger in die Brust. »Für den Geiger ist das wichtigste Instrument sein Körper. Steh gerade.«

Gehorsam zog Josh den Bauch ein.

»Platziere die Geige auf deinem Schlüsselbein. Merkst du, wie weich und leicht sie sich anfühlt?«

Josh nickte.

»Steh aufrecht, dein Ellenbogen gehört unter das Instrument, nicht daneben. Heb den Kopf. Wenn ich an der Geige ziehe, musst du sie mit dem Kiefer festhalten können.« Brenner schnalzte leise, als der Junge das Gleichgewicht verlor und nach vorn stolperte. Sie wiederholen die Übung ein paarmal, bevor er ihm den Bogen überreichte. »Der Bogen muss mit runden Fingern gehalten werden, so, dass eine Mandarine in die Hand passen würde. Beim Drehen der Hand bleibt das Gelenk locker.« Er führte den Bogen in Joshs Hand behutsam über die Saiten. Ein Ton stieg von der kleinen Violine auf, hell und vibrierend. Es fühlte sich an, als würde er direkt in ihr Herz fallen.

»Woahh!«, rief Josh aus, und Bonnie war derart ergriffen, dass sie kaum wahrnahm, wie Brenner zum Sofa zurückkehrte.

»Kommen wir auf Ihr Anliegen zurück, Miss Milligan. Sie haben diese Noten also im Bus gefunden.«

Sie nickte und unterdrückte ein Lächeln, als Josh eifrig versuchte, der Violine weitere Töne zu entlocken. Brenner betrachtete den Zeitungsartikel. Er schien sich selbst kaum auf dem Foto zu erkennen, körnig, im Halbprofil, am Arm eine wesentlich jüngere rothaarige Frau, die glücklich in die Kamera lächelte.

»Befindet sich ein Name in der Mappe? Oder eine Adresse?«

»Wäre dem so gewesen, wäre ich kaum hier gelandet. Kommen Ihnen die Noten nun doch bekannt vor?«

»Nein. Bedauerlicherweise nicht.« Er schüttelte hastig den Kopf und wedelte mit den Händen. Ein bisschen schrullig ist er ja schon, dachte sie.

»Da war nur der Artikel und …«, nach kurzer Überlegung griff sie in ihre Tasche. »Eine Busverbindung.«

»Darf ich?« Er riss ihr den Computerausdruck aus der Hand und marschierte damit vor dem Fenster auf und ab. Seine Miene war hoch konzentriert, als studiere er einen Bescheid der Steuerbehörde. Auf einmal kam ihr die Luft in dem überheizten Zimmer drückend vor.

»Ich habe Josh versprochen, die Noten ihrem Besitzer zurückzugeben. Wenn sie also nicht Ihnen gehören, gehen wir wohl besser.«

Das Lächeln verschwand so unmittelbar von Brenners Gesicht, dass sie plötzlich bezweifelte, ob es überhaupt da gewesen war.

»Ich könnte das für Sie erledigen. Den Eigentümer ausfindig machen, meine ich.«

»Warum sollten Sie das tun?«

»Warum nicht? Ich bin Rentner, und ehrlich gesagt sind meine Tage nicht besonders abwechslungsreich. Die meisten dieser Stücke sind in den Bereich der klassischen Musik einzuordnen und... Nun, ich verfüge über zwar etwas eingestaubte, aber durchaus weitreichende Beziehungen in der Branche. Es könnte mir gelingen, den Urheber dieser Stücke ausfindig zu machen.« Brenner zuckte mit den Schultern, krallte aber die Finger in die Mappe, als hätte er Angst, sie wieder hergeben zu müssen.

Ihr Handy vibrierte. Sie ging nicht ran, sondern lauschte den Geräuschen, die im Wohnzimmer ineinanderflossen, die schiefen Geigentöne, die mahnende Stimme ihres Gewissens und das Klappern eines vorbeifahrenden Müllwagens. Es wäre nur logisch, Brenner die Mappe zu überlassen. Selbst wenn er den Eigentümer nicht fand, wären die Noten sicher gut bei ihm aufgehoben. Doch was würde sie ihrem Sohn für seine Zukunft mitgeben, wenn sie in der ersten Sackgasse aufgab?

»Das ist sehr freundlich, aber... danke, nein.«

»Danke, nein?« Sein Lachen war ungläubig und eine Spur aggressiv. Entschlossen schälte Bonnie sich aus dem blauen Samtpolster, das sie unbedingt dabehalten wollte.

»Gib die Violine zurück, Joshua. Wir gehen jetzt nach Hau... Wir gehen zu Sheila. Bestimmt wartet sie schon mit dem Essen auf uns. Tut mir leid, dass wir Ihre Zeit verschwendet haben, Mr Brenner.«

»Warten Sie! Falls Sie gestatten, würde ich Ihnen gerne etwas zeigen, Miss Milligan.« Ohne ihre ausgestreckte Hand zu beachten, löste der Professor das erste Blatt aus der Heftbindung und eilte damit an den Flügel. Er klemmte das Notenblatt auf die vorgesehene Halterung, knöpfte das Jackett auf und nahm auf der Lederbank Platz.

Zuerst saß er eine ganze Weile still da, als wolle er sich

jede einzelne Note einprägen. Dann senkte er das Kinn, und das Licht spiegelte sich auf der Kopfhaut zwischen seinem schlohweißen Haar.

»Was macht er da?«, flüsterte Josh, der die Kindervioline an die Wand zurückgehängt hatte und nun seine Hand in ihre schob.

»Ich glaube, Mr Brenner möchte uns etwas vorspielen«, erklärte sie mit dem Gefühl, den perfekten Zeitpunkt zu verschwinden verpasst zu haben. Trotzdem konnte sie den Blick nicht von Brenner abwenden, von seinen kurzen Armen, den knotigen, mit Altersflecken übersäten Fingern, dem Wohlstandsbäuchlein, das über den Gürtel seiner Stoffhose hing. Einen Augenblick lang schwebten seine Hände über der Klaviatur, ehe sie unvermittelt auf die schwarz-weißen Tasten herabstießen.

In Erwartung eines harten, scharfen Tons, der das Teeservice auf dem Silbertablett erzittern lassen würde, sank Bonnie zurück aufs Sofa. Was jedoch aus dem Innern des mächtigen Flügels drang, der eigentlich in einen Saal mit Kristalllüstern, Stimmengeraune und raschelnden Programmheftseiten gehört hätte, war alles andere als hart oder scharf. Die Musik nahm sie sofort für sich ein, obwohl diese sich anfangs scheu und fast unbeholfen nach der Stuckdecke streckte, als hätte sie jahrelang im Dornröschenschlaf gelegen und müsse sich erst daran gewöhnen, wach zu sein. Bonnies Haut kribbelte, und auf einmal verstand sie, was Brenner ihr mitteilen wollte.

Die von den typischen Klängen eines Folksongs gefärbte Melodie strahlte mit ihren Tempowechseln unendliche Kraft und Lebensfreude aus, dennoch lag in den langsameren Passagen die Wehmut eines Abschieds. Das Lied war zärtlich, zornig und voller Überzeugungskraft – Liebeserklärung,

Aufforderung zum Tanz und zugleich Trauerrede, so irisch wie ein knisterndes Torffeuer, das Plätschern eines Bachs im Moor oder wie der Regen, der gegen eine Fensterscheibe trommelte. Bonnie seufzte, als der letzte Ton verklang, widerwillig wie das Echo eines geliebten Namens, den man so oft gerufen hatte, bis man letztlich einsehen musste, dass der andere fort war. Vielleicht für immer.

Robert Brenner tauchte aus seiner Trance auf, schneeweiß im Gesicht. Für einen Moment vergaß er, seine Mann-von-Welt-Maske aufzusetzen, war zurückgeschlüpft in den Bademantel des weltfremd wirkenden alten Mannes, der ihnen die blaue Haustür geöffnet hatte.

»Wissen Sie, ich war früher...« Er wirkte betreten und so, als wolle er eigentlich etwas ganz anderes sagen. »Sie haben den Artikel gewiss gelesen. Ich war in einem Privatgymnasium als Musiklehrer tätig, wo ich Klavier, Violine und verschiedene andere Instrumente unterrichtet habe. Solange ich zurückdenken kann, habe ich ausschließlich für die Musik gelebt. Es war die Suche nach Perfektion, die mich angetrieben hat. Zuerst bei mir, dann bei anderen.« Brenner nestelte ein Stofftaschentuch aus der Hosentasche, schnäuzte sich geräuschvoll und tippte dann auf das Heft im Notenständer. »Sie verstehen nicht, wieso ich mich für diese Mappe interessiere? Jetzt haben Sie es gehört, Miss Milligan. Wie könnte ich nicht alles mir Mögliche unternehmen, um denjenigen ausfindig zu machen, der so etwas schreiben kann?«

Bonnie wand sich innerlich. Der Mann war sehr überzeugend. Andererseits lag ihr das Gefühl, dass er nicht die Wahrheit sagte, wie ein schwer verdauliches Gericht im Magen. Sie dachte an den Namen auf dem Notenblatt, den Josh im Bus so stolz buchstabiert hatte. Molly. Wer diese Frau wohl war?

Und wer hatte ihr diese unglaublich schöne Liebeserklärung geschrieben? Josh kletterte neben ihr aufs Sofa und zupfte sie am Ärmel.

»Das Lied ist genauso toll wie Bens Bild«, wisperte er ihr ins Ohr. »Wir müssen denjenigen schnell finden, dem es gehört, bestimmt vermisst er es schon.« Er sah mit einer Spur von Bedauern zu der kleinen Violine an der Wand. »Können wir jetzt los, Mam?«, sagte er laut. »Ich hab Hunger.«

»Wie viel wollen Sie dafür, Miss Milligan?«

Brenners Tonfall klang jetzt energisch, geschäftsmäßig. Offenbar war er es gewohnt, dass sich die Menschen nach seinen Wünschen richteten. Bonnies Brustkorb verengte sich. Sie wusste nicht, was sie mehr enttäuschte: seine Abgeklärtheit oder ihre miese Menschenkenntnis.

»Ich verstehe die Frage nicht«, entgegnete sie matt, obwohl sie durchaus kapierte, worauf er hinauswollte. Trotzdem hoffte sie, sich verhört zu haben. Ein Wunschgedanke, der nichts mit der Realität zu tun hatte. Ihr Magen flatterte, als er eine Brieftasche aus der Innentasche seines Jacketts zog. Sie starrte auf ihren Tee, den sie nicht angerührt hatte. Josh klemmte die Hände unter die Oberschenkel und wippte vor und zurück.

»Reden wir Klartext, Miss Milligan. Sie sehen aus, als könnten Sie etwas Geld gut brauchen.« Er lächelte schmallippig. »Also. Was kostet es mich, wenn Sie Ihr törichtes Versprechen vergessen und mir die Noten überlassen?«

5. Kapitel

DUBLIN, SEPTEMBER 2019. AM NÄCHSTEN MORGEN.

Robert.
Er hatte eine bescheidene Nacht hinter sich. Absolut beschissen, um es mit den Worten zu sagen, die man in seinen Kreisen nicht benutzte. Aber die Gedanken alter Männer waren frei, besonders jetzt, in diesem Zeitraum zwischen gestern und heute, der das müde Rosa des hereinbrechenden Morgens trug. Robert starrte an die Deckenlampe und versuchte, die deprimierende Stille im Haus und das feuchte Pyjamahemd zu ignorieren, das an seiner Brust klebte. Er hustete, das tat er seit Wochen, und irgendwie kam es ihm gerecht vor, in der eigenen Suppe aus Erkältungsschweiß und Schuldgefühlen zu liegen, während die Erinnerung an den gestrigen Nachmittag wie eine gefangene Motte in seinem Kopf herumflatterte.

Unfassbar, dass ihm die Sache derart nachging. Dabei brauchte er sich keinerlei Vorwürfe zu machen. Er hatte die Noten gewollt, warum, ging niemanden etwas an. Jede andere Frau ihres Schlags hätte bei seinem Angebot blind zugegriffen, aber nicht Bonnie Milligan, oh nein. Sie nahm sich heraus, enttäuscht zu sein, ihn aus ihren irritierenden Huskyaugen anzusehen, als habe er sie aufgefordert, ihm ihre

Seele zu verkaufen. Für sie handelte es sich doch bloß um eine Sammlung loser Blätter, mit denen sie nichts anzufangen wusste. Für ihn hingegen ... Sakradi, das Mädel konnte ja nicht wissen, was ihm die Mappe bedeutete, dieser unglaubliche Fund in einem Linienbus, der sie schnurstracks zu ihm geführt hatte. Als ob es endlich an der Zeit wäre, die Rechnung zu begleichen, die er seit achtzehn Jahren hinter sich herschleifte wie einen übergroßen Samsonite-Koffer mit kaputten Rädern. Aber Miss Milligan war zusammen mit ihrem Nicht-käuflich-Glorienschein und der blauen Mappe verschwunden, und er hatte nicht die Geistesgegenwart besessen, nach ihrer Telefonnummer zu fragen.

Er setzte sich auf und sah durch das Fenster in den Garten, bis das Brennen in seinen Augen nachgelassen hatte. Seine Knie knacksten, als er aufstand, doch sein Physiotherapeut hatte ihn letzte Woche deswegen beruhigt. Menschen in seinem Alter knacksten nun mal. Er schlurfte ins Bad, um zu duschen, das Lied aus der blauen Notenmappe im Kopf, das er später noch leise vor sich hin summte, als er im Wohnzimmer die Ein-Viertel-Scarampella zurechtrückte, die der Milligan-Junge schief an die Wand gehängt hatte. Dann entdeckte er den gefalteten Papierbogen auf dem Samtsofa.

Sein Puls beschleunigte sich, er begann zu schwitzen. Er bückte sich nach der Busverbindung, die Miss Milligan bei ihrer kopflosen Flucht zurückgelassen hatte, und schob die Lesebrille auf die Nasenwurzel. Erneut las er sich die einzelnen Busstationen durch. Die Route führte einmal quer durch Irland, die Endhaltestelle lag an der Westküste.

Ballystone, County Galway.

Er hatte nie zuvor von diesem Ort gehört, aber nachdem er den Namen laut ausgesprochen hatte, fühlte er sich, als hätte sich in ihm ein Fenster geöffnet. Was hatte die Milligan doch gleich großspurig behauptet, während er den Ahnungslosen gemimt hatte?

Ich habe eins und eins zusammengezählt.

Sein Mund verhärtete sich, als ihm klar wurde, dass er tatsächlich den einzig tauglichen Hinweis in den Händen hielt. Ballystone. Er brauchte die Noten nicht, um sich mit seinem kaputten Koffer auf die Suche zu begeben.

Bonnie.
Viel machte der winzige Laden am Ende der Crown Alley nicht her. Die blaue Fassade bröckelte, das einzige Fenster war mit Guinness-Reklamen und Konzertplakaten zugeklebt. Im Innern herrschten gefliester Frittenbuden-Charme und der Gestank von heißem Fett, der sich tagelang in Pullovern und Jacken festbiss. Dass die Leute an manchen Abenden dennoch auf der Straße Schlange standen, lag daran, dass O'Driscolls zu den besten Chippern Dublins gehörte. Nirgendwo in der Stadt war die Fischpanade knuspriger oder die daumendicken Chips perfekter, die ihr Chef mit einem speziellen Malzessig servierte – gebraut nach einem geheimen Familienrezept, das wundersamerweise nie zur Konkurrenz durchgesickert war.

Bonnie hatte weiß Gott nicht davon geträumt, ihren Lebensunterhalt mit dem Frittieren von Kabeljau zu verdienen. Tatsächlich war sie eher zufällig an den Job geraten, oder vielmehr an Padraig O'Driscoll, der sie auf dem Zebrastreifen vor dem Arbeitsamt fast über den Haufen gefahren hätte. Nach einem weiteren ergebnislosen Tag im Jobcenter war sie so gereizt gewesen, dass sie Padraig mit der Einkaufstüte, in der sich Sir Francis' Abendessen befand, ein paar ansehnliche

Konservenbüchsen-Dellen in die Motorhaube geschlagen hatte. Schockiert und tief beeindruckt von dem Schimpfwörterarsenal, das im Anschluss auf ihn niederprasselte, wartete Padraig im Wagen, bis ihre Wut verpufft war. Dann stieg er aus, entschuldigte sich und bestand darauf, ihr zur Wiedergutmachung ein Taxi nach Hause zu spendieren. Als der Fahrer sie zu Hause absetzte, hatte sie einen neuen Job und einen Boss, der sie *Cailleach* nannte – was so viel wie Göttin des Todes bedeutete.

Bonnie unterdrückte ein Gähnen. Sie legte einen Schritt zu, Josh hinter sich herziehend. Gern hätte sie ihn aufgemuntert, aber dieser Morgen prallte auf die Realität wie ein Insekt gegen eine Windschutzscheibe. Ihr fiel keine Abenteuergeschichte für ihren Sohn ein, ihre Schicht hatte vor fünfzehn Minuten begonnen, und sie hasste es, zu spät zu kommen.

»Sch-bn müde, Mam.«

Sie blieb stehen und sah ihren Sohn prüfend an. Er wirkte wirklich sehr blass. Ob er eine Erkältung ausbrütete? Sie wünschte es sich beinahe, dann bräuchte sie sich keine Vorwürfe zu machen. Aber ihr Sohn war nicht krank, sondern völlig übernächtigt, obwohl sich Sheila große Mühe gegeben hatte, ihnen das mit Tupperdosen-Kisten vollgestellte Wohnzimmer bequem zu machen. So bequem eine alte Couch mit durchhängenden Federn eben war, die man sich mit einem kleinen Menschen teilte, der im Schlaf Musketier spielte. Letztlich hatte sie Josh das Sofa überlassen und unter einer Wolldecke auf dem Boden geschlafen, das geringere Übel, mit dem sie schon klargekommen wäre.

Das Problem war der Kater. Sir Francis hatte so lange in der Katzenbox randaliert, bis sie ihn gegen Mitternacht rausgelassen hatte. Wie hätte sie ahnen sollen, dass er sich auf Erkundungstour begeben würde, sobald sie weggedämmert war? Was dann passierte, hätte gut in eine dieser Slapstick-Comedy-Serien gepasst, die vormittags im Fernsehen liefen. Durchdringendes Frauengekreische im Obergeschoss. Ursache: Ein panischer Kater, der sich mit den Krallen im Schlafzimmervorhang verhakt und nach erbittertem Kampf mit dem Tüllstoff die Gardinenstange heruntergerissen und auf seiner Flucht die Parfumflakons auf Sheilas Schminktisch abgeräumt hatte.

Wie befürchtet war Josh außer sich gewesen, als sie den Kater daraufhin vor die Tür gesetzt hatte. Sheila hingegen hatte sehr gefasst reagiert und mit glasigen Augen beteuert, dass alles nur halb so schlimm sei. Erst da war ihr aufgegangen, dass Sheila tatsächlich Angst vor Sir Francis hatte. Bonnie hatte sich furchtbar gefühlt. Beschämt und hilflos angesichts der Not ihres Kindes und der des Katers, der bis zum frühen Morgen kläglich maunzend draußen an der Tür gekratzt hatte. Wie sollte sie verhindern, dass sich das Drama in der kommenden Nacht wiederholte? Es würde nicht funktionieren. Sie musste sich etwas Besseres überlegen. Eine Alternative. Sie brauchte eine gottverdammte Alternative.

Dass eine andere Sache an diesem Morgen ebenfalls nicht so war, wie sie hätte sein sollen, bemerkte sie erst, als sie vor der dunklen Ladenfront von O'Driscolls Imbiss stand.

»Meinst du, Paddy macht mir nachher frittiertes Eis?« Josh setzte sich auf die Treppe und wühlte in seinem Rucksack, während sie ungläubig das amtliche Klebesiegel auf dem Türschloss musterte.

Das ist ein Witz. Es muss ein Witz sein.

»Bestimmt, wenn du nett darum bittest«, murmelte sie und kramte ihr Handy aus der Anoraktasche. Acht Uhr zwanzig. Um acht hätte sie anfangen sollen.

Es war seltsam. Ihr Puls schlug ganz ruhig, dabei war ihr speiübel. Sie trat an die Tür heran, die Glasscheibe beschlug von ihrem Atem. Drinnen war alles dunkel und still. So still, wie es nur ein geschlossenes Ladenlokal sein konnte.

Ihr Finger zitterte, als sie auf den Klingelknopf drückte, der zu Paddys Appartement im Dachgeschoss gehörte – eine Schuhschachtel von Wohnung, unordentlich wie eine Studentenbude. Nur ein einziges Mal war sie dort gewesen, um ihren Arbeitsvertrag zu unterschreiben, erinnerte sich aber, dass das Chaos aus Papieren, ungewaschenen Klamotten, Pizzaschachteln und überquellenden Aschenbechern ein diffuses Unwohlsein in ihr geweckt hatte. Sie hatte es ignoriert, weil Paddy ihr Chef war und es sie grundsätzlich nichts anging, wie andere Leute ihr Leben lebten.

Josh sah zu ihr auf. »Wieso gehen wir nicht rein? Hat Paddy wieder verschlafen?«

Die Gegensprechanlage knisterte. »*Aye?*«

»Paddy?« Sie räusperte sich. »Hier ist Bonnie.«

Das Knistern erstarb. Dann, nach einer gefühlten Ewigkeit, in der sie die Löcher des Sprechfelds fixierte, als könnte es jeden Augenblick explodieren, Paddys Stimme.

»Wir müssen reden, *Cailleach*. Ich komm runter.«

Es war nicht das, was er gesagt hatte. Sondern wie. Der Boden unter ihr schwankte. Sie sank neben Josh auf die Stufe und holte das Portemonnaie aus ihrer Tasche, um zum dritten Mal an diesem Morgen ihr Geld zu zählen. Es reichte für Joshs neue Sneaker, den Wocheneinkauf im Discounter und das Katzenfutter. Sorgsam verstaute sie die Börse. Dann tastete sie nach dem knochigen Knie ihres Sohns und machte sich auf das Unvermeidliche gefasst.

Robert.
Das elektrische Rolltor fuhr mit einem durchdringenden Quietschen nach oben. Robert stellte seine Reisetasche und den Geigenkoffer in der Einfahrt ab, während das Sonnenlicht in die Garage kroch, über Umzugskartons, Gartengeräte und diversen Hausrat kletterte, den er längst auf den Sperrmüll geben wollte.

Er bekam jedes Mal Gänsehaut, sobald er den Chromgrill des Jaguars erblickte. Ein XJ Coupé mit Zwölfzylindermotor und metallicgrüner Sonderlackierung, ein Lebenstraum, dessen Verwirklichung er der Einspielung von Beethovens Gesamtwerk verdankte. 1977 war das gewesen, das Jahr, in dem Apple den ersten Rechner auf den Markt brachte, *Krieg der Sterne* in die Kinos kam und der RAF-Terror in Deutschland seinen Höhepunkt erreichte. Robert streichelte über den schimmernden Lack und empfand wie der Achtundzwanzigjährige damals: Herzklopfen, Stolz. Das Gefühl, mit diesem Auto unbesiegbar zu sein. Der König der Welt.

Prüfend umrundete er das Fahrzeug und stand eine geraume Weile vor der Fahrertür, ehe er es über sich brachte, sie zu öffnen. Der Geruch von geöltem Leder schlug ihm entgegen, der Sitz knarrte unter seinem Gewicht. Er steckte den Schlüssel ins Zündschloss, gurtete sich an und umfasste das Lenkrad. Dass er den Atem angehalten hatte, bemerkte er erst, als der Schwindel kam und mit ihm das Taubheitsgefühl in den Beinen. Angestrengt konzentrierte er sich auf seine linke Hand, auf die Bewegung, die sie ausführen musste, um den Motor zu starten. Sie gehorchte ihm nicht.

Robert ließ die Hand sinken. In den Sitz gepresst wartete er, bis die farblos gewordene Umgebung ihre Konturen zurückerhielt. Nur das Phantom in der Windschutzscheibe blieb: eine Frau in den Fünfzigern, blond, grüner Anorak. Das Fahrrad auf dem regennassen Asphalt, das verbogene Vorderrad, das nach dem Sturz minutenlang in der Luft herumeierte. Die Radfahrerin hatte Glück gehabt, nur ein paar Prellungen und einen ordentlichen Schock davongetragen. Hätte nicht viel gefehlt, und er hätte sie ...

Stöhnend beugte er sich nach vorn. Die Stirn gegen das Lenkrad gepresst zählte er von zwanzig abwärts, musste husten und fing an zu lachen. Es hörte sich an wie ein Schluchzen, war aber definitiv Ausdruck hilflosen Zorns. Laut Straßenkarte lagen rund dreihundert Kilometer zwischen seiner gepflasterten Einfahrt und diesem Nest an der Westküste – und der große Robert Brenner war nicht imstande, den Wagen aus der Garage zu bewegen. Ein schöner König war er.

»Mr Brenner? Ist alles in Ordnung mit Ihnen?«

Er hob den Kopf. Zuerst vermutete er eine weitere Halluzination, aber die klopften im Allgemeinen nicht derart resolut gegen Seitenfenster. Die Kindernase, die einen Fettfleck auf die Scheibe drückte, war ebenfalls echt. Ergeben ließ er das Fenster herunter.

»Ist das dein Auto, Mr Brenner?« Der Junge spähte neugierig ins␣␣␣Wageninnere.

»Alles bestens.« Er nickte lahm in Miss Milligans Richtung, danach versuchte er sich an einem opahaften Lächeln für den Jungen. Hatte sich nicht schlecht angestellt mit der Violine, aber das eigentliche Potenzial des Kleinen lag in seiner Ausdauer. Selten in dem Alter. Wie hieß er doch gleich? Jonathan? Jacob?

»Das ist ein Jaguar. Ein Oldtimer. Gefällt er dir?«

»Er ist grün.« Jonathan-Jacob sah zu seiner Mutter auf. »Sieht aus wie ein Grashüpfer, oder, Mam?«

Ein Grashüpfer? Robert gab einen missfälligen Laut von sich, aber die mütterlich geduldige Ermahnung der jungen Frau blieb aus. Mit einer mechanischen Bewegung strich sie sich eine dunkelblonde Haarsträhne aus der Stirn, ihre Augen stolperten über die ausgemusterten Haushaltsgegenstände, die vermutlich mehr über ihn verrieten, als ihm lieb war. Sie wirkte verändert, bleich und auf merkwürdige Art erschöpft. *Gebrochen* war das Wort, das ihm zuerst in den Sinn kam, doch was wusste er schon. Er war Musikexperte, kein Psychologe. Wenn er ehrlich war, wollte er gar nicht wissen, was ihr auf der Seele brannte. Vielleicht hatte sie gestern Nacht auch einfach nur ein paar Drinks zu viel.

»Fahren Sie in den Urlaub?« Sie zeigte auf sein Reisegepäck in der Einfahrt.

»Was genau kann ich für Sie tun, Miss?« Er überging ihre Frage, da sie ihm seine eigene Unzulänglichkeit vorhielt. Wie es aussah, würde er mit dem Jaguar nirgendwohin fahren, und da ein öffentliches Verkehrsmittel für ihn nicht infrage kam... Ob er sich ein Taxi nehmen sollte? Und dann? Er kannte Connemara von früheren Erkundungstouren quer über die Insel. Es war eine wildromantische, aber unwirtliche Gegend mit weit verstreuten Ortschaften, die mitunter nur durch Trampelpfade oder Schaf-Trails verbunden waren. Ohne fahrbaren Untersatz wäre er dort verloren.

»Die Noten. Sie haben gesagt, Sie würden...« Sie warf einen Seitenblick auf den Jungen und kramte in ihrer Umhängetasche. »Unsere Situation hat sich kurzfristig geändert. Deshalb möchten wir gern auf Ihr Angebot zurückkommen. Wir verkaufen Ihnen die Noten.«

Der blaue Hefter zitterte, als sie ihn ihm durch das geöffnete Fenster hinhielt. Er starrte die Frau an, sein Herz klopfte.

Ohne die Mappe entgegenzunehmen, löste er den Gurt und stieg aus. Zugegeben, er fühlte einen leisen Triumph. Er hatte gewusst, dass jeder käuflich war.

»Was ist mit Ihrem Versprechen?« Er fragte nicht aus Interesse, es war vielmehr die Situation, die ihn amüsierte. Bonnie Milligan amüsierte ihn, und er wusste, dass dieses Vergnügen grausam war. Und unangebracht.

»Meine Mam hat keinen Job mehr«, erklärte der Junge mit jener kindlichen Ehrlichkeit, die keine Scham kannte. »Deshalb hab ich ihr gesagt, dass derjenige, dem die schönen Lieder gehören, bestimmt nicht böse ist, wenn wir sie dir verkaufen. Wir brauchen doch jetzt das Geld.«

»Josh ...«

Sie klang so gequält, dass Robert automatisch seine Brieftasche zückte. Vor sich hin murmelnd blätterte er durch die druckfrischen Scheine, die er heute früh bei der Bank abgehoben hatte. Ungläubig musterte sie die beiden Fünfziger, die er ihr entgegenhielt.

»Damit kann ich nicht viel anfangen«, sagte sie, entrüstet wie eine Kellnerin, die man mit ein paar Centstücken abspeisen wollte. Allmählich ging ihm das Mädchen wirklich auf die Nerven.

»Dann lassen Sie's halt sein.« Er ignorierte den beißenden Stich des Bedauerns. Natürlich hätte er die Mappe gern besessen, aus rein nostalgischen Gründen und weil er ein sentimentaler alter Narr war. Aber er hatte keine Zeit zurückzusehen. Er musste so schnell wie möglich an die Westküste, notfalls eben mit dem Bus oder auf Schusters Rappen, wie man dort, wo er herkam, so schön sagte.

»Was? Aber Sie haben gesagt ...«

»Das war gestern. Seitdem hat sich auch meine Situation

geändert. Ich brauche die Noten nicht, um mich auf die Suche nach dem Komponisten zu machen.« Noch bevor er den Satz beendet hatte, wusste er, dass er einen Fehler gemacht hatte.

Die Milligan versteifte sich, ihre Augen wurden rund und glänzten wie die einer Taube, die einen heruntergefallenen Brotkrümel anvisierte. Sie musterte ihn, dann sein Reisegepäck und tat, was sie schon einmal gemacht hatte: Sie zählte eins und eins zusammen. Kruzifix, er hätte Deutschland nie verlassen sollen.

»Sie tun's tatsächlich«, sagte sie.

Es hätte nur zwei Sätze gebraucht, in denen die Wörter Hausfriedensbruch und *Gardaí*, Polizei, vorkamen, um sie loszuwerden. Nur Gott wusste, warum er die Gesetzeshüter außen vor ließ und sich für die Wahrheit entschied.

»Natürlich tu ich's«, fuhr er sie an. »Und bevor Sie fragen warum, kann ich mich nur wiederholen: Es ist eine fachlich motivierte Herausforderung. Eine Mission im Dienst der Musik, um es etwas pathetischer auszudrücken.«

»Was ist pathe...pathe-te-tisch?«, wollte Josh wissen.

»Pathetisch. Damit sind Reden gemeint, bei denen einem allein vom Zuhören schlecht wird«, antwortete er reflexhaft. Himmel, diese Frau musterte ihn dermaßen entsetzt, als habe er soeben dem Premierminister in die Kartoffelsuppe gespuckt.

»So wie bei Mrs McPhillips in meiner Kita? Wenn die redet, wird mir auch immer ganz komisch im Bauch.«

»Nun, ich kenne diese Mrs McPhillips nicht, aber...« Er stutzte. Der Bub war bestimmt schon sechs oder sieben Jahre alt. »Gehst du denn nicht in die Schule?«

Der Kleine schüttelte heftig den Kopf. »Mam sagt, ich soll da nicht hin. Ich würd schon gern, aber sie findet, dass...«

»Zweitausend«, sagte Bonnie Milligan und wurde nicht mal rot dabei. »Wenn Sie mir zweitausend Euro geben, dann können Sie die Mappe haben.« Sie lehnte sich mit verschränkten Armen gegen den Kotflügel des Jaguars.

Robert lachte auf. Diese Frau war verrückt – und beeindruckend abgebrüht. Zweitausend! Hieß er Bill Gates?

»Für den Preis müssten Sie schon was drauflegen, junge Frau.« Seine Stimme triefte vor Sarkasmus. »Meine Augen sind nicht mehr die besten, weshalb Sie als Chauffeurin bei mir anfangen könnten. Sie könnten mich nach Ballystone fahren und bei der Suche unterstützen. Schließlich war die ganze Sache Ihre Idee, von wegen Versprechen und so. Ich besorge uns ein nettes Hotel und...« Er schnippte mit den Fingern und stellte befriedigt fest, dass ihr Gesicht jegliche Farbe verloren hatte. Zeit, einen draufzusetzen, obwohl er tatsächlich einen Fahrer bräuchte. Allerdings war die Milligan die letzte Person auf diesem Planeten, von der er sich irgendwohin kutschieren lassen wollte. »Gegen ein paar Tage am Meer ist nichts einzuwenden, nicht wahr? Sehen Sie es als Gratisurlaub in netter Gesellschaft.«

Er grinste, weil er sich ein kleines bisschen irre angehört hatte, wie Jack Nicholson in *Shining*. Wenn sie jetzt nicht postwendend die Flucht ergriff, dann war die Frau entweder sehr mutig oder absolut verzweifelt. Doch da er ihr weder das eine noch das andere abkaufte...

»In Ordnung, Mr Brenner. Wir machen es.«

Bonnie.
»Also ehrlich, ich weiß nicht, Bonnie.« Sheila schob mit zwei Fingern die Gardine beiseite und beobachtete Robert Bren-

ner, der auf dem geteerten Gehsteig vor ihrem Haus auf und ab schlenderte. »Du kennst den Kerl doch gar nicht. Was, wenn er... Du weißt schon.« Sie schielte zu Josh, der auf dem Teppich kniend versuchte, seinen Pyjama so zusammenzurollen, dass er in seinen Rucksack passte. Ein sinnloses Unterfangen, da er bereits bis zum Rand mit Marmeladengläsern gefüllt war, in denen er seine Steine aufbewahrte.

»Der Mann ist um die siebzig, Sheila.«

»Na und? Samuel Little hat sein letztes Opfer mit fünfundsechzig um die Ecke gebracht.« Sheila fasste sich an den Hals, verdrehte die Augen und gab ein röchelndes Geräusch von sich. »Erwürgt. Mit bloßen Händen.«

Bonnie tastete nach dem Autoschlüssel in ihrer Anoraktasche. Sie hatten Ma's alten Ford Fiesta schon vor Jahren verkauft, und es war ein merkwürdiges Gefühl, wieder ein Fahrzeug zu besitzen. Selbst wenn es geliehen war.

»Du siehst eindeutig zu viele Kriminalfilme, Sheila. Mr Brenner ist ein berühmter Pianist mit tadellosem Ruf. Außerdem schlage ich mit dem Job zwei Fliegen mit einer Klappe: Unser Unterkunftsproblem ist gelöst, und das Geld, das er mir für die Begleitung bezahlt, wird uns über Wasser halten, bis ich eine neue Stelle gefunden habe.« Sie streckte entschlossen das Kinn nach vorn. »Außerdem wünscht sich Josh schon so lange Ferien am Meer.«

»Dieser Paddy ist wirklich ein Loser.« Verächtlich kniff Sheila die roten Lippen zusammen. »Und du hattest echt keinen Dunst, dass er pleite war? Nicht mal so ein vages Gefühl?«

»Nein. Hatte ich nicht.« Sie wich dem Blick ihrer Nachbarin aus und zog den Reißverschluss der alten Sporttasche zu. Es hatte Zeiten gegeben, in denen sie total auf Pink abfuhr, aber jetzt war ihr die Farbe peinlich. »Hältst du es wirklich für eine gute Idee, deine Steinesammlung mitzunehmen, Josh?«

Er verzog das Gesicht. »Ich brauche sie.«

»Das Wetter ist an der Westküste viel unbeständiger, weshalb du vor allem etwas zum Anziehen brauchst.« Sie zählte an den Fingern ab. »Pullover, deine Regenhose, Gummistiefel und ...«

»Aber ich brauche sie!«

Bonnie seufzte. Wenn es um seine Sammelleidenschaft ging, war ihr Sohn ein störrischer kleiner Maulesel. »In Ordnung. Gib mir den Pyjama, ich pack ihn in die Tüte mit den Sandwiches. Vergiss nicht, den Kater einzufangen, er wäre bestimmt beleidigt, wenn wir ihn zurücklassen würden.«

»Du musst das nicht machen, Süße«, protestierte Sheila. »Wir hätten das schon hingekriegt.«

»Hätten wir nicht, und das weißt du.« Ihre Nachbarin wirkte derart zerknirscht, dass Bonnies Herz ganz weit wurde. »Ich danke dir. Für alles.« Sie trat neben Sheila ans Fenster und legte ihr die Hand auf die Schulter. »Hab bitte kein schlechtes Gewissen. Es ist eine gute Lösung für uns alle.«

Vor allem war es die einzige Lösung.

Robert Brenner stand jetzt neben Murrays Lieferwagen und musterte ihr Elternhaus, das sich nahtlos in die trostlos graue Gebäudekette in der Berryfield Road einreihte. Er wirkte vollkommen falsch an diesem Ort, an dem man die Hausnummern mit Farbe an die Fassaden pinselte und Sperrmüll im Vorgarten lagerte. Niemand käme hier auf die Idee, mit einem perlgrauen Jackett, Hut und Seidenschal auf die Straße zu gehen, geschweige denn einen wertvollen Oldtimer dort zu parken. Bonnie schmunzelte, als Brenner sich bückte und mit einem Stofftaschentuch über seine Schuhe wischte. Der alte Mann war ein seltsamer Kauz, für gefährlich hielt sie ihn nicht. Hinzu kam, dass Josh den Professor mochte. Und das war ein beruhigender Gedanke.

Sie kehrte dem Fenster den Rücken und kniete sich neben ihren Sohn auf den Teppich. Er starrte ratlos seinen Rucksack an, offenbar konnte er sich nicht entscheiden, ob er das Glas mit den schwarzen oder das mit den weißen Kieseln zurücklassen sollte.

»Mein Rucksack ist zu klein, Mam.«

»Ich weiß.« Sie nahm eines der Gläser in die Hand. »Ich könnte eins davon bei mir unterbringen, aber weißt du... Manchmal reist man besser mit leichtem Gepäck. Besonders wenn man nicht genau weiß, welche Abenteuer auf einen warten.«

»Ich kann sie für dich aufbewahren, Kleiner«, schaltete Sheila sich ein. Etwas Drängendes lag in ihren Worten, als könnte sie etwas wiedergutmachen, indem sie eine Handvoll Steine bewachte.

Josh sah stumm zwischen den beiden Frauen hin und her, bevor er die Gläser beiseitestellte und mit finsterer Miene den Verschluss des Rucksacks zuschnappen ließ.

»Kluge Entscheidung.« Bonnie nickte. »Sieht ganz so aus, als wärst du jetzt bereit.«

Und sie war es auch. Zumindest redete sie sich das ein.

6. Kapitel

Dublin, September 2019. Eine Stunde später.

Robert.
Er fühlte sich unwohl, was nicht ausschließlich daran lag, dass er auf der Beifahrerseite saß und somit Gast in seinem eigenen Auto war.

Seit achtzehn Jahren lebte er nun schon in Dublin. Eigentlich mochte er die Stadt, auch wenn sie viele Gesichter hatte und nicht alle davon freundlich waren. In Irland war die Armut ein historisch begründeter Dauerbrenner, besonders in den Außenbezirken wurde das sichtbar. In manchen dieser Viertel lebten fast ausschließlich Arbeitslose, und wenn man den Zeitungsberichten glauben konnte, war die Hälfte davon entweder im Drogengeschäft, handelte mit Diebesgut oder führte irgendwelche Bandenkriege. »Tabuzone für Streifenwagen«, titelten die Schlagzeilen, »Im Norden brennen Autos« oder »Raubüberfälle an der Tagesordnung«.

Robert hasste diese Art von Sensationsjournalismus, obwohl er die Außenbezirke selbst seit Jahren mied. Aus gutem Grund, wie ihm bewusst wurde, als er aus dem Autofenster sah und gegen die überwältigende Macht der Erinnerung ankämpfte.

In Finglas' Siedlungslabyrinth aus schäbigen Sozialbauten

gab es weder einen Briefkasten noch ein Geschäft oder einen Pub. Die Kinderspielplätze wirkten verwaist, auf dem umliegenden Brachland hatten sich Traveller mit ihren Wohnwagen niedergelassen. Zwischen Autoskeletten und Bretterbuden grasten Ponys, Wäsche wehte im Wind, an den mit Graffiti besprühten Glascontainern neben dem Sportplatz machten sich Möwen kreischend über Müllsäcke her. Die Straßen waren von Schlaglöchern übersät und alle zwanzig Meter mit künstlichen Bodenwellen versehen – wegen der Jugendlichen, die sich gern die Zeit mit illegalen Autorennen vertrieben. Die Vorgärten, oft ein Flickenteppich aus Rasenflächen und unkrautbewachsenen Waschbetonplatten, verstörten ihn am meisten. Hier gab es keinen Platz für Blühpflanzen und Ziersträucher. Die Anwohner zogen Kartoffeln in Plastikeimern und Salat in Balkonkästen, hielten Kaninchen und stapelten alles, was als Heizmaterial taugte, vor dem Küchenfenster auf.

Robert war unschlüssig, ob ihn der Anblick abstieß oder bekümmerte. Ganz gewiss rührte er etwas in ihm an, und er begann die junge Frau hinter dem Steuer seines Jaguars mit anderen Augen zu sehen.

»Kommen Sie mit dem Wagen klar?«

Zum ersten Mal, seit sie Finglas hinter sich gelassen hatten, unternahm er den unbeholfenen Versuch einer Konversation, dabei war Miss Milligan zweifellos eine geübte und durchaus umsichtige Autofahrerin. Fast zu umsichtig. Der Tacho bewegte sich kaum über fünfzig, obwohl sie längst auf die Autobahn gen Westen gewechselt waren. Stoisch fuhr Miss Milligan auf der linken Spur, nah am Seitenstreifen, und ließ sich weder von wilden Hupkonzerten noch von den waghalsigen Überholmanövern der anderen Verkehrsteilnehmer aus der Ruhe bringen.

Er verkniff sich jegliche Kritik an ihrem Fahrstil. Da sie einige Zeit miteinander verbringen würden, musste er seinen guten Willen zeigen. Leider hatte Miss Milligan auf stur geschaltet, als er wegen des Katers protestiert hatte, aber mittlerweile war er sich ohnehin nicht mehr sicher, welches von den beiden Übeln auf seinem Rücksitz das größere war: das knurrende Katzenvieh in der Box, das sich offenbar für eine Chimäre hielt? Oder der Junge, der sich aufführte, als sei er nie über seinen betonierten Vorgarten hinausgekommen?

»Mam! Da ist ein Tanklaster!«

»Ich komme schon zurecht, Mr Brenner.« Bonnie warf ihm einen Seitenblick zu. »Aber ich glaube, mit dem Wagen ist etwas nicht in Ordnung.«

»Hast du das rote Haus gesehen? Das sah aus wie ein rieeesiger Legostein!«

»Ich verstehe nicht«, sagte er.

»Der Motor hört sich komisch an.« Sie beugte sich nach vorn und musterte schmaläugig die Amaturenbrett-Instrumente.

»Maaam!«

»Wie ein Legostein, stimmt«, sagte sie abwesend.

»Sind Sie ein solches Auto überhaupt schon mal gefahren, Miss Milligan?«

»Na klar, Professor.« Sie verzog spöttisch den Mund. »Da, wo ich herkomme, hat jeder so was in der Garage stehen.«

»Im Konzert von Zündtaktung, Kolbenrhythmus und Hubraumvolumen ist der Zwölfzylinder wie ein Uhrwerk aus einer feinen Schweizer Manufaktur«, referierte er den Text aus dem Herstellerkatalog, vielleicht ein bisschen zu großspurig, zumal er den Wagen bloß fuhr und den Rest lieber Experten überließ.

»Ich kann die Uhr schon lesen«, bemerkte Josh.

»Mir ist durchaus bekannt, dass ein Jaguar nicht wie ein Fiesta klingt, Mr Brenner.« Bonnie klopfte gegen die Temperaturanzeige. »Der Motor ist überhitzt. Tut mir leid, das sagen zu müssen, aber mit Ihrem grünen Schätzchen stimmt was nicht.«

»Grashüpfer!« Josh kicherte und steckte einen Finger in die Katzenbox. Aus undefinierbarem Grund war er noch dran, als er ihn wieder herauszog.

Robert biss die Zähne zusammen, als hätte das Mädchen ihm persönlich eine unheilbare Krankheit attestiert. Zugegeben, er war empfindlich, was den XJ anging. Mit dem übrigens alles in bester Ordnung war, schließlich hatte er ihn seit Jahren kaum aus der Garage bewegt. Das Einzige, was hier nicht stimmte, war Bonnie Milligans rechter Fuß. Er verzog das Gesicht, als sie im Schritttempo auf einen Rastplatz ausscherten, ein winziges, vermülltes Wiesenareal mit einem Toilettenhäuschen aus Plastik. Auf einer Holzbank saßen zwei Männer und rauchten.

»Was haben Sie vor?«, fragte er argwöhnisch, aber die junge Frau beachtete ihn nicht. Sie parkte den Jaguar hinter einem Lkw und starrte nachdenklich auf das riesige Maul der braun gescheckten Reklamekuh, die von der Rückwand des Lasters auf sie herunterglotzte.

»In diesem Auto befindet sich das Wertvollste, das ich besitze. Ich fahre nur weiter, wenn ich mich vergewissert habe, dass uns die Kiste nicht um die Ohren fliegt«, erklärte sie bestimmt und suchte über den Rückspiegel Blickkontakt zu ihrem Sohn. »Wir machen eine Pause, Josh. Wenn du aufs Klo musst, ist jetzt deine Gelegenheit.« Sie deutete auf das Toilettenhäuschen und senkte die Stimme. »Lass dich von niemandem anquatschen, hörst du?«

Stirnrunzelnd sah Robert dem Kleinen hinterher, der bereits im Laufen seine Jeanshose aufknöpfte. Er wollte protestieren, als Bonnie die Motorhaube entriegelte und ausstieg, doch dann sah er den weißen Qualm, der aus dem Motorraum quoll. Na bravo. Das hatte ihm gerade noch gefehlt.

Lustlos gesellte er sich zu Bonnie, die mit hochgekrempelten Hemdsärmeln an irgendwelchen Kabeln im Motorraum herumfummelte. Sie fluchte auf Gälisch, und er verstand nur die Hälfte, aber selbst ihm leuchtete jetzt ein, dass der Wagen ein Problem hatte. Der Innenraum war nass vom Kondenswasser, der schwarze Motorblock zischte und qualmte und erinnerte ihn an die heißen Steinplatten beim Japaner, auf denen man Hühnchen Teriyaki servierte.

»Ist es was Ernstes?«

»Wann war der Wagen zum letzten Mal in einer Werkstatt?«

»Ist eine Weile her.«

»Das hab ich mir gedacht.« Bonnie zeigte auf einen rechteckigen Metallbehälter neben dem Motor. »Die Elektrik scheint zu funktionieren. Ich glaube, es ist der Kühler. Eine undichte Stelle oder ein Leck.«

»Und was tun wir dagegen?«

Sie hob den Kopf. Eine Schrecksekunde lang befürchtete er, sie würde samt Kind und Katze das Weite suchen. Tatsächlich begab sie sich zum Kofferraum, kehrte aber kurz darauf mit einer Wasserflasche zurück. Sie goss den Inhalt in den Kühler, hielt ihm die leere Flasche hin und wies mit dem Kinn zum Klohäuschen.

»Wahrscheinlich werden wir in den nächsten Stunden öfter nachfüllen müssen.«

»Heißt das, wir fahren weiter?«

»Wollen Sie denn weiterfahren?«

»Nun ja, falls Sie...« Er unterbrach sich, weil er etwas in Bonnie Milligans Augen entdeckte, mit dem er nicht gerechnet hatte. Furcht. Mit einem Gefühl des Unbehagens rief er sich das baufällige Haus in Erinnerung, in dem Maschinen lärmten. Dazu die zwielichtigen Handwerksburschen und die aufgetakelte Blondine in dem geschmacklosen Kleid – ihre Nachbarin, bei der sie zurzeit wohnte. Auch hatte er Bonnies Gesichtsausdruck bemerkt, als sie das Gepäck im Kofferraum verstaut und ihren Sohn auf den Rücksitz komplimentiert hatte. Sie war eindeutig erleichtert gewesen, aus Finglas wegzukommen.

»Wir könnten es bis Ballystone schaffen, solange wir langsam fahren und Pausen einlegen, damit der Motor abkühlen kann.« Jetzt grinste sie schief. »Allerdings sollten wir die Autobahn meiden. Die *Garda* zieht uns aus dem Verkehr, wenn sie uns mit fünfzig Stundenkilometern dahinschleichen sieht.«

»Sie scheinen ja eine echte Expertin in puncto Fahrzeugtechnik zu sein«, erwiderte er abwesend. Auf Landstraßen quer über die Insel, und das in Traktorgeschwindigkeit. Da stellte die Polizei sein kleinstes Problem dar. Es war die halbe Odyssee bis zur Westküste, auf die er nicht sonderlich erpicht war.

»Tja, wer auf sein Geld achten muss, versucht die Dinge eigenhändig in Ordnung zu bringen. An dem Fiesta meiner Mutter gab es ständig was zu reparieren.« Bonnie zuckte die Achseln. »Wir können den Wagen auch in eine Werkstatt bringen. Ihre Entscheidung, es ist Ihr Auto.«

»Aber Sir Francis und ich wollen nicht zu Sheila zurück! Du hast gesagt, wir suchen den Mann mit den Liedern. Und dass wir ans Meer fahren. Du hast es versprochen!«

Robert drehte sich um. Im Laufe seiner Lehrtätigkeit war er gegen Krokodilstränen und Zornesgeheul immun geworden, weshalb er nicht damit rechnete, dass ihn der Unmut des Jungen sonderlich beeindruckte. Aber Josh war nicht zornig, und er weinte auch nicht. Der kleine Kerl war kalkweiß und wirkte zu Tode erschrocken.

»Ich weiß, Josh«, sagte Bonnie leise. »Mitunter laufen die Dinge eben nicht so glatt, wie man es sich wünscht. Wenn das Auto kaputt ist, müssen wir ...«

»Dann müssen wir in Ballystone eine Werkstatt suchen. Versprochen ist versprochen«, insistierte Robert und verstand sich selbst nicht. Es war unvernünftig und wahrscheinlich fahrlässig. Zwar würden sie in dem kleinen Ort bestimmt eine Unterkunft finden, aber ob es eine Autowerkstatt gab? Das Ganze war... Wie hatte Miss Milligan doch gleich bei der Abfahrt zu dem Jungen gesagt? *Es wird ein Abenteuer. Das beste, das wir je hatten.*

Spontan zwinkerte er Josh zu, und als dieser ein schüchternes Lächeln zeigte, kribbelte Roberts Haut. Etwas hatte sich verändert, seit er am Morgen mit dem Teebecher in der Hand durch sein leeres Haus gewandert war und zu dem Schluss kam, dass er lange genug gewartet hatte. Egal wie er es drehte und wendete, der Gedanke umzukehren, war nicht nur indiskutabel. Er fand ihn unerträglich.

Bonnie.
Man muss bereit sein, einem Menschen eine zweite Chance zu geben. Ma hatte diesen Satz früher oft gesagt, und er hatte Bonnie nie mehr zu denken gegeben als jetzt, wo sie neben Robert Brenner im Auto saß.

Seit drei Stunden redeten sie nur das Nötigste, tauschten leere Floskeln über den kommenden Kühlerstopp oder die nächste Kreuzung aus. Ortsschilder flogen vorbei, die Namen vergaß sie sofort, nachdem sie sie gelesen hatte. Josh schlief mit offenem Mund auf dem Rücksitz, und das verdrießliche Knurren des Katers ließ sich gut wegatmen, während die Flusslandschaft der Grafschaft Westmeath an ihr vorüberzog.

Obwohl Dublin nicht weit entfernt lag, kannte sie das sogenannte Königreich der Mitte nur von Fotografien, und war überrascht, wie mühelos die Wirklichkeit sie übertraf: üppige Weiden, auf denen Rinder und Schafe grasten, weiß getünchte Cottages mit roten Türen, Klöster und verfallene Burgruinen, das silberne Band des Shannon. Alles war grün, weit und flach, nur tief im Süden erhob sich, schräg schraffiert vom Regen, der Gebirgszug der Slieve Bloom Mountains.

Robert Brenner schenkte der Katalogidylle hinter der Windschutzscheibe kaum einen Blick. Konzentriert starrte er auf den Faltplan auf seinen Knien und folgte mit dem Zeigefinger der Route, obwohl sie versichert hatte, dass ihre Navi-App auf dem Handy den Weg kannte.

Eine zweite Chance. Das war so leicht dahingesagt.

»Es tut mir leid, dass wir keinen guten Start hatten«, sagte sie schließlich, den Blick fest auf die Böschung mit verblühtem Ginster gerichtet, der allmählich von grauen Feldsteinmauern und Weidezäunen verdrängt wurde.

»Ich sehe keinen Grund, weshalb Sie sich entschuldigen müssten, Miss Milligan.«

»Jesus.« Sie verdrehte die Augen. »Müssen Sie es mir so schwer machen? Warum können Sie nicht einfach okay sagen?«

»Okay.«

Sie warf ihm einen Seitenblick zu. Er lächelte auf diese nachsichtige Art und Weise, wie ältere Menschen es oft taten, wenn sie ein jüngeres Gegenüber nicht ernst nahmen.

»Was finden Sie so lustig?«, blaffte sie ihn an.

»Sie sind eine interessante Person.«

»Ist das ein Kompliment oder eine Beleidigung?«

»Ein Kompliment selbstverständlich.« Brenner hob beschwichtigend die Hand. »Mit Verlaub, viel Selbstbewusstsein besitzen Sie nicht gerade.«

»Dafür reicht Ihres für zwei. Mit Verlaub.«

Brenner lachte auf. »Ich gebe Ihnen gerne etwas davon ab. Im Austausch für Ihre Schlagfertigkeit.«

»Na ja, die macht manchmal mehr Probleme, als dass sie mir nützt«, murmelte sie.

»Haben Sie deshalb Ihre Arbeitsstelle verloren?« Er räusperte sich. »Entschuldigung. Das war etwas indiskret.«

»Nein, war's nicht. Paddy mochte mein loses Mundwerk sogar. Er hatte Schulden und musste den Imbiss von heute auf morgen dichtmachen. Ich hätte nie gedacht, dass ich...«, sie biss sich auf die Unterlippe. »Fisch frittieren ist nicht gerade ein Traumjob, aber ich bin gern zur Arbeit gegangen.«

»Und was wäre Ihr Traumjob?«

»Sie meinen, wenn ich die Wahl hätte?«

»Hat man die nicht immer?«

»Nein, Mr Brenner. Leute wie ich haben die nicht immer.« Sie warf einen Blick in den Rückspiegel. Josh schlummerte tief und fest, sein dunkles Haar hing ihm in die Stirn. Im Schlaf wirkte sein Gesicht ganz sorglos.

»Aber gesetzt den Fall, Sie könnten neu anfangen. Was würden Sie gerne tun?« Brenner sah sie neugierig an. Als ob es ihn tatsächlich interessieren würde.

»Ehrlich gesagt hat sich mir diese Frage nie gestellt.« Sie schielte zu Brenner, aber er schwieg. »Es gefällt mir, mit Leuten zu arbeiten.« Sie kaute auf ihrer Unterlippe. »Außerdem backe ich gern, mach es anderen gern schön. Bevor ich schwanger wurde, wollte ich ein Café haben, ein kleines nur, nichts Besonderes. Auf dem Land vielleicht, ich mag Bäume und Vogelgezwitscher. Es wäre ein Ort, den ich mit Dingen füllen könnte, die ich liebe: gemütliche Polstersessel, Bücher, Geschirr mit Blüten und Goldrand. Es gäbe Torten und Kuchen, frisch gebackene Scones. Und richtig guten Kaffee. Aus Italien.«

»Das klingt verlockend. Sagen Sie mir Bescheid, wenn es so weit ist, ich bin Ihr erster Stammkunde.«

»*Aye*«, sagte sie. »Der einzige vermutlich.«

»Die Zukunft wird durch die Visionen der Gegenwart lebendig. Ich halte Sie für eine clevere, willensstarke Frau. Sie sollten sich trauen zu träumen.«

»Sie haben gesehen, woher ich komme, Mr Brenner. In Finglas träumt man nicht. Man brät Fische, damit man die Stromrechnung bezahlen kann.«

»Sie sind jung, Bonnie. Wer sagt denn, dass Finglas Ihre Endstation sein muss?«

»Sie sind Optimist.«

»Natürlich.« Er zeigte auf die Windschutzscheibe. »Man muss rechtzeitig loslassen und nach vorn sehen. Wer weiß, was hinter der nächsten Kurve auf einen wartet. Oder wer.«

Bonnie horchte auf. In seinem Satz war eine winzige Pause gewesen. Zeit genug für einen tiefen Atemzug, der etwas ungesagt ließ.

»Haben Sie das getan? Nach vorn gesehen, als Sie Ihre Pianistenkarriere an den Nagel gehängt haben?«

»Es hat eine Weile gedauert«, räumte er freimütig ein. »Mein Neurologe hat mir eine fokale Dystonie diagnostiziert, ein typisches Berufsmusikerleiden, ähnlich einem Schreibkrampf in den Fingern. Nach einer Weile konnte ich unter Medikamenten zwar wieder spielen, aber auf reduziertem Niveau.« Er seufzte und sah auf seine Hände. »Danach ging es ziemlich schnell in den Sinkflug mit mir. Ich badete in Selbstmitleid, trank zu viel, kam morgens nicht aus dem Bett. Aus mir wurde ein echtes Ekel, die meisten Musikerfreunde wandten sich von mir ab, meine Lebensgefährtin packte ihre Koffer. Ich verlor meine Engagements, dann meinen Agenturvertrag. Und am Ende wahrscheinlich mich selbst.«

»Das tut mir sehr leid«, sagte sie, überrascht von seiner Offenheit.

Brenner winkte ab. »Kein Mitleid, bitte. Das ist lange her, und ich habe meinen Frieden damit gemacht. Ich möchte lediglich verdeutlichen, dass ich weiß, wie es sich anfühlt, am Boden zu liegen. Zwar besaß ich im Gegensatz zu Ihnen ein gefülltes Bankkonto, aber das hat mir nichts bedeutet. Die Musik war mein Lebenselixier, der Konzertsaal mein Zuhause, der Applaus meine Droge. Ohne das alles war ich ...« Er zuckte mit den Schultern. »Nichts.«

»Was geschah dann?«

»Ich begegnete in einem Münchner Brauhaus einem früheren Studienkollegen. Eohnn Doherty. Klarinette und Schlagzeug.«

»Ein sehr irischer Name. Hat jener Eohnn Sie zu einer Rauferei angestiftet? Oder hat er Sie bloß unter den Tisch getrunken?«

»Es war eine eher ernüchternde Begegnung. Nachdem ich ihm meine Geschichte erzählt hatte, hat er mir ordentlich den Kopf gewaschen.« Er zog eine Grimasse. »Dann hat er mich daran erinnert, dass ich vor meinem musikalischen Höhenflug einen anderen Traum hatte.«

»Und daraufhin wanderte das Ekel nach Irland aus.«

»Ich erwähnte es ja bereits: Sie sind eine kluge Frau.«

Bonnie lächelte. Einer spontanen Eingebung folgend holte sie die Notenmappe aus dem Handschuhfach und legte sie in Mr Brenners Schoß.

»Die gehört jetzt Ihnen«, sagte sie feierlich. »Damit Sie Ihre musikalische Mission nicht vergessen. So haben Sie unsere kleine Reise doch genannt, oder? Ich bin wirklich gespannt, was uns in Ballystone erwartet.« Sie zwinkerte ihm vielsagend zu. »Oder wer.«

Er sagte nichts dazu, doch die Art, wie er beschützend die Hände auf den blauen Umschlag legte, hatte etwas Rührendes. Alle anderen Emotionen entzog er ihrem Blick, indem er den Kopf hastig zum Seitenfenster drehte. Bonnie beschloss, sich nicht länger über seine merkwürdige Art zu wundern. An der nächsten Tankstelle bog sie ab und parkte den Wagen auf dem Pausenareal neben der Raststätte.

»Sandwich-Zeit!«, rief sie und bemerkte Brenners Blick. Vielleicht bildete sie es sich bloß ein, aber seine Augen kamen ihr leicht gerötet vor. »Wir haben Erdnussbutter, Erdnussbutter oder Erdnussbutter«, sagte sie fröhlich. »Was darf es für Sie sein, Mr Brenner?«

»Lassen Sie dieses alberne Mr Brenner, junge Frau. Ich heiße Robert. Einfach nur Robert.«

Robert.
Erdnussbutter-Sandwiches. Es kostete ihn einige Mühe, seine Abscheu zu verbergen. Die Iren waren, milde ausgedrückt, leidliche Brotbäcker. Er begriff immer noch nicht, wieso sie auf dieses pappige Weißbrot schworen, wo doch die kulinarische Revolution Irlands in aller Munde war und die Sternerestaurants wie Pilze aus dem Dubliner Asphalt schossen. Genießbar war allenfalls das Brown Bread, ein fades Möchtegernkörnerbrot auf Natronbasis, das nach zwei Tagen so trocken war, dass es höchstens noch für die Möwen taugte.

»Wie wäre es, wenn ich uns eine vernünftige Mahlzeit spendiere?«, schlug er vor und zeigte auf die Neonreklametafel des Raststätten-Restaurants, auf dem »*Homemade Food*« angepriesen wurde. Mit der Plastikbestuhlung auf der Veranda und den Take-away-Schachteln im Schaufenster sah der Laden nicht besonders einladend aus, und eigentlich mochte er kein lauwarmes Kantinenessen. Aber was konnte schon schlimmer sein als Erdnussbutter auf Toast?

»Gibt es da Boxty?«, fragte Josh schlaftrunken vom Rücksitz aus. »Und Milchshakes?«

»Es gibt Sandwiches und Äpfel. Und wenn du danach noch Hunger hast, einen Schokoriegel.« Bonnie bedachte Robert mit einem schwer zu deutenden Blick.

»Kommen Sie«, sagte er leichthin. »Der Bub braucht was Anständiges im Magen. Ist doch so, oder?« Er zwinkerte Josh zu. Ein Fehler, wie er gleich darauf erkannte, als er einen Anflug von Zorn in Bonnies Gesicht entdeckte.

»Wir kommen gut mit dem zurecht, was wir haben.« Mit einer schroffen Bewegung löste sie den Gurt, stieg aus und machte sich am Kofferraum zu schaffen – länger, als notwendig gewesen wäre, um die Plastiktüte mit Proviant herauszuholen. Bei ihrer Rückkehr war ihr Gesicht verschlossen. »Raus aus dem Auto, Joshua. Wir setzen uns unter den Baum und machen ein Picknick. Wenn du magst, kannst du Sir Francis an der Leine auf die Wiese lassen, er ist bestimmt froh, wenn er sich mal strecken kann.«

»Och Maaam.« Josh beugte sich zwischen den Sitzen vor. »Mr Brenner hat gesagt...«

»Ist mir egal, was er gesagt hat. Es gibt Sandwiches.«

»Ich verstehe das Problem nicht. Was ist gegen eine Essenseinladung einzuwenden? Ich wollte doch nur...«

»Es ist mir peinlich, okay?« Sie funkelte ihn wütend an. »Bitte bringen Sie mich nicht in die Verlegenheit, meinem Sohn erklären zu müssen, dass ich mir ein Restaurantessen nicht leisten kann, eine Einladung aber nicht annehmen möchte. Sie bezahlen die Fahrt und die Unterkunft, so lautet der Deal. Lassen Sie mir für den Rest meine beschränkten Möglichkeiten.« Sie senkte die Lider, wohl wissend, dass sie sich im Ton vergriffen hatte. »Nichts für ungut«, murmelte sie.

»Wie Sie wollen.« Robert rang sich ein Lächeln ab. Ihre Reaktion kränkte ihn. Zugleich fühlte er sich schuldig, ohne sich einer Schuld bewusst zu sein.

Er spürte Joshs sehnsuchtsvollen Blick im Rücken, als er die Treppen zur Eingangstür des Schnellrestaurants hinaufstieg. In dem von Neonröhren beleuchteten Ladenlokal roch es unangenehm nach ranzigem Fett und Raumspray. Stirnrunzelnd starrte er auf die Tafel hinter der Theke und deutete auf einen Metallbehälter, in dem undefinierbare Brocken in einer dickflüssigen Soße schwammen. Seafood Chowder, nahm er an, weil er das Schild in der Auslage nicht entziffern konnte. Es sah nicht lecker aus, aber er verband gute Erinnerungen mit diesem Gericht, und ein wenig Heimeligkeit konnte er gerade gut brauchen.

»Zum Mitnehmen oder Hieressen?«, fragte die Frau hinter der Theke und wischte sich die Hände an ihrer fleckigen Schürze ab, ehe sie zwei dicke Scheiben von einem Brotlaib abschnitt. Nach irischer Sitte hatte der Bäcker ein Kreuz vor dem Backen in den Laib geritzt, um die Feen aus dem Teig zu befreien. Ungewollt schielte Robert aus dem Fenster.

Der Junge tobte mit dem scheckigen Kater auf der Wiese. Das Tier trug ein Geschirr, an dem eine Schleppleine hing, die man gewöhnlich zur Hundeerziehung benutzte. Bonnie saß im Schneidersitz im Blätterdachschatten eines Ahornbaums und las in einem Buch, neben sich die spartanische Verpflegung, ausgebreitet auf der Plastiktüte. Sie wirkte entspannt, vollkommen im Reinen mit sich und der Welt, und jedes Mal, wenn sie zu ihrem Sohn sah, vertiefte sich ihr Lächeln, als gäbe es niemanden, den sie lieber betrachtete.

Sein Herz stolperte. Nicht nur, weil es ihn überraschte, dass Bonnie Milligan Bücher las. Die Szene erinnerte ihn an Beethovens »Schicksalssinfonie«: heiter, ein wenig melancholisch. So wahrhaftig, dass sie Unaussprechliches in ihm auslöste, ein schwer aushaltbares Gefühl, das einen Kloß in seiner Kehle formte.

»Warten Sie, bis der Fisch wieder anfängt zu schwimmen, Mister?«

Er drehte den Kopf und starrte die Frau hinter der Theke verständnislos an.

»Zum. Mitnehmen. Oder. Hieressen«, wiederholte sie, als sei er der Sprache nicht mächtig. Was in diesem Augenblick definitiv stimmte.

»Danke, ich esse hier«, stieß er hervor. Eigentlich wäre er

lieber zurückgegangen, doch die Befürchtung, ein Fremdkörper in dem Bild dort draußen zu sein, ließ ihn das Tablett zu einem der Tische auf der anderen Seite des Raums tragen. Er setzte sich ans Fenster, löffelte wie ferngesteuert die Suppe in sich hinein und zwang das bröselige Brot mit Cola herunter. Als der Teller leer war, legte er einen Schein auf das Tablett, besuchte die Toilette und verließ grußlos das Restaurant. Kurz darauf stand er schuldbewusst und nach Worten ringend vor Bonnie.

»Tut mir leid, dass ich Ihnen vorhin zu nahe getreten bin«, sagte er und fand sich lächerlich, vollkommen neben der Spur. Und wenn schon. Er hatte kein Recht, sie zu beschämen, indem er ungefragt den Gönner spielte. Früher hätte er das vielleicht anders gesehen, und er wäre beileibe nie auf die Idee gekommen, sich für eine Essenseinladung zu entschuldigen. Aber seitdem war viel passiert.

Sie sah nicht von ihrem Buch auf.

»Es gibt keinen Grund für eine Entschuldigung, Robert.«
»Können Sie nicht einfach okay sagen?«
»Okay.« Ihr Mundwinkel zuckte. Minimal nur, aber es genügte.

7. Kapitel

Campbell Park School. Dublin, Oktober 2001.

Robert.
Die Veränderungen kamen nicht von heute auf morgen. Es gab nach wie vor genügend Momente, in denen er sich fragte, ob das, was er seit Neuestem in den Musikklassen praktizierte, wirklich Sinn ergab. Auf jeden Fall sorgte er für Tratsch im Lehrerzimmer. Die Kollegen redeten über ihn, über seine unkonventionellen Methoden, die in keinem Lehrbuch standen, den freundschaftlichen Umgang, den er mit seinen Schülern pflegte. Besonders Alan O'Keefe versäumte keine Gelegenheit, sich über ihn lustig zu machen, weil die Kinder ihn »Professor Beat« getauft hatten oder weil er letzte Woche das alte georgianische Gemäuer zum Bröckeln gebracht hatte, als er mit seinen Schülern ein Klatschspiel mit Plastikbechern gespielt hatte. So laut war es gar nicht gewesen, aber danach musste er Walter Rede und Antwort stehen. Zu seiner Verteidigung hatte er dem Schulleiter die sprunghaft gestiegenen Anmeldezahlen für den privaten Instrumentalunterricht vorgelegt. Damit war das Becherspektakel vom Tisch gewesen – vorläufig jedenfalls.

In den Stunden in der Neunten spürte Robert den Wandel am deutlichsten. Seit er die jungen Leute aktiv musizieren ließ und ihnen erlaubte, in der Klasse ihre Lieblingsmusik vorzustellen, war kein Papierflieger mehr gelandet. Es gab kaum Nebengespräche, keine Kopfhörer auf den Ohren, und anstelle hämischen Gekichers erklang beifälliges Gelächter, wenn er unbeholfen einen Rapper imitierte.

Sogar Mark O'Reillys Aufmerksamkeit verweilte jetzt im Klassenzimmer und nicht mehr bei dem Geschehen auf dem Schulhof. Ein kleiner Erfolg, obwohl der Junge sich weiterhin verschlossen zeigte. Marks Ergebnisse aus den Kompositionsübungen beeindruckten Robert allerdings sehr. Seine selbst geschriebenen Stücke waren ein Stilmix aus klassischen und modernen Elementen, die eine außergewöhnliche Bandbreite von Emotionen beim Zuhören weckten. Wenn er sie auf seiner altersschwachen Flohmarktgeige vortrug, wusste Robert nie, ob er beim Zuhören Freude empfinden, wütend oder traurig sein sollte – bis er sich am Ende für alles zusammen entschied.

Rom wurde auch nicht an einem Tag erbaut, dachte er, als er am späten Vormittag mit einem Ghettoblaster die Klasse betrat. Vor Kurzem hatte er im Radio einen Britpop-Song mit Violinsolo gehört, der ihn auf eine geniale Idee gebracht hatte. Genial genug, um Alans Blutdruck auf Hochtouren zu bringen, der seit Tagen mit einer Schülerin aus dem dritten Seniorjahr für den Musikschulwettbewerb trainierte.

O'Keefes Kandidatin war sechzehn und nahm Klavierunterricht, seit sie laufen konnte, was Robert jedoch nicht weiter beeindruckte. Die Kleine spielte passabel, besaß aber nicht die nötige Finesse für das Stück, das Alan für sie ausgesucht hatte. Tschaikowskys Klavierkonzert Nr. 1. Tausendmal gehört, langweilig, spießig.

Robert stellte den Ghettoblaster auf das Lehrerpult, sein Blick blieb auf dem leeren Stuhl am Fenster hängen.

»Wo steckt O'Reilly?«, fragte er Nathaniel, der jedes Mal rot anlief, wenn ein Erwachsener das Wort an ihn richtete.

»Ich... ich weiß nicht, also... ich meine, ich weiß es schon, aber...« Das schmächtige Kerlchen sah sich hilfesuchend um.

»Keine Sorge, ich petze es nicht weiter«, sagte Robert geduldig. Da Nathaniel ihn daraufhin lediglich mit halb geöffnetem Mund anglotzte, wandte er sich an den Rest der Klasse. »Jemand eine Ahnung?«

Schulterzucken, gesenkte Köpfe. Kein gutes Zeichen.

»Haben Sie es nicht gehört?«, meldete sich der lange Scott zu Wort.

»Er fliegt von der Schule«, mischte sich ein Mädchen aus der mittleren Bankreihe ein. Sie klang schadenfroh, wofür sie sich einen Ellenbogenstoß von ihrer Sitznachbarin einhandelte. »Au! Mensch, Emilia, was soll der Scheiß?«

»Erzähl *du* keinen Scheiß, Cathriona. Du weißt doch gar nicht, ob er suspendiert wird«, zischte das dunkelhaarige Mädchen. *Emilia Clarke, Schlagzeug und Percussion. Warme karamellfarbene Augen.* Merkwürdig, dass er sich manche Schüler genau merken konnte, während andere wie namenlose Schattengestalten durch sein Gedächtnis geisterten.

»Klären Sie mich bitte auf, Miss Clarke.«

»Ich weiß nicht, was er gemacht hat. Der Direktor hat ihn aus der Englischstunde geholt, und danach ist Mark nicht mehr zurückgekommen.« Sie wechselte einen Blick mit Scott. »Na ja, Cunningham sah ziemlich sauer aus.«

»*Ziemlich sauer* ist ziemlich untertrieben«, bestätigte Scott. »Booom! Ich dachte, der explodiert gleich.«

Robert wusste, dass er den Unterricht fortsetzen musste. Aber er konnte nicht von dem leeren Fensterplatz wegsehen, der sich in diesem Zustand vollkommen falsch anfühlte. War es schon so weit? Beschäftigte er sich so intensiv mit Mark O'Reilly, dass er sich für ihn verantwortlich fühlte? Er musterte Emilia Clarke, die ihn abwartend ansah.

Nein. Es ging nicht nur um Mark oder darum, dass er ihn als Kandidaten für den Musikwettbewerb in Betracht zog. Er würde dasselbe für dieses Mädchen tun. Und für den verhuschten Nathaniel. Sogar für Scott, obwohl er eine Nervensäge war.

»Ich gehe mal eben rüber in den Verwaltungstrakt«, sagte er ruhig. »Kopien machen, falls jemand reinkommt und nach mir fragt. Ich vertraue darauf, dass Sie das Klassenzimmer in meiner Abwesenheit nicht in Schutt und Asche legen.«

»Wie jetzt? Keine Klimmzüge an der Tafel?« Scott schielte zu dem Ghettoblaster. »Oder 'n bisschen Disco?«

»Nicht wenn Sie an Ihrem Leben hängen, McNevin.«

Die Antwort auf seine gutmütige Ermahnung hörte Robert nicht mehr. Er eilte bereits im Laufschritt den Flur hinunter.

***

Er fand den Jungen auf der berüchtigten Bank im Sekretariat, die von allen »das Schafottbänkchen« genannt wurde. Walter hatte bereits ganze Generationen von Schülern darauf gar gekocht, je nach Vergehen über Stunden hinweg, bis er sie endlich ins Büro rief. Robert war kein Freund derartiger Disziplinierungsmaßnahmen, weshalb er gar nicht so genau wissen wollte, wie lange O'Reilly schon hier schmorte.

Lange genug. Er verspürte einen Anflug von Zorn, als der Junge mit schmerzverzerrtem Gesicht auf den Holzplanken hin und her rutschte. Die Schulsekretärin, eine freundliche

Mittvierzigerin mit weiß blondierten Haaren, warf Mark einen mitleidigen Blick über den Rand ihrer Hornbrille zu. Aus dem Schulleiterbüro drang Walters Stimme, autoritär und getaktet wie eine Schnellfeuerwaffe. Die Sekretärin schüttelte warnend den Kopf, als er fragend auf die Tür zeigte. Ergeben setzte Robert sich neben seinen Schüler auf die Bank.

»Hallo, Mark«, sagte er.

»Hi, Professor Brenner.«

Der Bub sah nicht gut aus. Er war bleich, und seine Augen lagen in dunklen Höhlen, als hätte er seit Tagen nicht geschlafen. Ob er Drogen nahm? In Schülergesprächen hatte er aufgeschnappt, dass bei den höheren Semestern durchaus der eine oder andere Joint kreiste. Robert schielte zur Wanduhr. Zwanzig Minuten bis zur Mittagspause. Ausreichend Zeit, um etwas Bedeutsames zu tun oder zu sagen.

»Und sonst so?«

»Muss halt.«

Mark wippte mit den Turnschuhen. Größe 46, mindestens. Daneben sahen seine Slipper wie Puppenschuhe aus.

»Sind deine Eltern da drin?« Robert räusperte sich. »Okay, wenn ich Du sage?«

Mark nickte, das Bänkchen knarzte. »Meine Mum ist drin. Mein Dad ist ... er hat viel zu tun.«

»Hat dein Vater dir das Geigespielen beigebracht?«

»Mein Großvater. Er ist tot.«

»Er hat einen guten Job gemacht«, sagte Robert leise. Wieder trat Schweigen ein, das ihm verdeutlichte, dass er direkter werden musste. »Auf einer Skala von null bis zehn, wie schlimm ist es?«

Der Junge warf ihm einen argwöhnischen Seitenblick zu.

»Wieso interessiert Sie das?«

Statt den verärgerten Lehrer zu geben, musste er lachen. »Och, ich wollte nachher im Lehrerzimmer tratschen, da dachte ich, hol ich mir die sensationelle Neuigkeit doch gleich aus erster Hand. Also, was hast du angestellt, O'Reilly?«

»Ist doch egal.« Marks Mundwinkel zuckte. »Ich flieg eh von der Schule. War nur 'ne Frage der Zeit.«

»Du klingst nicht gerade unglücklich darüber.«

»Bin ich auch nicht.«

Robert sah Mark überrascht an. »Ist das der Grund, weshalb du dich hier wie eine offene Hose benimmst? Um deinen Rauswurf zu beschleunigen?«

»Meine Mum wollte, dass ich auf die Campbell Park geh«, gab er feindselig zurück. »Mein Dad hat gleich gesagt, dass das 'ne Scheißspießerschule ist.«

»Das ist sie allerdings.« Robert lächelte die Sekretärin an, die kurz von ihrer Schreibarbeit aufsah, ehe sie stirnrunzelnd weitertippte.

»Ach ja? Und was machen Sie dann hier?«

»Du meinst, abgesehen davon, dass die Jobs für einen abgehalfterten Konzertpianisten nicht gerade auf der Straße liegen?« Robert lachte heiser auf. »Ich denke, ich möchte versuchen, diese Scheißspießerschule ein bisschen besser zu machen. Du weißt ja, Anstrengung steht im Alphabet vor Erfolg. Und Weglaufen ganz hinten.«

Mark gab ein undefinierbares Geräusch von sich. »Sie sind schon ein komischer Vogel.«

»Findest du?«

»Jedenfalls sind Sie nicht wie die anderen Lehrer.«

»Das fasse ich mal als Kompliment auf.« Er schürzte die Lippen. »Schade eigentlich. Ich hätte wirklich gern mit dir gearbeitet.«

Der Junge fixierte einen imaginären Punkt an der Wand. Die Sekunden, die bis zu seiner Reaktion verstrichen, hätte Robert am liebsten runtergezählt. *Fünf-vier-drei-zwei-eins.*

»Gearbeitet? Was meinen Sie damit?«

»Ist doch egal. Du haust eh ab, also verschwende ich keine Zeit mit Erklärungen. Ich such mir einen anderen Schüler für den Musikschulwettbewerb. Einen, bei dem ich mich darauf verlassen kann, dass er die Sache durchzieht.« *Luft holen. Drei-zwei-eins.* »Obwohl dir das Stück, das ich für dich ausgesucht habe, bestimmt gefallen hätte.«

»Was für ein …« Mark zuckte zusammen, als die Tür des Schulleiterbüros aufgerissen wurde.

Walter trug einen Trainingsanzug in den Farben der Schule, marineblau mit gelben Zierstreifen. Er schnaufte, als wäre er direkt vom Sportplatz hierher gejoggt – nach einem verlorenen Match, bei dem er sich unentwegt die Haare gerauft hatte. Sein Blick fiel zuerst auf Mark, dann auf ihn.

»Was machst du denn hier, Brenner? Hast du keinen Unterricht?«, raunzte er ihn an.

Die Pausenglocke schrillte.

»Jetzt nicht mehr«, entgegnete Robert freundlich. »Hättest du mal eben fünf Minuten für mich?«

»Sehe ich so aus, als hätte ich *mal eben* fünf Minuten für dich?« Walter wandte sich mit einem missmutigen Grunzen an Mark. »Sie können jetzt reingehen, O'Reilly. Ihre Mutter hat ein paar Fragen an Sie, bevor wir entscheiden, wie wir mit Ihnen weiter verfahren.«

Mark zog den Reißverschluss seines Hoodies bis zum Hals hoch und erhob sich im Zeitlupentempo. In seinen Augen lagen Trotz und der brennende Wunsch, woanders zu sein, ehe er mit in den Taschen vergrabenen Händen dem Fingerzeig des Schuldirektors folgte. Flüchtig tauchte ein schlanker Frauenrücken in Roberts Blickfeld auf, dann fiel die Tür hinter dem Teenager ins Schloss. Das Geräusch besaß etwas erschreckend Endgültiges, und er realisierte erst jetzt, dass Marks Mutter rothaarig war. Wie Molly, deren sanfte Stimme sich in seine Gedanken schlich.

Du trägst eine große Begeisterungsfähigkeit in dir und bist in der Lage, sie weiterzugeben. Ich glaube, dass du ein ganz wunderbarer Lehrer bist.

Er atmete aus und stellte fest, dass er soeben eine Entscheidung getroffen hatte.

»Kann ich mit rein?«, fragte er.

»Wozu? Diesmal hat der Junge den Bogen überspannt. Ich kann ihn nicht hierbehalten.«

»Du musst aber. Ich brauche ihn für…«

»Ich muss gar nichts! Noch bin ich der Schulleiter, und der kleine Scheißkerl hat…« Walters Finger zielte wie ein Pistolenlauf auf die Bürotür. »Er hat sich gestern Nacht die Büsten in der Bibliothek vorgenommen. Alle zwölf. Sokrates, Shakespeare, Boyle, Swift. Andenken an unsere großen Dichter und Denker, verunglimpft zu einem Pop-Art-Gesamtkunstwerk.« Seine Stimme bebte vor unterdrücktem Zorn, als er sich nach vorn beugte. »Aber weißt du, was mich an der Sauerei, die er veranstaltet hat, am allermeisten ärgert, Robert? Dass dieser Dämlack jede einzelne Skulptur signiert hat. Als wäre er Andy Warhol persönlich! Eine derartige Arroganz ist mir in meiner gesamten Laufbahn noch nicht untergekommen. Der Junge verspottet die ganze Schule, unsere Werte, unsere Traditionen, unser…«

»Er ist fünfzehn.«

»Na und? Soll ich deshalb darüber hinwegsehen, dass er

Isaac Newton mit Pornobildchen zugekleistert hat? Oder dass er unserem *oul Will* ein Loch ins Gesicht gebohrt und einen Joint hineingesteckt hat? Geh gern rüber und sieh dir das Gruselkabinett an. Präservative, Lametta, Perücken und jede Menge Sprühlack – Fantasie hat der Junge, das muss ich ihm lassen. Die Skulpturen kann ich wegwerfen, so viel ist sicher, und die Dinger haben ein Vermögen gekostet. Wie soll ich das bitte dem Vorstand erklären?«

»Du kannst ihn trotzdem nicht von der Schule werfen.«

»Nenn mir einen guten Grund, weshalb nicht.«

Seine letzte Chance für einen Rückzieher. Robert hob den Blick zur Decke und holte Luft.

»Weil Mark O'Reilly für unsere Schule in der National Concert Hall vorspielen wird. Er ist mein Kandidat für den Musikschulwettbewerb.«

»Das ist ein Witz, oder?«

»Mark ist kein einfacher Schüler, das gebe ich zu. Aber er braucht eine Chance, auch wenn er das selbst nicht weiß.« Sein Ton wurde drängend. »Er ist außergewöhnlich begabt, Walter. Wenn Mark spielt, dann hörst du nicht einfach nur zu. Es ist, als zwinge er deine Seele, seiner Geige zu folgen, wie die Ratte dem Rattenfänger, egal wohin, ob in den Himmel oder in die Hölle. Und nein, es gibt keine Alternative, falls du das wissen willst. Ich übernehme die volle Verantwortung.«

»Ein Rattenfänger? *For God's sake*, Robert!« Walter fuchtelte mit den Armen in der Luft herum. Wenn er sich weiter so aufregte, würde er noch einen Herzinfarkt bekommen. »An dieser Schule sind vierhundertachtzig Schüler, ein Drittel von ihnen spielt ein Instrument. Willst du mir weismachen, dass es außer diesem nervtötenden Unruhestifter niemanden gibt, der imstande wäre, diesen lächerlichen Schulwettbewerb zu bestreiten?«

»Es geht doch nicht darum, ihn zu bestreiten, Walter.« Robert lächelte sanft. »Ich will ihn gewinnen.«

* * *

Sein Herz klopfte, als er hinter Walter das Büro betrat. Mark saß mit krummem Rücken auf einem Klappstuhl neben seiner Mutter, die Hände unter die Schenkel geschoben und den Blick gesenkt, wie es ein Kind tut, das scharf aus dem Augenwinkel beobachtet wird. Da es sich um Roberts erstes Elterngespräch handelte, blieb er zunächst respektvoll hinter Mrs O'Reilly stehen, die Aufmerksamkeit auf Walter gerichtet, der umständlich seinen Platz am Schreibtisch einnahm und ohne große Formalitäten zur Sache kam.

»Wie es aussieht, hat Ihr Sohn einen unverhofften Fürsprecher, Mrs O'Reilly.« Er fixierte Robert, als wolle er sich vergewissern, ob diesem klar war, worauf er sich einließ.

Nein. Ihm war überhaupt nichts klar.

Robert nickte, bestärkt davon, dass Mark aufgehört hatte, mit den Knien zu wippen. Walter seufzte und winkte ihn zu sich. Er trat an eine Stelle, wo das Sonnenlicht ihn blendete, trotzdem registrierte er, dass Marks Mutter auf dem Besucherstuhl saß, ohne die Lehne zu berühren, die Hände hatte sie im Schoß gefaltet. Sein Puls beschleunigte sich, lange bevor das diffuse Gefühl in seiner Brust zu einem konkreten Gedanken wurde. Ein völlig absurder Gedanke, der keinesfalls ...

»Mein Kollege Brenner meint, Mark verdiene eine Chance. Warum, wird er Ihnen gleich erläutern – sofern Ihr Sohn glaubhaft versichert, dass er bedauert, was er getan hat.«

Sie trägt ein blaues Kleid, schoss ihm durch den Kopf. Dann drehte die Frau sich um und ließ ihn mit gefühlten dreihundert Stundenkilometern gegen die Betonwand der Wahrheit krachen.

»Guten Tag, Professor Brenner.«

Sie klang völlig ruhig. Gefasst. Keine Regung in ihrem Gesicht verriet ein Wiedererkennen, ihre Hand war trocken und rau wie Sandpapier. Nur in den rauchblauen Augen lag ein stummes Flehen, in das Walters Stimme tröpfelte. Robert verstand kein Wort, stattdessen tauchte vor ihm das Formblatt einer Schülerakte auf.

Mark O'Reilly, Jahrgang 1986.
Wohnort: 48 Westend Gate, Tallaght, Dublin.
Eltern: John O'Reilly, Schweißer. Molly O'Reilly,
Reinigungsfachkraft.

Ein Lachen stieg in seiner Kehle auf, das er gewaltsam herunterwürgte. Er fühlte sich benebelt wie nach drei Gläsern Whiskey, war aber nie nüchterner gewesen.

»Also, junger Mann. Ich warte«, brummte Walter.

Mollys Augen verdunkelten sich, ehe sie sich von seinem Gesicht losriss und das unsichtbare Band kappte, das sie bis eben verbunden hatte.

»Antworte bitte, wenn Direktor Cunningham dich etwas fragt, Mark«, sagte sie streng.

Er hätte nie gedacht, dass sie so klingen könnte. Wie eine Mutter.

Der Teenager nuschelte undeutlich in den Kapuzenkragen seines Pullovers hinein. Molly warf ihrem Sohn einen vernichtenden Blick zu.

»Ja doch«, murmelte Mark trotzig. »Sorry.«

»Gut.« Walter blätterte in einer Schülerakte. »Sprechen wir also über die Modalitäten, die mit Ihrem Verbleib verbunden sind. Wie ich sehe, haben Sie ein Stipendium und gehören damit zu den wenigen Glücklichen, die vom Campbell-Sozialfonds begünstigt werden.«

»Dafür sind wir ausgesprochen dankbar«, sagte Molly beherrscht und tastete nach der Hand ihres Sohns. Er entzog sie ihr. »Ich bin mir sicher, Mark wird zukünftig alles tun, um zu zeigen, dass er dieses Stipendium verdient.«

»Ich sagte Ihnen ja bereits, dass seine Noten keinen Anlass zur Beschwerde geben.« Walter schielte auf die Standuhr auf seinem Schreibtisch, die Miniaturausgabe eines Metronoms. Es war allgemein bekannt, dass er Besprechungen hasste, die ihn um sein Mittagessen brachten. »Trotz seiner Rechtschreibschwäche und des geringen Aufwands, den er in schulischen Dingen betreibt, gehört Ihr Sohn in einigen Fächern zu den Besten seines Jahrgangs. Nach dem letzten Vorfall wünschen wir uns allerdings ein etwas größeres Engagement von ihm als das Einhalten der Schulregeln. Der Kollege Brenner hat sich bereit erklärt, Mark dahingehend zu unterstützen.«

Nach Walters Worten richteten sich alle Blicke auf Robert. Er öffnete den Mund, überlegte es sich aber anders und trat ans Fenster, weil er Luft brauchte.

Das Schulleiterbüro zeigte zum angrenzenden Park hinaus, eine Gruppe Schüler ging den von Buchsbaumkugeln gesäumten Weg entlang, schnatternd, lachend, sich gegenseitig anrempelnd. Angesichts ihrer Unbekümmertheit empfand er einen Anflug von Neid. Diese jungen Leute wussten nichts von der Zukunft, nichts von den Kämpfen und den

Enttäuschungen des Erwachsenenlebens, was im Grunde genommen in Ordnung war. Es war Aufgabe der Erwachsenen, sie auf das Kommende vorzubereiten und dorthin zu führen, wo sie gemäß ihren Neigungen und Talenten am besten aufgehoben waren. Jedes Kind, unabhängig von seiner Herkunft. Dafür hatte der Vorstand den Campbell-Sozialfonds eingerichtet, ein spendenbasiertes Förderprogramm für begabte Kinder, deren Eltern sich das Schulgeld nicht leisten konnten. Eine gute Sache, obwohl bei zehn bewilligten Stipendien pro Jahrgang wohl eher die Außenwirkung zählte. Aber er, Robert Brenner, würde Mark O'Reilly die Tür öffnen, die für ihn bestimmt war. Die Tür zur Welt der Musik.

Er drehte sich um. Walters zweifelndes Lächeln war ein Schlag ins Gesicht, Mark sah verstockt durch ihn hindurch. In Mollys Augen las er Hoffnung und Argwohn zugleich, dennoch schien sie die einzige Person in diesem Raum zu sein, die ihm vertraute. Ob der Chef wusste, dass sie abends die Gänge wischte, die er morgens mit seinen dreckverkrusteten Walkingschuhen entlangging? Wahrscheinlich nicht, denn im gegenteiligen Fall hätte der Schulleiter sich ausrechnen können, wie Mark die Alarmanlage im Schulgebäude ausgetrickst hatte. Vermutlich war er rotzfrech durch den Personaleingang marschiert. Mit dem Schlüssel seiner Mutter.

Fantasie hat der Junge, das muss ich ihm lassen. Walters Worte. Nun, er würde dafür sorgen, dass diese Fantasie demnächst in andere Kanäle floss. Es gab nur einen Haken an der Sache: Wenn er erfolgreich sein wollte, musste er Mark dazu bringen, freiwillig mitzuspielen.

»Robert?« Walters Ungeduld wurde schneidend. »Weihst du uns in deine Pläne ein?«

Der Wind trug Klaviermusik herein. Sie konnte von überallher stammen, aus einem Musikraum, dem großen Saal oder aus der Aula, wo der Flügel stand, auf dem Alans Kandidatin übte. Mark atmete hörbar aus und schloss die Augen, als könnte er so diesem Zimmer entfliehen. Die Finger seiner linken Hand zuckten, als wären Saiten unter ihnen. Es war keine willkürliche Bewegung. Wie gebannt starrte Robert auf die lautlosen Tonleitern, die Mark im Geiste spielte, und ihm war, als erwache er aus einem Traum. Er drehte sich um und ging mit langen Schritten zur Tür.

»Ich bin gleich wieder zurück.«

»Robert!«, stöhnte Walter auf. »Was hast du denn jetzt schon wieder vor?«

»Na, ich hole meinen Ghettoblaster.«

* * *

Eine Woche später.

Robert.
Der Mittelgang wirkte ohne die zwölf Skulpturen ungewohnt breit. Davon abgesehen hatte sich in der Bibliothek nichts verändert. Es roch nach Holzpolitur, Büchern und Mrs Finnegans Ingwertee, im Licht der Abendsonne flirrten Staubpartikel. Er hörte das Schaben der Einbände, wenn ein Buch aus dem Regal genommen wurde, dann hastig umgeblätterte Seiten von Strebern oder Verzweifelten, die taub für den geflüsterten Rauswurf der Bibliothekarin waren – bis das finale Schlüsselrasseln ertönte, mit dem sich die Finnegan den Spitznamen »die Wärterin« eingehandelt hatte.

Robert erschien es, als wären seit seinem letzten Besuch Monate vergangen. Sein Gefühl verstärkte sich, als er mit einem gemurmelten Gruß an Mrs Finnegans Pult vorbeiging und sich einen überraschten Blick einfing. Weil *oul Wills* Büste nicht mehr da war, verpasste er den richtigen Gang und musste umkehren. Kurz darauf stand er vor dem Nischentisch, an dem er unzählige Stunden verbracht hatte, schielte zur Galerie empor und war plötzlich unsicher, ob es klug gewesen war zurückzukehren.

Eine Woche war eine lange Zeit. Ihm war bewusst, dass sein Rückzug kindisch und völlig irrational gewesen war. Er konnte sich seine Reaktion nur so erklären, dass er nach dem Elterngespräch in Walters Büro unter Schock gestanden und Abstand gebraucht hatte. Also war er nach Hause geradelt, statt sich wie gewohnt in die Bibliothek zu begeben. Er hatte sich ein Fertiggericht in der Mikrowelle aufgewärmt, den Abend mit einer Flasche Wein auf dem Sofa verbracht und sich am nächsten Morgen mit verkatertem Kopf in der Schule krankgemeldet. Die darauffolgenden Tage waren wie im Flug vergangen, als hätte er nur einmal geblinzelt, und schon war es wieder Morgen. Eine Woche lang hatte er verzweifelt nach einer Lösung, einem gemeinsamen Ausweg für Molly, Mark und sich gesucht. Und einsehen müssen, dass es keine Lösung gab.

Nun war er bereit, Mark auf den Wettbewerb vorzubereiten und sich seiner Mutter zu stellen. Bei dem Gedanken, einen Schlussstrich unter die Sache mit Molly zu ziehen, wurde ihm übel, und er wünschte sich inbrünstig, er wäre an jenem Morgen nie auf die Idee gekommen, ins Sekretariat zu stürmen und den Ritter für seinen Schützling zu spielen.

Gegen einen irrationalen Fluchtinstinkt ankämpfend packte Robert seine Tasche aus. Den Unterrichtsplaner, das Federmäppchen, die bunten Klebestreifen, mit denen er neuerdings wichtige Seiten markierte, statt Eselsohren in die Bücher zu knicken. *Der Club der toten Dichter* würde er ins Regal zurückstellen, sobald die Finnegan verschwunden war. Er benötigte keinen Leitfaden mehr. In Zukunft würde er in beruflicher Hinsicht ausschließlich er selbst sein.

Nervös warf er einen Blick auf seine Armbanduhr. Die Bibliothekarin war heute spät dran mit ihrem Feierabend. Er schlenderte zurück zum Ausleihpult, wo er so lange auf Mrs Finnegans grauen Scheitel starrte, bis sie von ihrer Verleihliste aufsah.

»Na, auch mal wieder da, Herr Professor?«

»Und Sie? Mal wieder Überstunden?« Über die Theke gelehnt linste er auf das Registrierbuch. Handschriftlich, wie vermutet. Und das im Zeitalter von Excel.

»Es ist Monatsende«, entgegnete die Bibliothekarin in defensivem Ton. »Monatsende heißt Kurzinventur, die Dinge müssen ihre Ordnung haben.«

»Und was sagt Ihr Mann dazu?«

»Was sollte der zu was sagen?« Sie hob die Brauen.

»Na, er wird Sie doch sicher vermissen, wenn Sie so spät nach Hause kommen.« Ein vertrautes Geräusch ließ das Lächeln auf seinen Lippen gefrieren. Das konnte doch unmöglich schon der Putzwagen sein. Sein Blick flog zur Hintertür. Sie war zu früh. Viel zu früh!

»Alles in Ordnung, Professor Brenner?«

Der Wagen bog in den Mittelgang ein, ratternd, quietschend, mit leichtem Rechtsdrall, weil das Vorderrad klemmte. Molly hatte sich ständig darüber beschwert. Die Frau hinter dem Gefährt war dunkelhäutig, eine Inderin oder Pakistanerin. Zuerst war er erleichtert. Dann stolperte sein Herz.

»Neues Reinigungspersonal?« Es gelang ihm, einen beiläufigen Ton anzuschlagen, während er die gedrungene Gestalt im Putzkittel anstarrte, die eindeutig nicht Molly war.

Die Finnegan folgte seinem Blick und rümpfte die Nase.

»Ein halbes Kind, spricht kaum ein Wort Englisch«, murmelte sie. »Was will man tun? Heutzutage reißen sich die Iren nicht um diese Art von Job, und wenn sie sich mal dazu herablassen, dann machen sie ihn nicht lange.«

»Was ist mit ihrer Vorgängerin?« Robert vollführte eine vage Geste. »Die war doch Irin, oder? Rothaarig, groß. Ich erinnere mich nicht mehr an ihren Namen.«

»Sie meinen Molly. Keine Ahnung, wie sie weiter hieß.«

»Richtig, Molly.« Ihren Namen in Gegenwart dieser Frau laut auszusprechen fühlte sich an wie ein Sakrileg.

»Was soll mit ihr sein?« Mrs Finnegan hob das Kinn, witternd wie eine Hündin, die etwas roch, das sie keinesfalls fressen durfte. Sofort war Robert auf der Hut. Die Bibliothekarin galt als extrem geschwätzig, und was einmal unter dem Schulpersonal kursierte, landete früher oder später garantiert im Schulleiterbüro. Unter keinen Umständen durfte er sich verdächtig machen oder gar Aufmerksamkeit auf Molly lenken. Offenbar sollte Walter nicht wissen, dass sie zum Reinigungspersonal gehörte – was er angesichts der Probleme mit Mark gut verstehen konnte.

»Sie kam mir recht zuverlässig vor.« Sein Lid zuckte. »Ich habe mich gelegentlich mit ihr unterhalten… Small Talk, übers Putzen und Staubwischen und so weiter. Worüber man mit einer Reinigungskraft halt so spricht.« Kruzifix, wenn er jetzt nicht bald den Mund hielt, würde er sich um Kopf und

Kragen reden. Doch er musste wissen, ob seine Befürchtung der Wahrheit entsprach.

»Aha.« Mrs Finnegan sah ihn zweifelnd an.

»Sie wissen nicht zufällig, ob Molly gekündigt hat oder ... nur in einem anderen Gebäudeteil eingesetzt wird?« Seine Knie zitterten so stark, dass er sich am Pult festhalten musste. »Ich frage, weil sie mir den Namen eines bestimmten Parkettreinigers aufschreiben wollte.«

»Soweit ich weiß, ist sie gegangen. Irgendwann letzte Woche, dann kam der Hausmeister mit der Neuen an. Wenn Sie Genaueres wissen wollen, fragen Sie am besten ihn.«

»Oh, das wird nicht nötig sein. So wichtig ist es dann doch nicht. Danke, Mrs Finnegan.«

Steifbeinig kehrte er zu seiner Nische zurück, im Vorbeigehen warf er der neuen Putzfrau einen verstohlenen Blick zu. Sie war wirklich sehr jung, kaum der Schule entwachsen. Nachdem sie sein Lächeln scheu erwidert hatte, senkte sie den Kopf, als könne sie sich eine Rüge einhandeln. Dumpf pulsierte ein Schmerz in seiner Brust, den er mit Worten wie Trennung und Verlust verband. Das letzte Mal war eine Weile her, doch Margot hatte ihm wenigstens ins Gesicht gesehen, bevor sie türenknallend aus seinem Leben stolziert war. Molly hingegen ... *Wir haben niemals Streit. Nur Diskussionsbedarf.* Große Worte, nichts dahinter. Molly war fort und hatte offenbar nicht das Bedürfnis gehabt zu reden.

Auf den Tisch gestützt starrte Robert ins Leere. Obwohl er sein Appartement die Woche über kaum verlassen hatte, fühlte er sich müde und ausgelaugt wie nach einer mehrwöchigen Konzertreise. Aber erst als das Mäppchen vor ihm zu einem länglichen roten Fleck verschwamm, merkte er, dass seine Augen nicht brannten, weil er erschöpft war.

8. Kapitel

BALLYSTONE, SEPTEMBER 2019.

Bonnie.
»Starr da nicht so hin.«
»Aber du guckst doch auch, Mam.« Josh verzog das Gesicht. »Bäh. Jetzt muss er kotzen.«
Jesus, der Arme! Bonnie schlug sich die Hand vor den Mund. Dabei hatte es zuerst gar nicht so schlimm mit ihm ausgesehen. Sicher, Brenner hatte in den letzten Stunden ein bisschen angestrengt gewirkt. War immer wortkarger geworden, bis er sich mit geschlossenen Augen an die Scheibe gelehnt hatte. Sie glaubte, er halte ein Nickerchen, doch dann hatte er sich kerzengerade aufgerichtet, »Muss mal eben kurz Luft schnappen« gestammelt und sie angeschaut, als nähme er sie gar nicht richtig wahr. Sie hatte sofort reagiert. Der Wagen war kaum zum Stehen gekommen, als er schon hastig die Tür aufgedrückt hatte und an den Straßenrand getaumelt war.

Mitleidig sah sie zu, wie Brenner sich über die kleine Mauer beugte, die Hände auf die Knie stützte und zu keuchen anfing.

»Er hätte ein Sandwich essen sollen«, bemerkte Josh scharfsinnig. »Von Erdnussbutter ist mir noch nie schlecht geworden.«

Sie bedachte ihren Sohn mit einem mahnenden Blick und wies auf ihre Handtasche im Fußraum der Rückbank. »Schnell. Hol mir eine Packung Taschentücher heraus.«

»Kann ich mitkommen?«

»Du bleibst im Auto. Mr Brenner braucht jetzt kein naseweises Kind, das ihm Löcher in den Bauch fragt.«

»Aber meine Nase ist überhaupt nicht weiß.«

»Du weißt genau, was ich meine.«

Sie stieg aus dem Auto, um Robert zu helfen, der zusammengekrümmt auf dem Mäuerchen saß und auf die Bucht starrte, als könnte ihn der Anblick des Wassers von seiner Pein erlösen.

»Geht's wieder?« Mitfühlend hielt sie ihm ein Taschentuch hin. Er nahm es, sah sie aber nicht an, weshalb sie diskret den Kopf abwandte und die braun geflockte Torfmoor- und Heidelandschaft betrachtete, die sich landeinwärts erstreckte. Die von Teerflicken übersäte Landstraße war schmal und besaß keinen Mittelstreifen, aber es stand nicht zu befürchten, dass der am Straßenrand geparkte Jaguar ein Verkehrshindernis darstellte. Hier war weit und breit keine Menschenseele. Dafür gab es Schafe. So ziemlich überall.

»Wie weit noch bis Ballystone?«, murmelte Brenner. Sein Gesicht hatte die Farbe von vergilbtem Papier, Schweiß glänzte auf seiner Stirn. Er sah wirklich elend aus.

»Das ist die gute Nachricht. Wir sind so gut wie da.« Sie wollte sich gerade zu ihm setzen, als sie sich unter einem kurzen, vertrauten Aufheulen versteifte. Mit klopfendem Herzen verfolgte sie, wie der Polizeiwagen neben dem Jaguar zum Stehen kam. Der Polizeibeamte war jung, schlaksig und wirkte beim Aussteigen ungelenk, als müsse er zuerst seine langen Beine sortieren. Auf der Sicherheitsweste, die er über der Uniformjacke trug, stand in Großbuchstaben »Garda«. Bonnie schluckte. Wieso wurde sie nur jedes Mal so nervös, wenn sie dieses Wort las?, fragte sie sich, obwohl sie die Antwort kannte. Jeder Mensch war ein Produkt seiner Erfahrungen.

»Guten Abend, Leute.« Der Polizist schlenderte um den Jaguar herum, den Daumen unter die Gürtelschnalle geklemmt. Seine hellen, wachen Augen schienen alles zu erfassen. Das teure Auto, den Jungen auf dem Rücksitz, der ihn mit offenem Mund anstarrte, als sei Batman dem Batmobil entstiegen. Den alten, in sich zusammengesunkenen Mann. Ihr Gesicht, das sich heiß und fiebrig anfühlte. »Gibt es ein Problem?«

»Kein Problem, Officer.« Selbst in ihren eigenen Ohren klang sie etwas zu fröhlich.

»Sergeant Dan Hatfield. Nennen Sie mich Dan, wir sind hier draußen nicht so formell.« Er musterte Brenner mit schief gelegtem Kopf. »Sie sehen nicht gut aus, Sir.«

»Er hat sich vermutlich den Magen verdorben«, insistierte sie eilig, weil Brenner nur ein unwilliges Brummen von sich gab. »Tut mir leid, dass wir mitten auf der Straße anhalten mussten, es war ... dringend.«

»Sie sollten in der Kurve wirklich nicht stehen bleiben, Miss. Auf der Hauptstraße gilt eine Geschwindigkeit von achtzig Stundenkilometern. Die Einheimischen nutzen das gern über die Toleranzgrenze hinaus aus.« Sergeant Hatfield seufzte, als sei er es gewohnt, gegebene Dinge hinzunehmen, obwohl sie gegen das Gesetz verstießen. Bonnie entspannte sich. Er schien ganz in Ordnung zu sein.

»Wir sind sofort weg«, versicherte sie.

»Gut, damit hätten wir den amtlichen Teil abgearbeitet.«

Er pfiff leise und zeigte auf den Jaguar. »Ist das ein XJ? Ich hab den bisher nur auf Bildern gesehen. Ein Schmuckstück. Welches Baujahr hat der?«

»Neunzehnsechsundsiebzig«, presste Brenner hinter dem Taschentuch hervor. »Zweihundertsiebenundachtzig PS.«

»Wow.« Dan nickte. »Ich mag die Lackierung. Metallic, hm? War damals 'ne echte Hausnummer.«

»Ja. Wow«, erwiderte Bonnie lakonisch. Unfassbar, wie manche Männer es trotz Pest und Cholera dennoch fertigbrachten, über Autos fachzusimpeln. »So wow, dass wir mit fünfzig Stundenkilometern von Dublin hierher geschlichen sind.«

»Was hat der Wagen denn?« Dan winkte Josh zu, der sich die Nase am Fenster platt drückte.

Ihr Sohn tat ihr leid. Ihm war anzusehen, dass er liebend gern aus dem Wagen gesprungen wäre, um den Sergeant mit Fragen zu löchern.

»Ich glaube, es ist der Kühler. Sie kennen nicht zufällig eine Autowerkstatt in der Nähe?«

»Zufällig nicht.« Er grinste, als sie enttäuscht ausatmete. »Ich kenne diese Werkstatt sogar sehr genau, Miss. Und Sie haben Glück. Wir haben in Ballystone einen echten Oldtimerspezialisten. Sind rund sechs Kilometer. Soll ich Sie dorthin lotsen? Wie ich den Besitzer kenne, dürfte er noch in der Werkstatt sein. Ist ein *blow-in*.« Er zwinkerte ihr zu. »Die hängen nicht so sehr an ihrem Afterwork-Bier wie unsereins.«

Blow-ins. So nannte man die Zugezogenen. Sie gehörten dazu und doch wieder nicht, selbst wenn sie Iren waren. Ein echter Einheimischer war nur, wer auch im Viertel geboren war. Bonnie schmunzelte und warf ihre Vorbehalte über

Bord. Männer mit Humor waren keine schlechten Menschen. Zumindest nicht in ihrer Welt.

»Ich heiße Bonnie. Bonnie Milligan. Im Auto sitzt mein Sohn Joshua, und das ist Robert Brenner, ein...« Sie überlegte kurz. »Er ist ein Freund«, erklärte sie, womit sie sich einen verwunderten Blick von Brenner einhandelte. »Es wäre toll, wenn Sie uns den Weg zur Werkstatt zeigen würden, Dan. Wir wollten ohnehin nach Ballystone.«

»Machen Sie Urlaub bei uns? Im Moment kommen viele Leute her. Wegen des Ballystone-Festivals.«

»Nicht direkt. Wir suchen...«, setzte sie an, bevor sie die offene Fahrertür des Jaguars bemerkte. Josh war auf den Fahrersitz geklettert und hing mit dem Oberkörper aus dem Auto, wissend, dass sie ihn einen Kopf kürzer machen würde, wenn er einen Fuß auf die Erde setzte.

»Hast du eine Waffe, Mister? Kann ich die mal sehen?«

»Jesus, Josh.« Bonnie verdrehte die Augen, aber der Polizist war bereits auf dem Weg zu ihrem Sohn.

»Ich verrate dir jetzt mal ein Geheimnis, Sportsfreund«, sagte er freundlich und ging mit ernstem Gesicht vor dem Jungen in die Hocke. »Ein richtig guter Garda hat seine Waffe hier.« Er berührte zuerst Joshs Stirn, dann wanderte sein Finger zu seiner Brust. »Und da drin.«

»Aber wie willst du denn ohne Pistole schießen?«

»Gar nicht, Kleiner.« Sergeant Dan klang traurig. »Am besten schießt man gar nicht.«

»Wir sollten uns besser auf den Weg machen«, schaltete Bonnie sich ein, ehe ihr Sohn in Fahrt kam. »Zurück auf den Rücksitz, Josh.«

Brenner protestierte, als sie ihm auf die Füße half. Er dünstete den Geruch von Erbrochenem aus, weshalb sie unauffällig den Kopf wegdrehte, während er sich auf sie gestützt zum Auto schleppte.

»Toilette.« Er sank in den Sitz und hielt sich stöhnend den Bauch. »Ich brauche eine Toilette.«

»Noch sechs Kilometer. Das schaffen Sie.« Sie sah zu Dan, der zu seinem Wagen zurückgekehrt war und bei laufendem Motor auf das Zeichen zum Aufbruch wartete. Hastig zerrte sie den Proviantbeutel hinter dem Rücksitz hervor, zog ein Sandwich aus der Verpackung und drückte Brenner die Papiertüte in die Hand. »Für den Notfall«, flüsterte sie. »Sie schaffen das schon.«

***

Die Autowerkstatt befand sich vor dem Ortsschild links, am Ende einer gewundenen Straße, die in einer Sackgasse am Hafen endete. Obwohl es dämmerte, war das Rolltor noch hochgezogen, und im Innern der Halle brannte Licht.

Erleichtert parkte Bonnie den Jaguar vor der Toreinfahrt und wartete, bis Dan auf dem Hof gewendet hatte. Dann sprang sie aus dem Auto und lief ihm entgegen. Er kurbelte das Fenster herunter und lächelte sie an, die Ellenbogen auf den Fensterrahmen gestützt. Er sah gar nicht wie ein Polizist aus mit seinen verschmitzten blauen Augen und dem Haar, das am Hinterkopf abstand.

»Wo ist die Toilette?«, fragte sie, woraufhin er auf einen grauen Flachdachbau deutete, der etwas zurückversetzt neben der Halle stand. Winkend machte sie Brenner auf sich aufmerksam und zeigte in die angegebene Richtung. Der Professor riss die Tür auf, rannte gebeugt über den Platz und verschwand im Gebäude. Bonnie atmete aus.

Eine Weile lang sagte keiner von ihnen etwas. Doch dann begegnete sie Dans irritiertem Blick, und es war um ihre Beherrschung geschehen. Sie lachte, bis ihr Tränen über die Wangen liefen und sie am Polizeiwagen Halt suchen musste. Himmel, ihr Nervenkostüm war wirklich dünn.

»Sorry, das ... das war jetzt nicht nett von mir.«

»Schon okay«, erwiderte Dan. »Ich verrate es niemandem.«

»Danke. Für alles.«

»Ich kann dich reinbegleiten.« Dan deutete zur Werkstatt. Seine nächsten Worte schien er sorgfältig zu wählen. »Unser Supermechaniker ist mitunter ein bisschen ... schwierig.«

»Wir haben deine Zeit lang genug beansprucht«, wehrte sie ab und fand es vollkommen normal, dass sie zum Du gewechselt hatten wie alte Freunde. »Ich komm schon klar. Mit der Sorte Super-Irgendwas kenn ich mich aus.«

Er wirkte unschlüssig, doch auf ihr nachdrückliches Nicken hin tippte er sich an die Stirn. »War mir ein Vergnügen, Bonnie. Bestimmt laufen wir uns die Tage über den Weg, Ballystone ist ziemlich klein.« Er lachte leise. »Eigentlich ist ganz Irland ziemlich klein, obwohl wir Iren das ja nicht so gern hören. Sag dem Mistkerl da drin, dass ich dich geschickt habe, okay?«

»Mach ich.« Mit einem leisen Gefühl des Bedauerns sah sie den Rücklichtern des Polizeiwagens hinterher und fragte sich, warum sie sein Angebot ausgeschlagen hatte. Seine Nähe war irgendwie beruhigend gewesen.

Ergeben schloss sie die Augen und atmete tief den typischen Hafengeruch ein. Meerwasser, Algen und das süßlichfaulige Aroma von Fisch, das von den aufgestapelten Reusen an der Kaimauer stammte. Bis auf das Geschrei der Möwen und das Geräusch des Wassers, das gegen die Flanken eines roten Kutters schwappte, war es vollkommen still auf dem Hof. Man konnte fast vergessen, dass man nicht allein auf der Welt war, wäre da nicht das entfernte Wummern gewesen. Vermutlich ein Pub an der Hauptstraße.

Flüchtig musterte sie das ausgeblichene »Maguire's Garage«-Schild über der Toreinfahrt und überlegte, ob sie nach Brenner sehen sollte. Sicher war ihm die Situation auch ohne ihre Fürsorge schon peinlich genug. Entschlossen marschierte sie zurück zum Auto, wo sie ungeduldig erwartet wurde.

»Darf ich raus? Ich möchte mir das Boot angucken!« Josh zeigte auf den Fischkutter im Hafenbecken und schaute sie flehend an.

»Ich bin stolz auf dich. Das war eine lange, anstrengende Fahrt, und du warst ein sehr geduldiger Reisegefährte.«

»Das Boot, Mam...«

»Einen Moment.« Sie legte ihm die Hand aufs Knie, weil er auf dem Sitz auf und ab hüpfte wie ein Gummiball. Kein Wunder. Eine siebenstündige Autofahrt war eine echte Prüfung für einen Sechsjährigen. »Ich gehe in die Halle und spreche mit jemandem über die Reparatur des Autos. Kann ich mich darauf verlassen, dass du keinen Unsinn anstellst? Kein Herumgeklettere auf der Kaimauer. Du bleibst vom Steg weg und gehst nicht ans Wasser, solange Mr Brenner nicht zurück ist.«

»Aye, Sir.« Er nickte heftig.

»Und kein...«

»Maaam!«

»Okay.« Bonnie biss sich auf die Unterlippe. Ma hatte sie immer ermahnt, ihren Sohn zu ermutigen, statt ihn durch ihre mütterliche Sorge auszubremsen. Natürlich hatte sie recht. Das Vertrauen seiner Mutter war das Fundament seines Selbstvertrauens, das konnte man in jedem bescheuerten Elternratgeber nachlesen. Trotzdem klopfte ihr das Herz bis zum Hals, als Josh an ihr vorbei zum Pier flitzte. Hoffnungsvoll warf sie einen Blick zu dem Flachdachbau, doch mit Brenner war momentan wohl nicht zu rechnen.

»Dann regle ich die Sache eben alleine«, murmelte sie und schlug die Autotür so hart ins Schloss, dass das Echo des Schlags über den ganzen Hof hallte.

* * *

Schon in dem Augenblick, in dem sie die Halle betrat und die Airbrush-Bilder an den Wänden sah, wusste Bonnie, dass es nicht gut laufen würde. Comicartige Pin-up-Girls mit großen ... Sie legte den Kopf schräg und musterte skeptisch eine maßlos überproportionierte Blondine, die sich auf einem pinkfarbenen Cadillac rekelte. Herrje, ihre Brüste waren wirklich unglaublich groß! Nicht dass sie sich für prüde hielt, aber ...

»Hallo? Ist hier jemand?«

Sie lauschte mit angehaltenem Atem, doch ihr Ruf verhallte unbeantwortet zwischen Autoteilen und Werkzeugschränken. Ohne lange zu überlegen, folgte sie der Radiomusik, die aus dem hinteren Teil des Gebäudes drang, und musterte im Vorbeigehen verwundert den Tisch, auf dem eine Nähmaschine stand. Die Hebebühne wurde offenbar nicht mehr benutzt, jemand hatte Wäscheleinen mit Lederfarbmustern daran befestigt. Sie zog eine Grimasse. Von Ordnung schien dieser Mr Maguire wenig zu halten, und falls die Wandschmierereien etwas über seine Person aussagten, wusste sie jetzt schon, mit welcher Sorte Mann sie es gleich zu tun bekommen würde.

Unverdrossen kämpfte sie sich weiter, stieg über Autoreifen und umrundete die verrostete Karosserie eines Traktors. Kurz darauf stand sie vor einem aufgebockten silbernen Porsche, unter dem sie ein Paar Männerbeine in Jeans erspähte, die irgendwann mal blau gewesen sein mussten. Sie räusperte sich. Keine Reaktion.

»Sorry? Mr Maguire?«

Wieder keine Antwort. Stattdessen ungehaltenes Hämmern und Klopfen, begleitet von leisem Fluchen.

»Mr Maguire? Ich hatte gerufen.«

»Hab ich gehört«, kam es dumpf unter dem Wagen hervor. »Und wenn ich gewollt hätte, hätte ich auch geantwortet. Wir haben geschlossen. Unsere Öffnungszeiten hängen an der Wand neben dem Rolltor. Ein großes gelbes Schild. Nicht zu übersehen, wenn man nicht farbenblind ist.«

»Da war kein Schild«, erwiderte sie säuerlich. »Und wir haben ein Problem mit unserem Wagen.«

»Das hab ich mir schon gedacht.« Sein Gelächter war tief und etwas heiser. »Ist schließlich keine Bäckerei hier.«

Bonnie kniff die Lippen zusammen, verschränkte die Arme vor der Brust und wartete.

»Sind Sie noch da, Ma'm?«

Sie nickte grimmig, bis ihr einfiel, dass er sie unter dem Porsche nicht sehen konnte. »Schauen Sie sich das Auto doch wenigstens kurz an.« Es war schwer, freundlich zu klingen, wenn man eigentlich mit den Zähnen knirschen wollte.

Stille trat ein, der ein tiefes Seufzen folgte. Ein Metallgegenstand fiel zu Boden, dann erschien eine ölverschmierte Hand. »Geben Sie mir mal 'nen Sechzehner.«

Sie schnappte empört nach Luft.

»Was ist?« Die Finger schnippten. »Je eher ich die Bremsleitung dicht habe, desto schneller kann ich mich um Ihre Kiste kümmern.«

Sei nett, sei geduldig, kümmere dich. Mach die Welt ein bisschen freundlicher, besonders dann, wenn sie unfreundlich zu dir ist. Am liebsten hätte sie diesem Kerl einen Tritt gegen das Schienbein versetzt. Sie schielte zum Werkzeugwagen.

»Maul- oder Ringschlüssel?«, fragte sie, hochnäsiger als beabsichtigt.

»Egal. Was da ist.«

Sie reichte ihm den Schraubenschlüssel und achtete sorgsam darauf, seine Finger nicht zu berühren.

Wieder vergingen Minuten. Er murmelte vor sich hin, etwas scheppterte zu Boden. Sie wippte auf den Fußballen, den Blick auf den verbeulten Kotflügel des Porsche Coupés gerichtet. Ein 911er. In restauriertem Zustand dreimal so viel wert wie Brenners Jaguar, aber dieses Exemplar taugte höchstens für die Schrottpresse.

»Wir haben einen Jaguar XJ. Baujahr 1976«, bemerkte sie. »Außerdem lässt Dan schöne Grüße ausrichten.«

Bonnie hielt den Atem an, als das Klopfen und Fluchen abrupt verstummte. Er knurrte etwas, sie nahm nicht an, dass es ein Wort war. Doch dann blickte sie unversehens in ein schmutziges Gesicht mit stoppeligem Haarschnitt, den garantiert kein Friseur verbrochen hatte. Mr Maguire war jünger, als sie erwartet hatte, höchstens Mitte dreißig. Seine Schultern waren nicht besonders breit, dafür wirkte sein Kiefer hart wie Stein. Er war gut aussehend. Sofern man Männer mochte, die löchrige Shirts von Heavy-Metal-Bands trugen. Mael Mórdha. Schrecklich.

»Bonnie Milligan«, sagte sie kühl. »Freut mich, Sie kennenzulernen.« Der letzte Teil klang gelogen, aber das kümmerte sie nicht.

Der Mechaniker setzte sich auf seinem Rollbrett auf und musterte sie so eingehend, dass sie sich fragte, ob sie Schmutz im Gesicht hatte. Sie kämpfte gegen den Impuls an, sich über die Wange zu reiben, doch bevor sie ihre Verlegenheit mit einem gereizten »Was glotzen Sie denn so?« kaschieren konnte, hob er die ölverschmierten Hände.

»Hände schütteln ist gerade irgendwie schlecht.«

»Ich lege keinen gesteigerten Wert darauf.«

Ihre Augen brannten vor Müdigkeit. Sie zwinkerte angestrengt, während sich Schweigen ausbreitete – eines von der Sorte, die man nur schwer ertrug. Dem Mechaniker schien es ähnlich zu ergehen.

»Bonnie also«, sagte er gedehnt. »Wo kommen Sie her?«

»Dublin.«

»Hm.« Er wirkte plötzlich wachsam. »Wie gerät 'ne Lady wie Sie an einen XJ?«

Seine Frage war sicher nur der unbeholfene Versuch eines Scherzes gewesen. Bestimmt wollte er ihr nichts unterstellen oder sie gar beleidigen. Er kannte sie ja nicht mal. Trotzdem verletzte die Bemerkung sie, vielleicht weil sie den Kerl trotz seiner Kaltschnäuzigkeit auf unerklärliche Art und Weise anziehend fand. Aber die Realität bewies wieder mal, dass attraktive Männer nicht zwangsläufig auch nette Männer waren.

'ne Lady wie Sie. Sie war es leid, wie gedankenlos die Menschen solche Dinge sagten. So leid. Außerdem war ihr kalt, sie war erschöpft und hungrig. Es bedurfte keiner großen Anstrengung, den letzten Faden zu zerreißen, der ihr Nervenkostüm zusammenhielt: ein selbstverliebter Automechaniker

ohne Manieren genügte. Bonnie ballte die Fäuste und öffnete den Mund, sich dessen bewusst, dass sie ihre Worte später bereuen würde. Doch zu diesem Zeitpunkt gab es nichts, rein gar nichts, das sie hätte aufhalten können.

Robert.
Er hatte keine Ahnung, wie lange er schon auf die blassgelben Bodenfliesen der Toilettenkabine starrte und den säuerlichen Geruch seines Elends einatmete. Es konnten Minuten oder Stunden vergangen sein, völlig egal. Noch nie im Leben war ihm so schlecht gewesen. Mit gesenktem Kopf drückte Robert die Spülung, nahm alle Kraft zusammen und stemmte sich auf die Füße. Zur Sicherheit verharrte er über der Keramikschüssel, obwohl es außer Magensäure nichts mehr loszuwerden gab.

Als er sich aufrichtete, wurde ihm schwindlig, doch es gelang ihm, die erneute Welle von Übelkeit zu unterdrücken. Ungeschickt entriegelte er die Kabinentür und wankte zum Waschbecken, wo er bestürzt in den Spiegel starrte. Kruzifix, er sah aus wie Gevatter Tod persönlich. Er legte die Brille auf dem Waschtisch ab und drehte den Hahn auf.

»*Oh Robert. Was machst du nur wieder für Sachen.*«

Sein Puls beschleunigte sich beim Klang ihrer Stimme, trotzdem widerstand er dem Reflex, sich umzusehen. Es wäre ohnehin sinnlos gewesen, außer ihm befand sich niemand im Raum.

»*Seafood Chowder. Der guten alten Zeiten wegen*«, antwortete er lakonisch, was ein helles, glockenklares Gelächter provozierte. Er wusste, dass es nicht der Wirklichkeit entsprang, aber Herrgott, wie hatte er es vermisst.

»*Du Dummkopf*«, sagte sie milde. »*Du hättest deiner Intuition vertrauen sollen.*«

»*Deswegen tauchst du hier auf? Um mich vor der Fischsuppe zu warnen? Das kommt etwas spät.*«

»*Ich spreche nicht von der Suppe.*«

»*Du meinst die Frau und den Jungen.*«

»*Bonnie. Sie heißt Bonnie, und der Kleine...*«

»*Heißt Joshua, ich weiß.*« Er presste die Lippen zusammen. »*Die Reise war eine törichte Idee. Ich sollte das Ganze abbrechen und schleunigst nach Hause fahren.*«

»*Sie könnte auch eine Chance sein.*«

»*Oder Zeitverschwendung. Bisher hat mir das alles nur Ärger gebracht. Und wofür? Für die vage Möglichkeit, dir endlich deinen Frieden zu geben? Vielleicht will ich das ja gar nicht. Ich mag unsere Gespräche.*«

»*Vielleicht geht es ja gar nicht um mich. Oder um uns. Eventuell ist das alles viel größer.*«

»*Größer?*« Er schüttelte den Kopf. »*Du warst von jeher eine hoffnungslose Romantikerin.*«

»*Und du bist ein unverbesserlicher Schwarzseher.*«

»*Pah. Miss Milligan hält mich für einen Optimisten.*«

»*Da du sie schon mal erwähnst, mein Lieber... Geh zurück zum Auto. Sie braucht dich.*«

Sein Herz zog sich zusammen. Er wusste jedes Mal, wann sie es an der Zeit fand, sich zu verabschieden, und stets überwältigte ihn das Gefühl, dass es noch so viel mehr zu sagen gab.

»Ich liebe dich«, flüsterte er hastig und lauschte im Plätschern des Wasserstrahls umsonst nach einer Antwort.

Seufzend drehte er den Hahn zu, trocknete seine Hände übertrieben sorgfältig ab und horchte argwöhnisch in sich hinein. So recht traute er dem gegenwärtigen Frieden in seinem Verdauungsapparat nicht, aber er konnte wohl kaum aus Angst vor einem Malheur auf der Toilette übernachten. Eine Dusche und ein Bett waren alles, was er benötigte. Und was Bonnie Milligan anging... Nun, er bezweifelte stark, dass diese Frau irgendeinen Menschen auf dieser Welt brauchte außer sich selbst.

* * *

Es dunkelte bereits, als Robert ins Freie trat. Eine scharfe, salzige Brise wehte vom Meer herüber, prickelte auf seiner Gesichtshaut und trieb ihm Tränen in die Augen. Nicht fremd, wohnte er doch selbst direkt an der Irischen See, aber der Atlantik war rauer, würziger und lauter. Vor allem lauter. Das dachte er, als er die Brandung gegen die Kaimauer donnern hörte.

Er legte den Kopf in den Nacken und betrachtete den Himmel, der an ausgelaufene dunkelviolette Tinte erinnerte. Kein einziger Stern war zu sehen, als hätte die Sonne beim Verlassen der Bühne vergessen, die Lichter für die Vorstellung der Nacht anzuknipsen. Außerdem roch es nach Regen. Richtigem Regen, der nichts mit den verkitschten Sprühschauern gemein hatte, von denen irische Romanautoren so schwärmten. Da oben braute sich der Zorn Gottes zusammen, und es war eine Frage von Minuten, bis er auf sie niederprasseln würde.

Instinktiv schlug er den Kragen seines Jacketts hoch und ging zum Auto. Er fühlte sich elend und uralt. Die Fischsuppe hatte ihn übel erwischt. Richtig übel. Auf halbem Weg blieb er stehen. Bonnie stürmte aus der Halle, riss die Türen und den Kofferraum des Jaguars auf und räumte sämtliche Gepäckstücke aus. Sie sah wütend aus.

Jemand zupfte ihn am Jackenärmel.

»He, Mister, geht's dir besser? Soll ich dich zum Auto bringen?«

Eins musste er der jungen Frau lassen: Sie hatte den Bengel gut erzogen. Hätte er nicht gewusst, dass der Bub erst sechs war, hätte er Besorgnis in seinem Blick gelesen. Aber es war dunkel, vermutlich täuschte er sich. Kinder in diesem Alter interessierten sich ausschließlich für sich selbst.

»Ich komme schon zurecht, Kleiner.« Unwillig schüttelte Robert die Kinderhand ab. »Was hat deine Mutter?«

Josh bückte sich nach einem Stein, den er skeptisch untersuchte, bevor er ihn in die Hosentasche steckte. »Sie ist sauer. So ist sie immer, wenn sie mit jemandem gestritten hat.«

»Wird sie mich töten, wenn ich sie anspreche?«

Josh kicherte. »Meine Mam tötet doch niemanden.«

»Das war eine Metapher.«

»Was ist eine Metaffa?«

»Das ist, wenn man Dinge durch Bilder erklärt, damit andere sich besser vorstellen können, was gemeint ist.«

»Okay.« Josh überlegte. »Dann wird sie dich vermutlich töten.«

Er musterte den Jungen misstrauisch, ehe er seinen Weg fortsetzte. Am Auto angekommen lehnte er sich gegen den Kotflügel, was er unter normalen Umständen niemals getan hätte. Aber auf ein paar Kratzer im Lack kam es wohl kaum noch an.

»Ah, der Herr Professor.« Bonnie bedachte ihn mit einem knappen Blick. »Geht es wieder?«

Er beschloss, die Frage lieber unbeantwortet zu lassen, und zeigte auf das aufgestapelte Gepäck.

»Was haben Sie vor?«

»Wir gehen rauf ins Dorf und suchen ein Hotel.«

»Zu Fuß?« Er legte die Hand auf seinen Unterleib, in dem es unheilvoll gluckerte. »Was ist mit meinem Auto?«

»Was soll damit sein?« Ihre Stimme triefte vor Sarkasmus. »Der Jaguar bleibt hier, bis Mr Großkotz bereit ist, seinen Job zu machen. Morgen früh, schätze ich, zur regulären Öffnungszeit von Maguire's Garage. Steht auf dem gelben Schild neben dem Tor. Nicht zu übersehen, wenn man nicht farbenblind ist.«

»Mr Großkotz ist der Inhaber, nehme ich an«, hakte er vorsichtig nach. Sie murmelte Unverständliches und fummelte an der Katzenbox herum. Die Chimäre fauchte, und zum ersten Mal tat ihm das eingesperrte Tier leid. »Warum fahren wir nicht ins Dorf und bringen den Wagen morgen in die Werkstatt?«

Ihr Kopf ruckte nach oben. Fehlte nicht viel, und sie hätte sich am Türrahmen gestoßen.

»Weil ich ihm den Schlüssel vor die Füße geworfen habe! Und Sie werden den Teufel tun und jetzt da reingehen und mir in den Rücken fallen, nachdem ich diesem«, sie schielte zu ihrem Sohn und senkte die Stimme, »diesem Menschen die Meinung gesagt habe.«

»Verstehe.«

»Sie verstehen überhaupt nichts.«

»Darf ich den Geigenkasten tragen, Mr Brenner?«, fuhr Josh dazwischen, der wieder an seinem Ärmel rupfte, als hätte er es auf die goldenen Manschettenknöpfe abgesehen.

»Auf keinen Fall«, entgegnete Robert.

»Wieso überhaupt eine Geige? Das frage ich mich schon die ganze Zeit«, bemerkte Bonnie schlecht gelaunt. »Ich dachte, Sie wären Pianist.«

»Tja, ein Klavier hätte kaum in den Kofferraum gepasst.«

Über ihnen donnerte es. Wenn er das Gewitter in Frauengestalt nicht mitzählte, blieben ihnen schätzungsweise fünf Minuten, bis die Elemente loslegten. Robert seufzte schwer. Mittlerweile war er erfahren genug, um zu wissen, dass man eine wütende Frau nur besänftigte, indem man tat, was sie von einem erwartete. Also drängte er die Übelkeit zurück und holte seine Umhängetasche aus dem Fußraum der Beifahrerseite. Er nahm den Geigenkoffer und den Trolley heraus, sah die Straße hinauf und versuchte, die Entfernung vom Hafen bis zum Dorf abzuschätzen. Es war nicht allzu weit, sah er davon ab, dass ihm alles über zehn Schritte wie der Auftakt zur Besteigung des Matterhorns vorkam.

»Danke, dass Sie sich um die Reparatur des Wagens gekümmert haben.« Sein freundliches Lächeln galt ausschließlich Josh, schließlich konnte der Kleine nichts für seine durchgeknallte Mutter. »Sicher wird sich morgen alles Weitere ergeben.«

Damit drehte er sich um und marschierte los.

9. Kapitel

Ballystone, September 2019.

Bonnie.
Zimmer zu vermieten, stand auf dem Schild. Drei simple Wörter im Schein einer roten Lampe, die sich wie ein Sechser im Lotto anfühlten. Mit einem erleichterten Ausruf stemmte Bonnie sich gegen die schwere Holztür, schob ihren Sohn ins Trockene und wartete unter dem Vordach des Pubs auf Brenner, der im strömenden Regen weit hinter ihnen zurückgefallen war. Als der Professor sich schließlich schwer atmend gegen die blau getünchte Fassade lehnte, schien er mit seinen Kräften am Ende zu sein. Ihr entfuhr ein Schreckenslaut.

»Es tut mir so leid. Das ist alles meine Schuld.«

»Gibt keinen Grund, sich zu entschuldigen.« Er hob den Kopf, und sein angestrengtes Lächeln sorgte dafür, dass sie sich noch schlechter fühlte.

Hätte sie den verfluchten Autoschlüssel doch nur behalten, statt ihn diesem Idioten an den Kopf zu werfen. Sie hatte völlig kindisch auf Maguires Provokationen reagiert und dem armen Robert deswegen das Äußerste abverlangt.

»Kommen Sie«, sagte sie sanft, »wir besorgen uns zwei Zimmer, und danach lade ich Sie auf einen schönen Kamillentee ein.«

»Wer könnte einem solch verlockenden Angebot widerstehen?«, erwiderte Robert schwach, protestierte jedoch nicht, als sie ihm das Gepäck abnahm und ihn ins Innere des Lokals dirigierte. Er steuerte den Nischentisch an, den Josh ausgesucht hatte, und sank auf die abgeschabte Polsterbank.

Prüfend sah Bonnie sich in den verwinkelten, mit Eichenholz getäfelten Gängen des Schankraums um. Der imposante Wandspiegel hing bestimmt seit Jahrzehnten hinter dem Tresen, das Glas war von goldenen Adern durchzogen, die Beschichtung zu einem trüben Silber verblasst. In ihm wirkten die Gäste größer und schlanker, Elfenzauber für Menschen, die zu selbstverliebt oder zu betrunken waren, um es zu bemerken. Ein paar Männer saßen an der Theke, der Tabakrauch über ihren Köpfen bewies, dass es die Landbewohner nicht allzu genau mit dem Rauchverbot nahmen. Das knisternde Torffeuer im Kamin löste ihre Anspannung ein wenig. Vielleicht war das Fisherman's Snug kein Vorzeigepub, aber es war trocken und warm. Außerdem roch es gut, nach Fleisch mit Soße und Kartoffeln.

Brenner hatte Jacke und Pullover ausgezogen und lehnte in der Polsterecke, versunken in ein lautloses Zwiegespräch mit einer Person, die offenbar nur in seinem Kopf existierte. Bonnie beugte sich zu Josh und kämmte ihm mit den Fingern das nasse Haar zurück. Er murrte.

»Ich bestelle uns was zu essen, okay?« Sie schälte sich aus ihrem Anorak und warf einen Blick in die Katzenbox auf der Bank. Der Kater klang heiser.

»Sir Francis mag keinen Regen.« Josh hielt ihr mit Leidensmiene den Handrücken hin. Zwei feine rote Linien zogen sich quer über sein Handgelenk. »Kann ich Kakao haben?«

»Alles, was du möchtest.« Bonnie strich behutsam mit

dem Daumen über die Kratzer. Die Schrammen waren nicht tief, nicht böswillig. Nur eine Warnung. »Kannst du kurz auf unsere beiden Freunde aufpassen? In meiner Handtasche ist Futter für Sir Francis.«

»Mach ich, kein Problem.«

»Du bist ein wunderbarer Junge.« Sie hatte sich bereits erhoben, als Josh blitzschnell nach ihrem Arm griff.

»Mam?« Er klang flehend. »Fang nicht wieder Streit an, okay?«

Sie spürte Brenners Blick auf sich und schluckte. Manche Dinge bedurften keiner Worte, obwohl Maguire vorhin kein Blatt vor den Mund genommen hatte. *Was sind Sie bloß für eine hysterische Kuh.*

»Nein, Josh«, murmelte sie. »Ich fange ganz bestimmt keinen Streit an.«

* * *

Mit weichen Knien trat sie an den Tresen. Die Wirtin, eine korpulente Mittfünfzigerin mit kirschrot gefärbtem Haar, unterhielt sich mit einem Gast, der hinter ihrem breiten Rücken gut versteckt war. Schüchtern erwiderte Bonnie den Blick eines rothaarigen Bilderbuch-Iren mit struppigem Bart, in dem Schaumflocken klebten. Seine Hand war so groß, dass sie das Pint-Glas mühelos umschloss, mit dem er ihr zuprostete. Sein angetrunkenes Gelächter zog die Aufmerksamkeit der Wirtin auf sich. Sie drehte sich um, und Bonnie erhielt freie Sicht auf den Mann am Tresen, mit dem die Wirtin sich unterhalten hatte. Dan Hatfield. Fröhlich winkte er ihr mit einem Löffel zu und schien nicht im Mindesten überrascht, sie zu sehen.

»Ich hab dich vorgewarnt. Ballystone ist klein.«

Sie lächelte verlegen und versuchte, sich nicht von der Wirtin irritieren zu lassen, die sie von Kopf bis Fuß musterte.

»Das ist Bonnie Milligan, Eireen. Ich hab dir vorhin von ihr erzählt.«

»Allerdings, das hast du. Recht ausführlich.« Die Frau trocknete sich die Hände am Blusensaum und nickte ihr zu. »Eireen Dunne. Mir gehört dieses hübsche Lokal hier.«

Ihre veilchenblauen Augen waren so durchdringend, dass es schwer war, lange hineinzusehen. Befangen musterte Bonnie die Kette mit dem schlüsselförmigen Amulett um Eireens Hals und die goldenen Kreolen an ihren Ohren. Ein Song kam ihr in den Sinn, den Dad ihr früher manchmal auf der Gitarre vorgespielt hatte: »Gypsy« von Fleetwood Mac.

»Ich hoffe, es ist nicht unhöflich von mir, wenn ich direkt zur Sache komme.« Sie zeigte zu Josh und Brenner. »Wir bräuchten zwei Zimmer und eine Kleinigkeit zum Essen. Es war eine lange Fahrt und ...«

»Aber natürlich. Ich frag den kleinen Mann gleich, was er haben möchte.«

»Das ist furchtbar lieb.« Dankbar sah Bonnie der davoneilenden Eireen nach und glitt neben Dan auf einen freien Hocker. Der Geruch von Kartoffelsuppe und Wurst stieg ihr in die Nase, ihr Magen knurrte. »Riecht toll. Ist das Coddle?«

»Das beste in ganz Connemara«, bestätigte Dan stolz, als gelte ihm das Kompliment. »Würde Eireen aus dem Rezept nicht so ein Geheimnis machen, hätten sie es längst in Konservenbüchsen abgefüllt, um ganz Irland süchtig danach zu machen.« Er grinste den rothaarigen alten Mann an der Längsseite des Tresens an. »Stimmt doch, Father Hammond?«

»Und führe uns nicht in Versuchung«, murmelte der Geistliche betrübt in sein Glas. Schwer zu sagen, ob er Dan oder sein leeres Pint meinte. Bonnie unterdrückte ein Lächeln. Dem Mann hätte sie vom Fischer bis zum Fernfahrer jeden Beruf zugetraut. Aber Priester?

»Amen.« Dan zwinkerte ihr zu. »Hat mit dem XJ alles geklappt? Hätt ich gewusst, dass ihr hier aufschlagt, hätte ich euch gleich mit ins Dorf genommen. Wär die trockenere Alternative gewesen.«

Bonnie überlegte, ob sie ihm die Wahrheit gestehen sollte. Doch ihr war der Vorfall in der Werkstatt peinlich, zumal Dan sie vorgewarnt hatte.

»Oh, es ist großartig gelaufen«, antwortete sie betont fröhlich. »Mr Maguire hat den Wagen gleich dabehalten.« Wenn auch nicht ganz freiwillig. Beschämt führte sie sich vor Augen, wie sie mit dem Finger ihre Telefonnummer in die Staubschicht auf der Seitenverkleidung des Porsche gemalt hatte. *Rufen Sie mich an, wenn Sie sich den Wagen angesehen haben*, hatte sie ihm entgegengeschleudert, und ihm den Schlüssel des Jaguars vor die Füße geworfen.

Tja. Vermutlich würde der XJ morgen exakt an der Stelle stehen, wo sie ihn zurückgelassen hatte. Unangerührt. Bis sie sich entschuldigt hatte.

»Keine Probleme mit ...«

»Nein! Überhaupt keine Probleme. Mr Maguire war sehr freundlich. Bestimmt ist der Jaguar bei ihm in den besten Händen.« Das war nur halb gelogen. Sie glaubte tatsächlich, dass dieser selbstgefällige Arsch sich auf seinen Job verstand.

»Tatsächlich.« Dan betrachtete die Whiskeyflaschen im Spirituosenregal. »Na, dann herzlich willkommen in Ballystone. Hoffe, euer Urlaub kann jetzt ohne weitere Komplikationen starten.«

»Da gibt es leider eine klitzekleine Unannehmlichkeit«, meldete sich Eireen zu Wort, die wie aus dem Nichts hinter ihnen aufgetaucht war. Sie hatte diesen glückseligen Ausdruck im Gesicht, den man oft bei Menschen ihres Alters fand, wenn sie es mit Kindern zu tun bekamen. »Wegen des Festivals am Wochenende ist das Dorf komplett ausgebucht.«

Bonnie stöhnte auf. »Heißt das, Sie haben kein Zimmer mehr frei?«

»Keins, das ich einer Mutter und ihrem Kind zumuten möchte.« Die Wirtin schüttelte den Kopf. »Für deinen Freund taugt die Besenkammer noch, die ich anbieten kann. Ehrlich gesagt würde ich ihn gern dabehalten. Er hat Fieber und gehört ins Bett. Was dich und den reizenden kleinen Joshua angeht, muss ich mir etwas einfallen lassen.«

»So schlimm steht es um Robert?«

»Mit verdorbenem Fisch ist nicht zu spaßen, *my dear*.« Eireen zuckte mit den Schultern. »Der wird schon wieder. Kerle seines Schlags überleben alles, da muss man nur ihre Ehefrauen fragen.«

»Er ist nicht verheiratet«, murmelte sie abwesend. Ob es im Pub WLAN gab? Ihr Handy zeigte kein Netz an, sonst hätte sie längst online nach einem Bed and Breakfast gesucht.

»Bist du es denn? Verheiratet, meine ich.«

Bonnie schüttelte den Kopf. Sie war zu benommen, um es seltsam zu finden, dass Eireens Gesicht aufleuchtete. Dan hustete, weil er sich offenbar an seinem Guinness verschluckt hatte.

»Was findest du so lustig?«, raunzte Eireen ihn an.

»Nichts«, antwortete er mit unschuldigem Augenaufschlag. »Ich bin nur gespannt, was du dir einfallen lässt… wegen der Unterkunft, meine ich. Heute früh hat Brenda

MacKenna mir auf der Poststelle erzählt, dass Ballystone nie so ausgebucht war. Die letzten Gäste musste sie bis hoch nach Clifden schicken.«

»Sagte Brenda das, ja?« Eireen legte die Stirn in Falten.

Bonnie seufzte tief und fühlte sich schon ganz elend. Sie hatte sich so auf eine heiße Dusche gefreut.

»Sorg dich nicht, Liebes.« Die Wirtin tätschelte ihr den Arm. »Ihr bekommt erst mal ein ordentliches Abendessen. Für das Kätzchen findet sich bestimmt etwas Thunfisch in meiner Vorratskammer, und deinen Freund stecke ich mit einer Wärmflasche ins Bett. Danach mache ich ein paar Anrufe, und wir sehen weiter.«

Bonnie schielte zu der Menütafel an der Wand. Gegrillter Lachs mit Colcannon, Rumpsteak, Salat mit gratiniertem Ziegenkäse. Ihr Magen zog sich sehnsüchtig zusammen. Alle Gerichte klangen verlockend, vom Preis abgesehen.

»Abendessen klingt toll«, murmelte sie. »Aber eine Portion Coddle genügt. Für Josh.«

»Du hast schon recht«, erwiderte Eireen nach einer winzigen Pause. »Unsere Portionen sind sowieso zu groß für ein Kind allein. Ein paar Lachspasteten müsste ich allerdings dazugeben. Sie sind von gestern, und bevor ich sie wegwerfen muss, gibt es sie als Extra aufs Haus. Meine Stammgäste sind ganz verrückt nach den kleinen Dingern.« Sie lächelte breit und unschuldig, ehe sie sich umdrehte und Dan den Finger in die Brust bohrte. »Putzt Brenda eigentlich noch im Three Gates? Mittlerweile hat unsere Mutter Teresa so viele Jobs, dass ich den Überblick verloren habe.«

»Glaub schon. Wieso willst du das wiss…« Er riss die Augen auf. »Das Three Gates? Schon wieder? Hältst du das wirklich für eine gute Idee?«

»In Anbetracht dessen, dass es sich um einen Notfall handelt und es da oben genügend leer stehende Zimmer gibt?« Eireen funkelte Dan angriffslustig an. »Allerdings. Ich halte es sogar für eine ganz ausgezeichnete Idee. Das Three Gates ist ein wunderbarer Ort für einen kleinen Jungen.«

»Schon. Aber Liam will keine Fremden im Haus haben.«

»Wir möchten wirklich keine Umstände machen. Wenn es freie Zimmer in Clifden gibt, können wir dort nachfragen«, wagte Bonnie einen halbherzigen Einwurf, der von Eireen unwirsch weggewischt wurde.

»Umstände, ich bitte dich! Wir sind in Connemara, nicht in Dublin. Liam wird gern helfen.«

»Halleluja!« Pater Hammond griff in eine Schale mit Erdnüssen. Er kaute mit offenem Mund, angewidert sah Bonnie weg.

»Natürlich wird er helfen.« Dan rang sich ein unbehagliches Lächeln ab, das hauptsächlich an Bonnie adressiert war.

»Ich ruf gleich bei Brenda an«, sagte Eireen. »Sie soll rasch rübergehen und ein Zimmer herrichten. Fährst du die beiden nach dem Essen rauf, Dan? Ich würde es selbst tun, aber ich muss Father Hammond nach Hause begleiten, damit er nicht wieder versucht, den Hausschlüssel in die falsche Tür zu stecken.« Sie sah mit einer Mischung aus Missfallen und Resignation zu dem Geistlichen, der summend mit dem Oberkörper vor und zurück schaukelte. »Erst letzte Woche hat er der armen Mrs O'Brady den Schreck ihres Lebens eingejagt, als er unter ihrem Schlafzimmerfenster herumgeschrien hat. Das will was heißen, die alte Dame ist vierundneunzig und hat zwei Kriege erlebt.«

»Willst du Liam nicht wenigstens Bescheid geben?«, fragte Dan vorsichtig.

»Wozu? Er ist doch sowieso nie zu Hause.« Eireens Lächeln war dünn wie gewässerte Katzenmilch. »Ich schick ihm eine Nachricht, sobald Bonnie und der kleine Joshua ihr hübsches B&B-Zimmer bezogen haben.«

* * *

Das Three Gates trug seinen Namen nicht ohne Grund. Dreimal musste Dan auf dem Weg zu dem abseits gelegenen Gehöft aus dem Dienstwagen steigen, um ein Weidegatter zu öffnen und wieder zu schließen. Den Kopf ihres schlafenden Sohns im Schoß kauerte Bonnie auf dem Rücksitz, verfolgte, wie die Scheinwerfer des Autos die tiefschwarze Nacht durchschnitten, und war froh, dass Dan instinktiv begriff, dass ihr nicht nach Reden war. Sie fühlte sich merkwürdig substanzlos, körperlich erschöpft wie nach einer Doppelschicht in Paddys Imbiss. Dennoch nahm sie jedes Geräusch, das durch den Fensterspalt schlüpfte, überdeutlich wahr, das Blöken der Schafe, den Wind und die knackenden Äste unter den Reifen. Sogar das ferne Tosen des Meers, der hereinbrechenden Flut.

Die letzten hundert Meter schaukelten sie über einen Feldweg voller Pfützen, Gestrüpp kratzte am Lack entlang. Mechanisch tippte sie auf ihrem Handy herum, und als das Display schwarz blieb, wurde ihr mulmig zumute. Niemand würde sie in dieser Abgeschiedenheit schreien hören. Doch dann öffnete sich das Dickicht, Kies knirschte unter den Rädern, und vor dem wolkenverhangenen Himmel zeichnete sich der Umriss eines Gebäudes mit tiefgezogenem Reetdach ab.

Der Polizist brachte den Wagen vor der Eingangstür zum Stehen. Sie stand offen, ein Lichtstreif fiel durch den Spalt auf den Kiesweg. Ein Schatten, der sich hinter der Gardine im Fenster bewegte, ließ ihr Herz schneller klopfen.

Eine offene Tür in der Nacht. Das bedeutet Heimkommen und wissen, dass jemand auf einen wartet.

Ihr war nicht bewusst gewesen, wie sehr sie dieses Gefühl vermisste.

»Wir sind da«, sagte Dan überflüssigerweise und stellte den Motor ab. »Ist alles okay mit dir?«

Sie nickte. Fast gelang es ihr, sich einzureden, dass Ma dort in der Küche stand und besorgt auf die Wanduhr sah, weil ihre Tochter wieder mal spät dran und das Essen kalt geworden war.

»Darf ich dich etwas fragen, Dan?«

»Klar. Kann aber nicht versprechen, ob ich die passende Antwort parat habe.«

»Ehrlich gesagt machen wir nicht nur Urlaub in Ballystone. Wir suchen einen Musiker oder eine Person, die Musikstücke komponiert. Die Geschichte ist ein bisschen kompliziert, aber da ich nun schon mal mit jemandem spreche, der hier wohnt... Ich meine, Ballystone ist nicht besonders groß, und es heißt nicht umsonst, dass in irischen Dörfern jeder jeden kennt oder zumindest jemanden, der jemanden kennt, den man selbst auch kennt...« Sie rutschte nach vorn und umklammerte die Kopfstütze des Beifahrersitzes. »Du hast nicht zufällig eine Idee dazu?«

Es dauerte einen Moment, bis Dan antwortete.

»Hast du je vom Ballystone-Musikfestival gehört?«

Sie schüttelte den Kopf.

»Die Leute hier behaupten, Ballystone sei der Grund dafür, dass die irische Musik überhaupt existiert.« Er lachte leise. »Von ein paar Ausnahmen abgesehen spielt in diesem Dorf jeder ein Instrument. Und es würde mich wundern, wenn es nicht in jedem Haus wenigstens eine Schublade voller selbst geschriebener Lieder gäbe.«

»Ach wirklich?«, sagte sie lahm.

»Bevor du fragst, ich spiele E-Gitarre. Nicht besonders gut, aber zusammen mit ein paar Pints und Father Hammonds Trompete reicht es für einen lustigen Abend im Pub.«

Es dauerte einige Augenblicke, bis ihr aufging, was diese Information bedeutete. Sie schluckte.

Jesus Christ, wir suchen die sprichwörtliche Nadel im Heuhaufen!

»Wir gehen jetzt besser rein. Das Gepäck hole ich später.« Dan klang sanft, als spräche er mit jemandem, der ein wenig unzurechnungsfähig war. In typischer Polizistenmanier schweifte sein Blick über den dunklen Hof, bevor er ausstieg, die hintere Beifahrertür öffnete und Josh von ihrem Schoß hob. Ihr Sohn bemerkte es nicht einmal, so fest schlief er. »Lass dich da drin von Brenda nicht einschüchtern«, warf er über die Schulter zurück. »Unsere Gemeinderatsvorsitzende ist ein Besen, hat aber das Herz auf dem rechten Fleck.«

Benommen griff Bonnie nach der Katzenbox und schälte sich aus dem Sitz. Als sie ins Freie trat, kniff ihr der Wind in die Wangen, aber der Regen hatte nachgelassen. Durch einen weichen, nebelartigen Sprühschauer betraten sie das Haus, wo ihnen der Geruch kalter Kaminasche entgegenschlug. Im Flur erwartete sie eine Frau in Eireens Alter, dünn und mit braunem Kurzhaarschnitt. Sie wischte sich die Hände an der Schürze ab, musterte das schlafende Kind und Bonnies durchweichte Sneaker. Es dauerte etwas, bis sich ihr Mund zu einem reservierten Lächeln bog, das man oft bei Menschen fand, die nur schwer mit Fremden warm wurden.

»Gäste im Three Gates. Dass ich das noch mal erlebe.«

»Hi, Bren.« Dan steuerte mit Josh die Steintreppe an, die ins obere Stockwerk führte. »Ist alles vorbereitet?«

»Natürlich.« Brenda klang beleidigt, als sie ihren Ölmantel von einem Nagel an der Wand nahm und Bonnie einen Schlüssel an einem abgegriffenen Lederband hinhielt. »Ich hab das Zimmer am Ende des Flurs für Sie hergerichtet. Heizung und Warmwasser sind angestellt. Handtücher finden Sie im Flurschrank, und in der Küche steht eine Kanne mit frisch gebrühtem Tee. Falls es ein Problem gibt... Wir wohnen rund zweihundert Meter den Weg runter. Vor dem Haus steht ein roter Schuppen, ist nicht zu verfehlen.«

»Danke, das ist sehr freundlich von Ihnen. Ich bin übrigens Bonnie. Bonnie Milligan. Miss, nicht Mrs.« Sie setzte ihr nettestes Lächeln auf, das ihr Gegenüber kurz und bündig mit »Brenda MacKenna« kommentierte.

»Ob Liam zu Hause ist, brauche ich wohl nicht zu fragen?« Dan lugte übers Geländer.

»Du kennst ihn doch«, lautete die spöttische Antwort, die zusammen mit Brendas heiserem Gelächter im Flur zurückblieb, nachdem sie, ganz im Sinne eines *Irish Goodbye*, kommentarlos die Haustür hinter sich zugezogen hatte.

Auf einmal fühlte Bonnie sich unendlich erschöpft. Ihre Zuversicht, die sie von Finglas bis zur Schwelle dieses Hauses getragen hatte, war seit Dans niederschmetternder Eröffnung wie weggespült. Außerdem erinnerte sie ein gereiztes Maunzen daran, dass sie eine echt miese Katzenmutter war.

»Tut mir leid, dass es so lange gedauert hat, Kumpel.« Sie öffnete das Türchen der Katzenbox. Vorsichtig kraulte sie das gefleckte Köpfchen und verfolgte schuldbewusst, wie Sir Francis aus seinem Gefängnis wankte und sich streckte.

Ein verächtlicher Blick traf sie, dann drehte der Kater ihr das Hinterteil zu, strich an der Flurwand entlang und verschwand lautlos um die Ecke, um seinen Erkundungsgang in der Küche fortzusetzen.

»Mach keinen Blödsinn!«, rief sie ihm hinterher und musterte die dreckverkrusteten Wanderstiefel, die neben der Treppe standen und offenkundig ihrem Gastgeber gehörten. Liam wer auch immer.

Sie seufzte, froh darum, sich vorläufig nicht mit einem weiteren schwierigen Zeitgenossen auseinandersetzen zu müssen. Sobald sie Dan verabschiedet hatte, würde sie sich unter die heiße Dusche stellen und sich diesen furchtbaren Tag von der Haut waschen. Danach kam der beste Teil des Abends. Sie würde sich zu Josh ins Bett kuscheln, seinen wunderbaren vertrauten Geruch in sich aufsaugen und einfach still dabei zusehen, wie sich die Welt ganz von selbst wieder geraderückte.

10. Kapitel

CAMPBELL PARK SCHOOL. DUBLIN, OKTOBER 2001.

Robert.
Unter den Geräuschen, die durch die Flure des Ostflügels hallten, nahm er die Melodie von »Bitter Sweet Symphony« zunächst nur beiläufig wahr. Er liebte die Spätnachmittage in der Campbell Park School, die ausschließlich den freiwilligen Arbeitsgemeinschaften gehörten. Es war eine Zeit, in der das alte Gebäude förmlich aufzuatmen schien. Die Türen standen offen, in den Räumen wurde gemalt, gewerkelt und musiziert, und die Schüler, die ihm unterwegs begegneten, wirkten fröhlich und wie befreit vom Leistungsdruck, der sich an den Vormittagen wie eine Decke aus Blei auf alles legte, was am Lernen Freude machte.

Es war ein Jammer. Die anstehenden Budgetkürzungen für den musisch-künstlerischen Fachbereich bekümmerten ihn zutiefst, und bei dem Gedanken, dass er möglicherweise etwas dagegen tun konnte, beschleunigte er seine Schritte. Raum 324 lag am Ende des Korridors, ein spärlich möbliertes Zimmer mit einem Klavier und einem vergitterten Fenster, das auf die gegenüberliegende Hauswand zeigte. Keine zufällig getroffene Wahl, er wollte, dass Mark sich in den Einzelstunden ausschließlich auf die Musik konzentrierte.

Der Junge saß auf dem Lehrerpult und lauschte mit baumelnden Füßen dem Song, der aus dem Ghettoblaster dröhnte: »*Cause it's a bitter sweet symphony that's life.*« Das Leben ist eine bittersüße Sinfonie.

Lautlos schloss Robert die Tür hinter sich und wartete, bis Mark ihn bemerkte, instinktiv, wie jeder Mensch die plötzliche Anwesenheit einer anderen Person spürt, selbst wenn er ihr den Rücken zukehrt.

»Sie sind zu spät«, sagte Mark und drückte die Stopptaste des CD-Spielers.

Schweigend stellte Robert seine Tasche ab, zog sich einen Stuhl heran und setzte sich. Dass er zu seinem Schüler aufsehen musste, störte ihn nicht weiter. Viel irritierender fand er die Ähnlichkeiten mit Molly, die er ständig an dem Jungen entdeckte. Von ihr hatte Mark die scharf geschnittene Nase, die Locken, die Wangengrübchen. Und die Gabe, auf andere Menschen sympathisch zu wirken, sogar wenn er »schlecht drauf« war, wie die Kids zu sagen pflegten. Seine trotzig zusammengepressten Lippen rührten Robert und versetzten ihm gleichzeitig einen Stich. Bislang war kein Tag vergangen, an dem er nicht an sie dachte.

»Ich wollte dir etwas Zeit lassen, damit du dich an die neue Situation gewöhnen kannst.«

»Situation.« Der Teenager klang feindselig. »Den Song hab ich in 'ner halben Stunde drin, Professor. Mir leuchtet nicht ein, wieso ich dafür jeden Nachmittag in dieser muffigen Knastzelle abhängen soll. Hier sieht man nicht mal den verfickten Himmel.«

»Mir wäre es lieb, wenn du in Zukunft gewisse Vokabeln aus unserer Konversation ausklammern könntest.« Robert hob eine Braue. »Du beherrschst das Stück schon? Gut, dann lass hören, damit wir nicht länger unsere Zeit verschwenden müssen.«

»Wie? Jetzt sofort?«

»Warum nicht? Wenn du glaubst, imstande zu sein, »Bitter Sweet Symphony« auf deiner Violine so zu spielen, dass sie eine hochrangige Fachjury beeindruckt, die sonst nur Rachmaninow oder Beethoven zu hören bekommt, wird es dir bestimmt ein Leichtes sein, mich zu überzeugen.«

In Marks Augen flammte Unsicherheit auf. »Cunningham hat gesagt, ich soll bis zum Wettbewerb zwei Stunden täglich bei Ihnen nachsitzen. Meine Mum reißt mir den Kopf ab, wenn ich mich nicht an den Deal halte.«

»Siehst du unseren Schuldirektor hier irgendwo? Oder deine Mutter?«

Mark sah ihn stumm an. Er rührte keinen Muskel, nur die Finger seiner linken Hand folgten wie so oft einer Melodie, die nur er hörte. Schließlich nahm er achselzuckend seine Geige vom Pult und stand auf. Ein kratzendes Geräusch ertönte, als er den Bogen probehalber über die Saiten zog. Noch waren seine Finger kalt, die Körperhaltung stimmte nicht, und damit nicht der Ton. Robert sah, dass Mark sich ärgerte, und unterdrückte ein Schmunzeln. Vollkommen normal, er wusste kaum, dass selbst eine Meistergeige beim Einspielen manchmal wie eine Kartoffelreibe klang.

Stirnrunzelnd rieb und knetete Mark sich die Hände. Sein Gesicht nahm einen entschlossenen Ausdruck an, ehe er das Pizzikato zupfte, jene Anfangspassage, die den Song auf der ganzen Welt berühmt gemacht hatte. Sie stimmte bis zur letzten Note.

Gebannt beugte Robert sich nach vorn, als der Junge mit geöffneten Lippen Luft einsaugte, die Augen schloss und den

Bogen ansetzte. Er stürzte sich in die schwindelerregende Melodie wie ein Klippenspringer vom Felsen, was Robert mit einer tiefen, befriedigenden Gewissheit erfüllte. Nicht umsonst hieß es, dass die Violine das einzige Instrument auf der Welt sei, das einen gleichzeitig zum Weinen und zum Lachen bringen könne. In O'Reillys Händen verwandelte sich sogar eine billige Anfängergeige in ein bittersüßes Wunder. Nicht auszudenken, welches Feuerwerk er entzünden könnte, wenn er das passende Instrument in den Händen hielte.

An dieser Stelle fand der Vortrag jedoch ein abruptes Ende. Robert zuckte zusammen, als der Bogen zu Boden polterte und das Echo der unvollendeten Sequenz gegen die schmucklosen Wände der Kammer prallte.

Keuchend ließ Mark die Geige sinken, den Blick ungläubig auf seine leere Hand gerichtet. Im Raum schien auf einmal sämtlicher Sauerstoff aufgebraucht; zu gern wäre Robert jetzt aufgesprungen, um das Fenster zu öffnen und ein aufmunterndes Wort bei dem Jungen zu lassen. Aber er bückte sich nur seufzend nach seiner Tasche.

»In Ordnung, für die Teilnahme wird es reichen. Du kannst gehen, O'Reilly.«

»Was heißt das, es wird reichen?«, stieß Mark hervor, das Gesicht rot vor Anstrengung. Er war frustriert, weil er das Lied verbockt hatte. Typisch für einen unerfahrenen Musiker, der zu schnell zu viel wollte.

»Ich wüsste nicht, inwiefern ich mich unklar ausgedrückt hätte. Die Vereinbarung lautet, wir machen dich fit, damit du die Schule bei dem Wettbewerb nicht blamierst. Herzlichen Glückwunsch. Solltest du bei deinem Auftritt den Bogen bis zum Schluss in der Hand behalten, wird das sicher eine nette

Vorstellung.« Er schnappte sich die Musikbox und steuerte die Tür an. *Fünf-vier-drei-zwei-eins.*

»Nett ist die kleine Schwester von Scheiße!«

Den Blick auf die Klinke gerichtet versuchte Robert, seine Belustigung in den Griff zu bekommen. Als es ihm halbwegs gelungen war, drehte er sich um, ein leises Triumphgefühl in der Brust, das sich unmöglich nicht auf seinem Gesicht abbilden konnte.

»Welches Problem haben wir jetzt?«

Mark stand mit hängenden Schultern da und funkelte ihn an. Es war unmöglich zu sagen, was der Junge empfand. Verwirrung? Enttäuschung? Wut. Er hatte viel Wut in sich, woher auch immer sie rührte.

»Ich will wissen, warum es bloß nett war. Okay, die letzten Takte hab ich verpatzt, das kann ich so stehen lassen.« Er war den Tränen nahe. »Aber den Rest nicht. Der war saugeil. Gut genug, um diesen verf… blöden Wettbewerb zu gewinnen.«

»Du möchtest die Wahrheit hören?« Robert lehnte sich mit überkreuzten Beinen gegen den Türrahmen. Sah sicher lässig aus, war aber hauptsächlich seinen weichen Knien geschuldet. Er durfte jetzt keinen Fehler machen. »Sie wird dir nicht gefallen.«

»Ist mir egal.«

»Wie gesagt, du wirst passabel durch das Vorspiel kommen. Falls du aber darauf spekulierst zu gewinnen…« Entschieden schüttelte er den Kopf. »Dir fehlt die Technik, die akademische Ausgewogenheit und ein ganzes Stück Demut. Was du ablieferst, ist ordentlich, aber nicht außerordentlich. Talent kommt nun mal nicht ohne Arbeit aus, und genau da liegt der Hund begraben.« Er zuckte die Achseln, schützte Gleichgültigkeit vor. »Du entziehst dich den Dingen, statt

Nägel mit Köpfen zu machen. Schaust aus dem Fenster, wenn es anstrengend wird, blockierst oder haust ab, bevor es ans Eingemachte geht. Das ist absolut okay, Mark, bestimmt ersparst du dir damit etliche Enttäuschungen. Aber einen Pokal gewinnt man so nicht. Schon gar nicht diesen.«

Wieder Stille, noch weniger Luft im Raum, falls das überhaupt möglich war. Robert lockerte die Krawatte und hoffte inbrünstig, dass er zu dem Jungen durchgedrungen war.

»Sie klingen wie meine Mutter.«

»Klingt, als wäre sie eine kluge Frau.«

Mark kaute auf der Unterlippe, Robert schickte ein stummes Stoßgebet gen Himmel. Eigentlich glaubte er nicht an Gott, aber heute ...

»Was muss ich tun, wenn ich trotzdem gewinnen will?«

Halleluja.

»Ist das eine ernst gemeinte Frage oder ein albernes Ich-teste-meinen-Lehrer-Ding, bei dem ich wie ein Volltrottel dastehe?«

Mark grinste. »Ernst gemeint, Professor Beat.«

»Gut.« Er stieß die Tür auf. »Komm mit, ich zeige dir was.«

* * *

Das Auditorium war das Herzstück der Schule. Ein prunkvoller Saal, der früher ein Ballsaal gewesen war und zeitweise sogar als Theater fungiert hatte, bevor aus dem normannischen Schloss eine Privatschule wurde. Inzwischen nutzte man ihn vorwiegend für Schulaufführungen und andere offizielle Anlässe, und es gab im gesamten Gebäude keinen Ort, an dem der prächtige schwarze Fazioli besser zur Geltung gekommen wäre. Unter den Kollegen hieß der Flügel »Bukephalos«, benannt nach dem legendären Pferd Alexanders des Großen. An ihm wirkte die junge Pianistin vollkommen unscheinbar, zerbrechlich und wunderschön, als sei sie nicht von dieser Welt.

Mark hielt sich beim Betreten des Auditoriums einige Schritte hinter ihm, und Robert hörte, wie der Junge ehrfürchtig den Atem anhielt. Er konnte es ihm nicht verdenken. Dort, wo sich normalerweise angestrengte Chorstimmen und schiefe Töne des Schulorchesters ins Unerträgliche steigerten, schwebten jetzt die Noten eines tadellos intonierten Tschaikowsky-Stücks zu den Kronleuchtern empor. Er überging das Kribbeln in den Fingern, das sich zuverlässig einstellte, sobald er einen Konzertflügel sah, und wies mit dem Kinn auf die mittlere Stuhlreihe. Amüsiert verfolgte er, wie Mark in dem engen Gang über seine eigenen Füße stolperte, weil es ihm unmöglich war, die Augen von dem Mädchen am Flügel abzuwenden.

Zweifellos hatte die Sechzehnjährige das Schlachtross im Griff. Sie spielte gewissenhaft und fehlerfrei – obwohl ihrer Darbietung nach seinem Empfinden die Seele fehlte, die Tiefe, das letzte Stück Virtuosität. Die kopfgesteuerte Verbissenheit des Mädchens gereichte eindeutig zum Vorteil seines Kandidaten, dennoch verfluchte er O'Keefe, der mit dem Dirigentenstab vor dem Flügel auf und ab marschierte und seine Schülerin permanent mit Einwürfen unterbrach.

Langsamer. Achten Sie auf Ihre linke Hand. Pedal lösen. Tempo! Ihre Wimpern flatterten, sie schob die Brauen zusammen, strengte sich mehr an, ihre Finger hetzten dem Takt hinterher und holten ihn nur mühsam ein. *Nein, nein! Nicht aus dem Rhythmus kommen. Noch mal von vorn!*

Kein Wunder, dass das Mädchen nicht imstande war, sich in die Musik fallen zu lassen. Aber das war nicht ausschlaggebend, wie Robert jetzt schmerzhaft klar wurde. Virtuosität hin oder her, O'Keefe würde der Jury eine verdammte Elfe präsentieren. Damit hatte sein Konkurrent schon die Nase vorn, bevor die Juroren Mark überhaupt bemerken würden.

O'Keefe wies seine Kandidatin an weiterzuspielen und schlenderte zu ihnen herüber, Hände in den Hosentaschen, ein selbstgefälliges Grinsen in der glatt rasierten Visage. Robert stieß ein gemurmeltes »Sakradi, lass diesen Kelch an mir vorüberziehen« aus und erntete einen forschenden Blick von Mark. Der Junge kam ihm ein wenig bleich um die Nasenspitze vor, aber das konnte am Scheinwerferlicht liegen, das die Bühne in kaltes Weiß tauchte und die Zuschauerreihen ins Halbdunkel gedimmter Wandlampen zurückdrängte.

»Oha. Hoher Besuch in der heiligen Halle.« Sein Kollege breitete die Arme aus wie ein onkelhafter Theaterdirektor, der eine Kinderschar begrüßte. »Was verschafft mir die Ehre?«

»Alan.« Mit einem Seitenblick auf Mark fügte Robert sich dem Unausweichlichen. O'Keefe erfuhr es sowieso, warum nicht gleich aus erster Hand? »Ich wollte dir Mark O'Reilly vorstellen. Unseren zweiten Kandidaten.«

Er sagte *unseren Kandidaten*, um zu signalisieren, dass der Wettbewerb nicht zwangsläufig ein Konkurrenzding zwischen zwei Lehrkräften sein musste, die einander spinnefeind waren. Es ging um die Schule und die Kinder, um das Überleben ihres Fachbereichs. Möglicherweise genügte es sogar, wenn nur einer von ihnen den Pokal gewann, damit sie beide bleiben konnten.

»Mark O'Reilly?« Alan sah ihn verblüfft an und fing an zu lachen, als sei der Junge neben ihm unsichtbar. »*Der* Mark O'Reilly?«

»Er sitzt neben mir, du kannst ihn gern direkt ansprechen«, erwiderte Robert und verwarf die Idee, Alan seine Unterstützung in der Arbeit mit der jungen Pianistin anzubieten. Er mochte den Mann einfach nicht.

»Solltest du nicht suspendiert werden? Hast wohl noch mal Glück gehabt, was?« Alan rümpfte die Nase und richtete seine Aufmerksamkeit zurück auf Robert. »Was spielt denn dein Underdog? Mundharmonika?«

Mark krallte die Finger in seine Oberschenkel und holte Luft für eine Entgegnung. Geistesgegenwärtig stieß Robert mit dem Fuß gegen seinen Turnschuh. Der Junge klappte den Mund wieder zu, zu spät für den »blöden Wichser«, der ihm zwischen den zusammengepressten Lippen entwischte.

»Die Mundharmonika hatten wir tatsächlich in Erwägung gezogen«, sagte Robert gelassen. »Aber wir haben etwas Geeigneteres gefunden.«

»Ach ja?« Alans Augen wurden schmal. »Was wird das wohl sein?«

Sie wechselten einen Blick.

»Triangel und Tamburin«, antwortete Mark ausdruckslos. »Allerdings meint der Professor, dass ich es vielleicht mit der Blockflöte versuchen könnte. Was denken Sie, Mr O'Keefe?«

Stille.

»Ihr zwei verschaukelt mich doch.«

»So was käme uns nie in den Sinn, werter Kollege«, sagte Robert, während Mark neben ihm losprustete. Er sollte ihn zur Ordnung rufen, aber seine eigene Beherrschung hing am seidenen Faden.

»Das Lachen wird euch schon vergehen, ihr Clowns.« Beleidigt kehrte Alan ihnen den Rücken. »Spätestens in zwei Monaten wird alles an den Platz gestellt, an den es gehört.«

»Da bin ich ganz deiner Meinung, Alan.« Robert erhob

sich, das Gefühl der Genugtuung verwässerte seinen Zorn. *Blöder Wichser* hätte von ihm stammen können.

Mark stand ebenfalls auf, und einen Moment lang verweilten sie Schulter an Schulter. Robert roch den süßlich-scharfen Körpergeruch des Teenagers. Adrenalin. O'Reilly war stinksauer, doch der unverhohlene Hass in seinen braunen Augen erstaunte ihn nicht so sehr wie die Verbundenheit, die er mit dem Jungen empfand. Instinktiv wich er zurück und gab vor, das Mädchen am Flügel zu betrachten. Freundschaftliche, gar väterliche Gefühle hatten in einer Lehrer-Schüler-Beziehung nichts zu suchen. Schon gar nicht, wenn es sich um den Sohn der Frau handelte, die er... Er dachte den verbotenen Satz nicht zu Ende.

»Du hast die Wahl, wie es an dieser Stelle für dich weitergehen soll, Mark«, sagte er leise. »Es ist allein deine Entscheidung, aber wenn du sie triffst, dann ohne Wenn und Aber.«

Mark sah ihn zweifelnd an, seine Augenbrauen bildeten eine einzige waagrechte Linie. Kein Wunder, Alans Elfenkandidatin bearbeitete die Klaviatur, als hinge ihr Schulabschluss davon ab.

»Die ist echt hammergut.«

»Du bist besser. Vorausgesetzt, wir fangen richtig an.«

Der Junge nickte, wirkte jedoch wenig überzeugt. Dann drückte er sich an ihm vorbei und schlurfte in Richtung Ausgang. War es das jetzt? Roberts Magen krampfte.

»Wo willst du hin, O'Reilly?«

»Na, zurück in die verfickte Gefängniszelle.« Mark drehte sich zu ihm um und spielte Luftgeige. »Wenn Sie mitkommen, sag ich das böse F-Wort auch nie wieder. Versprochen.«

***

Vier Wochen später.

Robert stand in der Küche seines Junggesellenappartements und sah zu, wie sich sein Abendessen in der Mikrowelle im Kreis drehte. Er hatte gehört, dass man Speisen am besten bei geringer Wattzahl über einen längeren Zeitraum erwärmte. Wegen der Keime, obwohl er ehrlich bezweifelte, dass seine Käsemakkaroni irgendetwas enthielten, das Keime bilden könnte. Aber er war ein vorsichtiger Mensch, deshalb hielt er sich an das, was die Wissenschaft behauptete. Tun Sie dieses oder jenes, und Sie sind auf der sicheren Seite. Wäre doch alles im Leben so simpel wie die Zubereitung eines Fertiggerichts. Nicht ständig an jemanden zu denken, an den man nicht denken sollte, beispielsweise.

Lustlos schob er mit dem Fuß einen Umzugskarton beiseite, holte den angebrochenen Riesling aus dem Kühlschrank und fischte das Glas von gestern aus der Spüle. Ein Gedeck für eine Person sah immer trostlos aus, egal wie sehr man sich einredete, dass dem nicht so sei. Trotzdem rückte er das Besteck gerade und faltete die Serviette zu einem Dreieck – deutsche Gewissenhaftigkeit zum deutschen Wein, und um wegen der Käsemakkaroni aus der Packung was gutzumachen. Es handelte sich um die vorletzte Flasche aus der Heimat, in naher Zukunft würde er sich an das gute irische Bier gewöhnen müssen.

Die Mikrowelle piepte, auf der Digitalanzeige leuchtete in Signalrot die Uhrzeit. »8 pm«. Würde es jetzt so bleiben? Würde er nach Feierabend allein in seiner Wohnung hocken, auf die Uhr starren und sich fragen, ob Molly jetzt in einer anderen Schule einen quietschenden Putzwagen durch die Gänge schob? Oder im Supermarkt Regale einräumte? Vielleicht war sie auch zu Hause, hatte gekocht und aß mit Mark zu Abend. In seiner Vorstellung waren sie immer nur zu zweit, Mutter und Sohn, an einem großen Holztisch, unter den sie Bierdeckel geschoben hatte, damit er nicht wackelte. Der Vater, John O'Reilly, blieb ein gesichtsloser Schatten in der Zimmerecke.

Er trug den Teller zum Tisch. Sein Magen knurrte, aber er hatte keinen Appetit. Draußen war es längst dunkel, der Regen prasselte waagrecht gegen die Scheiben. Statt zu essen, beobachtete er die Scheinwerferlichter vorbeifahrender Autos und lauschte den Geräuschen, die in der Wohnanlage ineinanderflossen, den sich überlappenden Fernsehkanälen, dem Kindergeplärr aus der Nachbarwohnung, einer Klospülung. Sein Wohnviertel war nicht das schlechteste, aber wenn er in Dublin blieb, würde er sich nach einem Quartier mit mehr Privatsphäre umsehen. Ein Haus wäre schön, nah genug am Meer, um das Salzwasser zu riechen.

Die Idee gefiel ihm, zumal er fest davon überzeugt war, dass seine Tage an der Campbell Park School längst nicht gezählt waren. Seit der Episode im Auditorium vor knapp einem Monat brannte Mark geradezu für den Wettbewerb. Die schwierige Annäherungsphase hatten sie überwunden, allmählich stellte sich gegenseitiges Vertrauen ein. Bemüht, seinen Lehrer zu beeindrucken, legte Mark ein nahezu musterschülerhaftes Verhalten an den Tag – sofern er sich allein mit ihm in dem kleinen Musikzimmer im Ostflügel befand. Außerhalb des geschützten Raums blieb er der ungeliebte Lehrerschreck, dem sein Ruf vorauseilte.

Im Fensterglas sah Robert, dass sein Lächeln ein wenig traurig geriet. Eigentlich war alles auf einem guten Weg. Er war sogar ein kleines bisschen stolz auf sich. Wäre da nur nicht die ständige Appetitlosigkeit. Und sein Herz, das unentwegt Mollys Namen flüsterte.

Er horchte auf, als er ein Klopfen vernahm. Offenbar stammte es nicht von der Nachbarwohnung, wo sich die Besucher zu jeder Tages- und Nachtzeit die Klinke in die Hand gaben. Jemand stand vor seiner Tür, vermutlich die Alte aus dem dritten Stock, der ständig irgendwas ausgegangen war, Eier, Milch, Mehl, dabei wollte sie nur reden. Über das Wetter, die gestiegenen Preise im Discounter, ihre Tochter, die sie zu selten besuchte. Ihm war nicht nach einer Unterhaltung, aber der Polizist von gegenüber, der es doch besser wissen sollte, besaß wenig Verständnis für die Einsamkeit dieser Frau. Murrend schob er den Stuhl zurück. Heute würde er die Dame darauf hinweisen, dass er kein Supermarkt war und sie höflich, aber bestimmt... Er riss die Tür auf und verspürte den Impuls, sie sofort wieder zuzuwerfen.

Molly. Sie stand direkt vor ihm, kaum eine Armlänge entfernt. Der Regen tropfte ihr aus den Haaren, färbte den taubenblauen Mantel dunkel und bildete eine Pfütze auf dem Linoleum. Unmöglich. Er halluzinierte, weil diese Szene, die er sich hundertmal in seinen Träumen ausgemalt hatte, im Drehbuch ihrer Geschichte einfach nicht vorgesehen war. Herrje, es gab nicht mal eine Geschichte! Davon abgesehen war er wütend auf sie, weil sie sich mir nichts, dir nichts aus seinem Leben gestohlen hatte. Wütend und enttäuscht, und... Was war sie doch für eine schöne Frau.

»Möchtest du mich nicht hereinbitten, Robert?«

Ihr schüchternes Lächeln veranlasste ihn, die Tür etwas weiter zu öffnen. Im Vorbeigehen streifte sie seinen Arm und brachte den Geruch von feuchtem Tweed und Maiglöckchen herein. Er bemerkte, dass ihre Haare kürzer waren, offenbar selbst geschnitten. Das ist kein Traum, dachte er, während er ihr langsam durch den Flur folgte. Himmel, das ist real!

In der Küche schlüpfte sie aus dem Mantel und hielt ihn ihm mit dem Selbstverständnis eines geladenen Gastes hin. Zuerst wusste er nicht, was er damit tun sollte, dann trug er ihn ins Bad und warf ihn zum Trocknen über den Duschvorhang. Im Spiegel begegnete er sich selbst, aschfahl und viel zu dünn, seit er nicht mehr richtig aß.

Bei seiner Rückkehr hatte sie sich keinen Zentimeter vom Fleck bewegt, und für einen Augenblick sah er seine Wohnung aus ihrer Perspektive. Den Campingtisch am Fenster, das Kabel, das ohne Fassung und Glühbirne von der Decke hing, die angegraute Gardine, die noch vom Vormieter stammte. Neben dem Kühlschrank führte eine türlose Öffnung ins Wohn- und Arbeitszimmer, statt Möbeln befand sich darin ein Durcheinander aus Umzugskartons und Bücherkisten, eine in Plastik verschweißte Couch und ein Klavier. Spartanisch das Ganze, als würde man eine Kuchengabel in eine Schublade legen und behaupten, man habe sich eingerichtet.

»Hübsch hast du es hier.«

»Du bist wirklich eine verdammt schlechte Lügnerin.«

Instrumente aus Holz erwachen, wenn Töne durch sie hindurchlaufen. Genauso reagierte sein Körper auf ihr Lachen. Sein Puls erhöhte sich, und sein Verlangen nach ihr wurde so stark, dass ihm schwindelte.

»Ich...«

»Könntest du einfach nichts sagen?«, unterbrach sie ihn ruhig. »Mir nur zuhören? Ich werde dich nicht lange aufhalten, weil ich mir vorstellen kann, dass du ziemlich sauer auf mich bist.«

Er hätte ohnehin keinen vernünftigen Satz zustande gebracht. Abwartend lehnte er sich an den Herd und verfolgte, wie Molly ans Fenster trat, neben den Campingtisch, auf dem seine Käsemakkaroni erkalteten. Er sollte die Gardine abnehmen, keine Ahnung, warum er sie hatte hängen lassen.

»Es wäre mir falsch vorgekommen, mich nicht persönlich bei dir zu bedanken. Ohne dein beherztes Eingreifen hätte mein Sohn sein Stipendium verloren.« Ihre Stimme hob sich kaum vom monotonen Getrommel des Regens draußen ab. Sie lächelte ihn über die Schulter an, ihre Augen schimmerten feucht. »Mark spricht seit Wochen nur von dir, weißt du. Und er übt. Täglich, manchmal stundenlang, sein Ehrgeiz macht einem beinahe Angst.«

»Wir raufen uns langsam zusammen.« Robert fühlte sich ein wenig hilflos. Über Mark wollte er eigentlich nicht reden. »Dein Sohn ist ein guter Kerl.«

»Er hat es nicht leicht gehabt.« Molly sah aus, als ob sie noch etwas anderes sagen wollte, doch dann drehte sie sich wieder dem Fenster zu. In der Scheibe sah er die Reflexion ihres Gesichts, das Glas beschlug von ihrem Atem. »Das soll keine Entschuldigung sein. Aber vielleicht hilft es, wenn ich dir ein paar Hintergründe über ihn erzähle.« Sie stockte, suchte nach Worten.

Robert überlegte, ob er ihr ein Glas Wein anbieten sollte, doch ihm fiel ein, dass sie keinen Wein mochte, und außer Leitungswasser hatte er nichts im Haus.

»Mark war schon als kleiner Junge ungewöhnlich aufgeweckt. Klüger, schneller als andere Kinder in seinem Alter, aber ich habe mir damals keine Gedanken darüber gemacht.« Sie sprach schnell, als müsste sie ihren Vortrag rasch hinter sich bringen. »Erst mit seiner Einschulung fingen die Probleme an. Im Kopf war er seinen Klassenkameraden weit voraus, andererseits tat er sich mit Lesen und Schreiben schwer. Das passte weder für die Lehrer noch für seine Mitschüler zusammen. Er wurde verspottet, gegängelt, ausgegrenzt. Ich musste hilflos dabei zusehen, wie mein Sohn Tag für Tag ein bisschen weniger wurde, bis sich das Blatt plötzlich wendete. Er wurde aggressiv, zettelte Prügeleien an. Widersetzte sich den Lehrern, schwänzte den Unterricht.« Ein Zittern durchlief ihren Körper, dann lachte sie heiser auf. »Dort, wo wir herkommen, interessieren sich die Leute nicht für eine Hochbegabung, Robert. Sie ist nicht mal erwünscht. Man ist einfach froh, wenn die Kinder die Schule unbeschadet überstehen, nicht anfangen auf dem Schulhof zu dealen und alle naselang auf der Polizeiwache landen. Ein Abschluss ist fast schon der Jackpot.« Sie berührte das Fensterglas und folgte mit dem Zeigefinger den herabrinnenden Regentropfen. »Eines Tages habe ich beim Putzen im Sekretariat zufällig die Bewerbungsformulare für den Campbell-Sozialfonds gefunden. Wir hätten uns diese Schule niemals leisten können, doch auf einmal sah ich eine unverhoffte Chance. Also habe ich einen Antrag eingesteckt und ihn am nächsten Tag ausgefüllt auf Cunninghams Schreibtisch gelegt. Ich hätte nie zu hoffen gewagt, dass es klappt, aber Mark ist zu einem Test eingeladen worden. Obwohl John dagegen war, hat Mark mir versprochen, es mit dieser Schule zu versuchen. Den Rest der Geschichte kennst du vermutlich aus seiner Akte.« Sie verzog das Gesicht. »Oder aus den Klassenbucheinträgen.«

Robert betrachtete das verblichene Muster der Bodenfliesen. Ein müdes Grün, das den Kampf gegen aggressive Reinigungsmittel aufgegeben hatte.

»Was hält dein Mann von dem Musikwettbewerb?«, fragte er so emotionslos, wie er konnte.

»John weiß nichts davon.« Sie grub die Finger in ihre Oberarme, und er bemerkte, wie sich ihre Muskeln unter dem Blusenstoff anspannten. »Er ist vor einigen Jahren ausgezogen. Seitdem lässt er sich nicht oft blicken.«

Sie kam auf ihn zu, die rauchblauen Augen auf sein Gesicht gerichtet. Er redete sich ein, lediglich ihre ungewöhnliche Farbe sei schuld daran, dass er völlig durcheinander war. *Ausgezogen. Vor einigen Jahren.* Hatte sie das wirklich gesagt?

»Ich fürchte, ich höre mich an wie ein Idiot, wenn ich ausspreche, was mir durch den Kopf geht«, murmelte er.

Molly war ihm jetzt so nah, dass er die goldenen Einsprengsel in ihrer Iris erkannte und die winzige halbmondförmige Narbe an ihrer Schläfe. Sie stammte von einem Fahrradunfall, wie sie ihm einmal erzählt hatte.

»John und ich sind noch verheiratet. Wegen Mark fanden wir es falsch, uns scheiden zu lassen. John ist streng katholisch, und da keiner von uns einen neuen Partner...«

Zu seiner Enttäuschung beendete sie den Satz nicht. Wie jemand, der einem Fremden bereits viel zu viel Persönliches preisgegeben hatte, biss sie sich auf die Unterlippe und schaute auf ihre Schuhspitzen. Einige Zeit verstrich, dann ging sie wortlos ins Bad. Bei ihrer Rückkehr trug sie ihren Mantel, und irgendwie sah es seltsam aus, wie der nasse Stoff über ihren Schultern spannte. Als wäre er im Regen eingelaufen.

»Ich gehe jetzt besser.« Ihr Lächeln wirkte auf einmal distanziert, nervös. »Pass bitte gut auf meinen Jungen auf. Er ist verletzlicher, als es den Anschein erweckt, und er tut sich oft schwer, seine Gefühle zu zeigen. Da kommt er ganz nach seiner Mutter.«

Robert beschlich das demütigende Gefühl, dass sie nur aus Höflichkeit nicht kopflos aus seiner Wohnung rannte. Was hatte er in den vergangenen zehn Minuten falsch gemacht? Und wie zum Henker hatte er sich jemals einbilden können, dass eine Frau wie sie etwas für jemanden wie ihn empfinden könnte? Ein Schatten fiel auf ihr Gesicht, als er sie weiterhin schweigend anstarrte. Ihr wunderschönes Gesicht, in dem nichts ebenmäßig und doch alles perfekt war.

»Leb wohl, Robert. Verzeih mir, dass ich nicht mehr kam. Nach dem Gespräch in Cunninghams Büro glaubte ich, so sei es das Beste für uns alle.«

Er öffnete den Mund, aber er konnte nichts sagen, obwohl er gern protestiert hätte. Es war nicht das Beste. Nicht für ihn.

Und dann war sie fort.

* * *

Man verliert jegliches Zeitgefühl, wenn man nur lange genug auf einen unbeweglichen Punkt starrt. Auf Haustüren beispielsweise, die sich leise hinter Menschen geschlossen hatten, die man eigentlich gar nicht hatte gehen lassen wollen.

Als das Geräusch ihrer Absatzschuhe nicht mehr im Hausflur zu hören war, kehrte Robert zu dem Tisch zurück, der nur für eine Person gedeckt war. Grübelnd betrachtete er sein Abendessen, dann trug er die angetrocknete Nudelmasse zum Mülleimer und entsorgte gleich den ganzen Teller. Es fühlte sich nicht so befreiend an, wie er erhofft hatte. Er biss die Zähne zusammen und trat gegen den Behälter aus Blech. Einmal. Zweimal. Der dritte Tritt gab der Tonne den Rest, sie kippte um, rammte den Kühlschrank und spuckte ihren

Inhalt auf die Fliesen. Ungläubig betrachtete Robert die Dellen, die sein ohnmächtiger Zorn in das Blech gedrückt hatte, dann stürzte er mit einem erstickten Laut in den Flur.

Er riss den Regenanorak vom Garderobenhaken, kurz darauf flog die Wohnungstür hinter ihm ins Schloss, und er rannte durchs Treppenhaus, fünf Etagen hinunter, wobei er erst im Erdgeschoss feststellte, dass er noch seine Hauspantoffeln trug. Es war ihm egal. Eine Hand in die Seite gepresst stolperte er auf den Gehweg, trat in Pfützen, in denen sich die Leuchtreklamen der Ladengeschäfte spiegelten. Eine Frau mit Einkaufstüten sprang mit einem Schreckenslaut beiseite, aber Robert besaß nicht die Kraft für eine Entschuldigung. Seine Aufmerksamkeit gehörte einzig und allein der schlanken Gestalt im Mantel, die soeben die vierspurige Straße zur gegenüberliegenden Bushaltestelle überquerte.

»Molly! Warte!«, schrie er, doch sein Ruf verlor sich im Geräusch des Regens und der vorbeifahrenden Autos. Unglücklicherweise wechselte die Fußgängerampel auf Rot, und Molly geriet hinter dem einfahrenden Doppeldeckerbus aus seinem Blickfeld. Er nahm all seinen Mut zusammen und sprang auf die Straße, überwand zwei Spuren in einem Konzert aus Hupen und Reifengequietsche, ehe ihn der Verkehr zu einer Vollbremsung auf der Mittellinie zwang. Die Flanke eines Lieferwagens streifte seinen Jackenärmel, aber er empfand nichts. Keine Furcht, keine Angst. Wäre er nicht so verzweifelt gewesen, hätte es ein heroisches Gefühl sein können.

Sekunden verstrichen, bis es ihm gelang, durch eine Lücke zwischen zwei Taxis zu schlüpfen. Auf dem rettenden Bürgersteig angekommen musste er hilflos mitansehen, wie der Bus den Blinker setzte und anfuhr.

»Stopp! Halten Sie an!«

Er schrie und winkte, der Doppeldecker fädelte sich unbeeindruckt in den Verkehr ein. Einen Moment lang spielte er mit der Idee, dem Bus hinterherzulaufen. Doch sein Körper verdeutlichte ihm, dass er sein Limit erreicht hatte. Ihm wurde schwindlig, taumelnd suchte er Halt an einem Laternenpfahl. Statt kaltem Metall ertastete er etwas Weiches, das eindeutig menschlich war. Jemand hakte ihn unter und dirigierte ihn sanft zur überdachten Haltestelle, wo er stöhnend auf die Bank sank.

»Robert, was machst du denn für Sachen?«

Sein Herz stolperte. Mühsam richtete er sich auf, und es war vielleicht das erste Mal, dass er Molly wirklich sah, blass und zerbrechlich im kalten Licht der Neonröhren. Ihre ungeschminkte Schönheit war so glasklar und unverfälscht wie eine perfekt gesungene Note.

»Du bist noch hier«, sagte er tonlos.

»*Aye*«, flüsterte sie. »Ich bin hier.«

»Und... warum?«

Es dauerte eine gefühlte Ewigkeit, bis sie dieses Geräusch von sich gab. Ein resigniertes Seufzen, ein unterdrücktes Lachen, ein Schluchzen. Ihre Hand kroch in seine, und ihre Finger drückten so fest zu, dass er einen Schmerzenslaut unterdrückte.

»Weil ich offensichtlich verliebt in dich bin, Robert Brenner«, sagte sie schlicht.

»Das... erklärt einiges.« Er schluckte.

»Schön, dass du damit etwas anfangen kannst.« Sie blickte auf ihren Schoß, wo sich ihre Finger ineinander verhakt hatten, sodass kaum zu erkennen war, welche zu wem gehörten. »Aber du bist Marks Lehrer. Ich dachte, wenn wir uns nicht mehr sehen, wäre alles nicht mehr so kompliziert. Aber ich habe mich geirrt. Ohne dich ist alles noch viel komplizierter.«

»Mein Gott, Molly.«

Er war unendlich froh, als ihr Körper weich und widerstandslos in seine Arme glitt. Gleichzeitig fühlte er sich unwohl, und er hatte keine Ahnung, welches der beiden Gefühle ihm größere Sorgen bereitete. Sie hatte es mit wenigen Worten auf den Punkt gebracht: Molly O'Reilly war die Mutter seines Schülers. Das, was zwischen ihnen geschah, durfte eigentlich nicht sein.

»Du hast mir gefehlt.« Sie schmiegte ihr Gesicht in seine Halsbeuge, ihre warmen Tränen benetzten seine Haut. Etwas öffnete sich in ihm, er vergrub die Nase in ihrem Haar und schloss die Augen. Sie roch wunderbar. Süß und blumig, wie Regen im Frühling.

Sapperlot, er hatte früher nie etwas auf Dinge gegeben, die nicht sein durften. Konventionen, verstaubte Werte, gesellschaftliche Regeln. Wenn zwei Menschen sich zueinander hingezogen fühlten, sollte nur das Jetzt und Hier zählen. Damit verbundene Schwierigkeiten würde man zu gegebener Zeit lösen. Irgendwie würde es gehen. Es musste gehen. Sanft hob er ihr Kinn an und fuhr mit dem Daumen über ihre halb geöffneten Lippen.

»Ich fasse es nicht, wie glücklich du mich gerade machst«, sagte er rau, bevor er den Kopf senkte und Molly O'Reilly küsste.

11. Kapitel

BALLYSTONE, SEPTEMBER 2019.

Bonnie.
Das schrille Klingeln eines Telefons durchbrach die frühmorgendliche Stille. Bonnie hielt auf dem Treppenabsatz inne und lauschte. Es bimmelte dreimal, dann schaltete sich der Anrufbeantworter ein.

»Hi, ich bin nicht zu Hause. Ruf später noch mal an oder hinterlass eine Message, du weißt ja, wie's geht.« Ein tiefes männliches Lachen ertönte. »Und wenn nicht, dann *go n-éirí an t-ádh leat* – viel Glück beim Versuch.«

Der Anrufer hatte vor Ende der Ansage aufgelegt, ein lang gezogenes Tuten schallte durchs Haus. Nachdem sich das Gerät abgeschaltet hatte, empfand sie die Stille als doppelt ungewohnt. In Finglas war es nie derart leise. Irgendwo knatterte immer ein Moped, heulte ein Motor auf, schepperte eine Coladose über den Gehsteig. Rund um die Uhr drangen Streit und Gelächter durch pappdünne Wände, Fernseher liefen im Dauerbetrieb, untermalt von Babygeschrei und den Geräuschen irgendeines PlayStation-Gemetzels. Die Polizeisirenen nicht zu vergessen, manchmal auch das gefühllose Hämmern eines Hubschraubers. Er war allgegenwärtig, der Sound ihres Lebens. Selbst jetzt, wo sie sechshundert Kilometer weit weg war, sorgte er dafür, dass sie sich unwohl fühlte, nur weil er nicht da war.

Nervös warf Bonnie einen Blick auf ihr Handy. Seit sie Finglas verlassen hatten, schickte Sheila ihr im Zweistundentakt WhatsApp-Nachrichten. Offenbar hatten die Handwerker weitere undichte Stellen in der Leitung gefunden und legten gerade ihr Haus in Schutt und Asche. Ihre Nachbarin übertrieb wahrscheinlich, aber beruhigend waren die Neuigkeiten allemal nicht.

Sie steckte das Telefon ein. Im Treppenhaus fielen ihr kleinere Schäden und Makel auf, die ihr am Vorabend entgangen waren. Blätternder Putz, ein Stück heruntergerissene Tapete, lose Dielenbretter, die unter ihren Sohlen knarrten. Im Erdgeschoss strich ihr Sir Francis um die Beine, rannte durch den Flur und maunzte vorwurfsvoll die Eingangstür an. Ob es eine gute Idee war, ihn rauszulassen? Daheim hatte er sich höchstens ein paar Häuserblocks entfernt. Normalerweise musste Josh seinen Namen nur denken, und der Kater tauchte wie aus dem Nichts auf. Als hätte er Zauberkräfte und könnte damit durch Wände gehen.

»Bleib in Rufweite, okay?«

Sie sah ihm nach, bis seine schwarze Schwanzspitze im hohen Gras verschwunden war, dann schloss sie die Tür und wandte sich der Küche zu. Das Cottage war alt, und nicht nur das Gemeinschaftsbad im oberen Stock befand sich in einem erbärmlichen Zustand. Neben ihrem und Joshs Zimmer gab es drei weitere Schlafzimmer, durch die salzverkrusteten Fensterscheiben fiel nur gedämpft Licht herein. Die Möbel waren mit Plastikplanen abgedeckt, die Teppichböden fleckig, und die Gardinen stammten aus einer Zeit, in der man Vorhänge noch selbst nähte. Staub und Vergessen hatten sich an diesem Ort niedergelassen, aber die Küche zeugte davon, dass in dem Cottage tatsächlich jemand wohnte. Auf dem Tisch stand eine Schale mit wurmstichigen Äpfeln, eine Kaffeetasse hatte braune Kreise auf der aufgeschlagenen Zeitung hinterlassen. Die Bialetti-Espressokanne auf dem Gasherd war warm und ließ ihr Herz höherschlagen. Sie hatte nicht damit gerechnet, im letzten Winkel einer Teetrinkernation auf jemanden zu treffen, der etwas von Kaffee verstand.

Sie durchforstete die Hängeschränke nach einer Tasse, wurde fündig und ging zum Kühlschrank. Große Hoffnung hegte sie nicht, eine Flasche Milch zu finden, die nicht abgelaufen war, wurde aber eines Besseren belehrt. Milch, Käse, Eier, Speck, Würstchen, verschiedene Marmeladen, Tomaten. Alle Zutaten für ein traditionelles Irish Breakfast, das Touristen so liebten, bei den Iren aber nur an besonderen Tagen auf den Tisch kam. Gedankenverloren goss sie Milch in ihren Kaffee und schlenderte zum Fenster.

Jesus! Es dauerte einen Moment, bis sie den überwältigenden Ausblick verdaut hatte. Vor ihr erstreckte sich eine urwüchsige Hügel- und Felsenlandschaft in allen Schattierungen von Grün und Braun. Wie die Finger eines Tolkien-Riesen lagen ihre Ausläufer im Wasser und bildeten tief eingeschnittene Buchten, umsäumt von einem Streifen aus Sand. Aus dem Morgennebel schälten sich Weidegatter, Sträucher und Reetdachhäuser, und darüber, als habe es das gestrige Unwetter nie gegeben, erhob sich ein wolkenloser Himmel, der am Horizont das Meer berührte.

Was hatte Eireen gestern doch gleich gesagt? *Das Three Gates ist ein wunderbarer Ort für einen kleinen Jungen.*

Lächelnd setzte sie die Tasse an die Lippen.

Nicht nur für einen kleinen Jungen.

Es war Zufall, dass ihr Blick den Packen Briefe auf der Arbeitsplatte streifte. Ohne groß nachzudenken, nahm sie ein Kuvert in die Hand und las den Namen des Adressaten. Sie verschluckte sich an ihrem Kaffee und hustete.

Robert.
Er öffnete ein Auge und starrte auf das lavendelfarbene Tapetenmuster vor seiner Nase. Nicht meine Schlafzimmertapete, dachte er und lauschte schlaftrunken dem Geschirrgeklapper und dem Geräusch quietschender Plastiksohlen auf dem Dielenboden.

»Ein herrlicher Morgen ist das!«, donnerte eine fröhliche Stimme. »Wie geht es uns heute?«

Was zum Teufel…? Robert fuhr in die Höhe und verfehlte knapp den Deckenbalken über seinem Kopf.

»Wer sind Sie? Wo bin ich?« Verwirrt verfolgte er, wie die kompakt gebaute Frau ein Tablett auf dem Nachttisch abstellte und sich in der Mitte des Raums aufrichtete, an der einzigen Stelle, wo die Dachschrägen es zuließen. Die Fäuste in die Hüften gestemmt sah sie ihn so lange mit diesem schulmeisterlichen Halblächeln an, das er selbst bis zur Perfektion beherrschte, bis ihm alles wieder einfiel.

Die Fahrt von Dublin nach Ballystone. Das Seafood Chowder und seine unerquicklichen Folgen. Der verräucherte Pub, eine mit Orientteppichen verkleidete Treppe, ein winziges Hotelzimmer. Mitten in der Nacht hatte er sich ins Bad geschleppt und war in der Duschkabine zusammengesunken, bis das Wasser kalt wurde. Er musterte das zusammengeknüllte Handtuch auf dem Boden und errötete. Er erinnerte sich nicht daran, wie er in seinen Pyjama und ins

Bett gekommen war, aber es lag auf der Hand, dass er es ohne Hilfe sicher nicht geschafft hatte.

»Eireen. Mein Name ist Eireen Dunne, und Sie sind im Fisherman's Snug in Ballystone. Ich habe Ihnen Tee und Porridge gekocht. Sie sollten eine Kleinigkeit essen.« Ehe er zurückweichen konnte, legte die Frau ihm die Hand auf die Stirn. Sie schnalzte missbilligend. »Sie haben Temperatur, mein Lieber. Am besten bleiben Sie ein paar Tage im Bett.«

»Ein paar Tage?«, presste er hervor und schüttelte heftig den Kopf. »Das geht nicht.«

»Natürlich geht das. Wir haben Ihre junge Freundin und den kleinen Jungen gut untergebracht. Bis Bonnie Sie besuchen kommt, trinken Sie Tee und rühren sich keinen Zentimeter von der Stelle.«

»Aber ich fühle mich gut.« Er schielte auf den Plastikeimer neben dem Bett. Sein Körper fühlte sich bleischwer an, sein Mund schien von innen geschwollen zu sein, und seine Gesichtshaut spannte. »Ich kann nicht tagelang herumliegen und nichts tun.«

»Da Sie es erwähnen ...« Eireens braune Augen leuchteten auf. »Wenn Sie fit genug sind und etwas Ablenkung möchten, hätte ich eine Idee«, sagte sie in einem Ton, der unbeschwert genug klang, um ihn in Alarmbereitschaft zu versetzen. Zu Recht. »Ich habe Sie gegoogelt, Professor Brenner.«

Kruzifix, es gab nichts Nervtötenderes als ein neugieriges Weibsbild.

»Man sollte nicht alles glauben, was im Internet steht.«

»Sie sind berühmt.«

»Das war ich vielleicht mal«, murmelte er, während gegen seinen Willen das Isaac-Stern-Auditorium vor ihm auftauchte. Italienische Barockarchitektur, fünf Etagen mit samtroten

Sitzreihen, im Graben ein zwanzigköpfiges Streichorchester und auf der Bühne ein schwarzer Steinway, der unter seinen Fingern zum Leben erwacht war. Noch immer spürte er das Scheinwerferlicht auf seinem schweißüberströmten Gesicht, hörte den Applaus, der über ihn hinwegdonnerte, nachdem der letzte Ton von Rachmaninows cis-Moll-Prélude sekundenlang mit dieser einzigartigen Stille verschmolzen war, wie sie nur entstand, wenn zweitausendachthundert Menschen gleichzeitig den Atem anhielten. New York, New York. Der Höhepunkt seiner Karriere, kurz vor dem Fall.

»Oh, für unsere Belange reicht ein *war mal berühmt* dicke.« Eireens übereifrige Stimme zerrte ihn in den Raum zurück, der gerade mal ausreichend Platz für das Bett, den Nachttisch und einen zerschlissenen Ledersessel bot, dem die Patina etlicher Jahrzehnte den Glanz geraubt hatte.

»Welche Belange?« Er ärgerte sich, weil es ihr gelungen war, ihn neugierig zu machen.

»Das Ballystone-Musikfestival. Davon haben Sie bestimmt schon gehört, Sie sind ja aus der Branche.« Die Wirtin hob das Handtuch vom Boden auf und sank mit einem behaglichen Laut in den Sessel.

»Ich kenne das Festival nicht. Tut mir leid.«

Ihr Lächeln gefror, dann wischte sie seine Antwort mit klappernden Armreifen fort. »Na ja, Sie sind ja auch schon 'ne Weile raus aus dem Musikbetrieb.«

»Allerdings. Seit einer ganzen Weile.«

»Wir richten das Festival jedes Jahr am letzten Septemberwochenende aus.« Eireen betrachtete ihre gefalteten Hände im Schoß. »Mein Vater, der damals Bürgermeister im Ort war, hat es ins Leben gerufen, um mehr Touristen nach Ballystone zu locken. Mit Erfolg, denn bereits im dritten Jahr war unsere Veranstaltung in aller Munde«, jetzt traf ihn ein tadelnder Blick, der zweifellos seiner Unwissenheit galt, »und das weit über die Grenzen unseres Countys hinaus. Mittlerweile reisen Musiker aus ganz Irland an, um das zu tun, wofür unser kleines Örtchen berühmt ist: zu feiern und zu musizieren.«

»Das klingt nett. Und sehr irisch.« Robert war auf der Hut. Er kannte Frauen dieses Kalibers. Die meisten führten etwas im Schilde, wenn sie katzenfreundlich zu jemandem waren, mit dem sie vorher höchstens drei Sätze gewechselt hatten. »Mir ist nur nicht klar, an welcher Stelle meine Wenigkeit ins Spiel kommt, Mrs Dunne.«

»Zum krönenden Abschluss findet ein Musikwettbewerb statt.« Sie zupfte am Ausschnitt ihrer Bluse. Zu bunt für seinen Geschmack, ihm gefiel es klassisch und zurückhaltender, aber das hätte kaum zu ihr gepasst. »Können Sie sich vorstellen, dass wir es nie geschafft haben, den Pokal nach Ballystone zu holen? Kein einziges Mal in zehn Jahren, dabei sind wir doch diejenigen, die die ganze Sache erfunden haben.« Eireen sah ihn beschwörend an, bis es auf seiner Stirn unangenehm juckte. »Sie sind ein echtes Himmelsgeschenk, Professor Brenner.«

»Sie wollen, dass ich ... Oh nein!« Er hob abwehrend die Hände. »Ich werde nicht für Sie an diesem Wettbewerb teilnehmen.«

»Wer spricht denn von teilnehmen? Sie sollen dafür sorgen, dass ein paar unserer Leute den letzten Schliff bekommen«, insistierte Eireen milde. »Der Wettbewerb findet kommenden Samstag im Gemeindesaal statt. Mir ist bewusst, dass es bis dahin nur ein paar Tage sind, aber wir könnten die Unterstützung eines Profis dennoch gut brauchen.«

»Ich kenne mich nur in der klassischen Musik aus«, log er. »Irish Folk ist eine völlig andere Stilrichtung. Davon habe ich keine Ahnung.«

»Unsinn. Musik ist Musik, davon abgesehen sind wir nicht von gestern. Wir spielen Volksmusik, Rock, Pop, Jazz... von allem ist etwas dabei. Und wer weiß, vielleicht stolpert Ihnen sogar jemand über die Füße, der einen zweiten Blick wert ist. Ich habe gelesen, dass Sie sich die letzten Jahre Ihrer Lehrtätigkeit der Talentförderung gewidmet haben. Dafür sind Sie sogar ausgezeichnet worden. Was spricht also dagegen, sich in Ballystone ein paar Leute anzuhören, gegen freie Unterkunft und Verpflegung zum Beispiel?« Eireen schielte zur Tür. »Dafür bräuchten Sie nicht mal das Bett zu verlassen.«

»Aber ich unterrichte seit Jahren nicht mehr.«

»Als ob einer wie Sie so was verlernen könnte.«

Ein langes Schweigen folgte, dem er nur ein hilfloses »Kann ich darüber nachdenken?« entgegenzusetzen wusste.

»Selbstverständlich. Und während Sie das tun...« Erstaunlich flink stemmte sie ihren Rubenskörper aus dem Sessel, öffnete die Tür und zog einen etwa vierzehnjährigen pausbäckigen Jungen am Pulloverärmel herein. Er hielt eine Geige in der Hand und sah mit gesenktem Kopf auf die Dielen, als könnten sie unter seinem Gewicht zusammenbrechen.

»Das ist Rory, der Sohn meiner Ältesten«, erklärte Eireen und gab dem Jungen einen Stoß in den Rücken. »Spiel dem Professor das hübsche Lied vor, das du letzte Woche auf der Fiddle eingeübt hast, Rory.«

»Einen Moment, Eireen.« Sein Herz klopfte schneller. Die Wirtin, schon im Begriff, das Zimmer zu verlassen, drehte sich um und demonstrierte mit vorgerecktem Kinn, dass sie ein »Nein« ebenso wenig akzeptieren würde wie die Aufforderung, zur Hölle zu fahren.

Der Zeitpunkt passte perfekt, seine Frage würde völlig harmlos wirken. Er erkundigte sich nur beiläufig und gemäß irischer Gepflogenheit nach jemandem, der möglicherweise ein gemeinsamer Bekannter sein könnte. Oder der Cousin von dem Bekannten eines Bekannten. Was in diesem verrückten Land in zwei von drei Fällen garantiert zutraf.

»Mark O'Reilly. Ist Ihnen dieser Name in den letzten Jahren mal untergekommen? Während eines Festivals vielleicht?« Ihm wurde wieder flau im Magen, was er diesmal nicht der Fischvergiftung zuschrieb.

»Ist er Musiker?«

»Womöglich ... ja.«

»O'Reilly ...« Eireen starrte mit geschürzten Lippen auf die Tapete, als wäre das Einwohnerregister von Ballystone darauf verzeichnet. Es dauerte eine gefühlte Ewigkeit, bis sie den Kopf schüttelte. »Tut mir leid, aber der Name sagt mir überhaupt nichts.«

Bonnie.

»Verflucht noch mal, was machen Sie in meiner Küche?«

Die Stimme war tief, männlich und ihr leider nur allzu vertraut. Erschrocken ließ Bonnie den Briefumschlag auf die Arbeitsplatte fallen und drehte sich um, aus tiefster Seele auf einen Irrtum hoffend.

Bestimmt handelte es sich bloß um eine blöde Verwechslung, und der Postbote hatte sich in der Adresse geirrt. In Finglas passierte so was andauernd, wenn der Zusteller früher Feierabend machen wollte oder noch neu und unerfahren war. Laut Sheila war der letzte sogar Analphabet gewesen, da hatten sie wochenlang die Post wildfremder Leute bekommen. Menschen begingen eben Fehler, ständig und überall. Warum nicht auch in Ballystone?

Kein Fehler, spöttelte der Geist ihrer Nachbarin aus dem Off. Sie klang entzückt, was nicht weiter verwunderlich war. Der Kerl, der wie vom Donner gerührt in der Tür stand, einen Einkaufskorb in der Hand, wäre ganz nach Sheilas Geschmack gewesen – obwohl ihr die ölverschmierte Jeansreklame-Variante von gestern Abend bestimmt noch besser gefallen hätte.

Jesus. Da hatte sie gedacht, auf dem wunderbarsten Flecken der Insel gelandet zu sein, und nun wollte sie nur weg, raus aus diesem Haus, fort von... Er war es, der unfreundliche Mechaniker von Maguire's Garage. Etwas gepflegter als in ihrer Erinnerung, was daran liegen mochte, dass er keine Schmutzstreifen im Gesicht hatte und einen beigefarbenen Pullover trug. Er musterte sie stirnrunzelnd. *Mist.*

Hätte sie sich doch nur genauer nach ihrem ominösen Gastgeber erkundigt, bevor sie sich wie eine naive Rucksacktouristin in die nächstbeste Unterkunft hatte kutschieren lassen. Dan hatte auch kein Sterbenswörtchen verlauten lassen. Bestimmt hatte er angenommen, sie wüsste, von welchem Liam die Rede war, nachdem es in der Werkstatt angeblich so gut geklappt hatte. Aber so war das eben, wenn man mit der Wahrheit Verstecken spielte. Irgendwann kroch sie aus dem Gebüsch und verpasste einem einen Kinnhaken.

»Okay«, presste sie hervor. »Das ist jetzt nicht so gelaufen wie geplant.«

»Dann klären Sie mich mal auf. Miss Milligan, richtig?

Was genau war denn der Plan? Eine feindliche Übernahme, nachdem Sie gestern nicht gekriegt haben, was Sie wollten?« Misstrauisch sah er sich um, als suche er nach einer versteckten Kamera. »Wie sind Sie überhaupt reingekommen?«

»Brenda hat mir den Schlüssel gegeben. Ich... Darf ich mich kurz setzen?«

»Na klar. Fühlen Sie sich ganz wie zu Hause.« Seiner sarkastischen Antwort war deutlich zu entnehmen, dass Eireen ihn mitnichten über seine Besucher in Kenntnis gesetzt hatte. Kein Wunder, dass er sauer war. Sie sank auf einen Stuhl und zwang sich, ihm in die Augen zu sehen. Wenn er schon mal vor ihr stand, konnte sie sich genauso gut gleich entschuldigen.

»Ich habe mich gestern total danebenbenommen. Könnte ich es ungeschehen machen, würd ich's tun, ehrlich.«

»Ist das jetzt die Entschuldigung für den talentfreien Schraubenjack?« Seine Miene blieb ausdruckslos. »Oder bezieht sich das auf den Vollpfosten? Die Evolutionsbremse? Den aufgeblasenen Schmier...«

»Das können Sie sich aussuchen«, fiel sie ihm ins Wort. »Nachdem Sie die hysterische Kuh und die Gewitterziege abgezogen haben.«

»Dann hätte ich trotzdem was gut bei Ihnen. Mein Repertoire an Schimpfwörtern ist ein Witz verglichen mit Ihrem.«

Stille.

»Warum können Sie nicht einfach Okay sagen, und wir belassen es dabei?«, sagte sie matt.

»Weil das Leben so nicht funktioniert, Miss Milligan. Haben Sie schon mal ein Glas auf den Boden geworfen, sich bei ihm entschuldigt, und danach war es wieder heil?«

»Sie sind aber kein bescheuertes Glas! Was soll ich denn

tun? Auf die Knie fallen und um Vergebung flehen, weil ich Sie gebeten habe, Ihren Job zu machen?«

»Ich habe keine Bitte gehört«, erwiderte er kühl. »Stattdessen haben Sie versucht, mir einen Befehl zu erteilen. In meinem eigenen Laden. Außerhalb der Öffnungszeit.«

»Sie sind wirklich schwierig.« Ihre Stimme schwankte vor angestrengter Selbstbeherrschung. Es war nicht leicht, freundlich zu jemandem zu sein, der einen mit wenigen Sätzen aus der Fassung brachte.

»Ich warte immer noch auf eine Erklärung, weshalb Sie in meiner Küche sitzen.« Liam lehnte sich gegen den Türrahmen, sein Blick schweifte zum Fenster. Als ob die Antwort irgendwo da draußen zu finden wäre, in dieser atemberaubenden Landschaft.

»Es handelte sich um einen Notfall«, stotterte sie. »Wir sind gestern in das Unwetter geraten und mussten erfahren, dass es in ganz Ballystone kein freies Bett mehr gab. Und da wir im Moment kein Auto haben...« Sie ignorierte eisern seinen zuckenden Mundwinkel. »Die Wirtin vom Fisherman's Snug schlug vor, uns im Three Gates unterzubringen. Hätte ich gewusst, dass Sie...«

»Uns?«

»Mein Sohn Joshua schläft noch. Oben. Er ist sechs. Und wir haben einen Kater. Sir Francis.«

»Aha.« Liam machte ein Gesicht, als sei er zu höflich, sie zu fragen, ob sie ihn verarschen wolle. »Lassen Sie mich zusammenfassen: Nach Ihrem Scarlett-O'Hara-Auftritt in meiner Werkstatt sind Sie ins Dorf marschiert und im Fisherman's Snug gelandet. Dort kam Eireen auf die brillante Idee, Sie, Ihren Sohn und eine Katze in meinem Haus einzuquartieren, obwohl sie genau weiß, dass das Three Gates nicht für Gäste zur Verfügung steht. Meine Nachbarin hat Ihnen den Schlüssel gegeben und ... Das bedeutet, Sie sind seit gestern Abend hier, und ich hatte keinen blassen Schimmer!«

»Eireen wollte Sie benachrichtigen.«

»Hat sie aber nicht, und das aus gutem Grund. Sie kannte meine Antwort bereits.«

Es hatte keinen Zweck. Seinem Ton entnahm sie, dass sie nicht zu ihm durchdringen würde, und die Rolle der Bittstellerin lag ihr nicht. Die hatte sie nie, weder anderen Leuten gegenüber noch staatlichen Institutionen. Da sammelte sie lieber Pfandflaschen und verzichtete auf eine neue Haartönung, wenn es am Monatsende mal wieder eng wurde. Ihr Stuhl rutschte mit einem kreischenden Geräusch über den Boden.

»Wir werden Sie nicht länger belästigen, Mr Maguire«, sagte sie eisig. Eigentlich wollte sie es dabei belassen, doch er machte sich nicht mal die Mühe, den Kopf zu drehen, weshalb sie gedankenlos weiterredete. »Obwohl es eigentlich ein Jammer ist. Das Three Gates ... Na ja, es ist ein tolles Haus und ideal für Gäste. Natürlich gäbe es ein paar Kleinigkeiten zu renovieren. Der Garten könnte zum Beispiel ...«

Seine Armmuskeln spannten sich unter dem Stoff, und die stumme Botschaft seines Körpers verdeutlichte, dass sie zu weit gegangen war. Sie zog den Kopf ein.

»Okay, es geht mich nichts an. Ist schließlich Ihr Haus«, murmelte sie. »Lassen Sie mich nur eben meinen Sohn wecken, dann packen wir unsere Sachen und verschwinden.«

Einfach gesagt. Maguire stand reglos wie eine Zapfsäule in der Tür und unternahm keine Anstalten, ihr Platz zu machen. Als sie sich mit eingezogenem Bauch an ihm vorbeizwängte, stach ihr die daumenbreite, blutverkrustete Narbe über seiner Braue ins Auge. Verwachsene Löcher in den Ohrläppchen deuteten darauf hin, dass er früher Schmuck getragen hatte. Totenköpfe vermutlich, mit gekreuzten Knochen. Sie unterdrückte die flüchtige Erinnerung an den anderen, verdrängten Teil ihres Lebens und stolperte in den Flur, den Geruch nach frisch geduschtem Mann in der Nase.

»Ich musste einen neuen Kühler für den XJ bestellen.« Die Stimme in ihrem Rücken hatte versöhnlich geklungen.

Sie erstarrte, die Hand bereits auf dem Treppengeländer, und machte kehrt. Ungläubig folgte sie Maguire in die Küche, als hinge sie plötzlich an einem unsichtbaren Faden.

»Sie haben sich den Jaguar angesehen?«

Er nickte. »Dachte zuerst, es sei der Schlauch, aber dann hab ich mich mal unter den Wagen gelegt. Der Kühler ist durchgerostet.« Unbeirrt räumte er seine Einkäufe in den Kühlschrank. Käse, Salzbutter, ein Glas eingelegte Gurken. Ein Sixpack Red Ale, eine Biersorte, die sie selbst gelegentlich trank, obwohl sie eigentlich keinen Alkohol mochte. Einen flüchtigen Moment hatte sie Mühe, ihm weiter zuzuhören. »Das wird Sie ein hübsches Sümmchen kosten. Ich war so frei, ein Originalersatzteil zu besorgen. Hatte Glück, überhaupt eins zu kriegen, und es wird einige Tage dauern, bis es geliefert wird.«

»Na ja, der Wagen gehört mir eigentlich nicht.« Sie beantwortete seinen argwöhnischen Seitenblick mit einem Stoßseufzer. »Es ist nicht das, was Sie denken, Mr Maguire. Das Auto gehört einem Freund. Er wohnt im Dorf. Eireen hat ihm das letzte Zimmer im Fisherman's gegeben, weil er zu krank war, um ...«

»Soll mir recht sein, solange er die Reparatur bezahlt.« Liam nahm eine Packung Eier aus dem Kühlschrank. »Mag Ihr Junge Rührei?«

»Wie bitte?«

»Nun gucken Sie doch nicht wie ein angeschossenes Reh. Ich kann auch Porridge kochen, falls Sie zu diesen Müttern gehören, die ihre Kinder nur mit Grünzeug füttern.«

»Nein, ich ... ich meine, ja! Josh isst Rührei sehr gern.« Sie lächelte vorsichtig. »Das ist nett von Ihnen.«

Liams Gesichtsausdruck veränderte sich unmerklich, als hätte ihr schüchternes Dankeschön ihn daran erinnert, dass sein Text im Drehbuch dieser Geschichte nicht auf Nettigkeiten ausgelegt war.

»Kann Sie ja schlecht ohne Frühstück aus dem Haus werfen«, erwiderte er schroff, und es fühlte sich an wie eine Ohrfeige, mit der man so gar nicht gerechnet hatte.

Ein paar Atemzüge lang lauschte Bonnie betroffen in sich hinein. Dann machte sie kehrt und verließ die Küche.

12. Kapitel

BALLYSTONE, SEPTEMBER 2019. ZWEI STUNDEN SPÄTER.

Bonnie.
»Aber wir können ohne Sir Francis nicht von hier weggehen!«
Josh schleuderte seinen Rucksack auf den Kiesweg. Es klirrte, und für einen winzigen Moment schien er es zu bedauern, dass ihn der Wutanfall seine heiß geliebten Sammelgläser gekostet hatte. Doch dann schubste er trotzig die Brille höher auf den Nasenrücken und hockte sich im Schneidersitz auf den Kiesweg. Ergeben stellte Bonnie ihre Sporttasche ab und sah auf seinen Scheitel herunter.
»Ich hab's dir doch erklärt. Wir gehen nicht ohne ihn weg, aber Mr Maguire möchte nun mal keine Gäste im Three Gates haben. Also suchen wir eine andere Unterkunft im Dorf und kommen später zurück, um Sir Francis einzufangen. Bestimmt sitzt er nachher vor der Tür und will gefüttert werden.« Sie kniff die Augen zusammen und ließ den Blick durch den verwahrlosten Garten wandern, bezweifelte aber, dass Sir Francis noch in Rufweite war. Der Duft der Freiheit war offensichtlich viel verlockender als die Aussicht auf Trockenfutter. Sie hätte es wissen müssen. So sehr er Josh liebte, er war nun mal eine Katze und kein Hund.
»Wieso will Mr Maguire uns denn nicht hier haben?«

Joshs Unterlippe zitterte. »Er war nett. Und er hat Rührei für mich gemacht. Und Witze erzählt.«

Das stimmte. Liam war ausgesprochen freundlich zu Josh gewesen, an sie hatte er dagegen kein Wort verschwendet, das über die Bitte hinausging, ihm die Butter zu reichen.

»Das heißt aber nicht, dass wir in seinem Haus wohnen dürfen. Stell dir vor, bei uns würden alle Leute einziehen, zu denen wir freundlich sind. Da hätten wir ganz schön viel Besuch.« Sie ahnte, dass ihr Lächeln reichlich gezwungen aussah. Während des gemeinsamen Frühstücks hatte das Telefon im Flur erneut geklingelt. Liam war mit einer knappen Entschuldigung aufgestanden, danach hatte sie ihn im Flur hin- und hergehen gehört. Er war aufgebracht und kaum imstande gewesen, seine Lautstärke zu kontrollieren.

»Ich hab gesagt, ich tu mein Bestes, um die Schulden zu begleichen, Barry. Es geht nicht schneller, wenn dein Boss mir die Daumenschrauben anlegt. Lasst mich einfach ungestört arbeiten, zur Hölle noch mal!«

Sie hatte nicht lauschen wollen, aber das war ohnehin alles, was sie von dem Gespräch mitbekam, ehe Liam sich außer Hörweite begeben hatte. Als er nicht in die Küche zurückkehrte, hatte sie nachgesehen und festgestellt, dass die Haustür offen stand. Kurz darauf war er auf seinem Fahrrad davongefahren, und sie war sich nicht sicher, ob sie sauer wegen seines Abgangs sein sollte oder froh, weil er ihnen einen hölzernen Abschied erspart hatte.

»Wir sind doch nicht alle Leute, sondern bloß zwei. Das Haus ist eh viel zu groß für einen allein.«

»Es ist sein Haus. Er kann damit anstellen, was er will.«

An der Fassade, halb verborgen unter einer verdorrten Kletterrose, hing ein Blechschild. Salzluft und Regen hatten die Schrift ausgeblichen, aber das fett gedruckte »B&B« war noch deutlich zu erkennen. Das Schild kam ihr wie ein trauriger Nachruf auf die besseren Zeiten vor, die das Three Gates einmal gehabt haben musste. Sie kniff die Lippen zusammen, damit ihr nicht schon wieder ein Seufzen entwischte. Menschen, die andauernd seufzten und stöhnten, fand sie unerträglich – fast genauso unerträglich wie Leute, die sich in Dinge einmischten, die sie nichts angingen. »Folgender Deal, Erster Offizier Milligan ...«

»Ich bin aber gar kein Offizier. Ich bin bloß ein Junge.« Josh wich ihrem Blick aus. Es war das erste Mal, dass er ein Spielangebot ablehnte.

»Trotzdem bitte ich dich, mir zu vertrauen.« Hoffentlich klang sie nicht allzu betroffen. »Wir sehen nach, wie es Mr Brenner geht und fragen die nette Wirtin, ob sie uns wegen einer Unterkunft helfen kann.« Sie legte eine Pause ein und fuhr dann flüsternd fort: »Ich glaube übrigens, dass Eireen eine weiße Magierin ist. Müsste schon mit dem Teufel zugehen, wenn es sich bei dem Amulett um ihren Hals nicht um den Schlüssel handelt, mit dem man die geheime Tür zur Anderswelt öffnen kann.«

»Mein Freund Ben sagt, es gibt keine Anderswelt.«

»So, sagt Ben das.«

Josh senkte den Kopf und fing an, mit dem Zeigefinger kleine Kreise in den Kies zu malen. Es waren ziemlich viele Kreise, und sie wartete geduldig, bis er wieder zu ihr aufschaute.

»Ist sie wirklich eine weiße Magierin?«

»Die Dinge sind immer das, was du in ihnen sehen willst.« Sie unterdrückte ein Lächeln bei der Vorstellung, wie Ma den Kopf schüttelte und Sheila stöhnend mit der Stirn auf ihren

Esstisch sank, wo sie einen Make-up-Fleck auf der Glasplatte hinterließ.

»*Himmel, Arsch und Zwirn, Milligan! Wieso führst du dich wie eine dieser Plüschmütter auf, die unbedingt wollen, dass ihre Sprösslinge bis zum Führerschein an den Weihnachtsmann glauben?*«

»*Weil die Magie der Kindheit das Beste ist, was wir unseren Kindern mitgeben können, Sheila. Wir sollten die Hüter ihrer Geschichten sein, nicht diejenigen, die sie entlarven.*«

»Können wir die Zauberin fragen, ob sie ein paar neue Schraubgläser für mich hat?« Josh schob einen flachen rosafarbenen Kieselstein in seine Hosentasche und streckte die Hand aus, damit sie ihm aufhalf. »Ich glaub, ich hab meine vorhin kaputtgemacht.«

»Ich vermute, Eireen Dunne kann so ziemlich alles besorgen. Und für einen Satz Einmachgläser braucht sie wahrscheinlich nicht mal einen Zauberspruch.«

Robert.
She worn no jewels, nor costly diamonds, / No paint nor powder, no none at all…
Der Refrain des alten Dubliners Songs war so eingängig, dass Robert mitsummte und den Takt auf die Bettdecke klopfte. Eireens Enkel war kein sonderlich begabter Geiger und hatte vermutlich noch nie ein Notenblatt gesehen. Er spielte nach Gehör, ohne das Wissen um Tonleitern, Intervalle oder Harmonien. Typisch für ein Kind, das in einer Familie aufwuchs, in der die Musik Teil des Alltags war. Besonders in den ländlichen Gegenden Irlands wurde der Umgang mit einem Instrument oft von Generation zu Genera-

tion weitergereicht, auf dieselbe unaufgeregte Art, mit der ein Vater seinem Sohn ein Messer in die Hand drückte, damit dieser lernte, einen Laib Brot aufzuschneiden. Dabei kam es nicht darauf an, ob die Scheiben krumm und schief waren, solange man sie mit einer dicken Scheibe Cheddar belegen konnte.

Rorys Brotscheiben waren ziemlich krumm. Robert zuckte mehrmals zusammen, als ein unsauberer Ton seine Nervenenden traf. Dennoch unterbrach er den Jungen nicht – weil er »The Galway Shawl« mochte und Eireens Enkel sich mit einer Inbrunst die Seele aus dem Leib fiedelte, die ihm vorher nur selten bei einem Schüler untergekommen war. Einmal, genau gesagt, und das war lange her.

Eine vertraute Traurigkeit mischte sich unter seine Erleichterung. Dabei durfte er gar nicht froh über das ernüchternde *Der Name sagt mir nichts* sein, dank dem ihm klar geworden war, dass er umsonst nach Ballystone gereist war. Auch hier würde es keine Abbitte für ihn geben.

»*Was, wenn Eireen sich irrt?*«, flüsterte die Stimme in seinem Kopf, die sich sonst nur meldete, wenn er allein war. »*Vielleicht lebt er nicht in Ballystone, sondern in einem Nachbarort. Er könnte auch wegen des Musikfestivals angereist sein.*«

Er knurrte unwillig, was dazu führte, dass Rory aus dem Takt kam. Danach galoppierte er geradezu durch das Stück, um den peinlichen Vortrag, den seine Großmutter ihm aufgenötigt hatte, schnellstmöglich hinter sich zu bringen.

»*Angenommen, dem wäre so, Molly. Willst du, dass ich an jede Haustür im Umkreis von zwanzig Kilometern klopfe? Dass ich alle B&Bs, Jugendherbergen und Hotels abklappere? Dafür bräuchte ich Wochen, wenn nicht Monate.*«

»*Na und, hast du etwas Besseres zu tun? Du behauptest*

doch ständig, dass dein Rentnerleben gähnend langweilig sei. Außerdem hast du Bonnie. Sie ist Feuer und Flamme für die Aufgabe, weil sie ihrem Sohn ein Versprechen gegeben hat. So wie du mir damals, erinnerst du dich?«

»*Sakradi, du wirst nie Ruhe geben, oder?*«

»*Wie könnte ich, Robert?*«

»*Natürlich. Es tut mir leid.*«

Er brauchte einen Moment, um zu realisieren, dass die eingetretene Stille nicht aus seinem Innern kam. Rory hatte seinen Vortrag beendet und stand mit hängenden Schultern vor dem Bett, den Blick auf Roberts schwarze Socken gerichtet, die unter der Decke hervorlugten. Hatte der Bub überhaupt einmal aufgesehen, seit er das Zimmer betreten hatte?

»Das war recht passabel, junger Mann.« Er winkelte die Knie an und ließ seine Füße aus Rorys Blickfeld verschwinden. »Für den Anfang.«

Der Junge schien noch ein wenig mehr in sich zusammenzusacken.

»Treibst du Sport, Rory?«

»Ja, Sir.« Rory wirkte verwirrt. »Ich spiele Rugby.«

»Welche Position?«

»Blindside Flanker, Sir.«

»Bist du gut als linker Stürmer?«

Endlich erschien ein Lächeln auf dem pausbäckigen Gesicht. »Hammergut sogar.«

»Du bist also stolz auf das, was du auf dem Spielfeld leistest.«

»Na logo.«

»Und wenn am Anfang eines Matchs die Nationalhymne gesungen wird... Wie stehst du dann da?« Robert machte einen Buckel zur Demonstration. »Wie ein hundertjähriger

Greis? Oder siehst du wie jemand aus, der den Pokal heimholen wird?«

»Wie jemand, der den Pokal gewinnt, Sir!« Rory zog den Bauch ein und straffte den Rücken.

Robert verspürte ein leises Triumphgefühl. Er hatte vergessen, wie gut es sich anfühlte, einem jungen Menschen die Richtung zu weisen.

»Das ist doch mal ein Wort«, sagte er in einem Ton, der ebenso streng wie wohlwollend war. »Ab heute wirst du dir jedes Mal, wenn du deine Fiddle in die Hand nimmst, vorstellen, dass du bei einem wichtigen Rugbyspiel antrittst. Postiere dich vor jeder Übungseinheit zu Hause vor den Spiegel und singe »The Soldier's Song«. Alle drei Strophen der Nationalhymne, und zwar so laut, dass man dich in der letzten Reihe im Stadion hören würde. Kriegst du das hin?«

Der Junge nickte schüchtern. Vermutlich hielt er den alten Mann, der da zwischen all den Rüschenkissen im Bett thronte, für ein klein wenig verrückt, aber das war in Ordnung. Man musste die jungen Leute überraschen, wenn man sie ködern wollte.

»Das wär's für heute. Morgen kommst du um die gleiche Uhrzeit wieder.«

Robert blickte noch minutenlang auf die Tür, nachdem sie sich hinter Eireens Enkel geschlossen hatte. Das Dachfenster war undicht, ein Luftzug bewegte den Vorhang leicht hin und her. Von der Straße drangen Stimmen und Gelächter herauf, eine Autotür schlug, dann wurde ein Motor gestartet.

War heute Dienstag? Mittwoch? Mitunter vergaß er den Wochentag, eine Nebenwirkung des Rentnerdaseins, in dem die Zeit nicht einfach verging, sondern irgendwo zwischen Mittag- und Abendessen versickerte.

Er beugte sich zur Seite und angelte seinen Becher vom Tablett. Der Tee war kalt geworden und schmeckte bitter. Angewidert schüttelte er den Kopf und schimpfte leise vor sich hin. Sie hatte ja recht. Er hatte tatsächlich nichts Besseres zu tun.

Bonnie.
Sie redeten kaum ein Wort miteinander, als sie auf dem gewundenen, steil abfallenden Weg nebeneinander hergingen. Trotz der Sonne war die Luft kühl und ließ ihren Atem in weißen Nebelwölkchen aufsteigen. Während Bonnie ihre pinkfarbene Sporttasche von einer Hand in die andere wechselte, rief Josh unverdrossen Sir Francis' Namen. Sein Stimmchen schallte über die Hügel, kletterte über die Steinwälle ins Heidekraut und plumpste in einen Bach, der nach einigen Hundert Metern in einer Felsspalte verschwand, dem Sog eines geheimen unterirdischen Laufs folgend. Sie sahen Schafe mit schwarzen Köpfen, weiße Pferde und Kühe. Aber keinen gescheckten Kater.

Am grün gestrichenen Holzzaun eines Farmhauses gabelte sich der Weg. Im Garten trockneten Geschirrtücher an einer Wäscheleine, ein Border Collie lag im Schatten eines Geräteschuppens und bellte heiser. Er war ein altes Tier, das zu gebrechlich schien, um sich von der Stelle zu rühren, seinen Job als Hofwächter aber weiterhin gut machen wollte.

Roter Schuppen, nicht zu übersehen. Bonnie wusste, wer in dem Haus wohnte, wollte aber eigentlich nicht stehen bleiben, da Brenda MacKenna gestern Abend nicht sehr freundlich auf sie gewirkt hatte. Doch dann bemerkte sie die heftig wackelnde Gardine, mit der Menschen eines bestimmten

Schlags signalisierten, dass man besser nicht mit gesenktem Kopf weiterging, wenn man nicht als unhöflich gelten wollte. Also wartete sie geduldig, bis die Haustür sich öffnete und Brenda ins Freie trat, um die gleiche Show abzuziehen wie Mrs Drake von Hausnummer sieben in der Berryfield Road, die auch immer den Müll rausbrachte, wenn sie einen Vorwand für eine zufällige Begegnung suchte.

»Guten Morgen, Mrs MacKenna!«, rief sie und bemerkte, wie Josh vom Gartentürchen zurücktrat, den Blick argwöhnisch auf den Hund gerichtet.

Brenda entsorgte eine halb volle Mülltüte in der Tonne neben dem Schuppen. Sie rief dem Tier einen scharfen Befehl zu, richtete ihre Aufmerksamkeit aber erst auf den Zaun, nachdem das Gebell verstummt war.

»Miss Milligan.« Ein unerwartetes Lächeln erschien auf dem hageren Gesicht der Frau, das sich auf ihrem Weg zum Tor vertiefte. »Und wen haben wir denn da? Lass mich raten, wem du gehörst.«

Josh sah fragend zu Bonnie hoch, doch sie unterdrückte den Impuls, für ihn zu antworten. Es schadete nicht, wenn Brenda gleich ein Gefühl dafür bekam, was für eine Sorte Kind ihr Sohn war. Er enttäuschte sie nicht.

»Ein Mensch kann doch gar niemandem gehören«, erwiderte er in demselben belehrenden Ton, den er Sheila gegenüber anschlug, wenn sie eine Frage stellte, deren Antwort sonnenklar war. »Ich gehöre nur mir selbst.«

Brendas Lächeln sah jetzt ein wenig angestrengt aus, aber leider ging der Moment viel zu schnell vorbei. Die Frau musterte ihre pinkfarbene Sporttasche. Es war nicht schwer zu erraten, was sie dachte.

»Ist bei Ihnen da oben auf dem Hügel alles in Ordnung?«

Ob sie Brenda eine ähnliche Lüge auftischen sollte wie Dan, als er sie gestern gefragt hatte, wie es in der Werkstatt gelaufen sei? *Alles wunderbar, alles bestens.* Was nicht erklärte, weshalb sie ihr Gepäck mit sich herumschleppten, aber das ging letztlich niemanden etwas an. Bedauerlicherweise kam Josh ihr mal wieder zuvor.

»Mam sagt, Mr Maguire will uns nicht im Three Gates haben. Aber das ist in Ordnung, weil es sein Haus ist. Wir suchen uns ein neues Zimmer im Dorf.« Er stellte sich auf die Zehenspitzen und schaute hoffnungsvoll über den Zaun, wohl wissend, dass Sir Francis im Gegensatz zu ihm nicht den geringsten Respekt vor Hunden hatte. »Hast du vielleicht unseren Kater gesehen? Er ist weiß mit schwarzen und braunen Flecken. Leider hat er bloß ein Auge, aber das macht uns nichts aus. Meine Grandma hat gesagt, dass Sir Francis damit doppelt so gut sieht wie andere Katzen mit zwei und dass das manchmal bei Menschen auch so ist. Die wichtigen Dinge sieht man sowieso mit dem Herzen, deshalb ist es gar nicht so schlimm, dass ich für den Rest eine Brille brauche. Grandma ist tot, aber ich und Mam reden trotzdem mit ihr, wenn wir sie dienstags auf dem Friedhof besuchen und...«

»Das reicht, Josh«, insistierte Bonnie mild. »Ich glaube nicht, dass Mrs MacKenna das alles wissen möchte.«

Brenda betrachtete stumm die bunt bedruckten Tücher auf der Wäscheleine, als frage sie sich, ob sie in dem ständigen Wechsel aus Sonnenschein und Regenschauern jemals trocknen würden. Ihre spürbare Betroffenheit beschämte Bonnie.

»Wir gehen ins Fisherman's Snug«, murmelte sie. »Danke, dass Sie das Zimmer so hübsch für uns hergerichtet haben. Wir werden später noch mal vorbeikommen, wegen Sir Francis. Falls Sie ihn sehen, wäre es nett, wenn Sie ihn einfangen könnten. Unser Kater ist recht verträglich, solange er nicht eingesperrt ist.« Mit brennenden Wangen hob sie die Tasche vom Boden auf. Sie kam ihr schwerer als gerade eben vor, aber das lag vielleicht daran, dass im Augenblick alles irgendwie schwer war.

»Miss Milligan?«

Bonnie blinzelte. Der Weg führte in zwei Richtungen, nach links und geradeaus. Da sie gestern im Dunkeln hergefahren waren, hatte sie keine Ahnung, wo das Dorf lag, wollte aber nicht fragen, um nicht vollkommen hilflos zu wirken.

»Unsere Gloria hat letzte Nacht gekalbt. Vielleicht möchte Ihr Junge das Kleine kennenlernen? Mein Mann Declan nimmt ihn gern mit in den Stall, dann können Sie in Ruhe Ihre Angelegenheiten regeln.«

»Hast du gehört, Mam? Ein Kälbchen!« Josh zupfte an ihrer Jacke. »Darf ich es anschauen?«

Bonnie zögerte. Sie war froh über die kleine Ablenkung, die Brendas Angebot für Josh darstellte, war sich aber nicht sicher, was dahintersteckte. Hilfsbereitschaft? Mitleid? Wahrscheinlich eher Neugierde. Sobald Brenda mit ihrem Sohn allein war, würde sie ihn ausquetschen wie eine Limette. Wo sie herkamen, womit sie ihr Geld verdiente, was sie hier machten, warum er jetzt nicht die Schulbank drückte. Und, natürlich, wo sein gottverdammter Erzeuger steckte.

Brenda stemmte die Fäuste in die Hüften und sah sie abwartend an. Sie wirkte streng, aber nicht unfreundlich.

»Ich hab heute Morgen gebacken. Du magst doch Schokoladenkuchen, *mo bheag*?«

Joshs Augen leuchteten auf. Keine Frage, mit Babykühen und Kuchen fing man Kinder, und Brenda MacKenna schien das genau zu wissen.

Im Grunde genommen konnte Bonnie der Frau ihre Neugierde kaum vorwerfen. Ihr schwirrten ja ebenfalls eine Menge Fragen im Kopf herum. Warum zum Beispiel ließ Liam Maguire das hübsche B&B auf dem Hügel so verwahrlosen? Offenbar hatte er finanzielle Probleme, was sie ein wenig mit seiner Kaltschnäuzigkeit versöhnte. Derartige Sorgen waren ihr nicht fremd. Sie hatte sogar die Verletzlichkeit gespürt, die einen feinen Riss in die Fassade seiner mürrischen Unnahbarkeit geschlagen hatte.

Joshs Wangen glühten vor Aufregung. Er trat von einem Bein aufs andere, wie gestern, als er unbedingt den Fischkutter am Hafen sehen wollte.

»Darf ich Mam? Bitteee! Ich könnte nach Sir Francis Ausschau halten. Vielleicht hat er sich in der Scheune der MacKennas versteckt.«

Warum eigentlich nicht? Irgendwo musste sie schließlich mit ihren Nachforschungen nach dem Komponisten anfangen, da konnte ein Draht zur Gemeinderatsvorsitzenden von Ballystone nicht schaden. Mit Sicherheit wusste Brenda eine Menge über die seltsamen Bewohner dieses Dörfchens.

Josh jauchzte, als sie sich ein Nicken abrang, und umarmte sie. Dann rannte er mit ausgebreiteten Armen und Flugzeuggeräusche imitierend zu Brenda ans Gartentor.

»Ich hole dich in zwei Stunden wieder ab!«, rief sie ihm nach. Die Nachbarin hob den Daumen. Mehr brauchte es nicht für eine stumme Übereinkunft.

Bonnie marschierte auf die Weggabelung zu. Links. Sie würde den linken Weg nehmen und hoffen, dass sie dort ankam, wo sie hinwollte.

13. Kapitel

BALLYSTONE, SEPTEMBER 2019. EINE STUNDE SPÄTER.

Liam.
Brenda MacKenna brauchte ihren verkniffenen Mund erst gar nicht aufzumachen, um ihm mitzuteilen, dass sie verärgert war. Schon die Art und Weise, wie sie die Tür seines kleinen Bürocontainers aufriss, genügte.

»Ich hatte gehofft, du kämst erst nach meiner zweiten Tasse Kaffee«, sagte Liam, ohne vom Laptop aufzusehen, womit er sie für zwei Sekunden aus dem Konzept brachte. Nicht lang genug für seinen Geschmack. Nach einem gekünstelten Seufzer wurde der Besprechungsstuhl vor seinem Schreibtisch zurückgezogen. Aus dem Augenwinkel verfolgte er, wie seine Nachbarin über das Polster wischte, sich setzte und die Hände im Schoß faltete wie zum Gebet.

Warum sie hier aufkreuzte, konnte er sich schon denken. Dabei war doch er derjenige, der ein Hühnchen mit ihr zu rupfen hatte – weil sie ohne Rücksprache einer Fremden die Schlüssel für das Three Gates ausgehändigt hatte.

»Falls du nicht wegen eines Ölwechsels gekommen bist, kannst du gleich wieder gehen, Brenda. Ich hab zu tun.«

Er tippte betont geschäftig auf der Tastatur herum. Schwarz wurden die roten Zahlen in seiner Excel-Tabelle trotzdem nicht, und bedauerlicherweise war seine Besucherin immun gegen seine Ruppigkeit. Das war sie schon damals gewesen, als er mit Dad im Three Gates eingezogen war und die fürsorgliche Mrs MacKenna beschlossen hatte, dass der bedauernswerte Witwer dringend Hilfe benötigte – im Haushalt, im Garten, bei der Erziehung eines schwierigen Teenagers.

Nach Brendas Gesichtsausdruck zu urteilen war er anscheinend immer noch schwierig. *Pah.* Und von wegen Witwer. Selbst in einem Dorf, in dem jeder alles von jedem wusste, gab es immer Leute, *die ein besseres Pokerface aufsetzten als andere.* Sein Vater hatte ganz sicher dazugehört, so oft wie er diesen Spruch angebracht hatte. Als sei er auch noch stolz darauf, alle an der Nase herumzuführen.

»Du solltest dich schämen, Liam. Dein Daddy würde sich im Grab umdrehen, wenn er wüsste, dass du einer hilfebedürftigen Mutter und ihrem Kind die Tür gewiesen hast.«

Zu gern hätte er sie jetzt ausgelacht. Sie hatte keine Ahnung, aus welchem Holz der Alte geschnitzt gewesen war, aber so war das eben, wenn Gefühle die Sicht auf die Realität vernebelten. Es war ein offenes Geheimnis gewesen, dass Brenda MacKenna eine heimliche Schwäche für seinen Vater besessen hatte – wie so viele andere Damen im Dorf, ob ledig oder verheiratet. Kein Wunder. Er war ein gut aussehender Mann gewesen.

»Hat sich die Milligan bei dir beschwert?« Er presste die Lippen zusammen. Er wusste ja selbst nicht, warum er so aggressiv auf diese Frau aus Dublin reagierte. Das heißt, eigentlich wusste er es schon. Doch dass er sich wie ein testosterongesteuerter Halbwüchsiger zu Bonnie Milligan hingezogen fühlte, machte die Sache nicht besser. »Davon abgesehen, dass diese Frau garantiert nicht hilfebedürftig ist, weiß jeder im Dorf, dass ich keinen Pensionsbetrieb führe. Mein Daddy«, er malte mit den Fingern ironische Gänsefüßchen in die Luft, »hatte gute Gründe, um auf Touristenrummel im Three Gates zu verzichten. Zumal es in Ballystone nun wirklich genügend Fremdenzimmer gibt.«

»Miss Milligan hat sich nicht beschwert«, erwiderte Brenda spitz. »Aber Ballystone ist ausgebucht, und wie ich gehört habe, steht ihr Auto in deiner Werkstatt. Sie muss also in fußläufiger Nähe unterkommen.«

»Ist nicht mein Problem.« Er ärgerte sich, dass er den Anflug eines schlechten Gewissens verspürte. Bonnie hatte von einem Notfall gesprochen, was er bewusst überhört hatte. Weil es ihn nicht interessierte. Genauso wenig wie dieses peinliche Festival, bei dem sich die ganze Gemeinde in ein feuchtfröhliches musizierendes Tollhaus verwandelte.

»Vor dem Herrn ist es durchaus dein Problem.« Brenda bekreuzigte sich mit steinerner Miene.

»Verschon mich mit deinem Kirchensermon. Ich bin ein gefühlloser Mistkerl, und es ist mir reichlich egal.«

»Nächstenliebe ist eine Entscheidung. Kein Gefühl.«

»Meine Entscheidungen gehen dich nichts an. Ich bin kein Teenager mehr.«

Brenda musterte ihn stumm. »Gut«, sagte sie. »Dann bist du ja erwachsen genug, um einen Fehler einzusehen und wieder auszubügeln. Der kleine Joshua ist übrigens ein reizender Junge, findest du nicht? Declan zeigt ihm gerade die Farm.«

»War das dann alles?« Er hackte auf die Tastatur seines Computers ein, als gelte es, Nägel in ein Brett zu schlagen. Der Rechner gab ein protestierendes Piepen von sich, dann wurde der Bildschirm schwarz. Liam stöhnte auf.

»Mrs Milligan ist übrigens zum Fisherman's gegangen.« Sie erhob sich, strich den dunkelgrauen Wollrock glatt und sah würdevoll auf ihn herab. »Nur für den Fall, dass du auf die Idee kommst, etwas Gottgefälliges tun zu wollen.«

Er starrte auf die Tür, die hinter ihr ins Schloss geschlagen war, und atmete geräuschvoll aus.

Vergiss es, Brenda. Ich werde überhaupt nichts tun, und wenn ich dafür in der Hölle schmoren muss.

Bonnie.
Da das Fisherman's Snug noch geschlossen war, betrat sie das über dem Pub liegende Hotel über den Seiteneingang des Gebäudes. Eine schwindelerregend steile Treppe führte in eine quadratische Diele, auf dem blauen Samtsofa an der Rezeption saßen zwei Männer, verstrickt in eine lautstarke Debatte. Viel verstand sie nicht von der Auseinandersetzung in schnell gesprochenem Nuschel-Gälisch, aber im Großen und Ganzen stritten die Herren darum, wer denn nun als Nächster dran sei, da sie schließlich gleichzeitig gekommen wären. Das merkwürdige Gespräch endete abrupt, als Bonnie sich an das Mädchen hinter der Theke wandte. Sie kaute Kaugummi und war höchstens fünfzehn.

»Guten Morgen. Ich suche Mr Robert Brenner.«

Nur widerwillig löste das Mädchen die Augen von ihrem Handydisplay und tippte in atemberaubendem Tempo mit zwei Glitzerlacknägeln auf der Tastatur eines Computers herum, der mindestens so viele Jahre auf dem Buckel haben musste wie der Feenspiegel im Schankraum. Gedankenverloren betrachtete Bonnie die Uilleann Pipe, die sich der größere der beiden Männer unter den Arm geklemmt hatte, ein dudelsackähnliches Instrument, das sie schon länger nicht mehr in natura gesehen hatte. Der andere, ein dünner Kerl mit Frettchengesicht, durchbohrte sie mit Blicken.

»Sag's ihr, Emmet«, forderte er und zeigte mit seiner Flöte auf Bonnie, als wollte er sie erschießen.

»Wieso sagst du's ihr nicht selbst, Eddie?« Emmet stand auf und streckte sich.

»Du bist der Ältere. Außerdem stehst du ja schon.«

»Ich stehe, weil ich als Nächster dran bin, du Blödmann.«

»Wohl kaum.« Eddie fuchtelte mit der Flöte in der Luft herum. »Ich bin vor dir reingekommen.«

»Ja, weil du dich vor mir durch die Tür gequetscht hast.«

»Erster ist Erster, und außerdem ...«

Bonnie stellte ihre Sporttasche ab und räusperte sich wiederholt, bis die beiden verstummten und sie verwundert anglotzten.

»Wenn Sie zu dem deutschen Musikprofessor wollen, müssen Sie sich hinten anstellen, Miss«, ergriff Emmet das Wort.

»Hinten anstellen? Wofür?«, fragte sie freundlich.

»Na, für den Musikunterricht.« Dudelsack-Emmet sah Flöten-Eddie beifallheischend an. »Jetzt hab ich's ihr gesagt. Zufrieden?«

»Du kommst trotzdem erst nach mir dran.«

Bonnie schielte zu dem Mädchen, das in dem vorsintflutlichen Computer offenbar nicht fündig wurde, und beschloss, die Sache selbst in die Hand zu nehmen.

»Okay, Jungs, verstanden. Welches Zimmer?«

»112, letzte Etage. Aber Sie müssen sich ...«

»... hinten anstellen, schon klar.« Sie gab dem Rezeptionsmädchen zu verstehen, dass sie die Suche beenden konnte, und steuerte die Treppe ins Obergeschoss an.

»Na toll, Emmet. Jetzt hast du ihr die Zimmernummer verraten, und sie drängelt sich einfach vor. Dabei warten wir schon seit zwei Stunden!«

Bonnie hatte keine Ahnung, welcher Teufel sie ritt. Sie beugte sich über das Eisengeländer und pfiff leise, bis sie die Aufmerksamkeit der beiden zurückgewonnen hatte.

»Ihr habt hoffentlich das Codewort?«

Die Männer starrten zu ihr hinauf.

»Wovon redet die?«, fragte Eddie misstrauisch, während Emmet sich am Hinterkopf kratzte.

»Ihr habt keine Ahnung, oder?« Bonnie erklomm drei weitere Stufen.

»He, Lady!« Eddies Frettchengesicht erschien zwischen den Treppenpfeilern. »Wie lautet der Code denn?«

»Haben Sie was zu schreiben?«

Er verschwand und kehrte nach einer kurzen geflüsterten Auseinandersetzung mit einem Kugelschreiber und dem abgerissenen Deckel einer Zigarettenschachtel zurück.

»Okidoki. Bin so weit.«

»Gut, ich diktiere. R, e, i ...«

»Hoho. Immer langsam, Lassie.« Eddie kritzelte eifrig auf dem Pappstück herum. »Ein alter Mann ist schließlich kein Rennwagen.«

»Aber wir sind doch erst vierzig. Das ist nicht alt«, warf Emmet gekränkt ein.

»Kaum zu glauben, dass wir aus demselben Bauch gekrochen sein sollen.« Eddie verdrehte die Augen. »Das war 'n Witz, du Schwachkopf.«

Bonnie buchstabierte geduldig zu Ende. Noch während Eddie Luft holte, um den Begriff laut vorzulesen, schlich sie grinsend die Treppe hoch.

»R-e-i-n-g-e-f-a-l-l-e-n.«

Ein paar Sekunden lang blieb es totenstill in der Diele. Sie unterdrückte ein Kichern, dann setzte brüllendes Männergelächter ein.

Robert.
»Also, Mrs Dunne...«

»Eireen. Da wir zusammenarbeiten, nennen wir uns beim Vornamen. Wie das unter Kollegen eben so üblich ist.«

»Natürlich.« Robert musste sich beherrschen, damit er nicht aussah, als habe ihm jemand Zitrone in den Tee geträufelt. Eireen Dunne thronte in Sekretärinnenpose im Sessel neben seinem Bett, einen Notizblock auf den Knien, und lächelte scheinheilig. Ausgetrickst hatte sie ihn, so und nicht anders lautete die ernüchternde Wahrheit.

Ursprünglich sollte er sich nur eine Handvoll Kandidaten anhören, doch die Nachricht von dem Musikprofessor, der über dem Fisherman's Snug logierte, schien sich wie ein Lauffeuer herumgesprochen zu haben. Kaum war der Vormittag vorüber, stand halb Ballystone vor seinem Hotelzimmer Schlange. Er war zu weich gewesen, hatte es trotz seiner Abgeschlagenheit nicht über sich gebracht, sie wegzuschicken, all diese Leute mit ihren hoffnungsvollen Gesichtern und dem Traum von einem lächerlichen Blechpokal. Was Schönes hatte er sich da eingebrockt. Als es erneut klopfte, schloss er ergeben die Augen.

»Das müssen Emmet und Eddie Ryne sein. Flöte und Uilleann Pipe. Nette Jungs, die beiden.« Eireen klimperte mit den Wimpern. »Du machst das so, soo wunderbar, mein Lieber.«

»Und du hast so, soo eindeutig deinen Beruf verfehlt«, brummte er, doch sein Widerstand erstarb wie ein Motor ohne Treibstoff. Wie jeder Mann war er für die schmeichelnden Worte einer Frau empfänglich, egal wie viel Berechnung hinter dem zugehörigen Augenaufschlag steckte. »Von dir könnte sich sogar meine frühere Assistentin eine Scheibe abschneiden. Die war schon unerbittlich, aber gegen dich war sie sanft wie ein Lamm.«

Eireens Mundwinkel hoben sich für ein sphinxhaftes Lächeln. »Nur damit ich es erwähnt habe, Robert: Ich bin eine gute Zuhörerin. Falls du reden willst, bin ich gerne für dich da.« Sie machte eine Pause, die sie mit einem forschenden Blick füllte. »Egal worum es geht.«

Er schluckte und fühlte sich ertappt. »Danke, das... das weiß ich zu schätzen.«

»Verrät mir jemand, was hier los ist?«, meldete sich seitens der Tür eine Stimme zu Wort, die eindeutig keinem Emmet oder Eddie gehörte.

Robert nahm die Lesebrille ab und wischte sich über die Augen. Ihm war noch etwas flau im Magen, und er fühlte sich erschöpft, dennoch freute er sich, seine junge Reisebegleitung wiederzusehen. Allerdings wich die Freude rasch einer diffusen Besorgnis, als er ihr Gesicht genauer betrachtete. In ihren Huskyaugen lag wieder dieser gehetzte Ausdruck, der ihn unweigerlich an etwas erinnerte, das sie auf der Fahrt hierher gesagt hatte.

Leute wie ich haben nicht immer die Wahl.

Er wechselte einen Blick mit Eireen. Obwohl sie das Mädchen kaum kannte, schien die ältere Frau intuitiv zu begreifen, was im Argen lag.

»Bedeutet die Tasche das, was ich befürchte, *my lovey*?«

»Sie klingen nicht gerade überrascht, Eireen.« Bonnie ließ ihr Gepäck mit einem verächtlichen Laut zu Boden fallen. »Sie wussten, was passieren würde, oder?«

Eireen errötete. »Ich wollte es auf einen Versuch ankommen lassen«, verteidigte sie sich. »Ich dachte, wenn da schon mal eine hübsche junge Frau hereinschneit, würde er seine Haltung ändern. Ach, dieser Sturkopf!« Sie zeigte ungehalten zum Fenster, als sei die Häkelgardine an allem schuld. »Dabei könnte das Three Gates ohne Weiteres ein Dutzend Gäste beherbergen. Als die alte Mrs Green das Gehöft noch betrieben hat, war es ein Magnet für den Tourismus in Ballystone. Die Pension war in allen Reiseführern verzeichnet, und es gab sogar einen großen Bericht in der Zeitung. Doch auf dem Ohr ist Liam taub. Wie schon sein Vater spielt Maguire lieber den Einsiedler, statt aus dem Gästehaus etwas zu machen. Weiß der Teufel, warum.«

»Ist das jetzt so ein Frauending, oder klären mich die Damen auf?« Verwirrt sah Robert zwischen den beiden hin und her. »Gehört diesem Maguire nicht die Werkstatt, in der mein Wagen steht? Ist er der, von dem Sie behaupteten, er sei…«

»Genau der«, bestätigte Bonnie und warf Eireen einen anklagenden Blick zu. »Mr Maguire und ich hatten gestern Abend eine Auseinandersetzung wegen der Reparatur unseres Autos. Hätte ich vorher gewusst, wem das Three Gates gehört, hätte ich keinen Fuß da reingesetzt.« Sie schlang ihre Arme um den Oberkörper und wirkte plötzlich nicht mehr wütend. »Es tut mir leid, aber ich fürchte, in diesem Dorf gibt es keine Unterkunft für Josh und mich. Außer Sie wollen, dass wir hier auf dem Fußboden schlafen.«

»Wo ist der Junge überhaupt?«, fragte er mit einem Blick, als könnte sich der Kleine hinter ihr versteckt haben.

»Er ist bei den MacKennas.« Bonnie hob hilflos die Hände. »Ich hatte überlegt, mit dem Bus nach Dublin zurückzufahren, aber unser Kater ist weggelaufen, und ohne Sir Francis können wir nicht fort.«

»Sie können so oder so nicht weg.« Entschlossen stemmte Eireen sich aus dem Sessel. »Ich werde mich noch mal hinters Telefon klemmen. Notfalls bringe ich euch bei mir privat unter. Das Zimmer meiner Jüngsten steht derzeit leer. Mit einem Beistellbett wird es für ein paar Tage gehen.«

»Das ist sehr lieb von Ihnen, aber das kann ich nicht annehmen.« Bonnie suchte seinen Blick. Es wäre falsch, lautete die stumme Botschaft in ihren Augen.

Natürlich hatte sie recht. Robert musterte den schwarzen Geigenkoffer neben dem Kleiderschrank. Ihm widerstrebte der Gedanke an eine Abreise. Nicht wegen des gruseligen Katers oder weil er ohnehin warten musste, bis sein Jaguar wieder fahrtüchtig war. Er wollte diesen Leuten helfen, selbst wenn es nur um einen Blechpokal ging. Und dann war da noch die kleine, unumstößliche Tatsache, dass in Dublin nur ein leeres, viel zu großes Haus auf ihn wartete.

»Ich bezahle natürlich für Bonnies Zimmer«, sagte er ruhig und ignorierte den Protestlaut, der aus Bonnies Richtung kam. Eireen sah ihn aus schmalen Augen an.

»Willst du mich beleidigen, Robert?«

Bonnie.

Sie löste den Blick von der Tür, die Eireen nachdrücklich hinter sich geschlossen hatte, und beobachtete Brenner bei dem Versuch, sich in eine halbwegs bequeme Position zu kämpfen. Kopfschüttelnd trat sie ans Bett, entfernte die Hälfte der bunten Kissen und stapelte sie im Sessel – um festzustellen, dass sie so den einzigen Sitzplatz im Raum verbaut hatte. Brenner klopfte auf die Matratze.

»Setzen Sie sich hierhin, wenn Sie nicht die Prinzessin auf der Erbse spielen wollen. Ich beiße nicht, wie Sie inzwischen festgestellt haben dürften.«

Der Geruch von Mottenkugeln und Wäschestärke stieg Bonnie in die Nase, als sie sich widerstrebend auf der Bettkante niederließ. Wie so oft spannte sich ihre Gesichtshaut unter Brenners Blick, doch an diesem Tag hatte sie nicht das Gefühl, auf dem Prüfstand zu stehen. Er schien seine eigenen Möglichkeiten abzuwägen, und als er sich zum Nachtschränkchen beugte und die blaue Notenmappe unter dem Teetablett hervorzog, entdeckte sie in seinen Augen traurige Resignation.

»Geht es Ihnen besser?«, fragte sie und überlegte, wie verrückt es war, dass das Gefühl, jemanden nicht leiden zu können, ins glatte Gegenteil umschlug, wenn derjenige sich verletzlich zeigte.

»Meine Großmutter pflegte zu sagen, Unkraut vergeht nicht. Eine deutsche Redensart.«

»In Irland sagen wir *could be worse*. Es könnte schlimmer sein.« Ihr Lachen war eine Oktave zu hoch, um gelöst zu klingen. »Was ich außerdem sagen wollte… Ich wollte vorhin wegen des Zimmers nicht… Also, ich bin froh, dass wir nicht zurück nach Dublin fahren.«

»Machen wir uns nichts vor«, erwiderte er milde. »Dublin wäre im Moment für uns beide keine Option.«

Zu gern hätte sie den alten Brummbären umarmt, beließ es jedoch bei einem zaghaften Lächeln. »Sie geben jetzt also Musikunterricht?«

»Eireen bat mich, einigen Musikern von Ballystone unter

die Arme zu greifen. Wegen des Festivals.« Er grinste. »Sie ist wild entschlossen, einen Pokal zu gewinnen.«

»Apropos Festival... Wissen Sie schon, dass fast jeder unser geheimnisvoller Komponist sein könnte? Sergeant Dan behauptet, das ganze Dorf sei verrückt nach Musik, was unsere Suche erheblich erschweren dürfte.«

»Das tut es nicht«, sagte Brenner leise. »Zumindest nicht im herkömmlichen Sinn.«

»Nicht?« Sie sah ihn verwirrt an.

Er schüttelte den Kopf und schlug die Notenmappe auf.

»Ich hätte es Ihnen viel früher erzählen sollen, aber die Sache ist sehr persönlich und... Na ja, ich gehöre nicht gerade zu den Leuten, die Fremden ungefragt ihre tragischen Lebensgeschichten vor die Füße werfen.«

Nicht zum ersten Mal strich der alte Mann liebevoll über das obenauf liegende Notenblatt. In diesem Augenblick erschien ihr die Geste jedoch besonders intim, als gelte seine Zärtlichkeit nicht den schwarzen Punkten auf den Bleistiftlinien, sondern der Frau, der das Lied gewidmet war. *Molly.* Ihr Magen zog sich zusammen. Wie letzte Woche, als Paddy sie vor vollendete Tatsachen gestellt hatte, nahm sie plötzlich Gestalt an, diese diffuse Ahnung, die sie schon die ganze Zeit mit sich herumtrug. Seit Brenner angefangen hatte, sich wegen der Noten seltsam aufzuführen.

»Fällt Ihnen etwas daran auf?« Er hielt ihr den blauen Hefter hin und tippte auf den Violinschlüssel, der den Anfang von Mollys Lied markierte.

Bonnie neigte den Kopf und musterte das verschlungene Symbol, das sie von früher kannte, aus dem Musikunterricht in der Schule. Tatsächlich kam ihr etwas komisch daran vor, sie wusste nur nicht was. Fragend sah sie Brenner an.

»Er ist spiegelverkehrt«, sagte er leise. Vielleicht lag es an dem trüben Licht, aber seine Augen wirkten unendlich traurig. »Ich kenne den Verfasser dieser Stücke. Und ich weiß auch, wer Molly war.«

14. Kapitel

CAMPBELL PARK SCHOOL. DUBLIN, DEZEMBER 2001.

Robert.
Der milde irische Winter war gewöhnungsbedürftig für Robert. Zwar hatte er keine schneebedeckten Gehsteige erwartet, dennoch schlummerte in ihm die kindliche Hoffnung auf ein Weihnachten, das sich zumindest wettermäßig so anfühlte. Bedauerlicherweise tat ihm die Insel den Gefallen nicht. Wegen des Golfstroms herrschten milde sechs Grad, statt Wollmütze und Fäustlingen trug er Regenschirm und Wachsjacke, Letztere ein unförmiges, zeltähnliches Ding, das er aus reinen Vernunftgründen bei einem Herrenausstatter in der Grafton Street erstanden hatte. Robert zog schaudernd den Kopf ein und schloss das Fenster vor der tristen Hauswand mit dem schiefergrauen Himmel darüber.

Vom Heizkörper aus beobachtete er seinen Schüler, der auf seiner betagten Geige den zweihundert Schlägen des Metronoms hinterherstolperte. Op. 14, Paganinis Etüde über »Baracuba«, Variation Nummer 36. Mit zusammengepresstem Kiefer rang Mark mit den Noten. Er entzifferte sie, so gut er konnte, aber es fiel ihm schwer, die Symbole zu lesen.

»Das genügt für heute«, sagte Robert, aber Mark hörte die Stimme nicht, die sich zwischen die Töne drängte. Nicht zum ersten Mal geriet er in diesen Zustand, in dem nichts zu ihm durchdrang außer der Musik.

Oh, er machte Fortschritte, beängstigende Fortschritte sogar, Robert hätte stolz sein müssen. Das war er zweifellos, aber die Hundertachtziggradwende, die der Junge seit dem Zwischenfall mit O'Keefe im Auditorium vollzogen hatte, erfüllte ihn mit Sorge. Mark wollte den Pokal mit aller Gewalt und exerzierte die Übungseinheiten wieder und wieder durch, manchmal bis zur völligen Erschöpfung. Er betupfte seine Fingerkuppen mit Spiritus, damit sie härter wurden, stemmte Gewichte, um seine Armmuskeln zu stärken. Laut Molly schlief er sogar auf seiner Geige, weil sein Großvater früher behauptet hatte, es brächte Glück.

Robert ging zum Pult und stellte das Metronom ab. Da sein Schützling nicht reagierte, schlug er mit der flachen Hand auf die Tischplatte. Unter dem ohrenbetäubenden Knall flog eine Taube auf, die sich draußen auf dem Fenstersims niedergelassen hatte. Mark brach ab.

»Ich war noch nicht fertig«, murmelte er, den Blick ins Notenblatt gebohrt, als könnte es zu Staub zerfallen, bevor er sein Geheimnis entschlüsselt hatte.

Robert überlegte, ob sein Unvermögen, Noten zu lesen, im Zusammenhang mit seiner Lese-Rechtschreib-Schwäche stand. Bei einer von Marks Kompositionen war ihm aufgefallen, dass seine Randnotizen umgedrehte Buchstaben enthielten. Dass er den Violinschlüssel ebenfalls spiegelverkehrt zeichnete, entbehrte nicht einer gewissen Ironie: Sogar auf dem Notenblatt war Mark O'Reilly unverwechselbar.

»Doch, du bist fertig«, widersprach Robert und ärgerte sich, weil er den Jungen gutgläubig in ein akademisches Korsett gezwängt hatte, das seinem Spiel jegliche Unbeschwertheit raubte. Er setzte sich auf das Pult und musterte die herabgezogenen Mundwinkel seines Schülers. Bis zur Vorausscheidung blieb ihnen ein Monat. Zeit, die Bremse anzuziehen, bevor Mark mit dem gleichen verkniffenen Gesichtsausdruck musizierte wie Alans Elfenkandidatin.

»Kennst du die Geschichte von der Erschaffung der Geige, O'Reilly?«

Wohl war ihm bei seinem Vorhaben nicht. Seit er seinen alten Freund Klaus in München kontaktiert hatte, zermarterte er sich das Hirn, ob die Idee nicht etwas zu ambitioniert war und ob er das Ganze überhaupt verantworten konnte. Doch das Gefühl, dass sein Schüler einen mentalen Ansporn brauchte, nagte hartnäckig an ihm. Mark beantwortete seine Frage mit einem Achselzucken und blätterte lustlos in dem Etüdenheft.

»Es handelt sich um ein Märchen der transsilvanischen Roma. Darin geht es um einen jungen Mann, der auszog, um sein Glück zu suchen.«

»Wie jetzt? Märchenstunde?«

»Sag bloß, deine Mutter hat dir nie welche erzählt.«

»Schon. Als ich sechs war oder so.«

»Gut, dann stell dir jetzt vor, du bist sechs, und am Ende der Geschichte wartet eine Überraschung auf dich.«

»Sie kosten echt Nerven, Professor.« Mark zog eine Grimasse und hielt die Geige in die Höhe, das Licht der Deckenleuchte spiegelte sich auf der verkratzten Oberfläche des Instruments. »Ich bin zum Trainieren hier.«

»Warte doch mal ab«, sagte Robert milde, woraufhin der Junge Geige und Bogen widerstrebend neben sich auf dem Linoleum ablegte. Ihm fiel auf, dass er den Feinstrickpullover mit dem Wappen der Schule trug. Als hätte er seinen Widerwillen gegen die *Scheißspießerschule* mit den verwaschenen Hoodies im Schrank gelassen.

»Meinetwegen.« Mark gähnte mit weit aufgerissenem Mund. »Was war mit diesem komischen Typen auf Selbstfindungstrip? Hat ihm jemand Drogen gegeben?« Er lachte albern.

»Das Märchen ist über viele Hundert Jahre alt und ausschließlich mündlich überliefert worden, sozusagen von Lagerfeuer zu Lagerfeuer. Erlaubst du mir, es mit dem gebührenden Respekt zu erzählen?«

»Wenn's sein muss.«

Robert verschränkte die Arme und sah seinen Schüler durchdringend an.

»Geht in Ordnung, Professor Beat.«

»Es war also einmal ein junger Mann, der auszog, um sein Glück zu suchen. Eines Tages kam er in ein Königreich, das von einem mächtigen, sehr grausamen König regiert wurde. Dieser König hatte eine wunderschöne Tochter.« Robert unterdrückte ein Lächeln, weil Mark die Augen verdrehte. »Um die liebliche Prinzessin hatten schon viele tapfere Männer geworben, vergeblich, denn der König wollte sie nur dem Mann zur Frau geben, der etwas machen konnte, was noch niemand auf der Welt gesehen hat. Vielleicht muss ich vorausschicken, dass der Bursche zwar ein gutes Herz, aber nicht übermäßig viel Verstand besaß. Als er also mit viel Glück im Palast vorgelassen wurde und den König fragte, was genau er denn tun solle, wurde er für seine Dummheit in den Kerker geworfen.«

Mark grunzte, unterbrach ihn aber nicht.

»Der unglückliche Kerl musste wochenlang bei Wasser und Brot in dem dunklen Verlies ausharren. Als er jegliche

Hoffnung verloren hatte, jemals wieder den Himmel zu sehen, erschien ihm ein sagenumwobenes Wesen, das von den Roma sehr verehrt wird: die Feenkönigin Matuya. Sie überreichte dem Burschen eine kleine Kiste und einen Stab und befahl ihm, ihr ein Büschel Haare auszureißen und über die Kiste zu spannen. Dann sollte er mit dem Stab über die Haare streichen, und während er das tat, lachte und weinte Matuya in das Kästchen hinein, eine ganze Nacht lang.«

»Wie abgedreht.« Mark hob eine Braue. »Und weiter?«

»Am nächsten Morgen verlangte der Bursche, erneut vorgelassen zu werden, damit er dem König das wundersame Kästchen vorführen könne. Und tatsächlich – kaum hörte der grausame Herrscher die wunderbare Musik, weinte er vor Kummer und Freude gleichzeitig. So etwas war noch nie da gewesen. Niemand im gesamten Reich hatte den König je eine Träne vergießen sehen, weder bei der Geburt seiner Tochter noch am Sterbebett der Königin.«

»Yeah!«, rief Mark aus. »Und der Torfkopf bekam das Mädchen.«

»Der junge Mann nahm die Prinzessin zur Frau«, bestätigte Robert ernst. »Die beiden lebten ein langes, glückliches Leben, und am Schluss heißt es: So kam die Geige auf die Welt.«

Robert wartete einen Augenblick, bis der bedeutungsschwere Schlusssatz verklungen war, bevor er den Geigenkoffer auf das Pult stellte. Er winkte Mark heran. Seine Finger zitterten leicht, als er den Verschluss entriegelte und den mit dunkelrotem Samt ausgekleideten Deckel hob. Befriedigt hörte er, wie sein Schüler scharf die Luft einsog.

Die Geige schimmerte rötlich braun, mit einem feinen Stich ins Gelb, unter dem Lack zeichnete sich die filigrane

Holzmaserung ab. Jedes Detail an ihr war perfekt, von der Schnecke bis hin zu dem kursiven *f* der Schalllöcher neben dem Steg. Bereits rein optisch war diese Violine ein einzigartiges Kunstwerk – und jedes Mal weitete sich bei ihrem Anblick sein Herz, als könnte es nicht genug Platz haben für die Ehrfurcht, die es füllte.

»Es könnte ein Kästchen wie dieses gewesen sein«, sagte er leise. »Gemacht aus dem Lachen und dem Weinen einer Fee, wenn man an derartige Wesen glaubt. Tut man es nicht, ist es einfach nur eine dreihundert Jahre alte Violine. Gefertigt in Cremona, von Antonio Stradivari.«

* * *

»Das ist doch verrückt! Wie kommst du bloß darauf, dass wir ein solch kostbares Geschenk annehmen könnten, Robert?« Molly schlug fröstelnd den Mantelkragen hoch und hielt ihn mit zwei Fingern vor der Kehle zusammen, als sie sich auf die Zehenspitzen stellte und über das schmiedeeiserne Brückengeländer beugte.

Robert trat hinter sie und musterte gewohnheitsmäßig die vorbeispazierenden Passanten, auf der Suche nach einem bekannten Gesicht, das unter einer der Straßenlaternen zum Vorschein kommen könnte. Die Luft war rein, und er umfasste ihre Taille.

»Was machst du da?«, murmelte er in den Fellkragen ihres Mantels. Die Pelzhaare kitzelten ihn an der Nase und lösten ein unmissverständliches Gefühl in seinem Unterleib aus.

»Wonach sieht es denn aus?« Unwillig befreite Molly sich aus seinem Griff und beugte sich weiter über die Brüstung der Ha'penny Bridge, die ihren Namen aus der Zeit des ersten Duke of Wellington hatte. Damals kostete die Überquerung der Fußgängerbrücke, die das südlich der Liffey gelegene Temple-Bar-Viertel mit der Nordseite verbindet, einen halben Penny Wegzoll.

»Du...«, setzte er an, als Molly ein undamenhaftes Geräusch von sich gab und ins Wasser spuckte. Dreimal hintereinander, wobei sie sich jedes Mal bekreuzigte. »Beschwörst du irgendeinen irischen Wassergeist?«

»Ich wende Unheil ab.«

»Warum?«, fragte er belustigt. »Weil ich deinem Sohn eine Geige ausgeliehen habe?«

»Du hast ihm nicht einfach eine Geige geliehen. Es ist eine Stradivari!« Sie sprach in ihren Wollschal, als könnte allein das Wort die Aufmerksamkeit eines Taschendiebs erregen. »Ich will mir nicht annähernd vorstellen, was die kostet.«

»Wie gesagt, sie ist nur eine Leihgabe. Von einem guten Freund.« Er griff nach ihrer Hand. »Hör schon auf, dich zu bekreuzigen, das macht mich ganz nervös.«

»Dann haben wir wenigstens was gemeinsam«, erwiderte sie schnippisch und tippte sich erneut auf Stirn und Brust, nur um ihn zu ärgern. »Du musst die Geige zurücknehmen, Robert. Ich habe Mark gesagt, dass er sie keinesfalls behalten kann. Nicht auszudenken, wenn irgendwas damit passiert. Wenn er sie kaputtmacht oder verliert oder...«

»Dann ist sie versichert.« Er zog sie vom Geländer weg und zwang sie, ihm in die Augen zu sehen. Scham, verletzter Stolz, Besorgnis. Er verstand, was sie empfand, denn wie er selbst tat sie sich mit der Großzügigkeit anderer schwer. »Die Violine ist eine offizielle Leihgabe an den musischen Fachbereich der Campbell Park School«, erklärte er geduldig. »Eine private Spende, die ich natürlich mit Direktor Cunningham abgeklärt habe. Ich gebe dir Brief und Siegel, du musst dir überhaupt keine Gedanken machen.«

Molly wirkte nicht überzeugt, und während sie über seine Worte nachdachte, versunken in den Anblick des mit weihnachtlichen Lichterketten geschmückten Flussufers, beobachtete er ein Pärchen mittleren Alters, das eng umschlungen an ihnen vorbeiging. Sie plauderten, lachten. Tauschten Zärtlichkeiten aus, die keine Diskretion benötigten. Neidisch schaute Robert ihnen nach, bis sie die Stufen des Aufgangs vom Wellington Quay erreichten und aus seinem Blickfeld verschwanden.

»Warum macht dein Freund das?«

»Ich würde dich gern zum Essen ausführen«, sagte er versonnen. Molly gab einen gereizten Laut von sich.

»Würdest du bitte beim Thema bleiben?«

»Meinetwegen.« Er wies sie an weiterzugehen, ehe er der Versuchung erlag, sie zu küssen. »Ich habe Klaus während meines Studiums in München kennengelernt. An besagtem Tag war ich durch eine Musiktheorieprüfung gefallen, er hatte sich gerade von seiner zweiten Ehefrau scheiden lassen.« Robert steckte die Hände in die Jackentasche und kickte einen Stein vor sich her. »Klaus Hoffkamp, der Baumagnat. Ich hatte keine Ahnung, wer der Mann auf dem Barhocker neben mir war, aber... Mei, waren wir betrunken. Kurz vor Zapfenstreich wollte er, dass ich mich ans Klavier setze. Das Notenblatt konnte ich in meinem Zustand gar nicht mehr entziffern, weshalb ich spielte, was mir gerade einfiel: Debussys »Claire de lune«. Klaus stand mitten im Stück auf und ging, ohne sich zu verabschieden. Später habe ich auf dem Tresen eine Visitenkarte unter meinem Cognacglas gefunden. *Heute ist dein Glückstag*, stand auf der Rückseite. *Ruf mich an. Ich sorge dafür, dass in ein paar Jahren jeder deinen Namen kennt.*«

Molly warf ihm einen argwöhnischen Seitenblick zu.

»Ich *habe* angerufen«, schloss er, »und Klaus Hoffkamp hat sein Versprechen gehalten. Seine Stiftung hat mein Studium finanziert, und er hat mir die passenden Türen aufgestoßen. Ich verdanke ihm meine Karriere als Pianist, aber Klaus hat mich unter anderem in menschlicher Hinsicht beeinflusst. Er ist ...«

»Schon verstanden, ihr seid *best buddies*«, warf Molly ungeduldig ein. »Das erklärt aber nicht, weshalb dein Gönner eine Stradivari auf eine zweitausend Kilometer lange Reise schickt, damit ein Fünfzehnjähriger darauf spielt, den er nie zuvor gesehen hat. Das ist selbst unter Freunden ein ziemlich großer Vertrauensbeweis.«

»Das stimmt.« Robert nickte. »Leute von seinem Kaliber horten Kunstgegenstände normalerweise rein zum Selbstzweck. Sie sperren sie in Vitrinen oder Tresore oder verleihen sie an Museen. Für ein Gemälde mag Letzteres vielleicht der geeignete Ort sein, aber eine Violine ist für die Menschheit erst von Wert, wenn sie gespielt wird. Die meisten Sammler von Musikinstrumenten haben das inzwischen begriffen, aber Klaus geht ein wenig weiter. Die Hoffkamp-Stiftung verleiht ihre Meistergeigen nicht an Profimusiker, vielmehr überlässt sie die Instrumente ausschließlich denjenigen, die einmal solche werden könnten.« Robert fasste Molly an der Schulter und sah sie eindringlich an. »Als ich ihm von Mark erzählt habe, hat Klaus keine Sekunde gezögert. Verwehre deinem Sohn diese Chance nicht. Die Stradivari ist gut für sein Selbstbewusstsein und wird ihn dorthin bringen, wo er hingehört.«

Sie hatten das Ende der Bogenbrücke erreicht und betraten durch den steinernen Merchants Arch das Temple-Bar-Viertel. Der verheißungsvolle Duft von Glühwein und gebrannten Mandeln stieg ihm in die Nase und weckte ein Gefühl von Heimweh. Das weihnachtliche Dublin war schön, keine Frage, aber für ihn war es nur ein kümmerlicher Ersatz für die zauberhaften Münchner Christkindlmärkte.

Molly war vor der Fensterfront eines Restaurants stehen geblieben, das in seiner Schlichtheit völlig deplatziert zwischen den farbenfrohen Pub-Fassaden und Weihnachtsbuden wirkte. Drinnen Damasttischdecken, dezente Festdekoration aus Stechpalmenzweigen, eine Bachsonate schlüpfte aus dem Fensterspalt und mischte sich mit den Irish-Folk-Klängen auf der Liffey Street. Samtenes Kerzenlicht schien auf Mollys Mantelkragen, den cremeweißen Wollschal, ihr Gesicht. Dunkel und unnatürlich groß wirkten ihre Augen.

»Ich habe Angst, Robert«, sagte sie.

Ohne nachzudenken, ergriff er ihre Hand und führte sie an seinen Mund, um sie mit seinem Atem zu wärmen. Später würde er sich tausendmal für seine Unachtsamkeit verfluchen, doch jetzt nahm er keine Notiz von dem Mann, der aus dem Restaurant ins Freie trat. Die Gestalt entfernte sich und verweilte schließlich unter dem Vorwand einer Zigarette im benachbarten Hauseingang. Im Geiste würde Robert das metallene Klicken des Benzinfeuerzeugs noch oft hören. Aber nicht an diesem Tag.

»Noch mal, Liebes. Die Violine ist versichert.«

»Es geht mir doch gar nicht darum«, flüsterte sie. »Ich möchte nur nicht, dass Mark die Bodenhaftung verliert oder, noch schlimmer, enttäuscht wird. Er hat in den letzten Jahren so viel durchmachen müssen. Erst das andauernde Drama um seine Hochbegabung, der schulische Ärger, der Tod seines Großvaters. Und dann hat ihn sein abgöttisch geliebter Dad verlassen.« Sie berührte mit den Fingerspitzen seine Wange. »Es bräche mir das Herz, wenn Mark ausgerechnet mit einer Stradivari in der Hand scheitern würde.«

»Er wird nicht scheitern.«

»Woher willst du das so genau wissen?«

»Ich weiß es nicht. Aber er ist dein Sohn, und ich bin sein Lehrer.« Er schob sie aus dem Lichtkegel und lachte an ihren Lippen. »Es bleibt ihm gar nichts anderes übrig, als zu gewinnen.«

»*Aye*. Seine Mutter und sein Lehrer.« Sie hob kurz den Blick zum Himmel und schloss die Augen. »Nachdem ich John vor die Tür gesetzt hatte, hat Mark monatelang kein Wort mit mir geredet. Noch immer glaubt er, dass sein Dad demnächst wieder bei uns einzieht.« Schaudernd zog sie die Schultern hoch. »Abgesehen davon, dass Mark besser nie erfährt, was für ein Mensch John O'Reilly wirklich ist, möchte ich mir im Moment wirklich nicht ausmalen, was geschieht, wenn ich meinem Sohn beichte, dass ich mit seinem Lehrer schlafe.«

Sie wischte sich mit dem Handrücken über die Augen, ungehalten, als würde sie sich wegen ihrer Schwäche ärgern. Zu gern hätte er ihr die Tränen weggeküsst, doch er wusste, dass er einfach nur still zuhören sollte.

»Mark und ich verstehen uns gerade nicht besonders gut. Wir streiten andauernd. Meist geht es um John, darum, dass Mark zu ihm ziehen will und die Trennung allein meine Schuld sei. John ist natürlich ganz seiner Meinung. Ich hab das Gefühl, er lässt keine Chance aus, unser Kind noch wütender und zerrissener zu machen, als es ohnehin schon ist.« Mollys Stimme brach. »Es ist verrückt«, sagte sie tonlos,

»aber jedes Mal, wenn ich von der Arbeit zurückkehre, hab ich Angst, eine leere Wohnung vorzufinden.«

Robert ballte die Fäuste in den Manteltaschen. John O'Reilly schien kein schlechter Vater zu sein, aber er war ein Spieler mit todsicherem Händchen für die falschen Geschäftspartner. Zwar war er bisher mit dem sprichwörtlichen blauen Auge davongekommen, trotzdem fand Robert die Vorstellung unerträglich, wie unglücklich Molly in ihrer Ehe gewesen sein musste. Er nahm sich vor, ihr keine Schwierigkeiten zu machen. Niemals.

»Ich habe unsere Abmachung nicht vergessen. Du allein entscheidest, wann du deinem Sohn die Wahrheit erzählen möchtest – die für dich hoffentlich über eine skandalöse Bettgeschichte hinausgeht.« Sein Scherz war unbeholfen und schmeckte ein wenig bitter. Trotzdem zauberte er ihr ein Lächeln ins Gesicht.

»Du bist wunderbar, weißt du das eigentlich?«

»Die Sache mit uns ist etwas Wunderbares, Molly. Und wir haben alle Zeit der Welt.« Er gab ihr einen zärtlichen Nasenstüber. »Allerdings bestehe ich darauf, dass du demnächst mit mir in einem feudalen Schuppen isst. Ich möchte einmal öffentlich mit dir Händchen halten, eine schwindelerregend hohe Rechnung begleichen und dem blasierten Kellner sagen dürfen, dass ich das schönste Mädchen Irlands zur Freundin habe. Notfalls fahre ich für dieses Date sogar bis nach Belfast mit dir.«

»Du willst eine Katholikin ausgerechnet nach Belfast verschleppen?« Sie kicherte. »Na, das wird ein Bombenabenteuer.«

»Alles wird gut werden, *mo chroí*. Vertrau mir.«

Das glaubte er in diesem Augenblick tatsächlich.

15. Kapitel

BALLYSTONE, SEPTEMBER 2019.

Liam.
Zwischen dem Meer und karger Heidelandschaft gelegen war Ballystone ein Dorf wie viele andere in Connemara. Es bestand im Wesentlichen aus einer von bunten Häusern gesäumten Hauptstraße, von der etliche Straßen abzweigten, die meist in landwirtschaftliche Pfade übergingen und vor abgelegenen Gehöften und Cottages endeten. Genau diese Einsamkeit hatte seinen Vater damals hierher getrieben.

Gut ein Jahr nach dem grausamen Ende, das der Alte unter seiner eigenen Hebebühne gefunden hatte, stellte Liam unbehaglich fest, wie nachhaltig ihn das zurückgezogene Leben auf den Hügeln geprägt hatte. Allein der Anblick der belebten Main Street löste einen natürlichen Fluchtinstinkt in ihm aus, wie bei einem Hirsch, der aus dem schützenden Dickicht tritt und eine Meute Jagdhunde wittert. Dabei hatte es eine Zeit gegeben, in der er glaubte, Teil dieser Gemeinde zu sein – bis sich nach Dads Unfalltod die Ereignisse überschlagen hatten.

Er stellte das Fahrrad vor dem Supermarkt ab und ging die restlichen Meter bis zum Fisherman's Snug zu Fuß, an Souvenirläden, Restaurants und Pubs vorbei. Das Festival fand erst am Wochenende statt, aber auf der mit Wimpelketten und Blumenampeln geschmückten Hauptstraße ging es bereits zu wie am Patrick's Day in Dublin. Einige Touristen hatte sich auf dem Gehsteig zusammengeschart und schauten andächtig auf ein Fenster im ersten Stock, aus dem die Nationalhymne schallte, »The Soldier's Song«, gesungen von einer enthusiastischen Jungenstimme.

Er überlegte, ob er nicht besser zurück in die Werkstatt radelte. Doch Brendas Gardinenpredigt nagte an ihm, und er bekam den Milligan-Jungen nicht aus dem Kopf. Wie er am Küchentisch gesessen hatte, die Beine zu kurz, um den Boden zu berühren, die bebrillten Augen auf ihn gerichtet, als betrachte er ein interessantes Insekt unter einer Lupe. Der Kleine hatte ihn mit Fragen befeuert, bis ihm schwindlig geworden war. Er war nicht erpicht darauf, das jetzt jeden Morgen zu erleben, aber die Traurigkeit, gut versteckt hinter munterem Kindergeplapper, hatte etwas in ihm angerührt.

Die Fäuste in die Hosentaschen gebohrt setzte er seinen Weg fort, den Blick auf die blaue Pub-Fassade gerichtet. Dass er tat, was er nun mal tun musste, änderte nichts daran, dass er Brenda MacKenna im Stillen die Pest an den Hals wünschte. An der Eingangstür stieß er mit Eireen zusammen, die ihn unter ihrem obligatorischen Regenhut genauso missbilligend ansah wie Brenda, als sie heute Morgen in sein Büro gestürmt war. Schwer zu glauben, dass die beiden Frauen einander nicht ausstehen konnten.

»Liam Maguire. Das trifft sich ja bestens«, schnauzte sie ihn an. »Ich wollte dir gerade einen Besuch abstatten, weil du nicht an dein Mobiltelefon gehst.« Schon früher war bei Eireen Alarmstufe Rot angesagt gewesen, wenn sie seinen

Nachnamen an seinen Vornamen hängte wie einen Wurm an den Angelhaken.

»Kannst dir den Atem sparen, Eireen. Brenda war diesmal schneller.«

»Sieh an. Da scheinen wir ausnahmsweise mal einer Meinung zu sein, die fromme Helene und ich. Hat sie dir mit dem ewigen Fegefeuer gedroht oder dir gleich Declans Jagdflinte an die Brust gedrückt?«

»Ehrlich gesagt hab ich sie rausgeworfen.«

Eireens Mundwinkel zuckte minimal. »Du wirst dich kaum hierher bemüht haben, um ein Guinness zu trinken. Das hast du nämlich schon länger nicht mehr getan. Zuletzt vor gut einem Jahr, wenn ich mich recht erinnere.«

»Mach es mir nicht schwerer, als es ohnehin schon ist.« Ihm war wirklich nicht danach, Eireen Rede und Antwort stehen zu müssen, wieso ihm nicht nach Gesellschaft war. Er zeigte zur Tür. »Ist sie da drin?«

»Sie?« Eireen schürzte die Lippen. Natürlich wusste sie genau, wen er meinte. Wahrscheinlich tratschte schon das halbe Dorf darüber, dass er Mutter und Kind aus dem Three Gates geworfen hatte. »Falls du Miss Milligan meinst«, fuhr sie mit gekünstelter Freundlichkeit fort, »sie macht gerade einen Krankenbesuch im Hotel. Ich gebe ihr gern Bescheid, dass du im Pub auf sie wartest. Allerdings bin ich mir nicht sicher, ob Bonnie mit dir reden will. Sie wirkte vorhin recht niedergeschlagen. Offenbar ist zu allem Unglück auch noch die Katze ihres Jungen weggelaufen.«

Liam stöhnte auf. Zuerst Brenda, jetzt Eireen. Die Frauen waren vortrefflich darin, einem Schuldgefühle zu machen. Eireen murmelte Unverständliches, ehe sie sich umdrehte und in den Schankraum marschierte. Er folgte ihr – und bereute es augenblicklich, als die nach schalem Bier riechenden Erinnerungen über ihn herfielen wie lästige alte Bekannte, die nicht verstanden, dass man sich deswegen nicht mehr bei ihnen meldete, weil man sie loswerden wollte.

Langsam, als würde er schlafwandeln, ging er an der Theke vorbei zum Kamin, wo er den Schürhaken von der Wand nahm. Im Nebenraum hörte er das harte Klackern von Billardkugeln und Männerstimmen, die er sofort zuordnen konnte. Dan Hatfields weicher Connemara-Akzent war unverkennbar. Die enervierende Lache gehörte Eddie Ryne, und wo Eddie war, fand man meist auch seinen Bruder Emmet. War nur ungewöhnlich, dass sich die Schafbauern zu dieser Uhrzeit im Pub rumtrieben.

Stirnrunzelnd stocherte Liam in der Glut und fischte einige Torfstücke aus dem Weidenkorb in der Ecke. Dass er sich verhielt, als habe er noch gestern hinter dem Ausschank gestanden und Father Hammond sein allabendliches Pint gezapft, fiel ihm erst auf, als der nachgelegte Torf zu knistern begann. Hinter sich hörte er Eireen atmen.

»Ein Gruß im Vorbeigehen ersetzt keine Gespräche, Liam. Wir vermissen dich.«

Er starrte in den Kamin. Ein Torffeuer brennt lange, entwickelt viel Rauch und riecht säuerlich. Dad hatte oft behauptet, es gäbe keinen besseren Geruch.

»Die Dinge sind schwierig im Augenblick.«

Eine vage und sehr milde Beschreibung für sein komplett aus den Fugen geratenes Leben. Seit exakt einem Jahr. Wäre es nicht so beängstigend, hätte er jetzt gelacht.

»Du musst nicht allein damit sein, hörst du? Ich weiß, du möchtest nicht, dass Alfred und ich dich unterstützen, aber...« Eireen wirkte verlegen. »Wir haben deinen Dad gemocht. Er war Teil unserer Gemeinde, und wenn wir helfen können...«

»Ich komm schon klar, mach dir keine Gedanken«, unterbrach er sie. »Es gibt nur viel in der Werkstatt zu tun, und nach Feierabend möchte ich am liebsten meine Ruhe.« Er rang sich ein Lächeln ab. »Wenn es dir so viel bedeutet, schau ich die Tage mal rein, okay?«

»Das wäre schön.« Eireen nickte, enttäuscht und auch ein wenig hilflos. Als ob sie ahnte, dass er das Zugeständnis zwar gerne einhalten wollte, es aber nicht konnte. Nicht bevor er die Dinge in Ordnung gebracht hatte.

Bonnie.
Sie fühlte sich wie betäubt, als sie Roberts Zimmertür hinter sich schloss und langsam den Flur entlangging. Es wollte sie nicht loslassen, das rührende Bild des Teenagers, der sich unter dem Licht einer Küchenlampe über ein Notenblatt beugte und ein Lied für seine Mutter schrieb.

Aber sie hatte auch ein schlechtes Gewissen. Obwohl sie gespürt hatte, dass der Professor mit seiner Vergangenheit haderte, hatte sie ihn genötigt, ihr seine Geschichte zu erzählen. Eine halbe Geschichte, um genau zu sein, denn Robert Brenner hatte seine Erzählung abbrechen müssen, überwältigt von seinen Gefühlen. Sie verstand das, und natürlich respektierte sie, dass er seine Zeit brauchte, trotzdem kam es ihr so vor, als hätte er sie höchstpersönlich in jener kalten Dezembernacht vor achtzehn Jahren auf der Ha'penny Bridge zurückgelassen.

Was wohl danach geschehen war? Hatte Mark von dem Verhältnis zwischen seinem Lehrer und seiner Mutter erfahren? Hatte er an dem Musikwettbewerb teilgenommen?

Warum war der Junge von der Bildfläche verschwunden? Auf welche Weise? Hinzu kam, dass die ganze Geschichte bisher in keinem Zusammenhang zu den Noten stand. Selbst wenn sie wirklich aus der Feder von Mollys Sohn stammten ... Wie waren sie in den Dubliner Bus geraten? Und wieso führte der einzige Hinweis auf Mark ausgerechnet nach Ballystone? Nicht zuletzt die Frage, die Bonnie am meisten bekümmerte: Molly O'Reilly war gestorben, an Krebs, wie ihre eigene Mutter, und sie hatte sich nicht getraut, Brenner nach weiteren Details zu fragen.

Einen Moment lang überlegte sie, ob sie zu Zimmer 112 zurückkehren sollte, sah aber ein, dass es wenig Sinn machte, ihn zu bedrängen. Offenbar blieb ihr nichts anderes übrig, als geduldig zu warten, bis Brenner die Geschichte weitererzählte. Falls er das überhaupt wollte. Bonnie wusste nur zu gut, dass es Dinge im Leben gab, die man nicht in allen Einzelheiten mit anderen teilen mochte – besonders wenn es um das Andenken an eine Tote ging.

Resigniert begab sie sich an die Rezeption, wo sie zu ihrer Erleichterung ein leeres Sofa vorfand. Sah aus, als wären Emmet und Eddie des Wartens überdrüssig geworden. Das kaugummikauende Mädchen teilte ihr mit, dass Eireen sie im Pub erwarte, und Bonnie las mit einem Anflug von schlechtem Gewissen die Uhrzeit von ihrem Handy ab. Eigentlich sollte sie Josh abholen, doch sie hielt es für ratsam, der Aufforderung ihrer neuen Gastgeberin zu folgen. Höflichkeitshalber, und weil sie nach all der Aufregung tatsächlich ein kühles Bier vertragen konnte.

Als sie auf die Straße trat, schirmte sie mit der Hand die Augen vor dem Sonnenlicht ab. Ma hatte einmal gesagt, sie sei nicht von ungefähr eine gute Geschichtenerzählerin. Angeblich besäße sie den sechsten Sinn, ein Gespür für Dinge. Damals hatte Bonnie diese Behauptung als esoterischen Glaskugelunsinn abgetan, doch das war vor der Diagnose gewesen. Bevor sie festgestellt hatte, dass sie den hässlichen Namen von Mas Krankheit längst kannte, den ihr der Onkologe verpasst hatte.

Bonnie hob das Kinn und verharrte einen Augenblick lang mit geschlossenen Augen auf dem Gehsteig. Sie hörte Motorbrummen und Stimmengewirr. Ein Kinderfahrrad fuhr mit klappernden Wimpeln so dicht an ihr vorbei, dass sie den Luftzug spürte. Die Sonnenstrahlen waren intensiv und fühlten sich so gar nicht nach Herbst an. Etwas strich ihr übers Haar, flüsterte und raunte an ihrer Wange. Der Wind, oder … Nein, sicher nicht der Wind. Ihr Gefühl sagte ihr, dass Mark O'Reilly auf irgendeine Art mit diesem Dorf verbunden war. Er war hier, irgendwo, vielleicht ganz in der Nähe. Und ihr Gefühl täuschte sie nie.

Liam.
Er saß auf einem Barhocker an der Stirnseite der Theke und versuchte, kein allzu gequältes Gesicht zu ziehen, als Eddie Ryne die zweite Runde Guinness bestellte.

»Du klammerst dich an dein Glas, als könnte es jeden Moment davonfliegen. Bist wohl 'n bisschen aus der Übung, Maguire.« Eddie demonstrierte mit einem breiten Grinsen, dass er sich die schiefen Vorderzähne noch immer nicht hatte richten lassen.

»Was du von dir selbst kaum behaupten kannst, Eddie.« Liam wechselte einen vielsagenden Blick mit Dan, der streng nach Dienstvorschrift an einer Cola nippte.

»Dir ist schon klar, dass du spätestens nach dem zweiten Bier dein Fahrrad nach Hause schieben musst, eh?« Ein lauernder Ausdruck erschien auf Eddies Gesicht, ehe er sich mit der flachen Hand an die Stirn schlug. »Oops, hab ich glatt vergessen. Sergeant Hatfield hat deine Fahrlizenz ja längst einkassiert.« Er kicherte. »Sein eigener Kumpel, wie tragisch.«

Liam stützte die Ellenbogen auf den Tresen und vertiefte sich in die Flaschen im Spirituosenregal.

»Mensch, Eddie, die Geschichte hat mittlerweile einen ziemlich langen Bart.« Emmet verpasste seinem Bruder einen Rippenstoß.

»Aber sie ist lustig.«

»Nee, ist sie nicht. Dan hat bloß seinen Job gemacht. Konnte ja keiner ahnen, dass ihm ausgerechnet Liam in die neue Blitzanlage reinrauscht.«

»Mit zweihundert Sachen! Wärst du kein humorloser Hinterwäldler, würdest du mitlachen.«

»Wenn ich ein Hinterwäldler bin, bist du auch einer«, schoss Emmet zurück. »Wir haben nämlich dieselbe Adresse.«

»Ja. Leider.«

»Kannst ja ausziehen, *fukin' idiot*.«

»Zieh du doch aus, du dämlicher fetter ...«

»Okay, das reicht, Jungs. Lassen wir die Vergangenheit da, wo sie hingehört. Wir sind hier, oder? Also, *sláinte*!« Gespielt unbekümmert prostete Liam in die Runde, die andere Hand, deren Finger unablässig zuckten, versteckte er unterm Tresen.

Die Ryne-Zwillinge mochten gut mit ihren Schafen sein, darüber hinaus gehörten sie nicht gerade zu den Leuten, die aus tiefen Tellern aßen. Es wäre reine Zeitverschwendung gewesen, den beiden irgendwas erklären zu wollen, obwohl er Emmet eigentlich gut leiden mochte. Der gutmütige Riese hatte ihn in den ersten Wochen nach Dads Tod oft vom Pub nach Hause gefahren. Er wollte gar nicht wissen, was er ihm im Suff alles über sich erzählt hatte, doch im Dorf wusste ohnehin jeder von seinem Zusammenbruch. Seinem besten Freund Dan hingegen verdankte er vermutlich das Leben. Zu jener Zeit konnte er dem Drang, sich literweise mit Whiskey zu betäuben, nur mittels eines durchgedrückten Gaspedals entgegenwirken. Bloß die Sache mit den zweihundert Stundenkilometern stimmte nicht. Sein Pick-up schaffte höchstens hundertvierzig, aber das interessierte in Ballystone niemanden. Wenn hier einer die Geschichte vom Zwerg erzählte, war er zwei Wochen später garantiert ein Riese.

Gedankenverloren kratzte Liam mit dem Fingernagel ein Muster in seinen Bierdeckel. Dan hatte ihm für ein ganzes Jahr die Fahrerlaubnis entzogen. Mittlerweile hätte er sich längst eine neue Lizenz besorgen können, doch er hatte sich ans Fahrradfahren gewöhnt, womöglich traute er sich selbst nicht über den Weg. Er war nie ein Mann mittlerer Temperaturen gewesen, ständig ging er aufs Ganze. Hatte ihm früher eine Menge Ärger eingebracht und dazu geführt, dass er einige falsche Entscheidungen getroffen hatte.

»*Damn*, Emmet! Was soll der Scheiß?«

Liam hob den Kopf, als Eddie aufjaulte und sich mit schmerzverzerrtem Gesicht die Seite rieb. Emmet beugte sich aufgeregt nach vorn.

»Ist sie das nicht?«, raunte er und fiel fast vom Hocker bei dem Versuch, unauffällig zur Tür zu zeigen. »Die Lady, die uns vorhin angeschmiert hat?«

Eddie glotzte mit seinen kurzsichtigen Augen in den

Thekenspiegel und grunzte missfällig. Im selben Moment hob Dan die Hand, und Liam verschluckte sich an seinem Guinness, das er in einem Zug leeren wollte.

»Hey, Bonnie!«

Shit. Nach Luft ringend duckte er sich hinter die Zapfhähne, als sich die zierliche Frauengestalt in Jeans und Pullover aus dem Schatten des Eingangsbereichs löste und zu ihnen herüberkam. Sie rief den verdatterten Ryne-Brüdern ein fröhliches »Hi Jungs!« zu, blieb aber mit ihrer Aufmerksamkeit bei Dan. So wie sie seinen Freund ansah, wirkte sie überhaupt nicht biestig. Nicht ansatzweise die Furie, die sie ihm gegenüber gab. Sie wirkte weich und freundlich ... richtig hübsch. Wie eine Frau, nach der sich die Männer umdrehen.

Widerstrebend richtete er sich auf, ihre Blicke kreuzten sich. Kaum merklich weiteten sich ihre Augen, und für einen kurzen Moment rechnete er damit, dass sie augenblicklich kehrtmachte. Doch sie straffte den Rücken und ging unbeirrt weiter.

»Die Frau ist der Hammer, findest du nicht?«, raunte Dan ihm ins Ohr.

Liam reagierte nicht. Er war zu beschäftigt, seine Mimik unter Kontrolle zu bringen, denn Bonnie Milligans Augen ruhten nun auf ihm. Sie blinzelte kein einziges Mal, als spielten sie »Wer zuerst wegschaut, verliert«. Und ihr Blick war keine Kampfansage, oh nein. Er war eine Kriegserklärung.

»Mr Maguire.«

Nicht die Spur eines Lächelns.

»Miss Milligan.« Er knickte den Bierdeckel in der Mitte durch und bemerkte, wie Dan erst sie, dann ihn irritiert anschaute. Ehrlich, er war nie erleichterter gewesen, Eireen zu sehen, die mit Dans Mittagessen aus der Küche kam. Ihre Augen leuchteten auf, als sie Bonnie entdeckte.

»Wie schön, dass ihr beide die Angelegenheit bereits geklärt habt.« Ihr Ton verriet, dass sie genau wusste, dass überhaupt nichts geklärt war. Sie kannte ihn einfach zu gut. Wie paralysiert starrte Liam auf Dans Teller. Kartoffeln, Speck, gekochte Wurst. Eireens Coddle war legendär, und sein Magen knurrte, obwohl ihm schlagartig der Appetit vergangen war.

»Ich glaube, ich verstehe nicht.« Bonnie presste die Lippen zusammen. Ihr Gesichtsausdruck verriet allen Anwesenden, dass er kein Lächeln wert war. Nicht mal ein kleines. »Was genau haben wir denn geklärt?«

»Vielleicht brauchen Sie zuerst das Codewort«, bemerkte Eddie und prustete los. Emmet fiel sofort in das alberne Gelächter mit ein, als wäre er nicht vor drei Minuten im Begriff gewesen, seinem Bruder einen Kinnhaken zu verpassen.

Es gab Momente im Leben, da sollte man nicht nachdenken. Dies war ein solcher Moment. Zeit, dass er ausbügelte, was er verbockt hatte, ehe die Gelegenheit an ihm vorüberzog und ihm eine lange Nase machte. Hastig leerte Liam sein Guinness und nestelte einen Zehner aus der Hosentasche. Den zerknitterten Schein schob er unter sein Glas, dann drückte er sich wortlos an Dan vorbei, riss Bonnie die rosafarbene Sporttasche aus der Hand und ging mit langen Schritten Richtung Ausgang.

»He! Das ist meine Tasche!«

Er schaute über die Schulter zurück. Eireen lehnte mit verschränkten Armen an der Kaffeemaschine und hob verstohlen den Daumen. Endlich gelang ihm ein echtes Lächeln. Eins, das sich sehr männlich und überlegen anfühlte.

»Ich weiß. Und ich bringe sie dorthin zurück, wo sie hingehört.«

Bonnie.
Ihre Mutter hatte ihr einmal erklärt, dass es sich für eine junge Dame nicht schicke, in der Öffentlichkeit zu rennen. Das war während Mas Jane-Austen-Phase gewesen, in der sie ausschließlich armdicke, angestaubte Wälzer gelesen hatte, die um 1800 spielten. Doch sie lebten im Jahr 2019, und Bonnie hatte nie viel für Romane übriggehabt, in denen Frauen sich alles von Männern gefallen ließen.

»Mr Maguire! Bleiben Sie stehen!«

Sie hastete die Main Street hinunter, den Blick fest auf den breiten beigefarbenen Pulloverrücken gerichtet, der nicht auf ihren Ruf reagierte. Was zum Teufel stimmte mit dem Typen nicht? Bonnie legte einen Zahn zu. Da Liams Beine wesentlich länger waren, musste sie sich anstrengen, um ihm auf den Fersen zu bleiben – und höllisch aufpassen, damit sie auf dem überfüllten Bürgersteig nicht mit einem Passanten zusammenstieß. Als sie ihn endlich einholte, befestigte er ihre Tasche bereits auf dem Gepäckträger seines Fahrrads.

»Erklären Sie mir bitte, was das werden soll?«

»Ich dachte, das hätte ich getan. Ich bringe Ihr Gepäck zum Three Gates.« Ohne sie anzusehen, bugsierte er das Rad an ihr vorbei und schob es in Richtung Ortsausgang. Ihr entfuhr ein protestierender Laut, aber es fiel ihm nicht ein, stehen zu bleiben. Sie ballte die Fäuste und trabte ihm hinterher.

»Aber wir wohnen nicht mehr bei Ihnen. Sie haben doch selbst gesagt, dass Josh und ich nicht willkommen sind.«

»Legen Sie immer alles auf die Goldwaage, was die Leute so dahinsagen?« Er sah stur geradeaus, verringerte aber das Tempo, bis sie zu ihm aufgeschlossen hatte.

»Und Sie? Sagen Sie immer Dinge so dahin, die man auf die Goldwaage legen könnte?«, konterte sie wütend. »Oder sind Sie bloß zu feige für ein einfaches ›Sorry, ich hab's nicht so gemeint‹?«

Sie hatten das Ende des Gehwegs erreicht, die Fußgängerampel wechselte auf Rot. Liam warf ihr einen Seitenblick zu. Ihm war anzusehen, wie es hinter seiner Stirn arbeitete; zu welchem Ergebnis er aber kam, blieb sein Geheimnis. Er atmete hörbar aus und schwang sich aufs Rad.

»Es ist gar nicht so schwer«, murmelte sie. »Das Wort *sorry* hat nur fünf Buchstaben.«

»Aufsitzen.«

»Wie bitte?«

Er zeigte auf die Mittelstange. »Wenn wir zu Fuß gehen, brauchen wir ewig, und in der Werkstatt wartet Arbeit auf mich. Also steigen Sie schon auf, dann verschwenden wir nicht noch mehr Zeit.«

»Was haben Sie eigentlich für ein Problem, Mr Maguire?«

»Oh, ich habe kein Problem.« Er klang jetzt belustigt. »Aber Sie haben eins, und wie es aussieht, scheine ich momentan die einzige Lösung zu sein.«

»Das ist nicht ganz richtig. Eireen hat uns das Zimmer ihrer Tochter angeboten.«

Er verdrehte die Augen. »Glauben Sie mir, Sie wollen nicht in einem Mädchenzimmer mit Elfentapete wohnen. Ihr Junge sicher auch nicht.«

Josh. Jesus! Sie warf einen Blick auf ihr Handy, konnte aber nicht aus ihrer Haut. Sie brauchte eine Entschuldigung von Liam, um die Dinge auf Anfang zu drehen. Aber wollte sie das überhaupt, nach all den hässlichen Worten, die zwischen ihnen gefallen waren?

Sie dachte an das alte, heruntergekommene Haus, an den verwilderten Garten. Den atemberaubenden Blick über die grün wallenden Hügel bis zum ölig wogenden Meer. An Sir Francis, der jetzt vielleicht an der Haustür kratzte und glaubte, sie hätten ihn verlassen. Und daran, dass Eireen gesagt hatte, das Three Gates sei der perfekte Ort für einen kleinen Jungen. Das war es zweifellos und bei weitem besser als ein Zimmer in der Stadt, wo ihr Sohn kaum Bewegungsfreiheit hätte. Wäre Liam Maguire nur nicht so ein Ekelpaket.

»Ich möchte eine Entschuldigung. Oder zumindest etwas, das so klingt.«

»Grüner wird's nicht«, sagte ein Mann im Fahrradtrikot, der hinter ihnen ungeduldig die Klingel seines Mountainbikes betätigte, als hätten sie den Boxenstart beim Derby verpatzt.

»Sie sind eine echte Nervensäge, Bonnie Milligan. Wissen Sie das eigentlich?« Es war erstaunlich, wie sich sein Gesicht veränderte, wenn er lächelte. Es war nur ein kleines und reichlich gequältes Lächeln, aber es fühlte sich versöhnlich an. Das war fast so gut wie eine Entschuldigung, oder nicht?

»Hab ich schon mal gehört, ja.« Ihr Herz klopfte. Vielleicht wurden Wörter mit fünf Buchstaben überschätzt.

Pling, machte die Fahrradklingel. *Pling, pling.* Warum zum Teufel stieg der Kerl nicht ab und schob seinen Drahtesel an ihnen vorbei, wie es jeder normale Mensch täte?

»Einigen sich die Turteltäubchen, bevor es wieder rot wird?«, rief der Fahrradfahrer bissig.

»Keine Ahnung, Sir.« Liam hielt den Blick unverwandt auf sie gerichtet. Ihr war vorher gar nicht aufgefallen, dass er Grübchen hatte. Sie mochte Männer mit Grübchen. Früher jedenfalls. »Haben wir uns geeinigt, Bonnie?«

Sie hörte heraus, dass er mit einem klaren Nein rechnete, und bemerkte erstaunt, wie sie erschauderte. Er nannte sie zum ersten Mal beim Vornamen, und sein weicher Tonfall schien tatsächlich etwas zwischen ihnen geradezurücken. Als hätten sie ein sperriges Möbelstück nach vielem Hin-und-her-Geschiebe endlich in die vorgesehene Nische bugsiert. Sie rang sich ein Lächeln ab.

»Ich denke, das haben wir, Liam.«

Okay, vielleicht würde es keinen Neuanfang geben, doch das hieß nicht, dass sie zukünftig nicht so miteinander umgehen konnten, wie Erwachsene das eben taten, die einander respektierten.

Die Ampel sprang auf Gelb um, der Mountainbiker hinter ihnen stöhnte auf.

Später würde Bonnie nicht mehr sagen können, wie sie auf die Mittelstange von Liams Fahrrad gekommen war. An was sie sich jedoch genau erinnern würde, waren der warme Atem in ihrem Nacken und die harte Männerbrust in ihrem Rücken. Und dass sie sich darüber gewundert hatte, dass das Herz in dieser Brust schneller schlug als ihr eigenes.

16. Kapitel

BALLYSTONE, SEPTEMBER 2019.

Liam.
Eine gute Stunde nachdem er Bonnie am Farmhaus der Mac-Kennas abgesetzt hatte, stand er auf dem Werkstatthof und musterte das Firmenschild über dem Tor. Es hing schief, offenbar war es beim gestrigen Unwetter aus der Halterung gebrochen. Er musste es reparieren, obwohl es jetzt unfreiwillig stimmig zum Rest des heruntergekommenen Gebäudes und seiner unrühmlichen Vergangenheit passte.

Bevor sein Vater die Halle damals gekauft hatte, wurde sie von den ortsansässigen Fischern als Mülldeponie genutzt. Sie stank nach Fisch, Feuchtigkeit und Kanalisation und beherbergte obendrein allerlei Gerümpel, das keiner mehr gebrauchen konnte: beschädigte Schiffsteile, ausgemusterte Reusen und Taue, rostige Öltanks und alte Kühlboxen, ein Sofa, sogar eine Hebebühne. Eigentlich hatten sie sich bloß ein zum Verkauf stehendes Boot ansehen wollen, doch dann hatte Dad unter einer Plane den alten 911er Porsche gefunden. Er war wie paralysiert gewesen, hatte minutenlang schweigend vor diesem Schrotthaufen gestanden, einen Ausdruck im Gesicht, von dem Liam nur erraten konnte, ob er eine Menge Spaß oder richtig viel Ärger bedeutete.

Den Kaufvertrag für die Halle hatte er noch am selben Tag unterschrieben und beim Hafenmeister in bar bezahlt – unter der Bedingung, dass sämtliches Inventar im Preis inbegriffen war. Danach brauchten sie drei Monate, um die Vision zu verwirklichen, die den Alten heimgesucht hatte wie der Geist auf dem Flaschenboden eines zwanzigjährigen Tullamore: Sie flickten das Dach, verschweißten die Löcher in den Wandblechen und strichen die Fassade leuchtend blau. Drinnen sortierten sie Brauchbares aus, fuhren den Rest zur Deponie und brachten zum Schluss den Firmennamen über dem Rolltor an, der noch immer gemischte Gefühle in Liam hervorrief. Einerseits war er stolz auf das Erreichte, andererseits war diese Oldtimerwerkstatt nie das gewesen, wovon er insgeheim geträumt hatte.

Er riss sich vom Anblick des schiefen Schildes los und kehrte in die Werkstatt zurück, wo er das Radio anschaltete und in den Blaumann stieg, der schon seit einigen Wochen eine Wäsche nötig hatte. Während er am Träger herumnestelte, glitt sein Blick über die geöffnete Motorhaube des Jaguars und verweilte auf dem daneben aufgebockten Porsche. Die wütend hingeschmierten Ziffern auf der Seitentür weckten ein Gefühl widerstrebender Hochachtung in ihm. Zweifellos war Bonnie Milligan eine Kämpferin. Sie mochte ein loses Mundwerk haben, aber letztlich war sie mit ihrer kompromisslosen Art so erfolgreich, dass er sich nicht nur den Jaguar vorgenommen, sondern darüber hinaus ihre Telefonnummer eingeprägt hatte.

Er war gerade auf dem Mechanikerbrett unter den Porsche gerollt, als er einen Wagen auf dem Hof hörte. Wenig später hallte das Geräusch von Schritten durch das Gebäude – schwere, behäbige Schritte, die zu einem Menschen gehörten, der das dazu passende Körpergewicht trug. Dass sein Besucher nicht allein war, stellte er fest, als zwei Schnürschuhpaare in sein Sichtfeld gerieten. Eins schwarz, das andere braun, und beide glänzten zu sehr, um Einheimischen zu gehören.

Es war also mal wieder so weit. Er hätte schwören können, dass sein Herz kurz aussetzte, ehe es weiterschlug, viel zu schnell für jemanden, der sich vorgenommen hatte, keinerlei Furcht zu zeigen. Trotzdem zog er in aller Ruhe einen Lappen aus der Hosentasche und wischte prüfend über die rostige Bremsleitung. Sie leckte, was ihn nicht wunderte. Auch wenn der Porsche seinem Vater damals die Initialzündung für die Einrichtung der Oldtimerwerkstatt gegeben hatte, erwies sich der Wagen leider Gottes als Niete. Er besaß kaum eine Schraube, die nicht ersetzt werden musste, und die Originalersatzteile waren schwer zu beschaffen. Davon abgesehen kosteten sie ein Vermögen, weshalb Dad sich schon bald von der Idee verabschiedet hatte, mit einem restaurierten 911er den großen Reibach zu machen. Wahrscheinlich wäre der Porsche irgendwann unter seiner Plastikplane zu Staub zerfallen, hätte Liam vor einem Jahr nicht nach dem rettenden Strohhalm gegriffen.

Eine glimmende Zigarettenkippe fiel neben ihm zu Boden. Er drehte den Kopf weg und hielt reflexhaft die Luft an, als der Qualm unter den Wagen kroch und ihm in den Augen biss.

»Das ist eine Autowerkstatt. Rauchen verboten«, bemerkte er, ohne seine Arbeit zu unterbrechen.

Jemand lachte, dann hörte er das trotzige Klicken eines Feuerzeugs. *Idiot*, dachte er und klopfte mit dem Schraubenschlüssel gegen den Unterboden der Porsche-Karosserie. Rost rieselte ihm ins Gesicht, er fluchte.

»Du bist ganz schön frech, wenn man bedenkt, dass ein

bisschen Zigarettenrauch im Augenblick dein kleinstes Problem sein dürfte.«

»Es ist aber nicht mein Problem, Barry, sondern deins«, konterte er. »Kann mir nicht vorstellen, dass dein Boss erfreut wäre, wenn er hören müsste, dass du seinem Schuldner die Existenzgrundlage unterm Hintern abgefackelt hast.«

»Du elender kleiner Scheißkerl!«

Jemand zog ihn so unvermittelt an den Füßen unter dem Porsche hervor, dass er fast vom Brett gerutscht wäre, hätte er sich nicht mit den Händen abgestützt. Der Beton scheuerte seine Handflächen auf, aber er unterdrückte den Schmerz. Über ihm erschienen die gitterförmig angeordneten Leuchtstoffröhren an der Hallendecke, davor zeichneten sich zwei verschwommene Silhouetten ab. Er schloss ergeben die Augen, als der dicke Mann sich bückte und ihn am Brustlatz packte.

»Ich nehm dich auseinander wie einen Sperrholzschrank, Maguire«, presste Barry mit wippender Kippe im Mundwinkel hervor. »Meinem Boss ist deine Schrauberbude scheißegal. Er will sein Geld und hat es satt, die Zinsen aus deiner Portokasse zu fischen. Wir hatten eine Menge Geduld mit dir, aber allmählich ist Zahltag angesagt.«

Liam nickte und zeigte mit dem Finger nach oben, wo die aufpolierte Stoßstange des Porsche silbern schimmerte.

»Ich tu, was ich kann, Mann.«

»Ist das so?« Barry drückte ihm die Faust gegen die Kehle, dann ließ er ihn wieder los. »Warum habe ich dann den Eindruck, dass du uns verarschst? Sieht aus, als wärst du mit dem Porsche keinen Millimeter weitergekommen, seit wir dich das letzte Mal besucht haben. Vielleicht brauchst du eine kleine Erinnerung, dass es kurz vor zwölf ist?«

Liam, der sich alle Mühe gab, ruhig auf dem Brett liegen zu bleiben, lachte heiser.

»Hast du Barry endlich beigebracht, die Uhr zu lesen?«, krächzte er in Richtung des zweiten Mannes, wofür er sich prompt eine saftige Ohrfeige einfing. Mit einem zornigen Laut riss Barry ihn halb in die Höhe und schüttelte ihn wie einen ungezogenen Welpen. Liam hörte eine Naht an seinem T-Shirt reißen und ließ sich widerstandslos auf die Füße ziehen. Sein Kopf dröhnte von der heftigen Erschütterung, während er in Sekundenschnelle seine Chancen abwog.

Barry, ein cholerischer Bullterrier auf zwei Beinen. Daneben sein fast absurd normal aussehender Kollege, Typ Buchhalter mit Nickelbrille und Anzug, der nie den Mund aufmachte, aber dieses unheimliche Psychopathenleuchten in den Augen hatte, bei dem man im Kino Gänsehaut bekam.

Liam war nicht ungeschickt im Faustkampf, wusste aber, dass er gegen die Männer, deren Tagesgeschäft Einschüchterung und Gewalt waren, keine Chance hatte. Selbst wenn er es auf einen Versuch ankommen ließe, würden übermorgen andere Kerle in polierten Schnürschuhen in seiner Halle stehen, um den Job zu erledigen. Bei Barry und seinem gruseligen Kumpel wusste er wenigstens, woran er war. Er holte Luft für eine halbherzige Entschuldigung, während im selben Moment die Radiomusik abbrach.

»Gibt es hier ein Problem?«, durchschnitt eine vertraute Stimme die eingetretene Stille. Sergeant Dan Hatfield lehnte mit verschränkten Armen und ernstem Gesicht an dem Regal, auf dem das Radio stand.

Barry drehte den Kopf und musterte den uniformierten Polizeibeamten. Einige Sekunden verstrichen, dann erhellte sich sein Gesicht. Er lachte auf, löste die Finger von Liams

Brustlatz und zupfte die Träger zurecht wie ein Vater, der im Begriff war, seinen Sohn in die Sonntagsschule zu schicken.

»Du hast echt Schwein«, knurrte er, ohne sein Lächeln zu unterbrechen, das mehr mit einem Zähnefletschen gemein hatte. »Aber denk nicht, dass wir mit dir fertig sind.« Er klopfte ihm auf die Schulter und wechselte einen Blick mit dem Buchhalter, der reglos im Hintergrund wartete. »Kein Problem, Officer. Nur ein kleines Kundengespräch.«

Liam stockte der Atem, als die Hand des Buchhalters in Richtung Jackenaufschlag kroch.

»Kundengespräch«, wiederholte Dan gedehnt und sah ihn fragend an.

Ihm blieb nichts anderes übrig, als zu nicken, zumal er nicht den Eindruck hatte, dass Dan die Situation richtig einschätzte. Wie auch, die einzigen Kriminellen, mit denen er es zu tun bekam, waren zehn Jahre alt und machten allenfalls lange Finger im Süßigkeitenregal des Supermarkts.

»Wir haben uns gerade geeinigt«, brummte er und fixierte die bleichen Finger des Geldeintreibers, die so viel besser auf die Tasten eines Klaviers als an den Schaft einer Pistole gepasst hätten.

»Genau.« Barry knuffte ihn in die Rippen. Nicht so fest, dass er ins Taumeln geriet, aber nachdrücklich genug für eine unmissverständliche Warnung. »Mr Maguire und ich sind voll-kom-men klar.«

Er durchbohrte ihn mit einem letzten verächtlichen Blick. Dann hob er die Hand in Dans Richtung und steuerte ohne ein weiteres Wort den Ausgang an, gefolgt von seinem Kollegen. Dan sah ihnen stirnrunzelnd nach.

»Wer zum Teufel war das denn?«, fragte er, halb belustigt, halb misstrauisch. »Die sahen ja aus wie frisch vom Filmset eines Tarantino-Streifens.« Er lachte leise. »Hast du die Schuhe gesehen?«

»Städter eben.« Achselzuckend wandte Liam sich ab. Er hätte gern mitgelacht, hatte aber kein gesteigertes Interesse daran, dass Dan sein Gesicht näher in Augenschein nahm. Seine Wange brannte von der Begegnung mit Barrys schwieliger Handfläche, und er kochte vor Wut.

»Ist alles okay? Du siehst irgendwie angespannt aus.« Dan wies mit dem Kinn zum Hallentor. »Nicht dass es mich etwas angeht, aber vielleicht solltest du dir besser überlegen, mit wem du Geschäfte machst.«

Oh, wenn du wüsstest. Fast hätte er der Versuchung nachgegeben, seinem Freund von Malcolm O'Grady zu erzählen, von den Motivationsmethoden seiner Schläger, die zweifellos den Tatbestand der Nötigung erfüllten. Doch O'Grady war ein gefährlicher Zeitgenosse. Zu gefährlich für einen einfachen Dorfpolizisten wie Dan Hatfield.

Er kramte in seinem Werkzeugwagen, ohne genau zu wissen, was er suchte. Einen Revolver, um sich das Hirn wegzupusten? Sicher hätte er dann ein paar Sorgen weniger.

»Oder beschäftigt dich ein ganz anderes Problem?« Dans Mundwinkel zogen sich nach oben. »Bonnie zum Beispiel?«

»Was?« Liam hob ruckartig den Kopf und stieß dabei fast gegen den Metallarm der Hebebühne.

»Hab gehört, ihr hattet ein paar Anlaufschwierigkeiten.«

»Hast du das von Eireen?«

»Na, von Bonnie bestimmt nicht. Sie meinte, gestern sei in der Werkstatt alles wunderbar gelaufen. Hat regelrecht geschwärmt von dir.«

Liam runzelte die Stirn. Die Vorstellung, dass Bonnie Milligan von ihm schwärmte, war so lächerlich, als wollte sein

Freund ihm weismachen, dass die Sonne sich neuerdings um die Erde drehte. Dan pfiff leise durch die Zähne.

»Ich wusste, dass du sie magst.«

Liam platzte der Kragen. »Teufel noch mal, Dan! Gibt es nicht irgendwo ein paar ausgebüxte Schafe, die du von der Straße treiben kannst, statt deine Nase in anderer Leute Angelegenheiten zu stecken?«

»Das hab ich heute früh schon erledigt. Die Ryne-Brüder hatten oben auf der Nordweide mal wieder ein Loch im Zaun. Hab's geflickt.« Der Polizist verzog keine Miene, doch sein scheinheiliger Unterton brachte Liam weiter in Rage.

»Ich kenne diese Frau überhaupt nicht«, presste er hervor. »Davon abgesehen fällt es mir ausgesprochen schwer, jemanden zu mögen, der mich Scheißkerl nennt, weil ich nicht nach seiner Pfeife tanze.« Er atmete aus in dem Versuch, seinen Puls zu kontrollieren, der nach dem Besuch seiner beiden »Freunde« ohnehin schon jenseits der messbaren Grenze lag. Vielleicht reagierte er deshalb überzogen, aber er konnte sich nicht mehr beherrschen. »Sie ist eine unerträgliche Ziege. Das denke ich über sie, falls es das ist, was du wissen möchtest.«

»Na, wenn das so ist...« Dan sah ihn prüfend an. Es schien, als ob er noch mehr sagen wollte, aber das Gefühl hatte, dass er es besser nicht tun sollte.

Einige Sekunden verstrichen, in denen Liam erfolglos versuchte, die Erinnerung an den süßlich-warmen Duft zu unterdrücken, der von Bonnies Haut aufgestiegen war, als sie sich auf dem Fahrrad an ihn gelehnt hatte. Er hatte weder Parfum noch Kosmetika an ihr bemerkt. Sie roch nur nach sich selbst und wirkte dadurch seltsam eins mit ihrer Umgebung, der Torferde, dem ewigen Wind und der Salzluft.

Dann rief er sich die Hand des Buchhalters ins Gedächtnis, wie sie sich mit kühler Berechnung unter das Nadelstreifenjackett schob. Mit einem Mal war ihm klar, dass er heute Abend nicht auf der alten, durchgelegenen Couch im Bürocontainer übernachten würde. Er verspürte das dringende Bedürfnis, ins Three Gates zu fahren. Nach Hause. Dorthin, wo ihn zum ersten Mal seit Monaten keine Stille mehr erwartete.

Bonnie.
Dieser Ort besaß einen merkwürdigen Bezug zur Zeit. Sie hatte den Eindruck, erst ein paar Minuten am Küchenfenster gestanden zu haben, doch als sie den Blick von den in Herbstfarben leuchtenden Hügeln und den darüber hinwegziehenden schiefergrauen Wolkenformationen löste, stellte sie fest, dass ihr Kaffee kalt geworden war.

Am Küchentisch beugte sich Josh über einen Malblock, still und konzentriert. Ihn mit Buntstiften zu sehen war so ungewohnt, dass sie sich dabei ertappte, ihn heimlich zu beobachten. Er hatte nie besonders gern gemalt, weil es ihn frustrierte, dass es ihm nicht gelang, die Dinge so wirklichkeitsgetreu darzustellen, wie er sie zu benennen wusste. Auch jetzt schien er unzufrieden mit seinem Werk. Er hielt das Bild in die Höhe, eine exakte Kopie der anderen Versuche auf dem Küchentisch, und sah hoffnungsvoll zu ihr auf.

»Findest du, es sieht ihm ähnlich, Mam?«

Hätte er doch nicht gefragt. Sie war hin- und hergerissen zwischen ihrem Vorsatz, der unbedingten Ehrlichkeit treu zu bleiben, oder seine Selbstzweifel zu zerstreuen.

Es sieht ein bisschen aus wie ein Kürbis mit Ohren, aber

mit viel Fantasie könnte es durchaus ein gescheckter, einäugiger Kater sein. Aber das ist vollkommen in Ordnung. Jeder, der diese Vermisstenplakate sieht, wird wissen, wonach er Ausschau halten muss.

»Ich finde, du hast das prima gemacht. Die schwarzen und braunen Flecken sind genau dort, wo sie sein sollen.«

»Meinst du, jemand wird Sir Francis finden?«

Bonnie trat näher und strich ihm über den Kopf. Er mochte solche Zärtlichkeiten nicht besonders, aber es war ihr unmöglich, sein seidenweiches Haar nicht zu berühren, das sie in die Zeit zurückversetzte, als er ein Baby war.

»Wir schreiben unsere Telefonnummer auf die Plakate und hängen sie überall im Dorf auf. Wenn es sein soll, wird er zu uns zurückkommen.«

Den ganzen Nachmittag hatten sie nach Sir Francis gesucht. Im Haus, auf der Wiese, in dem verwilderten Gemüsegarten, dessen Erträge mühelos drei Familien durch den Winter gebracht hätten. Sie hatten den Geräteschuppen und die leer stehenden Nebengebäude durchforstet, waren durch das Birkenwäldchen und über den Hügel bis zur angrenzenden Weide durch kniehohes Gras gestiefelt – vergeblich. Zwar hatte Bonnie jetzt eine genaue Vorstellung davon, wie weitläufig das Anwesen war, der treulose Kater blieb jedoch wie vom Erdboden verschluckt.

»Und wenn er nicht zurückkommt?« Josh blinzelte. »Was, wenn er zu Grandma gelaufen ist?«

Bonnie fühlte einen Stich in der Brust, weil ihr wieder einmal bewusst wurde, dass ihr Sohn kein Baby mehr war. Er war sechs Jahre alt und hatte am eigenen Leib erfahren, wie unfair das Leben sein konnte. Und er wollte Antworten, die mittlerweile weit über die Klärung der Frage hinausgingen, wie Santa Claus es schaffte, allen Kindern am selben Tag ihre Geschenke zu bringen.

»Wenn er zu Grandma gegangen ist, dann nur, weil sie ihn dringend gebraucht hat«, sagte sie so gefasst, wie es eben möglich war, wenn man seinem Kind verdeutlichen musste, dass es vielleicht richtig mit seinen Überlegungen lag.

Josh nahm einen orangefarbenen Buntstift und malte ein Kreuz in die Mitte des Kürbiskatergesichts.

»Es ist gut, wenn Sir Francis auf Grandma aufpasst. Aber ich möchte lieber sichergehen, dass er sich nicht bloß verlaufen hat, okay?«

»Okay«, flüsterte Bonnie und drehte sich zum Küchenfenster, damit er ihren Gesichtsausdruck nicht sah.

Es gab immer wieder Momente, in denen sie Ma stärker vermisste als sonst, doch sie hatte es längst aufgegeben, sich zu wünschen, die Zeit zurückdrehen zu können. Manches entwickelte sich eben nicht so, wie man es sich ersehnte, selbst wenn man jahrelang bittere Tränen darüber vergoss. Eigentlich hatten sie ihr Leben zu zweit bisher gut gemeistert – von den letzten Tagen abgesehen, in denen wirklich viel schiefgegangen war. Dennoch würde sie sich keinesfalls entmutigen lassen. Ma hatte oft betont, dass selbst den schlechten Dingen, die einem widerfuhren, etwas Gutes innewohnte. Man durfte sich nur nicht von der Verzweiflung überwältigen lassen.

Wenn du das Leben auf den kleinsten Nenner des Glücks herunterbrichst, wirst du feststellen, dass alles gar nicht so schlimm ist.

Als wäre es erst gestern gewesen. Sie hatte die sanften Worte noch im Ohr, die ihre Mutter ihr an dem Tag zugeraunt hatte, an dem sie Bonnie aus der Untersuchungshaft geholt und zurück nach Hause gebracht hatte – eine rebellische Zweiundzwanzigjährige ohne Schulabschluss, deren Illusion von der einen großen Liebe an fünfzehn Kilo weißem Pulver und zwei blauen Streifen auf einem Schwangerschaftstest zerbrochen war. Sie hatte damals wirklich nichts von dem Kokain in den Raviolibüchsen im Vorratsschrank gewusst, als das Sonderkommando das besetzte Haus am St. Stephen's Green geräumt hatte. Geglaubt hatte ihr der Polizeibeamte auf dem Revier jedoch erst, nachdem Danny behauptet hatte, sie nie zuvor gesehen zu haben. Eine Lüge, bei der ihr Freund blieb, als sie ihn für fünf Jahre einbuchteten, und die für Bonnie mit einem Brief aus dem Gefängnis zu einer mit Rechtschreibfehlern gespickten Wahrheit wurde.

Bin kein Typ für die Vater-Mutter-Kind-Nummer. Krieg dich allein auf die reihe, Babe, vieleicht sehn wir uns im nechsten Leben.

Oh, sie hatte sich von der Verzweiflung überwältigen lassen. Wochen-, monatelang. Noch hochschwanger hatte sie über die beste Methode nachgedacht, sich das Leben zu nehmen. Doch dann hatte sie ein krebsroter, wie am Spieß brüllender Winzling mit beiden Beinen zurück auf die Erde gestellt. Sie hatte ihn Joshua genannt, nach dem hebräischen Wort *Jawhe* für Gott, und dem Wort *jascha*, was so viel wie »helfen« oder »retten« bedeutete. *Gottes Rettung.* Genau das war er auch. Ihr Josh war Gottes Antwort auf ihren Hilferuf gewesen.

Bonnie sah sich in der Küche um. Wenn sie ihre Situation genau bedachte, hatten sie es eigentlich gar nicht schlecht getroffen. Das Three Gates war warm und heimelig und bot ihnen mit seinem verlebten Cottage-Charme und der atemberaubenden Natur drum herum alles, was sie und ihr kleiner Sohn im Moment brauchten. Was darüber hinaus zählte, ließ sich ohnehin nicht mit Geld kaufen.

»Meinst du, Liam hilft uns, die Plakate im Dorf aufzuhängen?«

Sie brauchte einen Moment, um sich auf Josh zu konzentrieren. Er hatte seine Plakate eingesammelt und drückte sie so fest gegen seine Latzhose, dass sie knitterten.

»Schon möglich«, antwortete sie und war ein wenig erstaunt, dass er ausgerechnet Liam um Hilfe bitten wollte.

Auf der anderen Seite hatte sie bereits bemerkt, dass ihr Gastgeber Humor und irgendwo in seiner Brust auch ein Herz hatte. Brenda hatte erwähnt, dass sein Vater letztes Jahr gestorben war, in einem Ton, als wollte sie eine Lanze für ihn brechen – was ihr zweifellos gelungen war. Zu wissen, dass Liam, wie sie selbst, einen geliebten Menschen verloren hatte, rückte einiges in ein neues Licht. Was vergab sie sich schon, wenn sie ihm seine Unfreundlichkeit verzieh und stattdessen ein wenig Dankbarkeit zeigte, weil er sie trotz aller widrigen Umstände im Three Gates aufgenommen hatte?

Ihr Blick glitt zu einer Tür, hinter der sich eine Abstellkammer mit Putzutensilien befand. Dann dachte sie an die Apfelbäume vor dem Schuppen und an den roten Kugelgrill, der auf der Veranda vor sich hin rostete. In den Balkonkästen ließen verwelkte Geranien die Köpfe hängen, und die Gemüsebeete waren so zugewachsen, dass nur anhand des Maschendrahtzauns zu erkennen war, wo sie aufhörten. Entschlossen nahm sie den Weidenkorb von der Anrichte, den Liam am Morgen für seine Einkäufe benutzt hatte. Sie würde sich erkenntlich zeigen.

»Josh?« Sie ging in die Hocke und stupste dem Kürbis mit Ohren auf die kreuzförmige Nase. »Was hältst du davon, wenn wir Mr Maguire mit etwas überraschen, worüber er sich so sehr freuen wird, dass er dir garantiert keinen Wunsch abschlagen kann?«

Liam.
An diesem Abend entschied er sich, nicht die asphaltierte Straße nach Hause zu nehmen. Er wählte den Feldweg, der hinter der Ryne-Farm zum Three Gates führte und den er früher ausschließlich mit dem Geländewagen befahren hatte.

Mittlerweile überwuchert war der Pfad für seinen alten Drahtesel eine echte Herausforderung. Er war steinig und voller hervortretender Wurzeln, und an einer besonders steilen Stelle schob er das Rad, weil er keinen Sturz riskieren wollte. Die Strapaze nahm er klaglos in Kauf, weil er sicher sein konnte, dass ihn hier kein tiefergelegter dunkelblauer SUV in den nächsten Straßengraben drängte. Barry war erfinderisch hinsichtlich seiner Einschüchterungsversuche, und allmählich gingen ihm die Ausreden aus, mit denen er Dan gegenüber die Blessuren rechtfertigte, die er alle paar Wochen von den Stippvisiten der Jungs davontrug.

Auf dem Hügelkamm oberhalb des Birkenwäldchens stieg er vom Rad und gönnte sich eine kurze Pause, um Atem zu schöpfen. Das Gehöft lag im Licht der Abendsonne, eingebettet zwischen violetten Heidekrauthügeln und feucht schimmernden Wiesen, aus denen feiner Nebel aufstieg. Wie magisch dieser Ort von oben wirkte. Man hatte das Gefühl, nur die Hand ausstrecken zu müssen, um entweder den Himmel oder das Meer zu berühren. Kniff er die Augen leicht zusammen, wirkte das weiß getünchte Haupthaus mit den hervorstehenden Dachgauben und den Sprossenfenstern sogar beinahe herrschaftlich, weniger klobig und gedrungen als sonst. Sein zunehmender Verfall war aus der Ferne kaum zu erahnen. Der Betrachter wusste nichts von den feuchten Wänden, den maroden Wasserleitungen und den wurmstichigen Balken, die manchmal so laut unter dem Gewicht des Reetdachs ächzten, dass er befürchtete, das Haus könnte beim nächsten Wintersturm über ihm zusammenstürzen.

Das Three Gates ist ein Anwesen mit Potenzial. So hatte sich der Makler damals ausgedrückt, aber Dad hatte sich die Fotos im Exposé nur flüchtig angesehen. Ihn interessierte einzig und allein, dass das Haus innerhalb ihres verbliebenen Budgets und weitab vom Schuss lag, sodass kein Fremder sich zufällig dorthin verirrte. Den Rest besorgten einige Rollen Stacheldraht und ein Schild am Gatter. *Privatgrundstück – Betreten verboten. Achtung vor dem Hund.* Dabei hatten sie nicht mal einen.

Liam zog den Reißverschluss seiner Wachsjacke zu, schwang sich erneut aufs Rad und ließ sich den Hügel herunterrollen. Zuerst fielen ihm die Fenster im Obergeschoss ins Auge, deren Scheiben heute Morgen noch schmutzig und blind gewesen waren. Jetzt glänzten sie im Sonnenlicht. Jemand hatte die Balkonkästen entfernt und die Treppe von Unkraut befreit. Die Haustür stand offen, Radiomusik mischte sich mit Kinderlachen und dem mahnenden Tonfall einer Frauenstimme. Dann schlug ihm ein Geruch entgegen, den er unter tausenden erkannt hätte. *Apfelkuchen.*

Die längst vergessen geglaubte Kindheitserinnerung erwischte ihn eiskalt. Er trat auf die Bremse, instinktiv bereit zur Flucht – zurück in die Werkstatt oder nach nebenan in das ehemalige Familienappartement, in dem sich seine Privatwohnung befand. Aber da war dieses andere Gefühl, das es ihm unmöglich machte, sich zu verdrücken. Der Duft, die Stimmen, die geöffnete Tür, all das übte einen fast unheimlichen Sog auf ihn aus. Schwer atmend horchte er auf sein wild pochendes Herz und wusste nicht, was er tun sollte – bis ihm jemand die Entscheidung abnahm.

»Er ist da, Mam!« Mit lautem Indianergeheul stürmte der Junge aus dem Haus, rannte auf Socken über den Kiesweg auf ihn zu, einen Papierbogen in der Hand, erhoben wie eine Kriegsflagge.

Am liebsten wäre er hinter den vertrockneten Hortensiensträuchern in Deckung gegangen. Verflucht, da hatte er sich wirklich was Schönes eingebrockt. Misstrauisch sah Liam sich um, ließ den Blick über die Nebengebäude, die Auffahrt, die dichte Ginsterhecke hinter dem Zaun schweifen. Erst dann stieg er ab und schob das Rad mit weichen Knien in die Richtung, in die er gar nicht wollte.

»Joshua Milligan! Du hast keine Schuhe an.«

Bonnie war im Türrahmen aufgetaucht. Sie bemühte sich, ein strenges Gesicht zu machen, klang aber überhaupt nicht streng. Eher amüsiert, und ein kleines bisschen beschämt.

»Ich wei-heiß!«, warf Josh über die Schulter zurück und legte schlitternd eine Vollbremsung vor ihm hin. »Wir haben eine Überraschung für dich! Die bekommst du aber nur, wenn du morgen was für uns tust.«

Liam sah Bonnie fragend an. Sie hob mit einem etwas hilflosen Lächeln die Hände, wobei ihm auffiel, dass sie Dads alte Grillschürze trug. Das Schleifenband hatte sie sich zweimal um die Taille geschlungen, über den schwarzen Brustlatz zogen sich pudrige Mehlspuren, die sich auch auf ihrer Stirn und in den Haaren befanden. Er wollte es nicht, aber der Anblick rührte etwas in ihm an.

»Es ist wirklich, wiiirklich wichtig«, erklärte Josh, der offenbar immun gegen sein abweisendes Gesicht war. »Wir haben eine Miss-i-on, und wenn du willst, darfst du der General sein.« Er schielte zu seiner Mutter. »Ist eigentlich Mams Posten, aber sie tritt ihn dir bestimmt ab, wenn du sie darum bittest.«

»General, ja?« Etwas in Bonnies Blick bewegte ihn dazu, das Rad an die Hauswand zu lehnen. Er ging vor dem Jungen in die Hocke. »Das ist allerdings ein sehr verlockendes Angebot. Darf ich zunächst etwas mehr über diese geheimnisvolle Mission erfahren, bevor ich den Job annehme?«

Josh nickte und streckte ihm den Papierbogen entgegen.

»Ich kann nicht so gut malen, aber Mam sagt, jeder, der das Plakat sieht, weiß, wonach er Ausschau halten muss.«

Liam betrachtete die Kinderzeichnung schweigend.

»Ich hab ganz viele davon gemacht«, fügte Josh hinzu, wobei seine Stimme schwankte.

»Ist das eure Katze? Die, die weggelaufen ist?«

»Sein Name ist Sir Francis. Er ist ein Kater.«

»Ein Kater. Natürlich. Sieht man doch.« Er schnalzte und tippte auf einen gelben Fleck, der wohl ein Auge darstellte.

»Wirst du uns helfen, ihn zu suchen?«, fragte Josh schüchtern.

»Wenn ich ein Stück Apfelkuchen bekomme?«

Die Augen des Jungen leuchteten auf. Man bemerkte es nicht gleich, doch bei genauem Hinsehen zitterten seine Pupillen hinter den Brillengläsern.

»Den gibt es doch erst zum Nachtisch.« Josh zupfte ihn am Ärmel, damit er ihm ins Ohr flüstern konnte. Sein Atem roch nach Salzkaramell und Kindheit. »Eigentlich sollte ich es dir nicht zu früh verraten, weil es eine Überraschung ist. Wir haben für dich gekocht. Also, eigentlich hat Mam gekocht, aber ich hab ihr geholfen.«

»Es gibt Essen? Alles klar, Kumpel. Ich nehm den Job.«

Er wollte das Zugeständnis eigentlich gar nicht machen. Schon gar nicht in Anbetracht von ... in Anbetracht seiner momentanen Lage. Trotzdem fühlte es sich überraschend gut an, ja zu sagen. Nicht nur weil Josh auf dem Weg zur Haustür seine Hand ergriff, sondern wegen Bonnie. Wegen ihres rebellischen Kinns, dem Mehlstaub in ihrem unordentlich hochgesteckten Haar. Und weil er nicht damit gerechnet hatte, dass sie ihn jemals auf diese Weise anlächeln würde.

17. Kapitel

CAMPBELL PARK SCHOOL. DUBLIN, JANUAR 2002.

Robert.
Mollys achtunddreißigster Geburtstag fiel in diesem Jahr auf einen Freitag. Sie mochte keine Geburtstage, weshalb er nicht damit gerechnet hatte, dass sie ihn tatsächlich feiern wollte. Doch dann hatte sie ihn auf einem Spaziergang auf dem Howth Cliff Walk gefragt, ob er bis zu ihrem neununddreißigsten Geburtstag warten wolle, ehe er sie endlich in das piekfeine Etablissement einlud, von dem er an jenem Abend auf der Ha'penny Bridge gesprochen hatte.

Um den perfekten Ort für diesen Anlass zu finden, hatte Robert gefühlte hundert Restaurantkritiken im Internet gelesen und ein gutes Dutzend Restaurants abgeklappert. Am Ende entschied er sich für ein Lokal in Dalkey, einem malerischen Hafenstädtchen, rund fünfzehn Kilometer südöstlich von Dublin gelegen. Das De Ville's war klein, fast kitschig gemütlich und nichts Besonderes. Es war nicht mal französisch, wie der Name vermuten ließ, aber neben der zuvorkommenden Bedienung war ihm besonders das Entrecote in guter Erinnerung geblieben, zartrosa und butterweich – und bei Gott kein Vergleich zu dem, was da vor ihm in der Vertiefung des Plastiktabletts herumschwamm.

Angewidert betrachtete Robert die gräulichen Fleischbrocken in Soße, die in ihm das Bedürfnis weckten, sich bei Walter höchstpersönlich über das Kantinenessen zu beschweren. Trotzdem verbrachte er die Mittagspause gern in der Mensa. Ihm gefielen die Betriebsamkeit und die Geräuschkulisse aus klapperndem Geschirr, Schülerstimmen und Gelächter, das den Saal bis zur Buntglaskuppel füllte.

An der Campbell Park School war es eigentlich nicht üblich, dass die Lehrer sich unter ihre Schüler mischten. Doch nachdem er dem allgemeinen Argwohn mit unverdrossenem Lächeln und dem ein oder anderen Zwinkern begegnet war, hatte es nicht lange gedauert, bis die Kinder seine Anwesenheit als selbstverständlich hinnahmen.

Er legte die Plastikgabel beiseite und ließ den Blick durch den Raum schweifen, um sich von dem flauen Gefühl abzulenken, das er schon den ganzen Tag mit sich herumtrug. Es handelte sich um kein schlechtes Gefühl, vielmehr empfand er eine prickelnde, von nervöser Anspannung begleitete Beschwingtheit.

Heute Abend ist es so weit. Unsere erste richtige Verabredung. Molly und ich, wie ein normales Paar.

Mit einem abwesenden Lächeln beobachtete er ein Grüppchen von Schülern vor der Essensausgabe, unter ihnen Mark O'Reilly, den lang aufgeschossenen Scott, seinen Schatten Rufus und ... Schau an. Emilia Clarke, Schlagzeug und Percussion. Mark gestikulierte, schnitt Grimassen und brachte die anderen damit zum Lachen. Nur das Mädchen blieb ernst, den Blick träumerisch auf O'Reillys Gesicht gerichtet. Sie errötete, als er sie anlächelte, und strich sich befangen eine dunkelbraune Haarsträhne hinters Ohr. Leider bekam Robert keine Gelegenheit, die Szene weiterzuverfolgen. Der aufdringliche Geruch eines Altherren-Rasierwassers stieg ihm in die Nase, kurz darauf schepperte ein Tablett auf seinen Tisch.

»Ich darf dir doch Gesellschaft leisten, Herr Kollege?« Man hörte O'Keefe an, dass er nicht ernsthaft mit einem Einwand rechnete, als er sich ihm gegenüber niederließ und die Verpackung seines Bestecks aufriss.

»Tu dir keinen Zwang an.«

Instinktiv rückte Robert seinen Stuhl näher ans Fenster und verabschiedete sich von der Illusion, es könnte in dieser Schule irgendeinen Ort geben, an dem er unauffindbar für Alan war, der neuerdings an ihm klebte wie Kaugummi an der Schuhsohle. Außerdem fühlte er sich wieder eigenartig deplatziert im Saal, weil auf einmal jeder Schüler mit gesenktem Kopf an ihnen vorbeieilte. Sogar die älteren Semester, die manchmal zum Austausch einiger Höflichkeitsfloskeln stehen blieben, machten einen Bogen um den Tisch, als hätten die beiden Männer, die dort saßen, eine ansteckende Krankheit.

»Das ist richtig gut! Ich frage mich, warum ich nicht schon früher auf die Idee gekommen bin, in der Kantine zu essen.« Kauend deutete Alan mit der Gabel in den Raum. »Liegt wahrscheinlich daran, dass hier so viele Schüler herumschwirren. Wie die Heuschrecken, furchtbar.«

»So schlimm sind sie gar nicht«, murmelte Robert und beging den fatalen Fehler, erneut zur Essensausgabe zu schielen.

Zwei Schüler, die er nicht kannte, hatten sich zu dem Grüppchen um Mark gesellt, kräftige Kerle in Trainingsanzügen des Rugbyteams. Der größere, rothaarig und offenbar gewohnt, im Mittelpunkt zu stehen, legte Emilia den Arm um die Schultern und schob sie aus dem Kreis ihrer Freunde, um ihr etwas zuzuflüstern. Sie schüttelte den Kopf, versuchte sich, halb lachend, halb protestierend, aus der vertraulichen Geste herauszuwinden – vergeblich. Marks Gesicht verfinsterte sich.

»Nicht so schlimm? Das sagst du garantiert nicht mehr, wenn du vierzig Jahre Schuldienst auf dem Buckel hast.« Alan folgte seinem Blick. »So weit wirst du ohnehin nicht kommen. Zumindest nicht an dieser Schule.«

Es dauerte eine Weile, bis es Robert gelang, Alan seine Aufmerksamkeit zu schenken, der seelenruhig die grauen Fleischbrocken in sich hineinschaufelte.

»Kannst du bitte wiederholen, was du da gerade gesagt hast?«, fragte er spröde.

»Wozu?« Alan wischte sich mit der Papierserviette über den Mund. Etwas Lauerndes lag in seinen farblosen Augen. »Wir wissen doch beide, dass man Pandoras Büchse besser verschlossen hält, damit sie einem nicht um die Ohren fliegt, nicht wahr?«

Robert trank einen Schluck Orangensaft und lehnte sich zurück. Keine Frage, O'Keefe bluffte. Trotzdem fühlte sich die Plastikflasche schlüpfrig in seiner Hand an, weshalb er sie zur Sicherheit auf das Tablett zurückstellte.

»Pandoras Büchse«, wiederholte er.

»Ganz genau.« Alan zog die Lippen über sein Zahnfleisch zurück. Perfekte Zähne, garantiert unecht. »Du solltest den Jungen von dem Wettbewerb zurückziehen, Robert. Kinder seines Schlags sind dieser Art von Druck nicht gewachsen. Es ist reine Zeitverschwendung, diesen Proleten mit einer...« Der Kollege gab ein verächtliches Geräusch von sich. »Eine Stradivari! Herrgott, Robert, du schickst ihn mit einer Meistervioline ins Fegefeuer.«

Ja. Und er wird die Hölle zum Tanzen bringen, du arroganter Dreckskerl.

»Ich wüsste nicht, weshalb Mark nicht mit deiner Kandidatin gleichziehen sollte. Immerhin spielt sie auf einem Fazioli.«

»Zieh ihn ab, Robert, bevor die Sache unschön endet. Für euch beide.«

»Danke, aber ich weiß, was ich tue.«

»Oh, das war kein Ratschlag, werter Kollege.« O'Keefe machte große unschuldige Augen. »Sondern eine Warnung.«

Von der Essensausgabe schallten ungehaltene Stimmen herüber. Mark stand mit geballten Fäusten vor dem Rothaarigen, der mindestens zwei Köpfe größer war, und ihn offensichtlich provozierte. Emilia redete beschwörend auf die beiden Streithähne ein, doch es gelang ihr nicht, Mark von dem Rugbytypen wegzuziehen. Geraune und Gekicher erhob sich und knisterte wie eine atmosphärische Störung in der Luft. Robert wusste, er sollte eingreifen. Doch er saß wie angeleimt auf seinem Stuhl, unfähig zu denken, geschweige denn zu handeln. Alan folgte seinem Blick und lachte auf.

»Wie ich schon sagte, Jungs wie Mark O'Reilly sind unberechenbar. Apropos, die junge Frau, mit der du da neulich in Temple Bar unterwegs warst... Eigentlich bin ich der hübschen Lady nur aus reiner Neugierde gefolgt, aber du hättest mein Gesicht sehen sollen, als ich mir die Klingelschilder des hässlichen Betonklotzes näher angesehen habe, in dem sie wohnt.« O'Keefe beugte sich nach vorn. Seine Stimme war süß und klebrig, und sie widerte ihn an. »Weiß dein kleiner Heißsporn eigentlich, dass du dich an seine Mum rangemacht hast? Was Walter wohl davon hal...« Der Rest seiner hämischen Worte ging in zornigem Geschrei und ohrenbetäubendem Scheppern unter.

Von einem Faustschlag getroffen taumelte der rothaarige Junge gegen einen vollbeladenen Geschirrwagen und stürzte zu Boden. Unter den Anfeuerungsrufen seiner Schulkameraden warf Mark sich auf seinen Kontrahenten.

Die Plastikflasche auf Roberts Tablett kippte, als er aufsprang. Orangefarbene Tröpfchen sprenkelten O'Keefes Hemd, fluchend schob Alan seinen Stuhl zurück. Robert spurtete los, mit einem flüchtigen Gefühl der Genugtuung, von dem er wusste, dass es nichts gegen das Unheil ausrichtete, das sich wie eine dunkelgraue Wolkenwand vor ihm auftürmte.

* * *

Zwei Stunden später.

Laut Wörterbuch handelte es sich bei einem Déjà-vu um eine Erinnerungstäuschung, bei der die betroffene Person das sichere Gefühl hatte, eine Situation früher in gleicher Weise schon einmal erlebt zu haben. Man mochte darüber denken, was man wollte, Roberts Hinterteil erinnerte sich bestens an das Schafottbänkchen vor dem Direktorenbüro, obwohl er beim letzten Mal kaum eine Viertelstunde darauf gesessen hatte.

Aus Walters Büro drangen eine hysterische Frauenstimme und beruhigendes Männergemurmel. Letzteres besaß offenbar keinerlei Wirkung auf die erboste Mutter von Steve McBride, Captain des Rugbyteams und Sohn von Jonathan McBride, der wiederum um drei Ecken mit Bertie Ahern verwandt war – dem amtierenden Premierminister.

Robert verlagerte das Gewicht und versuchte, die krakeligen Filzstift-Hieroglyphen auf Marks Turnschuhen zu entziffern. Unter dem Kühlpack auf seiner Stirn pulsierte ein dumpfer Schmerz. Neben ihm starrte die Ursache von Mrs McBrides Entrüstung stumm an die Zimmerdecke, der blutdurchtränkte Wattebausch, den Mark sich auf die Nase presste, färbte seine Finger rot.

»Ein schönes Paar sind wir«, bemerkte Robert, als er die Stille nicht mehr aushielt, die umso schwerer wog, je mehr Mrs McBride sich im Direktorenbüro ereiferte. Er betastete seine Beule, die auf die Größe einer Walnuss angeschwollen war, und verbreiterte sein Lächeln. »Ich weiß, dass es ein Versehen war. Keine Sorge, ich bin nicht sauer deswegen.« Marks Lid zuckte, als er ihm unbeholfen den Arm tätschelte. »Ich hätte das Mädchen auch verteidigt. Jeder Gentleman sollte das tun.«

Jetzt traf ihn ein befremdlicher Blick.

»Es war halt ein bisschen Pech, dass du ausgerechnet an Steve McBride geraten bist.« Robert schielte zur Tür. »Ich boxe dich da schon raus. Direktor Cunningham wird die ganze Geschichte hören wollen, und Miss Clarke wird bestimmt zu deinen Gunsten aussagen.« Er hörte sich an wie ein Strafverteidiger. Vor allem klang er zuversichtlicher, als er war. Mochte der Stein noch so groß sein, den er bei Walter im Brett hatte, an dieser Schule war der Einfluss gewisser Leute mit Geld nicht zu unterschätzen. Kiesel. Vielleicht war es doch eher ein Kiesel.

»Ist nett gemeint, Professor, aber Sie irren sich. Ich hab Emilia nicht verteidigt.« Mark redete stur mit der Deckenleuchte. »Sondern Sie.«

»Mich?« Ihm fiel die Kinnlade herunter.

Mark setzte sich aufrecht hin und betrachtete den blutdurchtränkten Wattebausch. Er wirkte traurig, enttäuscht. War das Alans Werk? Hatte dieser Mistkerl dafür gesorgt, dass die Sache mit Molly und ihm genau dorthin kam, wo sie auf keinen Fall hinsollte? Noch nicht, schon gar nicht so. Stumm bat er Molly um Vergebung und holte Luft.

»Eigentlich solltest du es nicht von mir und nicht auf diese Art und Weise er...«

»Ist es wahr?«, schnitt Mark ihm das Wort ab. »Geht es nur um Ihren Job? Stimmt es, dass Sie mich bloß deswegen ausgesucht haben? Um Ihren Arsch zu retten?«

»Hat Rugby-Steve das behauptet?« Robert war zu verblüfft, um in diesem Augenblick etwas anderes als Erleichterung zu empfinden. Molly war gar nicht das Thema. Doch die Feindseligkeit in Marks Augen machte ihm rasch bewusst, dass er jetzt ein neues Problem hatte.

»Steve meint, die ganze Schule spricht davon, dass Sie sich mit O'Keefe eine Art Battle liefern.« Die Stimme des Jungen war bitter wie Zyanid. »Deshalb haben Sie sich extra jemanden geschnappt, mit dem Sie bei der Jury die Mitleidskarte ziehen können. Der Junge aus'm Ghetto oder so'n Scheiß.«

»Und das glaubst du?«

»Zuerst nicht, sonst hätt ich diesem Wichser keine aufs Maul gegeben. Aber jetzt...« Mark biss sich auf die Unterlippe und sah ihn mit einer Mischung aus Patzigkeit und Verletzlichkeit an. »Jetzt bin ich mir nicht mehr sicher.«

»Es stimmt aber. Zumindest teilweise«, erwiderte Robert ruhig. Als Mark daraufhin scharf die Luft einsog, hob er die Hand. »Lass mich dir meine Variante der Wahrheit erzählen. Danach entscheidest du, was du damit machst, einverstanden?«

Der Junge nickte zögernd.

»Gut.« Robert räusperte sich. »Es ist richtig, dass der Schulwettbewerb darüber entscheiden wird, ob ich weiterhin an dieser Schule unterrichten darf ... und dass ich einen Schüler brauche, der mir den Arsch rettet.« Er zog eine Grimasse. »Nicht unbedingt mein Sprachgebrauch, aber treffend.«

»Kommen Sie auf den Punkt, Professor. Sonst bin ich raus aus der Nummer, und Sie können sich einen anderen Vollpfosten suchen, der für Sie ...«

»Der Punkt bist du, Mark.«

»Versteh ich nicht.«

»Ich bin jetzt seit fast vierzig Jahren im Musikgeschäft, mein Junge.« Er machte eine versonnene Pause, weil ihm die Zahl selbst etwas unwirklich vorkam. »Glaub mir, in dieser Branche hat niemand eine Mitleidskarte zu verschenken. Die Jury, vor der du in der National Concert Hall spielen wirst, interessiert es einen feuchten Kehricht, ob du mit einem goldenen Löffel im Mund geboren wurdest oder ob ich dich eine halbe Stunde vor dem Auftritt aus der Gosse gezogen habe. Sobald du ins Scheinwerferlicht trittst, zählt nur die Stimme deiner Violine. Es wäre also ziemlich dumm von mir, jemanden dorthin zu stellen, von dessen Fähigkeiten ich nicht zu hundert Prozent überzeugt wäre.«

»Aber ...«

»Moment, ich war noch nicht fertig. Womöglich bin ich nicht uneigennützig an die Sache herangegangen. Doch du solltest dich ohnehin von der Vorstellung verabschieden, dass Menschen sich für andere krummlegen, ohne dass für sie selbst etwas dabei herausspringt.« Er ließ seine Worte einige Augenblicke wirken. »Betrachte das Ganze mal mit etwas weniger gekränkter Eitelkeit und mehr Verstand. Wettbewerbe wie dieser verfolgen einen Zweck. Sie dienen der Suche nach dem nächsten großen Virtuosen, einem neuen Perlman oder Stern, der nächsten Anne-Sophie Mutter. Wäre ich nicht sicher, dass zwischen diesen Berühmtheiten ein Stuhl für dich reserviert ist, würde ich mir die Mühe sparen. Da packe ich lieber meine Koffer und überlasse O'Keefe und seiner Elfenkandidatin das Feld.« Robert lehnte sich zurück. »Mach damit, was du willst, aber einen Rat möchte ich dir geben, bevor du wie ein trotziges Gör die Flinte ins Korn wirfst: Dieser Wettbewerb ist deine Chance auf eine sorglose Zukunft. Versau sie dir nicht, indem du dich von einem Angeber provozieren lässt, der nicht viel mehr kann als einen Rugbyball zwischen zwei Pfähle zu treten.«

Das Schweigen, das seinen Worten folgte, wog schwer, aber vielleicht empfand er es nur so, weil das Gewicht der Verantwortung wie eine Eisenstange auf seinen Schultern lastete. Molly und er, Mark und er, sie alle zusammen, und der Wettbewerb, von dem letztlich seine und die Zukunft des Jungen abhing. Nichts davon fühlte sich an, als würde es gut enden.

»Was Sie da vorhin gesagt haben, von wegen hundert Prozent...« Mark rutschte auf der Bank hin und her. »Meinten Sie das ernst?«

»Hätte ich dir sonst eine Stradivari anvertraut?« Robert schnalzte mit der Zunge. »Du bist für die Musik geboren, Mark. Deine Begabung ist ein großer, sehr wesentlicher Teil von dir, aber solange du sie nicht annimmst, wirst du dich immer so wie jetzt fühlen. Unvollständig, orientierungslos, unsicher.«

Es war das erste Mal an diesem Tag, dass Mark ihn ansah.

Seine Augen glänzten fiebrig, er wirkte euphorisch und todunglücklich zugleich. Im Hause O'Reilly gärten etliche Probleme, und angesichts seines Talents vergaß Robert manchmal, dass Mark noch ein Teenager war. Er war fünfzehn, oft aufbrausend wie ein Mann, und dann wieder bedürftig wie ein Kind. Und dieses Kind versuchte sich unter enormem Leistungsdruck in einer Gesellschaft zurechtzufinden, die es bisher nicht sehr gut mit ihm gemeint hatte.

»Ich hab sie ständig im Kopf, wissen Sie. Die Musik, meine ich. Sie wummert und dröhnt, und manchmal glaube ich, mir platzt der Schädel. Erst wenn ich sie aufschreibe, wird es still.« Mark schluckte und sah zu Boden. »Ich vermisse meinen Dad. Das tue ich eigentlich andauernd, aber meine Mum…« Er gab einen leisen gequälten Laut von sich. »Wenn ich Lieder schreibe, dann denke ich überhaupt nicht an ihn. Ist wie 'ne Therapie, bloß ohne Seelenklempner.«

»Dann solltest du genau das tun«, sagte Robert sanft. »Komponiere. Schreib dir den Kummer von der Seele.«

»Finden Sie das nicht irgendwie uncool?«, murmelte Mark. »Ich benehm mich wie ein Mädchen, das in sein Tagebuch flennt.«

»Es ist überhaupt nicht uncool, ganz im Gegenteil«, entgegnete er und streckte die Hand aus. Zu gern hätte er diesem Jungen Halt gegeben, obwohl er eindeutig der Falsche dafür war. »Sind wir noch Freunde?«

Mark sah ihn aufmerksam an. Es verging eine Weile, ehe er die dargebotene Hand ergriff. Sein Händedruck war ungewöhnlich fest für einen Teenager. Fast zu fest.

»Wenn Sie versprechen, dass Sie immer ehrlich zu mir sind?«

»Versprochen.«

Er hoffte inbrünstig, dass er nicht wie ein Lügner geklungen hatte. Offenbar nicht, denn ein verschmitztes Lächeln erschien auf Marks Gesicht, das durch die dunklen Locken, die es einrahmten, viel kindlicher wirkte, als es war. Schon jetzt sah er den Mann vor sich, der er einmal sein würde.

»Okay, dann schicken wir den alten O'Keefe mal vorzeitig in den Ruhestand. Ich hätte nämlich gern eine triefende Dankesrede von Ihnen, wenn Sie mir in ein paar Jahren mein Abschlusszeugnis von dieser Scheißspießerschule überreichen.«

Robert hätte sich nach diesem Gespräch einreden können, dass alles wieder wie vorher war. Doch er spürte die Wand, die Mark in Windeseile zwischen ihnen errichtet hatte. Wenn er von Molly und ihm erfuhr, dann gnade ihm Gott.

»Was für ein hübscher Anblick«, ertönte eine Stimme seitens der Empfangstheke. Sie klang nicht erfreut. »Jesus Christ, was denkt ihr euch eigentlich?«

Robert ließ das Kühlpack sinken und bemerkte, wie Mark sich versteifte, als seine Mutter mit Gewittermiene und klappernden Absätzen den Raum durchschritt. Natürlich hatte Walter sie angerufen, nachdem Mrs McBride sein Büro gestürmt hatte. Der Chef zog immer sofort die Eltern heran, statt einem Schüler die Möglichkeit zu geben, seine Angelegenheiten selbst zu klären. Er öffnete den Mund, doch Mollys warnender Blick ließ ihn verstummen. Die Fäuste in die Hüften gestützt baute sie sich vor ihrem Sohn auf.

»Ist die Nase gebrochen?«, wollte sie wissen, und man musste diese Frau schon sehr gut kennen, um die Besorgnis aus ihrem Tonfall herauszuhören.

Wieder stieg ein lähmendes Gefühl der Hilflosigkeit in Robert auf. Molly musste erfahren, dass Alan sie gesehen hatte und die Zeit gegen sie lief. Gleichzeitig hatte er Gewissensbisse, weil er überlegte, das Problemgespräch zu vertagen, damit ihr Rendezvous nicht getrübt würde. Er zog sogar in Betracht, die Sache auszusitzen in der Hoffnung, dass Alans Drohung lediglich heiße Luft war.

»Ich habe dich was gefragt, Mark.«

»Weiß nich.«

»Du weißt nicht, ob du dir die Nase gebrochen hast?« Molly schnaubte. »Teufel noch mal. Und ich dachte, wir hätten die Schulhofprügeleien durch.«

»Genau genommen fand das Ganze in der Kantine statt«, meldete Robert sich vorsichtig zu Wort. »Die Schulschwester meinte, es sähe nur nach einer harmlosen Prellung aus.«

»Mit Verlaub, Mr Brenner, ich glaube nicht, dass es einen Unterschied macht, wo mein Sohn sich geprügelt hat.«

»Nein, aber ...« Die Selbstverständlichkeit, mit der sie ihn siezte, brachte ihn aus dem Konzept. »Also, eigentlich ist das Ganze meine Schuld.«

»Inwiefern?« Mollys Augen wurden schmal. »Ist das da auf Ihrer Stirn das, wonach es aussieht?«

»Ach, das ist nur ein kleiner Kollateralschaden.« Er winkte ab. »Ich wollte die beiden Raufbolde trennen, da hat Mark im Eifer des Gefechts ... Es war ein Versehen.«

Molly fuhr zu Mark herum. »Du hast deinen Lehrer geschlagen?«

»Boah, Mum.« Der Teenager verdrehte die Augen. »Er hat doch gerade gesagt, es war keine Absicht.«

»Als ob es das besser machen würde!«

»Mrs O'Reilly, es ist wirklich nicht das, wofür Sie es halten könnten. Die Sache ist im Grunde schon geklärt.«

In Walters Büro erhob sich erneut Mrs McBrides hysterisches Gezeter. *Zur Rechenschaft ziehen… Wird ein Nachspiel haben…* Robert verzog den Mund zu einem Lächeln, das vermutlich ziemlich einfältig aussah.

»Aye«, sagte Molly. »Klingt wirklich, als sei alles geklärt.«

Robert stand auf und streckte reflexhaft die Hand nach ihrem Arm aus, doch sie wich vor ihm zurück.

»Ganz egal wer weshalb mit der Prügelei angefangen hat«, erklärte sie, wobei sie ihre Worte an ihren Sohn richtete, »wir gehen da jetzt rein, und du wirst dich entschuldigen. Direktor Cunningham hat am Telefon gesagt, du hättest deinem Mitschüler einen Zahn ausgeschlagen.« Sie seufzte tief und schüttelte den Kopf. »Du bist nicht zu Hause in Tallaght, Mark. Wann fängst du endlich an, deinen Grips zu benutzen, statt alles mit den Fäusten regeln zu wollen?«

»Tja, Mum«, konterte Mark bissig. »So ist das, wenn man einen Piranha ungefragt ins Goldfischglas wirft.« Er sah aus, als wolle er etwas hinzufügen, schien es sich jedoch anders zu überlegen. »Ich hatte sowieso vor, mich bei Steve zu entschuldigen. Nicht weil's mir leidtut, ihm eine geballert zu haben, sondern weil ich's dem Professor versprochen hab. Wegen des Wettbewerbs und der Abschlussrede.«

Roberts Kehle verengte sich. War er gerührt? Oder fühlte er nur die Schlinge des Verrats, die sich immer enger um seinen Hals zog?

»Stimmt. Du hast es versprochen«, bestätigte er rau.

»Aber ich möchte allein da reingehen.« Mark zeigte auf Walters Bürotür. Die Geste wirkte steif und marionettenhaft, aber er war zu stolz, um zuzugeben, dass er sich vor dem Gespräch fürchtete. »Mir reicht es, wenn Sie in der Nähe bleiben, Professor.«

»Ehrensache.« Robert nickte. »Du machst das schon.«

Konsterniert sah Molly zwischen ihnen hin und her.

»Klingt, als wäre meine Anwesenheit nicht länger gefragt.«

»Halleluja, sie hat's kapiert«, murmelte Mark.

»Denk ja nicht, du kommst so leicht davon, mein Freund«, fuhr seine Mutter ihn an. »Du hast Hausarrest, und ... Eigentlich wollte ich heute Abend mit einer Freundin ins Kino gehen, aber daraus wird wohl nichts. Anscheinend kann ich dich keine Sekunde aus den Augen lassen.«

»Mum! Ich bin fünfzehn, keine ...«

»Gut, dass du es erwähnst. Solange du nicht volljährig bist ...«

»... werde ich tun, was ich für das Beste halte«, leierte Mark den Rest herunter und seufzte.

»Richtig. Hausarrest für dich, kein Kino für mich. Bedauerlich für uns beide, aber nicht zu ändern.«

Ihre Blicke kreuzten sich, das Ungesagte zwischen ihnen erwischte Robert eiskalt. Kein Date also, er würde den Tisch im De Ville's abbestellen müssen. Enttäuscht atmete er aus. Die Aussicht auf einen weiteren Abend in seinem Appartement, in dem es keinen Fernseher gab und wo er nur auf die nikotinverfärbte Tapete seines Vormieters starren konnte, erschien ihm unerträglich.

»Wie wäre es, wenn Sie nachher zum Abendessen vorbeikommen, Professor Brenner?«

Er sah auf, fest überzeugt davon, sich verhört zu haben. Sie lud ihn zum Essen ein? Zu sich nach Hause?

»Was schaut ihr mich so an?« Molly zog die Brauen zusammen. »Ich möchte wissen, welche Fortschritte Mark in den Privatstunden macht. Und da mein Sohn es nicht für nötig hält, mir irgendwas zu erzählen ...« Ein flüchtiges Lächeln erhellte ihr Gesicht, bevor sie sich umdrehte und zügig den Ausgang ansteuerte. »Wir essen um sieben«, warf sie über die Schulter zurück. »Ich hoffe, Sie mögen Irish Stew, Professor.«

Das Geräusch ihrer Absätze entfernte sich bereits im Flur, als Robert aufging, was die in geschäftsmäßigem Tonfall hingeworfene Bemerkung bedeutete. Er schielte zu Mark, der Walters Bürotür hypnotisierte. Sein Herz klopfte. Wieder mal zu schnell und so laut, dass er befürchtete, der Junge müsste es hören.

Oh nein, diese Essenseinladung war ganz bestimmt keine geschäftliche Angelegenheit. Er liebte Irish Stew, und niemand wusste das besser als Molly O'Reilly.

18. Kapitel

THREE GATES. BALLYSTONE, SEPTEMBER 2019.

Bonnie.
»Du hättest das nicht tun müssen.«
»Was meinst du?«
»Na, das alles.« Liam steckte den Schürhaken in den Metallbehälter neben dem Kamin, richtete sich auf und machte eine Handbewegung, die im flackernden Licht einen Schatten an die Wohnzimmertapete warf.

Er hatte freundlich geklungen, trotzdem wirkte seine Geste schroff und unbestimmt auf sie, als könnte er sich nicht recht entscheiden, was ihn störte. Waren es die Espressotassen auf dem Couchtisch, die sie aus der hintersten Ecke des Küchenschranks gefischt hatte, neu und unbenutzt? Missfiel ihm das Chaos, das sie mit ihrem Sohn in der Küche veranstaltet hatte? Oder war es ihm peinlich, dass er ihr seine löchrigen Wollsocken hatte präsentieren müssen, als sie ihn wegen des gewischten Flurs darum gebeten hatte, die Stiefel auszuziehen?

Bonnie, die schweigend auf dem Sofa an ihrem Espresso genippt hatte, wurde rot, als ihr die Müllsäcke einfielen, die sie vorhin zu den Abfalltonnen getragen hatte. Bestimmt war er sauer, weil sie die altmodischen, vergilbten Gardinen abgenommen hatte. Er hatte es bislang nicht laut ausgesprochen, aber allem Anschein nach hatte Liam bisher nicht das Bedürfnis verspürt, das Three Gates wohnlicher zu gestalten. Dass sie ohne Rücksprache derart in seinem Revier herumgewütet hatte, war zugegeben ein starkes Stück.

»Die Vorhänge waren ziemlich hinüber, aber ich kann sie natürlich wieder aufhängen, wenn du willst«, sagte sie hastig und verschwieg, dass sie liebend gern noch sehr viel mehr weggeworfen hätte. In einem der Gästezimmer hatte sie zum Beispiel kistenweise alte Ausgaben des *Irish Independent* gefunden, die offenbar nicht dazu gedacht waren, den Kamin anzufeuern. Warum zum Henker bewahrte Liam fast zwanzig Jahre alte Zeitungen auf? »Tut mir leid, falls ich vorschnell...«

»Nein«, unterbrach er sie und folgte ihrem Blick zum Fenster, das ohne die Vorhänge viel größer wirkte. Inzwischen war es dunkel geworden, so dunkel, wie es nur auf dem Land sein konnte, dort, wo die nächste Ortschaft Kilometer entfernt lag und die einzige Lichtquelle eine milchige Scheibe am Himmel war. »Nein«, wiederholte er leise. »Es gefällt mir so.«

Stumm betrachtete sie sein markantes Profil, das sie an die hiesigen Berge erinnerte: Flächen aus Quarzit und schattige Klüfte. Hart und schroff. Ein paar Minuten lang rührte er sich nicht, bis er sich schlagartig daran zu erinnern schien, dass er atmen musste. Er drehte den Kopf und blickte ihr in die Augen, und sie konnte nicht wegschauen, war wie gebannt.

Er wirkte so verloren. Wie jemand, der tiefen Kummer hatte, diesen aber mit niemandem auf der Welt teilen konnte. Sicher, sie kannte Liam Maguire kaum, doch die Art und

Weise, wie er sie anlächelte, war ihr beängstigend vertraut. Es war das Lächeln eines Menschen, der bis zum Kinn in einem Moorloch feststeckte, allen anderen aber unbedingt weismachen wollte, dass alles in bester Ordnung war.

»Wirklich, Bonnie, ich habe schon ewig nicht mehr so lecker gegessen. Aber du bist mein Gast und dieses Haus...« Er fuhr sich mit dem Handrücken über den Mund und suchte nach Worten, als könnte eine unbedachte Formulierung sie vor den Kopf stoßen. Erstaunlich. Sie hatte geglaubt, dass die umgängliche Art, die er beim Abendessen gezeigt hatte, ausschließlich auf Joshs Anwesenheit zurückzuführen sei.

Während Liam sich auf ihr Kartoffelgratin gestürzt hatte, als habe er wochenlang keine anständige Mahlzeit mehr bekommen, hatte er mit ihrem Sohn herumgewitzelt und aufmerksam seinen Geschichten von Sir Francis, grünen Eisbergen und versunkenen Städten gelauscht. Danach hatte er ihr beim Abräumen geholfen und sich mit Josh eine Schaumschlacht am Spülbecken geliefert. Dass er sich jetzt, wo das Kind im Bett lag und sie allein waren, weiterhin benahm, als könnte er sie gut leiden, verunsicherte sie.

»Brenda erledigt das Nötigste im Haus. Es ist nicht deine Aufgabe, zu putzen oder Essen für mich zu machen.«

»Das ist mir bewusst. Aber ich muss sowieso für Josh und mich kochen, da kommt es auf eine Portion mehr nicht an. Für wen auch immer.«

Es war wie verhext. Sie klang zickig, obwohl sie nicht vorgehabt hatte, die friedliche Stimmung zu zerstören. Aber sogar seine Freundlichkeit drängte sie in die Defensive. So reagierte sie oft, wenn sie es mit Männern zu tun bekam, die ihr gefielen. Zuerst wurde sie unsicher, dann wütend, und am Ende verprellte sie ihr Gegenüber mit einer übertrieben feindseligen Reaktion – eine weitere Kerbe, die Danny ihr ins Herz geritzt hatte.

»Außerdem käme es mir falsch vor, all die guten Dinge dort draußen den Mäusen und dem Frost zu überlassen«, fügte sie hinzu, zog die Wolldecke enger um sich und winkelte die Knie an, um dem unausweichlichen Streit weniger Angriffsfläche zu bieten.

»Du hast die Kaninchen vergessen. Und die Rehe.« Liam kam zu ihr herüber und ließ sich mit einem behaglichen Laut neben sie auf das Sofa fallen. »Frühmorgens kommen sie manchmal bis zur Haustür. Sind ganz verrückt nach den Äpfeln.«

»Ach ja?«, antwortete sie schwach. Sie hatte fest mit einer unwirschen Entgegnung gerechnet, wie gestern in der Werkstatt. Doch er überging ihre kratzbürstige Bemerkung, lächelte breit.

Ungewollt verfing sich ihr Blick in seinem offenen Hemdkragen. Er verströmte den Geruch von Rasierwasser, und in der Vertiefung am Hals ruhte wie in einer Schale ein keltisches Kreuz an einem Lederband. Ihr Herz klopfte. Das kleine Sofa ließ wenig Raum zwischen ihnen, und er hatte lange Beine. Zwei, drei Zentimeter mehr, und sie hätte mit den Zehen sein Knie berührt.

»In Ordnung, Miss Milligan.« Er sah an ihr vorbei zum Kamin. Die Wärme des Feuers, das funkensprühende Knistern und Knacken schienen ihn versöhnlich zu stimmen. Vielleicht erging es ihm wie ihr, und er war die ständigen Auseinandersetzungen leid. »Du kochst, und ich erkläre den Viechern, dass das Buffet geschlossen ist. Den Rest überlässt du bitte Mrs MacKenna. Sie kümmert sich seit einer Ewigkeit um das Three Gates und nähme es mir extrem übel, wenn sie nicht mehr an kostenlose Inspektionen für ihren klapprigen Land Rover käme. In Ballystone läuft das so, ist ein Geben und Nehmen.«

»Das verstehe ich. Ist in unserer Nachbarschaft nicht anders.«

»Gut.« Grinsend zeigte er auf die alte Schrotflinte über dem Kamin. »Ich hoffe, du hast ein Rezept für Kaninchenbraten in petto.«

»Funktioniert die etwa?« Bonnie riss die Augen auf. Seit Josh Dan Hatfield kennengelernt hatte, wollte er unbedingt Polizist werden. Fehlte noch, dass ihr Sohn auf die Idee kam, sich die Waffe näher anzusehen. Wenn sich ein Schuss löste ... Nicht auszudenken.

»Ist nicht geladen, keine Sorge. Ich bewahre die Munition drüben in meiner Wohnung auf.« Er stützte sich mit dem Arm auf der Rückenlehne des Sofas ab und sah sie unter halb geschlossenen Lidern an. »Also, Bonnie Milligan. Wie kommt man auf die Idee, an einem derart gottverlassenen Ort Urlaub zu machen? Sag bitte nicht, du bist wegen des lächerlichen Musikfestivals gekommen.«

»Du hast es wohl nicht so mit Musik?«

»Kommt darauf an.« Er lachte träge. »Ich mag sie durchaus, wenn sie mit zweihundertfünfzig bpm aus einer Bassbox kommt. Bei dem Festival hingegen interessiert sich kein Mensch für die Musik. Alles bloß Kulisse für ein ordentliches Besäufnis samt Aufriss und Schnappschuss für den Instagram-Account irgendeiner hübschen Touristin. Darauf verzichte ich dankend.«

»So schlimm?«

»Schlimmer.« Er verdrehte die Augen.

»Das heißt, du amüsierst dich nicht gern.«

»Nicht auf diese Art, nein.«

»Was sagt deine Freundin dazu?« Sie hielt vor Schreck den Atem an. Die Frage war ihr herausgerutscht. Nicht dass es sie etwas anginge, ob es eine Frau in Liams Leben gab, aber ...

»Hätte ich eine Freundin, wäre sie sicher nicht die Sorte Frau, die Gefallen an derartigen Veranstaltungen fände.« Liam musterte sie mit ausdrucksloser Miene. »Gegenfrage. Du meintest, dein Freund logiert bei Eireen, weil er krank geworden ist? Geht's ihm besser?«

Sie nickte perplex, bis ihr auffiel, dass er das Wort *Freund* bedeutungsschwer in die Länge gezogen hatte.

»Er ist nur ein guter Bekannter«, korrigierte sie hastig. »Ich helfe ihm bei ...« *Stopp!*, befahl ihr eine Stimme im Kopf. *Was willst du ihm sagen? Die ganze Wahrheit oder die halbe? Eine vage Variante davon? Liam kennt Robert Brenner nicht mal. Es wäre falsch, mit seiner Vergangenheit hausieren zu gehen.* »Unsere Reise ist eine Art Mission«, erklärte sie. »Die Mission meines Freundes meine ich, obwohl sie ursprünglich eigentlich meine war, aber ... das ist eine längere Geschichte.« Sie unterdrückte ein Lächeln. »Das war jetzt vermutlich nicht wirklich verständlich, oder?«, fügte sie überflüssigerweise hinzu.

»Nein«, antwortete er. »Aber ich schätze, es geht dabei nicht um einen entlaufenen Kater.«

»Im übertragenen Sinn schon«, räumte sie ein. »Wir suchen einen Musiker.«

»Ah! Lass mich raten.« Liam schnippte mit den Fingern. »Ihr hofft, diesen Musiker beim Festival zu finden. Ist schließlich ein Musikfestival.« Er sah sie beifallheischend an. »Richtig oder richtig?«

»So ungefähr.« Bonnie lachte auf.

»Was das angeht, dürftet ihr fündig werden. In Ballystone tummelt sich in den nächsten Tagen alles, was halbwegs imstande ist, ›Whiskey In The Jar‹ mit zwei Fingern zu zupfen.«

Liam imitierte ein paar schiefe Töne des Folksongs, ehe er sich seinen Espresso angelte und ihn mit derselben Todesverachtung hinunterkippte wie schwarzgebrannten Poitín. Bonnie wunderte sich, dass sie auf einmal das Bedürfnis verspürte, ihm von Ma zu erzählen. Außerdem hätte sie ihn gern nach seinem Vater gefragt. Aus den Fotografien im Haus, die Vater und Sohn in der Werkstatt, beim Angeln, Wandern und bei verschiedenen anderen Freizeitaktivitäten zeigten, schloss sie, dass die beiden ein enges Verhältnis gehabt hatten.

Ihr Herz pochte viel zu laut. Es war seltsam, sich mit dem Gedanken anzufreunden, dass er nicht der unausstehliche Werkstattprolet war, für den sie ihn zuerst gehalten hatte. Er war freundlich, verständnisvoll und witzig. Und leider auch sehr anziehend.

»Was ist mit klassischer Musik? Beethoven, Tschaikowsky, Mozart? Das gefällt dir bestimmt auch nicht, oder?«

Es machte Spaß, mit ihm zu frotzeln. Eine Absicht verfolgte sie mit der Frage nicht, obwohl es eine gute Gelegenheit gewesen wäre, ihm von der blauen Mappe zu erzählen. Doch sie bezweifelte, dass er damit etwas anfangen könnte. Jemand, der Lieder mit zweihundertfünfzig Schlägen in der Minute mochte, war in ihren Augen ungefähr so musikalisch wie ein Specht auf Speed. Wahrscheinlich beherrschte er nicht mal ein Instrument, und falls doch, traute sie ihm allenfalls ein Schlagzeug zu.

»Du wirst lachen, aber ich mag klassische Musik. Sogar sehr.«

»Sag bloß.« Sie hob die Brauen.

»Ich habe eben eine gespaltene Persönlichkeit.« Er betrachtete schmunzelnd seine Hände. Anscheinend bekam er sie nicht sauber, egal wie gewissenhaft er sie schrubbte.

»Dan hat mir erzählt, dass du und dein Dad nicht immer in Ballystone gewohnt habt.«

»Hat er das?«

Ein paar Sekunden verstrichen, und ihr schoss durch den Kopf, dass er auf einmal angespannt wirkte. Als er aufsah, geriet ihr Herz unter seinem Blick unweigerlich wieder ins Flattern. Doch statt auf ihre Frage einzugehen, beging Liam Maguire einen fatalen Fehler: Er legte den Finger auf ihre verwundbarste Stelle.

»Was genau stimmt eigentlich mit deinem Sohn nicht?«

* * *

Die Jugendlichen wohnen in derselben Siedlung. Halbe Kinder, die nach der Schule nichts Sinnvolles zu tun haben, seit das Jugendzentrum in Finglas geschlossen hat. Meist lungern sie bis zum Abend auf dem Spielplatz herum, sitzen auf den Spielgeräten, die sie demoliert haben. Sie rauchen Joints, lachen sich über YouTube-Videos tot und machen sich einen Spaß daraus, kleinere Kinder zu ärgern. Harmlose Teenies, dachte ich. Große Klappe und nichts dahinter außer Minderwertigkeitskomplexen und pubertärem Größenwahn. Bloß ein paar Jungs, die sich aufspielen und im Rudel stark fühlen. Ich werde mir nie verzeihen, wie sehr ich sie unterschätzt habe. Ausgerechnet ich. Josh ist so gern auf den Spielplatz gegangen, und ich dachte ... Ich weiß nicht, was ich gedacht habe.

All das Blut. Das hämische Gelächter. Das triumphierende

Geschrei, nachdem der erste Stein sein Ziel getroffen hat. Josh, der gerade noch geschaukelt hat und jetzt verwirrt auf mich zu stolpert. Er ist vier Jahre alt, Herrgott noch mal, und diese Arschlöcher bewerfen ihn mit Steinen wie einen Straßenhund. Einer von den größeren hat ihn am Kopf getroffen, und mein Kind ist so erschrocken, dass es vergisst zu weinen. »Spasti!«, rufen sie, »Brillenschlange!«, und ich schnappe ungläubig nach Luft. Zuerst fühle ich Wut. Dann Angst, weil ich nicht die geringste Spur von Schuldbewusstsein in ihren blutarmen, pickeligen Gesichtern entdecke. Nur Grausamkeit.

Sie lachen sich krumm, als ich sie anschreie, mit der Polizei drohe, die sowieso nicht kommen wird. Ein hoch aufgeschossener Bengel, den ich vom Sehen her kenne, seit er laufen kann, schlendert zu uns rüber. Er mustert mich aus eng stehenden Augen, dann grinst er und sagt: »Das ist unser Revier. Wir können hier machen, was wir wollen, und Sie können nichts dagegen tun.«

Das Schlimme ist, dass er recht hat. Ich kann nichts gegen sie ausrichten. Niemand im Viertel kann das, und ich weiß, dass er unsere Adresse kennt. Nach diesem Tag sind wir nie wieder zum Spielplatz gegangen. So hat alles angefangen.

* * *

Bonnie lag im Bett und starrte in die Dunkelheit, das Gefühl der Leere in ihrem Innern vermochten selbst Joshs regelmäßige Atemzüge nicht zu füllen. Stumm lauschte sie den gluckernden Wasserleitungen, dem Lauf der Mäuse im Dachgebälk. Der Wind pfiff durch jede Ritze, wimmerte im Kamin und rüttelte an den Fensterläden wie ein überdrehtes Kind, und das Haus wusste dem nicht mehr entgegenzusetzen als ein resigniertes Stöhnen. Irgendwo schrie ein Käuzchen. Der ungewohnte Laut hatte eine seltsam beschwichtigende Wirkung auf sie, aber an Schlaf war nicht zu denken.

Seufzend drehte sie sich zur Seite und sah auf das Display des Digitalweckers. Zwei Uhr. Vor drei Stunden hatte sie Liam im Wohnzimmer zurückgelassen, ohne ein Abschiedswort, nicht mal eine höflich dahingestammelte Erklärung hatte sie zustande gebracht. Er musste sie für vollkommen durchgeknallt halten. Zu Recht.

Vorsichtig, um Josh nicht zu wecken, setzte sie sich auf. Es war kalt im Zimmer. Sie fischte ihren Hoodie vom Fußende des Betts, schlüpfte hinein und barg einige Augenblicke die Nase in dem weichen Fleecestoff, der tröstlich nach zu Hause roch. Dann schwang sie die Beine aus dem Bett und schlich auf Zehenspitzen zum Fenster.

Im Nebengebäude, dort, wo sich Liams Wohnung befand, brannte Licht. Bei der Vorstellung, dass er noch wach war, legte sie die Hand flach auf die Scheibe. Entlang des Fensterrahmens hatte sich Feuchtigkeit gesammelt, und das Glas beschlug von ihrem Atem, als sie tonlos die Sätze wiederholte, die sie so lange im Kopf hin- und hergeschoben hatte, bis sie einen Sinn ergaben – und aufhörten wehzutun.

Mit Josh ist alles in bester Ordnung, Liam. Ich bin diejenige, mit der etwas nicht stimmt. Seit diesem Tag auf dem Spielplatz habe ich aufgehört, die Mutter zu sein, die ich sein sollte. Zuerst erschien es mir nur richtig, meinem Sohn eine bessere Welt zu bauen, einen magischen Kosmos, in dem er der Held jeder Abenteuergeschichte sein durfte, die ich mir ausgedacht hatte. Es war der perfekte Plan. Er hat sogar so gut funktioniert, dass diese Welt auch mein Fluchtort geworden ist. Versunkene Städte im Ozean, Forschungsstationen in der Arktis, fliegende Teppiche und sandbestäubte Beduinenzelte. Dort gibt es keine Mahnbriefe im Postkasten, keine abgestellten Heizungen oder leeren Kühlschränke. Es gibt nur Josh und mich, und gemeinsam sind wir unbesiegbar.

Bonnie drückte die Stirn gegen die Fensterscheibe. Sie stellte sich Liams forschenden Blick vor, unter dem sie weiche Knie bekam, ob sie wollte oder nicht, und schloss die Augen. Als könnte sie so seine Nähe heraufbeschwören, obwohl sie sich eigentlich davor fürchtete, ihm nah zu sein.

Ich weiß ja, dass es Zeit ist, mit den Geschichten aufzuhören. Aber ich habe keine Ahnung, wie wir ohne sie weitermachen sollen. Was, wenn Josh in der Schule nicht klarkommt? Ich könnte es mir nie verzeihen, nicht in der Nähe gewesen zu sein, wenn sie ihn wieder...

Sie riss die Augen auf, ohne genau sagen zu können, was sie aus ihren Gedanken geholt hatte. Das Licht in Liams Wohnung war erloschen. Hatte sie ein Geräusch gehört? Eine Bewegung gespürt? Der sonore Ruf des Käuzchens war verstummt, und auf einmal beschlich sie das sichere Gefühl, dass da draußen etwas war, das nicht dorthin gehörte.

Automatisch vergewisserte sie sich, dass Josh schlief, ehe sie erneut in die Dunkelheit lauschte, den Blick auf die mondbeschienenen Wiesen und das dahinterliegende Wäldchen gerichtet. Die Hügel schluckten alle Geräusche, abgesehen vom Wind war es nahezu erdrückend still. Keine Autos, keine Menschen, keinerlei Anzeichen menschlicher Zivilisation.

Dann bemerkte sie das Licht. Kein richtiges Licht wie von einem Autoscheinwerfer oder einer vergessenen Außenleuchte. Vielmehr handelte es sich um eine Art Glühen, das sie in der Nähe des Schuppens vermutete, rötlich und pulsierend wie ein lebendiges Wesen. Ihr Magen krampfte sich ahnungsvoll zusammen, doch die Gewissheit kam erst, als sie das Fenster öffnete und ein Windstoß den unverkennbaren Geruch in ihre Richtung wehte.

»Feuer«, flüsterte sie und erstickte ein erschrockenes »Jesus Christ!« hinter vorgehaltener Hand.

Hinter ihr erklang Joshs schlaftrunkene Stimme.

»Maaam? Was ist los? Ist Sir Francis wieder da?«

Und dann zerriss ein Schuss die Stille der Nacht.

Liam.

Die Welt schien minutenlang stillzustehen, als wolle sie ihm bis ins Detail vor Augen führen, was sich da vor ihm abspielte. Sein Schuppen brannte wie ein benzingetränkter Scheiterhaufen. Vom Wind gepeitscht loderten die Flammen meterhoch über das Dach hinaus, unter der Hitze barsten Balken, schmolz Plastik, splitterte Glas. Das Feuer fauchte und grollte, spie Magie und Rauchwolken aus. Funken tanzten am Nachthimmel wie aufgepeitschte Glühwürmchen.

Magie und Rauch. Auf grausame Art und Weise sah es wunderschön aus, und vielleicht heulte er deswegen. Die Verbrennung spürte er kaum, die er sich zugezogen hatte, als er sich gegen die Tür des Schuppens geworfen hatte – in der irrigen Hoffnung, irgendwas da drin retten zu können. Den antiken Schreibtisch, den er restaurieren wollte, sein Surfbrett, das Dad ihm zum sechzehnten Geburtstag geschenkt hatte. Die mit Jahreszahlen versehenen Pappkartons in den Regalen, in denen er das aufbewahrt hatte, was ihn früher, in einem anderen Leben, einmal ausgemacht hatte. All das war jetzt fort. Verbrannt zu Asche und Staub.

Denk nicht, dass wir mit dir fertig sind. Barry hatte also Ernst gemacht, und zwar gründlich. Er mochte es für eine amüsante kleine Warnung halten, einen baufälligen Schuppen anzuzünden, aber wenn Liam die Wahl gehabt hätte, hätte er sich lieber krankenhausreif prügeln lassen. *Asche und Staub.*

»Ihr verfluchten Arschlöcher!« Mit einem zornigen Schrei lud er das Gewehr durch und feuerte in Richtung des Weidegatters, obwohl der dunkelblaue SUV längst mit Vollgas über den Schotterweg davongebraust war.

In seinem Rücken knackten Äste, die Bewegung spürte er mehr, als er sie sah. Er fuhr herum, das Gewehr im Anschlag, und zielte instinktiv auf die Gestalt, die durch den Gemüsegarten auf ihn zulief. Ein eisiger Schreck durchfuhr ihn, als er Bonnie erkannte, barfuß und in Pyjamahose, der ausgeleierte Fleecepullover reichte ihr bis zu den Schenkeln. Sie blieb einige Meter entfernt stehen, schwer atmend, im Schein des Feuers glänzte ihr Gesicht wächsern und feucht. Offenbar hatte es angefangen zu regnen, aber es waren ihre weit aufgerissenen, erschrockenen Augen, die ihn augenblicklich zur Besinnung brachten.

Er ließ das Gewehr sinken, murmelte eine Entschuldigung, die sie vermutlich nicht hörte, und sicherte mit zitternden Fingern den Abzug. Dicke Regentropfen zerplatzten auf seinem Gesicht, rannen in seinen Kragen, auf die Haut. Benommen ließ er die Waffe fallen und starrte ins Feuer, das sich zischend unter dem Schauer wegduckte. Wann er zum letzten Mal gebetet hatte, wusste er nicht mehr, aber jetzt dankte er Gott inbrünstig, dass er die himmlischen Schleusen öffnete. *Zu spät. Viel zu spät.*

»Liam. Schau mich an. Bitte.«

Wie lange es dauerte, bis die sanfte Stimme zu ihm durchdrang, vermochte er nicht zu sagen. Bonnie kauerte vor ihm im nassen Gras und war ihm auf einmal so nah, dass er ihren Atem im Gesicht spürte. Sie legte die Hand auf seine Wangen, erst eine, dann beide, und zwang ihn, den Blick vom Schuppen abzuwenden.

»Deine Füße«, stammelte er. »Es ist viel zu kalt, um ...«

»Schau mich an«, wiederholte sie flüsternd. »Es wird alles gut. Alles wird gut.«

Bonnie gab sich alle Mühe, ihn zu beruhigen, aber sein Puls beschleunigte sich, bis ihm beinahe schwindlig wurde. Sie sprach mit ihm, als könnte sie ihn gut leiden, obwohl er bisher nicht den Eindruck gehabt hatte, dass sie besonderen Wert auf seine Gesellschaft legte. Jetzt streichelte sie seine Wangen, murmelte an seiner Schläfe und tröstete ihn.

Teufel, er hätte sie beinahe über den Haufen geschossen! Sollte sie nicht stocksauer auf ihn sein? Ihn mit Schimpfwörtern traktieren? Erstaunt erforschte er ihr Gesicht. Doch er suchte vergeblich nach der unberechenbaren jungen Frau, die vor zwei Tagen wutentbrannt aus seiner Werkstatt gestürmt war. Er fand nur Verständnis und tiefes Mitgefühl, und in ihren Pupillen tanzten Glühwürmchenfunken.

Minutenlang saßen sie ganz still da. Sagten nichts, atmeten kaum. Dann senkte sie den Kopf und küsste ihn. Behutsam und unglaublich zärtlich und mit fest zusammengekniffenen Augen. Ihre Lippen waren unerwartet weich, schmeckten nach Schlaf und Rauch, und darunter – eine Spur von Zahnpasta. Es lag nichts Elektrisierendes in diesem Kuss. Weder hörte er himmlisches Glockengeläut, noch spürte er die Erektion, die ihn sonst zuverlässig überfiel, wenn er ein Mädchen zum ersten Mal küsste. Das hier war keusch. Es war liebevoll. Und sie zu berühren fühlte sich so vertraut und selbstverständlich an, als hätte er nie etwas anderes getan.

In diesem Augenblick wurde Liam klar, dass er alles nur Menschenmögliche unternehmen würde, um sein Leben in den Griff zu bekommen.

Bonnie.
Sie war selbst überrascht, wie gefasst sie war, als sie vor Liam die Küche betrat, das Licht anschaltete und ihn mit sanfter Entschlossenheit zum Tisch dirigierte. Sie hätte erwartet, dass er gegen ihre Fürsorge protestierte, aber er ließ sich widerstandslos aus der Wachsjacke helfen und von ihr auf einen Stuhl drücken. Bonnie holte den Erste-Hilfe-Kasten und ein sauberes Handtuch aus dem Schrank unter der Spüle und füllte eine Schüssel mit Leitungswasser. Aus den Augenwinkeln sah sie, wie er sich die Finger gegen die Schläfen presste. Ihr Herz krampfte, weil er so erschöpft und resigniert aussah.

Dennoch tat sie ihm den Gefallen, dass er vor ihr den harten Kerl spielen durfte, und fragte nicht nach, wie es ihm ging. Sie richtete den Blick nicht auf sein rußgeschwärztes Gesicht, sie betrachtete stattdessen seine Hand, wo sich zwischen Daumen und Handfläche das heiße Metall der Schuppentürklinke eingebrannt hatte. Die Haut war rot und geschwollen und bildete bereits Blasen. Tat bestimmt höllisch weh, aber sie glaubte nicht, dass sie einen Arzt brauchten.

»Sieht schlimmer aus, als es ist«, stieß Liam hervor, als hätte sie ihre Gedanken laut ausgesprochen.

»*Could be worse*, schon klar. Die Wunde muss trotzdem versorgt werden.«

Etwas Wasser schwappte über den Rand, als sie die Schüssel in seine Reichweite schubste. Sie sah ihm so lange in die Augen, bis er widerstrebend die Hemdmanschette aufknöpfte. Mit einem unterdrückten Schmerzenslaut tauchte er die verletzte Hand ins Wasser, dann stieß er ein erleichtertes Seufzen aus. Kopfschüttelnd fischte sie eine sterile Wundauflage aus dem Verbandskasten.

»Du musst das nicht tun, Bonnie.«

Ungeachtet seines Einwands öffnete sie die Verpackung der Kompresse.

»Ehrlich. Ich kann das selbst... Hör mal, du bist klatschnass und solltest...«

»Könntest du einfach die Klappe halten, Liam Maguire?«

Tatsächlich bemerkte sie kaum, dass sie vor Kälte zitterte. Dieser Kuss da draußen, vor dem brennenden Schuppen. Es wäre so leicht, sich einzureden, er besäße keinerlei Bedeutung. Sie könnte behaupten, dass sie Liam nur trösten wollte und wegen des Feuers nicht Herrin ihrer Sinne war. Aber das wäre gelogen. Sie hatte ihn geküsst, weil es ihr schlicht unmöglich gewesen war, es nicht zu tun. Und das machte ihr Angst.

»Ich werde nicht weglaufen«, versicherte er leise. »Tu mir also den Gefallen und zieh dir trockene Sachen an.«

Sie nickte zögernd und stand auf, obwohl sie ihn nur ungern in seinem Zustand alleine ließ. Aber sie klapperte schon mit den Zähnen und sollte dringend nach Josh sehen. Bevor sie panisch aus dem Haus gerannt war, hatte sie ihre gesamte mütterliche Autorität aufbringen müssen, um ihn dazu zu bewegen, im Bett zu bleiben. Wahrscheinlich würde sie ihn unterwegs auf einer Treppenstufe vorfinden, dort hockend und angestrengt nach unten lauschend, wie er es manchmal tat, wenn Sheila nach einer Tupperparty auf einen späten Drink hereinschaute.

Doch die Treppe war leer, und das Obergeschoss lag im Dunkeln, lediglich durch den Türspalt drang das Licht der Nachttischlampe, die sie für Josh hatte brennen lassen. Ihr Sohn lag bäuchlings auf dem Bett, die Arme und Beine ausgestreckt wie ein Frosch, der beim Schwimmen eingedöst war. Behutsam schlug sie ihre Deckenhälfte über den kleinen Körper, der endlich zur Ruhe gekommen war. Zärtlich küsste sie ihn auf die Stirn, er öffnete ein Auge und schloss es gleich wieder.

»Darf ich zugucken, wenn die Feuerwehr kommt, Mam?«, murmelte er.

»Die wird nicht anrücken, mein Schatz. Der Regen hat das Feuer schon gelöscht.«

»Hast du Sir Francis draußen gesehen?« Josh gähnte und zog die Decke über den Kopf, bis nur noch sein wirrer Haarschopf zu sehen war. Vielleicht lag es daran, dass er müde war, aber Bonnie fand, dass er nicht sehr hoffnungsvoll geklungen hatte.

»Mach dir keine Sorgen. Er hat sich bestimmt rechtzeitig in Sicherheit gebracht. Du weißt doch, wie schlau unser Kater ist.«

»Seeehr schlau«, erklang es dumpf unter der Bettdecke. »Bekomme ich ... morgen ... Rührei?«

»So viel, wie du willst«, flüsterte sie, obwohl Josh ihre Antwort nicht mehr hörte. Er war längst zurück im Traumreich.

* * *

Liam hielt sein Versprechen. Als sie eingehüllt in Mas alten Strickmantel und mit zwei Paar Socken an den Füßen in die Küche zurückkehrte, saß er noch immer auf seinem Stuhl.

Aber vor ihm auf dem Tisch türmte sich ein Knäuel aus Verbandsmull und Bandagen, das eben noch nicht da war.

»Ich dachte, ich krieg's hin.« Er hielt ihr die verletzte Hand hin und schaute zerknirscht. »Hab mich geirrt.«

»Na, was für ein Glück, dass ich hier bin.« Mit einem matten Lächeln zog sie den Verbandskasten zu sich heran.

»Ist der Kleine okay?«

»Er vermisst seinen Kater.« Sie setzte sich neben ihn und betrachtete die Brandwunde. Schon wieder bekam sie feuchte Augen. Wegen Sir Francis und weil ihr Joshs Kummer so naheging.

»Wir finden ihn.«

Er klang so überzeugt, dass sie sich ein Lächeln abrang und nickte. Dann legte sie eine Mullkompresse auf die verletzte Stelle und begann, vorsichtig den Verband anzulegen. Liam, der wild entschlossen schien, keinen Schmerz zu zeigen, summte vor sich hin und rutschte auf seinem Sitz herum, bis er unter ihrem mahnenden Blick verstummte. Die daraufhin eintretende Stille wurde nur vom munteren Ticken der Wanduhr über dem Sideboard unterbrochen. Das Geräusch machte ihr bewusst, dass jeder Moment, sei er tragisch oder glücklich, letztlich nur einen Wimpernschlag dauerte.

»Ich hab's auch nie getan, weißt du. Um Hilfe bitten, meine ich.« Sie sah auf, um herauszufinden, ob ihre Worte ihn wütend machten. Er runzelte die Stirn, sagte aber nichts. »Es tut mir leid, dass ich vorhin davongerannt bin. Das wollte ich gar nicht.«

»Ich bin zu weit gegangen«, räumte er ein. »Sorry, dass ich dir wegen des Kleinen zu nahe getreten bin.«

»Bist du nicht. Joshs Handicap ist kaum zu übersehen, und ich habe Fragen dieser Art schon hundertmal beantwortet. Es war nur ...« Ihr Mund war trocken. Nie hatte sie offen über ihre Angst gesprochen, selbst Sheila gegenüber hatte sie es stets bei halbherzigen Andeutungen gelassen. Sich einem Fremden anzuvertrauen fühlte sich an, als spränge sie aus viertausend Metern Höhe aus einem Flugzeug, ohne zu wissen, ob ihr Fallschirm sich auch tatsächlich öffnen würde. »Ich bin weggelaufen, weil ich dich nicht anlügen wollte.«

»Wieso hättest du das tun sollen?«

»Weil die meisten Leute sich damit zufrieden geben, wenn ich ihnen das Offensichtliche bestätige.«

»Aber seine Sehschwäche ist nicht das eigentliche Problem, nicht wahr?« Er klang nüchtern. Nichts in seinem Mienenspiel verriet, was er dachte.

»Das stimmt.«

Stille. Das Ticken der davonfließenden Zeit vermischte sich mit dem Geräusch von Wassertropfen, die im Spülbecken platzten.

»Ich bin schuld daran, dass er nicht glücklich ist«, flüsterte sie. »Wir hatten vor zwei Jahren ein schlimmes Erlebnis mit ein paar Halbstarken auf einem Spielplatz. Wenige Tage darauf ist meine Mutter an Krebs gestorben, und seitdem ...« Ihr entschlüpfte ein Laut, halb Schluchzen, halb Lachen. »Josh ist so klug, so wissbegierig. Er möchte wahnsinnig gern in die Schule gehen. Aber statt ihn loszulassen, verhalte ich mich wie eine Glucke, die befürchtet, dass ihr Junge nach dem ersten Schultag mit einem blauen Auge und einem Päckchen Marihuana im Anorak nach Hause kommt.« Sie rieb sich die Stirn. »Übrigens das harmloseste Szenario von all denen, die in meinem Kopf herumgeistern.«

»Vielleicht brauchst du nur ein bisschen mehr Zeit.«

»Ja. Zeit, die Josh nicht hat«, antwortete sie lakonisch. »Es wird nicht mehr lange dauern, bis er mich hasst.«

»Ich glaube, du unterschätzt deinen Sohn. Kinder sind viel verständiger und kompromissbereiter, als man ihnen zutraut. Davon abgesehen sind wir doch alle Egoisten, wenn es um die Menschen geht, die wir lieben. Besonders wenn wir erfahren haben, wie es sich anfühlt, jemanden zu verlieren.«

Liam schaute zum Fenster, abwesend wie jemand, der einer Erinnerung nachhing. Keiner angenehmen, wenn sie seinen Gesichtsausdruck richtig deutete. Der Schuppen. Das Feuer. Das Telefonat, das sie unfreiwillig belauscht hatte. Sie hatte genügend eigene Probleme, aber es war offensichtlich, dass Liam Hilfe brauchte.

»Was ist da draußen passiert?«, fragte sie behutsam. »Haben deine Schwierigkeiten etwas mit dem Tod deines Vaters zu tun? Hast du mal mit Dan darüber geredet? Er ist doch dein Freund. Vielleicht könnte er ...«

»Wie kommst du darauf, dass ich in Schwierigkeiten stecke?«, sagte er abweisend.

»Ich bin nicht naiv, Liam. Der Schuppen wird sich kaum von selbst angezündet haben.« Sie überlegte und setzte etwas sanfter hinzu: »Ich kann dich nicht zwingen, darüber zu reden, wenn du nicht willst. Aber sag mir wenigstens, wie ich dir helfen kann.«

»Bonnie, ich ...« Er wich ihrem Blick aus. Offenbar war er nicht bereit, etwas von sich preiszugeben.

Sie wartete.

»Es ist wirklich nett von dir, dass du dir Sorgen machst, aber manche Dinge werden nicht besser, wenn man darüber spricht.« Seine Aufmerksamkeit richtete sich auf den Tisch, der von Joshs Kinderzeichnungen übersät war. Der gleiche Kürbis mit Ohren, ein Dutzend Mal.

»Geht es um Geld? Dir ist schon klar, dass du sozusagen mit dem Hintern auf der Lösung sitzt, oder? Eireen meinte, dass das Three Gates früher eine gut gehende Pension war. Du könntest wieder Zimmer an Touristen vermieten und mit den Einnahmen...«

»Lass es gut sein, Bonnie.« Liam drückte ihre Hand, und für einen Moment war sie unsicher, ob die Geste zärtlich gemeint oder eine Warnung war. Vielleicht traf beides zu. »Warst du mit Josh schon am Meer? Für die nächsten Tage ist gutes Wetter angesagt. Bestimmt würde es ihm gefallen, wenn wir mit dem Boot rausfahren.«

»Du lenkst vom Thema ab«, gab sie gereizt zurück.

»So ist es. Ich möchte nicht darüber reden. Jedenfalls jetzt nicht. Aber da du schon mal fragst: Ein bisschen Seeluft in der Nase würde mir helfen. Und ein dicker Fisch an der Angel. Wäre das okay für dich?«

»Keine Ahnung«, brummte sie nach einer kurzen Pause. »Solange ich nicht eklige Würmer aufspießen muss?«

Liam lächelte und gab ihr einen Kuss auf die Lippen. Er war so flüchtig, dass sie sich danach unwillkürlich fragte, ob sie ihn sich nur eingebildet hatte.

»Es wird euch Spaß machen, versprochen.« Er strich ihr eine Haarsträhne hinters Ohr, und unter seinen prüfenden Augen wurde ihr bewusst, dass sie keinen Blick in den Spiegel verschwendet hatte, als sie sich vorhin umgezogen hatte. Statt Mascara und sexy Seidenkimono trug sie einen Strickmantel voller Pilling-Knötchen, und ihre Frisur weckte vermutlich in jedem Vogel den Nestbautrieb. Sheila wäre entzückt gewesen.

»Gibt es überhaupt Schwimmwesten auf dem Boot?«

»Eine Frau wie du wird sich doch nicht vor ein bisschen Wasser fürchten.«

»Offenbar überschätzt du mich.«

»Das wiederum glaube ich kaum.« Liam stand auf, wobei er sich mit der gesunden Hand auf der Tischplatte abstützte. Einen Moment lang sah er stumm auf sie herab. »Es ist spät«, sagte er schließlich. Es klang entschuldigend, nahezu unbehaglich, als ob er sich auf einmal unwohl in ihrer Gesellschaft fühlte. Wie um ihren Eindruck zu bestätigen, presste er die Lippen zusammen und kehrte ihr den Rücken zu.

Diese Nacht hatte etwas zwischen ihnen verändert. Waren sie zu weit gegangen? Bereute er gar, sie geküsst zu haben? Entschlossen, sich nicht anmerken zu lassen, wie sehr seine plötzliche Distanziertheit sie verunsicherte, hob sie das Kinn.

»Dir auch eine gute Nacht, Liam Maguire.«

Er drehte sich zu ihr um. Sie erwartete, Belustigung auf seinem Gesicht zu sehen, eine diebische Freude darüber, dass er es wieder mal geschafft hatte, sie durcheinanderzubringen. Doch er wirkte nicht belustigt. Nicht mal amüsiert. Nur nachdenklich.

»Ich weiß nicht, wohin das alles führt, Bonnie. Aber du hast recht mit dem, was du vorhin gesagt hast«, sagte er leise. »Es ist wirklich ein Glück, dass du hier bist.«

19. Kapitel

WESTEND GATE. DUBLIN TALLAGHT, JANUAR 2002.

Robert.
Das fünfstöckige Wohnhaus, in dem Molly und Mark wohnten, befand sich im Zentrum von Tallaght. Es gehörte zu einer Siedlungsanlage in der Nähe eines irrwitzig überdimensionierten Shoppingcenters, in dem er sogar schon mal eingekauft hatte. Hausnummern gab es in Westend Gate ebenso sporadisch wie funktionierende Straßenlaternen, weshalb er das richtige Gebäude nicht gleich gefunden hatte.

Jetzt stand Robert im Fahrstuhl, fünfzehn Minuten verspätet und um fünf Euro ärmer, die ihm ein Obdachloser aus den Rippen geleiert hatte, den er nach dem Weg gefragt hatte. Das Bürschchen war kaum älter als Mark gewesen.

Nervös wechselte er die Papiertragetasche von Mannings Bakery in die andere Hand und vergewisserte sich, dass der Riesling sicher in seiner Manteltasche steckte. Jemand hatte mit einem spitzen Gegenstand *the rich pay – die Reichen bezahlen* in die verspiegelte Kabine gekratzt, auf Augenhöhe. Er zupfte an seiner Krawatte und kam sich selbst fremd vor. Lag wohl an dem Bart, der neuerdings seinen Mund einrahmte, ein Goatee in den Farben von Pfeffer und Salz. Er war Mollys Idee gewesen. Sie mochte Bärte, fand ihn damit distinguiert, was für ihn nur ein anderes Wort für alt war. Reflexhaft beugte er sich nach vorn und betastete seine Wangen, auf der Suche nach weiteren Anzeichen, dass er nicht mehr der Jüngste war. Tränensäcke, Falten, schlaffe Haut. Inzwischen hatte er von allem etwas zu bieten. Sein Haar war statisch aufgeladen und stand vom Kopf ab. Er strich es glatt, wobei ihm auffiel, dass sich die Kabine nicht nach oben bewegte. Offenbar hatte er vergessen, den Knopf zu drücken.

Warnte ihn das Schicksal davor, eine Grenze zu überschreiten? Er könnte umdrehen und diesen Aufzug verlassen, das Haus, das Viertel, in das sich Leute wie er nur zufällig verirrten. Alles konnte bleiben, wie es war: das Erregende ihrer heimlichen Liaison, das vertrauensvolle Lehrer-Schüler-Verhältnis zwischen Mark und ihm, die eingeredete Überzeugung, dass Alan den Mund hielt. Er musste lediglich aus diesem Fahrstuhl steigen, Molly eine Nachricht schreiben, in der er erklärte, ihm sei etwas Wichtiges dazwischengekommen. Sie wäre sauer, würde es aber verstehen. Und zur Wiedergutmachung würde er sie in das hübsche Restaurant in Dalkey ausführen.

Bewegungslos starrte er das Display seines Handys an. Dann presste er den Zeigefinger auf den Etagenknopf mit der Fünf, trotzig wie ein Kind, dem jemand eingeschärft hatte, genau das nicht zu tun. Ruckelnd setzte sich der Fahrstuhl in Bewegung.

Erster Stock. Es war rein dienstlich. Mrs O'Reilly wollte sich nach den Fortschritten ihres Sohns erkundigen. Offiziell nur die nette Geste einer dankbaren Mutter. Nichts weiter.

Zweiter Stock. Andererseits war diese Essenseinladung schon ziemlich privat. Molly hatte Geburtstag, und er konnte sich nicht mehr daran erinnern, wann eine Frau zuletzt für ihn gekocht hatte.

Dritter Stock. Wollte er das hier wirklich? Mark war kein Kind mehr. Er würde merken, dass da etwas zwischen seiner Mutter und seinem Lehrer lief.

Vierter Stock. Ein winziger Fehler genügte. Nur ein Blickwechsel, eine zufällige Geste oder ein unbedachtes Wort, und der Abend würde ihnen um die Ohren fliegen.

Fünfter Stock. Kruzifix. Den Knall würde man wahrscheinlich bis nach München hören.

Die Aufzugtüren glitten auseinander. Mit dem Vorsatz, sich durchs Treppenhaus davonzustehlen, trat Robert in den Flur. Es roch nach Essigreiniger und Zeitungspapier, eine geöffnete Wohnungstür warf einen Lichtkegel auf die von Rissen durchzogenen Fliesen. Ungeachtet der Minusgrade lehnte Molly barfuß im Türrahmen und sah ihn erwartungsvoll an. Das Haar fiel ihr in weichen Wellen auf die Schultern, sie trug roten Lippenstift und ein lavendelfarbenes Wollkleid. Es musste neu sein, er hatte es nie an ihr gesehen.

Sie sah hinreißend aus.

Er erwiderte ihr Lächeln. Weil sie sein Mädchen war. Aber auch weil Weglaufen im Alphabet ganz hinten stand.

***

Er hatte sich die Wohnung der O'Reillys durchaus gemütlich, aber eher abgelebt vorgestellt. Eine winzige Mansardenwohnung mit zwei Zimmern, furnierten Möbeln und verschlissenen Teppichen vielleicht, bis zur Decke vollgestopft mit lauter Habseligkeiten, die sich im Lauf der Zeit angesammelt hatten, weil man es sich nicht leisten konnte, Dinge wegzuschmeißen, für die man augenblicklich keine Verwendung hatte.

Molly O'Reilly schien allerdings ziemlich gut im Wegwerfen zu sein. In der geräumigen Wohnung gab es kein Möbelstück zu viel. Anstelle von unnützem Tand und Nippes verbreiteten Bücher und Landschaftsaquarelle genau die Art von Heimeligkeit, die Robert sich für sein eigenes Heim gewünscht hätte. Besonders die Küche gefiel ihm, ein gemauertes Provisorium mit Schmuckfliesen, in dem es kaum ins Gewicht fiel, dass die Gerätschaften ihre besten Tage längst hinter sich hatten. Hinter einem Standregal befand sich ein für drei Personen gedeckter Tisch, ein Do-it-yourself-Leuchter aus Glasscherben tupfte bunte Lichtflecke auf das Porzellan. Es roch nach Schmorfleisch und Daheim, und irgendwo tickte eine Wanduhr, gleichmäßig und kräftig, als hätte der Raum ein verborgenes Herz.

»Wow.« Mehr wusste er nicht zu sagen. Natürlich hätte er fragen können, ob sie diejenige mit dem handwerklichen Geschick war, wollte aber nicht riskieren, Mollys Ehemann zur Sprache zu bringen. Nicht heute Abend.

»Ja. Wow«, erwiderte sie leise und meinte sicher nicht den selbst gebastelten Leuchter. Ihre Blicke verhakten sich ineinander, bis ihn ein Geräusch aus dem Nebenzimmer schlagartig an die Rolle erinnerte, die er zu spielen hatte.

»Eine kleine Aufmerksamkeit aus Deutschland, Mrs O'Reilly. Für die freundliche Einladung.« Sein Text klang wie vom Blatt abgelesen, der Riesling wog auf einmal mindestens zehn Kilo. Molly nahm das Mitbringsel mit skeptischem Blick entgegen.

»Ich weiß, dass du keinen Wein magst«, flüsterte er. »Aber das ist Teil des Spiels, oder?«

»Wie aufmerksam, Professor Brenner.« Ein Lächeln huschte über ihr Gesicht, bevor sie sich umdrehte und sich am Herd zu schaffen machte. »Warum sagen Sie Mark nicht, dass das Essen fertig ist? Es ist das Zimmer rechts neben dem Bad.«

Sein Blick wanderte über ihren Rücken, der sich durch den dünnen Wollstoff abzeichnete. Als ihm auffiel, dass er ihren Po anstarrte, wandte er sich ab und ging in den Flur.

Vorhin war es dort still gewesen. Jetzt wummerte aggressive Rockmusik durch die Tür, an der eines dieser Blechschilder klebte, die man in jedem Souvenirshop der Stadt kaufen konnte. *Ich bin Ire. Wir machen diesen Sei-leise-Mist nicht*, las er und verzog belustigt den Mund. Er kannte weder den Song noch die Band, was ihn nicht sonderlich wunderte. Mit Liedern, die man herausschrie, statt sie zu singen, hatte er nie viel anfangen können.

Er klopfte, trat einen Schritt zurück und musterte das Flurregal, in dem sich Wilde, Beckett und Joyce einen Platz zwischen Thrillern und Liebesromanen erkämpft hatten. Keines der Bücher sah ungelesen aus, und er erinnerte sich daran, wie ehrfurchtsvoll Molly bei ihrem ersten Zusammentreffen in *Der Club der toten Dichter* geblättert hatte.

Es kam ihm vor, als sei es erst gestern gewesen. Ob er mit dem Wissen um ihre jetzige Zwickmühle damals eine andere Entscheidung getroffen hätte? Hätte er die Bibliothek gemieden und dafür gesorgt, dass Molly in ihm künftig nur den Musiklehrer ihres Sohns sah?

Natürlich nicht. Allein die Vorstellung war absurd.

Andererseits hätten in diesem Fall eine Menge Leute eine Menge Probleme weniger gehabt. Er selbst eingeschlossen.

»Wollen Sie im Flur anwachsen, Professor Beat?«

Der Junge hatte die Tür geöffnet und schlurfte in sein Zimmer zurück, die Hände so tief in den Hosentaschen vergraben, dass er sie fast bis zu den Knien drückte. Die Tür ließ er offen, was Robert als Einladung verstand. Dahinter ein typisches, leicht muffig riechendes Jugendzimmer, das der aufgeräumten Wohnung mit zerwühlter Bettwäsche und herumliegenden Klamotten den Mittelfinger zeigte.

»Deine Mutter bat mich, dich zum Essen zu holen.«

Mark schaltete den CD-Spieler aus und schob mit dem Fuß einen Rucksack unters Bett.

»Ich wette, sie hat Sie nicht gebeten. Mum fordert. Sie kann nicht anders.«

»So sind alle Frauen. Auf diese Weise sorgen sie dafür, dass wir Männer nicht ständig irgendwelchen Unfug anstellen.« Neugierig betrachtete er die mit Postern von Rockbands gespickte Wand, die Matchbox-Autos im Regal. Den Rucksack, der zu prall war, als dass er ganz unter dem Bett verschwand. Die Beiläufigkeit, mit der Mark ihn aus seinem Blickfeld befördert hatte, verdeutlichte ihm, dass er so gut wie nichts über ihn wusste.

»Haben Sie deswegen nie geheiratet? Weil Sie keine Lust haben, sich im Feldwebelton rumkommandieren zu lassen?«

»Schon möglich.« Robert lachte. »Aber ehrlich gesagt hätte ich manchmal sehr gern einen solchen Feldwebel an meiner Seite, der mich in die richtige Richtung schubst.«

»Also, ich brauch das nicht«, stieß Mark hervor. »Wenn mein Dad noch da wäre...« Er kniff die Lippen zusammen und schielte zur Tür.

»Deine Mutter will nur das Beste für dich.«

»Dann hätte sie Dad nicht rauswerfen sollen.«

Robert konnte sich nicht recht erklären, weshalb er sich

jedes Mal unwohl fühlte, sobald Mark das Gespräch auf seinen Vater lenkte. Im Hinblick auf seine Lehrerrolle mochten seine Gefühle für Molly zwar etwas deplatziert sein, aber letztlich fand er es nicht verwerflich, eine Frau zu lieben, die seit Jahren getrennt lebte. Trotzdem kam er sich vor, als würde er jemanden betrügen, weniger John O'Reilly, eher Mark, der sich sehnlichst seinen Dad zurückwünschte. Aber was in Gottes Namen konnte er schon tun, wenn die Wahrheit im Augenblick keine Option war?

»Du hast den Vorfall in der Kantine übrigens gut geregelt. Es muss dich einige Überwindung gekostet haben, dich bei McBride zu entschuldigen.«

»Schätze, Cunningham war froh, die Sache vom Tisch zu haben.« Mark zuckte die Achseln. »McBride kriegt sein Fett schon weg, wenn ich den Wettbewerb gewinne. Dann ist er der Loser, und ich werd scheißnett zu ihm sein, um ihm damit richtig eins reinzuwürgen.«

»Ich bin jedenfalls stolz auf dich. Auf alles, was du bisher geleistet hast.«

Das war nicht gelogen. Seit er Mark die Stradivari anvertraut hatte, hatte er eine bemerkenswerte Entwicklung vollzogen. Er zeigte, dass er hart für ein Ziel arbeiten konnte, wirkte gereifter, selbstbewusster und – von seinem jüngsten Aussetzer abgesehen – auch besonnener. Widerstrebend gestand Robert sich ein, dass er seinen Schützling in den letzten vier Monaten richtig liebgewonnen hatte.

Mark brummte vor sich hin und sah zu Boden. Wie üblich reagierte er abweisend auf ein ausgesprochenes Lob, aber die aufsteigende Röte unter dem aufgeknöpften Poloshirtkragen verriet ihn.

»Zwei Minuten! Wenn die Herren sich bis dahin nicht an

den Tisch bequemt haben, trage ich das Irish Stew rüber zu den Nachbarn!«, fegte Mollys Stimme durch den Flur.

Robert unterdrückte ein Lächeln. Sie hatte wirklich ein kleines bisschen wie ein Feldwebel geklungen.

»Na los, Kumpel«, sagte er gutmütig. »Tun wir ihr den Gefallen. Dem köstlichen Duft nach zu urteilen, hat sich deine wunderbare Mum viel Mühe gegeben.«

»He, Professor Beat?«

Die Hand an der Klinke hielt er inne. Draußen heulte eine Polizeisirene auf, der Wind rüttelte an den Fensterläden. Mark lehnte an der Schreibtischkante und sah ihn nachdenklich an.

»Wie genau hat meine *wunderbare Mum* es eigentlich geschafft, Sie so um den Finger zu wickeln?«

* * *

Er hätte wissen müssen, dass er mit seiner Vorahnung bezüglich des Abendessens bei den O'Reillys richtiggelegen hatte. Es stand unter keinem guten Stern. Aber er neigte dazu, sich etwas vorzumachen, besonders wenn ihm Menschen am Herzen lagen.

Molly hatte ihm einen Stuhl an der Längsseite des Tischs zugewiesen. Sie und Mark saßen auf der Bank gegenüber, die Kopfenden blieben leer. Er trank Wein, zu viel auf nüchternen Magen, und fühlte sich bereits angetrunken, als Molly den Topf mit dem Irish Stew hereintrug. Langsam und besonnen kaute er jeden Bissen, lobte das zart geschmorte Lamm und ließ sich den Teller ein weiteres Mal von Molly nachfüllen, die in ihrer Gastgeberrolle wie aufgezogen wirkte.

Der Wein, den sie nur seinetwegen und aus Höflichkeit trank, polierte ihre Augen blank, ihr Mund stand keine Sekunde still. Sie plauderte über das Wetter, die jüngsten Unruhen in Belfast, schimpfte auf den Metzger, der ihr minderwertiges Fleisch aufschwatzen wollte, und den Elektriker, der bereits vor Wochen versprochen hatte, die defekte Abzugshaube zu reparieren. Zu gern hätte er ihre umherflatternde Hand eingefangen, wie einen Vogel in seiner eingeschlossen, bis das kleine Wesen sich beruhigt hätte.

Mark schien Mollys Nervosität nicht zu bemerken. Er aß mit der Hast eines ständig hungrigen Heranwachsenden, tief über den Teller gebeugt und ohne wesentlich zum Gespräch beizutragen, sofern seine Mutter nicht das Wort an ihn richtete. Er antwortete einsilbig und mit vollen Backen, immun gegen Mollys Ermahnungen, mitunter streifte sein Blick das verwaiste Kopfende.

Froh, einen Vorwand gefunden zu haben, ebenfalls nicht viel sagen zu müssen, bat Robert ein weiteres Mal um Nachschlag. Keinesfalls wollte er sich erneut zu einer unbedachten Äußerung hinreißen lassen – zumal Mark sich aufführte, als hätte ein fremdes Wesen von ihm Besitz ergriffen und den zugänglichen, wissbegierigen Schüler getötet, den er nachmittags in der kleinen Ostflügelzelle unterrichtete. Jetzt saß ihm der Mark aus seiner Anfangszeit gegenüber: ein mürrischer, demotivierter Teenager, der im Unterricht mit Stühlen kippelte und freche Antworten gab.

Als Robert die vierte Portion ablehnen *musste* und ermattet auf seinem Sitz zurücksank, schob auch Molly ihren Teller beiseite. Sie hatte den Eintopf kaum angerührt. Die Ellenbogen auf den Tisch gestützt legte sie das Kinn auf ihre gefalteten Hände. Ihr Blick verriet, dass sie seine Mit-vollem-

Mund-redet-man-nicht-Strategie durchschaut hatte. Unbewusst massierte er sich das Handgelenk, unter dem sein Puls schneller ging als üblich.

»Also«, sagte sie mit gekünstelter Munterkeit. »Was genau habt ihr beide in den letzten Monaten auf die Beine gestellt? Ich komme ja bloß in den Genuss langweiliger Übungsstücke, wenn ich von der Arbeit nach Hause komme. Nicht dass sich die nicht hübsch anhören würden, aber ...«

»Echt jetzt, Mum?« Genervt ließ Mark den Löffel in seinen Teller fallen, Soße spritzte auf die weiße Tischdecke. Mollys Lächeln gefror auf ihren Lippen.

»Was denn? Ist es nicht normal, dass eine Mutter wissen möchte, ob ihr Kind Fortschritte macht?«

Es tat weh, mitansehen zu müssen, wie sie verzweifelt gute Miene zum bösen Spiel machte. Allerdings schien Mark nicht sonderlich erpicht darauf mitzuspielen.

»Ich bin aber kein Kind mehr, und außerdem ...«

»Ihr Sohn hat sogar riesige Fortschritte gemacht, Mrs O'Reilly«, fuhr Robert dazwischen. Er hatte genug gesehen und gehört. »Warum beweisen wir deiner Mutter nicht, dass es sich gelohnt hat, deine Fingerübungen zu ertragen? Ich finde, sie hat es verdient, meinst du nicht?«

Mark sah ihn an, als erinnere er sich erst jetzt wieder an seine Anwesenheit. »Wir? Sie meinen, ich soll es beweisen.«

»Nicht doch. Wir spielen im Duett. Du hast deine alte Geige doch noch, oder?« Robert schürzte die Lippen und tat nachdenklich. »Ich hätte allerdings durchaus Verständnis, wenn du dich nicht traust. Als ich damals anfing, hatte ich auch eine Heidenangst davor, vor uneingeweihtem Publikum zu spielen.«

Molly erwiderte sein Zwinkern mit einem matten Lächeln,

streckte die Hand nach ihrem Weinglas aus und stürzte es in einem Zug hinunter.

»Ich hab vor gar nichts Angst!«, warf Mark ein. Seine Stimme war gespannt wie eine Geigensaite, aber hinter der vermeintlichen Rebellion lauerte hörbar der Zweifel.

»Dann hast du einen Vorteil. Ich hab nämlich seit Jahren keine Violine mehr in der Hand gehalten.«

Mark spielte mit seinem Löffel herum, knetete mit den Fingern seine Lippen, kniff hinein. Ein Tick, der Robert schon des Öfteren aufgefallen war. Einen Moment lang blieb es still unter den Buntglasscherben, die an unsichtbaren Nylonschnüren über dem Tisch baumelten – bis der Teenager mit einem missmutigen Grunzen von der Bank rutschte und im Flur verschwand.

Molly atmete aus, als hätte sie die ganze Zeit über die Luft angehalten, ihr geflüstertes »Tut mir leid« ging auf halbem Weg zu ihm verloren. Eine zärtliche Berührung, ein Kuss. Zu gern hätte er sie getröstet, doch ein Schatten im Flur kündigte bereits Marks Rückkehr an. Sorgfältig faltete Robert seine Serviette zusammen und stand auf.

»Dann zeigen wir deiner Mum mal, was zwei echte Musiker so tun, wenn man sie in ein Zimmer sperrt.«

Der Junge hob flüchtig die Mundwinkel und hielt ihm die Stradivari hin. Robert schüttelte den Kopf.

»Das ist deine Vorstellung. Du führst, ich folge«, sagte er und zeigte auf die andere Geige. Angegraut und zerkratzt wie sie war, wirkte sie neben dem kostbar glänzenden Korpus der Meistervioline wie ein Taschengeldschnäppchen vom Flohmarkt.

Mark stieß ein kehliges »Okay« aus, in dem nichts von der Lässigkeit und dem Selbstverständnis lag, das er an den

Tag legte, wenn er seinen Mitschülern vorspielte. Das verschlossene Gesicht, die hochgezogenen Schultern. Robert brauchte ihn bloß anzusehen, um zu wissen, was in ihm vorging. Ein Vorspiel vor seinen Schulkameraden zählte nicht. Das Klassenzimmer war ein geschützter Raum, in dem alle das Gleiche taten und Mark nur zufällig derjenige war, der herausstach. Jetzt wollte er besonders gut sein – was ihm Molly, sichtlich überfordert mit der Situation, nicht gerade erleichterte. Mit versteinertem Lächeln saß sie auf der Bank, den Rücken fest gegen die Polsterlehne gepresst, als könnte jede unbedachte Bewegung ihren Sohn erneut in Rage versetzen.

Er war kein Psychologe, aber offenbar hatten sich Mutter und Sohn gegenseitig in den letzten Jahren so viele Verletzungen zugefügt, dass sie nicht mehr wussten, wie sie miteinander umgehen sollten. Sie brauchten Hilfe, vielleicht sogar von Fachleuten. Robert nahm sich vor, bei Gelegenheit mit Molly über eine Therapie zu sprechen, obwohl er sich vermutlich ihren Unmut zuziehen würde. Im Augenblick konnte er nur versuchen, wenigstens diesem Abend etwas Frieden zu schenken.

Er klemmte sich die Geige unters Kinn, strich mit dem Bogen über die Saiten und drehte an den Feinstimmern. Das Instrument hörte sich besser an, als es aussah, und er war nicht so aus der Übung, wie er befürchtet hatte. Seinem Beispiel folgend nahm Mark winzige Stimmkorrekturen an seiner Violine vor, die eigentlich gar nicht nötig gewesen wären. Dieses wundersame Kästchen, überlegte Robert, ist wahrlich ein Feengeschenk. Sein Schüler neigte den Kopf, sein Brustkorb hob und senkte sich, und dann geschah...

Nichts.

In der Totenstille, die sich ausbreitete, wippte Mark nervös auf den Fußballen, sein Blick driftete erneut zu dem Geist an der leeren Kopfseite des Tischs. Er atmete stoßweise und viel zu schnell.

»Es ist in Ordnung, Liebling«, sagte Molly leise. »Du musst niemandem etwas beweisen. Ich weiß doch, dass du wunderbar spielst.«

Mark reagierte nicht – und in diesem Moment erkannte Robert, dass es Wunden in einer kindlichen Seele gab, die selbst eine Stradivari nicht zu heilen vermochte. Aber auf einen Versuch kam es an. Also legte er die Geige in seine Halsbeuge, sammelte sich und zupfte das Intro von »Bitter Sweet Symphony«. Seine ungeübten Finger verfehlten ein paar Töne, doch das war nicht wichtig.

Mark drehte den Kopf. Ihre Blicke trafen sich, und der Bann brach. Beherzt drückte der Junge den Bogen auf die Saiten, zählte sich in das Stück hinein, fand die Stelle, an der er einsetzen konnte. Wie flüssige Schokolade schwappte das seidige Timbre der Stradivari über die Stimme der billigen Flohmarktgeige. Volltönend, brillant, unübertrefflich. Aus dem Augenwinkel sah Robert, wie Molly lautlos aufseufzte und ihre Handflächen auf die Brust drückte. Dann ließ auch er sich von der Musik davontragen.

So hatte er nie zuvor gespielt. Seine Finger pulsierten vom ungewohnten Druck auf die Saiten, sein Arm summte. Gänsehaut überzog Stellen seines Körpers, von denen er nie gedacht hätte, dass er dort Gänsehaut bekommen könnte. Dennoch hörte er knapp über der Hälfte zu spielen auf. Er wich zurück und überließ seinem Schüler die Bühne, diesem unscheinbaren Jungen mit den viel zu tief sitzenden Jeans und dem ausgewaschenen Poloshirt. Zu sehen, wie Mark sich zu voller Größe aufrichtete und sein Gesicht jenen weltvergessenen Ausdruck annahm, der bei allen herausragenden Virtuosen identisch war, erfüllte Robert mit großer Zufriedenheit. Er hatte von Anfang an das Richtige gespürt.

Derweil kauerte Molly mit angezogenen Knien auf der Bank, so, wie sie in der Fensternische auf der Empore der Bibliothek gesessen hatte. Ihr Mund stand halb offen, staunend, als wäre ihr Sohn eine Erscheinung aus einer Welt, die sie nur aus Büchern oder Erzählungen kannte. Wie ein Maler, der seiner Muse verfallen war, prägte Robert sich jedes Detail ihres Anblicks ein. Die Neigung ihres Kopfs, die Vertiefung zwischen ihren Schlüsselbeinen. Die blauen Äderchen am Hals und den kühnen Schwung ihrer Lippen. Vier senkrechte Falten zählte er auf ihrer Stirn, die sich erst glätteten, als sich die letzten Töne von »Bitter Sweet Symphony« in der überheizten Raumluft aufgelöst hatten. Mit einem erstickten Laut sprang sie auf und klatschte in die Hände, ihr Mund breit und selig. Mark verbeugte sich und grinste. Verlegen, stolz.

Robert erinnerte sich nicht, sie jemals zuvor so glücklich gesehen zu haben. Ein merkwürdiger Gedanke, der in ihm ein Gefühl von Eifersucht weckte. Wurde er deshalb unvorsichtig? Oder war ihm der Wein zu Kopf gestiegen? Vielleicht hatte er das Unglück schon gestern Nachmittag heraufbeschworen, als er an dieser Konditorei vorbeigekommen war. Manchmal vergaß er, dass es für gewisse Dinge im Leben nur den perfekten oder den absolut falschen Zeitpunkt gab. So meinte er ausgerechnet jetzt, sich an den Kuchen erinnern zu müssen, den er bei seiner Ankunft auf der Flurkommode abgestellt hatte.

***

Ihm war leicht schwindlig, als er mit der Tüte von Mannings Bakery in die Küche zurückkehrte, angenehm schwindlig, als betrete er nach einer rasanten Fahrt mit dem Kettenkarussell endlich festen Boden. Mutter und Sohn saßen auf der Bank, die Köpfe über die Stradivari gebeugt. Molly war ganz bei Mark, lauschte aufmerksam seinen Ausführungen über die Bestandteile der Violine. Schnecke, Wirbel, Steg, Saiten.

Er hätte sich auf seinen Stuhl setzen und den Mund halten sollen. Stattdessen baute er sich vor dem Tisch auf und schob die Tüte in Mollys Richtung, wie ein Kind, um Aufmerksamkeit einzufordern.

»Ich glaube, es ist Zeit fürs Dessert. Happy Birthday.«

Was er sagte, fühlte sich schon falsch an, bevor Mark ihm einen forschenden Blick zuwarf. Den ganzen Abend hatte keiner Mollys Geburtstag erwähnt. Es jetzt zu tun war kein kluger Schachzug.

»Ach, das ... das wäre doch nicht nötig gewesen.« Molly errötete. Klugerweise hielt sie ihre Freude im Zaum, aber sie schenkte ihm einen viel zu intimen Blick, während sie den Lemon Cheesecake aus der Verpackung holte. Eine Kerze steckte darauf, so wie sie es sich gewünscht hatte, damals in der Bibliothek. Sie liebte Käsekuchen. Leider fiel ihm zu spät ein, dass er das eigentlich nicht wissen konnte.

Ein einziger klitzekleiner Fehler genügte.

»Ich erinnere mich gar nicht, dass ich erzählt hab, dass meine Mutter heute Geburtstag hat«, mischte sich Marks Stimme unter das Geraschel des Seidenpapiers.

»Ich ...« Robert verstummte. Molly war aschfahl im Gesicht geworden. Er folgte ihrem Blick und starrte fassungslos auf die rosaroten Marzipanrosen und Herzen, mit denen die

Konditorin den Kuchen nachträglich verziert hatte. Sie hatte es bestimmt gut gemeint, zumal er im Laden erwähnt hatte, er sei ein Geschenk für eine ganz besondere Frau. *Du bist ein Idiot, Brenner.* Seine Schläfe pochte, dennoch gelang es ihm, die aufwallende Panik zu unterdrücken.

»Du hast es mir auch nicht erzählt«, erklärte er geistesgegenwärtig. »Mir ist das Datum zufällig aufgefallen, als ich vorhin deine Daten aus deiner Schülerakte herausgesucht habe. Für den Musikwettbewerb.«

Misstrauen flammte in Marks Augen auf. Seine Pupillen füllten die Iris fast aus und wirkten riesig im Licht des Glasscherbenleuchters. Einen Augenblick überlegte Robert, ob er vielleicht Drogen genommen hatte, doch dann klaubte der Junge mit spitzen Fingern ein rosarotes Marzipanherz aus dem Guss.

»In der Akte steht das Geburtsdatum meiner Mutter?«

»Selbstverständlich«, log Robert.

»Auch das von meinem Dad?« Mark steckte sich das Herz in den Mund und schluckte es herunter, ohne zu kauen.

»Davon gehe ich aus.«

»Lass es gut sein, Mark«, schaltete Molly sich alarmiert ein, aber er schüttelte ihre Hand ab und beugte sich nach vorn. Seine nächsten Worte wählte er bedächtig, betonte jede einzelne Silbe.

»Mein Vater, John O'Reilly, hat am zehnten Januar Geburtstag. Heute. Am selben Tag wie Mum. Sogar das Jahr ist dasselbe. Sie sind gleich alt, das müsste Ihnen doch aufgefallen sein.«

»Mark, bitte.« Molly klang beherrscht, aber in ihrer Stimme lauerte deutlich hörbar ein Anflug von Zorn.

»Bitte was, Mum? Bitte halt die Klappe? Bitte sei nett?«

Mark funkelte seine Mutter wütend an und zeigte mit dem Finger auf den leeren Platz am Kopfende. »Mein Vater müsste eigentlich heute Abend an diesem Tisch sitzen. Nicht er. Er ist bloß mein Lehrer, und die verschenken normalerweise keine Torten mit affigen rosa Herzchen.« Er fuhr zu ihm herum. »Wie sind Sie bloß drauf, Mann?«

»Es reicht! Robert hat es nur nett gemeint.« Molly streckte das Kinn nach vorn. Sie zögerte, wie jemand, der innerhalb von Sekunden eine schwerwiegende Entscheidung treffen musste, dann rang sie nach Luft. »Ich will nicht, dass du dich hier wie mein Wachhund aufführst. Rein zufällig bin ich erwachsen und habe auch noch ein eigenes Leben. Mittlerweile sollte in deinem sturen Kopf angekommen sein, dass ich nicht vorhabe, den kostbaren Rest davon an deinen Vater zu verschwenden!« Sie schrie den letzten Satz heraus, und ihr Ausbruch versetzte den Leuchter in Bewegung, als würden die zarten Schnüre auf ihre Lautstärke reagieren.

In der Totenstille, die sich nach ihren Worten ausbreitete, fühlte Robert sich, als werfe er durch die Scherben einen unheilvollen Blick in die Zukunft. Ihm war klar, was jetzt passierte, und er hatte keine andere Wahl, als Mollys Hand zu nehmen, die sie ihm trotzig über den Tisch entgegenstreckte. Etwas traurig erwiderte er ihren fiebrigen Blick. Molly O'Reilly hatte den Zeitpunkt für die Wahrheit gewählt. Den denkbar schlechtesten. Seine Finger schlossen sich um ihre, und er drückte fest zu.

»Du nennst ihn Robert?« Marks Stimme kippte um zwei Oktaven, sein Blick taumelte ungläubig zwischen ihnen hin und her. Dann fiel der Groschen. »Fuck«, presste er hervor. »Was seid ihr Erwachsenen bloß für ein scheinheiliger Haufen.«

Das Geschirr klirrte, als Mark in die Höhe schnellte und gegen das Tischbein stieß. Reflexhaft hielt Robert die Weinflasche fest. Benommen starrte er auf das Etikett und dann in Marks Augen, in denen Wuttränen brannten.

»Sie haben mir eine Stradivari gegeben, aber das heißt nicht, dass Sie dafür meine Mutter bekommen«, fauchte er und versetzte der Violine einen Stoß. Mit einem hässlichen Geräusch schrammte das Instrument über den Tisch und knallte gegen den Fleischtopf.

Er hätte etwas erwidern sollen. Irgendwas. Doch ihm fiel nichts ein. Stattdessen schoss Molly nach vorn, bekam den Saum von Marks Poloshirt zu packen und zog ihn gewaltsam auf seinen Platz zurück.

»Mark Thomas Jefferson O'Reilly! Du wirst dich sofort für dein unhöfliches Benehmen entschuldigen!«

»Du kannst mich, Mum. Ich hab keine Lust mehr, nach deiner Pfeife zu tanzen. Und nach *seiner* schon gar nicht.« Er bedachte Robert mit einem Blick, in dem die geballte Verachtung seines Teenageruniversums lag. »Sie können Ihre dämliche Fiddle zurückhaben. Ich will sie nicht mehr.«

Mit diesen Worten riss er sich von seiner Mutter los, schnappte sich die Geige seines Großvaters und stürmte hinaus.

»Wohin gehst du?«, schrie Molly ihm hinterher.

»Luft schnappen!«, brüllte er zurück. »Dad anrufen und ein Geburtstagsbier heben.«

»Himmel, du bist fünfzehn! Du darfst noch kein Bier trinken!«

Im Flur rumpelte und polterte es, kurz darauf schlug die Wohnungstür zu. Der Knall war so laut, dass im Flur ein Gegenstand zu Boden fiel.

Minutenlang starrten sie sich stumm an, dann stand Molly auf. Sie strich ihr Wollkleid glatt und räumte das Geschirr ab. Benommen folgte Robert ihr zur Spüle, die leere Weinflasche in der Hand. Ein 95er Riesling von dem Weingut in Bayern, das einmal seinen Großeltern gehört hatte. Eigentlich hatte er ein paar Anekdoten aus seiner Kindheit erzählen wollen. Bevor ihm der Abend entglitten war. Er holte Luft.

»Sag jetzt besser nichts, Robert.« Molly stellte die Teller in das Becken und drehte den Wasserhahn auf. Die Leitung hatte zu viel Druck, das Wasser spritzte gegen die Wandfliesen und auf ihr Kleid, aber sie bemerkte es nicht. Zaghaft berührte er ihren Nacken, doch sie drehte den Kopf zur Seite und griff nach einem Spülschwamm. »Nimm es mir bitte nicht übel«, flüsterte sie. »Aber ich wäre jetzt lieber allein.«

Es war furchtbar, dass er erleichtert war, weil sie das sagte. Unentschlossen starrte er auf ihren Rücken. Auch wenn das ohrenbetäubende Geschirrgescheppe jeden anderen Laut im Raum übertönte, wusste er, dass sie weinte.

Kruzifix, was sollte er jetzt tun? Sein Bauchgefühl gab ihm zu verstehen, dass es falsch wäre zu gehen, aber sein Verstand ermahnte ihn, Mollys Wunsch zu respektieren. Hilfesuchend sah er aus dem Fenster, wo der Strahl eines Diskothekenscheinwerfers in den Nachthimmel stach, ihm aber keinen Rat geben konnte.

Ob er den Rucksack unter Marks Bett erwähnen sollte, bevor er ging? Hatte der Junge ihn mitgenommen? Allerdings stürmte Mollys Sohn sicher nicht zum ersten Mal wutschnaubend aus der Wohnung. Mark würde sein Mütchen kühlen und zurückkehren, es gab keinen Grund, Molly zusätzlich zu beunruhigen.

»Wir holen das Dessert nach, du und ich.« Er stellte die

Rieslingflasche auf die Arbeitsplatte und machte einen zögernden Schritt in Richtung Tür. »Bald.«

Sie nickte, ohne ihn anzusehen.

* * *

Dass es keine gute Idee war, mitten in der Nacht und mutterseelenallein in einem der verrufensten Bezirke von Dublin herumzuspazieren, sollte Robert schneller spüren, als ihm lieb war. Doch er stand beim Verlassen des Gebäudes zu sehr unter Schock, um einen Gedanken daran zu verschwenden, ob es nicht ratsamer wäre, ein Taxi zu rufen. Blind und taub für seine Umgebung marschierte er los, in die Richtung, von der er annahm, er sei von dort gekommen.

Das Viertel war dunkel und so gut wie menschenleer. Schon bald überfiel ihn ein Gefühl der Beklommenheit, und er fing an, alle Fenster und Türen in Sichtweite zu zählen. Dann die Schritte, die er benötigte, um die nachtschwarzen Abschnitte zwischen den orangenen Lichtpunkten der Straßenlaternen zu überwinden. Wie leichtsinnig er war, wurde ihm bewusst, als ihm zwei vermummte Gestalten im bläulichen Licht ihrer Handydisplays begegneten. Er vergrub die Hände tiefer in den Manteltaschen und bog kurz entschlossen in eine Seitenstraße ein, in dem Glauben, eine Abkürzung zu nehmen.

Sein Weg endete in einer Sackgasse, vor einem mit Graffiti besprühten Garagentor. Ihn überfiel blanke Panik. Den Blick misstrauisch auf die parkenden Autos und Müllcontainer in der Gasse gerichtet eilte er zur Hauptstraße zurück. Dort hielt er keuchend inne, verzweifelt auf der Suche nach etwas, das ein Wiedererkennen in ihm auslöste. Aber die Häuser sahen alle gleich aus, samt ihrer betonierten Vorgärten. Von der Bushaltestelle, an der er am frühen Abend ausgestiegen war, war weit und breit nichts zu sehen, dafür kamen ihm einige Jugendliche entgegen. Sie benahmen sich nicht sehr friedlich. Lachten und schrien, rempelten sich gegenseitig an.

Mit gesenktem Blick wich er auf die Straße aus und ging an ihnen vorbei, der süßliche Geruch von Marihuana stieg ihm in die Nase. Der Asphalt war voller Kaugummiflecken, im Rinnstein lagen Zigarettenkippen und Glasscherben. Zurück auf dem Bürgersteig wagte er einen Blick über die Schulter.

Einer von den Jugendlichen trat gegen eine Straßenlaterne, und als das Licht erlosch, steigerte sich das Grölen zu hysterischem Gelächter. Kurz darauf erfassten die Scheinwerfer eines vorbeifahrenden Transporters das Grüppchen, zerrten fluoreszierende Trainingshosenstreifen und viel zu junge Gesichter unter tief heruntergezogenen Wollmützen aus dem Schatten der Nacht. Als eine Bierdose gegen die Flanke des Wagens prallte, gab der Fahrer Gas und überfuhr eine rote Ampel.

»Ey Mister. Was glotzt'n so?«, erschallte eine schrille Jungenstimme. Sie klang betrunken.

Nie war er froher gewesen, eine neonfarbene Leuchtreklame im Einheitsdunkel geschlossener Ladenfronten zu entdecken. Henry's Bar. Robert zog die Schultern hoch und rannte los, bezweifelte jedoch schon beim Betreten des Lokals, ob er drinnen sicherer war als auf der Straße.

Der schlauchförmige Raum lag im Dunst von Zigarettenrauch und Kohlsuppe, im Licht von Bierreklamen und Glücksspielautomaten beugten sich Männer über Pint-Gläser. Ungeachtet seines mulmigen Gefühls bestellte Robert bei dem Barkeeper einen Whiskey Sour. Sein Blick fiel auf den tätowierten Drachen, der unter dem Hemdsärmel des Mannes hervorkroch, dann auf das Klavier in der Ecke neben dem Flipperautomaten.

»Ist das Piano funktionstüchtig?«, fragte er, ohne wirklich zu wissen, warum. Er fühlte sich leer und merkwürdig empfindungslos, aber das Klavier zog ihn magisch an.

»Spielen Sie?« Henry (er verpasste dem Barkeeper den Namen, weil er aussah, als gehöre ihm das Etablissement) hatte helle, aufmerksame Augen und ein Alter, das ihm ausreichend Berufserfahrung schenkte, um bei seinen Gästen die richtigen Schlussfolgerungen zu ziehen. Besonders wenn sich jemand mit goldenen Manschettenknöpfen in seine Kneipe verirrte.

Weiß der Teufel, warum er Henrys Frage bejahte. Ein Tumbler knallte vor ihm auf den Tresen, Eiswürfel schwammen darin und ließen bernsteinfarbenes Licht am Boden des Glases tanzen. *Whiskey ist flüssiges Sonnenlicht*, zitierte er Shaw im Geiste, dann wurde ihm schwindlig. Zu viel Adrenalin in zu kurzer Zeit.

»Zitrone hab ich nich, aber wenn Sie spielen, geht der Drink aufs Haus.« Henry entblößte eine Reihe verfärbter Vorderzähne. »Der zweite auch, falls uns Ihr Geklimper gefällt. Ist 'ne irische Tradition.«

Am Tresen erklang beifälliges Gelächter. Robert nickte, stürzte den Whiskey in einem Zug hinunter und durchquerte mit brennenden Augen den Raum.

Ohne seine Umgebung weiter wahrzunehmen, öffnete er behutsam die Klappe des Klaviers, roch Staub und Einsamkeit. Die Lederbank hatte Risse und ließ sich nicht verstellen. Er wischte mit dem Mantelärmel darüber und setzte sich, um minutenlang auf die vertraute Anordnung weißer und schwarzer Tasten zu schauen. Die Lider halb geschlossen wartete er, bis der Sturm in seinem Innern sich gelegt hatte, dann fing er an, Liszts »Liebestraum« Nr. 3 zu spielen. Ohne Notenblatt. Ohne Anleitung. Die Melodie strömte ihm wie von selbst aus den Fingern, im zweiten Satz vergaß er alles um sich herum. Die hängende G-Taste, den Kohlsuppengeruch. Mollys Kummer.

Hinter dem vergitterten Fenster zeichnete der Mond einen silbernen Saum um die Wolken. Einen verrückten Moment lang bildete er sich ein, sie wäre ihm durch die dunklen Gassen gefolgt. Der Gedanke war schön. Die Frau, die er liebte, dort draußen auf dem Hinterhof, wie sie ihm zuhörte und ihr hinreißendes Lächeln unter der Kapuze ihres Anoraks verbarg.

Ein Traum, ein Wunschgedanke. Nichts war mehr wie vorher, und es würde kein nachgeholtes Dessert geben. Natürlich hatte er auf ein glückliches Ende für sich und Molly gehofft. Aber wenn er ehrlich war, hatte er stets gewusst, dass er sich selbst aus der Gleichung entfernen musste, damit die Rechnung am Ende stimmte. Er wollte nicht schuld daran sein, dass eine Mutter ihren Sohn verlor.

Aber wenn er die Augen schloss, sah er sie vor sich. Hörte, wie sie an seiner Wange kicherte, roch das Pfefferminzbonbon in ihrem Atem, schmeckte es in ihrem Kuss. Der vertraute Schmerz, der ihm ins Handgelenk stach, als er zu »Les Adieux« wechselte, Beethovens Abschiedssonate, kam ihm grausam gerecht vor.

Wie oft er das Stück wiederholte, würde er später nicht mehr sagen können. Die Musik rauschte durch sein Hirn wie eine Droge. Qualvoll und erlösend. Wie an dem Tag, an dem ein junger Mann im Arztkittel seine Profilaufbahn für beendet erklärt hatte, spielte er sich die Welt zurück ins Gleichgewicht. So lange, bis der Krampf in seiner linken Hand unerträglich wurde, er das Andante vermasselte und mit einem gequälten Stöhnen abbrach.

Den Kopf gesenkt wartete er, bis der Schmerz nachließ und sein Atem sich normalisiert hatte, bevor er den Klavierdeckel schloss. Da es mucksmäuschenstill war, nahm er an, er sei mittlerweile der letzte Gast in der Bar, doch er täuschte sich. Niemand war gegangen, stattdessen stierten ihn mehrere Augenpaare an, als sei er aus einem Paralleluniversum gefallen, direkt auf die Lederbank des Klaviers, das seit Jahren neben dem Flipperautomaten verstaubte. Das Schweigen hielt an, bis ein alter Mann sich steif von seinem Barhocker erhob und über den Tresen beugte.

»Scheiße, Ian. Vergiss den zweiten Drink«, sagte er zu dem Barkeeper, der gar nicht Henry hieß. »Stell dem Mann die ganze Flasche hin.«

* * *

Heftiger Schneefall setzte ein, als er aus dem Taxi stieg. Zu einer anderen Zeit, unter anderen Umständen hätte er sich gefreut, dass es schneie, doch er war zu betrunken, um etwas anderes zu empfinden als das dringende Bedürfnis, eine Toilette aufzusuchen. Der Taxifahrer wartete mit laufendem Motor, anscheinend machte er sich Sorgen um seinen Gast, der sich nun wie ein Ertrinkender an den nächstbesten Laternenpfahl klammerte.

Robert war durchaus bewusst, dass er ein entwürdigendes Bild abgab. Aber der Laternenpfahl war nett, ein kalter, aber standhafter Freund, der eine Menge Verständnis dafür besaß, dass man nach einer Flasche Bushmills 10 nicht mehr aufrecht stehen konnte. Laut Barkeeper Henry, der eigentlich Ian hieß, gehörte der Single Malt zu den besten Whiskeys auf dem Planeten – Whiskey mit »e« und bloß nicht zu verwechseln mit dem schottischen Whisky. Der reingeschummelte Buchstabe änderte trotzdem nichts daran, dass ihm speiübel war und er sich, wie James Joyce einmal treffend formuliert hatte, den Weg nach Hause mit dem Arsch ertasten musste.

»Hey, Mann. Sind Sie okay? Soll ich Sie hochbringen?« Der Taxifahrer hatte das Seitenfenster heruntergelassen und sah ihn mitfühlend an. Lag bestimmt an dem Hunderter, den er ihm zugesteckt hatte. War zu viel Trinkgeld gewesen, aber es war unmöglich gewesen, zu denken, zu rechnen, zu verhandeln. Robert empfand nur Müdigkeit. Bitterkeit. Tiefe Traurigkeit. Außerdem drückte seine Blase.

»Alles gut ... finde schon heim.« Er versuchte, deutlich zu sprechen, aber seine Mundwinkel hingen schlaff herunter. Hau schon ab, dachte er und gab dem Taxifahrer händewedelnd zu verstehen, dass er fahren solle. Nachdem sich das Taxi endlich in Bewegung gesetzt hatte, blieb Robert frierend im Schneegestöber zurück. Die Straße wirkte wie ausgestorben, von dem Kiosk an der Ecke abgesehen, an dem immer Betrieb herrschte. Auch in Nächten wie diesen.

»Muss jetscht gehn, Kamerad.« Seufzend tätschelte er den Laternenpfahl und taumelte vor sich hin summend auf seinen Wohnblock zu. Weit kam er allerdings nicht, weil irgendein Depp das Fernlicht seines am Straßenrand geparkten Autos anschaltete. Geblendet blieb Robert stehen und hielt sich die Hand vors Gesicht.

»Professor Brenner?«

Auf seiner Netzhaut tanzten blinde Flecke Schuhplattler.

Er hörte das Geräusch einer Autotür, nahm aber nur Schemen wahr. Kurz darauf näherten sich Schritte. Feste, zielstrebige Schritte. Er war betrunken, aber nicht betrunken genug, um nicht einen Anflug von Furcht zu spüren, als eine gedrungene Gestalt zwischen die beiden Lichtkegel der Autoscheinwerfer trat.

»Sind Sie Robert Brenner?«

Eine glühende Zigarette flog vor seine Füße. Der Boden unter ihm schwankte, liebend gern hätte er sich jetzt übergeben, aber er musste lachen.

»Wen könnte das wohl interessieren?«, kicherte er.

Den Schlag sah er nicht kommen. Selbst wenn, wäre er kaum imstande gewesen zu reagieren. Der Fausthieb traf ihn mit solcher Härte in den Magen, dass er in die Knie brach. Nach Nikotin riechende Finger schlossen sich um seinen Hals, jemand drückte ihn brutal zu Boden.

»So ist es. Es interessiert keine Sau.«

Der Mann hatte gefährlich ruhig geklungen. Verwirrt versuchte Robert, sich aufzurichten. Sein Gegner war schwer, aber seine Kraft speiste sich nicht nur aus Muskelmasse. Da war eine kalte, berechnende und sehr persönliche Art von Wut mit im Spiel, der er nichts entgegenzusetzen hatte. Ihm wurde schwarz vor Augen. Sauerstoff. Er brauchte Luft! Unter Aufbietung seiner letzten Kräfte stemmte er sich gegen das Gewicht auf seinem Brustkorb. Ein unheilvolles Knacken ertönte. Robert stöhnte auf – und begriff. Er wusste, wer der Kerl war, lange bevor ein entsetzter Ruf die eisige Luft durchschnitt.

»Dad! Nicht!«

»Misch dich nicht ein, Sohn«, presste der Mann hervor, den Blick fest auf Robert gerichtet. Sie standen in seltsamem Gegensatz zu seinem viereckigen Gesicht, diese dunklen, lang bewimperten Augen. Marks Augen. »Ist mir egal, was Sie mit meiner Frau treiben, Brenner, aber von meinem Sohn lassen Sie gefälligst Ihre dreckigen Pfoten.« John ließ seine Drohung ein paar Sekunden lang wirken, dann spuckte er verächtlich aus. Sein Atem roch nach zu viel Kaffee auf nüchternen Magen und noch mehr Zigaretten. »Versuchen Sie erst gar nicht, sich rauszureden. Ihr Lehrerkumpel hat mir heute am Telefon ein paar sehr aufschlussreiche Dinge über Sie erzählt.« Er lachte leise auf. »Mann, der hat Sie echt gefickt. Sie sollten sich Ihre Freunde sorgfältiger aussuchen.«

Alan. Robert wurde übel, aber er wusste nicht, ob es an O'Reillys Ausdünstungen oder am Alkohol lag. Oder an der Erkenntnis, dass sein intriganter Kollege einen Weg gefunden hatte, sein Kartenhaus zum Einsturz zu bringen.

»Eigentlich sollte ich dir danken.« Beinahe zärtlich fuhr John ihm mit dem Daumen über die Wange. »Richte Molly von mir aus, dass ihr das sauber hingekriegt habt. Jetzt wird sie damit leben müssen, dass mein Sohn eine längst überfällige Entscheidung getroffen hat. Einen Weg zurück wird es nicht geben, dafür sorge ich.«

»Dad?« Marks Stimme schien von sehr weit her zu kommen. »Können wir jetzt fahren?«

O'Reilly drehte den Kopf. Instinktiv nutzte Robert die Unaufmerksamkeit seines Peinigers und rollte sich zur Seite. Seine Lunge brannte, und er schmeckte Blut, empfand aber keinen Schmerz. Er hörte das Kratzen einer Schaufel und fragte sich, wer um diese Uhrzeit auf die Idee kam, Schnee zu schippen. Dann nahm er mit erschreckender Deutlichkeit den Asphalt unter seinen Handflächen wahr, die rote Backsteinmauer, die die Wohnanlage umsäumte. Den grauen

Vauxhall mit eingedelltem Kühlergrill – und den Jungen, der mit aufgerissenen Augen auf ihn herabsah, das Gesicht unter der Kapuze seines Hoodies bleich und rührend kindlich.

»Ich bin okay, Mark.« Er wischte sich mit dem Ärmel das Blut von den Lippen und hob die Hand, als sei alles bloß ein Missverständnis. Ein Versehen. Was es definitiv nicht war. »Alles ist in Ordnung«, wiederholte er und versuchte sich an einem Lächeln. Zumindest glaubte er, dass es ein Lächeln war.

»Und wie es das ist, Arschloch.«

John O'Reillys hasserfüllte Worte waren das Letzte, was er hörte, bevor ihn ein Tritt an der Schläfe traf.

Plötzlich wurde es still. Er sah flackerndes Weiß, kurz darauf wurde es tiefschwarz um ihn, als hätte ein Stromausfall alle Lichter der Stadt gelöscht.

Ich sterbe, dachte er erstaunt, dann atmete er aus und fiel in die Dunkelheit.

20. Kapitel

BALLYSTONE, SEPTEMBER 2019.

Liam.
Es war ein guter Tag für eine Bootstour. Das Meer war ruhig, es blies ein mäßiger Wind, und die Luft war so klar, dass sie die Schaumkronen auf den Brechern kilometerweit sehen konnten. Liam schaute auf den Geschwindigkeitsmesser und drosselte das Tempo, bis die gegen den Rumpf klatschenden Wellen das behäbige Schnurren des Außenbordmotors übertönten.

Hübsch war sie nicht gerade, die gute alte *Rosie*. Ihr blaues Lackkleid hatte seine glänzenden Zeiten längst hinter sich gelassen, das Salzwasser hatte die Plastikbänke angefressen, und es gab keine Kajüte, die ihre Passagiere vor Wind und Regen geschützt hätte. Nicht gerade ein Boot, mit dem man Touristen locken oder ein Mädchen beeindrucken konnte, weshalb er auch nie auf die Idee gekommen war, jemanden zum Angeln mit rauszunehmen.

Aus den Augenwinkeln beobachtete er seine beiden Passagiere, Mutter und Sohn, aneinandergeschmiegt auf der Bank, als wären sie eins. Josh verschwand fast in der gelben Schwimmweste, die Bonnie mit einem Spanngurt so fest an dem kleinen Körper fixiert hatte, dass der Junge im Ernstfall vermutlich wie eine Boje auf dem Wasser treiben würde, ohne großartig nass zu werden.

Josh redete ohne Unterlass, zeigte mit wippenden Knien auf einen Frachter am Horizont, dann zu dem Albatros, der auf mächtigen Schwingen über ihnen hinwegglitt. Seine Mutter beantwortete ihm geduldig jede Frage und verzichtete dabei auf das gönnerhafte Lächeln, mit dem so viele Erwachsene den Kindern die Welt erklärten. Bonnie scheute sich nicht davor zuzugeben, wenn sie etwas nicht wusste – womit sie sich noch ein Stück von seinem Herzen stahl, das er eigentlich nicht hergeben wollte. Auch nicht häppchenweise.

Wie hypnotisiert starrte er auf ihr windzerzaustes Haar, das weder blond noch braun war. Gischt glitzerte darin wie Schneeflocken. Warum, zum Teufel, stolperte diese Frau ausgerechnet jetzt in sein Leben, zu einem Zeitpunkt, an dem alles so verflucht schwierig war?

Sie drehte den Kopf, und zum ersten Mal bekam er eine Vorstellung davon, wie sie aussah, wenn sie wunschlos glücklich war. Benommen kramte er den Feldstecher unter seinem Sitz hervor, um Ausschau nach Delfinen zu halten, die mitunter in der Nähe des Riffs nach Fischen jagten. Fürs Erste ohne Erfolg, womit er fast gerechnet hatte. Der Atlantik war launisch und offenbarte seine größten Schätze nur denjenigen, die wussten, wie man wartete. Später würden sie vielleicht Glück haben, aber er wollte dem Jungen keine Hoffnungen machen, die dann enttäuscht würden.

Er legte das Fernglas beiseite und schaltete den Motor aus. *Rosie* schaukelte träge auf den Wellen auf und ab. Als er die Spinnruten aus der Halterung in der Bordwand zog, zuckte der Kopf des Jungen nach oben wie der eines Welpen, der eine Metzgertüte rascheln hörte.

»Angeln wir jetzt?«, fragte er aufgeregt.

Er bemerkte, dass Bonnie sich auf die Unterlippe biss, als Josh sich von ihr losmachte und zu ihm ins Heck kletterte. Trotz seiner Sehschwäche waren seine Bewegungen flink und furchtlos, und er hielt geschickt die Balance auf dem schwankenden Bretterboden.

Bonnie zuliebe platzierte Liam den Jungen sicher zwischen seinem Knie und der Bootswand, bevor er ihm zeigte, wie man den Köder befestigte. Echte Würmer benutzte er nicht, aber er würde nie zugeben, dass er es grausam fand, ein Lebewesen auf ein Stück Metall zu spießen.

»Was machen wir, wenn wirklich einer anbeißt?«, fragte Josh. Ihm war wohl aufgegangen, dass der heroische Moment ein klitzekleines Problem nach sich ziehen würde.

»Jaaa, Liam, was machen wir dann?«, kam es in diesem Moment von vorn, gedehnt und provozierend, was ihn froh stimmte. Zwar gefiel ihm ihre sanfte Seite, aber er hatte die angriffslustige, toughe Version von Bonnie vermisst, die er bis vor Kurzem noch weit weg gewünscht hatte.

Er hob den Arm und ließ die Angelschnur mit einem hohen, sirrenden Geräusch durch die Luft schnellen. Der Köder klatschte auf die Wasseroberfläche und wurde sofort vom Gewicht des Bleis auf Grund gezogen. Mit den Worten »Gut festhalten, Sportsfreund« drückte er Josh die Rute in die Hand. Dann beugte er sich nach vorn, sah Bonnie tief in die Augen und senkte die Stimme, als glaube er wirklich, dass der Kleine ihn so nicht hören konnte.

»Soll ich dir mal was verraten, Bonnie? Ich mag überhaupt keinen Fisch, darum werfe ich meinen Fang für gewöhnlich ins Meer zurück. Aber das solltest du besser nicht im Dorf rumerzählen. Ich hab einen Ruf zu verlieren.«

»Also, ich werd's bestimmt niemandem verraten!«, rief Josh, der die Rute krampfhaft festhielt. »Wir mögen nämlich auch keinen Fisch, stimmt's, Mam? Wir essen viel lieber Erdnussbutter-Sandwiches. Von denen muss man nämlich nicht kotz…«

»Joshua!«

»Was denn, Mam? Der Professor hat doch gekotzt.« Er ahmte ein Würgegeräusch nach. »In den Straßengraben. Das war voll eklig, und danach war er krank. Deshalb musste er im Hotel bleiben und durfte nicht mit uns im Three Gates einziehen.«

»Professor?« Liam schmunzelte. »Hat euer Freund keinen richtigen Namen?«

»Klar hat er den.« Josh beugte sich über die Reling und versuchte, die freie Hand ins Wasser zu tauchen, aber sein Arm war zu kurz. »Wenn ich groß bin, werd ich Polizist wie Dan. Oder Kapitän bei Greenpeace, die retten Wale. Ich mag Wale. Fast so sehr wie Delfine.«

Liam bemerkte, dass Bonnie ihren Sohn nicht aus den Augen ließ. Als Josh einen zweiten und diesmal erfolgreichen Versuch unternahm, das Wasser zu berühren, presste sie angestrengt die Lippen zusammen. Weil ihre Tapferkeit ihn rührte, hakte er den Daumen unter Joshs Westengurt. Auf See konnte man letztlich nie wissen. Ein plötzlicher Wellenschlag, und das Kind ging über Bord. Aber das würde er seiner Mutter sicher nicht auf die Nase binden.

In einträchtigem Schweigen starrten sie aufs Wasser.

»Das tust du also, wenn du nicht an Autos herumbastelst«, ergriff Bonnie irgendwann das Wort. »Liam Maguire schippert aufs Meer hinaus. In einem winzigen Boot.«

»Dir gefällt meine *Rosie* wohl nicht?«

»Na ja.« Sie zuckte mit den Schultern. »Sie ist wie du.«

Er lachte auf und musste unwillkürlich daran denken, wie sein Vater und er das Boot instand gesetzt und zur Jungfernfahrt ins Wasser gelassen hatten. Das Angeln hatte ihm immer Spaß gemacht, obwohl er jedes Mal wegsehen musste, wenn der Alte den Makrelen mit einem Knüppel eins übergezogen und sie dann ausgenommen hatte.

Nach Dads Tod wollte er *Rosie* eigentlich verkaufen, doch er hatte festgestellt, dass er gern auf dem Meer war, die Spinnroute in der Hand. Es tat ihm gut, so zu tun, als sei alles wie vorher. Als gäbe es die erschreckend lange rote Zahl nicht, die er im Leben nicht tilgen konnte, nicht einmal mit einem restaurierten 911er Porsche. Ob O'Grady das bewusst war? Würde der Geschäftsmann aus Dublin mit der Übergabe des Wagens befinden, dass der Sohn die Schuld des Vaters gesühnt hatte? Wahrscheinlich nicht. Doch die Hoffnung darauf war alles, woran er festhalten konnte.

»Liam? Warum fangen wir die Fische überhaupt, wenn wir sie gar nicht behalten wollen?«, wollte Josh wissen.

Bonnie trug wieder dieses erwartungsvolle Halblächeln, das er schon früher an ihr bemerkt hatte. Bestimmt war es ihr nicht bewusst, aber dieses Lächeln sorgte dafür, dass er äußerst sorgfältig über seine Antworten nachdachte. Als hätte in ihren Ohren jedes Wort ein besonderes Gewicht. Ihre Nase war gerötet, die Lippen rissig von der Kälte und der Salzluft. Nichts hätte er jetzt lieber getan, als diesen Mund zu küssen und ... noch mehr. Viel mehr. Er wollte sie seufzen hören, sie zum Stöhnen, zum Betteln und – schlussendlich – zum Schreien bringen. Ihr Blick wurde unsicher, dann fragend, und auf einmal huschte Verstehen über ihr Gesicht, als hätte er ausgesprochen, was er dachte. Eins zu tausend hätte er gewettet, dass sie rot werden und die Augen niederschlagen würde. Doch sie reckte herausfordernd das Kinn, und er war derjenige, der wegsah.

»Spielst du gerne Brettspiele, Josh?«, fragte er.

»Klar mag ich Brettspiele. Tut doch jeder.«

»Dann weißt du ja, dass der Spaß am Spiel nicht unbedingt etwas mit dem Ergebnis zu tun hat. Man muss nicht gewinnen, um eine tolle Zeit mit einem Menschen zu haben, den man mag.«

Er biss sich auf die Lippen. Scheiße noch mal, was war nur los mit ihm? In seiner Situation etwas mit einer Frau anzufangen, noch dazu mit einer alleinerziehenden Mutter. Hatte er vollkommen den Verstand verloren? Er hatte nichts zu versprechen, konnte ihr und ihrem Sohn weder die Sicherheit noch die Geborgenheit geben, die sie verdienten. Mit anderen Worten: Er war derzeit die denkbar schlechteste Option für die beiden.

»Es geht also gar nicht um die Fische?« Josh schob die heruntergerutschte Brille nach oben.

»Was Liam sagen möchte, ist ...«, schaltete Bonnie sich ein, schwer zu sagen, wem von ihnen beiden ihr Augenzwinkern galt. »Er möchte sagen, dass er ...«

Doch Josh hörte ihr gar nicht zu. Etwas sehr viel Aufregenderes hatte seine Aufmerksamkeit erregt.

»Eisberg!«, brüllte er begeistert. »Jetzt spielen wir Schiffbruch, wie zu Hause, und Liam darf der Kapitän sein!«

Wahrscheinlich hätte er sich von der Beförderung geschmeichelt gefühlt, wäre das Ganze tatsächlich ein Spiel gewesen. Doch ein Blick zu den Planken sagte ihm, dass das hier definitiv kein lustiges *Wir-tun-so-als-ob* war.

Sein Puls schnellte in die Höhe. Hastig nahm er Josh die

Angel aus der Hand, holte die Schnur ein und warf die Rute auf den Boden. Nur um sicherzugehen, trat er ein paarmal mit den Gummistiefeln auf. Das Wasser spritzte, unter ihm gab das Boot ein leises Ächzen von sich, das sich nicht gut anhörte. Verflucht, die alte *Rosie* hatte ein Leck! Ein ziemlich großes sogar, dem Wasserpegel nach zu urteilen. Fieberhaft ließ er den Blick über die Landzunge zu ihrer Rechten gleiten. Kein Grund zur Panik. Sie waren nicht weit rausgefahren, er konnte sogar den blauen Land Rover von Eddie Ryne an der Mole sehen.

Er warf Bonnie einen Seitenblick zu und tastete nach seinem Handy in der Westentasche. Ihre Augen waren starr, er rechnete jeden Moment mit einem Hagel aus Vorwürfen. Zu Recht. Es war fahrlässig von ihm gewesen abzulegen, ohne das Boot vorher ordentlich durchzuchecken. Doch während er nervös durch das Telefonbuch scrollte und Eddies Nummer suchte, blieb Bonnie erstaunlich ruhig, als sei sie Situationen gewohnt, die einen kühlen Kopf erforderten. Sogar ein Lächeln brachte sie zustande, für Josh und das bescheuerte Eisbergspiel, das gar keins war, und dieses Lächeln traf ihn mitten ins Herz. Sie war eine so viel bessere Mutter, als sie glaubte.

»Okay, Kapitän Maguire«, sagte sie gelassen. »Muss die Mannschaft Wasser schippen, oder schaffen wir es zurück an Land, bevor die *Titanic* mit Mann und Maus untergeht?«

Robert.
Nie hätte er gedacht, dass er einmal an einen Punkt in seinem Leben kommen könnte, an dem er freiwillig einen Spaziergang machte. Sein Hausarzt riet ihm seit Jahren wegen seiner

Lungenprobleme zu regelmäßiger Bewegung an der frischen Luft, doch Robert hatte den stets wiederkehrenden Sermon des Mediziners hartnäckig in den Wind geschlagen. Schließlich war er zeitlebens ein aktiver Mensch gewesen. Rennradfahren, Segeln auf dem Starnberger See, Skifahren im Kaiserwinkl. Alles unter dreißig Stundenkilometern gehörte alten Leuten oder denjenigen, die einen Hund hatten.

Bis heute. Bis er nach acht Stunden Tiefschlaf mit einem Bärenhunger erwacht war und nun wegen seiner versteiften Muskulatur ernsthaft erwog, sich besagten Alibihund anzuschaffen. Seine Großeltern hatten einen gehabt. Heidi. Ein hundertvierzig Pfund schweres Bernhardinermädchen, das ihm überallhin gefolgt war.

Unwillkürlich beschleunigte Robert seine Schritte, den Blick auf den Trampelpfad gerichtet, der entlang einer niedrigen Steinmauer zur Bucht führte. Am Ufer angekommen machte er eine Kehrtwende und marschierte zurück in Richtung Hafen, die geisterhaften Schreie der dicht über dem Wasser vorbeiziehenden Kormorane im Ohr. Es war so friedlich hier, kaum einen Kilometer vom Dorf entfernt, in dem der Festivalbär tanzte. Hell und ruhig lag das Meer in der Nachmittagssonne, man hörte nur den Wind über den Dünen und das Plätschern des Wassers, das bronzefarbenen Tang, Muschelschalen und glatt polierte Glasscherben an den Strand spülte.

Robert bückte sich nach einer Muschel und wartete insgeheim auf die Quittung des Rühreis, das Eireen ihm heute Morgen serviert hatte. Sein erstes anständiges Frühstück nach fünf Tagen Porridge. Bisher blieb in seinem Magen alles ruhig. Sah ganz so aus, als wäre er ins Leben zurückgekehrt, aber er hatte viel Zeit verloren. Es drängte ihn, die

Suche aufzunehmen, obwohl Mark O'Reilly ihm allmählich wie der böse Geist aus einer Vergangenheit vorkam, die er besser ruhen lassen sollte.

Zunächst würde er sich jedoch den Lebenden widmen. Er wollte sich in der Werkstatt nach seinem Jaguar erkundigen und danach persönlich davon überzeugen, dass es Bonnie in der Pension auf dem Hügel gut ging. Natürlich war ihm einiges an Dorfklatsch zugetragen worden, doch er traute keinen Gerüchten, schon gar nicht, wenn sie von Eireen kamen. Davon abgesehen war er ein bisschen beleidigt, weil seine junge Reisegefährtin offenbar zu beschäftigt mit diesem Maguire war, um sich nach seinem Wohl zu erkundigen. Seine diesbezügliche Beschwerde hatte Eireen mit »Man muss den Dingen ihren natürlichen Lauf lassen« kommentiert, in diesem rätselhaften Singsangton, den nur Frauen beherrschten. Aber er hatte nicht vor, die Dinge dem Zufall zu überlassen. Das hatte er lange genug getan.

Vor dem Hafen ging der Strand in einen geteerten Weg über. An einer Tafel, auf der die Wanderwege des nahen Naturschutzgebiets verzeichnet waren, klebte eines jener folierten Blätter, die er bereits im Dorf an diversen Schaufenstern und Straßenlaternen entdeckt hatte: die kindliche Zeichnung einer einäugigen Katze. *Wanted*, stand in Erwachsenenschrift darüber, darunter eine Telefonnummer. Automatisch ließ er den Blick über die Hafenanlage schweifen, dann löste er Joshs Vermisstenanzeige von der Holztafel, steckte sie ein und steuerte den Hafen an.

Die türkisblaue Wellblechhalle hätte er unter Tausenden wiedererkannt, ebenso das Toilettenhäuschen auf der anderen Seite des Hofs. Der leicht faulige Fischgeruch, den die Reusen am Kai ausströmten, löste einen Anflug von

Übelkeit in ihm aus, weshalb er seine Aufmerksamkeit rasch auf das schief hängende Schild über dem verrosteten Rolltor lenkte. *Maguire's Garage*. Er hoffte inbrünstig, dass der äußere Eindruck der Werkstatt nicht auf Maguires Qualitäten als Mechaniker rückschließen ließ. Sollte dem so sein, befürchtete er das Schlimmste für seinen XJ.

In der Halle war es kalt, kälter als draußen. Er zog den Schal enger um den Hals.

»Hallo? Ist hier jemand?«

Das Echo seines Rufs war noch nicht ganz im Gebäude verklungen, als Eireens Enkel Rory um die Ecke bog. Er trug einen Stapel Kartons im Arm.

»Professor Brenner?« Überrascht stellte der Junge die Kisten auf den Boden und wischte sich die Hände an der Arbeitshose ab. Er benahm sich, als habe er gar keine Berechtigung, in der Werkshalle zu sein, obwohl auf seinem langärmeligen Shirt das Firmenlogo der Garage prangte.

»Hallo, Rory«, sagte Robert freundlich. »Arbeitest du hier?«

Rory wurde rot, dann nickte er schüchtern. »Ich verdien mir n' bisschen Taschengeld. Aufräumen, Waren auspacken. Manchmal darf ich Zündkerzen austauschen und 'nen Ölwechsel machen, wenn Liam keine Zeit dafür hat.« Er stockte und fügte einen Hauch trotzig hinzu: »Meine Mum hat's erlaubt.«

»Aha.« Robert schmunzelte.

»Fiddle geübt hab ich heute schon. Und ›The Soldier's Song‹ gesungen, so wie Sie's gesagt haben.«

»Das ist schon in Ordnung. Du bist mir keine Rechenschaft schuldig. Ich bin nicht dein Lehrer.«

»Klar sind Sie das.« Rory schniefte und wischte sich mit

dem Ärmel über die Nase. Er hatte entrüstet geklungen, was Robert schmeichelte.

»Bist du nervös wegen des Wettbewerbs?«

»Geht so. Aber meine Mum schlägt drei Kreuze, wenn das Festival für dieses Jahr durch ist. Sie findet, ich spiele besser, als ich singe.«

»Bestell ihr bitte meine aufrichtige Entschuldigung.«

»Sie wird's die paar Tage schon noch überleben.« Der Junge straffte den Rücken, als fiele ihm ein, dass sein neuer Musiklehrer sicher nicht in die Werkstatt gekommen war, um einen Plausch mit seinem Schüler zu halten. »Der Chef ist gerade nicht da, aber ... Kann ich Ihnen weiterhelfen?«

»Ich wollte mich nach meinem Jaguar erkundigen. Du weißt nicht zufällig, ob er schon fertig ist?«

»Der grüne XJ gehört Ihnen?« Rory pfiff anerkennend. »Er steht hinten, beim Ersatzteillager. Soweit ich weiß, wartet Liam noch auf den Kühler. Die Teile aus England brauchen immer ewig, und manchmal gibt's Ärger beim Zoll. Erst vor ein paar Tagen musste der Chef deswegen sogar persönlich rüber nach Dublin.«

»Das ist ärgerlich, aber nicht zu ändern.« Robert nickte abwesend. Die Hebebühne hatte sein Interesse geweckt. Sie sah nicht aus, als sei sie in Betrieb, was er in einer Autowerkstatt seltsam fand.

»Um die Bühne machen Sie besser einen Bogen«, bemerkte Rory, der seinem Blick gefolgt war. »Der alte Maguire ist letztes Jahr darunter gestorben, seitdem steht das Ding eigentlich nur noch zur Deko rum.« Er rückte etwas näher an ihn heran. »Hat ihn zerquetscht, 'ne ganz üble Geschichte. Sind sogar noch Blutspritzer dran. Zumindest glaub ich, dass es Blut ist.«

»Das klingt wirklich nach einer schlimmen Geschichte.«

»Yeah, über den Unfall haben sie sogar im *Irish Independent* berichtet«, bestätigte Rory eifrig. »Danach war's 'ne Zeit lang ziemlich ruhig in der Werkstatt, bis zwei Typen aufgekreuzt sind, die sich für den alten 911er interessiert haben. Seitdem buckelt der Chef quasi rund um die Uhr, aber wenn Sie mich fragen, wird das mit dem Porsche nix, weil ...«

»Gibt es hier zufällig ein Foto von Liam und seinem Vater?«, fiel Robert ihm ins Wort und zeigte an die Wand. Neben einem Jahreskalender hingen dort diverse gerahmte Zeitungsausschnitte und Urkunden. Der Name Joseph Maguire stach ihm ins Auge und verursachte ihm eine Gänsehaut, ohne dass er sagen konnte, warum.

»Da hängt ein Artikel vom *Connemara Observer*, in dem es um die Oldtimerwerkstatt ging, aber das Foto ist ziemlich pixelig. Der alte Maguire war stocksauer deswegen, weil er dem Reporter verboten hatte, eine Aufnahme zu machen. Liam hat den Bericht aber trotzdem aufgehängt, wegen der Kundschaft und ... Na ja, der Alte war irgendwie krass drauf.« Rory legte eine bedeutungsvolle Pause ein, bevor er weitersprach. »Paranoia, sagt meine Granny. Als ob ihm jeder Fremde entweder eine Versicherung andrehen oder den Sparstrumpf klauen wollte. Ansonsten war er aber ganz ...«

»Ich denke, ich komme jetzt alleine zurecht, Rory. Du hast bestimmt noch einiges zu tun.«

»Okay.« Rory wirkte enttäuscht. »Wenn Sie noch Fragen haben ...«

»Wende ich mich vertrauensvoll an dich«, beendete Robert das Gespräch und kehrte dem Jungen den Rücken zu.

Es tat ihm leid, dass er ungeduldig geklungen hatte, aber die Wand zog ihn magisch an. Seine Hände zitterten, weshalb es eine Weile dauerte, bis er die Lesebrille aus der Innentasche seines Mantels befreit und dort platziert hatte, wo sie hingehörte. Dann trat er so nah an den Zeitungsartikel heran, dass er die Druckerschwärze roch. Rory hatte recht. Die Aufnahme war von ausgesprochen mieser Qualität, körnig und dazu überbelichtet. Sie zeigte zwei Männer neben einem Jeep, der auf einer Hebebühne stand, offensichtlich das Gerät in der Halle.

Er kniff die Augen zusammen. Nichts war trügerischer als ein verwackeltes Foto: Man sah, was man sehen wollte, selbst wenn es völlig unmöglich und fernab der Realität war. Dennoch rief die gedrungene Statur des kleineren und, wie er vermutete, älteren Mannes eine diffuse Erinnerung in ihm wach, die er mit Demütigung und Schmerzen verband.

Erst vor ein paar Tagen musste der Chef deswegen sogar persönlich rüber nach Dublin.

Robert vergrub die Hände in den Manteltaschen und ließ den Blick durch die Werkstatt schweifen. Verrostete Autoteile, Dreck und Lärm, dazu dieser beißende metallische Gestank. *Du halluzinierst, Brenner. Das ist kein Ort für einen feingeistigen Menschen. Es wäre zu absurd. Unmöglich.*

Aber nicht ausgeschlossen.

Ohne groß darüber nachzudenken, rief er dem überraschten Rory einen Abschiedsgruß zu und verließ die Werkstatt. Das Auto musste warten. Im Laufschritt eilte er die schmale, gewundene Straße bis zur Main Street hinauf, wo er gefühlte zehn Minuten lang das Ortsschild anstarrte. Ballystone. Zehn Buchstaben, die sich in sein Hirn eingebrannt hatten, seit er in Dublin den Verbindungsnachweis der Buslinie in den Händen gehalten und gespürt hatte, dass er der richtigen Spur folgte.

Dann sah er die gescheckte Katze. Sie überquerte rechts von ihm die Straße, schnürte wie ein Fuchs in geduckter Haltung die Friedhofsmauer entlang und verschwand durch die

Gitterstäbe des Friedhofstors. Robert zögerte nur Sekunden, dann sprintete er auf die andere Seite und nahm mit wild klopfendem Herzen die Verfolgung auf.

Ihm spielte vielleicht nur ein verrückter Zufall in die Hände, aber seit er Molly an dem Morgen nach ihrer eigenen Beerdigung an seinem Küchentisch sitzend vorgefunden hatte, glaubte er nicht mehr an Zufälle. Joseph Maguire hatte in diesem Dorf gelebt und war demzufolge auch hier begraben. Nur das Schicksal käme auf die Idee, ihm nach dieser Erkenntnis ausgerechnet den Kater der Milligans vorbeizuschicken, damit er am richtigen Ort nach dem entscheidenden Puzzleteil suchte.

Bonnie.

Das Motorboot preschte mit überhöhter Geschwindigkeit auf sie zu und verringerte sein Tempo so spät, dass Liam sich zu einem reflexhaften Ausweichmanöver gezwungen sah. Fluchend gab er Gas und riss das Ruder herum. Bonnie verlor das Gleichgewicht und wurde hart gegen die Bordwand geworfen, als die *Rosie* mit dem Heck ausbrach wie ein Pferd, dem jemand einen Klaps auf das Hinterteil versetzt hatte.

Sie schnappte überrascht nach Luft. Den Schmerz im Rücken spürte sie kaum, aber mit dem Schwall Wasser, der ihr über die Knie schwappte, sickerte eisige Feuchtigkeit durch ihre Jeans. Josh klammerte sich wie ein Äffchen an der Reling fest. Noch lachte er, aber der verunsicherte Blick, den er ihr zuwarf, als er ihren Schreckensschrei hörte, zeigte, dass er allmählich den Ernst der Lage erkannte.

»*Damn*, Eddie! Willst du uns zum Kentern bringen?«, brüllte Liam dem breit grinsenden Schafzüchter am Steuer des Kabinenboots zu, das längsseits neben ihrem zum Stillstand gekommen war. Flöten-Eddie genoss es sichtlich, den überlegenen Retter geben zu dürfen.

»Iiich?«, fragte er mit einem Fingerzeig auf *Rosie*, in der mittlerweile wadenhoch das Wasser stand. »Also, für mich sieht's so aus, als könntest du das mit dem Schiffeversenken ganz gut allein. Ist eh ein Wunder, dass deine blaue Nussschale nicht schon längst abgesoffen ist.«

Liam schwieg, doch ihm war deutlich anzusehen, dass er es bitter bereute, ausgerechnet die Ryne-Brüder angerufen zu haben. Ohne Vorwarnung warf er das Anlegetau Emmet zu, der auf einem umgedrehten Eimer gesessen und sie schweigend angeglotzt hatte. Blitzschnell vertäute Eddies Bruder beide Boote, als könne er damit etwas wettmachen.

»Fahrzeugwechsel, kleiner Mann!« Emmet winkte Josh zu sich. Nervös verfolgte Bonnie, wie ihr Sohn über die Reling kletterte und mit einem mutigen Sprung in den Armen des gutmütigen Riesen landete.

»Jetzt Sie, Lady.« Emmet setzte den Fuß auf die Brüstung und hielt ihr die Hand hin. »*You'll be grand.* Keine Sorge, alles ist gut.«

»Schau an, das Code-Mädchen.« Eddie pfiff durch seine Zahnlücke. »Wenn das mal nicht ein missglücktes Stelldichein ist. Warum hast du ihr nicht im Pub ein Liebeslied auf der Fiddle vorgespielt, Maguire? Das hat früher doch prima bei den Lassies gezogen, und keine musste nasse Füße bekommen.«

»Hör nicht hin. Er kann nichts dafür, dass er ein Blödmann ist.« Liam war hinter sie getreten, nah genug, dass sie sein Rasierwasser roch. Aber das war nicht der Grund, weshalb ihr Herz schneller klopfte.

Ein Gefühl verdichtete sich in ihrem Bauch zu einer vagen Ahnung. Sie kam sich vor, als würde sie durch einen Tunnel fahren, dessen Licht am Ende sie zwar nicht sah, aber doch wusste, dass es vor ihr lag, gleich hinter der nächsten Kurve. Mit zusammengekniffenen Augen sah sie Eddie an, dann glitt ihr Blick zu ihren Jeans, die bis zu den Knien dunkel vor Nässe waren. Exakt der Blauton der Notenmappe, die sie nahezu vollständig aus ihrem Gedächtnis verbannt hatte. Bis jetzt. *Ich verspreche dir, Josh, dass ich ihn finde.*

»Bonnie? Alles okay?«

Sie schluckte und erprobte in Gedanken eine Anzahl von Sätzen, aber keiner vermochte das Chaos zu sortieren, das sich in ihrem Kopf zu einem Knoten verfilzte.

»Du hattest gar nicht erwähnt, dass du Geige spielst«, brach es schließlich aus ihr heraus.

»Hätte ich das denn tun sollen?« Liam sah sie an, als sei sie ein wenig verrückt. Vielleicht war sie das.

»Nein. Ja! Ich meine, ich … Ich hätte es nur gern gewusst.«

Er schüttelte den Kopf und sah definitiv nicht so aus, als wolle er das Thema vertiefen. Wozu auch, es waren absolut der falsche Zeitpunkt und der falsche Ort, denn Eddie, der mittlerweile aus der Kabine gekommen war, verfolgte höchst interessiert ihren Wortwechsel. Davon abgesehen … Ein Zusammenhang zwischen Mark O'Reilly und Liam Maguire? Bonnie presste die Lippen zusammen. Sie war ganz sicher nicht bei klarem Verstand. Womöglich hatte sie sich vorhin bei Liams Ausweichmanöver den Kopf gestoßen, und da sie sowieso ein schlechtes Gewissen hatte, weil sie sich bislang kaum der Aufgabe gewidmet hatte, die sie nach Ballystone geführt hatte, sah sie jetzt überall Gespenster.

»*Ey Folks!* Ich will ja nicht unhöflich sein«, schaltete Eddie sich ein, die Hände trichterförmig um den Mund gelegt, als spräche er durch ein Megafon. »Aber könntet ihr die Turtelei auf später verschieben? Wir haben gleich noch einen wichtigen Termin. Für den Musikwettbewerb am Wochenende.« Er schielte zu Emmet und tippte sich mit dem Finger vielsagend an die Stirn.

Wie betäubt ließ Bonnie sich von Emmet auf das andere Boot helfen und nahm dankbar eine Decke aus kratzigem Wollstoff entgegen. Es war ihr unmöglich, den Blick von Liam abzuwenden, der breitbeinig in seinem Boot stand und mit den Fingern seine Lippen knetete. Er sah traurig aus und schien zu überlegen, ob es sich überhaupt lohnte, *Rosie* zurück an Land zu schleppen, oder ob er sie nicht besser an Ort und Stelle ihrem Schicksal überlassen sollte. Ein Windstoß fuhr ihm ins Haar, und als er den Kragen seines Ölmantels hochschlug, kreuzten sich ihre Blicke. In seinen warmen braunen Augen lag derselbe Ausdruck, den er gehabt hatte, als sein Schuppen niedergebrannt war.

Sie verstand so gut, was er empfand: Trauer und das Gefühl von Verlust. Hatte man diese unangenehmen Gesellen erst einmal ins Haus gelassen, war es schwer, sie wieder loszuwerden. Sie neigte den Kopf, formte ein tonloses *Could be worse* mit den Lippen, das er mit einem flüchtigen Lächeln beantwortete.

»Du kriegst eben immer, was du willst, Maguire«, ätzte Eddie, dem der stumme Blickwechsel nicht entgangen war.

»Nein, nicht immer«, entgegnete Liam, während er mit wenigen Handgriffen das Abschleppseil vertäute. Dann richtete er sich auf und gab Eddie mit erhobenem Daumen zu verstehen, dass er bereit war.

Robert.
Kies knirschte unter seinen Sohlen, als er den schmalen Weg zwischen den Gräbern entlangging und nach Sir Francis Ausschau hielt. Schon jetzt wusste er, dass sein Unterfangen zwecklos war. Der Kater konnte überall sein, unter der Hecke sitzen oder sich in eine Lücke im Mauerwerk der Kapelle gezwängt haben. Vielleicht hatte er sich auch im Gestrüpp bei den älteren Grabstätten verkrochen, denen man ansah, dass es niemanden mehr gab, der sie pflegen konnte. Oder wollte.

Robert mochte keine Friedhöfe. Er hatte sie nie gemocht, schon als Kind nicht, was vermutlich daran lag, dass seine Eltern bei einem Flugzeugabsturz ums Leben gekommen waren und man zwei leere Särge in die Erde eingelassen hatte. Es war ihm immer sinnlos erschienen, ihre Gräber zu besuchen, wozu auch, sie waren ja gar nicht dort. Sein Großvater wurde viele Jahre später auf See bestattet, und die Großmutter hatte er in einem Ruhewald beerdigt, unter einem handtellergroßen Stein, den er beim letzten Besuch nicht wiedergefunden hatte.

Wahrscheinlich hatte er deshalb eine etwas unkonventionelle Vorstellung davon entwickelt, wie man der Toten am besten gedachte: losgelöst von gesellschaftlichen Vorgaben, unabhängig von Raum und Zeit. Und was Molly und ihre letzte Ruhestätte anging... Nun, sie hatte sich nie gern an Öffnungszeiten gehalten. Sie kam, wann und wo es ihr beliebte.

An diesem Tag jedoch übten die Steinblöcke und ihre Inschriften einen unheimlichen Sog auf ihn aus, der ihn Grabreihe um Grabreihe abschreiten ließ. Mit lautlosen Lippenbewegungen, denen er unbewusst den Takt seiner Schritte anpasste, las er Namen, Geburtsdaten und Todestage – bis er hinter sich ein Geräusch hörte. Langsam, als könnte eine zu hastige Bewegung entweder den Kater oder den Geist aus seiner Vergangenheit verjagen, drehte er sich um.

Obwohl er sich keiner Schuld bewusst war, fühlte er sich unwohl, als der Mann ihm von der Steinbank aus zuwinkte. So erging es ihm stets, wenn er Personen begegnete, die ein höheres Amt bekleideten, egal ob sie eine Polizeiuniform, eine Richterrobe oder wie in diesem Fall eine Priestersoutane trugen. Er sah sich um, verunsichert, ob der Pater ihn gemeint hatte, doch der Friedhof war menschenleer. Bahnen aus Sonnenlicht brachen durch die Wolken, was ihn passenderweise an ein christliches Barockgemälde denken ließ. Er hatte mal gehört, dass die irischen Bauern diese Strahlen *Lämmerrutschen* nannten und ihren Kindern so erklärten, wie die Lämmer auf die Erde kamen. Erinnerte ihn ein bisschen an den Storch, der die Babys brachte.

»Ein wahrlich göttlicher Tag, nicht wahr?« Offenbar war der Pater in Plauderlaune, auch ein typisch irischer Wesenszug, an den sich Robert anfangs hatte gewöhnen müssen. Mit einem stillen Seufzen verabschiedete er sich von seinem Vorhaben und ging auf den Geistlichen zu. Er kannte ihn, aber ihm wollte nicht einfallen, woher.

»*Dia duit*, Vater«, grüßte er höflich.

»*Dia's Muire duit.*« Der schwergewichtige Mann rückte auf der Steinbank beiseite, was Robert als Aufforderung verstand. Steif setzte er sich neben ihn. Der Pater nickte ihm zu und schloss die Augen, das bärtige Gesicht der Sonne zugewandt.

In der einkehrenden Stille verlagerte Robert das Gewicht von einer Gesäßhälfte auf die andere. Weiß der Henker, warum ihm jetzt das Schafottbänkchen vor Walters

Büro einfiel, auf dem er im Lauf seiner Lehrtätigkeit an der Campbell Park School noch viele Kinder hatte herumrutschen sehen müssen. Ihm entfuhr ein missfälliges Geräusch, das die Aufmerksamkeit seines Banknachbarn erregte.

»Hast du es gefunden, mein Sohn?«

»Entschuldigung?« Robert runzelte die Stirn.

»Ich sehe dir schon eine ganze Weile zu. Du siehst aus wie ein Suchender, bist aber nicht hier, um Grabsteine zu fotografieren oder um jemanden zu besuchen.«

»Vielleicht sehne ich mich nur nach etwas Ruhe.«

»Ja.« Der Pater schmunzelte. »Davon gibt es hier reichlich.«

»Mein Name ist übrigens Robert. Robert Brenner. Ich logiere derzeit im Fisherman's und greife ein paar Mitgliedern Ihrer Gemeinde unter die Arme. Wegen des Musikwettbewerbs. Ich bin … ich war Musiklehrer.«

»Oh, ich weiß, wer du bist. In Ballystone sprechen sich Neuigkeiten schnell rum.«

»Falls Sie Bedarf an einer Übungsstunde haben …?«

»Ich? Oh nein!« Der dicke Bauch wackelte, als der Geistliche lachte. »Ich spiele nur, um Gott zu gefallen, mein Sohn.«

Wieder Stille, die lediglich von Vogelgezwitscher und einem vorbeifahrenden Trecker unterbrochen wurde.

»In Ordnung«, räumte Robert ein und machte eine Handbewegung, die den Friedhof und den dahinterliegenden Acker einschloss. »Ich suche einen Kater. Gefleckt, mit nur einem Auge. Er ist vorhin hier reingelaufen. Sie haben ihn nicht zufällig gesehen?«

»Gott spricht auf vielerlei Arten zu uns.« Der Pater legte die Finger vor der Brust zu einem Dach zusammen, und

Robert beschlich das Gefühl, dass der Mann nicht mehr ganz richtig im Kopf war. Oder sehr scharfsinnig.

»Joseph Maguire. Ich glaube, er ist auf diesem Friedhof begraben.« Ein anderer Versuch, bei dem ihm nicht ganz wohl war. Kater hin oder her, er wusste ja selbst nicht genau, was er an diesem Ort machte. Doch er war hier. Wegen eines schlechten Fotos, auf dem man kaum etwas erkannte. »Können Sie… Können Sie mir etwas über ihn sagen?«

»Über Joseph?« Das Dach auf der Brust des Geistlichen fiel auseinander, als er sich bekreuzigte. »Er war ein guter Christ. Kam jede Woche zum Gottesdienst und zur Beichte.« Die Miene des Paters blieb undurchdringlich, aber etwas in seinem Ton ließ Robert aufhorchen. *Zur Beichte.* Natürlich. Wo, wenn nicht in einem Beichtstuhl, würde ein gläubiger Katholik sich sonst offenbaren?

»Er stammte nicht aus Ballystone, oder?« Roberts Puls hämmerte, aber sein Banknachbar zeigte keine Reaktion, weshalb er fortfuhr, drängender, als höflich gewesen wäre. »Ich vermute, dass Joseph Maguire nicht sein richtiger Name war. Halten Sie das für möglich?«

Der Pater seufzte.

»Es ist wirklich wichtig. Ich suche schon mein halbes Leben nach…« Robert spürte, wie ihm die Kehle eng wurde. »Antworten«, flüsterte er. »Ich brauche Antworten.«

Die Hand, die er jetzt auf seinem Arm spürte, war groß und schwer, aber nichts zu dem Gewicht, das er mit sich herumschleppte. Kruzifix, fehlte noch, dass er ausgerechnet auf einer Friedhofsbank die Nerven verlor.

»Hinter der Kapelle, mein Sohn. Dritte Reihe, links neben dem Seiteneingang. Schätze, er wartet schon auf dich.«

»Wer?«, fragte Robert schwach.

»Na, der Kater. Eine dreifarbige Glückskatze.« Versonnen richtete der Pater den Blick gen Himmel. »Die Wege des Herrn sind wahrlich unergründlich«, murmelte er, aber Robert hörte die Worte nicht mehr.

Er rannte.

***

Joseph Maguire
* 10. 01. 1964
† 13. 09. 2018

Das Grab war schlicht und nur spärlich bepflanzt. Darauf stand ein Block aus Granit, dessen Inschrift sich kaum vom Untergrund abhob.

Verstört starrte Robert auf die Buchstaben und Zahlen. Der in den Stein gefräste Name war ihm so fremd wie eine beiläufig erwähnte Randfigur in einem Roman, an die man sich nach dem ersten Umblättern schon nicht mehr erinnerte. Aber das mit einem Stern versehene Datum hatte sich auf ewig in sein Gedächtnis gebrannt, weil es dasselbe Datum war, das auch auf Mollys Grabstein stand.

Mein Vater, John O'Reilly, hat am zehnten Januar Geburtstag. Heute. Am selben Tag wie Mum. Sogar das Jahr ist dasselbe. Sie sind gleich alt, das müsste Ihnen doch aufgefallen sein.

Er hatte nicht damit gerechnet, dass ihm übel werden würde, wenn seine in Schieflage geratene Welt wieder ins Gleichgewicht kam.

Er hatte John O'Reilly gefunden.

Kruzifix, wo blieb das heroische Gefühl, der innere Frieden, der ihn in diesem Moment hätte erfüllen müssen? Und Molly? Sollte sie ihn jetzt nicht zu seinem Erfolg beglückwünschen? Aber die Frau, für die er das alles hier getan hatte, schwieg – und an ihrer Stelle antwortete ihm ein durchdringendes Maunzen. Sir Francis.

»Kumpel, wo warst du bloß die ganze Zeit?«, murmelte Robert benommen und bückte sich.

Er war nicht schnell genug. Bevor er das Tier am Nacken packen konnte, lief der Kater in Richtung Friedhofsausgang davon. Am eisernen Tor angekommen drehte er sich zu ihm um, als wolle er ihm zu verstehen geben, dass es an der Zeit war zu gehen.

Robert hatte keine Ahnung, warum er Johns Grab den Rücken kehrte und der Aufforderung folgte, langsam, als trüge er Bleigewichte an den Fesseln. Er wusste nur, dass er endlich wieder atmen konnte, als er auf die Straße trat.

Unfähig ins Hotel zurückzukehren, wanderte Robert den restlichen Nachmittag ziellos durch die Gegend, Sir Francis auf den Fersen. Sie erklommen regennasse Hügel, die unter seinen Sohlen schmatzten, folgten Schafsspuren auf schlammigen Pfaden. Am Stacheldraht eines Weidezauns zerriss er sich den Mantelsaum, an einem Abhang verlor er das Gleichgewicht und landete auf dem Hintern. Trotzdem marschierte er weiter, darauf hoffend, dass sich seine Gedanken in der kühlen Septemberluft klärten.

Als er Stunden später zum Fisherman's Snug zurückkehrte, hatte sich gar nichts geklärt. Er fühlte sich nur unglaublich alt und erschöpft. Und verschroben, weil er endlose Zwiegespräche mit einer Katze geführt hatte. Dabei mochte er überhaupt keine Katzen. Zu gern hätte er Sir Francis vor der Tür gelassen, dann fiel ihm Joshs Vermisstenanzeige in seiner Manteltasche ein. Ergeben ging er in die Hocke und streckte die Hand nach Sir Francis aus. Der erwartete Krallenhieb blieb aus, offenbar war die Chimäre gerade nicht auf Streit aus. Stattdessen drückte der Kater zutraulich das Köpfchen in seine Handfläche, als wolle er ihm mitteilen, dass er jetzt genug vom Abenteuer Wildnis habe und einer Portion gegrilltem Hühnchen nicht abgeneigt sei.

»Recht hast du«, murmelte Robert. Sein Magen knurrte ebenfalls, weshalb er sich das Tier kurzerhand unter den Arm klemmte und den Pub betrat. Die Augen sämtlicher Gäste richteten sich auf ihn. Er hielt im Eingangsbereich Ausschau nach Eireen und steuerte schließlich den Tresen an. Überrascht stellte die Wirtin das halb gezapfte Guinnessglas unter dem Hahn ab, als er schwerfällig auf einen der lila gepolsterten Hocker sank.

»Robert! Was um Himmels willen ...?«

»Hast du eine Kordel da, an der ich ihn festmachen kann?«

»Ist das ...?«

»Sir Francis. Bonnies und Joshs entlaufener Kater. Frag nicht, ich erkläre es dir ein anderes Mal.« Er winkte müde ab. »Aber du hast mir mal gesagt, ich könnte mit dir über alles sprechen. Gilt dein Angebot noch, auch wenn es sich um eine etwas längere Geschichte handelt?«

»Kommt darauf an. Ist es eine gute Geschichte?« Eireen holte eine Flasche Tullamore aus dem Spirituosenregal und stellte sie auf den Tresen. »Eine, für die man das hier braucht?«, bohrte sie nach und schob ihm ein Glas hin, in dem Eiswürfel klirrten.

Flüssiges Sonnenlicht. Er hatte bewusst keinen Whiskey mehr angerührt seit jener Januarnacht 2002. Zu schlechte Erinnerungen.

»Was soll's«, sagte er und schenkte sich ein.

Nach dem zweiten Glas begann er Eireen von Molly zu erzählen, Sir Francis auf dem Schoß, die Finger in das erstaunlich weiche Fell vergraben. Er schilderte ihre gemeinsame Geschichte, auch die mit Mark, mit Alan und John. Wie ein Film entfalteten sich die Bilder in dem verräucherten Schankraum, manchmal verwackelt, aber schonungslos bis ins Detail, angefangen vom ersten Abend in der Bibliothek bis hin zu dem unrühmlichen Ende, das er auf einer verschneiten Bordsteinkante gefunden hatte.

Er ließ nichts aus.

Auch nicht das Versprechen, das er der Frau, die er liebte, bis zu ihrem Tod schuldig geblieben war.

21. Kapitel

St. Vincent's Hospital. Dublin, Januar 2002.

Robert.
Desinfektionsmittel, Wäschestärke und Fencheltee. Noch bevor Robert die Augen aufschlug und ins Licht einer summenden Röhrenleuchte blinzelte, wusste er, dass er sich in einem Krankenhaus befand. Er spürte einen dumpfen Schmerz, als er den Kopf bewegte. Und ihm war kalt. Schrecklich kalt, als habe man ihn in einer Leichenkühlzelle übernachten lassen, was natürlich Unsinn war.

Umständlich richtete er sich auf, fuhr mit den Handflächen über das steife Laken und betastete die mit einem Pflaster fixierte Zugangsnadel in seiner Armbeuge, von der ein Schlauch zu einem Tropf am Ständer führte. Vom Korridor drangen die zeitlosen Geräusche des Klinikalltags herein: Gummisohlen auf PVC, das Rumpeln eines Geschirrwagens, ein unerwartet lautes Piepen, wenn jemand nach einer Schwester rief.

Dass er nicht allein im Zimmer war, bemerkte er erst, als er die Klospülung hörte. Kurz darauf trat Walter Cunningham aus dem Badezimmer, vor sich hin murmelnd und mit seiner Gürtelschnalle kämpfend. Als er sah, dass Robert wach war, erschien ein besorgtes Lächeln auf seinem Gesicht.

»Walter? Was machst du denn hier?«

Bildete er es sich bloß ein, oder wirkte sein Chef irgendwie gealtert? Seit wann befand er sich in diesem Krankenhaus? Ein eisiger Schreck durchfuhr ihn, weil er plötzlich einen Komapatienten vor Augen hatte, der erst nach Monaten, wenn nicht gar Jahren zu sich kam. Doch dann erinnerte er sich an die blonde Schwester, die ihm das Kopfkissen aufgeschüttelt hatte, an das Brummen eines MRTs, die Elektroden, die an seiner Schläfe befestigt wurden. In einem zeitlich nicht einzuordnenden Wechsel von Hell und Dunkel hatte er in diesem Zimmer gelegen, einer bleiernen Müdigkeit ausgeliefert, die ihn ständig wegdämmern ließ. Eines Nachts war er frierend aufgewacht, und jemand hatte eine Wolldecke über das Plumeau gelegt. Er vermutete, dass er eine Woche hier lag, zehn Tage höchstens.

»Hast ziemlich Schwein gehabt, alter Junge.«

Der Chef schwankte leicht, was wohl an Roberts Sehvermögen zu liegen schien. Auf der Suche nach einem unbeweglichen Gegenstand lenkte er den Blick auf den Beistelltisch. Ein seltsames Tongebilde stand darauf, in dem er den Aschenbecher von Walters Schreibtisch erkannte.

»Einen Ex-Raucher erkenne ich zehn Kilometer gegen den Wind«, vermeldete Walter mit einem heiseren Lachen. »Nach dem, was passiert ist, dachte ich mir, es wäre kein Wunder, wenn du wieder damit anfängst.«

»Ich hätte jetzt tatsächlich Lust auf eine Zigarette.« Beim Versuch zu lächeln explodierte ein Feuerwerk hinter seiner Stirn. Stöhnend befühlte er den Verband um seinen Kopf.

»Du hast eine Gehirnerschütterung, eine angeknackste Rippe und Hämatome. Schmerzhaft, aber nicht weiter schlimm, die Röntgenaufnahmen waren unauffällig«, referierte Walter sachlich. »Das größere Problem war die Unterkühlung. Du musst stundenlang auf der Straße gelegen haben, nachdem man dich zusammengetreten hat. Hätte nicht viel gefehlt, und ich hätte dich im Leichenschauhaus besuchen dürfen.« Er machte eine Pause und fuhr dann etwas sanfter fort: »Soll ich eine Schwester rufen, damit sie dir eine Schmerztablette gibt? Oder zwei? Tabletten, nicht Schwestern.«

Robert hob abwehrend die Hand und vermied es tunlichst, erneut zu lachen. »Wie viel Bestechungsgeld haben dich die Informationen gekostet? Ich dachte, die Ärzte dürfen nur Verwandten Auskunft geben.«

»Oh, das haben sie.« Walter zeigte mit dem Daumen auf seine Brust. »Sie haben mit deinem lieben, sehr besorgten Cousin Walter gesprochen, dessen Visitenkarte du in deiner Manteltasche herumträgst.«

»Cousin? Du verschaukelst mich.«

»Du vergisst, dass wir in Irland sind. Wir machen die Dinge eben nicht unnötig kompliziert.« Jetzt traf ihn ein durchdringender Blick. »Sie sagten, dass du nicht bestohlen wurdest. Deine Brieftasche, der Siegelring, sogar die Rolex – alles noch da.« Er ging zum Fenster und sah hinaus, und wieder fiel Robert auf, wie breit sein Rücken war. Bekam man bei der Größe überhaupt etwas von der Stange? »Ich kann die Zusammenhänge nur vermuten, aber... Erhalte ich vielleicht jetzt eine schlüssige Zusammenfassung der Geschehnisse rund um Mark O'Reilly und deinem Verhältnis zu seiner Mutter? Oder soll ich mit dem anfangen, was Mrs Finnegan über deine abendlichen Aufenthalte in der Bibliothek zu berichten weiß?«

Robert schluckte schwer. »Es ist nicht so, wie es aussieht«, verteidigte er sich, spürte aber, wie seine Ohren glühten.

Walter schwieg. Das tat er lange. Robert kämpfte mit einer aufwallenden Übelkeit. Sein Kopf dröhnte. Vielleicht brauchte er doch eine Tablette. Oder zwei.

»Die ›Mondscheinsonate‹«, bemerkte Walter. »Sie war der Grund dafür, dass ich dich eingestellt habe. Habe ich dir das je erzählt?«

»Nein ... hast du nicht.«

»Ich habe Helen letztes Jahr zu Weihnachten eine Sammelbox mit Beethovens Werken geschenkt, eingespielt von Robert Brenner. Deine Interpretation der ›Mondscheinsonate‹ hat es ihr besonders angetan, sie hört quasi nichts anderes mehr. Was geschehen ist, als ich ihr erzählte, dass du dich als Musiklehrer bei uns beworben hast, muss ich demnach nicht weiter ausführen ... Tja, Helen lag mit ihrer Intuition, was dich betrifft, absolut richtig. Darauf wollte ich aber gar nicht hinaus.« Er drehte sich zu ihm um und verschränkte die Arme vor der Brust. »Ich würde alles für diese Frau tun. Helen ist das Beste, was mir je passiert ist, obwohl wir unsere Beziehung sehr lange geheim halten mussten. Genauer gesagt bis zu dem Zeitpunkt, an dem ihre Tochter die Campbell abgeschlossen hatte. Der damalige Schuldirektor war ein wenig konservativer eingestellt. Von gestern, wie unsere Kids sagen würden.«

»Ich dachte ...« Robert brach ab. Er hatte keinen blassen Schimmer, was er gedacht hatte. Doch ihm wurde klar, dass er von Anfang an einen Riesenfehler begangen hatte. Er hätte zu Walter gehen sollen.

»Du enttäuschst mich, Robert. Ich hätte wirklich ein wenig mehr Vertrauen von dir erwartet.« Walter schnalzte abschätzig. »Oder glaubst du allen Ernstes, ich hätte dir den Kopf abgerissen, nur weil du dich in die Putzfrau unserer Schule verliebt hast, die rein zufällig die Mutter deines Schülers ist?«

»Du wusstest, dass Molly... Ich meine, Mrs O'Reilly...?«

»Was wäre ich für ein Direktor, wenn ich nicht wüsste, wer für mich arbeitet? Natürlich wusste ich es. Ich weiß immer alles«, sagte Walter sanft. »Was im Übrigen ein großes Glück für dich ist, denn ich hatte vor einigen Tagen ein äußerst unangenehmes Gespräch mit dem Kollegen O'Keefe.«

»Er wollte, dass ich Mark aus dem Wettbewerb nehme«, sagte Robert matt.

»Das wundert mich nicht. Alan ist äußerst erfindungsreich, was das Erreichen seiner Ziele angeht.« Walter schmatzte, als habe er einen ausgesprochen schlechten Geschmack im Mund. »Leider hat er beim Falschen angeklopft. Ich hasse Leute, die ihre Kollegen anschwärzen.«

»Man kann ihm keinen Vorwurf daraus machen, dass er um seinen Job fürchtet.« Robert zuckte mit den Schultern. »Der Wettbewerb setzt ihn sicher sehr unter Druck. Zumal Mark O'Reilly eine ernst zu nehmende Konkurrenz für seine Kandidatin ist.«

»Es ehrt dich, dass du ein gutes Wort für ihn einlegst, aber ich habe Alan bereits eine Frühpensionierung nahegelegt. Aus gesundheitlichen Gründen, zum Ende des Trimesters.« Walter blies die Backen auf. »Das bedeutet, ich muss seine scheinheilige Visage noch bis Ostern ertragen.«

»Darauf geht er ein?«, fragte Robert zweifelnd.

Walter schob die Brauen zusammen. »Er dürfte kein gesteigertes Interesse an dem Disziplinarverfahren haben, das ich im gegenteiligen Fall anstrengen würde. Ich bin es leid, seine menschlichen Verfehlungen zu decken. Wir leben in modernen Zeiten. Schüler haben Rechte, und Lehrer müssen sich für ihr Tun verantworten. Mittlerweile besitze ich einen kompletten Ordner mit schriftlichen Beschwerden:

von Schülern und Eltern wegen seiner Erziehungsmethoden, von Kollegen wegen Mobbing und Rufschädigung. Alan hält es sicher für klüger, unbescholten den Hut zu nehmen, als unehrenhaft entlassen zu werden.«

»Heißt das, er wird trotzdem beim Musikschulwettbewerb antreten?«

»Zunächst heißt es mal, dass du deinen Job behältst. Vorausgesetzt, du möchtest ihn noch.« Zum ersten Mal, seit er Walter kannte, klang er verlegen. »Es würde uns freuen, wenn du bleibst. Besonders Helen. Sie hofft auf ein paar neue Beethovens in den kommenden Abschlussjahrgängen.«

»Ich weiß nicht, was ich sagen soll.«

»Nun, ich halte ein Danke für angemessen«, erwiderte Walter knapp. »Allerdings befürchte ich, dass ich dir wegen des Musikschulwettbewerbs schlechte Neuigkeiten bringe.«

»Mark wird dich nicht enttäuschen. Im Moment ist er zwar ziemlich sauer auf mich, aber ich werde mit ihm sprechen. Ich bringe alles wieder in Ordnung, auch mit seiner Mutter. Bestimmt wird er ...«

»Der Junge ist nicht mehr an der Schule.«

Der Blick des Schulleiters hatte sich wieder aus dem Fenster auf das gegenüberliegende Klinikgebäude gerichtet. Robert spürte Walters Unbehagen, dann passierte etwas mit seinem Puls. Ein innerer Druck ließ ihm das Blut regelrecht durch die Adern schießen – als ob jemand ihm zu viel Blutverdünner verabreicht hätte.

»Wie meinst du das, er ist nicht an der Schule? Ist er krank?«, murmelte er und warf einen Blick auf den Infusionsbeutel. Kochsalz. Beruhigt konzentrierte Robert sich auf Walters Stiernacken. Wenn nur dieser Kopfschmerz nicht wäre.

»Was? Warum sagst du nichts?«, hakte er nach.

Walter nahm seinen Mantel vom Besucherstuhl und trat an sein Bett. Er drückte flüchtig seine Hand und ließ sie genauso schnell wieder los, als käme ihm die Berührung zu vertraulich vor.

»Für diesen Teil der Unterhaltung bin ich der falsche Gesprächspartner, mein Freund«, sagte er und wies mit dem Kinn zur Tür. »Sie wartet draußen, und ich glaube, ihr habt einiges zu besprechen.«

Damit ging er, und Robert blickte wie paralysiert auf die Tür, die hinter ihm einen Spaltbreit offen geblieben war. Draußen erklangen Stimmen, ein gedämpftes Gespräch, das auf dem Weg zu ihm verloren ging. Mit der Fernbedienung stellte er das Kopfteil des Betts aufrecht und erwischte sich bei dem unsinnigen Versuch, das zerknitterte blaue Krankenhaushemd glatt zu streichen. Walters tiefes Lachen schallte durch den Korridor, Schritte entfernten sich. Er hielt den Atem an, als sich hinter der Milchglastür die Silhouette einer hochgewachsenen Frau abzeichnete.

Sie kam nicht sofort herein, und er stellte sich vor, wie sie ihre weißen, schlanken Finger auf die Klinke legte und im letzten Moment zurückzuckte. In seinen Ohren rauschte es. Sakradi, jetzt überrollte ihn die Panik, doch er widerstand tapfer dem Bedürfnis, sich ins Bad zu flüchten, weil er keine Ahnung hatte, ob er sich überhaupt auf den Beinen halten konnte. Jede weitere Sekunde, die verstrich, setzte seiner Selbstbeherrschung zu. Dann öffnete sich endlich die Tür.

Benommen starrte er auf perlonbestrumpfte Beine, den blauen Mantel, der ihre Knie bedeckte. Flache Schuhe, weil sie sich wegen ihrer Größe in solchen mit Absätzen nie richtig wohlfühlte. Er fixierte den schwarzen Geigenkasten in ihrer Hand, bis sie neben ihn ans Bett trat. Ihr Name klang in seinem Kopf, noch bevor er ihn aussprach, glockenhell wie ein Xylophon.

Molly.

»Hi, Robert«, sagte sie leise.

Molly.
Die letzten zehn Tage waren wie eine schlechte Blaupause meines Lebens. Unecht, unleserlich, bedeutungslos. Etwas, das man in den Müll wirft, sobald man das Original zurückhat.

Sie funktionierte einfach nur. Sie atmete, weil sie musste. Sie aß, was da war. Sie hielt die Wohnung sauber und machte die Wäsche, obwohl Marks Lieblingsshirts nicht darunter waren. Nachts schlief sie tief und traumlos, wachte aber meist lange vor dem Wecker auf, der vorgab, alles sei wie immer. Bei der Arbeit sah sie im Fünfminutentakt auf die Uhr, und wenn sie nach Hause kam, hoffte sie auf den Anblick eines verdreckten Sneakerpaars auf den frisch geputzten Dielen, die enervierende Monotonie der Tonleitern hinter seiner Zimmertür.

Nichts. Zehn Tage makellose Sauberkeit und absolute Stille, in der Wohnung und in ihr drin, nicht mal das Radio ertrug sie. Es waren Tage, die sie unentwegt aufs Telefon starrte, das nicht klingeln wollte. Dabei hatte ihr der Beamte auf der Wache versprochen, die Vermisstenabteilung würde sich melden. Stündlich hörte sie die Nachrichten ab, durchforstete die Zeitung nach Unfallmeldungen, rief Marks Freunde an. Zum hundertsten Mal kein Anschluss unter Johns Nummer. Ungebetene Anrufer wimmelte sie ab, den Zettel in der Hand knetend, den sie am Morgen nach Marks Verschwinden im Briefkasten gefunden hatte.

Spar dir die Mühe, uns zu suchen.
Du wirst uns nicht finden. John.

Kaum jemand konnte sich vorstellen, wie es sich anfühlte, ein Kind zu verlieren. Sie wusste nicht, wohin mit sich, war ihrer Wut, ihrem Kummer und den Schuldgefühlen hilflos ausgeliefert. Mitunter, in flüchtigen Momenten außerhalb des Schmerzes, drang der Gedanke an Robert zu ihr durch. Dann wählte sie seine Nummer – und legte vor dem ersten Klingelton auf, weil es ihr falsch vorkam, an ihr eigenes Glück zu denken.

Nach einer Woche hatte die Schule nachgefragt, warum Mark unentschuldigt fehle. Ihr Sohn sei krank, Magen-Darm, hatte sie in den Hörer gestammelt und dann mitten im Gespräch die Nerven verloren. Die besorgte Sekretärin informierte die Schulleitung, und Cunningham fackelte nicht lange und suchte sie persönlich zu Hause auf.

Sie hätte nicht gedacht, dass der Schuldirektor ein empathischer Mensch wäre. Er hörte ihr zu und zeigte Mitgefühl für ihre Not. Sogar Hilfe bot er ihr an und war darüber hinaus imstande, ihr die schlechten Neuigkeiten über Robert mit dem nötigen Feingefühl zu vermitteln.

Ein Überfall. Kopfverletzung. Krankenhaus.

Seitdem war sie hier, die zweite Nacht und den dritten Tag in Folge. Sie stand an dem Bett, das viel zu groß für diesen schmalen Mann war, viel zu weiß für sein graues, eingefallenes Gesicht voller Schrammen und Blutergüsse. Jetzt, wo er wach war, hatte sie Angst, mit ihm zu sprechen. Angst davor, dass er sie fortschickte, nachdem ihr endlich bewusst geworden war, was sie für Robert empfand. Das zwischen ihnen war keine Blaupause. Es war echt und beständig und heilsam.

Als ob sie nur seine Hand halten, ihren Kopf auf seine Brust legen müsste, um zu wissen, dass alles gut werden würde. Sie liebte ihn. So einfach war das, und so katastrophal.

Robert spürte ihre Furcht, so wie er immer alles spürte, was sie bewegte, und kam ihr zu Hilfe.

»Ich wollte mich eigentlich ins Bad verdrücken.« Er verzog das Gesicht zu einer schmerzverzerrten Grimasse. »Aber dann sagte ich mir, es ergibt keinen Sinn, auf eine Kloschüssel zu starren, wenn die Frau, die ich liebe, auf der anderen Seite ist.«

»Oh Robert.« Sie schluchzte auf. Erleichtert. Froh. »Was machst du nur für Sachen.«

Schon bei ihrer ersten Begegnung in der Bibliothek hatte er sie mit seinem steifen Gelehrtenlächeln und seiner trotteligen Art verzaubert. Ihr war, als läge ein halbes Leben zwischen damals und heute. Vielleicht war es so. Genug Kummer für ein halbes Leben, und Schmetterlinge im Bauch für ein ganzes.

»Da du schon mal da bist, Molly O'Reilly... Es wäre schön, wenn du ein bisschen näher kämst.« Er klopfte neben sich auf das Laken. »Hier wäre es gut.«

Die Matratze war so hart, dass sie kaum unter ihr nachgab. Sie hätte ihn anfassen können, doch sie hielt sich lieber an der Bettkante fest. Ihr Blick glitt über den Verband um seinen Kopf und fiel dann auf seinen bleichen, sehnigen Unterarm.

»Tut das sehr weh?« Verzagt deutete sie auf die Nadel in seiner Armbeuge.

»Ehrlich gesagt tut mir alles weh.«

»Erinnerst du dich, was passiert ist, Robert? Hast du eine Ahnung, wer dich bestehlen wollte?«

Seine Antwort erreichte sie mit einiger Verzögerung.

»Das war kein Raubüberfall. Es war dein Mann.«

»John?« Hätte sie gestanden, hätten jetzt ihre Knie unter ihr nachgegeben. Sie presste die Hand auf den Mund, spürte, wie der Schock sich einen anderen Ausweg suchte. Tränen schossen ihr in die Augen. »Es tut mir leid«, stammelte sie. »Unendlich leid.«

»Es ist nicht deine Schuld«, sagte er sanft, dann schlossen sich seine knochigen Finger um ihre Hand. Beinahe hätte sie sie zurückgezogen. Robert irrte sich. Natürlich war es ihre Schuld. Sie allein war für das Unglück ausgerechnet der Menschen verantwortlich, die sie am meisten liebte.

»Sorg dich bitte nicht. Ich werde mit Mark sprechen, und auch mit John. Wir machen reinen Tisch, und ich bin mir sicher, dein Sohn wird es verstehen. Vielleicht nicht gleich, aber irgendwann«, räumte er mit einem zuversichtlichen Lächeln ein, das ihr ins Herz schnitt. »Du und ich, wir halten den Gegenwind aus, egal wie heftig er ist. Wir werden zusammen sein, und dein Sohn wird den Musikwettbewerb gewinnen.« Er zeigte auf den schwarzen Geigenkasten, den sie neben dem Bett abgestellt hatte. »Du kannst die Stradivari also ruhig wieder mit nach Hause nehmen. Mark braucht sie, sobald er wieder üben kann.«

»Sobald er ...« Ihre Kehle war wie ausgetrocknet.

»Walter erwähnte, er sei derzeit nicht in der Schule. Ich hoffe, es ist nichts Ernstes?«

Sie starrte ihn an, unfähig zu antworten. Er wusste es nicht. Cunningham hatte ihm nichts erzählt.

»Molly? Möchtest du nichts dazu sagen?«

Sie schüttelte langsam den Kopf. »Es ist besser, wenn du die Violine zurücknimmst, Robert. Mark ist ...« Ihre Stimme brach, als weigerten sich ihre Stimmbänder, das Unvorstellbare auszusprechen. »Er ist fort«, hauchte sie. »John hat ihn mitgenommen.«

»Er hat ... was?« Robert entfuhr ein Stöhnen, weil er sich zu unvorsichtig aufgerichtet hatte. »Das ist ein Scherz, oder?«

Mit tränenblinden Augen tastete sie in der Manteltasche nach Johns Nachricht. »Mark ist nach unserem Streit nicht mehr nach Hause gekommen. Am nächsten Tag habe ich das hier im Briefkasten gefunden.« Sie hielt ihm den Zettel hin. »Ich weiß nicht, wo ich noch suchen soll, Robert. Ich war überall. Bei Johns letzter Adresse, bei Marks Freunden, an den Orten, die sein Vater gern mit ihm besucht hat. Die Polizei hat eine Vermisstenmeldung rausgegeben, aber sie sagen, ich solle mir keine allzu große Hoffnung machen. John ist Marks Vater, wir haben das gemeinsame Sorgerecht, und es gibt keinen Hinweis darauf, dass Mark gegen seinen Willen mitgegangen ist.« Sie holte zitternd Luft. »Ich habe ihn verloren.«

Robert starrte auf Johns Zweizeiler, seine Finger trommelten einen rastlosen Marsch auf das Laken. »Mark war bei ihm.« Er sprach bedächtig und mehr zu sich selbst. »Ich habe ihn gesehen.«

»Er war dabei, als John dich niedergeschlagen hat?« Sie sog scharf die Luft ein, dann kam die Verzweiflung zurück. »Hattest du den Eindruck, es ging ihm gut?« Was für eine dumme Frage, dachte sie. Natürlich geht es ihm nicht gut, so wie er davongerannt ist.

Das Schweigen, bevor er wieder sprach, kroch ihr unter die Haut.

»Willst du mich noch, Molly?«, sagte er matt, als wäre das Adrenalin, das ihn bislang mit Energie versorgt hatte, mit einem Schlag aufgebraucht. »Ich muss es wissen, bevor wir hier weitermachen.«

»Willst du mich denn?«, flüsterte sie verwirrt.

»Mehr als alles auf der Welt.«

Ein Schauer durchfuhr sie. Er presste die Lippen zusammen, eine steile Falte teilte seine Stirn in zwei Hälften. Vielleicht lag es am Licht, aber seine Augen glänzten hart und kalt, zum Äußersten entschlossen. Schlagartig wurde ihr bewusst, dass er so viel mehr war als der vergeistigte Künstler, der sie so oft zum Schmunzeln gebracht hatte, weil er an den banalsten Alltagsdingen scheiterte. Robert Brenner war ein international gefeierter Starpianist, der sich in einer der härtesten Branchen der Welt einmal ganz oben behauptet hatte. Wenn es darauf ankam, wusste er, was er tat. Wäre sie ihm doch nur viel früher begegnet.

»Natürlich will ich dich, Robert. Ich habe dich immer gewollt«, sagte sie fest.

»Dann wird John O'Reilly sich warm anziehen müssen. Es wird verdammt noch mal keine Behausung auf dieser Insel, keinen noch so winzigen Schuppen auf diesem Kontinent geben, in dem er sich vor mir verstecken kann. Ich habe Geld, ich habe Einfluss. Ich verfüge über Mittel, die er sich in seinen schrecklichsten Albträumen nicht vorstellt.« Robert schloss schwer atmend die Augen. »Ich verspreche dir, dass ich deinen Sohn finden werde. Ich bringe dir Mark zurück, Molly. Und dann werden wir glücklich sein.«

»*Aye*«, flüsterte sie traurig und führte seine Hand zu der Stelle, unter der ihr Herz schlug. Langsam und ruhig. »Dann werden wir glücklich sein.«

22. Kapitel

BALLYSTONE, SEPTEMBER 2019.

Bonnie.
Nach Danny hatte es keinen Mann mehr für sie gegeben, obwohl sie – genötigt von Ma – ein paar halbherzige Versuche unternommen hatte, das zu ändern. Sie hatte Einladungen ins Kino und zum Essen angenommen, am St. Patrick's Day auf der Kirmes Händchen gehalten und sich auf einer nächtlichen Parkbank küssen lassen. Die Jungs waren nett und durchaus an ihr interessiert gewesen, selbst dass sie Mutter war, hatte nicht gestört. Doch keiner von ihnen hinterließ Brandflecken auf ihrem Herzen, weswegen sie es letztlich aufgegeben hatte, nach etwas zu suchen, das man offenbar nur einmal im Leben zugeteilt bekam.

Umso verunsichernder waren die Gedanken, die sie beschäftigten, während sie aus dem Beifahrerfenster von Emmets Land Rover sah, den Blick auf den sich langsam auflösenden Kondensstreifen eines Flugzeugs gerichtet. Liam und Eddie kümmerten sich um das Boot, und entgegen Eddies Protest, sie seien doch kein Taxiunternehmen, hatte Emmet darauf bestanden, sie und Josh nach Hause zu fahren, weil er es nicht verantworten könne, dass Liams hübsche Freundin sich einen Schnupfen hole.

Liams Freundin. Emmet hatte die Worte ohne besondere Betonung oder Anzüglichkeit ausgesprochen, trotzdem torkelten die Buchstaben durch ihren Kopf, als wären sie nicht ganz nüchtern. Danny hatte sie nie als seine Freundin bezeichnet. Er hatte sie »seine Lassie« genannt, »Torte« oder »Sahneschnitte«, wenn er vor seinen Freunden angeben wollte. Sie hatte sich nie daran gestört, für sie hatte nur gezählt, dass sie und Danny zusammen waren.

Freundin. Es gefiel ihr nicht, was dieser Begriff in ihr auslöste – ganz davon abgesehen, dass sie definitiv nicht Liams Freundin war und es auch nie sein würde.

Sie warf Emmet einen Seitenblick zu. Er summte einen Folksong im Radio mit und klopfte den Rhythmus aufs Lenkrad, sonderlich gesprächig war er nicht. Josh, der auf ihrem Schoß saß, machte hingegen kein Geheimnis aus seiner Neugier. Unverhohlen starrte er den rotblonden Hünen an, dem man am wettergegerbten Gesicht all die Tage ansah, die er draußen bei den Schafen verbrachte, und an der rot geäderten Nase die Abende im Pub.

»Mein Freund Paddy ist genauso groß und stark wie du«, traute er sich schließlich zu sagen. »Aber er hat eine Glatze, darum hat er eine Mütze auf. Er hat den besten Fish-and-Chips-Laden in Dublin. Fisch mag ich nicht, weshalb ich nur die Chips esse. Mit Essigsoße.«

Emmet musterte ihn, als wüsste er nicht recht, wie er mit einem Menschen reden sollte, der knapp über einen Meter maß.

»Ich hab die besten Schafe in Ballystone«, erwiderte er nachdenklich.

Joshs Gesicht leuchtete auf. »Wollen wir auch Freunde sein, so wie ich und Paddy? Zeigst du mir dann mal deine Schafe?«

»Klar.« Emmet schielte zu Bonnie herüber. »Warum nicht?«

Sie versteckte ihr Lächeln in Joshs Kapuze und beschloss Emmet zuliebe einen zügigen Themenwechsel. Nicht dass Josh von seiner Steinesammlung anfing und dem armen Kerl detailliert auseinandersetzte, inwiefern sich Granit von Gneis unterschied.

»Du nimmst also an dem Musikwettbewerb teil, Emmet?« Sie deutete auf die Uilleann Pipe, die unter einer Wolldecke auf dem Rücksitz hervorlugte. »Im Duett mit Eddie und seiner Flöte?«

Emmet nickte verlegen. »Eddie und ich machen immer alles zusammen. Schon als Kinder. Klingt vielleicht komisch, ist aber so.«

»Und? Werdet ihr gewinnen, jetzt, wo Professor Brenner euch unterstützt?« Eigentlich hatte sie ihn nur ein wenig aufziehen wollen, doch Emmet verzog das Gesicht, als hätte sie einen wunden Punkt getroffen.

»Der Pokal ist noch nie nach Ballystone gegangen.« Stirnrunzelnd setzte er den Blinker und überholte einen dunkelblauen SUV mit Dubliner Kennzeichen, der mitten auf der Straße parkte. »Diese Touristen benehmen sich, als würde ihnen ganz Connemara gehören«, murmelte er und blickte ein paar Sekunden lang in den Rückspiegel, ehe er in den Schotterweg abbog, der zum Three Gates führte.

»Du solltest optimistischer an die Sache rangehen«, erwiderte sie in aufmunterndem Ton. »Vielleicht klappt es diesmal.«

»Meine Mam meint, du musst etwas nur ganz doll wollen, dann kriegst du es auch«, redete Josh dazwischen.

»Wir werden unbedingt zuschauen und kräftig die Daumen drücken. Eireen hat mir am Telefon verraten, dass Mr

Brenner den Wettbewerb mit einem Klavierstück eröffnen wird. Du wirst staunen, Emmet. Robert ist ein unglaublicher Pianist.« Bonnie strubbelte ihrem Sohn liebevoll durchs Haar. Winzige Strohfasern steckten darin, offenbar noch ein Souvenir aus der Scheune der MacKennas. Demzufolge hatte er sich seit Tagen weder die Haare gekämmt noch geduscht, und weil er vehement auf seiner Selbstständigkeit pochte, war es ihr nicht mal aufgefallen. Jesus, er war sechs. Was war sie nur für eine Rabenmutter. *Und wenn schon*, lachte Ma in ihrem Kopf. *Das bisschen Stroh.*

»Nä.« Emmet winkte ab. »Bei dem Wettbewerb haben wir keine Schnitte. Die Konkurrenz von außen ist zu gut, und solange Leute wie Liam nur spielen, wenn man ihnen die Mündung eines Gewehrs gegen die Brust drückt ...« Er guckte zerknirscht, als Josh ihn mit großen Augen ansah. »War nicht ernst gemeint, Kleiner. Liam will halt nicht mitmachen, das ist alles.«

Wieder dieses Pfeifen im Ohr. Wieder Gänsehaut, und ein schwer einzuordnendes Gefühl von ... ja, von was eigentlich? Liam Maguire war zweifellos der widersprüchlichste Mann, den sie jemals kennengelernt hatte. Abgesehen von Robert Brenner, aber der zählte nicht, weil ältere Menschen ruhig etwas wunderlich sein durften. Liam hingegen ... Ihr entfuhr ein missmutiger Laut.

»Tut mir leid, wenn ich was Falsches gesagt habe.« Emmet sah zu Josh, der am Radioknopf herumfummelte. »Ich kenn mich mit Kindern nicht gut aus.«

»Ach, das ist überhaupt kein ...« Bonnie verstummte abrupt, als zwischen Knacksen und Rauschen eine unverkennbare Melodie aus den Lautsprechern drang.

»Bitter Sweet Symphony« von The Verve.

Verblüfft starrte sie auf das vorsintflutliche Radio, doch nach drei, vier Textzeilen verschwand der Song wieder im Äther und machte einer knisternden Sprecherstimme Platz. Sie schob Joshs Hand beiseite und drehte hektisch den Senderknopf zurück. Erfolglos, viel mehr als ein Rauschen konnte sie dem Gerät nicht entlocken.

»Der Empfang ist nich' so dolle«, bemerkte Emmet, der inzwischen zum zweiten Mal ausgestiegen war, um ein Gatter zu öffnen. »Ich frag mich, wieso Liam die dämlichen Gatter nicht aushängt. Da kriegt man ja einen Bart, bis man endlich im Three Gates ankommt.«

Josh kicherte. »Aber du hast doch schon einen Bart!«

»Emmet?« Sie starrte auf das Radio. »Wegen Liam. Er spielt also Geige, ja?«

Der Hüne warf ihr einen verwunderten Seitenblick zu, der verriet, dass er ihre Anspannung bemerkte. Bonnie schaltete das Radio aus und setzte das argloseste Lächeln auf, zu dem sie imstande war.

»Ist er gut? Ich meine, spielt er gut?«

»Nä, Maguire ist nicht bloß gut. Er ist ... Weiß nich', wie ich's schlau ausdrücken soll.«

»Danke, Emmet«, sagte Bonnie leise. »Ich glaube, die Antwort reicht mir schon.«

Den restlichen Weg schwiegen sie, während der Wagen über Wurzeln und Schlaglöcher rumpelte und Josh kleine Kürbisse mit Ohren auf die staubige Scheibe malte.

Sie hatten kaum in der Einfahrt geparkt, als ihr Sohn bereits die Beifahrertür aufstieß und aus dem Auto sprang. Spontan drückte sie dem verlegenen Emmet einen Kuss auf die Wange, bevor sie ebenfalls ausstieg. Im Vorgarten rief Josh laut nach Sir Francis, der Wind frischte auf und wehte ein paar fuchsrote Blätter über den Kiesweg. Sie bückte sich, hob eines davon auf und steckte es in die Jackentasche.

Hoffnung, hatte Ma immer gesagt. *Sie ist der Motor, der uns bis zum Schluss antreibt.*

Sie hatte das Ende des Kieswegs noch nicht erreicht, als sie sich zu dem Land Rover umdrehte. Der Wagen stand noch an Ort und Stelle, Emmet zündete sich bei heruntergelassener Scheibe eine Zigarette an.

»Eine Frage noch, Emmet!«, rief sie. »Mark O'Reilly. Hast du den Namen schon mal gehört?«

Er kratzte sich den Bart und sah zum Haus. »Nä. Hab ich nich'!«, brüllte er zurück.

Sie nickte, hob den Daumen und gab ihm winkend zu verstehen, dass er fahren konnte. Dann ging sie mit dem sicheren Gefühl, dass Emmet Ryne sie gerade angelogen hatte, auf die blaue Haustür zu.

Liam.
Bei einbrechender Dämmerung bugsierte er das Fahrrad durch das letzte Weidegatter und bog hinter der Ginsterhecke auf den Trampelpfad ab, der zu den Nebengebäuden führte. Er wollte duschen, ehe er sich ins Haupthaus begeben würde – wo er hoffentlich Gelegenheit erhalten würde, den Vorfall auf dem Boot anzusprechen. Ihm ging nicht aus dem Sinn, wie Bonnie ihn nach Eddies dämlicher Bemerkung über die Geige und die anderen Frauen angesehen hatte. So wachsam, als wollte sie ihn sezieren, vom Scheitel bis zur Ferse.

Liam verzog das Gesicht. Ryne war ein Idiot, und er besaß das Feingefühl einer Ackerwalze. Trotzdem hatte der Schafbauer keine Sekunde gezögert, ihm mit dem Boot zu helfen, das er mit seiner verletzten Hand nie allein aus dem Wasser bekommen hätte. Danach war die Ursache ihres *Titanic*-Szenarios schnell gefunden: ein armlanger Riss, der sich unterhalb der Wasserlinie durch die von Muscheln und Algen bewachsene Bordwand zog. Sein Fehler. Er hatte das Boot seit Ewigkeiten nicht mehr gegen Holzfäulnis behandelt. Diesmal würde er alle befallenen Bretter austauschen müssen, dabei konnte er sich nicht mal einen Eimer Schiffslack leisten.

Also vorläufig keine Bootsausflüge mehr. Keine Auszeit von dem Wahnsinn, der sich vor ihm auftürmte wie die schwarzgraue Wolkenwand am Horizont, bei deren Anblick er sich unwillkürlich fragte, wieso der Alte damals nicht mit ihm in einen Flieger in den Süden gestiegen war. Spanien, Italien, Frankreich, völlig egal. Hauptsache, es war warm, das Essen schmeckte, und die meiste Zeit des Jahres schien die Sonne. Aber dann wäre er Bonnie Milligan nie begegnet.

Bonnie.

Eigentlich war sie nicht sein Typ. Er mochte rassige Frauen, dunkelhaarig und mit üppigen Brüsten. Frauen, deren Reize offensichtlicher waren. Bonnie war zwar hübsch, aber auf eine Art, die keine Aufmerksamkeit auf sich ziehen wollte. Sie war wie... wie eine Füchsin, die so perfekt mit den Herbsttönen des Waldes verschmolzen war, dass man sie gar nicht wahrnahm. Dann erschien sie plötzlich auf der Lichtung, und bei ihrem Anblick hielt man unwillkürlich den Atem an.

Fuchs, Wald. War er jetzt völlig übergeschnappt? Er konnte sich nicht mit ihr einlassen. Er durfte es nicht.

Zu spät erkannte Liam, dass der Trampelpfad zu den Nebengebäuden am Schuppen vorbeiführte – oder an dem, was davon übrig war. Er witterte die Brandruine, noch bevor er das Gebäudeskelett sah, und mit dem Geruch von verbranntem Holz und geschmolzenem Plastik kamen die Bilder jener Nacht zurück.

Weiß der Teufel, warum er nicht Augen und Ohren schloss und die Sache auf sich beruhen ließ. Wie ferngesteuert ließ er das Rad ins Gras fallen und ging auf die Ruine zu. Ein gutes Drittel stand noch, darunter die tragenden Balken, die Dad mit Metallleisten verstärkt hatte. Dank ihnen war das Gebäude nicht wie ein Kartenhaus zusammengeklappt. Er spürte einen Kloß im Hals, als er sah, dass die Regale mit seinen Pappkartons verbrannt waren.

Asche, Staub, Vergessen. Aber die Musik ist in seinem Kopf geblieben. Jedes einzelne Stück, das er geschrieben hat.

Die gegenüberliegende Wand. Zuerst noch verschwommen, dann erkannte er sein Surfbrett, ein skurril verdrehtes, verkohltes Gebilde. Alles war dem Feuer jedoch nicht zum Opfer gefallen. Da war noch sein altes Moped, mit dem er als Jugendlicher rumgefahren war, eine Kiste mit Bedienungsanleitungen für Geräte, die längst nicht mehr existierten. Auch Dads antiker Sekretär, der unter einem herabgefallenen Stück Wellblechdach hervorlugte, schien auf den ersten Blick intakt. Er zog das Blech zur Seite, ging in die Hocke und befühlte die Seitenverkleidung, wo das Holz schwarze Blasen gebildet und sich durch die Hitze verzogen hatte. Nichts Schlimmes, nichts, das sich nicht ausbessern ließ.

Unter der Tischplatte gab ein Brett unter seinen tastenden Fingern nach. Verwirrt sah er auf den Umschlag, der auf den Boden gefallen war. Dads eckige Handschrift hatte tiefe Rillen ins Papier gedrückt, als hätte er sich jeden Buchstaben abgerungen.

Für Liam. Es tut mir leid.

Da seine Brandverletzung ihm wieder zu schaffen machte, riss Liam das Kuvert mit den Zähnen auf. Kurz darauf hielt er drei Briefe in den Händen, alle an dieselbe Adressatin gerichtet. Keinen davon musste er öffnen, um zu wissen, was drinstand. Er hatte sie selbst geschrieben.

Ein Zittern durchlief seinen Körper, dann legte er den Kopf in den Nacken und fixierte den rötlich gefärbten Himmel in dem verkohlten Dachlattenrahmen über seinem Kopf.

Atmen. Das war alles, was er tun konnte. Gegen den Fels auf seiner Brust, die Fassungslosigkeit, die Wut. Gegen die Erkenntnis, dass Mum nie erfahren hatte, wie sehr ihm leidtat, was geschehen war. Und er hatte geglaubt, *sie* wolle nichts mehr mit ihm zu tun haben ...

»*Manche Menschen setzen eben ein besseres Pokerface auf als andere*«, hörte er Dads Stimme, heiser und selbstgefällig.

Atmen. Sonst nichts.

Irgendwann würde er mit der Gewissheit klarkommen müssen, dass sein Vater leider zu dieser Sorte Mensch gehört hatte.

Bonnie.
Sie hockte im Schneidersitz in einem der Gästezimmer und blätterte durch die Zeitungen, die sie beim Aufräumen im Kleiderschrank gefunden hatte. Die Exemplare, bei denen sie fündig geworden war, legte sie vor sich auf den abgeschabten Perserteppich, die anderen kamen auf einen separaten Stapel.

Alle paar Minuten unterbrach sie ihre Arbeit. Dann sah sie zum Fenster, hinter dem sich ein tintenschwarzer Nachthimmel voller Sterne wölbte, und lauschte mit angehaltenem Atem auf eine knarrende Stufe, ein Geräusch im Flur oder im Zimmer nebenan, wo Josh schlief. Drei, vier Atemzüge lang, in denen nichts die nächtliche Stille im Haus durchbrach und sich ihre Gedanken auf das Gebäude nebenan richteten, an dessen Fassade seit dem frühen Abend Liams Fahrrad lehnte. Er war zu Hause, hatte aber aus irgendeinem Grund beschlossen, nicht mehr ins Haupthaus zu kommen – und nun war es so spät, dass sie mit seinem Besuch kaum zu rechnen brauchte.

Sie verdrängte ihre Enttäuschung und den Gedanken, dass es eigentlich nicht richtig war, in Liams persönlichen Sachen herumzuwühlen. Doch was blieb ihr anderes übrig, wenn er aus allem ein Geheimnis machte? Trotzig fuhr sie fort, Seite um Seite. Als sie fertig war, betrachtete sie stehend ihr Werk: ein Bodenmosaik aus rund dreißig Ausgaben des *Irish Independent*, sortiert nach Datum und jeweils dort aufgeschlagen, wo ein rechteckiges Stück fehlte, sorgsam mit der Schere ausgeschnitten. Die erste Ausgabe stammte aus dem Jahr 2002, die letzte war knapp ein halbes Jahr alt, und das Loch klaffte in der Rubrik »Todesanzeigen«.

Sie kniff die Augen zusammen und überlegte. Es klang verrückt, aber... konnte es sein, dass der Artikel über Robert Brenner, den sie in der blauen Mappe gefunden hatte, aus einer dieser Zeitungen stammte?

Verrückt, ja. Aber nicht unmöglich.

Bonnie lief die Treppe herunter in den Flur, wo sie in das nächstbeste Paar Schuhe schlüpfte. Kurz darauf fiel die Haustür hinter ihr ins Schloss, so laut, dass sich draußen ein aufgeschrecktes Tier raschelnd im Laub davonmachte. Ohne Jacke und in Hauspantoffeln, die ihr viel zu groß waren, stapfte sie zum Nebengebäude.

Sie klopfte, drückte sich an die Hauswand und versuchte, den eisigen Wind zu ignorieren, der ihr schamlos unter die Bluse griff. Drinnen knarrten altersmürbe Dielen, dann zeichnete sich im Türrahmen eine vertraute Silhouette in Jeans und Unterhemd ab. Liam wirkte desorientiert, als habe sie ihn aus dem Schlaf gerissen. Sie starrte auf seine gebräunten Oberarme und konnte nichts dagegen tun, dass ihr Herz schneller schlug.

Himmel, ich weiß so gut wie nichts über diesen Mann. Aber er zieht mich an wie ein Magnet.

»Ich habe gekocht. Boxty mit Apfelmus, Joshs Lieblingsessen«, sagte sie, weil es das Unverfänglichste war, das ihr einfiel. »Wir haben auf dich gewartet.«

»Tut mir leid.« Er griff sich in den Nacken, sein Blick glitt an ihr vorbei in die Dunkelheit. »Ich hatte keinen Hunger.«

»Es sind noch welche übrig.«

Darauf herrschte längeres Schweigen.

»Danke, aber ...« Er schüttelte den Kopf, und ihr Lächeln geriet unter seiner abweisenden Miene ins Wanken. Was, wenn er ihr jetzt die Tür vor der Nase zuschlug und sie die Gelegenheit verpasste, ihm zu sagen, dass sie glaubte, dass er nicht der war, für den er sich ausgab?

Gut, vielleicht war er nicht Mark O'Reilly – Geige hin oder her, so ungewöhnlich war es ja nicht, dass ein Ire ein solches Instrument beherrschte –, aber es gab einen Zusammenhang zwischen ihm und dem Jungen aus Robert Brenners Vergangenheit. Eine Verbindung, die nach Schwierigkeiten roch und unter Umständen sogar gefährlich war. Für Menschen, die Liam Maguire nahestanden, beispielsweise. Für Josh und sie.

Allein deshalb war sie wild entschlossen, ihm sein Geheimnis zu entlocken, bevor hier mehr als nur ein alter Schuppen in Flammen aufging. Sie befürchtete jedoch, dass es für ihr Herz längst zu spät war. Es brannte, und es handelte sich nicht um die Sorte von Feuer, das sich von einem Regenschauer löschen ließ.

»Darf ich reinkommen?«, fragte sie und schlang demonstrativ die Arme um den Oberkörper. Sie fror wirklich, aber nicht wegen der Kälte draußen.

Liam zögerte, dann fiel sein Blick auf ihre Pantoffeln. Seine Pantoffeln. Kaum wahrnehmbar zuckte sein Mundwinkel, schließlich stieß er die Tür auf und trat beiseite.

Sie ging ihm voraus durch den Flur, folgte instinktiv den gerahmten Oldtimerfotografien und den Klängen leiser Klaviermusik. Vor ihr öffnete sich ein großer Raum mit einer Pantryküche und einem Flachbildfernseher an der Wand. Eine Sitzgruppe verströmte den Geruch von Leder und Männlichkeit. Das zerwühlte Bettzeug ließ darauf schließen, dass Liam die Couch nicht nur zum Fernsehen benutzte.

Ihr war bewusst, dass er sie beobachtete, während sie sich umsah. Im Licht gedimmter Wandleuchten entdeckte sie Modellautos und diverse Sportpokale. Das Regal war mit CDs gefüllt, daneben stand eine Stereoanlage, flankiert von riesigen Bassboxen. Die Musik spielte also tatsächlich eine Rolle in Liam Maguires Leben. Welche, würde sie gleich herausfinden.

Sie drehte sich um. Bemerkte zu spät, dass er ihr gefolgt war und jetzt so nah vor ihr stand, dass nicht mal ein Buch zwischen sie gepasst hätte. Sie nahm seine Wärme wahr, seinen moosigen Duft, wie Walderde im Sommer. Bevor sie zurückweichen konnte, ergriff er ihr Handgelenk. Er drückte so fest zu, dass es wehtat.

»Bonnie«, sagte er. Nur dieses eine Wort. Heiser, drängend.

Was sie in seinem Gesicht las, löschte jeden sorgfältig vorformulierten Satz aus ihrem Gedächtnis. Ehe sie wusste, was sie tat, hatte sie ihre Bluse aufgeknöpft und streifte sich den Baumwollstoff von den Schultern.

»Ich will dich«, sagte sie. Dann löste sie die Häkchen an ihrem BH.

Sie hörte, wie er scharf die Luft einsog. Er ließ ihr Haar durch seine Finger gleiten und presste sie mit einem dunklen Laut an sich. Seine Hände waren rau, sie fühlte die verhornten Stellen und Schwielen. Handwerkerhände, überlegte sie, bevor sie das Denken endgültig einstellte und nach seiner Gürtelschnalle tastete.

»Bist du sicher?«, murmelte er.

»Nein, bin ich nicht«, wisperte sie.

»Gut.« Er lächelte sie an und zog sich das Unterhemd über den Kopf. »Damit wären wir schon zu zweit.«

23. Kapitel

M6 MOTORWAY. COUNTY GALWAY, JANUAR 2002.

Mark.
Der dicke Mann am Ende des Tresens schwitzte. Er sah es an dem Schweiß, der im Neonlicht auf seiner Stirnglatze glänzte, als er sich nach einem Blick zur Tür hastig über seinen Kaffeebecher beugte. Zwei Polizisten betraten die Raststätte und schlenderten zur Theke mit den Burgern rüber. Sie lachten und witzelten herum, ohne von dem Funkgerät Notiz zu nehmen, das in der Schutzweste des einen piepte und knackte. Den Dicken beachteten sie nicht, trotzdem schrumpfte der auf seinem Barhocker zusammen. Wie ein Schlauchboot, dem jemand den Stöpsel gezogen hatte.

Mark stopfte sich auf der dunkelroten Kunstlederbank den Rest seines Smoky-Bacon-Burgers in den Mund und tat so, als würde er die Speisekarte lesen. Die Gardaí ließ er keine Sekunde aus den Augen. Anscheinend wollten die eine Burger-Party feiern, so viel, wie sie bestellten. Die blecherne Stimme, die in kurzen Abständen aus dem Funkgerät kam, zerrte an seinen Nerven.

Ob sie uns schon suchen?

Er warf einen Blick zu den Toiletten, danach auf die Wanduhr über dem Tresen. Dad war schon über eine Viertelstunde da drin, und das Restaurant schloss in zwanzig Minuten. Das hatte ihm die Kellnerin gesagt, als sie mit einer Thermoskanne rumging und den letzten Rest Filterkaffee für lau einschenkte. Sie war nett, sah aber total fertig aus. Kein Wunder, morgens um vier. Außer ihm, Dad und den Polizisten waren nur noch ein Typ mit Laptop da und ein Pärchen im Lokal am Fenstertisch, das er peinlich fand. Die waren doch viel zu alt, um noch Händchen zu halten. Nicht zu vergessen der Dicke am Tresen, klar, der jetzt einen Schein aus der Jogginghose fummelte und dem Angestellten, der ihm am Kaffeeautomaten den Rücken zukehrte, mittels Gedankenübertragung zu signalisieren versuchte, dass er dringend abhauen musste.

War ihm nicht ganz fremd, der Gedanke, obwohl er nicht kapierte, was da vor ein paar Stunden eigentlich passiert war. In seiner Erinnerung klafften große schwarze Löcher, als hätte jemand einen Teil seiner Festplatte gelöscht. Er wusste nur, dass er seinen Vater noch nie so wütend erlebt hatte. Scheißwütend. Er rieb sich die Augen, weil die Buchstaben auf der Speisekarte anfingen herumzutanzen, wilder und durchgeknallter als sonst. In diesem Moment kehrte sein Vater zurück.

»Alles klar, Sohn?«

Sohn. Er nannte ihn nur so. Nie Mark oder Markie wie Mum. Er hatte das immer cool gefunden. Auch jetzt.

»Alles klar, Dad«, sagte er und deutete so unauffällig wie möglich mit dem Kinn zur Burger-Theke.

Sein Vater warf den Beamten einen flüchtigen, gänzlich unbeeindruckten Blick zu, ehe er sich ihm gegenüber auf die Bank setzte. Sein Haar schimmerte feucht, den Griff der abgewetzten braunen Ledertasche ließ er nicht los. Ging schon den ganzen Abend so, selbst beim letzten Tankstopp hatte er das hässliche Teil mit reingenommen, statt es beim Gepäck im Kofferraum zu lassen.

»Hast du 'ne Bank ausgeraubt oder bloß Angst, dass jemand dir die Zahnbürste klaut?« Er wollte einen Scherz machen, aber irgendwie sagte ihm sein Gefühl, dass er vielleicht gar nicht so falschlag. Mit dem Bankraub, nicht mit der Zahnbürste.

Dad rührte wie weggetreten mit einem Plastikstäbchen in seinem Kaffeebecher rum. Total unnötig, weil er seinen Kaffee schwarz und ohne Zucker trank. Der Dicke hatte längst das Weite gesucht, als die Polizisten ihre Großbestellung einpackten und sich auf den Weg zum Ausgang machten. Auf halber Höhe streifte sie ein prüfender Beamtenblick. Vielleicht machte ihn Dads Nähe mutig, aber er besaß tatsächlich die Dreistigkeit für ein Lächeln. Einer der Polizisten zwinkerte ihn an, dann fiel die Glastür hinter ihnen zu. Ein Schwall kalte Luft wehte in ihre Sitzecke. Der Kaffee war mittlerweile bestimmt kalt, so heftig wie Dad darin rumrührte. Er sah seltsam aus. Dad, nicht der Kaffee. Er war ganz grau im Gesicht.

Plötzlich musste er wieder daran denken. An die zusammengekrümmte Gestalt auf dem Bordstein, die dunklen Flecken im Schnee. An das Geräusch, das nichts Menschliches hatte und trotzdem von einem Menschen kam – einem, der in seinem ganzen Leben garantiert noch nie in eine Schlägerei verwickelt gewesen war. Zuerst hatte es ihn befriedigt, weil der Professor die Abreibung verdient hatte, aber dann ...

Ob er tot ist?

Mark trank einen Schluck Fanta und sah aus dem Fenster. Der Tankstellenhof war wie leergefegt, der graue Vauxhall das einzige Auto auf dem Parkplatz. Sie befanden sich irgendwo in der Nähe von Galway. Fast an der Westküste.

Keine Ahnung, was Dad hierher trieb. Er hatte kaum ein Wort gesagt, seit sie aus Dublin raus waren, und wegen der steilen Falte auf seiner Stirn hatte er sich nicht getraut nachzufragen. Aber jetzt?

Jemand schaltete die Deckenbeleuchtung ein, die Kellnerin wischte die Tische und stellte die Stühle hoch. Er spürte ihren Blick, aber sie war zu nett, um sie rauszuwerfen. Sie sollte es tun. Er war scheißmüde.

»Dad?«, fragte er leise. »Sollten wir jetzt nicht langsam nach Hause fahren?«

»Es gibt kein Zuhause mehr.«

»Wie meinst du das?« Ungläubig verfolgte er, wie sein Vater ein Zigarettenpäckchen aus der Jacke holte. Er hatte gleichgültig geklungen, als wär's ihm egal, aber seine Finger zitterten so, dass er drei Versuche brauchte, bis die Kippe brannte. Die Kellnerin verzog das Gesicht, weil Rauchen im Lokal verboten war, aber sie sagte nichts. Wahrscheinlich wollte sie keinen Stress kurz vor Feierabend. Mum diskutierte auch nie, wenn sie ihn bei ihrer Rückkehr von ihrer Arbeit noch vor dem Fernseher erwischte. Oder beim Geigeüben. Aber das war sowieso Schnee von gestern.

Schnee. Und Blut.

Schlagartig wurde ihm klar, dass Dad seine Worte bitterernst meinte. Sein Herz hämmerte wie verrückt, als er ihm zu verstehen gab, sich neben ihn zu setzen. Er gehorchte, wie immer. Der Geruch von scharfem Schweiß und Zigarettenrauch stach ihm in die Nase, als sein Vater ihm die Tasche hinschob, damit er einen Blick hineinwarf.

»Holy Shit!«, entfuhr es ihm, wofür er sich einen kräftigen Rippenstoß einfing. Gleich darauf war sie wieder unter dem Tisch verschwunden, eingeklemmt zwischen Dads Stiefeln. »Wie viel ist das?« Er kiekste, zum ersten Mal seit Wochen. Aber wer war beim Anblick von so viel Kohle schon imstande, seine Stimmbänder zu kontrollieren?

»Genug für einen Neuanfang.« Eine kalte, zu allem entschlossene Ruhe ging von seinem Dad aus, die ihn an einen Typen erinnerte, der sich in irgendeinem Film mit einem Bolzenschussgerät die Birne wegpusten wollte und danach im Rollstuhl gelandet war. Angeblich eine wahre Geschichte.

»Ein Neuanfang? Aber ich dachte...«

»Was dachtest du, Sohn? Dass ich einen Mann niederschlagen und dann so tun kann, als sei nichts passiert?« Er lachte heiser und zeigte aus dem Fenster. »Beim nächsten Mal werden die Gardaí nicht an uns vorbeigehen. Und wenn sie nicht diejenigen sind, die uns das Leben zur Hölle machen, gibt es da noch ein paar andere Leute, die das ganz gewiss tun werden.«

Mark runzelte die Stirn. Er verstand nur Bahnhof.

»Denkst du, so viel Geld verdient man sich mit ehrlicher Arbeit?« Sein Vater lachte bitter auf. »Nicht in unserer Welt, Junge. In ihr packt man die Gelegenheit beim Schopf und unternimmt, was nötig ist.«

»Hast du das Geld geklaut?« Er hatte Gänsehaut. Keine Ahnung, ob er Schiss haben oder seinen Dad bewundern sollte, aber der Inhalt der Tasche roch nach einer Menge Ärger. Richtigem Ärger, und diesmal konnte er nicht einfach heim zu Mum gehen. Sein Magen krampfte. Plötzlich fand er das alles gar nicht mehr cool. Es jagte ihm Angst ein.

»Ich hab's gewonnen. Zumindest einen Teil davon.« Dad machte eine Pause, als überlege er, ob er ihm die komplette Wahrheit erzählen sollte. »Ich bin nicht gerade stolz auf das, was ich bisher im Leben geleistet habe. In den letzten Jahren hab ich eine Menge Geld verloren. Weil ich schwach und dumm war. Das Spiel, der Nervenkitzel. Es macht süchtig, mein Sohn, und wenn du einmal damit angefangen hast, ist es wie mit diesen verfluchten Sargnägeln.« Verächtlich schnippte er den Zigarettenstummel in den Kaffeebecher, wo er zischend erlosch. »Man raucht eine nach der anderen, schwört aufzuhören – und greift bereits nach der nächsten. Richtig Schluss machen kann man erst, wenn man einen wirklich guten Grund hat.« Jetzt traf ihn ein Blick, der wie ein Stromschlag durch seinen Körper fuhr. »Einen Grund wie dich zum Beispiel.«

»Dad, ich...« Er musste nach Hause zu Mum. Sofort.

»Ich war noch nicht fertig.« Dad zeigte auf die Tasche zwischen seinen Beinen. »Vor zwei Tagen habe ich das Spiel gespielt, auf das ich mein Leben lang gewartet habe. Hundertfünfzigtausend, in einer Nacht. Ein Drittel davon hatte ich mir von einem Kerl namens O'Grady geliehen, der Rest deckt meine restlichen Schulden bei ihm. Na ja, einen Großteil davon. Eigentlich wollte ich das Geld heute bei O'Grady abliefern. Dann kam dein Anruf, und der Plan hat sich geändert.«

Der letzte Satz war wie ein Messerstich zwischen die Rippen.

Es war seine Schuld. Alles. Wenn Robert Brenner tot war, dann ... Mum würde ihm das nie verzeihen. Er schloss für einen Moment die Augen, weil er befürchtete, dass der Smoky-Bacon-Burger sich den Weg rückwärts suchte. Sie würden Dad einbuchten. Auch seinetwegen.

John O'Reilly atmete aus und küsste ihn auf die Stirn.

»Es gibt kein Zurück mehr. Für dich werde ich ein anderer, besserer Mensch. Das Geld gibt uns die Möglichkeit, woanders neu durchzustarten. Du und ich. Das hast du dir doch gewünscht, oder?«

Aber nicht so! Er hätte seinen Protest am liebsten rausgeschrien. Indes erschien die Kellnerin an ihrem Tisch, betreten, als sei es unhöflich von ihr, wenn sie auf ihren Feierabend pochte. Dad bückte sich und hielt ihr mit einem Lächeln einen Fünfziger hin.

»Der ist für Sie, Lady. Würden Sie meinem Sohn und mir dafür noch zehn Minuten schenken?«, fragte er in diesem schmalzigen Ton, bei dem jede Frau weich wie Knete wurde. Wenn sie miteinander unterwegs waren, hatte er sich einen Spaß daraus gemacht, die Frauen um den Finger zu wickeln. *Sieh zu und lerne*, hatte er immer gesagt. *Und vor allem: Lüg, bis sich die Balken biegen, damit du das bekommst, was du haben willst.*

Die Kellnerin sah ihn prüfend an, dann nahm sie den Schein mit einem professionellen Lächeln, das alles bedeuten konnte.

»Erinnerst du dich an den Film, den wir zusammen im Kino gesehen haben?«, fragte sein Vater. »Den mit Tom Cruise als Sportmanager? *Spiel des Lebens* oder so. Er hat dir gefallen, weil der Kerl sich gegen die Arschlöcher, die ihn entlassen haben, gewehrt und ganz neu angefangen hat. Du fandst es mutig, alles auf eine Karte zu setzen.«

»Ach ja?« Teufel, er wollte jetzt nicht über irgendwelche Kinofilme reden. Er wollte die Uhr zurückdrehen, zehn Stunden reichten schon. Dann würde er dafür sorgen, dass nichts passierte. Gar nichts. Vielleicht würde er es sogar schaffen, netter zu Mum zu sein. Sie war wie diese Kellnerin, hatte es auch nicht leicht. Arbeitete sich den Rücken krumm, für ihn. Aber die Erkenntnis kam wohl zu spät.

»Er hieß übrigens Jerry Maguire. Kein schlechter Name, finde ich.« Dad hustete. »Über den Vornamen müssen wir allerdings reden. Ich will nicht jedes Mal an eine schwachsinnige Comicmaus denken, wenn ich dich rufe.«

Mark nickte, den Kopf gesenkt. »Was ist mit Mum?«, flüsterte er. »Werde ich sie wiedersehen?«

»Klar wirst du das. Irgendwann, wenn Gras über die Sache gewachsen ist.« Dad klopfte ihm auf die Schulter und schob ihn von sich weg, damit er sich eine neue Zigarette anzünden konnte. »Du kannst ihr einen Brief schreiben. Ich werde dafür sorgen, dass sie ihn bekommt. Später kannst du ihr unsere neue Adresse mitteilen, damit sie dir antworten kann.«

Das Feuerzeug klickte. Diesmal brannte die Zigarette direkt beim ersten Versuch. Dad inhalierte, formte ein O mit dem Mund und atmete stoßweise aus. Rauchkringel waberten durch das leere Restaurant und erinnerten Mark an die Wildwestgeschichten, die Mum ihm früher vorgelesen hatte. Karl Mays *Der Schatz im Silbersee* hatte er besonders gemocht. Die warme Luft, die über ihnen aus dem Gebläse kam, machte ihn schläfrig, und für eine Weile konnte er sogar die Stimme in seinem Kopf vergessen, die ihm einflüsterte, dass etwas ganz und gar falsch lief. Er sollte zu Hause sein, sich auf den Wettbewerb vorbereiten.

»Okay«, sagte er, so leise, dass er sich selbst kaum hörte. »Ich schreibe Mum den Brief.«

Lüg, bis sich die Balken biegen, damit du das bekommst, was du haben willst.

Zu diesem Zeitpunkt ahnte er nicht, dass sein Vater damit nicht nur die Frauen meinte. John O'Reilly meinte alles. Das Universum, das ganze verfickte Leben und jeden einzelnen Menschen, der darin eine Rolle spielte. Besonders seinen Sohn Mark, der diesen Namen für eine sehr lange Zeit nicht mehr hören würde.

24. Kapitel

THREE GATES. BALLYSTONE, SEPTEMBER 2019.

Bonnie.
Als sie die Augen öffnete, wusste sie zuerst nicht, wo sie war. Sie setzte sich auf, bemerkte, dass sie nackt war, und zog hastig die Steppdecke über ihre Brüste. Was gar nicht nötig gewesen wäre, denn das Appartement war leer.

Benommen betrachtete Bonnie das Kissen neben ihrem. Es war in der Mitte eingedrückt, ein deutliches Zeichen dafür, dass jemand vor Kurzem noch dort gelegen hatte. Ihr Puls beschleunigte sich, als sie an die schwielige Hand dachte, die die ganze Nacht auf ihrem Bauch gelegen hatte. An die warmen Männerbeine, gegen die sie ihre ewig kalten Füße gedrückt hatte. Sie erinnerte sich an über den Boden verstreut liegende Kleidungsstücke, entdeckte aber ihre Jeans, die Bluse und ihre Wäsche ordentlich gefaltet auf einem Stuhl. Auf dem Couchtisch stand eine angebrochene Wasserflasche in einer Pfütze, daneben lag ihr Schlüsselbund. Draußen zwitscherten Vögel, durch die Jalousien fiel weiches lilafarbenes Licht. Morgenlicht.

Jesus Christ! War sie tatsächlich eingeschlafen, nachdem sie mit Liam ...? Brennende Hitze schoss in ihre Wangen. Dann strampelte sie sich frei, sprang vom Sofa und begann hektisch, sich anzuziehen. Kurz darauf rannte sie über den Hof zum Haupthaus. Sie betete, dass Josh noch schlief. Er war noch nie allein aufgewacht. Nicht ohne sie, und schon gar nicht in einem fremden Haus.

An der Haustür fiel ihr der Schlüssel zweimal aus der Hand, bevor es ihr gelang, ihn ins Schloss zu stecken. Wie von Sinnen riss sie die Tür auf, hastete durch den Flur, sprang die Treppe hoch – und legte auf halber Höhe eine Vollbremsung ein. Wie versteinert lauschte sie nach unten, den Geruch von gebräunter Butter in der Nase. Langsam kehrte sie zurück in den Flur. Hinter der angelehnten Küchentür hörte sie Pfannengeklapper. Dann ertönte Liams Stimme und dazwischen, unverkennbar, Joshs vergnügtes Gelächter. Sie atmete aus und betrat die Küche.

Liam Maguire stand am Herd und briet Pfannkuchen. Neben ihm saß, mit auf links gedrehtem Pullover und ungleichem Sockenpaar: ihr Kind. Ein Gefühl von Zärtlichkeit überrollte sie so unerwartet und heftig, dass sie nach Luft schnappte. Doch es galt nicht nur Josh.

Auf Liams Küchenschürze waren noch die Mehlspuren ihrer letzten Backaktion sichtbar. *Apfelkuchen*. Wie ein kleiner Junge hatte er sich darüber gefreut. Waren seitdem wirklich erst ein paar Tage vergangen? Konnte sie innerhalb so kurzer Zeit derart intensiv für einen völlig Fremden empfinden? Für einen Mann, der gestern noch düster und verzweifelt gewirkt hatte und nun Pfannkuchen in der Luft wendete, herumtänzelte und Grimassen für ihren Sohn schnitt?

Natürlich ist das möglich, sagte Ma milde. *Manche Menschen lieben innerhalb von Augenblicken, andere brauchen dafür ein halbes Leben. Die Zeit ist völlig nebensächlich. Greif zu, wenn dein Herz dir sagt, dass es richtig ist.* Und dann lachte sie dieses heisere Lachen, das Bonnie so furchtbar vermisste, das aber nichts daran änderte, dass sie Angst bekam.

Liebe. Das war so ein großes Wort, und ihr Herz hatte sich schon einmal geirrt. Genau wie Danny besaß Liam Maguire das Potenzial, ihre Gefühlswelt in einen Scherbenhaufen zu verwandeln. Sie hatte weiß Gott genügend Scherben eingesammelt, ihr Bedarf war gedeckt. Besser, sie vergaß die letzte Nacht, die unaussprechlichen Dinge eingeschlossen, die sie miteinander getan hatten. Aber sie wusste schon jetzt, dass das unmöglich war.

»Guten Morgen, ihr zwei.« Sie brauchte Liam nicht anzusehen, um zu wissen, dass ihr fröhlicher Ton aufgesetzt geklungen hatte. Die Art und Weise, wie er mitten in der Bewegung einfror, sagte genug.

»Hi, Mam.« Josh klaubte mit der Gabel einen goldbraun gebackenen Pancake aus der Pfanne. »Du warst heute Morgen nicht da. Ich hab mich ganz allein angezogen.«

»Das sehe ich«, antwortete sie matt.

»Ist schon mein vierter. Liam hat gesagt, ich schaff höchstens drei. Ha, da lag er voll daneben!« Zufrieden griff Josh nach dem Glas mit der Schokoladencreme, das schon fast leer war, dabei hatten sie es vorgestern erst angebrochen. Sie holte Luft, doch Ma zwängte sich erneut in ihren Kopf. *Das bisschen Schokolade. Sei froh, dass er nicht fragt, wo du die Nacht verbracht hast.*

»Hast du Hunger? Wie du siehst, machen wir gerade die weltbesten Pancakes ... mit viel weltbester Schokoladencreme.« Liam drückte ihr eine Tasse Kaffee in die Hand und lächelte sie an. Er hatte so offensichtlich ihre Gedanken gelesen, dass sie rot wurde.

»Danke. Für den Kaffee«, murmelte sie.

»Du kannst so viel davon haben, wie du willst. Jederzeit.« Er sah ihr einen Moment zu lange und zu intensiv in die Augen, um wirklich den Kaffee zu meinen. Jesus, spielte Liam Maguire ernsthaft auf seine Qualitäten als Liebhaber an? Es war fast befreiend zu spüren, wie sich die vertraute Wut in ihr meldete. Was war er doch für ein selbstgefälliger, aufgeblasener...

»Wird Liam jetzt mein neuer Dad?«

»Bestimmt nicht!«, entfuhr es ihr so laut, dass sie zusammenschrak.

Liam hob eine Braue, ehe er sich übertrieben seinen Pfannkuchen widmete. »Deine Mutter meint, dass wir Erwachsenen uns mit diesen Dingen lieber etwas Zeit lassen«, sagte er. »Viel Zeit.«

»Und warum?«

»Na ja.« Liam schaltete den Herd aus und schaute aus dem Fenster. »Meist brauchen wir länger, um zu vertrauen. Wir fürchten uns davor, dem anderen etwas preiszugeben, weil es sein könnte, dass er uns dann nicht mehr mag.«

Josh runzelte die Stirn, dann leuchtete sein Gesicht auf. »Meine Mam mag dich aber jetzt schon. Ich auch. Du kannst uns also ruhig alles über dich erzählen, sogar die blöden Sachen, das ändert gar nix. Stimmt doch, Mam?«

Bonnie schluckte. In der entstandenen Stille verschwand ihre Wut so plötzlich, wie sie gekommen war. Übrig blieben nur weiche Knie und ihr heftig schlagendes Herz.

Vergiss den blöden Scherbenhaufen, Milligan, meldete Sheila sich zu Wort. *Du kannst keinen Hauptgewinn ziehen, wenn du zu geizig für einen Lottoschein bist.*

»Das ist richtig, Josh«, sagte sie leise. »Es ändert aber nicht das Geringste an dem, was Liam gesagt hat.«

Liam stand reglos an der Spüle, als hätte er sogar das Atmen eingestellt. Hatte er sie überhaupt gehört? Seine Reaktion abwartend lehnte sie sich gegen die Kühlschranktür. Ein Gegenstand polterte zu Boden. Hastig hob sie den Kühlschrankmagnet auf und angelte auf Knien unter der Anrichte nach dem Zettel, den sie mit abgerissen hatte. Himmel, was war sie auch so nervös! Es handelte sich bloß um einen Einkaufszettel für den Supermarkt, weshalb sie zunächst nur flüchtig darauf sah. Aus irgendeinem Grund stutzte sie und las das Geschriebene ein zweites Mal.

Eier
Ƨenf
Mayonnaise…

»Du, Mam? Wegen des Musikwettbewerbs…«

Ihre Umgebung wirkte auf einmal seltsam zerfasert, wie Watte. Dagegen schärfte sich Liams Silhouette, als hätte jemand seinen Umriss mit einem Filzstift nachgezogen.

»Ja?«, antwortete sie schwach, den Blick auf Liams Einkaufsliste gerichtet. Aber so sehr sie ihren Augen auch misstraute… Das S von »Senf« war und blieb spiegelverkehrt.

Spiegelverkehrt. Wie die Notenschlüssel in der blauen Mappe. Unfassbar, wie viele Hinweise brauchte sie denn noch? Sie wollte etwas sagen, brachte aber keinen Ton über die Lippen. Stattdessen starrte sie auf Liams Rücken, als könnte sie mit reiner Willenskraft ein Loch in seinen Pullover brennen. In diesem Moment hätte sie als Allerletztes damit gerechnet, dass ausgerechnet ihr Sohn die Bombe platzen ließ.

»Kommt der Mann, der die Lieder geschrieben hat, eigentlich auch zu dem Wettbewerb, um Mr Brenner zuzuhören? Wirst du ihm dann die blaue Mappe zurückgeben, die wir im Bus gefunden haben?«

Robert.
Eine Katze ist nun mal kein Hund, Robi. Außer zum Mäusejagen sind sie zu nichts nutze, und wir haben schon zu viele dieser Viecher auf dem Hof. Wir können sie nicht behalten, das musst du doch einsehen.

Er erinnerte sich an Großmutters Worte, als habe er sie erst gestern gehört, drüben in der Scheune, wo eine der Hofkatzen sieben schwarz-weiß gescheckte Katzenbabys geboren hatte, die der Großvater im Fluss ertränken wollte. Aber Robert war schon als Kind kein einsichtiger Mensch gewesen. Heimlich hatte er die Kätzchen in Großmutters Einkaufskorb ins Dorf getragen, wo er so lange Klinken putzte, bis er für jedes der winzigen Fellknäuel ein neues Zuhause gefunden hatte.

Natürlich hatte ihm der Großvater für seinen Ungehorsam den Hintern versohlt, nur um den Nachbarn später über den Gartenzaun zuzurufen, dass sein Enkel es einmal weit bringen würde. *Eine Katze ist nun mal kein Hund.* Er hätte nicht gedacht, dass er Großmutters Binsenweisheit einmal an einer Bratenschnur ad absurdum führen würde.

Mit einem Anflug von Belustigung betrachtete Robert den Kater, der an der provisorischen Leine aus Eireens Küchenschublade neben ihm her trabte. Eigentlich hätte er ihn gar nicht anbinden müssen. Seit er sich mit Sir Francis ein Bett geteilt hatte, waren sie sozusagen per Du. Da der Kater jedoch schon einmal ausgebüxt war, wollte Robert so kurz vor dem Ziel lieber nichts riskieren.

Kurz vor dem Ziel. Das war er in doppeltem Sinn, wobei ihn Joshs zu erwartende Reaktion auf den Kater mit einer kindischen Vorfreude erfüllte, die ihm vor Kurzem noch peinlich gewesen wäre. Dachte er hingegen an Mark O'Reilly, fühlte er die nackte Angst.

Dass er sich trotzdem früh am Morgen auf den Weg zum Three Gates gemacht hatte, verdankte er einzig und allein dem gestrigen Gespräch mit Eireen. Sie hatte ihm am Ende seiner Geschichte mitfühlend die Hand auf den Arm gelegt und ihm geraten, dieses Kapitel seines Lebens so rasch wie möglich zu schließen. Vielleicht hatte es am Whiskey gelegen, doch als er zu Bett gegangen war, war er felsenfest überzeugt gewesen, dass er ein gutes Gespräch mit dem Jungen führen würde.

Heute wog der schwarze Geigenkasten schwerer als gedacht in seiner Hand, und ihm war aufgegangen, dass Mark O'Reilly keine fünfzehn mehr war. Er würde einem erwachsenen Mann gegenübertreten, der ihn vermutlich abgrundtief hasste.

Am Ortsausgang angekommen keuchte Robert vor Anstrengung und bereute es bitter, Eireens Angebot ausgeschlagen zu haben, ihm ihr Auto zu borgen. Er musterte den Trampelpfad, der sich entlang einer Schafweide den Hügel hinaufschlängelte, und führte Sir Francis zu dem Grünstreifen am Straßenrand. Dort setzte er sich auf das Begrenzungsmäuerchen und sah dem Kater dabei zu, wie er im Gras mit lustigen Bocksprüngen nach Insekten jagte. Dass er nicht lange allein sein würde, wusste er schon, bevor Molly sich entrüstet zu Wort meldete.

»*Was treibst du da, Robert?*«
»*Wonach sieht es denn aus? Ich lege eine Pause ein.*«

»Hast du nicht schon genug Zeit verloren?«

»Kruzifix, Molly. Bei dir da oben dürfte Zeit nun wirklich keine Rolle spielen.« Sie schwieg, woraufhin er das Gesicht trotzig der Sonne entgegenreckte. Auch das hatte er in diesem Land gelernt: Die lichten Momente genießen, bevor der nächste Regenschauer kam. *»Hast dich lange nicht blicken lassen«*, murmelte er.

»Du hast mich nicht gebraucht.«

»Das ist Unsinn. Ich brauche dich immer.«

»Ich bin tot, Robert. Über kurz oder lang wirst du dich an ein Leben ohne mich gewöhnen müssen.«

»Und wenn ich mich gar nicht daran gewöhnen will?«

Sie lachte, als ob er einen Witz gemacht hätte. Sein Magen zog sich zusammen. Sie hatte ja recht, aber die Tatsache, dass er die Liebe seines Lebens vor sechs Monaten und neun Tagen zu Grabe getragen hatte, bedeutete nicht zwangsläufig, dass er sich von ihr verabschieden musste.

»Du wirst mich verlassen, wenn ich mit Mark gesprochen habe, nicht wahr?« Es fiel ihm schwer, die Frage zu stellen, deren Antwort er eigentlich längst kannte.

»Aye. Das muss ich.«

»Dann werde ich es nicht tun. Ich kehre um, bestelle im Dorf ein Taxi und fahre nach Hause. Nichts ist passiert, alles bleibt, wie es ist.«

»Dafür ist es zu spät, Robert. Du wirst nicht in dieses trostlose Haus zurückkehren können, als sei nichts passiert. Also gib dir einen Ruck. Bring dem Jungen sein Kätzchen zurück und löse das Versprechen ein, das du mir gegeben hast. Es wird Zeit.«

»Und was habe ich davon, außer allein zu sein?«, entgegnete er trotzig. *»Wahrscheinlich werde ich genauso schrullig*

werden wie der Taubenmann im St. Stephen's Green. Ein einsamer alter Mann, der das Hemd von gestern trägt und mit Vögeln redet. Das kannst du nicht ernsthaft wollen.«

»Aber du bist doch gar nicht allein«, widersprach sie sanft. *»Du hast Bonnie und Josh, Eireen und eine Menge weitere neue Freunde gefunden. Hör auf zurückzuschauen, Robert. Fang etwas Neues an, unterrichte wieder, engagiere dich in einem sozialen Projekt. Mach die Polarexpedition, die du immer machen wolltest, oder zieh nach Ballystone und kandidiere als Bürgermeister. Du hast endlos viele Möglichkeiten, aber um sie wahrzunehmen, musst du Lebewohl sagen.«*

»Du klingst, als wäre ich dir egal.« Eigentlich war er gekränkt, musste aber schmunzeln. Bürgermeister von Ballystone. Die Vorstellung war so absurd, dass sie einen gewissen Charme besaß.

»Oh mein Liebling. Mir ist nie jemand weniger egal gewesen. Aber man muss das, was man liebt, loslassen, wenn man es nicht glücklich machen kann.«

Robert schluckte. Er fürchtete sich davor, losgelassen zu werden. Als wäre Molly sein Anker, der ihn mit dem verband, was er für ein lebenswertes Leben hielt.

»Ich liebe dich auch. Das hätte ich dir viel öfter sagen müssen.«

»Hättest du nicht. Ich habe es jeden Tag gespürt. Jetzt geh. Sie warten auf dich.«

»Da bin ich mir nicht so sicher.«

Mit einem leisen Gefühl von Wehmut legte er den Kopf in den Nacken und betrachtete die vorbeiziehenden Wolken, bis er den Polizeiwagen bemerkte, der in der Parkbucht gegenüber angehalten hatte. Sergeant Hatfield winkte ihm aus dem heruntergelassenen Seitenfenster zu, das Telefon am

Ohr. Robert erhob sich und klopfte Moos und Schmutzpartikel von seiner Hose.

»*Dia duit*, Professor Brenner! Alles in Ordnung bei Ihnen?«

Dieser Hatfield war wirklich ein freundlicher Zeitgenosse. Die meisten Einwohner von Ballystone waren nette Leute, wenn er genauer darüber nachdachte – zumindest die, die er in der kurzen Zeit kennengelernt hatte. Einfach, aber bodenständig, und unglaublich hilfsbereit. Behutsam, als hätte er einen kapitalen Barsch an der Angel, holte er die selbstgedrehte Kordel ein und überquerte kurz darauf mit Sir Francis auf dem Arm die Straße.

»Fahren Sie zufällig hoch zum Three Gates?«, fragte er, nachdem Hatfield sein Telefonat beendet hatte. »Ich müsste ein Überraschungspäckchen abliefern und wäre froh um eine Mitfahrgelegenheit.«

»Hol mich der Teufel!« Der Polizist lachte auf. »Sagen Sie bloß, Sie haben den Milligan-Kater gefunden.«

»Es mag merkwürdig klingen, aber ...« Robert rechnete damit, dass der Sergeant ihn für komplett überspannt hielt, wenn er jetzt weitersprach. Doch er war über den Punkt hinaus, an dem er seine Worte sorgsam wählte. »Man könnte eher sagen, dass er mich gefunden hat. Eine Fügung, verstehen Sie? Göttlicher Art.« Er wies verlegen nach oben.

Zu seiner Überraschung wirkte Hatfield nicht im Mindesten so, als habe er etwas Dummes gesagt. Er nickte nur und stieß von innen die Beifahrertür auf.

»Sie haben Glück, Professor. Ich bin tatsächlich dorthin unterwegs. Hab ein Hühnchen mit meinem Kumpel Liam zu rupfen.« Sinnierend betrachtete er den Kater. »Meinen Sie, Sir Francis verträgt es, wenn wir mit Blaulicht fahren? Josh gefällt es bestimmt, wenn er den kleinen Ausreißer mit viel Ballyhoo zurückbekommt.«

Ballyhoo. Robert unterdrückte ein Lächeln. Vielleicht sollte er doch über diese Bürgermeistersache nachdenken.

Bonnie.
Kommt der Mann, der die Lieder geschrieben hat, eigentlich auch zu dem Wettbewerb, um Mr Brenner zuzuhören? Wirst du ihm dann die blaue Mappe zurückgeben, die wir im Bus gefunden haben?

Im Zeitlupentempo drehte Liam sich um. Zuerst starrte er Josh an, dann den Einkaufszettel, den sie unbewusst zu einem Papierknäuel geknetet hatte. Die Farbe wich so rasch aus seinem Gesicht, dass sie schon glaubte, er würde ohnmächtig.

»Mr Brenner«, stieß er hervor. »Robert Brenner?«

Irgendwie schien seine Frage von einer Klippe zu fallen und in tiefem Schweigen zu landen.

»Er hat mir gezeigt, wie man Geige spielt«, bemerkte Josh und hielt das ausgekratzte Schokocremeglas in die Höhe. »Kannst du das spülen, Mam? Dann nehme ich es für meine Steine.«

»Natürlich kann ich es für dich spülen.« Der Raum drehte sich ein wenig, als Bonnie die Kaffeetasse auf dem Tisch abstellte. »Joshua«, fügte sie mit belegter Stimme hinzu, »wie wäre es, wenn du ein bisschen rausgehst zum Spielen? Liam und ich müssen kurz was besprechen.«

Ihr Sohn verließ die Küche widerspruchslos, nicht nur weil sie ihn Joshua genannt hatte, sondern wohl auch weil er den unausgesprochenen Konflikt zwischen den Erwachsenen gespürt hatte. Wie versteinert lauschte sie den Geräuschen im Flur, dem Gepolter von Sneakern, dem Klackern des Kleiderbügels, auf dem sie Joshs Anorak zum Trocknen aufgehängt hatte. Dann schlug die Haustür zu.

»Liam, ich ...« *Mist*, dachte sie.

»Ich wüsste nicht, was es zwischen uns noch zu besprechen gäbe.« Liam spülte die Pfanne, trocknete sie ab und hängte sie an die Hakenleiste unter der Abzugshaube. Er sah durch sie hindurch, als ob sie gar nicht da wäre.

Sie setzte sich auf einen Stuhl, faltete die Hände auf dem Tisch und richtete den Blick auf die Obstschale mit den Äpfeln, die sie gestern mit Josh gesammelt hatte.

»Ich mag dich wirklich«, sagte sie scheu. »Es ist mir ganz egal, wie du heißt oder was dazu geführt hat, dass du deinen Namen geändert hast.«

»Hat er dich auf mich angesetzt?«

Sie schluckte. Er schien ihr gar nicht richtig zugehört zu haben. »Ich verstehe nicht ...«

»Robert Brenner«, sagte er verächtlich. »Schickt eine hübsche Frau vorbei, die mich weichkocht. Denkt er, ich wäre dann bereit, ihm zu verzeihen?« Mit wenigen Schritten durchquerte er den Raum und baute sich vor ihr auf, die Hände auf die Tischplatte gestützt. Seine Arme zitterten. »Alles, was nur im Entferntesten mit diesem Mann zu tun hat, habe ich vor fast zwanzig Jahren hinter mir gelassen«, sagte er mit mühsam unterdrücktem Zorn. »Ich will verdammt noch mal nicht daran erinnert werden, was er zerstört hat. Nicht gestern, nicht heute und auch nicht morgen. Richte ihm das aus, wenn du ihm das nächste Mal Bericht erstattest.«

»Du verstehst das vollkommen falsch, Liam. Nicht Robert Brenner hat mich auf dich angesetzt, sondern ... Eigentlich ist es eher so, dass ich ihn auf dich angesetzt habe.« Beschwichtigend griff sie nach seiner Hand. Er entzog sie ihr so hastig, als habe er sich an ihr verbrannt. Seine Reaktion verletzte sie, dennoch gab sie nicht auf. »Ich habe deine Noten in Dublin in einem Bus gefunden und Josh versprochen, sie ihrem Besitzer zurückzugeben. Der einzige Hinweis war ein Zeitungsartikel, der mich zu Brenner geführt hat, und der Rest...« Sie sah auf. Seine Augen waren dunkel, sein Kiefer angespannt. »Der Rest war einfach Schicksal«, flüsterte sie. »Dass ich mich darauf einlassen musste, Brenner nach Ballystone zu begleiten. Dass wir mit dem kaputten Auto in deiner Werkstatt gelandet sind und Eireen uns ausgerechnet ins Three Gates geschickt hat. Der Professor hat mir erst kürzlich von dir und Molly erzählt, und... Ich hatte doch keine Ahnung!« Sie hörte selbst, wie unglaubwürdig sie klang, trotzdem redete sie weiter. »Aber dann hat Eddie auf dem Boot gesagt, dass du Geige spielst, und mir fielen die Zeitungen ein, die ich oben im Schrank gefunden...«

»Also hast du mir doch hinterherspioniert. Wie viele Schränke und Schubladen hast du durchwühlt, Agentin Milligan?«

»Es ist nicht so, wie...« Ihre Haut kribbelte, als ob sich jedes einzelne Härchen zur Verteidigung aufrichtete. »Ich habe tatsächlich nach weiteren Hinweisen gesucht«, hauchte sie. »Tut mir leid.«

»Wo ist die Mappe jetzt?«

»Im Fisherman's Snug. Bei Robert Brenner.«

»Natürlich. Wo sonst?« Liam lachte auf. Es war kein freudiges Lachen. »Herrgott, Bonnie. Warum konntest du es nicht gut sein lassen?«

»Weil ich wusste, dass du in Schwierigkeiten steckst!«, rief sie verzweifelt. »Aber dir kann keiner helfen, wenn du aus allem ein Geheimnis machst. Ich nicht, Dan nicht, Eireen nicht... und auch nicht all die anderen, denen du am Herzen liegst. Das müsste nicht so sein, Liam. Robert Brenner zum Beispiel ist ein vermögender Mann, und wenn deine Probleme mit ihm zusammenhängen, wird er dir gewiss unter die Arme greifen.« Sie wusste, dass sie einen Fehler gemacht hatte, als Liam scharf ausatmete. Aber es war zu spät. Sein Gesicht verschloss sich, dann entfernte er sich vom Tisch. Er zog sich vor ihr zurück, nicht nur körperlich.

»Weißt du was, Bonnie?«, sagte er kalt. »Du solltest zuerst in deinem eigenen Leben aufräumen, bevor du dich in Dinge einmischst, von denen du nicht die geringste Ahnung hast. Schick deinen Sohn in die Schule, steig von deinen imaginären Piratenschiffen und den fliegenden Teppichen herunter und fang an, im Hier und Jetzt zu leben. Danach können wir uns gern darüber unterhalten, was passiert, wenn jemand einen Dominostein antippt, der noch zwanzig Jahre später alles umwirft, was irgendwie aufrecht steht.«

»Du bist unfair und gemein, Liam.« Sie fühlte sich gedemütigt. Dieses Gespräch lief vollkommen falsch, und sie wusste nicht, was sie dagegen tun sollte.

»Das ganze Leben ist unfair, Bonnie.« Er ging zur Tür, wo er einen Moment lang den abblätternden Lack des Türrahmens betrachtete, ehe er die Schultern straffte. »Ich werde vorläufig in der Werkstatt übernachten. Das ist für uns alle das Beste. Du und Josh, ihr könnt hierbleiben, solange du es für nötig hältst. Gib den Schlüssel bei den MacKennas ab, wenn du abreist.«

Damit verschwand er, und sie starrte ungläubig auf die Stelle, wo er eben noch gestanden hatte.

Robert.
Er hatte den Mann schon gesehen, bevor dieser in halsbrecherischem Tempo aus der Einfahrt geschossen kam, auf dem Kiesweg ins Schlingern geriet und sein Fahrrad knapp einen halben Meter von der Kühlerhaube des Polizeiwagens zum Halten brachte.

Unfähig zu einer Reaktion starrte Robert ihn an. Er war ordentlich in die Länge geschossen und muskulöser, als er erwartet hatte. Militärhaarschnitt, Dreitagebart. Ein Kerl, den man mühelos ins Halbdunkel von Maguire's Garage verortete, unter einem Wagen liegend, einen Werkzeugschlüssel in der Hand. Aber er war es, ganz ohne Zweifel, denn in seinen dunklen, seelenvollen Augen schwelte dieselbe Wut, die schon immer ein Teil von Mark O'Reilly gewesen war.

»Halleluja, Liam!«, schimpfte Dan, der bei dem abrupten Bremsmanöver vor Schreck den Motor abgewürgt hatte und nun verärgert den Fensterheber betätigte. »Bist du bescheuert? Ich hätte dich fast über den Haufen gefahren!«

Die Polizeisirene dröhnte in Roberts Ohren. Er rutschte tief in den Beifahrersitz, als könnte er sich mal eben unsichtbar machen. Doch sein Vorhaben wurde durch Sir Francis vereitelt, der, ohnehin schon gereizt von Blaulicht und Sirene, die Krallen in seine Leinenhose schlug. Mit einem Aufschrei schubste Robert den Kater von seinem Schoß, Sir Francis schlüpfte aus dem provisorischen Halsband und brachte sich mit einem Sprung aus dem Fenster in Sicherheit. Ihnen blieb nichts weiter übrig, als zuzusehen, wie das Tier wie von einer Hundemeute gejagt in Richtung Haus davonflitzte.

»Oops. Das ist jetzt blöd gelaufen«, murmelte Dan und schaltete das Martinshorn aus, aber Robert hörte ihn kaum.

O'Reillys Blick ruhte nun auf ihm, und es war, als würde

das Innere des Wagens um ihn herum zusammenschrumpfen. Seltsamerweise schien Mark nicht überrascht, ihn zu sehen. Er zeigte überhaupt keine Gefühlsregung.

»Sorry, Dan«, sagte er knapp und ohne bedauernd zu klingen. »In der Werkstatt wartet Arbeit auf mich. Keine Zeit zum Reden.« Eine Antwort wartete er nicht ab. Er löste den Blick von Robert, tippte sich an eine imaginäre Hutkrempe und fuhr davon.

So viel also zu dem *guten* Gespräch, das er mit Mark hatte führen wollen. Robert atmete geräuschvoll aus und sackte noch ein bisschen mehr in sich zusammen, sofern das überhaupt möglich war. Er hörte, wie Molly ihm ein leicht panisches »*Was ist los mit dir, Robert? Hinterher!*« zurief. Aber er wusste, wann er an seine Grenzen stieß. Heute würde er definitiv kein Gespräch mehr führen, zumindest nicht mit Mark O'Reilly.

Hatfield starrte in den Rückspiegel. Das tat er lange.

»Ich glaube, wir sollten den Kater suchen, bevor er über alle Berge ist«, bemerkte Robert und versuchte, sich sein Unbehagen nicht anmerken zu lassen. Der Polizeibeamte drehte den Kopf und musterte ihn jetzt mit deutlichem Argwohn – als ob er einem Bankräuber eine Mitfahrgelegenheit angeboten und damit versehentlich zur Flucht verholfen hätte.

»Was haben Sie da eigentlich im Koffer, Mr Brenner?«, fragte er so unvermittelt, dass Robert sich irritiert nach seinem Geigenkasten auf dem Rücksitz umdrehte.

»Das ist ein Geigenkasten«, erwiderte er, leicht verärgert über die Schärfe im Ton seines Gegenübers. Wofür hielt Hatfield ihn? Für einen Auftragskiller?

»Das sehe ich. Sagt mir aber nichts über den Inhalt.«

»Selbstverständlich befindet sich eine Geige darin.«

»Eine Geige.« Hatfield hob eine Augenbraue.

»Sie dürfen gerne nachsehen, Sergeant.«

Bei der förmlichen Anrede kniff Hatfield die Augen zusammen. Ein paar Sekunden blieb es mucksmäuschenstill im Wagen. Robert rechnete bereits mit dem Schlimmsten, als der schlaksige Beamte plötzlich zu lachen anfing, laut und herzlich, als habe er einen besonders guten Witz gehört.

»Na klar ist da 'ne Geige drin. Was sonst?«

Robert fuhr zusammen, als Hatfield ihn freundschaftlich in die Seite knuffte und noch immer lachend den Motor startete. Ich werde den irischen Humor vermutlich nie ganz verstehen, dachte er verwirrt, während das Polizeiauto gemächlich über den Schotter zum Haupthaus rumpelte.

***

Die blau gestrichene Haustür stand offen, was Robert zunächst nicht weiter merkwürdig vorkam. Er kannte Iren, die nicht einmal einen Haustürschlüssel besaßen, obwohl sie mitten in Dublin wohnten. Auch dass niemand auf ihr Klopfen antwortete, beunruhigte ihn nicht besonders. Nervös wurde er erst, als der Sergeant ihn am Ellenbogen zurückhielt und den Hausflur als Erster betrat, die Hand auf den Schlagstock in seinem Hüftgürtel gelegt.

»Hallo? Jemand zu Hause?« Hatfield blieb mittig im Flur stehen und lauschte. »Bonnie?«

Robert zögerte, schließlich hatte er genügend Folgen von *Inspector Barnaby* gesehen, um zu wissen, wie ein Polizist in Alarmbereitschaft aussah. Doch die Sorge um Bonnie und Josh war stärker als die Stimme der Vernunft. Den Geigenkoffer wie einen Schutzschild vor die Brust gepresst übertrat er auf Zehenspitzen die Schwelle. Sein Blick blieb zuerst an der vergilbten Art-déco-Tapete hängen, die vermutlich noch aus der Zeit des Pensionsbetriebs stammte. Sämtliche Türen waren geschlossen. Am Ende des Korridors führte eine Steintreppe mit Eisengeländer in die obere Etage, das Stockwerk lag im Dunkeln. Er wechselte einen Blick mit Hatfield, spitzte die Ohren und horchte.

Es war still im Haus. Zu still. Er hatte Kindergetrappel erwartet, zuschlagende Türen und Stimmen. Radiomusik vielleicht oder wenigstens das Geräusch einer gluckernden Wasserleitung. Aber dieses Haus, in dem noch der Geruch von Gebratenem in der Luft hing, wirkte nicht nur verlassen. Es war wie erstarrt, und im Gebälk vibrierte der Nachklang von etwas Furchtbarem.

»Was ist hier los?«, fragte er leise.

»Das versuche ich schon seit einer Weile herauszufinden«, antwortete Hatfield grimmig, wobei er in erster Linie mit sich selbst zu sprechen schien. »Eigentlich hatte ich gehofft, wir hätten das Problem gelöst. Aber diese Kerle sind wie die Köpfe der Hydra. Schlägst du einen ab, wachsen zwei neue.«

Robert runzelte die Stirn. Er verstand nicht, wovon der Mann da redete, aber die Sache mit den abgeschlagenen Köpfen behagte ihm ganz und gar nicht. Dann fiel ihm Mark ein. Er war wütend gewesen. Ob er …? Nein. Allein die Vorstellung war so ungeheuerlich, dass sie in seinem Kopf keinesfalls Gestalt annehmen durfte. John O'Reilly mochte zur Gewalt geneigt haben, aber sein Sohn?

»Glauben Sie, Mark … Ich meine Liam …« Er stotterte, was er sonst nie tat. »Könnte er Bonnie und dem Jungen etwas angetan haben?«

Hatfield drehte sich zu ihm um. »Wie kommen Sie denn

auf den Schwachsinn?«, blaffte er ihn an. »Liam tut keiner Fliege was zuleide, dafür lege ich beide Hände ins Feuer. Die Füße auch, wenn's sein muss.«

Robert schoss bei Dans despektierlichem Ton das Blut in die Wangen. Er schämte sich. Dieser Polizist war für den Mark von heute ein so viel besserer Freund, als er selbst es für den Jungen von damals je hätte sein können.

»Und wer zum Teufel ist Mark?«

»Ja, also das... Das ist eine etwas längere Geschich...«

Hatfield riss die Augen auf und hob die Hand.

»Still!«, zischte er, schubste ihn beiseite und war mit drei langen Schritten an der Küchentür.

Robert lehnte sich gegen die Flurwand. Kein Wunder, dass er sich allmählich etwas schwach auf den Beinen fühlte. Zu viel Aufregung und zu wenig Sauerstoff, weil ihm andauernd die Luft wegblieb. Dann hörte er es. Ein Kratzen. Stuhlbeine, die über Bodenfliesen geschoben wurden. Eine gedämpfte weibliche Stimme. Hatfield stieß die Tür auf und schnellte nach vorn, dicht gefolgt von Robert.

Bonnie kauerte auf einem Stuhl am Küchentisch. Sie sah nicht auf, als sie in die Küche stolperten wie Holmes und Watson. Eigentlich reagierte sie überhaupt nicht. Sie murmelte ins Leere, als wäre sie in einen inneren Monolog verstrickt, der ihre Reflexe verlangsamte. Sprachlos starrte Robert sie an – sie und den Kater in ihren Armen –, und es kam ihm wie eine kleine Ewigkeit vor, bis sie endlich den Kopf hob. Kreidebleich war sie, aber was ihn noch viel mehr mitnahm, war der Ausdruck in ihren Augen. Eine befremdliche Mischung aus Fassungslosigkeit, Glück und Trauer.

»Er ist zurückgekommen«, stammelte sie. »Sir Francis ist tatsächlich wieder da. Er ist...« Ihre Worte verfingen sich in ihren hilflosen Schluchzern. »Ich habe Liam... Mark... Es tut mir so leid, Robert. Wir haben gestritten und... Ich fürchte, ich habe einen Fehler gemacht. Einen riesigen, dummen Fehler.«

Obwohl er ihren Kummer geradezu mit den Händen greifen konnte, hätte er fast gelächelt, so groß war seine Erleichterung. Ein Streit unter Verliebten. Das erklärte einiges.

Hatfield fing sich als Erster. Als wäre er hier zu Hause, schlenderte er zum Küchenschrank, fischte zwei Kekse aus einer Porzellandose und setzte sich an den Küchentisch. Kauend durchbohrte er sie mit Blicken, bis Robert sich widerwillig in Bewegung setzte und neben Bonnie Platz nahm. Den Geigenkoffer klemmte er zwischen seine Knie, danach drückte er unbeholfen Bonnies Schulter. Er wusste nicht, was zwischen den beiden vorgefallen war, aber die junge Frau war derart mitgenommen, dass sie wie ein Schatten ihrer selbst wirkte. Ihrem Gestotter nach brauchte er nicht eins und eins zusammenzuzählen, um sich auszurechnen, dass sie sich wegen ihm mit Mark gestritten hatte. Anscheinend machte er alle Menschen, die er mochte, unglücklich.

»Ich bringe es in Ordnung, Bonnie«, sagte er leise. »Mach dir keine Sorgen.«

Eine Weile lang schauten sie einander schweigend an.

»Okay, Freunde.« Hatfield wischte ein paar Krümel von der Tischplatte und zeigte auf Roberts Hand, die auf dem Geigenkasten lag. »Was genau geht hier vor?«

Bonnie senkte die Lider. Sir Francis hatte sich auf ihrem Schoß zu einer Pelzbrezel zusammengerollt. Unablässig strich sie über sein Rückgrat, folgte mit zärtlichen Fingern der unsichtbaren Linie von den Ohren bis zum Schwanzansatz. Der Kater schnurrte wie eine kleine Nähmaschine, und das Geräusch sorgte dafür, dass Robert ganz von selbst ruhiger atmete.

»Nun, Sergeant«, sagte er so würdevoll, wie er nur konnte. »Wie ich bereits zu erklären versuchte, handelt es sich um eine längere Geschichte.«

»Fein. Ich mag Geschichten.« Dan lehnte sich mit verschränkten Armen zurück. »Und ich habe alle Zeit der Welt, sie mir anzuhören.«

25. Kapitel

MAGUIRE'S GARAGE. BALLYSTONE, SEPTEMBER 2019.

Liam.
Er wusste noch genau, wie er sich gefühlt hatte, als sie im Frühjahr 2002 in dem Gehöft auf dem Hügel eingezogen waren. Er war sich wie ein Eindringling vorgekommen, denn die alte Mrs Green, die das Three Gates zuvor als Pension betrieben hatte, war zu ihrer Tochter nach Cork gezogen und hatte lediglich ihre persönlichen Dinge mitgenommen. Sämtliche Möbel und Einrichtungsgegenstände, sogar die Küchenmaschinen und das Geschirr hatte sie dagelassen. Dad hatte ein komplett eingerichtetes Haus gekauft, ein echter Glücksgriff für jemanden, der ganz von vorn anfangen musste. Mark hingegen – oder vielmehr Liam, wie er jetzt hieß – war beim Anblick der vollgestellten Zimmer erst recht bewusst geworden, wie leer es in ihm selbst war.

Die ersten Nächte lag er mit Tränen in den Augen in einem viel zu großen Doppelbett, den widerlichen Geruch der Lavendelsäckchen in der Nase, die sich überall im Haus befanden, und wünschte sich nichts mehr, als am nächsten Morgen zu Hause aufzuwachen – in seiner heiß geliebten *Star Wars*-Bettwäsche, für die er eigentlich längst zu alt war.

Nur wenige Tage nach ihrer Ankunft schrieb er Mum einen

weiteren Brief, in dem er sich erneut entschuldigte und ihr die neue Adresse mitteilte. Sein Vater brachte ihn persönlich zum Postamt. Bei seiner Rückkehr behauptete er, dass er ihn als Eilbrief aufgegeben, den Beleg aber irgendwo zwischen der Tankstelle und dem Supermarkt verloren habe. Danach hatte er ihnen ein echtes Männeressen gekocht, Porterhouse-Steaks in Rahmsoße, und er war keine Sekunde auf den Gedanken gekommen, dass Dad ihn belogen haben könnte.

Danach war die Zeit wie im Fluge vergangen. Fünf Tage, zwei Wochen, ein Monat. Von Mum keine Antwort, stattdessen lag ein neuer Personalausweis im Briefkasten, den sein Vater ihm mit der strengen Mahnung überreichte, lieber keine Fragen zu stellen. War ihm nur recht gewesen. Er hatte ohnehin wenig hinterfragt in dieser Zeit, weil er zu sehr damit beschäftigt war, sich in seinem neuen Leben zurechtzufinden.

Zum Start des zweiten Trimesters fuhr er täglich mit dem Bus nach Clifden in die Schule, wo er statt der musischen Fächer Sportkurse belegte und sich mit ein paar Jungs aus dem Dorf anfreundete, unter ihnen Dan Hatfield, ein stiller Typ, der auf Comics stand und ganz in Ordnung war.

Nachmittags half er in der Werkstatt und bei den anfallenden Arbeiten in Three Gates, die hauptsächlich dazu dienten, sie von der Außenwelt abzuschotten. Statt eines Internetanschlusses gab es Stacheldraht, Zäune und eine Kamera vom Flohmarkt, die Schneebilder produzierte. Liam stellte sein Zimmer um, warf alles raus, was nach Lavendel und fremden Menschen roch, und ersetzte es nach und nach durch Dinge, die ihm gehörten: Sportpokale, Bücher, CDs. Die Geige seines Großvaters schob er, eingewickelt in ein Handtuch, unter sein Bett.

Zu diesem Zeitpunkt war er sich nicht mehr sicher, ob seine Briefe an Mum verloren gegangen waren oder ob sie, so Dads boshafter Einwand, nicht zu beschäftigt mit ihrem neuen Liebhaber sei, um an ihren Sohn zu denken. Die Vorstellung tat höllisch weh, weckte aber auch den Zorn, der seit Monaten unter seinen Schuldgefühlen schlummerte.

Eines Abends holte er die Geige unter dem Bett hervor, spielte eine wütende »Bitter Sweet Symphony«-Version, die dem Professor sicher missfallen hätte, und schrieb einen dritten Brief, der sich im Wortlaut deutlich von den anderen unterschied. Er war trotziger, fordernder und formulierte die letzte Chance für Molly O'Reilly, eine Mutter zu sein.

Diesen Brief hatte er selbst aufgegeben, und es war ihm ein Rätsel, warum er Ballystone nie verlassen hatte. Andererseits überraschte es ihn nicht sonderlich. Sein Vater war ein Puppenspieler gewesen, und er hatte eine Menge ahnungsloser Leute an seinen Fäden tanzen lassen. Mum, den Professor, Malcolm O'Grady oder die Einwohner von Ballystone.

Klar, er hätte die Wahrheit herausfinden können, nachdem auch auf seinen dritten Brief keine Reaktion erfolgte. Ein Anruf oder ein Busticket nach Dublin hätten für Gewissheit gesorgt, ob Mum ihn tatsächlich abgeschrieben hatte. Aber er war jung, aufbrausend und zutiefst verletzt gewesen, und Dads Saat der Unversöhnlichkeit war im Lauf der Zeit aufgegangen. Über Zeitungsartikel fand er heraus, dass Robert Brenner weiterhin an der Campbell Park School unterrichtete und offiziell mit Molly O'Reilly liiert war. Nachdem er über ein Pressefoto gestolpert war, das seine glücklich lächelnde Mum bei der Verleihung der Ehrendoktorwürde an diesen Heuchler zeigte, unternahm er keinen weiteren Versuch mehr, seine Mutter zu kontaktieren. Seinen Trotz rechtfertigte er mit der nicht ganz unbegründeten Angst, seinen Vater in Gefahr zu bringen, der ihm täglich einimpfte, dass von ihrer Anonymität sein Leben abhinge.

Er hatte John O'Reilly geliebt, so einfach war das. Das tat er bis heute, ungeachtet dessen, dass er am Schluss die Rechnung bezahlte.

* * *

Liam schob die Briefe, die seine Mutter nie erhalten hatte, in das große Kuvert zurück. Dann stützte er sich auf den Schreibtisch, der ebenso wackelig war wie die anderen Möbel in dem schäbigen Bürocontainer, und starrte nachdenklich auf Dads ungelenke Handschrift. *Es tut mir leid.*

Er trug den Umschlag nicht zufällig mit sich herum. Heute Morgen war er vor Bonnie aufgewacht und hatte ihr fast eine Stunde lang beim Schlafen zugesehen. Jedes Detail ihres Gesichts, die kleinste Regung hatte er studiert. Die Krähenfüße um ihre Augen, die nahezu durchscheinenden Lider, die blonden Spitzen an ihren Wimpern. Die blasse Haut, die um den Mund leicht gerötet war, wund von seinen Küssen. Sie schlief unruhig, seufzte und murmelte vor sich hin, hörte aber kein einziges Mal auf zu lächeln.

Zu erkennen, dass er sich rettungslos in diese Frau verliebt hatte, war wunderbar und beängstigend zugleich gewesen. Ihm war klar, dass er nach der vergangenen Nacht reinen Tisch machen und Bonnie die Wahrheit über sich erzählen musste. Die Briefe hätten ihm dabei helfen sollen, alles andere – seine Kompositionen, die gesammelten Zeitungsausschnitte über Brenner und seine Mutter – war bei dem Feuer im Schuppen verbrannt. Bonnie verdiente zu wissen, worauf sie sich eingelassen hatte, um für die Zukunft eine Entscheidung treffen zu können. Falls sie daraufhin einen Rückzieher machte, würde er sie gehen lassen. Wenn sie blieb, würde er versuchen, aus der O'Grady-Nummer herauszukommen, ohne sie und den Kleinen einer unnötigen Gefahr auszusetzen. So weit der Plan.

Verraten und verkauft.

Nie hätte er es für möglich gehalten, dass er kurz darauf in dieser Verfassung sein würde. Hin- und hergerissen zwischen einer Scheißwut und nackter Verzweiflung, den bitterscharfen Geschmack menschlicher Enttäuschung auf der Zunge. Bonnie und Robert Brenner. Das war so abstrus, dass es nur ein Scherz sein konnte, doch ihm war nicht nach Lachen zumute.

Mürrisch fuhr er den Rechner runter und spielte kurz mit dem Gedanken, es mit dem Umschlag wie Dad zu halten, der unangenehme Post einfach in den Aktenvernichter gesteckt hatte. Aber die Vergangenheit ließ sich nun mal nicht schreddern. Besser, er konzentrierte sich auf das Hier und Jetzt, bevor er das nächste Veilchen von Barry kassierte. Seit Tagen hatte er die Arbeit an dem Porsche schleifen lassen – warum, musste und wollte er sich nicht ins Gedächtnis rufen.

Er schnappte sich seine Wachsjacke, ohne den Stuhl zu beachten, den er umriss, und marschierte mit gesenktem Kopf zur Werkstatthalle. Das im Radio für den Nachmittag angesagte Sturmtief nahm allmählich Fahrt auf. Kohlschwarze Wolken jagten über den Himmel und schraffierten den Horizont mit Regen. Vom Wind aufgepeitscht donnerten die Brecher gegen die Kaimauer und spuckten Gischtflocken auf den Asphalt, die Boote bockten mit schlagenden Fendern an ihren Vertäuungen herum. Szenario Weltuntergang. Passte ziemlich gut zu seiner Stimmung.

Vor dem Rolltor lag ein in Plastik verschweißtes Paket auf einer Palette, das ihn kurz aus der Fassung brachte, als er darauf den Namen der englischen Firma las, bei der er den generalüberholten Zwölfzylinder für Bonnies XJ bestellt hatte. Brenners XJ, korrigierte er sich und spürte, wie seine Laune noch tiefer in den Keller rutschte. Ihm blieb wirklich nichts erspart. Er versetzte der Palette einen Tritt und betrat die Halle.

Trotz des Lärms, den die Naturgewalten da draußen veranstalteten, bemerkte er sofort, dass er nicht allein im Gebäude war. Nicht umsonst hatte sein Vater ihn wie einen Schäferhund darauf trainiert, seine Umgebung stets im Auge zu behalten. Er nahm Dinge wahr, die normalen Leuten gar nicht auffielen, weil sie schlichtweg nie mit dem Schlimmsten rechneten. Er schon.

Es lag eine Bewegung in der Luft, ein Geruch, eine Schwingung, die auf die Anwesenheit einer Person hindeutete. Obwohl sein Puls in die Höhe schnellte, setzte er unbeirrt seinen Weg fort, pfiff sogar leise vor sich hin. Im Gehen bückte er sich nach einer Brechstange, passierte die Hebebühne und bog dann blitzschnell nach rechts ab. Pfeifend drückte er sich mit dem Rücken gegen die Wand mit den Pin-up-Girls, wohl wissend, dass er vor ihr nahezu unsichtbar war, und zählte lautlos bis zehn. Dann schloss er die Augen und ... hörte, wie jemand lachte.

»Du bist schon genauso paranoid wie dein Dad, Maguire.«

»Teufel noch mal, Dan!« Liam schnappte nach Luft, als sein Freund aus dem Schatten des alten Traktors hervortrat.

»Erwartest du unangenehmen Besuch?« Dan musterte das Brecheisen, das sich unangenehm schwer in Liams Hand anfühlte.

»Und wenn, geht es dich was an?« Er ließ das Werkzeug fallen und stieß sich mit einem missmutigen Brummen von der Wand ab. Sein Freund hob eine Braue. »Was?«, fuhr Liam ihn an, und als die Pause unbehaglich lang wurde, fügte er hinzu: »Bist du nicht im Dienst? Oder ist es neuerdings Aufgabe der Polizei, unbescholtene Bürger zu Tode zu erschrecken?«

»Da du es schon mal erwähnst, Kumpel...« Dan klang sanft. Zu sanft für seinen Geschmack, weshalb er sofort auf der Hut war. »Ich bin tatsächlich dienstlich hier. Unter anderem.«

Wieder eine Gesprächspause. Dan war gut darin, Leute mit Halbsätzen nervös zu machen. Dafür brauchte er nicht einmal eine Uniform. Allein, wie er jetzt breitbeinig auf einer Bierkiste Platz nahm und sich vorbeugte, die Unterarme auf die Knie gestützt, sorgte dafür, dass er sich wie in einem Verhör fühlte.

»Falls es um Bonnie geht...«

Dan schüttelte den Kopf und zeigte auf die Brechstange. »Mich interessiert in erster Linie, wem du damit den Schädel einschlagen wolltest.«

»Ich hab keine Zeit für diesen Mist«, murmelte er, doch ihm war klar, dass sein Freund ihn nicht so leicht davonkommen lassen würde.

»So wirst du das Problem nicht lösen, Maguire. Oder sollte ich lieber O'Reilly sagen?«

Ergeben blieb Liam stehen. Die Flaschenkiste knarrte, als Dan sich erhob. Gern hätte er jetzt seinen Rücken gestrafft, aber sein Körper schien es aufgegeben zu haben, sich unter der Last, die er schon viel zu lange mit sich herumtrug, gerade halten zu wollen. Als sein Freund ihm die Hand auf die

Schulter legte, fingen seine Augen an zu brennen. Plötzlich war er unglaublich müde, als hätte er seit Wochen nicht geschlafen. Hatte er auch nicht, wenn er ehrlich war.

»Du verstehst das nicht«, flüsterte er heiser.

»Lass es auf einen Versuch ankommen. Ich bin intelligenter, als ich aussehe.«

Die Ölflecke auf dem Betonboden zogen sich auseinander und wieder zusammen wie Rorschach-Tintenklecksbilder, die partout keinen Sinn ergeben wollten. Liam blinzelte, dann steuerte er die senfgelbe Busbank an, die als Wartebank für seine Kunden diente. Das poröse Leder knarrte und fühlte sich beruhigend real an. Dan nahm neben ihm Platz und starrte zur Decke, als stünden dort all die Sätze geschrieben, die er von ihm hören wollte. Als Liam beharrlich schwieg, ergriff sein Freund schließlich das Wort.

»Ein dunkelblauer Mercedes G-Klasse, Dubliner Kennzeichen«, leierte er herunter, im Ton eines Garda, sachlich und emotionslos. »Der Halter heißt Barry Jordan, dreiundfünfzig Jahre alt, betreibt eine Möbelwerkstatt in Malahide. Von einigen Parkverstößen abgesehen hat der Mann eine weiße Weste, weshalb es eine Weile gedauert hat, bis ich unter den Dubliner Kollegen jemanden gefunden habe, der bereit war, weitere Nachforschungen für mich anzustellen. Tatsächlich sind wir fündig geworden. Barrys Cousin Reginald, genannt Reggie, hat eine recht aufschlussreiche Polizeiakte. Es wird dich kaum wundern, dass er einige Jahre wegen schwerer Körperverletzung eingesessen hat. Im Knast hatte der gute Reggie offenbar Kontakt zu ein paar schweren Jungs, die als Wachleute für einen Kunsthändler namens Malcolm O'Grady gearbeitet haben. O'Grady handelt in großem Stil mit Gemälden und Kunstgegenständen, steht aber in Verdacht, illegale Glücksspiele zu organisieren und Geldverleihgeschäfte zu Wucherzinsen zu tätigen. Die Kollegen haben den Mann seit Jahren auf dem Radar, konnten ihm aber bisher nichts nachweisen, weil niemand auspacken will. Offenbar verstehen sich O'Gradys Leute ziemlich gut darauf, seine Schuldner einzuschüchtern.« Dan legte eine bedeutungsschwere Pause ein, bevor er die Frage stellte, die im Grunde nicht nötig gewesen wäre. »Kommt dir das irgendwie vertraut vor?«

»Schon möglich.« Liam bemühte sich, die Tränen zurückzudrängen. Fehlte noch, dass er vor seinem Freund anfing zu heulen.

»Du musst dir wegen Barry und Reggie keine Sorgen mehr machen«, sagte Dan ruhig. »Wir haben die Jungs aus dem Verkehr gezogen. Vorläufig jedenfalls.«

»Wie das?« Liam hob den Kopf und sah seinen Freund misstrauisch an. »Und wer ist *wir*?«

»Hab ich wir gesagt?« Dans Mundwinkel zuckten. »Na ja, für eine Oscar-Nominierung wird es nicht reichen, aber Emmet hat eine nette Figur in der Polizeiuniform meines Vorgängers abgegeben. Eddie hat mit einer Herde Schafe die Straße gesperrt, Kollege Emmet hat dafür gesorgt, dass die Herrschaften nicht auf dumme Gedanken kommen, und der Rest war mein Job. Schon interessant, was sich im Kofferraum eines Schreiners so findet. Die nicht registrierten Waffen, die wir sichergestellt haben, dürften dafür sorgen, dass diese Möchtegerngangster so schnell nicht mehr an die frische Luft kommen. Im Moment sitzen sie in Dublin in Untersuchungshaft.«

»Du hast ...« Liam riss die Augen auf. »Aber woher wusstest du von den Waffen?«

»Manchmal muss man seinen Instinkten trauen.« Dan

zuckte mit den Schultern und bedachte ihn mit einem Blick, in dem eine gewisse Traurigkeit mitschwang. »Besonders, wenn der beste Freund nicht mit der Sprache rausrückt. Ist ja nicht so, dass ich mir das Drama nicht schon seit Monaten mitansehe. Trotzdem ist es hart, wenn man sich die Wahrheit aus irgendwelchen Akten zusammensuchen muss und die letzten Details von Dritten serviert bekommt wie lauwarmen Eintopf.«

»Es tut mir leid, Dan. Mein Vater hat ... Ich wusste einfach nicht, wie ich es dir hätte sagen können.« Liam rang nach Luft. Er fühlte sich seltsam substanzlos, als wäre er nur ein stiller Zuhörer dieses Gesprächs. »Manchmal ist eine Lüge die beste Möglichkeit, anderen Schwierigkeiten zu ersparen«, flüsterte er. »Und sich selbst.«

»Nein, mir tut es leid. Ich hätte früher einschreiten sollen.«

»Ich fürchte nur, dass dein Eingreifen das Problem nicht gelöst hat. O'Grady wird andere Leute schicken, um das Geld einzutreiben, das ihm mein Dad schuldet.«

»Gut möglich. Aber jetzt bist du nicht mehr allein damit. Wer weiß schon, ob O'Grady dich nicht doch in Ruhe lässt.«

»In letzter Zeit fällt es mir schwer, an Wunder zu glauben.«

Sie schweigen einen Moment, bis Liam rau auflachte.

»Eddie und Emmet? Echt jetzt?«

»Hier gibt es ziemlich viele Menschen, die dich mögen, Liam«, sagte Dan ernst. »Unterschätze nicht, was eine Gemeinschaft ausrichten kann, die zu einem hält. Das gilt übrigens auch für Bonnie. Du bedeutest ihr etwas, und Frauen ihres Kalibers begegnet man nicht oft im Leben, falls ich mir die Bemerkung erlauben darf.«

»Ich will nicht über sie reden. Und ebenso nicht über Professor Brenner, wenn wir schon mal dabei sind.«

»Ist klar. Ich hatte nicht vor, für Brenner zu sprechen. Das übernimmt er selbst.«

»Dan? Du hast doch nicht …?«

»Er wartet draußen im Dienstwagen. Ich konnte ihn nicht davon abhalten mitzufahren. Wollte ich auch nicht, um ehrlich zu sein.«

Liam atmete scharf ein. Seine Hände wurden feucht, egal wie sehr er sich um Gleichgültigkeit bemühte. Dan erhob sich und sah nachdenklich auf ihn herab.

»Hör zu, du schuldest mir nichts für die Sache mit Barry und Reggie, und ich verstehe gut, dass du wegen deiner Mum nichts mit Brenner zu tun haben willst. Aber ich möchte, dass du dir anhörst, was der Mann zu sagen hat. Nicht mehr und nicht weniger. Danach kannst du ihn meinetwegen zum Teufel jagen.«

Robert.
Er hatte es nicht länger im Auto ausgehalten. Seit Minuten ging er im Regen vor dem Polizeiwagen hin und her und sprach sich Mut zu. *Ich kann das schaffen*, dachte er, während dicke Tropfen auf seinem Gesicht zerplatzten und Feuchtigkeit unter seinen Kragen kroch. *Ich muss es schaffen.*

Trotzdem war ihm übel vor Angst, als Hatfields schlaksige Gestalt endlich am Eingang der Werkstatt auftauchte.

Ich muss. Mit zitternden Fingern öffnete Robert die Beifahrertür und zerrte den Geigenkasten aus dem Fußraum hervor. Er rannte die wenigen Meter bis zum Rolltor, um das wertvolle Instrument nicht unnötig dem Regen auszusetzen, und sah an Hatfields Miene, dass ihm das bei sich selbst nicht gelungen war.

»Ich musste mich bewegen«, erklärte er und betastete sein schütteres Haar, das platt auf seiner Kopfhaut klebte. Hatfield enthielt sich jeglichen Kommentars.

»Er ist so weit, Sie anzuhören.«

Robert las Mitgefühl in Hatfields sonst eher kühl wirkenden farblosen Augen. Er schluckte und umfasste den Griff des Geigenkastens fester. »Danke, dass Sie ein gutes Wort für mich eingelegt haben, Sergeant. Man bekommt nicht oft im Leben die Chance, seine Fehler wiedergutzumachen.«

Dan tätschelte ihm die Schulter. »Leider kann ich Ihnen nicht versprechen, dass es gut für Sie ausgehen wird. Aber Sie haben da eine wirklich berührende Geschichte zu erzählen, und Liam ist kein Unmensch. Seien Sie einfach ehrlich.«

»Ich hatte nichts anderes im Sinn.« Robert zwang sich zu einem Lächeln, das sicher etwas gequält aussah. »Danke noch mal«, fügte er hinzu und sah Hatfield nach, bis er eingestiegen war und den Motor startete. Dann atmete er tief ein und ging in die Halle.

* * *

Mark saß übertrieben gerade auf der gelben Lederbank, die man vor der Wand mit den bunten Graffiti leicht hätte übersehen können. Er hatte die Füße nebeneinandergestellt, die Hände mit den schmutzigen Fingernägeln ruhten auf seinen Oberschenkeln. Reglos starrte er auf die Hebebühne, unter der sein Vater gestorben war.

Eigentlich hatte Robert sich fest vorgenommen, sich keinesfalls von seinen Gefühlen überwältigen zu lassen. Ein unmöglicher Vorsatz. Bei Marks Anblick raste sein Puls, das

Blut rauschte ihm in den Ohren. Im nächsten Moment verlor seine Umgebung Umriss und Farbe, und er fand sich in Walters Vorzimmer wieder, wo ein blasser Teenager auf einer Holzbank herumrutschte, während hinter verschlossener Tür über sein Schicksal entschieden wurde – von Menschen, die ihn nicht mal besonders mochten.

Es ist von Anfang an falsch gelaufen. Die Erkenntnis traf Robert ebenso hart wie die Einsicht über seine eigene unrühmliche Rolle in dem perfiden Machtspiel der Erwachsenen, in dem es angeblich nur um das Beste für den Jungen ging. Jetzt wurde ihm fast übel beim Gedanken an das, was er vehement verleugnet, Mark jedoch schon damals instinktiv durchschaut hatte: Der Starpianist Robert Brenner hatte sich des Jungen aus reiner Eitelkeit angenommen. Er hatte sich und der Welt beweisen wollen, dass er in dem Spiel um Ruhm und Ehre weiterhin an vorderster Front mitmischte. Selbst seine Liebe zu Molly war eigennützig gewesen, verblendet noch dazu, weil er dachte, er könnte alles haben, ohne den entsprechenden Preis dafür zu zahlen.

Ihm entwischte ein Laut, irgendetwas zwischen Traurigkeit und Resignation. Mark blickte auf, und in dem flüchtigen Augenblick, in dem das Heute mit dem Gestern verschmolz, bedauerte Robert zutiefst, den unzähligen Enttäuschungen in diesen warmen braunen Augen nicht mehr Aufmerksamkeit geschenkt zu haben.

»Sie haben zehn Minuten, Professor.«

Zehn Minuten bis zur Pausenklingel. Das Lederpolster gab unter ihm nach, als er sich setzte, was er mit demselben Erstaunen registrierte wie die Tatsache, dass der Junge neben ihm tatsächlich zum Mann herangewachsen war. Er trug keine mit Filzstift bekritzelten Turnschuhe mehr, und sie befanden sich weit weg von Walters Büro und dem, was sie einmal miteinander verbunden hatte.

Molly, hilf mir.

Er hatte sich viele kluge Sätze zurechtgelegt. Erklärungen, Rechtfertigungen, Appelle an Marks Vernunft. Jetzt wurde ihm klar, dass keiner funktionieren würde.

»Bevor ich deiner Mutter begegnet bin, dachte ich, ich sei ein Mensch, der alles im Griff hat«, sagte er zögernd. »Heute weiß ich, wie maßlos arrogant ich war.« Neben ihm ertönte ein Knurren, aber er glaubte nicht, dass es ein Wort war. »Glaub mir, ich würde inzwischen einiges anders machen. Bis auf eine einzige Sache.«

Sie war die Liebe meines Lebens.

»Und was wäre das? Sich an meine Mum ranzumachen?« Mark wich seinem Blick aus, aber selbst im Profil war zu sehen, dass er die Zähne fest zusammenbiss.

»So war das nicht. Als ich Molly kennenlernte, wusste ich nicht, dass sie deine Mutter war. Ich wusste überhaupt nichts über sie. Wir waren einfach nur zwei Menschen, die sich zufällig begegneten und zueinander hingezogen fühlten.«

»Und das war Ihr Freiticket? Sie hätten einen Rückzieher machen können... Nein, korrigiere, Sie hätten ihn machen *müssen*!«

Roberts Kehle verengte sich. »Warst du schon einmal richtig verliebt, Mark? So ganz und gar? So sehr, dass du sogar versuchen würdest, unter Wasser zu atmen, wenn sie es von dir verlangt?«

Mark sah durch ihn hindurch, als sei er ein Geist. »Ich heiße Liam«, sagte er tonlos. »Liam Maguire.«

»Deine Mutter hat dich Mark genannt.«

»Meine Mutter ist tot.«

Stille.

»Sie hat dich geliebt. Es gab keinen Tag in all den Jahren, an dem sie nicht von dir gesprochen hat. Ich denke, das solltest du wissen. Wir haben dich gesucht, haben alles Menschenmögliche unternommen, um dich zu finden.«

»Tja, dann hat das Menschenmögliche wohl nicht gereicht.«

»Nein, hat es nicht. Und das tut mir unendlich leid.«

»Warum sind Sie hier, Professor Brenner? Wozu das Ganze, wenn die Sache sowieso gegessen ist? Oder wollen Sie mir dieselbe Geschichte wie Bonnie auftischen – dass Sie mir bloß die Noten zurückgeben wollen, die ich im Bus vergessen habe, als ich Mum auf dem Friedhof besuchte? Ich wollte die Mappe eigentlich bei ihr lassen, wissen Sie. Sie ihr aufs Grab legen, damit sie weiß, dass ich sie nie vergessen hab.« Er lachte, aber sein Blick war eine einzige Anklage. Ein einziger Schmerz. »Können Sie sich vorstellen, wie es ist, wenn man in einer Zeitung über die Todesanzeige der eigenen Mutter stolpert?«

»Es muss furchtbar gewesen sein.«

»Was kümmert Sie das? Offenbar hat sie ein sehr glückliches Leben mit Ihnen geführt, in dem es ihr an nichts gefehlt hat. Deshalb frage ich Sie noch mal: Was wollen Sie von mir?«

»Ich möchte dich um Verzeihung bitten. Dir sagen, dass ich versucht habe, deine Mum glücklich zu machen. Aber die traurige Wahrheit lautet, dass ich das nicht geschafft habe. Sie war nicht glücklich mit mir, weil ich ihr das, was sie am meisten brauchte, nicht zurückbringen konnte. Ich habe dich nicht gefunden. Das ist meine Bürde, und ich trage sie seit achtzehn Jahren mit mir herum. Jetzt möchte ich wenigstens das Versprechen einlösen, das ich dir gegeben habe, als wir einmal über den Sinn und Zweck deiner Teilnahme an dem Musikschulwettbewerb diskutiert haben.« Er machte eine kurze Pause und fügte hinzu: »Wir haben den Pokal übrigens nicht gewonnen. O'Keefes Kandidatin ist nicht über die Vorentscheidung hinausgekommen.«

»Das tut mir leid für sie. Sie war wirklich gut.« Mark runzelte die Stirn, kehrte dann aber ohne Umschweife zum Thema zurück. »Ich kann mich nicht daran erinnern, dass Sie mir was versprochen haben.«

»Oh, das habe ich allerdings.« Robert nickte. »Ich sicherte dir eine sorglose Zukunft zu, und nach dem, was mir Sergeant Hatfield über deine momentane Lage erzählt hat, glaube ich, dass ich eine Lösung für dich habe. Sie hat zwar nichts mit der erfolgreichen musikalischen Laufbahn zu tun, die ich dir gewünscht hätte ... Aber der Ausdruck *sorglose Zukunft* lässt einigen Definitionsspielraum zu, findest du nicht?«

»Ich will kein Geld von Ihnen.«

»Es geht nicht um Geld. Nicht direkt. Ich möchte dir nur etwas zurückgeben, das schon dir gehört hat, bevor die Dinge aus dem Gleichgewicht geraten sind.«

»Aus dem Gleichgewicht geraten? Sie sind immer noch der Wortakrobat mit Hang zum Beschönigen, wie?«

Roberts Herz klopfte. Jahrelang hatte er sich in eindrücklichen Bildern ausgemalt, wie er Mark die Stradivari übergeben würde. Er hatte es genau vor sich gesehen: seine große Geste und das wissende Lächeln, mit dem er den Geigenkasten öffnete, Marks Überraschung. Und danach die besondere Stille, die eintrat, wenn zwei Menschen ergriffen schwiegen in dem Bewusstsein, dass dies ein ganz besonderer Moment war.

Die Realität war ernüchternd. Verschämt schob er den

schwarzen Kasten mit dem Fuß in Marks Richtung, wofür er einen misstrauischen Blick erntete.

»Was soll das jetzt?«

»Diese Violine ist etwa zwei Millionen Euro wert, und in den Papieren steht dein Name. Du kannst sie spielen, an die Wand hängen, sie verbrennen oder ...« Robert räusperte sich. »Oder du betrachtest sie als Ticket in die Freiheit. Mach mit ihr, was du willst, aber deine Mutter hätte gewollt, dass du sie bekommst.«

»Stopp!« Mark hob die Hand. »Das kapiere ich nicht. Wie kann ich in den Papieren stehen, wenn die Geige eine Leihgabe an die Schule war? Sie ...«

»Diese Stradivari war nie eine Leihgabe. Sie hat von Anfang an dir gehört.«

»Aber ...« Jetzt sah Mark ihn zum ersten Mal direkt an. Sein Blick wirkte seltsam verschleiert. »Warum?«

Roberts Mund fühlte sich trocken an, doch die Erklärung, die er sich seit Langem zurechtgelegt hatte, kam ihm erstaunlich glatt über die Lippen. Fast zu glatt, denn er wusste, wie sensibel Mark auf Zwischentöne reagierte.

»Mein Freund Klaus war schwer krank. Er hatte nur noch wenige Monate zu leben, als ich ihn um eine Geige für dich bat. Wäre er in der Zeit verstorben, hättest du sie unter Umständen noch vor dem Wettbewerb zurückgeben müssen – und da Klaus keine Angehörigen hatte und nicht wollte, dass die Stradivari in einem Museum endet, hielten wir es für das Klügste, sie dir im Rahmen einer Schenkung zu übereignen.«

»Robert! Wie kannst du nur!«

»Es ist das letzte Mal, Molly. Wirklich. Er würde die Geige nicht annehmen, wenn ich ihm sage, dass Klaus sie mir vererbt hat. Diese kleine Notlüge tut niemandem weh. Diesmal nicht.«

»Das ist doch verrückt!« Mark schüttelte den Kopf. »Der Mann kannte mich ja nicht mal.«

»Ich kannte dich. Das genügte.«

»Behalten Sie sie. Ich will sie nicht.«

»Dann sind wir schon zu zweit.« Robert stand auf. »Die Stradivari ist dein rechtmäßiges Eigentum. Ich würde mich strafbar machen, wenn ich sie behielte. Tut mir leid.« Fast hätte er gelächelt, weil Mark so ungläubig zu ihm aufsah, wie damals, als er seinen Schüler noch überraschen konnte. Es war eine gute Zeit mit vielen wertvollen Momenten gewesen. Trotz allem. »Du wirst schon eine Verwendung dafür haben«, setzte er hinzu und wandte sich zum Gehen.

»Professor?« Mark streckte die Beine aus und vergrub die Hände in den Hosentaschen. Robert fand, dass er verwirrt und traurig aussah, auch wenn er krampfhaft den Eindruck erwecken wollte, ihm sei alles egal. »Hat Bonnie es wirklich nicht gewusst? Die Geschichte mit meinen Noten meine ich, die Verbindung zwischen uns und … das alles.«

»Sie hatte nicht die leiseste Ahnung«, bestätigte Robert und versuchte, dem Wort *Verbindung* nicht allzu viel Bedeutung zuzumessen. »Bonnie ist etwas ganz Besonderes. Tatsächlich erinnert sie mich ein bisschen an dieses Mädchen, das du damals mochtest.« Er überlegte, bis ihm der Name einfiel. »Emilia Clarke, Percussion und Schlagzeug. Sie gehörte auch zu den Frauen, die einem zeigen, wie man unter Wasser atmet.«

Eine kleine Pause trat ein. Mark zögerte, das spürte er.

»Machen Sie sich keine Illusionen, Mr Brenner«, erwiderte er schließlich, feindselig wie ein geprügelter Hund, der beim Anblick einer ausgestreckten Hand die Zähne fletscht, obwohl er sich nach Zuneigung sehnt. »Ich bin nicht käuflich, und ein paar vertrauliche Worte bedeuten nicht, dass ich Ihnen verzeihen kann. Dafür kommen Sie achtzehn Jahre zu spät.«

Robert widerstand der Versuchung, sich erneut zu erklären. Zwischen ihnen war alles gesagt, also trat er den Rückzug an.

»Wenn Sie die verdammte Geige hierlassen, mach ich's wirklich. Ich verbrenne sie!«, rief Mark ihm zornig hinterher.

Robert zuckte mit den Schultern und bog um die Ecke.

Draußen empfing ihn das Dämmerlicht des frühen Abends, nach und nach sprangen die Straßenlaternen an und bildeten im Regen kegelförmige Inseln aus gelbem Licht. Mark war ihm nicht gefolgt, und so stand er eine Weile lang unter dem schmalen Vordach, blickte durch beschlagene Brillengläser aufs Meer hinaus und lauschte dem Tosen des Wassers.

Er merkte, dass er sich leichter fühlte, trotz des faden Nachgeschmacks, den das Gespräch bei ihm hinterlassen hatte. Doch er wollte nicht egoistisch sein. Lieber tröstete er sich mit dem Gedanken, dass diese Geschichte bestimmt noch ein Kapitel für Bonnie und Mark bereithielt. Er selbst würde das Buch an dieser Stelle schließen und nach vorn sehen – wo ihn zunächst ein unangenehmer Fußmarsch im Platzregen erwartete.

Could be worse, dachte er und schlug mit einem Seufzen den Mantelkragen hoch.

26. Kapitel

RATHAUS BALLYSTONE. DREI TAGE SPÄTER.

Bonnie.
Der mit Blumen, Papiergirlanden und Fähnchen geschmückte Gemeindesaal, in dem das Ballystone-Musikfestival traditionsgemäß seinen krönenden Abschluss fand, platzte an diesem Spätnachmittag aus allen Nähten.

Noch immer etwas beschämt, weil Eireens kaugummikauende Enkelin sich an der Kasse strikt geweigert hatte, ein Eintrittsgeld von ihr zu verlangen, blieb Bonnie an der doppelflügeligen Eingangstür stehen und ließ den Blick über die eng bestuhlten Zuschauerreihen gleiten. Dicht an dicht, wie Perlen an einer Schnur, saßen dort festlich gekleidete Menschen und tränkten die Luft mit fröhlichem Stimmengewirr, Parfum und dem Geruch von Karamellpopcorn, das man an den Ständen im Foyer kaufen konnte. Die Atmosphäre war überwältigend und tröstete sie ein wenig darüber hinweg, dass sie diesen Tag am liebsten aus dem Kalender gestrichen hätte.

Auf der Herfahrt mit dem Taxi hatte sie überlegt, dass Eireen bestimmt übertrieben hatte, als sie behauptete, sie hätten die Einwohner wegen des diesjährigen Ansturms auf den Ballystone Music Contest bitten müssen, ihre eigenen

Stühle mitzubringen. Jetzt bemerkte sie, dass die Besucher sogar im Mittelgang saßen, auf Hockern und Campingstühlen. Die Jüngeren hockten im Schneidersitz auf dem Boden, Beutel mit Proviant im Schoß. Als wäre diese Veranstaltung ein riesiges Picknick.

Es dauerte eine Weile, bis Bonnie ein paar vertraute Gesichter in der Menschenmasse ausmachte. Zuerst entdeckte sie Eireen in einem saphirgrünen Paillettenkleid, das wirklich schwer zu übersehen war. Sie unterhielt sich am Tisch der Jury mit Robert Brenner, Brenda MacKenna und einer distinguiert wirkenden Dame mit Brille, war aber nicht bei der Sache. Ihr Blick wanderte ruhelos umher, ständig gab sie Dan Hatfield Handzeichen, der heute den Platzanweiser spielte. Wie ein Verkehrspolizist auf einer Kreuzung schickte er die Leute von links nach rechts und umgekehrt, deutete auf freie Stühle und befahl all diejenigen, die sich aschfahl an ein Instrument klammerten, auf die für die Teilnehmer reservierten Plätze in der ersten Reihe. Von dort aus musste ein großer Mensch nur die Beine ausstrecken, um die Umrandung der Bühne zu berühren, vor der eine Horde Kinder kreischend Fangen spielte.

Der gewaltige schwarze Flügel, der mutterseelenallein und unbeeindruckt von dem Rummel im Licht eines einzelnen Scheinwerfers schimmerte, zog Bonnie sofort in den Bann. Das Instrument war eine Leihgabe der Musikschule in Galway und musste mithilfe einer Spezialfirma hertransportiert werden. Ein Riesenaufwand, den Eireen nur betrieben hatte, weil der berühmte Pianist Robert Brenner das Eröffnungsstück darauf spielen sollte. Aber das durfte dieser natürlich nicht wissen. Er konnte es nicht leiden, wenn zu viel Aufhebens um seine Person gemacht wurde – was er soeben bewies, indem er sich mit einer Verbeugung aus dem erlauchten Kreis der Jurymitglieder verabschiedete und sich diskret hinter eine der Säulen im Seitengang zurückzog. Dort lehnte er mit geschlossenen Augen, wie ein Leistungssportler, der kurz vor dem Wettkampf seine innere Mitte suchte.

Ob er unter Lampenfieber litt? Bonnie lächelte, und dann wurde ihr schlagartig bewusst, dass sie noch nie ein Konzert besucht hatte. Verunsichert überprüfte sie den Sitz ihrer Hochsteckfrisur und zupfte an dem knöchellangen mitternachtsblauen Kleid, das sie günstig in einer Boutique im Dorf erstanden hatte. In diesem Raum gab es weder rote Samtsitze noch einen Orchestergraben, aber plötzlich verstand sie, in welcher Welt Brenner sich als junger Mann bewegt hatte. Zwar saß sie bloß im Publikum, doch sie spürte deutlich die Anspannung in der Luft. Die leere Bühne mit dem alles überstrahlenden Flügel war auf magische Art unwiderstehlich. Ob ihr Leben wohl anders verlaufen wäre, hätte sie damals genügend Durchhaltevermögen für den Gitarrenunterricht gehabt, den Ma sich für sie vom Mund abgespart hatte? Oder das von Liam beziehungsweise Mark. Auf welcher großen internationalen Konzertbühne würde er jetzt spielen, wäre er nicht mit seinem Vater fortgegangen und hätte stattdessen an dem Wettbewerb teilgenommen? Was, wenn...

Ihr Herz stolperte, als ihr Blick auf einen rothaarigen Jungen in der Musikerreihe fiel. Blass und verloren hockte er mit seiner Geige zwischen den Erwachsenen und blickte stur geradeaus, wie jemand, dem beim Busfahren immer schlecht wurde. Die Traurigkeit überwältigte sie so unverhofft, dass sie heftig schluckte, um die aufsteigenden Tränen zu unterdrücken.

Liam. Drei Tage waren seit jenem furchtbaren Nachmittag vergangen. Drei Tage lang hatte sie auf ein Lebenszeichen von ihm gehofft. Drei Tage, und nur die Mailbox auf seinem Handy und der Anrufbeantworter in der Werkstatt, der stets denselben Satz abspulte. Unzählige Nachrichten hatte sie ihm draufgesprochen, ihn regelrecht angefleht, sie zurückzurufen. Nichts. Drei Tage hatte sie in einem Vakuum aus verzweifelter Hoffnung und erzwungener Fröhlichkeit gelebt, bis ihr irgendwann die Ausflüchte ausgegangen waren, mit denen sie Josh vertröstete, wenn er nach Liam fragte.

Liam und ich hatten einen schlimmen Streit. Er kommt nicht zurück, solange wir hier sind.

Es war furchtbar, Josh zu enttäuschen, aber nicht so schlimm, wie sich eingestehen zu müssen, dass sie bis heute zu feige war, um mehr zu tun, als zu warten.

Bonnie folgte ihrem Sohn, der sich auf ihren Fingerzeig hin durch zwei Stuhlreihen zwängte, ohne auf die Füße und Beine der dort sitzenden Zuschauer zu achten. So benahm er sich, seit sie ihm eröffnet hatte, dass sie nach dem Wettbewerb mit dem Nachtbus nach Dublin zurückfahren wollte: rüpelhaft und trotzig, als hätte sich nicht nur sie, sondern gleich der ganze Planet gegen ihn verschworen.

Doch wie hätte sie Brenners großzügiges Angebot ablehnen können, in seinem Haus in Sandymount zu wohnen, bis ihr eigenes bezugsfertig war? Im Three Gates waren sie nur noch geduldete Gäste, so sehr sie sich wünschte, die Dinge lägen anders. Aber dem war nicht so. Liam weigerte sich, sie anzuhören, woraus sie schloss, dass er seine Entscheidung gefällt hatte. Bei jedem anderen hätte diese Unversöhnlichkeit sie fuchsteufelswild gemacht, dieses hartnäckige Schweigen, das keinerlei Raum für Erklärungen oder das Ausräumen von Missverständnissen ließ. Doch es gelang ihr nicht mehr, wütend zu sein. Ihr Herz war wie ein leer geräumtes Zimmer, und auf dem einzig verbliebenen Stuhl hockte die Liebe und weinte sich die Augen aus.

So konnte und wollte sie nicht weitermachen. Also war sie am Nachmittag ins Dorf marschiert, hatte Busfahrkarten gekauft und Sir Francis in der Katzenbox ins Fisherman's Snug gebracht, wo sie ihn nach der Veranstaltung abholen würden. Sie war auf alles vorbereitet gewesen, nur nicht auf Joshs vehementen Widerstand. Er hatte sich geweigert zu packen, sich sogar im Gebüsch versteckt, als das Taxi gekommen war – weshalb sie jetzt spät dran waren und sich unter tausendfachen Entschuldigungen zu ihren Plätzen durchkämpfen mussten.

Bis sie die beiden leeren Stühle in der Saalmitte erreicht hatten, war sie schweißgebadet, hatte etliche Abdrücke auf frisch geputzten Schuhen hinterlassen und bereute es zutiefst, ihre pinkfarbene Sporttasche nicht an der Garderobe abgegeben zu haben. Mit vor Verlegenheit brennenden Wangen sank sie auf ihren Platz und half Josh, den Rucksack unter seinem Stuhl zu verstauen. Er blieb stumm und wich ihrem Blick aus, aber sie wusste, wie schwer es ihm fiel, ihre Fürsorglichkeit zu ignorieren. Ihr Sohn war kein nachtragendes Kind und litt furchtbar, wenn er mit jemandem gestritten hatte.

In dem Bewusstsein, dass die Zeiten wahrscheinlich vorbei waren, in denen sie ihn mit einem Ritt auf einem fliegenden Teppich oder einem anderen Abenteuer versöhnen konnte, holte sie das Schulheft aus ihrer Tasche, das sie am Kiosk zusammen mit den Busfahrkarten erstanden hatte. Ihr Herz klopfte, als sie den Delfin auf dem Umschlag betrachtete. Josh liebte Delfine, seit Ma ihm einmal erklärt hatte, dass sie die einzigen Meerestiere waren, die auch anderen Arten gegenüber Mitgefühl zeigten.

»Ich habe etwas für dich«, sagte sie mit belegter Stimme. »Du wirst es brauchen, wenn wir zurück in Dublin sind.«

Josh starrte das Heft an.

»Wir besorgen dir noch ein Federmäppchen. Und natürlich einen Schulrucksack.« Sie lächelte unsicher. »Schließlich muss ich deine Pausenbrote irgendwo unterbringen.«

Josh blinzelte. Dann sah er sie endlich an.

»Aber du hast gesagt, ich soll noch nicht in die Schule gehen«, flüsterte er, den Tränen nahe. »Mir würde es nichts ausmachen, noch ein bisschen zu warten, wenn wir dafür hierbleiben. Emmet wollte mir doch seine Lämmer zeigen, und Mr MacKenna hat versprochen, mich mit dem Traktor fahren zu lassen. Sir Francis findet es in Ballystone auch viel schöner als in Finglas. Und du...«, er atmete aus, »du könntest doch mit Liam reden, und alles wäre wieder gut. Bei Ben funktioniert das immer. Wir geben uns die Hand, und danach spielen wir weiter.«

»So einfach ist es in diesem Fall leider nicht, mein Schatz. Manche Dinge, die zwischen Erwachsenen passieren, lassen sich nicht so leicht wieder in Ordnung bringen. Liam und ich...« Sie schüttelte den Kopf und rief sich den Morgen ins Gedächtnis, als sie ihn zum ersten Mal in seiner Küche sah. *Haben Sie schon mal ein Glas auf den Boden geworfen, sich bei ihm entschuldigt, und danach war es wieder heil?* »Es tut mir leid, Josh, aber das wird nicht mehr gut. Davon abgesehen ist Finglas unser Zuhause. Dort gehören wir hin, auch wenn es dir im Moment so vorkommt, als sei hier alles schöner.«

»Aber in Ballystone *ist* alles schöner, Mam.«

»Das stimmt«, gab sie mit einiger Verzögerung zu und

fühlte sich furchtbar elend. Josh senkte den Blick und streichelte über die blaue Delfinschnauze.

»Meinst du, wir finden einen Rucksack, auf dem auch Delfine drauf sind?«, fragte er schließlich. Seine Finger zitterten leicht, als er die Brille hochschob.

»Ja, mein Engel.« Sie wischte sich mit dem Handrücken über die Augen. Völlig egal, ob sie die Wimperntusche verschmierte, sie bekam sie ohnehin nie so aufgetragen, dass sie nicht wie ein Panda aussah. »Ich bin mir sogar sehr sicher, dass wir dir einen solchen Rucksack besorgen können. Notfalls zaubere ich ihn herbei.« Sie malte mit dem Zeigefinger einen Kreis in die Luft. »Abrakadabra! Delfinrucksack!«

Josh verdrehte die Augen. »Ich möchte wirklich in die Schule gehen«, sagte er so ernst, dass sie sich unwillkürlich fragte, wann genau er diesen gefühlten Quantensprung zum Schulkind gemacht hatte. Noch vor ein paar Tagen war er auf dem Friedhof als Aladin in ihre Arme geflogen. Jesus, war sie tatsächlich so blind für seine Bedürfnisse? »Aber nur wenn das okay für dich ist.«

»Oh Josh.« Sie zog ihn an sich. »Natürlich ist es okay für mich«, wisperte sie in sein Haar. »Es tut mir unheimlich leid, dass ich so lange gebraucht habe, um das einzusehen.«

»Mam?«

»Hm?«

»Sei nicht traurig wegen Liam. Du hast ja noch mich und Sir Francis.«

»Das stimmt. Ich habe dich. Und Sir Francis natürlich.« Sie drückte ihn noch ein wenig fester an sich. Den Gedanken an Liam verdrängte sie, so gut sie konnte. Es würde schon reichen, Josh, sie und der verrückte Kater, so wie es früher gewesen war. Irgendwann würde sie damit wieder glücklich sein.

Robert.
Ihm schwirrte der Kopf, als er im Halbschatten einer Säule in der Nähe des Notausgangs in Deckung ging. Er benötigte ihn dringend, den Augenblick der Ruhe, nachdem Eireen ihn im Saal vorgeführt hatte wie ein Zirkuspferd in der Manege.

Nicht dass er es nicht genossen hätte, nach all den Jahren wieder im Mittelpunkt der Aufmerksamkeit zu stehen. Er war sie nur nicht mehr gewohnt, die Konfrontation mit so vielen Leuten, die ihn unbedingt kennenlernen, ihm auf die Schultern klopfen oder einen Händedruck loswerden wollten: der Bürgermeister, der Dorflehrer, der gesamte Gemeinderat, die Jury. Dazu der Metzger, der Postbote und der Mann vom Bootsverleih, der ihm mit der Miene eines Drogendealers einen Rabatt-Flyer für eine Bootstour zugesteckt hatte.

Sein schlechtes Gedächtnis für Gesichter und Namen hatte ihn schon oft in peinliche Situationen gebracht. Vielleicht spürte er deshalb ein ständiges Unbehagen gegenüber Fremden, die auf ihn einredeten, als hätte man gemeinsam die Schulbank gedrückt. Es war anstrengend, sich nicht anmerken zu lassen, wenn einem das Gegenüber nicht das Geringste sagte, man demjenigen aber nicht das Gefühl geben wollte, er sei unwichtig.

Jetzt, eine Viertelstunde vor Beginn der Veranstaltung, fand er, er habe seine Pflicht erfüllt. Er musste sich auf das Wesentliche konzentrieren und das Lampenfieber bezwingen, das ihn zuverlässig überfiel, kurz bevor er auf die Bühne trat. Trotz der vielen Auftritte, die er in seinem Leben bereits absolviert hatte, reagierte er auch jetzt, als wäre es das erste Mal. Ihm war flau im Magen, und seine Hände blieben feucht, ganz gleich wie oft er sie am Revers trocken rieb. Nervös putzte er seine Brillengläser und beobachtete Eireen, die dem Toningenieur am Technikerpult die letzten Anweisungen gab. Der junge Mann beeindruckte ihn. Ihm selbst wäre es schwergefallen, derart gelassen zu bleiben, während ihm eine Frau, die wie ein glitzernder Lampenschirm aussah, seinen Job erklärte.

Robert unterdrückte ein Schmunzeln. Weiß der Teufel warum, aber er mochte sie, obwohl sie ihn manchmal ordentlich Nerven kostete. Genau genommen mochte er alle Bewohner dieses Dorfs, so wunderlich einige von ihnen waren: Rory, der jetzt garantiert lieber auf dem Rugbyfeld wäre, den unbestechlichen Sergeant Hatfield, dem die Bezeichnung Freund und Helfer tatsächlich etwas bedeutete. Nicht zu vergessen Pater Hammond, der mit dem obligatorischen Fingerdach auf dem Bauch eingenickt war, während die Ryne-Brüder ihre Aufregung in Lagerbier ertränkten und einander Kopfnüsse verpassten, bis Eddie am Ende zwei Plätze weiterrutschte.

Kruzifix, da hatten sie sich also in sein Herz geschlichen, die Leute aus Ballystone. So sehr, dass ihm der Gedanke, an einem Ort wie diesem zu leben, gar nicht mehr so abwegig erschien. War es nicht das gewesen, wovon er geträumt hatte, bevor er Deutschland den Rücken gekehrt hatte und nach Dublin ausgewandert war? Irland, so wie man es aus Filmen und Romanen kannte: sattgrüne Landschaften, ein ruhiges Dasein im Einklang mit der Natur und unter Leuten, die in jedem Fremden einen Freund sahen, den man nur noch nicht kennengelernt hatte. Bestimmt würde es Molly gefallen, wenn er einen Neuanfang wagte, der ihn aus seinem früheren Leben holte.

Aber wollte er das wirklich? Wenn er ehrlich war, liebte

er die Annehmlichkeiten der Großstadt. Er mochte das geschichtsträchtige Dublin mit seiner Weltoffenheit und kulturellen Vielfalt. Darüber hinaus bedeutete ein Leben in der Stadt auch Anonymität und große persönliche Freiheit. Man konnte sich aussuchen, mit wem man zu tun haben wollte und mit wem nicht, und er war gern in Gesellschaft von Menschen, die über den eigenen Tellerrand hinaussahen. Menschen wie Bonnie Milligan zum Beispiel.

Er rückte die Brille zurecht, bevor er den Blick suchend über die Zuschauer gleiten ließ. Er sah die schlanke Gestalt in dem schlichten blauen Kleid sofort, brauchte aber einige Sekunden, um ihren Anblick zu verdauen. Bonnie trug eine Hochsteckfrisur, so wie Molly oft zu offiziellen Anlässen. Ihr Haar, dessen Farbe er als stumpfes Dunkelblond in Erinnerung hatte, schimmerte rötlich im Licht der Saallampen. Die frappierende Ähnlichkeit mit der Frau, die er über alles geliebt hatte, ließ sein Herz höher schlagen.

Womöglich war es ganz gleich, wo er lebte. Was zählte, war wie und wofür. Hatte Molly ihm das zu erklären versucht, damals, als er sein Elend in einer winzigen gelb gekachelten Werkstatttoilette gelassen und alles infrage gestellt hatte?

Vielleicht geht es nicht um mich. Oder um uns. Eventuell ist das alles viel größer.

Ein Kloß formte sich in seiner Kehle, als er beobachtete, wie Bonnie sich über die Augen wischte und dann ihren Sohn umarmte, ihn sekundenlang festhielt, sodass sie aus der Entfernung eins wurden.

Du wirst gebraucht, Robert.

Instinktiv tastete er nach seiner Umhängetasche, in der sich die blaue Notenmappe befand. Eine Sache, die größer war als seine Vergangenheit mit Molly. Größer als das Versprechen, das er so dringlich hatte einlösen wollen. Ihm fiel dazu nur eine junge, verzweifelte Frau aus Finglas ein, der das Schicksal einen Packen Musiknoten zugespielt hatte – und für die er aus undefinierbarem Grund väterliche Gefühle hegte.

Er schloss für einen Moment die Augen, um die Erkenntnis sacken zu lassen. Konnte es so simpel sein? War es tatsächlich möglich, dass ihm seine eigentliche Aufgabe bereits in Dublin ins Auto gestiegen war?

Irgendwo ertönte ein leises, perlendes Lachen. Es hätte von jeder Frau in diesem Saal stammen können. Für Robert war es eine Bestätigung von oben. Er starrte auf seine Armbanduhr und überlegte. Fünf Minuten bis zum Beginn der Veranstaltung, für einen Anruf würde es zumindest reichen. Zwar hatte er keine Ahnung, wie er dem Jungen den Kopf zurechtrücken sollte, aber er hatte die Noten. Er besaß Mollys Lied und damit den letzten Faden, der ihn mit ihrem Sohn verband. Einen Versuch war es wert.

Er trat hinter der Säule hervor und winkte Eireen, die sich bereits auf den Weg zur Bühne begeben hatte. Es dauerte einige bange Sekunden, bis es ihm gelang, ihre Aufmerksamkeit auf sich zu ziehen. *Ich brauche noch zehn Minuten*, formte er mit den Lippen, hielt sein Handy in die Höhe und zeigte auf den Notausgang. Eireen stutzte, dann steuerte sie mit einem geistesgegenwärtigen Schlenker die Jury an. Robert stolperte, das Telefon ans Ohr gepresst, zur Brandschutztür hinaus.

Draußen empfing ihn das Halbdunkel eines Flurs, der nach Essigreiniger und Wandfarbe roch, während sich am anderen Ende der Leitung der Anrufbeantworter der Werkstatt einschaltete. Stotternd hinterließ er eine Nachricht mit der dringenden Bitte um Rückruf, dann legte er enttäuscht auf.

Kurz darauf musste er feststellen, dass ihm der Rückweg verwehrt blieb, weil sich die Klinke der Brandschutztür von außen nicht herunterdrücken ließ. Wie gedankenlos von ihm! Nun war er gezwungen, über den Haupteingang in den Saal zurückzukehren, wo er mit Sicherheit sämtliche Aufmerksamkeit auf sich ziehen und Eireen die Show für die Eröffnungsrede stehlen würde.

Verflixt und zugenäht! Robert fluchte, als er stürmischen Applaus im Saal hörte, und trat reflexhaft mit dem Fuß gegen die Metalltür, was diese natürlich vollkommen kalt ließ. Dass seine kleine Unbeherrschtheit nicht unbemerkt geblieben war, realisierte er erst, als neben ihm jemand lachte. Er hätte dieses spöttische Lachen unter Tausenden wiedererkannt, obwohl es heute ein paar Oktaven tiefer war.

»Sie enttäuschen mich, Professor. Ich war fest der Meinung, Sie bewahren in jeder Situation die Contenance.«

Mark O'Reilly lehnte mit verschränkten Armen an der blassblau gestrichenen Wand, zu seinen Füßen den Koffer mit der Stradivari. In seinem Anzug wirkte er noch ein bisschen fremder, noch erwachsener. Robert ärgerte sich ein bisschen, weil ihm keine geistreiche Entgegnung einfiel, aber Mark schien ohnehin keine Antwort von ihm zu erwarten. Er musterte ihn nur, ernst und schweigend, und Robert dachte beim Anblick seiner geröteten Augen, dass Mollys Sohn unglaublich müde aussah. Wie jemand, der tagsüber bis zur Erschöpfung gearbeitet und die Nächte grübelnd wach gelegen hatte.

Der Applaus im Saal verebbte, der schrille Rückkoppelungston eines Mikrofons provozierte vereinzelte Aufschreie und Gelächter. Weitere Sekunden verstrichen, in denen Robert auf den Ballen wippte und sich vorstellte, wie Eireen mit starrem Lächeln die Notausgangstür fixierte und versuchte, das Publikum nicht spüren zu lassen, dass gerade etwas gewaltig aus dem Ruder lief.

O'Reilly seufzte schwer, ließ sich aber nicht zu einer Erklärung herab, was zum Henker er hier, in diesem Gang, verloren hatte. Er stieß sich von der Wand ab, griff nach dem Koffer und ging mit langen Schritten den Gang hinunter. Vor einer Tür, die laut Hinweisschild nur Personal Zutritt in den Gemeindesaal gewährte, blieb er stehen und sah ihn fragend an.

»Was ist, Professor Beat? Gehen wir rein? Ich würde gern etwas in Ordnung bringen, aber das kann ich nur, wenn Sie mir helfen.«

Roberts Herz klopfte. Vor dem Fenster am Ende des Flurs zeichnete sich, umrahmt vom goldenen Licht der Abendsonne, die Silhouette einer hochgewachsenen Frau ab. *Molly.* Ihr Gesicht sah er nicht, doch er wusste, dass sie lächelte. Sie war also noch einmal gekommen. Natürlich war sie das. Um nichts auf der Welt würde Molly O'Reilly den Schlussakt dieser Geschichte versäumen wollen.

»Ja«, antwortete er ruhig. »Gehen wir rein.«

Bonnie.
Etwas stimmte nicht. Schon vor fünfzehn Minuten hätte die Veranstaltung beginnen sollen, doch auf der Bühne tat sich überhaupt nichts. Bonnie spähte über den Teppich aus Köpfen zur Jury. Sie erhaschte einen Blick auf verwirrte Gesichter und eine völlig aufgelöste Eireen, ehe ihr eine Hutkrempe die

Sicht nahm. Auch der Platz an der Säule, wo sie Brenner zuletzt gesehen hatte, war leer. Hier läuft definitiv etwas schief, dachte sie beunruhigt.

»Hast du Mr Brenner irgendwo gesehen?«, wandte sie sich an Josh, der seine Stifte aus dem Rucksack geholt hatte, um seinen Namen auf das neue Heft zu schreiben. Sie fragte ihn nicht grundlos: Trotz seiner Sehschwäche besaß ihr Sohn eine bessere Beobachtungsgabe als sie. Besonders aus der Entfernung nahm er Dinge wahr, die ihr entgingen, weil sie ihnen schlichtweg keine Bedeutung zumaß.

»Der ist vorhin weggelaufen«, erwiderte er, ohne aufzusehen. »Bestimmt war ihm wieder schlecht. Wie dem Männchen auf dem grünen Schild.«

»Er ist… was?« Bonnie drehte sich um und musterte das Fluchtwegschild, das auf eine Tür am Ende des Säulengangs verwies. »Du meinst, der Professor ist zum Notausgang raus?«

Josh nickte geistesabwesend.

»Ich sehe mal eben nach, ob es ihm gut geht, okay?«, flüsterte sie und hatte sich bereits halb erhoben, als ein Raunen durch den Raum ging. Dann wurde es so still im Saal, dass Bonnie ihren eigenen Atem hörte, als sie zurück auf ihren Sitz sank.

Gott sei Dank! Robert Brenner war hinter dem Vorhang hervorgetreten. Er wirkte sehr würdevoll in seinem schwarzen Anzug, ein bisschen wie ein Redner auf einer Trauerfeier, hätte er den bunten Paisleyschal nicht getragen. Gemessenen Schrittes ging er zum Flügel, und Bonnie schoss der Gedanke durch den Kopf, dass sie noch nie jemanden kennengelernt hatte, der es durch sein bloßes Auftauchen schaffte, dass ein Saal voller Menschen die Luft anhielt.

Am Flügel angekommen stellte er seine Tasche auf der Bank ab. Ihr blieb fast das Herz stehen, als er aus ihr die blaue Mappe hervorholte. Er schlug sie auf, löste umständlich das erste Blatt und klemmte es auf das Notenbrett. Dann setzte er sich und nickte Eireen zu. Etwas lag in seinem Lächeln, das Bonnie seltsam vorkam, aber der Ausdruck in seiner Miene war unmöglich zu deuten.

Vielleicht ging es Eireen ähnlich. Sie zögerte, ehe sie mit ihrem Handmikrofon die Bühne betrat und nach einem Seitenblick auf Brenner ihr breites Lächeln aufsetzte, das keinen Unterschied zwischen der vornehmen Dame in der Jury und einem angetrunkenen Gast am Tresen machte.

»Liebe Gemeinde, liebe Gäste, hochverehrte Jury. Im Namen der Organisatoren möchte ich euch herzlich zum zehnten Ballystone Music Contest begrüßen. Ein Jubiläum mit etwas Verzögerung, aber es heißt ja nicht umsonst: je später der Abend, desto aufregender die Gäste.« Eireen kräuselte die Lippen, was Brenner dazu veranlasste, gespielt schuldbewusst den Kopf zu senken. Im Publikum erklang vereinzelt Gelächter. »Unser Jubiläumsgast hat es tatsächlich in sich, und das nicht nur, weil Robert Brenner eine Koryphäe ist. Vielmehr stand er unseren Musikern völlig uneigennützig im Vorfeld dieses Wettbewerbs mit Rat und Tat beiseite.« Jetzt wurde Eireens Stimme warm. »Dafür möchte ich dir, lieber Robert, noch mal ganz offiziell danken. Wir alle finden, du bist ein feiner Kerl – obwohl du keinen irischen Pass hast.« Sie zwinkerte, die Zuschauer johlten und klatschten.

Bonnie bemerkte, dass Brenner blinzelte, bevor er den Kopf abwandte und ins Leere lächelte. Sie glaubte nicht, dass er Eireen weiterhin zuhörte, die nun im Ton einer stolzen Mutter seine Preise und Auszeichnungen aufzählte, die

Ehrendoktorwürde, die vielen namhaften Konzerthäuser, in denen er sein Können zum Besten gegeben hatte. Ruhm, Ehre, Anerkennung. All das schien ihm unwichtig zu sein. Er war hier, in einem unbedeutenden Nest am Rand der Insel, und in seiner Miene war zu lesen, dass es in diesem Moment keinen anderen Ort gab, an dem er lieber gewesen wäre.

Nachdem Eireen ihre Rede beendet hatte, nahm sie zwischen den Wettbewerbskandidaten in der ersten Reihe Platz. Der Applaus, der das Engagement der resoluten Wirtin würdigte, verebbte. Das Saallicht erlosch.

Jetzt gab es nur noch den Professor und den Flügel – und die erste Sequenz einer Melodie, die Bonnie sofort erkannte. Wie auch nicht, sie hatte sie ja schon einmal tief im Inneren getroffen. Mollys Lied. Noch gefühlvoller vorgetragen als damals in Brenners Wohnzimmer, wo es nach Holzinstrumenten und Einsamkeit gerochen hatte. Sie tastete nach Joshs Hand und drückte sie.

Du solltest hier sein, Liam, und hören, wie sehr dieser Mann deine Mutter geliebt hat. Vielleicht könntest du ihm dann verzeihen. Wenigstens ein bisschen.

Sie brauchte eine Sekunde, um zu begreifen, dass sie eine Antwort auf ihren stummen Appell bekam. Auf der Bühne erklang ein anderes Geräusch. Hell, eindringlich und scharf wie eine Klinge durchschnitt der Ton einer Violine die Luft.

Im Publikum brach Unruhe aus. Verzückte Ausrufe waren zu vernehmen, in der Reihe vor ihnen wurden flüsternd die Köpfe zusammengesteckt. Ohne sein Spiel zu unterbrechen, löste Brenner den Blick vom Notenblatt und neigte das Kinn, um den Mann zu begrüßen, der sich hinter ihm aus dem Schatten des Vorhangs gelöst hatte und mit seiner Violine ins Scheinwerferlicht trat.

»Jesus Christ«, flüsterte Bonnie. Sie konnte nicht klar denken, nicht glauben, was sie sah.

»Mam! Da ist Liam!« Josh sprang auf und zeigte mit dem Finger auf die Bühne. »Jetzt kannst du ihm sagen, dass es dir leidtut und du dich wieder mit ihm vertragen willst!«

Die Leute, die sich zu ihnen umgedreht hatten, musterten sie neugierig. Jemand kicherte, beschämt zog Bonnie ihren Sohn am Pullover zurück auf seinen Sitz.

»Vielleicht später«, flüsterte sie, wohl wissend, dass sie log. Ein *Später,* so wie es Josh vorschwebte, gab es nur in Hollywoodfilmen. Sie machte sich keine Illusionen. Zu hoffen, dass Liam ihretwegen auf der Bühne stand, war so unsinnig, als erwarte man Blütenknospen an einer Pflanze, deren Wurzeln man beim unvorsichtigen Umgraben zerstört hatte. Glücklicherweise waren die Zuschauer zu sehr vom Geschehen auf der Bühne eingenommen, um ihnen länger Beachtung zu schenken. Sie wussten nichts von der Bedeutung dieses Stücks, nichts von der traurig-tragischen Geschichte, die es erzählte. Das brauchten sie aber auch nicht. Jeder, der Liebe im Herzen trug, verstand dieses Lied.

Bonnie zwang sich, nur der Musik zu lauschen und den Schmerz zu ignorieren, den Liams Anblick in ihr hervorrief. Es war unmöglich, wie ihr bewusst wurde, als sich ihre Augen bei einer der langsameren Passagen unaufhaltsam mit Tränen füllten. Er spielte mit geschlossenen Lidern, sein Gesicht hatte jenen entrückten Ausdruck angenommen, für den Brenner keine passenden Worte hatte finden können, als er ihr Mark O'Reillys Fähigkeiten zu beschreiben versuchte.

Jetzt hörte sie es selbst, und sehen konnte sie es auch. Sie sah, wie der Mann, der ihr Herz berührte, von innen heraus leuchtete, während er sich im Takt der Melodie wiegte, die Violine an den Hals geschmiegt wie eine Geliebte. Er ist glücklich, schoss es ihr durch den Kopf. So glücklich, wie nur ein Mensch sein konnte, der etwas tat, wofür er bestimmt war.

Es war zu schnell vorbei. Liam ließ Bogen und Geige sinken und blinzelte ins Publikum, als ob er aus einem Traum erwachte. Brenner nestelte ein Stofftaschentuch aus der Hosentasche und schnäuzte sich geräuschvoll. Es blieb sekundenlang still, bis endlich Applaus aufbrandete – als hätten die Leute erst mit einiger Verzögerung begriffen, dass diese einzigartige Eröffnungsvorstellung vorüber war.

Bonnie traute sich kaum zu atmen, als die beiden Männer aufeinander zugingen und sich die Hände schüttelten. Sie konnte nur erahnen, was ihnen dieser Moment bedeutete, aber der Blickwechsel zwischen ihnen sagte ihr alles, was sie wissen musste. Von Gefühlen überwältigt fiel sie in den Beifall mit ein. Seite an Seite traten die beiden Musiker nach vorn. Sie verbeugten sich mehrmals unter Jubel und Pfiffen, bis Liam unvermittelt den Kopf hob und in ihre Richtung sah.

Bonnie ließ die Hände sinken. Ihr Herz schien einige Schläge auszusetzen, ehe es schneller als vorher weiterschlug. Seine Augen ruhten auf ihr, was sie sich bestimmt nur einbildete. Er mochte damit rechnen, dass sie sich unter den Zuschauern befand, konnte aber unmöglich wissen, wo im Saal sie saß. Jemand zupfte an ihrem Ärmel, sie bemerkte es kaum.

»Mam! Ich glaub, Liam hat uns gesehen.«

Sie nickte langsam.

Unmöglich. Aber nicht ausgeschlossen.

Sie hatte kaum zu Ende gedacht, als Liam – den Blick noch immer fest auf ihrem Gesicht – ein lautloses Wort mit den Lippen formte. Nur eins. Und es brachte die Welt um sie herum zum Stillstand.

Bonnie.
Es wurde still. Das heißt, sie glaubte, dass es still wurde, denn das Rauschen in ihren Ohren übertönte jedes andere Geräusch. Liam lächelte sie an. Es war ein zaghaftes, tastendes Lächeln, das um Erlaubnis fragte. Dann spielte er. Für sie.

My Bonnie is over the ocean,
My Bonnie is over the sea
My Bonnie is over the ocean,
Oh, bring back my Bonnie to me.

Was daraufhin im Saal passierte, nahm Bonnie merkwürdig gedämpft wahr, als stünde sie draußen im Foyer und verfolgte das Geschehen durch eine Glasscheibe. Die Jurymitglieder sahen einander ratlos an, während Eireen sich mit verklärter Miene die Hand auf die Brust presste. Auf der Bühne strich Brenner über sein weißes Haar, ehe er sich an die Musiker in der ersten Reihe wandte und die Arme hob wie ein Dirigent. Josh schob seine kleine Hand in ihre und sah fragend zu ihr auf. Dann erhob sich vorn in der Musikerreihe jemand von seinem Stuhl – der rothaarige Junge, der sie an Liam erinnert hatte. Die Augen fest auf Brenner gerichtet, als könnte er dadurch die Zuschauer ausblenden, spielte er mit seiner Geige die zweite Stimme.

Bring back, bring back
Oh, bring back my Bonnie to me, to me...

Emmet und Eddie grinsten sich an und griffen ebenfalls zu ihren Instrumenten, eine junge Frau öffnete flink ihren Querflötenkoffer. Dan kam von irgendwoher mit seiner E-Gitarre angerannt, Pater Hammonds Trompete schmetterte durch den Mittelgang. Innerhalb weniger Augenblicke hatte sich ein kleines Orchester formiert, das in den Folksong mit einfiel – angeführt von der kristallklaren Stimme der Stradivari.

Das Publikum geriet außer sich. Niemanden hielt es noch auf seinem Platz, die Leute stampften und klatschten den Rhythmus und fingen an mitzusingen.

Bring back, bring back
Oh, bring back my Bonnie to me.

Himmel, das passierte doch nicht wirklich, oder? Bonnie wusste nicht, ob sie bestürzt oder entzückt sein sollte, ob sie auf ihre Schuhspitzen starren oder Liams Lächeln erwidern sollte. Sie überlegte sogar, ob sie eine reale Chance hätte, sich mit Josh unauffällig aus dem Staub zu machen, bevor jemand im Saal bemerkte, wem die Darbietung auf der Bühne gewidmet war. Mit Schrecken spürte sie die aufsteigenden Tränen, während sich in ihr ein Gefühl von Erleichterung und zaghafter Hoffnung ausbreitete. Ehrlich gesagt wollte sie gar nicht davonlaufen. Sie wollte... Ihre Gedanken lösten sich auf.

»Warum weinst du, Mam? Gefällt dir das Lied nicht, das Liam da spielt?«

»Doch, Josh«, sagte sie und wischte hektisch die Tränen weg, weil sie bemerkte, dass Dan das kleine Orchester verlassen hatte. Den Bauch eingezogen arbeitete er sich in ihrer Sitzreihe zu ihnen vor. Kein leichtes Unterfangen, denn die Leute standen dicht an dicht, sangen und schunkelten und versuchten, den Polizisten zum Mitmachen zu bewegen. Bonnie straffte die Schultern und beugte sich zu Josh.

»Es gefällt mir«, wiederholte sie lauter, weil sie unsicher

war, ob er in dem Lärm ihre Antwort gehört hatte. »Sogar sehr.«

Dan erreichte sie in dem Moment, als das Lied zu Ende war. Applaus brandete auf. Die Musiker lachten und jubelten, klopften einander auf die Schultern. Riefen nach Liam, der wie betäubt im Scheinwerferlicht stand, noch immer gefangen in dem Lied, das längst verklungen war.

Schließlich suchte er erneut ihr Gesicht im Publikum, ehe er fast ebenso zärtlich die rötlich schimmernde Violine in seiner Hand betrachtete. Als er sich umdrehte und die Bühne verließ, stieg Panik in Bonnie auf.

Was um Himmels willen sollte sie jetzt tun? Was?

Dan war indes vor Josh in die Hocke gegangen, seine Hand ruhte fürsorglich auf dem Arm ihres Sohns, während er sie wissend musterte.

»Wenn du ihm eine Antwort geben willst, bleibe ich gern hier und kümmere mich um Josh.«

Mehr sagte er nicht, aber das war auch nicht nötig. Bonnie stand mit weichen Knien auf.

»Danke, Dan«, flüsterte sie.

»Nicht dafür.« Er deutete ein Kopfschütteln an. »Ich hoffe nur, dieser Mistkerl versaut es nicht schon wieder.«

* * *

Sie fand ihn hinter der Bühne, in einem schlauchförmigen Raum, der offenbar alle möglichen Zwecke erfüllte. Requisite, Getränkelager, Abstellraum, Putzkammer. Liam saß breitbeinig auf zwei aufeinandergestapelten Getränkekisten, flankiert von Kleiderständern mit Kostümen, und sah ihr entgegen.

Bonnies Herz klopfte, aber sie brachte es nicht über sich, mehr als ein paar Schritte auf ihn zuzugehen. Selbst aus der Entfernung meinte sie, die Hitze spüren zu können, die sein verschwitzter Körper abstrahlte. Er sah gut aus, noch besser als vorhin bei seinem Auftritt, obwohl er im kaltweißen Licht der Deckenlampe unnatürlich blass wirkte. Das Jackett hatte er abgelegt, die Hemdkragenknöpfe geöffnet. Augenscheinlich hatte er sich so oft das Haar gerauft, dass es nach allen Seiten abstand.

»Bonnie«, sagte er, und mit einiger Verzögerung: »Ich bin froh, dass du mir nachgegangen bist.«

»Das hättest du auch ohne Orchester und Bühnenshow haben können«, entgegnete sie steif und bemerkte erst jetzt, dass sie ihre pinkfarbene Tasche mit hinter die Bühne genommen hatte. Ein Reflex, den sie sich selbst nicht erklären konnte. Mit einem unwilligen Laut ließ sie ihre Last zu Boden fallen. Sie mochte nervös sein, aber sie würde den Teufel tun und Liam Maguire das spüren lassen. Sie war schließlich nicht die Einzige, die Fehler gemacht hatte. »Ein Rückruf hätte genügt, Liam Maguire«, fügte sie hinzu, dabei hätte sie sich viel lieber in seine Arme gestürzt. »Weißt du, wie oft ich deinen dämlichen Anrufbeantworter-Text gehört habe? Ich kenne ihn mittlerweile auswendig.«

»Es tut mir leid.« Er biss sich auf die Unterlippe und wirkte einen kurzen Augenblick schuldbewusst, ehe sich ein vorsichtiges Grinsen auf seinem Gesicht abzeichnete. »Aber es hat funktioniert. Du bist hier.«

»Die Frage ist nur, warum.« Sie streckte das Kinn nach vorn, als könnte sie so ihre bebende Stimme wettmachen. »Vielleicht möchte ich bloß ›Leb wohl‹ sagen und mit dem Gefühl gehen, dass die Dinge zwischen uns geklärt sind.«

»Das wäre eine Möglichkeit.« Liam nickte langsam. »Wenn auch eine sehr traurige, zumal der Text von ›My Bonnie Is Over The Ocean‹ in eine völlig andere Richtung zielt.«

»Welche könnte das wohl sein?« Bonnie schloss die Augen. Verflixt, warum war sie nur so kühl? Sie wollte nur ...

»Wir könnten uns küssen.«

Sie riss die Augen auf. »Was?«

»Na ja«, Liam zuckte mit den Schultern. »Normalerweise machen das Leute so, die sich lieben. Zuerst küssen sie sich, um zu zeigen, was der andere ihnen bedeutet. Und danach reden sie über all die dummen Dinge, die schiefgelaufen sind.«

Leute, die sich lieben. Hatte er das tatsächlich gesagt?

»Als ob so ein Kuss alles wieder wettmachen könnte«, wandte sie ein, aber ihre Stimme klang schwach wie die eines Menschen, der von seinen eigenen Gefühlen schachmatt gesetzt worden war und genau wusste, dass er auf verlorenem Posten kämpfte.

»Aber er wäre unter Umständen ein Anfang«, antwortete Liam und erhob sich, um auf sie zuzugehen. Sie schnappte nach Luft und wich instinktiv zurück. Liam hielt inne.

»Warum versuchen wir es nicht?« Ein winziges Lächeln umspielte seine Lippen, als er leiser hinzufügte: »Was hast du schon zu verlieren? Wenn ich dich nicht von meinen Gefühlen überzeuge, kannst du immer noch gehen.«

»Und danach ... reden wir?«

»Wenn es noch nötig ist, sicher.« Er stand jetzt so dicht vor ihr, dass sie seinen Atem hörte. Er ging schnell. Fast schneller als ihr eigener, dachte sie und erschauderte.

»In Ordnung«, wisperte sie.

Sie hätte nicht gedacht, dass ein Herz fliegen konnte, aber

jetzt wusste sie, wie es sich anfühlte. Es war der schönste, zärtlichste und leidenschaftlichste Kuss, den sie jemals bekommen hatte – und er war viel zu schnell vorbei. Als er sie losließ, war ihr schwindlig, Punkte schwammen auf ihrer Netzhaut wie winzige Tierchen. Sie blinzelte und sah zu Liam auf, der sie ernst betrachtete.

Eine Weile lang war es still im Raum, während die gedämpften Geräusche von der Bühne durch die Wand drangen. Eireens fröhliche Stimme, Gelächter, Applaus. Der süßliche Klang einer Uilleann Pipe und das helle Trillern einer Flöte.

Schließlich tat Liam etwas Merkwürdiges. Er lachte unvermittelt auf, als ob ihm ein lustiges Erlebnis in den Sinn gekommen wäre Dann bückte er sich nach ihrer pinkfarbenen Tasche und öffnete die Tür. Bonnie schnappte nach Luft.

»Liam Maguire! Was hast du mit meiner Tasche vor?«

»Na, was wohl, Bonnie?«, antwortete er sanft. »Ich bringe sie dorthin zurück, wo sie hingehört.« Er hielt ihr die Hand hin. »Lass uns heimgehen. Du, Josh und ich.«

Heim.

Sie atmete tief ein, als sich Brenners Gestalt vor ihrem geistigen Auge abzeichnete, reglos neben dem Klavier stehend, die Notenmappe an die Brust gedrückt. Er hatte gelächelt, als sie ihn auf dem Weg zum Backstage-Bereich passiert hatte, aber nicht sie gemeint. Er hatte den Ausgang fixiert. Als ob er auf die Rückkehr von jemandem hoffte, der den Saal längst verlassen hatte.

Man muss rechtzeitig loslassen und nach vorn sehen. Wer weiß, was hinter der nächsten Kurve auf einen wartet. Oder wer.

Sie gab sich einen Ruck. Noch immer etwas steif ging sie

auf Liam zu und ergriff seine Hand, die sich kühl und klamm anfühlte. Er hielt ihre ein wenig zu fest, als hätte er Sorge, sie könnte sie ihm wieder entziehen. In seinen Augen las sie Erleichterung.

»In Ordnung«, sagte sie leise. »Gehen wir heim.«

Epilog

DUBLIN, DEZEMBER 2019.

Liam.
Er war spät dran, und je mehr er sich dem Stadtzentrum näherte, desto dichter wurde der Verkehr. Auf der Mercer Street Lower kam er nur noch im Schneckentempo voran, weshalb er den Wagen kurzerhand in einer kleinen Seitenstraße abstellte. Den Rest des Wegs legte er zu Fuß zurück, obwohl ihm nicht sonderlich wohl dabei war.

Überfüllte Fußgängerzonen waren ihm ein Gräuel, und die Weihnachtszeit bedeutete nicht nur für die Ladenbesitzer und Straßenmusiker ein florierendes Geschäft – auch Dublins Taschendiebe wollten ihren Teil vom Weihnachtskuchen abhaben. Er umfasste den Griff des Geigenkoffers fester und widerstand der Versuchung, bei der Menschentraube zu verweilen, die sich vor Bewley's Café um eine junge Frau mit Keyboard gebildet hatte. Sie spielte »Christmas Past« von Mick Flannery, eine sentimentale Ballade, mehr ein Liebes- als ein Weihnachtslied. Ihre Stimme war klar wie geschliffenes Glas und klang noch in seinen Ohren, als er am Ende der Grafton Street durch den Fusiliers' Arch trat.

Unbeeindruckt von der Straßenbahn, die am Park vorbeizog, den Doppeldeckerbussen und Pferdekutschen lag

St. Stephen's Green wie eine grüne Oase in der Abendsonne. Nach dem Gewimmel in der Fußgängerzone kam es ihm hier fast zu still vor, so als wäre es etwas Unheimliches, wenn man plötzlich den eigenen Atem hörte. Nur wenige Menschen waren in der Grünanlage unterwegs, ein paar Spaziergänger, eine Frau mit Kinderwagen und der Mann, der gleich neben dem Tor die Tauben fütterte, sommers wie winters, schon seit er ein Kind war.

Liam zog die Wollmütze tiefer in die Stirn und warf einen Blick auf seine Armbanduhr. Der Park schloss bei Sonnenuntergang. Hieß, ihm blieb knapp eine halbe Stunde, um das wohl wichtigste Geschäft seines Lebens abzuwickeln.

Sein Puls pochte in seinen Ohren, als er sich nach links wandte, am Teich vorbei, auf dem Enten und Möwen dümpelten. Er überquerte eine Steinbrücke, vor ihm lag eine kreisrunde Anlage mit Rasenflächen, Blumenrabatten und kleinen, jetzt im Winter stillgelegten Brunnen. Unschlüssig sah er sich um, bevor er auf einer Sitzbank Platz nahm, den Violinkasten zwischen die Waden geklemmt. Die Arme auf den Knien abgestützt, sodass seine Finger das schwarze Kofferleder berührten, sondierte er seine Umgebung.

Fast bereute er es, für das Treffen den guten Anzug angezogen zu haben, zu dem er keinen passenden Wintermantel besaß. Er fror und kam sich verkleidet vor, wie jemand, der sich mit der IRA einließ, sich seiner Sache aber nicht sicher war. *Du hast die Hosen voll, O'Reilly*, hörte er die spöttische Stimme seines Vaters, und es ging ihm gewaltig gegen den Strich, dass er Dad recht geben musste. Er hatte die Hosen schon voll gehabt, als er O'Grady die E-Mail schrieb, in der er den Kunsthändler um ein persönliches Gespräch bat. Die Antwort war eine Woche später gekommen, ein knapper Zweizeiler.

Dezember 18, 4 p. m., St. Stephens Green Mitte.
Komm allein.

Liam musterte den alten Mann, der auf der Bank gegenüber Zeitung las und an einem Kaffeebecher nippte. O'Grady war fünf Minuten über der Zeit, und keiner der wenigen Parkbesucher erweckte den Eindruck, als warte er auf jemanden. Einmal stockte ihm der Atem, weil ein Mann vor einem der Brunnen verweilte. Doch der Tourist zückte nur sein Handy, machte ein Foto und setzte seinen Weg fort, auf dem Display herumwischend. Liam sah ihm nach, bis er zwischen den lichtergeschmückten Ahornbäumen verschwunden war. Sein Herz klopfte.

Gegenüber faltete der alte Mann seine Zeitung zusammen und entsorgte den Pappbecher in einem Abfallbehälter. Man sah auf den ersten Blick, dass er einen maßgeschneiderten Anzug trug, aber er war abgetragen und an den Hosenbeinen zu lang, sodass der Saum über den Boden schleifte. Er wusste nicht warum, aber plötzlich war Liam fest davon überzeugt, dass O'Grady nicht kommen würde. Bestimmt hatte er sich einen Scherz mit ihm erlaubt und längst Barrys Nachfolger instruiert, ihm auf die Pelle zu rücken. Womöglich war diese Verabredung sogar eine Falle.

Misstrauisch glitt sein Blick über die dichter bepflanzten Abschnitte des Parks, doch er vernahm nur Kinderstimmen vom Spielplatz hinter der Hecke. Keine Anzeichen darauf, dass ein Schlägertrupp im Gebüsch lauerte, was ihn aus einem unerfindlichen Grund enttäuschte.

Er fand es ohnehin seltsam, dass er seit Barrys und Reggies Verhaftung keinen unangenehmen Besuch mehr hatte, genau wie von Dan prophezeit. Zur Sicherheit hatten sie Überwachungskameras in der Werkstatt installiert, und dank der geschwätzigen Eireen warf neuerdings ganz Ballystone ein Auge auf ihn und seine neuen Mitbewohner. Rund um die Uhr schaute jemand unter einem fadenscheinigen Vorwand im Three Gates oder in der Werkstatt vorbei. Nie war sein Auftragsbuch voller gewesen, Bonnie backte fast täglich Kuchen, um all die ungeladenen Gäste zu bewirten – und vor einigen Tagen hatte er den Land Rover der Ryne-Brüder sogar bis weit nach Mitternacht am unteren Weidegatter stehen sehen.

Operation O'Reilly. Liam verzog das Gesicht. Diese Totalüberwachung, so viel Vergnügen sie den Dorfbewohnern bereiten mochte, war auf Dauer kein Zustand – auch wenn er es merkwürdig wohltuend fand, mit seinem Problem nicht mehr allein zu sein. Ein aufgeschobenes Problem, das er dringend lösen musste, weil es jetzt nicht mehr nur um ihn ging. Er hatte Bonnie und Josh. Und er kannte den Ausweg aus dem Schuldensumpf, in dem er steckte. Dass ihm dieser Ausweg nicht sonderlich gefiel, spielte keine Rolle. Nur das Ergebnis zählte.

Der alte Mann hatte seinen Gehstock genommen und umrundete, die Zeitung unter den Arm geklemmt, gemächlich den Teich. Sein Weg führte ihn in Liams Richtung, wobei er die Büsten und Statuen am Wegrand begutachtete, als bräuchte er einen Vorwand, um eine kleine Pause einzulegen. Liam warf einen letzten Blick auf seine Uhr. Als er Anstalten machte aufzustehen, bemerkte er, dass der Alte ihn, auf seinen Stock gestützt, neugierig musterte.

»Wussten Sie, dass der Three-Fates-Brunnen ein Geschenk der Deutschen ist?«, sagte er und zeigte auf einen kleinen, etwas unscheinbaren Steinbrunnen, in dessen Mitte drei Frauenstatuen standen.

Etwas verwirrt folgte Liam dem Fingerzeig und schüttelte den Kopf. Der Alte schlurfte nun zu ihm und ließ sich ächzend auf der Bank nieder.

»›Operation Shamrock‹«, erklärte er. »Ein von den Geschichtsbüchern viel zu wenig gewürdigter Akt der Menschlichkeit. Demzufolge gelang es einer Kinderärztin, über vierhundert deutsche Waisenkinder nach dem Zweiten Weltkrieg in irischen Pflegefamilien unterzubringen. Daran soll der Brunnen erinnern.« Die Hände auf den Knauf gestützt drehte der Alte den Gehstock zwischen den Knien. Er mochte etwa in Robert Brenners Alter sein, um die siebzig, hatte aber bemerkenswert wache Augen. Stahlblau und vollkommen klar. »Letztlich geht es immer um die Kinder, nicht wahr?«

Liam hatte nicht die leiseste Ahnung, warum er sich nicht höflich verabschiedete. Etwas an seinem Gegenüber weckte sein Interesse. Und auf eine Viertelstunde mehr oder weniger kam es jetzt nicht mehr an. Er setzte sich wieder.

»Das klingt in der Tat nach einer tollen Hilfsaktion«, bestätigte er. »Ich kannte sie bisher noch nicht.«

Für einen kurzen Moment breitete sich Schweigen aus. Kein unangenehmes Schweigen, wie es sonst unter Fremden üblich war, sondern eines, das Raum für eigene Gedanken ließ. Morgen früh würde er eine zweite E-Mail schreiben und sein Anliegen deutlicher formulieren. Falls dieser O'Grady kein Idiot war, würde er ihn ganz sicher kein zweites Mal versetzen.

»Ist sie hübsch?«, fragte seine neue Bekanntschaft und holte ihn in die Gegenwart zurück.

»Wer?«

»Das Mädchen, auf das Sie gewartet haben und das nicht gekommen ist.«

Liam lachte auf. »Da muss ich Sie enttäuschen, Sir. Ich war mit ... einem Geschäftspartner verabredet. Aber da Sie schon fragen: Zu Hause wartet bereits ein Mädchen auf mich. Das schönste von ganz Irland.« Er konnte nichts dafür, aber immer, wenn er an Bonnie dachte, stahl sich dieses einfältige Grinsen auf sein Gesicht.

»Dann sind Sie ein glücklicher Mann.«

»Das bin ich«, antwortete er und tastete reflexhaft nach dem Geigenkoffer.

»Sie haben einen Dubliner Akzent, wohnen aber nicht in der Stadt.« Eine Feststellung, keine Frage.

»Das ist richtig. Ich stamme aus Tallaght, lebe aber schon seit einiger Zeit an der Westküste, in der Nähe von Clifden.«

»Connemara. Eine wahrhaft traumhafte Gegend.«

»Ich würde nirgendwo anders leben wollen.«

»Und was tun Sie dort?«

»Ich restauriere Oldtimer. Unter anderem.«

Der Alte nickte beifällig und richtete den Blick in die Ferne. Über die kahlen Baumwipfel senkte sich bereits die Dämmerung, dahinter erstrahlten, wie ein bunt funkelndes Diadem, die weihnachtlich dekorierten Fenster der georgianischen Gebäude. Auch im Three Gates leuchteten Papiersterne in den Fenstern. Zum ersten Mal.

»Es freut mich, Mr O'Reilly, dass Sie in Ballystone heimisch geworden sind«, fuhr der Fremde fort. »Besonders angesichts der Umstände, die Sie dorthin geführt haben.«

Liam fühlte, wie ihm sämtliche Farbe aus dem Gesicht wich. Er hätte kaum erschrockener sein können, hätte der Mann eine Waffe gezogen. Erst jetzt stach ihm ins Auge, was er angesichts des altmodischen Kleidungsstils kaum beachtet hatte: die Seidenkrawatte, die teure Uhr. Die feinen Budapester, die unter dem Hosenstoff zum Vorschein gekommen waren. Instinktiv rückte Liam von ihm ab. Er versuchte zu antworten, aber was aus ihm herauskam, klang wie das gurgelnde Geräusch eines Menschen, den man unter Wasser drückte.

»Es war unhöflich von mir, dass ich mich nicht sofort vorgestellt habe«, sagte O'Grady gelassen. »Aber ich war neugierig, und außerdem ahnte ich schon, wie Sie reagieren würden, sobald ich mich zu erkennen gebe.«

Atmen. Er musste atmen.

»Ich hoffe, Sie sind nicht allzu enttäuscht«, fuhr der Alte fort.

»Warum sollte ich enttäuscht sein?«, presste er heraus.

»Na ja, die meisten meiner Geschäftspartner rechnen eher mit einem Typen wie Marlon Brando. Jemanden, der in einem Mafiafilm die Hauptrolle spielen könnte.« O'Grady lachte leise. »Ich bin ein friedfertiger Mensch, Mr O'Reilly, und verabscheue Gewalt. Mit ein Grund, weshalb ich mich üblicherweise nicht persönlich mit meinen Klienten treffe. Wozu hat man Personal? Allerdings wird es zunehmend schwer, in der Branche zuverlässige Leute zu finden, die nicht sofort hinter schwedischen Gardinen landen, wenn sie ihren Job machen.« Jetzt traf ihn ein bedeutungsschwerer Blick. Liam, der die Anspielung auf Barry und Reggie verstanden hatte, schrumpfte innerlich zusammen. Gleichzeitig empfand er eine perfide Art von Schadenfreude.

»Nehmen Sie's mir nicht übel, wenn ich Sie nicht bedauere«, murmelte er.

»Machen wir es kurz, Mr O'Reilly.« O'Grady sah in Richtung Spielplatz und seufzte. »Sie sind ein sympathischer Junge, aber wir sollten Äpfel und Birnen nicht in denselben

Korb werfen. Hier handelt es sich um eine geschäftliche Angelegenheit, die dank Ihres Vaters – sagen wir es vorsichtig – etwas aus dem Gleichgewicht geraten ist. Wie Sie wissen, bin ich Geschäftsmann und sitze ungern auf der Waagschale, die nach unten sinkt. Andererseits...«

Liam holte Luft für eine Entgegnung, doch O'Grady brachte ihn mit einer Geste zum Verstummen. Ein Mädchen, etwa fünf oder sechs Jahre alt, rannte auf sie zu.

»Grandpa! Ich hab's auf dem Klettergerüst heute bis ganz nach oben geschafft!« Der Kies knirschte, als sie in ihren Gummistiefeln schlitternd vor der Bank zum Stehen kam. »Mummy hat gesagt, ich soll dich nicht bei der Arbeit stören, aber...« Sie zeigte zum Spielplatz, ein stolzes Zahnlückengrinsen im Gesicht. »Ich musste es dir so-fort sagen.«

Der Alte warf ihm einen etwas resignierten Seitenblick zu. *Letztlich geht es immer um die Kinder.* Liam schluckte, als ihm klar wurde, dass auch Leute wie O'Grady ein ganz normales Leben führten. Sie hatten Familien. Und Enkelkinder.

»Fiona«, sagte O'Grady mild. »Das ist Mr O'Reilly. Was tut man, wenn man jemandem vorgestellt wird?«

Das Mädchen sah Liam scheu an. Sie hatte Sommersprossen und flachsblondes Haar, das ihr von der Strickmütze in die Stirn gedrückt wurde. Und die Augen ihres Großvaters.

»Guten Tag, Mr O'Reilly.«

»Hi, Fiona.« Liam lächelte. »Freut mich, dich kennenzulernen.«

Fiona sah ihren Großvater lobheischend an.

O'Grady schmunzelte. »Bis nach oben also?«

»Bis *ganz* nach oben«, bestätigte die Kleine und schlang die Arme um seinen Hals. »Kommst du gleich gucken? Du hast's versprochen«, schnurrte sie an seiner Wange.

»Natürlich. Das lasse ich mir keinesfalls entgehen.« Er tätschelte ihren Rücken. »Lauf schon mal voraus und sag deiner Mummy, dass ich gleich fertig bin.«

Fiona flitzte davon. Liam wurde warm ums Herz, weil er an Josh denken musste. Offenbar konnten Kinder in dem Alter nicht langsam gehen.

»Wo waren wir stehen geblieben?« O'Grady räusperte sich, als fiele es ihm nach der Umarmung seiner Enkelin schwer, den Faden ihres Gesprächs wiederaufzunehmen.

»Äpfel und Birnen«, erwiderte Liam.

»Richtig.« O'Grady nickte abwesend. »Ich habe vor einigen Monaten einen sehr aufschlussreichen Brief von einem gewissen Robert Brenner erhalten. Darin erklärte er einige Dinge, auf die ich mir nie einen Reim machen konnte. Eine ausgesprochen traurige und sehr berührende Geschichte, die ich da lesen durfte.«

Liam musste sich beherrschen, um nicht lauthals zu fluchen. Robert Brenner. Schon wieder. Verdammt, was fiel dem Mann ein?

»Was auch immer Mr Brenner Ihnen erzählt oder worum er Sie gebeten hat, Mr O'Grady«, sagte er mit unterdrücktem Zorn, »es ist nicht seine Angelegenheit. Das hat er schon vor fast zwanzig Jahren nicht kapiert.«

Wenn ich dich nach deiner Polarexpedition in die Finger bekomme, Professor Beat, dann gnade dir Gott.

»Verstehe.« O'Grady hob eine Braue. »Ich entnehme Ihren Worten, Sie haben eine Idee, wie wir in der leidigen Sache weiter verfahren sollen? Wie mir zugetragen wurde, ist der Porsche, den Sie mir versprochen haben, eine Fehlinvestition.«

»Wir wissen beide, dass der Wagen nur einen Teil der

Schulden meines Vaters tilgen würde. Ich habe eine Lösung, die Ihnen besser gefallen wird.«

»Ich bin ganz Ohr.« O'Grady sah ihn erwartungsvoll an.

Liams Herz klopfte. Nein, es hämmerte, als wollte es mit aller Gewalt seine Rippen sprengen. Er stellte den Geigenkasten neben O'Grady auf die Bank. Bonnies Gesicht tauchte vor ihm auf, blass und bestürzt. »Bist du wirklich sicher, dass du das tun willst?«, hatte sie gefragt. »Es ist der einzige Weg«, so hatte er ihr geantwortet. Dann hatte er sie geküsst und sich daran erinnert, dass es nichts auf der Welt gab, das ihm mehr bedeutete als seine neue kleine Familie. Bonnie und Josh. Und der verfluchte Kater, der sich noch immer nicht von ihm anfassen ließ.

O'Grady beäugte den Kasten, als befände sich darin etwas, das halb Dublin in die Luft jagen könnte.

»Ist es das, was ich vermute? Die Stradivari, die Brenner in seinem Brief erwähnt hat?«

Liam nickte. Er nahm die Hand von dem Koffer und sah dem Mann, der ihn so lange in Angst und Furcht versetzt hatte, direkt in die Augen. Es kam ihm absurd vor, dass das Monster unter seinem Bett in Wirklichkeit bloß ein älterer Mann war, der auf einer Parkbank Zeitung las und seiner Enkelin beim Klettern zusah.

»Ihnen dürfte klar sein, dass dieses Instrument mehr wert ist, als John O'Reilly Ihnen je geschuldet hat«, sagte er ruhig. »Ich will keinen Ausgleich dafür. Ich verlange nur, dass Sie sich, sobald Sie diesen Park verlassen haben, weder an meinen noch an den Namen meines Vaters erinnern. Wir haben nie existiert. Nicht in Ihren Büchern, nicht auf der To-do-Liste Ihres Personals. Darauf möchte ich Ihr Wort.«

Der alte Mann sah ihn schweigend an. Etwas Unergründliches lag in seinem Blick, das Liam nicht zu deuten vermochte. Er wartete darauf, dass er den Geigenkasten öffnen und sich seines Inhalts vergewissern würde. Doch O'Grady tat nichts dergleichen. Stattdessen hielt er ihm die Hand hin und formulierte den erschreckend simplen Satz, der ihn zu einem freien Mann machte.

»Sie haben mein Wort, Mr O'Reilly.«

***

Er hatte Tränen in den Augen, als er mit gesenktem Kopf in Richtung Parkausgang marschierte und sich zwang, nicht zurückzublicken.

Es hieß ja, man wisse den Wert der Dinge erst zu schätzen, wenn man sie verlor. Bis eben war ihm nicht bewusst gewesen, wie viel ihm die Stradivari bedeutete. Nicht weil sie ein Vermögen wert war und auch nicht weil er damit vielleicht den Wettbewerb gewonnen hätte. Auf dieser Violine hatte er seiner Mutter »Bitter Sweet Symphony« vorgespielt, kurz bevor ihm sein Leben um die Ohren flog. Doch dieser eine letzte glückliche Moment mit Mum, er hatte sich ihm unter die Haut gebrannt.

Die schnellen Trippelschritte in seinem Rücken hörte er erst, als er bereits die Steinbrücke betreten hatte. Er blieb stehen, wischte sich mit der Faust über die Augen und drehte sich um. Verblüfft sah er auf das Mädchen herab, das atemlos vor ihm innehielt.

»Grandpa lässt ausrichten, dass du etwas vergessen hast«, spulte Fiona herunter, ein bisschen verschüchtert. »Du sollst zurückkommen und …« Sie stockte, kramte in ihrer Erinnerung nach den eingetrichterten Sätzen. »Er sagt, dass eine gute Geschichte alles ändern kann. Und dass du dir keine Sorgen machen musst. Mein Grandpa hält immer, was er verspricht.« Die Kleine grinste erleichtert, dann drehte sie um und war im nächsten Moment verschwunden.

Liam zögerte. Er wusste mit der Nachricht nichts anzufangen, trotzdem kehrte er um und eilte durch den verlassenen Park zu der Bank zurück.

O'Grady war fort.

Aber der Geigenkasten war noch da.

Seine Knie gaben unter ihm nach. Mit einem erstickten Laut sank er auf die Bank, beugte sich über den Koffer und betastete ungläubig das genarbte Leder, das sich wie der Körper eines Reptils anfühlte.

Eine gute Geschichte kann alles ändern.

Atmen. Er musste nur atmen. Ermattet legte er den Kopf in den Nacken und schloss die Augen. Ein eisiger Wind strich über sein Gesicht, pfiff durch die Bäume und raschelte im Laub. Wenn man genau hinhörte, lag eine Melodie darin, eine, die nach Leierkastenmusik, fernem Gelächter und Schneeflockengeriesel klang.

Er würde sie aufschreiben. Sobald er zu Hause war.

Irisches Glossar

Boxty
Irische Kartoffelpuffer. Traditionell benutzt man für sie sowohl rohe, geriebene Kartoffeln als auch Kartoffelbrei. Weitere Zutaten sind Mehl, Buttermilch und Eier. Die Iren essen Boxty gern mit Zucker bestreut zum Frühstück oder Nachmittagstee, sonntags darf ein Spiegelei drauf.

Brown Bread (oder Irish Soda Bread)
Ein typisches Brot aus der irischen Küche, bei dem statt Hefe Natron verwendet wird. Weitere Zutaten sind Mehl, Buttermilch und Salz, mitunter auch Rosinen und Nüsse. Irish Soda Bread wird entweder in einer Kastenform oder rund gebacken. Beim Laib wird die Oberfläche kreuzweise eingeschnitten, damit das Brot gleichmäßig aufgeht. Zum Ursprung des Kreuzes gibt es mehrere Theorien. Eine besagt, es solle den Teufel vertreiben, eine andere behauptet, es befreie die Feen aus dem Teig.

Céad míle fáilte [keed miele fawl-tje]
Ein irischer Willkommensgruß, der mit »Hunderttausendmal willkommen« übersetzt werden kann.

Chipper
Ein irischer Ausdruck für einen Fish-and-Chips-Imbiss. Generell steht der Begriff für günstige Schnellrestaurants, bei

denen man Pommes und andere frittierte Mahlzeiten (meist zum Mitnehmen) kaufen kann.

Coddle
Ein Kartoffeleintopf mit Wurst. Der Name stammt vom Wort *coddling* ab, dem langsamen Kochen von Zutaten. Wurstscheiben, Speck, geschnittene Zwiebeln, Knoblauch und Kartoffeln werden mit etwas Wasser bei geringer Hitze über Stunden im Topf geschmort.

Daingead! [dainget]
Ein irischer Fluch, der sinngemäß »Verdammt!« bedeutet.

Garda
Der Begriff ist die gebräuchliche Kurzform für die Nationalpolizei der Republik Irland (Garda Síochána na hÉireann/ Hüter des Friedens von Irland). In der Regel ist die Polizei in Irland unbewaffnet. Die Grundausstattung eines irischen Garda umfasst Schlagstock, Handschellen und Pfefferspray.

Colcannon
Ein Gericht aus Kartoffelbrei, Grünkohl (*kale*) oder Weißkohl (*cabbage*). Außerdem kommen Milch, Butter und Frühlingszwiebeln hinzu. Früher wurde Colcannon als Hauptgericht gegessen, heute wird der Brei meist als Beilage zu Fisch oder Fleisch serviert.

Guinness
Kultbier der Guinnessbrauerei, die 1759 in Dublin gegründet wurde. Geröstete Gerste verleiht dem obergärigen Starkbier (Stout) die typisch schwarze Färbung, gekrönt von einer sah-

nigen Blume. Sein süß-bitterer, malziger Geschmack ähnelt dem des deutschen Altbiers.

Heilige Kartoffel
Wer in Irland Urlaub macht, wird nicht um sie herumkommen: Die Kartoffel, gebraten, gekocht, gestampft, frittiert oder als Krokette, fehlt garantiert auf keinem Wirtshausteller. Die innige Beziehung zur Knollenfrucht erinnert an eine wichtige Epoche in der Geschichte Irlands, die Zeit der Großen Hungersnot (Irish potato famine) im 19. Jahrhundert. Durch eine Kartoffelfäule, die den Großteil der Kartoffelernte befallen hatte, kam es besonders in den ärmeren Bevölkerungsschichten zu einer Hungersnot tragischen Ausmaßes, in deren Folge unzählige Iren nach Amerika auswanderten.

Irish Stew
Ein traditioneller Eintopf aus Lammfleisch, Kartoffeln, Zwiebeln und Petersilie. Die Originalrezeptur geht bis auf die Kelten zurück und besteht aus den Zutaten, die auf der Insel verfügbar waren. Das Gericht wurde hauptsächlich von Bauern gegessen und galt so als Armeleuteessen. Mit dem Tourismus erlangte Irish Stew (Irisch: Stobhach Gaelach) jedoch neue Popularität und kehrte flugs zurück auf die irischen Wirtshausteller.

Irish Breakfast
Das traditionelle irische Frühstück *(fry)* besteht aus Speck *(rashers)*, gebratener Blut- und Leberwurst und Schweinswürstchen. Dazu gibt es Rühr- oder Spiegelei. Oft werden dazu Bratkartoffeln oder Kartoffelpuffer, Pilze, gebackene Bohnen und gebratene Tomaten gereicht. Toast, Brot oder

Scones mit Butter und verschiedene Marmeladen, Honig oder Ahornsirup sind häufig der süße Anteil des Frühstücks.

Mo bheag [mo vekh]
Irisch für »mein Kleiner«.

Mo chroí [mo chrey]
Irisch für »mein Herz«.

Seafood Chowder
Ein sahniger Weißfisch- oder Meeresfrüchteeintopf, dessen Bezeichnung sich von dem lateinischen Wort *caldera* ableitet (= Ort zum Aufwärmen, später Kochtopf). Für ein Chowder werden häufig frischer und geräucherter Fisch gemeinsam verwendet. Er fehlt auf keiner irischen Speisekarte und soll das Lieblingsgericht von US-Präsident John F. Kennedy gewesen sein (der natürlich, wie fast jede weltberühmte Persönlichkeit, irische Wurzeln hat ;-)).

St. Patrick's Day
Am 17. März feiert man in Irland den St. Patrick's Day zum Gedenken an den heiligen Patrick, dem Schutzpatron Irlands. Laut der Legende brachte der britische Missionar das Christentum auf die Insel, machte das Kleeblatt zu einem irischen Kultsymbol und befreite das Land von einer Schlangenplage. Landesweit finden am St. Patrick's Day Festumzüge und -paraden statt. Alles erstrahlt dabei in der Farbe Grün, was auf das Kleeblatt (Shamrock) zurückzuführen ist, mit dem Patrick dem einfachen Volk die Heilige Dreifaltigkeit erklärt haben soll. Deshalb ist das irische Shamrock-Symbol dreiblättrig und hat nichts mit dem vierblättrigen Glückskleeblatt zu tun.

Poitín [Poteen]
Illegal gebrannter klarer Schnaps aus Gerste, der traditionell in einem kleinen Topf (Pot) destilliert wird. Der »echte« Poitín stammt aus Connemara und hat einen Alkoholgehalt von bis zu 90 Prozent. Man findet ihn hauptsächlich in irischen Privathaushalten, am besten sucht man im Kühlschrank nach einer Flasche ohne Label. Da der offizielle Ausschank verboten ist, kann man sich im Pub vertrauensvoll an den sympathischen Thekennachbarn wenden – vielleicht lädt er Sie zu einer Kostprobe zu sich nach Hause ein.

Porridge
Ein warmer, mit Wasser angerührter, ungesüßter Haferbrei, der ursprünglich aus Schottland stammt und der ärmeren Bevölkerung als Mittag- oder Abendessen diente. Die gezuckerte Luxusversion mit Milch und frischen Früchten findet man heute weltweit auf jedem Frühstückstisch.

Scones
Schnell zubereitete kleine Brötchen aus Mehl, Butter, Zucker, Milch und Backpulver, manchmal mit Rosinen versetzt. Nach irischer Tradition werden sie zur Tea Time gegen 17 Uhr mit Butter, Marmelade und Rahm (Clotted Cream) gegessen.

Shepherd's Pie
Ein aus Großbritannien stammender Fleischauflauf aus Rinder- oder Lammhack, der mit Kartoffelbrei im Ofen überbacken wird. Sehr beliebt bei Kindern.

Whiskey
Das berühmte Destillat aus Gerste, Hefe und Wasser ist das Allheilmittel der Iren schlechthin und wird deshalb als *uisge beatha* (»Wasser des Lebens«) bezeichnet. Irische Mönche brauten Whiskey erstmalig im 6. Jahrhundert, zunächst nur zur äußeren Anwendung. Um sich von dem schottischen Whisky abzugrenzen, schummelten die Iren ein »e« in das Wort, außerdem wird der irische Whiskey dreifach destilliert und die gemälzte Gerste nicht über Torffeuer getrocknet, wodurch der typisch milde Geschmack erhalten bleibt. Typische irische Whiskey-Marken sind unter anderem Tullamore, Bushmills, Redbreast und Jameson.

Das Menü zum Buch

Vorspeise

    Salmon Pastries aus dem Fisherman's Snug
                  (Lachspasteten)

Zutaten für 4 Personen:

500 g Lachsfilet
1 Zitrone
2 Schalotten
1 Knoblauchzehe
1 EL Butter
1 EL Kapern
¼ Liter Fischfond
200 g Sahne
1 Rolle Blätterteig aus dem Kühlregal
4 Eigelb
6 EL Olivenöl
2 EL Johannisbeergelee
Schnittlauch
Petersilie
Einige Johannisbeerrispen zum Dekorieren

ZUBEREITUNG:

Den Fisch würfeln, pfeffern und salzen. Mit dem Saft der Zitrone beträufeln und kalt stellen. Vorher die Zitronenschale abreiben und zur Seite stellen. Schalotten und Knoblauch in kleine Stücke schneiden, in Butter dünsten, mit Fond abgießen und reduzieren, bis ein konzentrierter Jus entstanden ist. Kapern zugeben, dann den Fisch und alles auf kleiner Flamme 5 Minuten garen. Sahne unterrühren.

Aus dem Blätterteig Kreise ausstechen und Muffinförmchen damit auskleiden. Die Masse in die Förmchen füllen und im vorgeheizten Ofen bei 200 Grad Ober- und Unterhitze 20–30 Minuten backen, bis der Blätterteig leicht gebräunt ist.

Eigelb schlagen, Öl tropfenweise hinzufügen und zu einer dicken Mayonnaise rühren. Etwas Zitronenschale, Schnittlauch und Petersilie zugeben. Johannisbeergelee einrühren. Pasteten mit der Sauce anrichten und mit Beerenrispen dekorieren.

HAUPTGERICHT

Mollys Irish Stew

ZUTATEN FÜR 4 – 5 PERSONEN:

1 kg Lammfleisch (oder Rind), gewürfelt
500 g Spitzkohl (oder Wirsing)
4 große Karotten
2 Zwiebeln
5 mehlig kochende Kartoffeln, geschält und gewürfelt
1 Glas Lammfond (Rinderfond)
200 ml Gemüsebrühe
Thymian, frisch
2 Lorbeerblätter
2 Rosmarinzweige

ZUBEREITUNG:

Gemüse putzen und zerkleinern und mit dem Fleisch, den Kartoffeln sowie dem Thymian abwechselnd in einen großen Topf schichten (hier eignet sich prima der Römertopf). Salzen und pfeffern, mit Lammfond und Brühe auffüllen und 4 Stunden (kein Witz!) im Ofen bei 180 Grad Ober- und Unterhitze garen.
Dazu Guinness oder Malzbier, Brown Bread (siehe nächstes Rezept) und Salzbutter servieren.

Irlands berühmtes Brown Bread

Mit freundlicher Genehmigung der Buttermilk Lodge in Clifden, County Galway, Irland.

Zutaten:

600 g Mehl (grobes Vollkornmehl)
180 g Mehl, weiß
2 TL Natron (Backsoda)
1 EL Salz
1 EL Zucker, braun
2 EL Olivenöl
600 ml Buttermilch

Zubereitung:

Das weiße Mehl und Backsoda in eine Schüssel sieben. Das grobe Vollkornmehl, Salz und den braunen Zucker dazugeben und gut verrühren. Danach das Olivenöl und die Buttermilch hinzufügen und 2 Minuten mit den Händen kneten. Eine Ein-Kilogramm-Backform mit Öl bestreichen, den Teig einfüllen und im vorgeheizten Ofen bei 180 Grad Unter- und Oberhitze auf der Mittelschiene etwa 40–50 Minuten backen, bis es braun ist.

Tipp der Autorin: Brown Bread ist nicht lange haltbar, es wird schnell hart und trocken und taugt laut Robert Brenner dann nur noch für die Möwen. Am besten schmeckt es frisch aus dem Ofen mit einer dicken Schicht gesalzener Butter.

DESSERT

Brendas Guinness-Chocolate-Tart

ZUTATEN FÜR EINE 26-CM-KUCHENFORM:

250 ml Guinness-Bier (für Kinder Malzbier verwenden)
1 EL Honig
300 g Zucker
300 g Mehl
150 g Schmand
250 g Butter
80 g Kakao
150 g Puderzucker
300 g Frischkäse
2 Eier
100 g Bitterschokolade, gehackt
1 Pck. Vanillezucker
2 TL Natron
Raspelschokolade (Zartbitter)
Butter und Mehl für die Kuchenform

ZUBEREITUNG:

Das Bier in einem Topf erhitzen und unter Rühren die Butter und den Honig darin auflösen. Den Zucker hinzugeben, Vanillezucker einrühren und Kakaopulver hineinsieben. Abkühlen lassen. Schmand und Eier verquirlen und anschließend unter die abgekühlte Biermischung geben. Mehl und Natron hineinsieben und so lange rühren, bis ein glatter Teig entsteht. Am Schluss gehackte Bitterschokolade unterheben. Eine 26-cm-Springform einfetten und mit Mehl bestäuben, den Teig hineinfüllen. 55 Minuten bei 180 Grad Ober- und Unterhitze im vorgeheizten Ofen backen, herausnehmen und abkühlen lassen. Erst nach vollständigem Erkalten aus der Form lösen. Frischkäse mit gesiebtem Puderzucker aufschlagen und auf den Kuchen streichen. Nach 2 Std. im Kühlschrank mit Schokoraspeln dekorieren.

Tipp der Autorin: Statt Natron kann man Backpulver verwenden, allerdings wird der Kuchen mit Natron lockerer.

Die Musik zum Buch

Da diese Geschichte nicht nur von Menschen, sondern auch von der Liebe zur Musik handelt, möchte ich meinen Leserinnen und Lesern diese Playlist ans Herz legen. Die meisten dieser wunderbaren Werke finden nicht nur Erwähnung im Buch, sondern haben auch bei seiner Entstehung mitgewirkt.

I. Bonnie und Liam
Bitter Sweet Symphony – The Verve
The Way I Am – Ingrid Michaelson
Dónal Óg – Dervish feat. Cathy Jordan
Quite Miss Home – James Arthur
Tír Na nÓg – Celtic Woman feat. Oonagh
Gypsy – Fleetwood Mac
Hold Me While You Wait – Lewis Capaldi
Wings – Birdy
Rise And Fall – Runrig
You Got This – Love & The Outcome
Hollow Talk – Choir of Young Believers
Nine Million Bicycles – Katie Melua
Come To Life – Bruce Guthro
Be Alright – Dean Lewis
Sloom – Of Monsters and Men
My Bonnie Is Over The Ocean – Element of Crime
Christmas Past – Mick Flannery

II. Robert, Mark und Molly

Bitter Sweet Symphony (Violine) – David Garrett
Greenwaves – Secret Garden
It's Raining Men – Geri Halliwell
Klavierkonzert Nr. 1 – Pjotr Iljitsch Tschaikowski
Greensleeves (What Child Is This) – Lindsey Stirling
Fairytale – Ludovico Einaudi
The Galway Shawl – Dervish feat. Steve Earle
Starry Starry Night – Lianne La Havas
Liebestraum Nr. 3 – Franz Liszt
5. Sinfonie, Schicksalssonate – Ludwig van Beethoven
Red Is The Rose – The High Kings
Les Adieux, Abschiedssonate – Ludwig van Beethoven
Molly Malone – The Dubliners
Mondscheinsonate – Ludwig van Beethoven
Hello, Goodbye – The Beatles

Besuchen Sie die Homepage der Autorin www.c-winter.de für den Link zur Playlist.

Nachwort und Danksagung

Die Ideen zu meinen Geschichten kommen meist unverhofft und immer dann, wenn ich nicht damit rechne. Ich habe das letzte Buch vielleicht gerade erst beendet, fühle mich erschöpft und leer geschrieben, bin in Gedanken noch bei den Figuren, die mich über einen langen Zeitraum begleitet haben. Die Vorstellung, das nächste umfangreiche Projekt in Angriff zu nehmen, ist, als müsse ich mich auf eine Bergbesteigung vorbereiten, ohne Ausrüstung und ohne Kompass. Und dann, wenn ich gerade so gar keine Lust habe loszulegen, ist sie plötzlich da: die Schlüsselszene, die die Welt für einen kurzen Moment zum Stillstand bringt, ein Fenster öffnet und einen kurzen Blick darauf erlaubt, was sein wird.

Ein Lied für Molly entstand aus einer solchen Schlüsselszene. Ich habe sie persönlich erlebt – während einer ganz normalen Bahnfahrt, an einem Tag, an dem im Verkehrsnetz der Deutschen Bahn pünktlich zum Feierabend mal wieder alles schiefging. Der Ersatzzug, der mich mit einstündiger Verspätung von A nach B bringen sollte, war heillos überfüllt. Nur mit Glück fand ich einen Sitzplatz in einem Abteil, in dem etliche müde Pendler schlecht gelaunt darauf warteten, endlich nach Hause gebracht zu werden. Auf dem letzten freien Sitz an dem Vierertisch lagen Zeitungen und Unterlagen. Ich bat meinen Nachbarn höflich, den Platz freizuräumen, damit ich mich setzen könne. Eine raschelnde Zeitung, ein genervter Blick. »Die gehören mir nicht«, nuschelte der Kerl unfreundlich. Ich fragte die anderen Fahrgäste, verursachte Kopfschütteln und Schulterzucken. Ich ärgerte mich. Worüber, wurde mir erst später klar, als ich den Packen Papier durchblätterte, eher aus Trotz als aus Neugier. Es handelte sich um Musiknoten, versehen mit handschriftlichen Kommentaren, persönliche Korrespondenz, ein Konzertplan. Ein Schreiben mit dem Briefkopf einer Musikagentur aus München, gerichtet an einen bekannten Pianisten, dessen Name mir zu diesem Zeitpunkt nichts sagte. Aber das tut nichts zur Sache. Was zählt, ist, dass ich etwas in der Hand hielt, von dem ich wusste, dass es vermisst wurde. Meiner Umgebung war das völlig einerlei. So wurde die Idee zu diesem Roman geboren: aus Enttäuschung und Unverständnis darüber, dass sich Menschen manchmal so erschreckend wenig umeinander kümmern. Wegen einer Handvoll desinteressierter Blicke, die mir mitleidig dabei zusahen, wie ich die Unterlagen einsteckte, fest entschlossen, sie ihrem Besitzer zurückzuschicken.

Jene Schlüsselmomente sind jedoch erst der Auftakt zu einer Reise, die man als Autorin zunächst ohne Schuhwerk und Gepäck antritt. Wie gut, dass ich das nie allein gehen muss! Sie sind immer da, die Menschen, die mich zum Aufbruch drängen und ein Stück des Weges begleiten, viele nur eine kurze Strecke, andere ein Stück weiter und manche bis zum Schluss. Es gibt sie in meinem Leben: die Navigatoren mitsamt Landkarte, die Mutmacher, die mir auf die Füße helfen, und die Fährtensucher, die mir eine Taschenlampe reichen. Da sind die Seelentröster mit Kaffee und Schokolade und die Spaßmacher, die mich zum Lachen bringen, daneben die weisen und belesenen Ratgeber, Taschentuchreicher und wohlgesonnenen Peitschenschwinger. Ich brauche euch alle und bin froh, dass es euch gibt, denn ohne euch würde es keine Geschichten aus meiner Feder geben.

Ein Lied für Molly ist eine Herzensgeschichte, weil sie der Mutlosigkeit den Kampf ansagt. Sie ist eine Liebeserklärung an all die Männer und Frauen, die am Rand der Gesellschaft stehen und dennoch jeden Tag mit Zuversicht, Menschlichkeit und großer innerer Kraft begehen. Es ist eine Geschichte, die mich als Autorin an Grenzen geführt hat, weil die Musik thematisches Neuland für mich war. Als ich damals aus der Bahn ausstieg, wusste ich nur, dass ich mein Erlebnis aufschreiben musste, ahnte, dass der Fund der Noten die Initialzündung zu etwas sehr viel Größerem war – und dieses Größere nur in Irland zu finden sei, dem Land der Musik. Wo sonst?

An dieser Stelle gebührt mein Dank zuallererst der Person, der ich diesen Roman gewidmet habe: Monika Piechowicz. Durch dich wurde meine Recherchereise nach Irland zu einem eindrücklichen Erlebnis, das bis heute in mir nachwirkt – trotz Dauerregens und etlicher Unwägbarkeiten, die ich alleine sicher nicht so gut gelaunt gemeistert hätte. Du bist ein ganz besonderer Mensch für mich, eine Kämpferin wie Bonnie. Deshalb muss dieses Buch dir gehören.

Am meisten abverlangt haben mir die Szenen, in denen die Musik thematisiert wurde. Hier war ich besonders froh über die Hilfe meiner Experten: der Konzertpianistin Nadine Schuster und ihrer Tochter Deva Schuster, in deren Leben die Musik nicht nur eine Nebenrolle spielt, sowie meiner Autorenkollegin Beate Rygiert, die das Thema selbst in ihren Romanen verarbeitet (zum Beispiel in *Die Pianistin*, Aufbau Verlag).

Bereits im Frühstadium des Romans durfte ich wie so oft auf die Unterstützung meiner Autorenfreundinnen Julia Dessalles (Drachenmond Verlag), Silvia Konnerth (Blanvalet) und Katie Jay Adams (Amazon Publishing) zählen. Danke, dass ihr meine Romane bereits in der Entstehung begleitet und dafür sorgt, dass ich nie aufgebe.

Das irische Menü wurde von meiner lieben Autorenkollegin Eva Lirot und ihrem Mann getestet und für köstlich befunden, was mich dann doch sehr beruhigt hat, denn die irische Küche ist eine wahre Herausforderung. Danke für den tollen Abend und das überschwängliche Lob für die Köchin.

Ebenso danke ich Sven Hahn für die geniale Idee, die er für den Epilog hatte – eigentlich sah ich einen ganz anderen Schluss vor, aber du hast dafür gesorgt, dass auch am Ende das gewisse Etwas auf meine Leserinnen und Leser wartet.

Dieses gewisse Etwas haben meine Erstleserinnen Vera Heine, Katrin Schüssler und Jil Aimée Bayer auf Herz und Nieren geprüft. Ich danke euch für eure Zeit und die bedachtsame Sorgfalt, die ihr meinen Texten geschenkt habt. Eure Rückmeldungen sind unglaublich wertvoll für mich, denn ihr seid die Stimmen meiner Leserinnen und Leser.

Jochen Lang ist wie immer der Meister meiner Technik – und dafür verantwortlich, dass ich auch dieses Mal nicht über abgestürzte Dokumente oder anderweitige Computerpannen klagen musste. Für den Rest des Autorinnen-Wohlfühlprogramms zu Hause ist mein Mann Michael zuständig, der es wahrscheinlich gar nicht mag, erwähnt zu werden. Ich liebe dich trotzdem und bin froh, dass du an meiner Seite bist – in ruhigen wie in stürmischen Zeiten, für immer.

Weiterhin danke ich dem engagierten Team des Goldmann Verlags, das dafür sorgt, dass diese Geschichte Leser überall im deutschsprachigen Raum erreicht, und natürlich meinen Literaturagenten Michaela und Klaus Gröner von der erzähl:perspektive, ohne die vieles nicht möglich gewesen wäre. Ebenfalls danke ich meiner Lektorin Regina Carstensen, die sich diesem Text mit großer Empathie, Wohlwollen und Fachkenntnis gewidmet und ihm den letzten Schliff verpasst hat. Und weil ganz am Schluss immer dem wichtigsten Menschen eine ganz besondere Widmung gebührt, danke ich meiner großartigen Hauptlektorin Claudia Negele für ihr unerschütterliches Vertrauen in mich und meine Arbeit. Es bedeutet mir viel, dass du mir die Freiheit lässt zu schreiben, wonach mein Herz sich sehnt. Für einen kreativen Geist, der gerne Neues ausprobiert, gibt es nichts Wertvolleres.

PS Binnen kurzer Zeit erhielt ich auf meine Rücksendung der gefundenen Unterlagen eine Reaktion von der Münchner Musikagentur. Ich bekam einen überschwänglichen Dankesbrief, eine handsignierte CD und die Gewissheit, dass es manchmal nur eine Briefmarke kostet, das Richtige zu tun.

Zum guten Schluss

Dieses Buch ist ein Unterhaltungsroman und erhebt keinen Anspruch auf Faktizität, obwohl reale Orte, Personen und Institutionen erwähnt werden. Auch die historischen und politischen Zusammenhänge, die ich nach bestem Wissen und Gewissen recherchiert und dargestellt habe, erheben keinen wissenschaftlichen Anspruch und sind gegebenenfalls der Handlung des Romans angepasst. Alle darin beschriebenen Figuren, Begebenheiten, Gedanken und Dialoge sind fiktiv. Sollten sich dennoch Parallelen zur Wirklichkeit auftun, handelt es sich um bloßen Zufall.

Quellenangaben

Dead Poets Society. Der Club der toten Dichter. Regie: Peter Weir. USA 1989. Drehbuch Tom Schulman. Der Roman zum Film ist von Nancy H. Kleinbaum, USA 1989, den sie auf Basis des Drehbuchs schrieb.